# आचार्य चतुरसेन शास्त्री

26 अगस्त 1891–2 फरवरी 1960

आचार्य चतुरसेन शास्त्री का जन्म 26 अगस्त 1891 में उत्तर प्रदेश के बुलंदशहर के पास चंदोख नामक गाँव में हुआ था। सिकंदराबाद में स्कूल की पढ़ाई खत्म करने के बाद उन्होंने संस्कृत कालेज, जयपुर में दाखिला लिया और वहीं उन्होंने 1915 में आयुर्वेद में 'आयुर्वेदाचार्य' और संस्कृत में 'शास्त्री' की उपाधि प्राप्त की। आयुर्वेदाचार्य की एक अन्य उपाधि उन्होंने आयुर्वेद विद्यापीठ से भी प्राप्त की। फिर 1917 में लाहौर में डी.ए.वी. कॉलेज में आयुर्वेद के वरिष्ठ प्रोफ़ेसर बने। उसके बाद वे दिल्ली में बस गए और आयुर्वेद चिकित्सा की अपनी डिस्पेंसरी खोली। 1918 में उनकी पहली पुस्तक *हृदय की परख* प्रकाशित हुई और उसके बाद पुस्तकें लिखने का सिलसिला बराबर चलता रहा। अपने जीवन में उन्होंने अनेक ऐतिहासिक और सामाजिक उपन्यास, कहानियों की रचना करने के साथ आयुर्वेद पर आधारित स्वास्थ्य और यौन संबंधी कई पुस्तकें लिखीं। 2 फरवरी, 1960 में 68 वर्ष की उम्र में बहुविध प्रतिभा के धनी लेखक का देहांत हो गया, लेकिन उनकी रचनाएँ आज भी पाठकों में बहुत लोकप्रिय हैं।

# सोना और खून

(भाग-1)

## तूफ़ान के बाद

आचार्य चतुरसेन

राजपाल

₹ 335

ISBN : 9789386534231



SONA AUR KHOON PART-I (Novel)

by Acharya Chatursen

मुद्रक : जी.एच. प्रिन्ट्स प्रा.लि., नयी दिल्ली

**राजपाल एण्ड सन्ज़**

1590, मदरसा रोड, कश्मीरी गेट-दिल्ली-110006

फोन: 011-23869812, 23865483, फैक्स: 011-23867791

e-mail : sales@rajpalpublishing.com

www.rajpalpublishing.com

www.facebook.com/rajpalandsons

# दो शब्द

सोना और खून का अर्थ है पूंजी और युद्ध। सोना और खून दस भागों और साठ खण्डों में कोई पांच हज़ार पृष्ठों का उपन्यास है। उसके प्रथम भाग के चार खण्ड आपके हाथ में हैं। प्रथम भाग के चार खण्डों में यूरोप की जन-क्रान्ति, पूंजीवाद और राष्ट्रवाद का विकास और भारत में ईस्ट इण्डिया कम्पनी के अमल के व्याख्यापूर्ण रेखाचित्र हैं। साथ ही जिस उद्योग-क्रान्ति से प्रेरित हो यूरोप, खासकर इंग्लैंड विश्व का नेतृत्व करता जा रहा था, उसकी पृष्ठभूमि भी है। इस दृष्टिकोण को व्यक्त करने के अभिप्राय से मैंने कथा-प्रसंग को कहीं-कहीं उलटकर पीछे से लिखा है। इस उपन्यास में मेरी दृष्टि उपन्यास-तत्त्व की स्थापना करने की प्रमुख नहीं है। प्रमुख दृष्टि मध्यम श्रेणी के साधारण पढ़े-लिखे भारतीय जनों के समक्ष भारत से यूरोप के सम्पर्क, उसका भीतरी-बाहरी सांस्कृतिक और आर्थिक प्रभाव वर्णन करना है। समूचे उपन्यास के साठ खण्डों में अंग्रेज़ों के भारत में आने और यहां से जाने तक के विवेचनात्मक इतिहास की पृष्ठभूमि में जन-क्रांति का इतिहास है, जो अन्यत्र प्रायः एकत्र मिलना दुर्लभ है। इस उपन्यास के लिखने में मुझे बहुत-से ग्रन्थों का अध्ययन करना पड़ा है। पाठकों का ध्यान रखकर मैंने इसकी भाषा अधिकांश में सरल उर्दू मिश्रित रखी है। कहीं-कहीं आवश्यकता होने पर शुद्ध उर्दू ही रखी गयी है। उपन्यास के इस प्रथम भाग के चारों खण्डों में मैंने तीन नकारों की स्थापना और व्याख्या की है :

1. क्या भारत को अंग्रेज़ों ने जीता? नहीं।
2. क्या '57 की क्रान्ति राष्ट्रीय भावना पर आधारित थी? नहीं।
3. क्या वर्तमान स्वतन्त्रता-प्राप्ति पर उस क्रान्ति का प्रभाव है? नहीं।

निस्संदेह ये तीन नकार विचारणीय हैं। बहुत मनीषियों के विचारों से इनका मेल नहीं, परन्तु मैं आशा करता हूं कि पाठक धैर्यपूर्वक मेरे इस उपन्यास में स्थापित आधारों का अध्ययन करेंगे।

उपन्यास में राष्ट्रवाद का उदय और उसका विश्व पर प्रभाव भी वर्णित है, वह भी मनन करने योग्य है।

दूसरे भाग के पांचवें और छठे खंड में '57 के विद्रोह का वर्णन और उसकी व्याख्या है।

उपन्यास के इस प्रथम भाग की तैयारी में मेरे दो मित्रों ने मुझे बहुत सहायता दी। एक निवाड़ी के कुंअर सुरेन्द्रपालसिंह त्यागी, दूसरे कविवर हंसराज रहबर। श्री त्यागी एक भावुक और विवेचक तरुण हैं। नया ही मेरा उनसे परिचय हुआ है। पर यह पता नहीं चलता कि मैं उन्हें अधिक प्यार करता हूं या वे मुझे। उन्होंने मेरठ, मुजफ्फरनगर, गढ़मुक्तेश्वर और हापुड़ के बहुत-से तथ्य मुझे दिए, जिन पर मैं अपनी कल्पना की तूलिका चला सका। श्री रहबर एक दिलफेंक साहित्यकार हैं। विधाता ने गलती से बीवी-बच्चों को इस फक्कड़ साहित्य-शिल्पी के पल्ले बांध दिया। ऐसा लगता है वे हिन्दी के प्रेमी और उर्दू के शिल्पी हैं। हिन्दी का उनका उच्चारण बड़ा अटपटा है। उसमें बच्चों की तुतलाहट का मज़ा आता है। मैं बदनसीब उर्दू पढ़ नहीं सकता, श्री रहबर घण्टों मेरे पास बैठकर '57 से सम्बन्धित संदर्भ उर्दू से छांट-छांटकर लाते और सुनाते तथा नोट कराते हैं। सच पूछिए तो इन दोनों मित्रों की पूंजी पर ही प्रथम भाग का सारा कारोबार चला है।

मेरे परम मित्र दिल्ली के नामांकित चिकित्सक पण्डित परमानन्द वैद्यरत्न का आभार यदि मैं न स्वीकार करूं तो कृतघ्नता होगी। गत दो वर्षों से मैं अस्वस्थ ही चल रहा हूं। और इसी अस्वस्थता में मैं यह ग्रंथ भी लिख रहा हूं। यह सोना और खून, कदाचित् आपके सम्मुख इतना शीघ्र न आ पाता यदि वैद्यरत्न जी सोना मेरे खून में प्रविष्ट न करते।

अब आप इस प्रथम भाग को पढ़िए और मैं दूसरा भाग आपकी सेवा में प्रस्तुत करने की चेष्टा करूं।

**ज्ञानधाम प्रतिष्ठान** **–चतुरसेन**
**1 दिसम्बर 1957**

# भूमिका

सोने का रंग पीला होता है और खून का रंग सुर्ख। पर तासीर दोनों की एक है। खून मनुष्य की रगों में बहता है, और सोना उसके ऊपर लदा हुआ है। खून मनुष्य को जीवन देता है, और सोना उसके जीवन पर खतरा लाता है। पर आज के मनुष्य का खून पर मोह नहीं है, सोने पर है। वह एक-एक रत्ती सोने के लिए अपने शरीर का एक-एक बूंद खून बहाने को आमादा है। जीवन को सजाने के लिए वह सोना चाहता है, और उसके लिए खून बहाकर वह जीवन को खतरे में डालता है। आज के सभ्य संसार का यह सबसे बड़ा कारोबार है। सबसे बड़ा लेन-देन है, खून देना और सोना लेना।

सोना और खून के इस लेन-देन ने आज मनुष्य को ही मनुष्य का सबसे बड़ा खतरा बना दिया है। उसका सबसे बड़ा दुर्भाग्य यह है कि वह बुद्धिमान है। सोना और खून के इस कारोबार ने उसके सारे बुद्धिबल को उसके अपने ही विनाश में लगा दिया है; और अब विनाश ने उसे चारों ओर से घेर लिया है। ज़िन्दा रहने की उसकी सारी ही चेष्टाएं अब हास्यास्पद हो गयी हैं। वह मनुष्यता का बोझ अपने कंधों पर लादे हुए, थकावट से चूर-चूर, पसीने से लथपथ, विश्राम की खोज में भटक रहा है। और मौत उसे कह रही है—यहां आ, और मेरी गोद में विश्राम कर।

सुधारक लोग सपने देखते हैं कि ज्ञान और सदाचार मनुष्य के दुःख-दर्द हर लेंगे। मनुष्य का जीवन सफल होगा। जेलखाने ढहा दिए जाएंगे। फांसी के तख्ते दुनिया से उठा दिए जाएंगे। जेल की काल-कोठरियां प्रकाश से जगमगा उठेंगी। कोई दरिद्र न रहेगा। कोई भीख के लिए हाथ पसारता नज़र न आएगा। सारे मनुष्य समझदार, सदाचारी और सुखी हो जाएंगे, किन्तु कब? ये सपने तो उन्होंने युग-युग से देखे हैं, और युग-युग तक देखते रहेंगे।

असभ्य युग का आदमी भी मन का कमज़ोर, भीरु और आलसी था। वह जो देखता था, उसे ही समझता था। विपत्ति पड़ने पर प्रकृति से परे किसी अदृष्ट शक्ति को खोजता था। सहस्राब्दियों तक यह बलिदानों, प्रार्थनाओं और अलौकिक पूजाओं से उसकी उपासना करता रहा। बहुत धीरे-धीरे बड़े कष्ट से उसकी विचार-सत्ता विकसित हुई। मन शरीर का सहायक बना, विचार और परिश्रम एकत्र हुए, मनुष्य की उन्नति का सूत्रपात हुआ,

कि उसे सोना मिल गया। उसने तत्काल ही खून से सोने का लेन-देन आरम्भ कर दिया। और देखते ही देखते वह घनघोर युद्धों के बीच में जा फंसा, जिन्होंने उसे कर्ज़दार, दिवालिया और असहाय बना दिया।

इस नये युग का नया खूनी देवता है—देश। इस देवता ने इस सभ्य युग में जन्म लेकर दुनिया के सब देवताओं को पीछे धकेल दिया। आज वह संसार के मनुष्य का सबसे बड़ा देवता है। असभ्य युग में, असभ्य जातियों ने कभी भी किसी देवता को इतनी नरबलि न दी थी, जितनी इस सभ्य युग में इस खूनी और हत्यारे देवता को मनुष्य ने दी है, और देता जा रहा है। भयानक देवता की खून की प्यास का अन्त नहीं है। बलिदान की पुरानी तलवार के स्थान पर मनुष्य ने अपना सारा बुद्धिबल खर्च करके एक से एक बढ़कर खूनी हथियार इस देवता को नरबलि से संतुष्ट करने के लिए बनाए हैं। रोज़ मनुष्य का ताज़ा रक्त इस देवता को चाहिए। जो सबसे अधिक नर-वध कर सकता है, वही सबसे अधिक इस देवता का वरदान प्राप्त कर सकता है। यह हत्यारा देवता शायद संसार के सारे नृवंश को खा जाएगा। एक भी आदमी के बच्चे को जीता नहीं छोड़ेगा।

यह खूनी देवता यूरोप में उत्पन्न हुआ, और वहां से अंग्रेज़ उसे भारत में अपने साथ लाए। पाश्चात्य संस्कृति ने इस देवता को जन्म दिया था। उसकी नींव ग्रीकों ने डाली थी। मिस्र और बेबीलोनिया के प्राचीन साम्राज्यों के नष्ट होने पर जब ग्रीकों का उदय हुआ, तो उसमें सर्वप्रथम सार्वभौम राजा की पूजा खत्म कर दी गयी। इससे वहां के मध्यमवर्ग के अधिकार बहुत बढ़ गए और कला-कौशल और तत्त्व-ज्ञान में वे अपने काल की सब जातियों से बढ़ गए। रोमन विजेताओं ने ग्रीक दासों से ही कला-कौशल और तत्त्व-ज्ञान सीखे। बाद में रोमन प्रजातन्त्र का उदय हुआ, और उसके बाद यूरोप में ईसाई धर्म का उदय हुआ, और साम्राज्य का नेता पोप बन बैठा। शताब्दियों तक सारे यूरोप की राजसत्ताएं उसके हाथ की कठपुतलियां बनी रहीं। यह यूरोप की अन्धाधुन्धी का मध्ययुग था। उसी समय यूरोप पर मंगोलों ने आक्रमण किया और उसके बाद ही तुर्कों ने समूचे पूर्वी यूरोप को ग्रस लिया। परन्तु यूरोप का विकास तेरहवीं शताब्दी से ही होने लगा था। वेनिस, जेनेवा, पीसा, फ्लोरेंस आदि नगरों का उदय हो चुका था जिनका पोषण व्यापार से होता था। उस समय सारे व्यापार का केन्द्र-मार्ग कुस्तुन्तुनिया होकर था। भारत और चीन के सम्बन्ध में उस समय भी यूरोप के लोग कुछ नहीं जानते थे। परन्तु जब भूमध्यसागर और अटलांटिक महासागर की छाती पर सवार होकर पोर्चुगीज़ नाविक दीयाज़, कोलम्बस, वास्को-द-गामा के ऐतिहासिक अभियान हुए, तो पूर्व का द्वार यूरोप के लिए खुल गया। भारत, चीन और अमेरिका की उन्हें उपलब्धि हुई। और इन देशों की सम्पत्ति पर सारे पश्चिम यूरोप की लोलुप दृष्टि पड़ी, जिससे उनकी प्रतिस्पर्धा बढ़ने लगी। पोर्चुगीज़ों के बाद डच और उसके बाद अंग्रेज़ों ने उद्योग किए। फ्रेंचों ने भी हाथ-पैर मारे। अन्त में प्लासी के निर्णायक युद्ध में अंग्रेज़ी राज्य की नींव भारत

में पड़ी। आज इस राजा का और कल उस नवाब का पक्ष लेकर, उन्होंने अन्ततः सारा भारत अपने अधिकार में कर लिया। इसके बाद उन्होंने रजवाड़ों को हड़पने की चेष्टा की, जिसके फलस्वरूप सत्तावन का विद्रोह उठ खड़ा हुआ। जिसमें फांसी पर चढ़ाकर और तोप के मुंह पर बांध जीवित मनुष्यों को उड़ाकर नर-वध का महाताण्डव करके अंग्रेज़ भारत के एकनिष्ठ अधिराज बन बैठे।

भारत में पोर्चुगीज़, डच और फ्रेंचों के मुकाबले में अंग्रेज़ों को जो सफलता मिली, वह केवल अंग्रेज़ों के भाग्योदय के कारण नहीं। इसका कारण वह औद्योगिक क्रान्ति थी, जिसका श्रीगणेश यूरोप में पन्द्रहवीं शताब्दी में ही हो गया था। इसके अतिरिक्त अपनी कूटनीति और उद्योग से, अंग्रेज़ सब यूरोपियन देशों से बाज़ी मार ले गए। इस समय अंग्रेज़ सरदारों और मध्यमवर्ग के लोगों ने जो राजा पर अंकुश लगाकर पार्लियामेंट की स्थापना कर ली थी, उससे इस औद्योगिक क्रान्ति के पर लग गए थे। इसके बाद सोलहवीं शताब्दी में इंग्लैंड ने मार्टिन लूथर का पंथ स्वीकार कर पोप के धार्मिक प्रभुत्व का अन्त कर दिया। सत्रहवीं शताब्दी में इंग्लैंड के मध्यमवर्ग में और भी जागृति हुई। बढ़ते हुए मध्यमवर्ग ने अपनी बात पर आड़ लगाने के अपराध में अपने बादशाह चार्ल्स का सिर काट लिया। उनके नेता दृढ़निश्चयी क्रामवेल के सामने यूरोप-भर के राजाओं ने विद्रोह किया, पर बेकार। इसके बाद तो राजा के अधिकार कम होते ही गए और मध्यमवर्ग पनपता गया। फिर भी अंग्रेज़ों ने प्रजातन्त्र की स्थापना नहीं की, क्योंकि उसका जाल यूरोप के दूसरे देशों में फैल गया था। इन देशों के राजाओं से पत्र-व्यवहार करने और विजित देशों पर निरंकुश शासन की आड़ में निर्द्वन्द्व होकर उनका लहू चूसने के लिए 'राजा' नामक एक खिलौने की उन्हें बड़ी आवश्यकता थी। इसी से उन्होंने अपनी राजसत्ता को कायम रखा। जब कभी पार्लियामेंट गलती करके कोई संकट खड़ा कर देती, तो यह खिलौना राजा उससे बच निकलने में अंग्रेज़ों की मदद करता था। इस प्रकार अंग्रेज़ों ने अपनी यह जातीय नीति बना ली कि चाहे राजसत्ता हो या धर्मसत्ता, जब उससे लाभ उठाने का अवसर मिले लाभ उठा लेना; जब वह राह का रोड़ा बने, उसे ठोकर लगा देना। अंग्रेज़ों की यह नीति भारत में ही नहीं यूरोप के अन्य देशों के मध्यमवर्ग पर विजय में भी बड़ी सहायक हुई। स्पेन और पुर्तगाल पोप के फेर में पड़कर धर्मान्ध बने रहे और पूर्व तथा पश्चिम में भी अपना महत्त्व खो बैठे। फ्रांस की रक्तक्रान्ति ने भी उलझनें पैदा करके अंग्रेज़ों को यूरोप के सारे देशों से आगे निकाल दिया। उन्होंने समुद्र पर एकाधिपत्य कायम कर लिया और सारे यूरोप के राष्ट्रों से युद्ध ठान लिए। और वे लहरों के स्वामी हो बैठे।

उन्नीसवीं शताब्दी के प्रथम चरण तक यूरोपीय राष्ट्र परस्पर स्पर्धा करते और लड़ते-झगड़ते रहे। इसी बीच अंग्रेज़ी साम्राज्य की पूर्व में स्थापना दृढ़ हो गयी। अब यूरोप के परस्पर के युद्ध बन्द हो गए और यूरोप तथा अमेरिका विद्वानों की सम्मिलित वैज्ञानिक खोजों ने एक के बाद एक नये-नये आविष्कार किए, जिनके सहारे पूंजीपति अपने व्यवसायों को उन्नत करते चले गए। तेल, कोयला और बिजली की उपलब्धि

ने इन महाजातियों के शक्ति-स्रोत को प्रवाहित कर दिया।

अब उनके धार्मिक स्वार्थ परस्पर टकराने लगे, जिसने एक नये संघर्ष का रूप धारण कर लिया, वे लोग इन पूंजीवादी देशों में 'श्रमिक' और 'पूंजीपति' इन दो दलों में विभक्त हो गए। इस संघर्ष को दूर करने में इन शक्तिशाली राष्ट्रों ने सुदूरपूर्व के पिछड़े हुए राष्ट्रों पर अधिकार कर, उन्हें कच्चे माल का उत्पादक और पक्के माल का ग्राहक बना लिया। इससे अन्तर्राष्ट्रीय संघर्ष उठ खड़े हुए जिसके फलस्वरूप यूरोप को दो महायुद्ध करने पड़े जिनसे वह तबाह हो गया।

उन्नीसवीं शताब्दी के अन्त तक संसार की खोज समाप्त हो गयी थी और उसके अधिकांश भाग को यूरोप के लोभी राष्ट्रों ने बांट लिया था। परन्तु दुर्भाग्य से यूरोप कभी भी एक राष्ट्र नहीं बन सका; छोटे-छोटे परस्पर-विरोधी राष्ट्रों में बँटा रहा। इसका एक गम्भीर कारण था। यद्यपि वह मूल ग्रीक संस्कृति से प्रभावित था, परन्तु पुर्तगाल, फ्रांस और इटली पर लैटिन संस्कृति का विशेष प्रभाव था। ब्रिटेन, जर्मनी, आस्ट्रिया, इंग्लैंड, डेनमार्क, नार्वे और स्वीडन पर उत्तरी आर्यजाति का प्रभाव था। रूस और बाल्कन प्रदेशों पर एशियाई संस्कृति का असर था। इसी से सारा यूरोप ग्रीक-रोमन संस्कृति का माध्यम पाकर भी कभी एक न हो सका, विभिन्न राष्ट्रों में बँटा रहा और वे राष्ट्र परस्पर लड़ते रहे। अनेक संघर्षों का सामना करते हुए ब्रिटेन के राजनीतिज्ञों की शक्ति-संतुलन नीति यूरोप का नेतृत्व करने लगी। और चूंकि यूरोप की सत्ता का संसार के अन्य भूभागों पर भी प्रभाव था इसलिए ये संघर्ष दिन-दिन अन्तर्राष्ट्रीय प्रभाव धारण करते गए।

सन् 1915 के बाद यूरोप के सभी भूभागों का राष्ट्रीय संगठन हो चुका था। यूनान और बाल्कन तुर्क शासन से मुक्त हो चुके थे। इटली भी स्वतन्त्र हो गया था। जर्मन-भाषाभाषी भूभाग जर्मन साम्राज्य के नाम से संगठित हो चुका था। यद्यपि रूस और ब्रिटेन का उसे पूरा सहयोग था, पर ये दोनों देश एशिया को घेर रहे थे। उस समय रूस प्रशान्त में पैर बढ़ा रहा था और ब्रिटेन भारत में। रूस की आवश्यकताएं बहुत थीं और उसे निष्कंटक जल-मार्ग प्राप्त नहीं थे। इसलिए ब्रिटेन की संतुलन-नीति उसके विपरीत पड़ने लगी। उसने तुर्की की केन्द्रीय-शक्ति को नष्ट करना चाहा, फिर अफगानिस्तान पर हाथ रखा, पर ब्रिटेन चौकन्ना था। उसने दोनों को संरक्षण दिया और जापान से दोस्ती गांठी और उसे रूस से भिड़ा दिया। रूस जापान से परास्त हुआ। इस पराजय को सारे एशिया ने आश्चर्य से देखा। परन्तु इसी समय जर्मन ने पैर निकाले। जर्मनी श्रमिकों का देश था। अन्तर्राष्ट्रीय क्षेत्र में वह शीघ्र ब्रिटेन को ललकारने लगा। इस समय भी ब्रिटेन यूरोप का नेता बना हुआ था। वह जर्मनी की शक्ति तोड़ने की ताक में था।

और अन्त में इन्हीं सब कारणों से 1914 में प्रथम यूरोपियन महायुद्ध छिड़ गया। यह युद्ध मानव-इतिहास में पिछले सब युद्धों से अनोखा था। पिछले युद्धों में सेनाएं लड़ा करती थीं और जनता को केवल युद्ध-व्यय का भार ही सहन करना पड़ता था। पर इस युद्ध में प्रथम बार लड़ने वाले राष्ट्रों के सब वयस्क नागरिक स्त्री-पुरुषों को

सामरिक सेवा के लिए संगठित होना पड़ा। इन व्यापक राष्ट्रों के युद्ध का प्रभाव बाहर के उन राष्ट्रों पर भी पड़ा, जो युद्ध में सम्मिलित नहीं थे। वास्तव में यह युद्ध राज्यों की राज्य-लिप्सा का युद्ध न था, राष्ट्रों की भूख का युद्ध था। यह संसार का प्रथम युद्ध न था जो अकल्पित युद्ध-क्षेत्र में फैल गया। उसका पश्चिमी क्षेत्र स्विटज़रलैंड तक पांच सौ मील से भी कुछ अधिक लम्बा था। और पूर्वी क्षेत्र बाल्टिक सागर से कृष्ण सागर तक एक हज़ार मील लम्बे क्षेत्र में फैला हुआ था। इस युद्ध में दो विरोधी राष्ट्रों के गुट परस्पर टकराए। एक वह गुट था जिसके पास साम्राज्य और धन था। दूसरा वह, जो इनसे कुछ छीनना चाहता था। युद्ध का अन्त साम्राज्यों के पक्ष में ही हुआ। परन्तु साम्राज्य-सत्ता डगमगा गयी। रूस में सर्वथा नवीन 'लाल क्रांति' हुई। युद्ध कोई सवा चार बरस चला। इसमें लगभग दस लाख अंग्रेज़ और चौदह लाख फ्रांसीसी युवकों की हत्या हुई। लगभग तीस लाख पुरुष अंगभंग हो गए, और लगभग एक हज़ार अरब रुपया स्वाहा हो गया।

इस युद्ध ने दुनिया के तीन टुकड़े कर दिए। दो टुकड़े तो दोनों ओर से लड़ने वाले दोनों राष्ट्रों के थे, और तीसरा तटस्थ देशों का था। हारे हुए देशों की अर्थात् जर्मनी और मध्य यूरोप के छोटे-छोटे देशों की मुद्रा-प्रणाली नष्ट हो गयी थी तथा उनकी साख जाती रही थी। इससे वहां का मध्यमवर्ग बर्बाद हो गया। उधर सारे विजेता राष्ट्र अमेरिका के कर्ज़दार हो गए। इसके अतिरिक्त 'राष्ट्रीय युद्ध-ऋण' का भी उन पर असह्य भार था। इन दोनों के कर्ज़ों के असह्य भार से वे लड़खड़ा रहे थे। अब उनकी आशा केवल जर्मनी से मिलने वाले हर्ज़ाने के रुपयों पर ही थी। पर जर्मनी सोलहों आना दिवालिया हो गया। उस समय केवल अमेरिका में ही रुपयों की बाढ़ आ रही थी परन्तु सौदों-सट्टों ने अमेरिका की सम्पन्नता का जल्द ही दिवाला निकाल दिया। और सारे संसार के साथ अमेरिका भी मंदी के चंगुल में फंस गया। उन दिनों अमेरिका में छोटे-छोटे स्वतन्त्र बैंक बहुत थे। वे सब बालू की दीवार की भाँति ढह गए। चार ही साल में दस हज़ार बैंकों का दिवाला निकल गया। अब अमेरिका को अपने लाखों मज़दूरों को ज़िन्दा रखना दूभर हो रहा था। वे आवारा और गुण्डे हो रहे थे। उधर इंग्लैंड जो डेढ़ सौ वर्षों से संसारव्यापी साम्राज्यवादी शोषण के बल पर सम्पन्न हो रहा था, डगमगा रहा था। देश-भर के कारखाने खाली पड़े थे। लंकाशायर, जो कभी आधी दुनिया को कपड़ा देता था, सूना हो रहा था। वहां के मज़दूर भूखों मर रहे थे।

इस समय दुनिया में खाद्य-पदार्थों की कमी न थी। वे ज़रूरत से ज़्यादा उत्पन्न हो रहे थे। फिर भी संसार में व्यापक भुखमरी फैली थी। खाद्य-पदार्थ नष्ट हुए जा रहे थे। फसलें नहीं काटी जा रही थीं, उन्हें खेतों में ही जला डाला जाता था। फलों को वृक्षों पर सड़ने को छोड़ दिया जाता था। अनेक देशों में खाद्य-पदार्थ नष्ट किए जा रहे थे। करोड़ों बोरी खाद्यान्न समुद्र में फेंक दिया गया था। ये सब अमानुषी कार्य मंदी से बाज़ार का उद्धार करने के लिए किए जा रहे थे। इस मन्दी के भार से जहां अमेरिका के किसानों पर वज्र टूटा, वहां दक्षिणी अमेरिका, अर्जेण्टाइना, ब्राजील और चिली की

प्रजातन्त्री सरकारों का तख्ता ही उलट गया था। परन्तु एक उद्योग था जो इस मन्दी की चपेट से बचा था। हथियार और युद्ध की सामग्री बनाने का। यह संसारव्यापी मंदी पूंजीवाद का अन्तकाल था। दूसरे ऋणों के बोझ ने विश्व के उद्योगों की रीढ़ की हड्डी तोड़ दी थी। क्योंकि युद्धकाल में उधार लिया हुआ रुपया किसी उत्पादक कार्य में नहीं लगा था, वह तो विनाशक अर्थों में खर्च हुआ था और उसने अपने पीछे भी विनाश ही छोड़ा था।

परन्तु इस समय संसार के बाज़ार पर एकाधिपत्य स्थापित करने में अमेरिका और इंग्लैंड में तुमुल संग्राम छिड़ रहा था। इस समय तक भी संसार में यही दो शक्तियां सबसे बड़ी थीं। पर एक पतनोन्मुखी और दूसरी उद्ग्रीव। युद्ध से पूर्व तो इंग्लैंड का सर्वत्र प्रभुत्व था ही। पर अब अमेरिका दुनिया का सबसे बड़ा साहूकार था। इंग्लैंड के पुराने दमखम खत्म हो रहे थे। पर अकड़ वह नहीं छोड़ता था। इस तरह अमेरिका और इंग्लैंड की आर्थिक खींचातानी संसार को दूसरे महाभयंकर युद्ध की ओर खींचे लिए जा रही थी।

अन्त में इंग्लैंड घुटनों के बल गिर गया। वह अपने पौण्ड की रक्षा न कर सका। अपना सोना बचाने के लिए उसे पौण्ड को सोने से पृथक करना पड़ा, जिस से पौण्ड की कीमत गिर गयी। वह एक अत्यन्त महत्त्वपूर्ण अन्तर्राष्ट्रीय घटना थी। इससे उसके हाथ से विश्व का आर्थिक नेतृत्व चला गया, जिसकी बदौलत लंदन संसार का केन्द्र बना हुआ था। बैंक ऑफ़ इंग्लैंड, जो दुनिया का दो-तिहाई सोना सदा खरीदता था और जिसके बलबूते पर इंग्लैंड सौ वर्षों से भी अधिक काल तक संसार का स्वर्ण-सम्राट बना हुआ था, अपनी साख कायम न रख सका और इंग्लैंड का टाट उलटने के लक्षण प्रकट होने लगे।

अमेरिका के पास इस समय संसार का दो-तिहाई सोना जमा था। संसार के सारे राष्ट्र उसके कर्ज़दार थे। यूरोप पर इस समय उसका दस अरब डालर का कर्ज़ा था, और अब वह अपने कर्ज़े की मांग करके किसी भी यूरोपियन देश को दिवालिया बना सकता था। इसलिए अब यह स्वाभाविक ही था कि वह मांग करे कि अब लंदन क्यों, न्यूयार्क संसार की आर्थिक राजधानी बने! फिर क्या था, अपनी-अपनी सरकारों के हाथ अपनी-अपनी पीठों पर पाकर न्यूयार्क और लंदन के धनकुबेर उद्योग में ताश के पत्ते फेंकने लगे। परन्तु इंग्लैंड का पौण्ड हिल गया और सारी दुनिया में अकेला अमेरिकी डालर ही अटल चट्टान की भाँति खड़ा रहा।

इसी समय जापान अपनी मुद्रा लेकर एशिया के बाज़ार में उल्का की भाँति आ टूटा, जिससे ब्रिटेन और अमेरिका दोनों ही थर्रा उठे। और अन्तर्राष्ट्रीय व्यापार का अपना एकाधिकार कायम रखने के लिए ब्रिटेन, अमेरिका और जापान तीनों के हाथ अपनी-अपनी तलवारों की मूंठ पर जा पहुंचे।

इसी समय रूज़वेल्ट ने अमेरिका के सिंहासन को सुशोभित किया। यह पहला अमेरिकन राष्ट्रपति था जिसने दुनिया के मामलों में खुलकर हिस्सा लिया। पर, अब दुनिया बदल गयी थी। समाजवाद जन्म तो ले चुका था, पर अभी वह पूंजीवाद से ही

उलझ रहा था। इंग्लैंड ने एक बार भारत का सोना लूटकर सिर उठाना चाहा, पर बेकार। ब्रिटिश पार्लियामेंट अब पूंजीवाद और लोकसत्ता का अखाड़ा बन रही थी। भारत में हज़ारों आदमी जेलों में सड़ रहे थे। गाँधीजी यरवदा जेल में बन्द थे। दमन ज़ोरों पर था। यतीन्द्र ने जेल में भूखों रहकर प्राण दे दिए थे। सीमान्तों पर ब्रिटिश विमान बम बरसा रहे थे। दक्षिणी अफ्रीका में जातीय द्वेष और आर्थिक संघर्ष ने गज़ब ढाया था। यही हाल पूर्वी अफ्रीका का था। जब से केनिया में सोना निकला था, अफ्रीकियों के दुर्भाग्य में चार चांद लग गए थे। मिस्र में आज़ादी की बेचैनी फैली थी। दक्षिण-पूर्वी एशिया के देशों—इंडोनेशिया, हिन्द चीन, जावा, सुमात्रा, डचइंडीज और फ़िलीपाइन द्वीपों में विदेशी शासन का जुआ उतार फेंकने की जद्दोजहद चल रही थी। चीन में जापान कत्लेआम कर रहा था। जापान के हौसले बढ़े हुए थे, और वह विश्व-साम्राज्य के सपने देख रहा था। पर उसकी सबसे बड़ी बाधा सोवियत रूस था, जो इस समय समूचे उत्तरी एशिया में एक संसार का निर्माण कर रहा था। वह एक प्रकार से लड़खड़ाते सभ्य संसार को चुनौती दे रहा था। जहां मंदी और बेकारी पूंजीवाद का गला घोट रही थी, सोवियत संघ के इलाकों में आशा, शक्ति और उत्साह के अंकुर फूट रहे थे। संयुक्त राज्य अमेरिका पर संकटों के बादल उमड़ रहे थे। इंग्लैंड अब समूचे संसार का मुखिया नहीं रह गया था। उसकी लहरों पर हुकूमत खत्म हो चुकी थी। वह समूची दुनिया से सिकुड़कर अपने साम्राज्य में सीमित हो गया था। और वह साम्राज्य भी डगमग-डगमग हो रहा था। हिटलर और उसके साथी अब युद्ध की भाषा बोल रहे थे। संसार के देश आर्थिक राष्ट्रवाद की राह पर दौड़कर युद्धस्थली पर एक होते जा रहे थे। घटनाएं अटल भाग्य की भाँति संसार को उधर ही धकेले लिए जा रही थीं, जहां सोने के घेरों के महाकुंड बनाए गए थे। जिनमें मनुष्य का ताज़ा खून भरा जाने वाला था।

और अन्त में सोने के घेरे के बने हुए महाकुंड बारह करोड़ मनुष्यों के रक्त से भरे गए। जिनमें हिटलर और मुसोलिनी डूब मरे। उनका वह खून से सींचा हुआ राष्ट्रवाद दुनिया के मनुष्यों को कंगाल और तबाह करने के लिए अब भी कायम है। और वह समूचे नृवंश को खींचकर भावी महायुद्ध की रंगभूमि पर लिए जा रहा है। जहां अब सोने के कुंड खून से न भरे जाएंगे। खून और सोना पिघलकर एक नयी धातु को जन्म देंगे। संसार के सारे नगर, जनपद विध्वस्त हो जाएंगे। संसार का सारा जीवन समाप्त हो जाएगा। रह जाएंगे इस नयी धातु के बने असंख्य पर्वतों के शृंग, जिनका रंग लाल और पीले रंग का मिश्रण होगा। और जो सूने संसार में सूर्य की धूप में व्यर्थ चमकते रहेंगे। जिन्हें देखनेवाली सब आंखें फूट चुकी होंगी, समझनेवाले सब हृदय जलकर खाक हो चुके होंगे। सब जीव अपने को नष्ट करके जीवन का मूल्य अदा कर चुके होंगे।

यही सोना और खून का सम्मिलित रूप होगा, जो आज मिलकर एक होने को बेचैन है। खून मनुष्य की रगों में बह रहा है और सोना उसके शरीर पर लदा हुआ है। जब तक ये नसें चीरकर साफ़ नहीं कर दी जातीं, खून की एक-एक बूंद उनमें से बाहर नहीं निकाल ली जाती, तब तक सोने को चैन कहां!!!

**1 दिसम्बर 1957** **—चतुरसेन**

# सोना और खून

## पहला खण्ड

1 असल मुगल खून। मोती के समान रंग। उम्र अस्सी के पार, लम्बे पट्ठे, बगुला के पर जैसे सफ़ेद। बड़ी-बड़ी आंखें, जिनमें लाल डोरे, भारी-भारी पपोटों के बीच से झांककर प्यार और शान को निमन्त्रण देती हुईं। कद लम्बा, किसी कदर दुबले-पतले, मगर कमज़ोर नहीं। कमर ज़रा झुकी हुई। दाढ़ी खसखसी, बहुत सावधानी से तराशी हुई, जो उनके रुआबदार चेहरे पर बहुत भली लगती थीं। आंखों पर अभी चश्मा नहीं लगा। सुर्मा लगाते थे। सिर पर मखमली ऊदी कामदार टोपी। पैरों में अलीगढ़ी पायजामा और वसली के असली कलाबत्तू के काम के जूते। बंदन पर जामदानी का अंगरखा, उस पर कमख्वाब की नीमास्तीन। हाथ में जमर्रुद की कीमती तस्बीह, प्रतिक्षण सरकती हुई। पान की लकीरों से आरास्ता होंठ, निरन्तर हिलते हुए। दांतों की बत्तीसी असली कायम, जिस पर पान की लाल झलक, ठीक अनार के दानों की शोभा को मात करती हुई। यही थे मियां खुरशैद मुहम्मदखां, रईस बड़ा गांव!

जब चलते तो हाथ में लाठी रखते थे। उनकी पानीदार आंखें इस उम्र में भी रोशन थीं। मियां कभी गुस्सा नहीं करते थे। शायराना तबियत पाई थी। वे गम्भीर, चिन्तनशील, मितभाषी और खुशमिज़ाज थे। सभी छोटे-बड़े उन्हें प्यार से मियां कहते थे। हकीकत तो यह थी, वे आदर्श रईस थे। रईसी उन पर फबती थी। उनकी सखावत, दरियादिली, रईसी और पाकमिज़ाजी की चर्चा दूर-दूर तक आस-पास के गांवों में थी। उन्हें देखते ही लोगों के सिर झुक जाते थे, और हर छोटे-बड़े परिचित को देखते ही उनके हिलते हुए होंठ मुस्करा उठते थे। उनकी आज्ञा की अवहेलना नहीं की जा सकती थी। पास-पड़ोस के सभी ज़मींदार और रईसों में उनकी इज़्ज़त और धाक थी। सुना जाता था कि मियां का घराना दिल्ली के शाही खानदान से भी कुछ सम्बन्ध रखता था। बादशाह उनका आदर करते, और कभी-कभी उन्हें लालकिले में बुलाते थे। मियां की उम्र बादशाह सलामत की उम्र से भी अधिक थी। इसी से बादशाह कभी-कभी दबारे-तख्लिया और कभी-कभी शाही दस्तरखान पर भी मियां को बुलाकर उनकी प्रतिष्ठा बढ़ाते थे। इसी से रईस-रियाया सभी पर उनका दबदबा था। घुड़सवारी के शौकीन थे। सुबह की नमाज़ अदा करके घोड़ी पर सवार हो, खेतों पर चक्कर लगाने जाते। यह उनका नित्य का दस्तूर था।

सर्दी के दिन, सुबह का वक्त। अभी पूरी धूप नहीं खिली थी, कोहरा छाया था, मियां खेतों से वापस लौट रहे थे। कल्लू भंगी अपनी झोंपड़ी के आगे आग ताप रहा

था और हुक्का गुड़गुड़ा रहा था। मियां ने घोड़ी रोक दी। बोले, 'कल्यान मियां, सर्दी बहुत है।'

कल्लू, घबराकर हुक्का छोड़ उठ खड़ा हुआ। उसने ज़मीन तक झुककर मियां को सलाम किया और हाथ बांधकर कहा, 'हां सरकार!'

'अमां, तुम्हारे पास तो कुछ ओढ़ने को भी नहीं है। लो, यह लो।'

उन्होंने अपनी कमर से लपेटी हुई शाल उतारकर भंगी के ऊपर डाल दी। भंगी ने घबराकर कहा, 'सरकार, यह क्या कर रहे हैं, इतनी कीमती शाल यह गुलाम क्या करेगा? न होगा तो मैं गढ़ी में हाज़िर हो जाऊंगा। कोई फटा-पुराना कपड़ा बख्श दीजिएगा।'

लेकिन मियां ने भंगी की बात सुनी नहीं। उन्होंने कहा, 'अमां कल्यान, तुम्हारी लड़की की शादी कब की रही?'

'इसी चौथे चांद की है, सरकार!'

'अच्छी याद दिलाई, मैं तो दिल्ली जाने वाला था, जहांपनाह का पैगाम आया था। अब शादी के बाद ही जाऊंगा। मगर देखना, बरात का तवाज़ो ज़रा ठीक-ठीक करना, ऐसा न हो भई, गांव की तौहीन हो। तुम ज़रा लापरवाह आदमी हो। समझे!'

'समझ गया, सरकार।'

'जिस चीज़ की ज़रूरत हो छुट्टन मियां से कहना।'

'जो हुक्म, सरकार।'

मियां ने घोड़ी बढ़ाई। और कल्लू भंगी शाल को सिर से लपेटते हुए दूर तक मियां की रकाब के साथ गया।

## 2

मियां के इकलौते साहबज़ादे थे, मियां मुहम्मद अहमद। उम्र इक्कीस साल। दिल्ली में पढ़ते थे। अंग्रेज़ी का शौक था। अंग्रेज़ी लिबास पहनते थे। इस समय गाज़ी बादशाह अकबरशाह का अदल महज़ लालकिले ही तक सीमित था। बादशाह बड़े मियां को तो दोस्त की तरह मानते थे और छोटे मियां को बेटे की तरह। मुहम्मद अहमद अंग्रेज़ी के मिशन कॉलेज में पढ़ते थे, पर बीच-बीच में बादशाह का मुजरा करने लालकिले में जाते रहते थे। इससे उनके हौसले ज़रा बढ़े हुए थे। अंग्रेज़ी पढ़ने और अंग्रेज़ी के सम्पर्क में रहने से उनके विचारों में भी बहुत क्रान्ति हुई थी। उम्र का भी तकाज़ा था। वे हर चीज़ को और हर बात को, नयी नज़र से देखते थे। धर्म-ईमान पर भी उनके विचार नयेपन को लिये हुए थे।

परन्तु इसके विपरीत बड़े मियां बिलकुल पुराने ढंग के न केवल रईस थे—वे पुराने ढंग के मुसलमान भी थे। रोज़े-नमाज़ के पाबन्द, और सच्चे खुदापरस्त, नेक और रहीम। बड़े आदमियों के सभी गुण उनमें थे। लेकिन वे सब गुण बहुधा छोटे मियां को अखरते रहते थे। वे पिता की काफ़ी इज़्ज़त करते थे पर कभी बाप-बेटों में हुज्जत भी हो जाती थी।

मियां ने घोड़ी साईस के हवाले की और दीवानखाने में आ मसनद पर बैठ गए। मियां के दीवानखाने का अन्दाज़ा शायद आप न लगा सकें। आपके ड्राइंगरूम से बिलकुल जुदा चीज़ थी।

मियां के मसनद पर बैठते ही मुहम्मद ने आकर कहा, 'अब्बा हुज़ूर, मियां अमज़द और वासुदेव पण्डित बड़ी देर से बैठे हैं।'

'किसलिए?'

'वही, कर्ज़ा मांग रहे हैं। मियां अमजद को जो कम्पनी बहादुर को मालगुज़ारी भरनी है, उसका वारंट लेकर कम्पनी का आदमी दरवाज़े पर डटा बैठा है। अमजद पिछवाड़े की दीवार फांदकर आया है। कहता है, घर रोना-पीटना मचा है। कम्पनी के प्यादे बरकन्दाज़ एक ही बदज़ात होते हैं। बहू-बेटियों की बेहुर्मती करना तो उनके बाएं हाथ का खेल है।'

'बहुत खराब बात है। कितने रुपये चाहिए उसे?'

'चार सौ मांगता है।'

'और वासुदेव महाराज!'

'उनकी लड़की की शादी है। कहते हैं, ज़हर खाने को भी पैसा नहीं है। बिरादरी में नाक कट गयी तो जान दे देगा।'

'म्यां, गैरतमन्द आदमी है। उसे कितना रुपया चाहिए?'

'वह छः सौ मांगता है।'

'इस वक्त तहवील में तुम्हारे पास कितना रुपया है?'

'वही एक हज़ार है, जो चौधरियों के यहां से कर्ज़ आया है।'

'तब तो दोनों का काम हो जाएगा। दे दो।'

'मगर अब्बा हुज़ूर, वह तो हमने सरकारी लगान अदा करने के लिए कर्ज़ लिया है।'

'उस पाक परवरदिगार की इनायत से हमें कर्ज़ा अभी मिलता है। दे दो, ये गर्ज़मन्द हैं। पीछे देखा जाएगा।'

लेकिन छोटे मियां को बड़े मियां की यह उदारता अच्छी नहीं लगी। वे चुपचाप खड़े रहे। बड़े मियां ने गर्मी से कहा, 'कोई सख्त कलाम न कहना बेटे; वे गरीब गर्ज़मन्द हैं, हमारी परजा हैं, सुख-दुख में हमारा ही तो आसरा तकते हैं। यह भी तो देखो।'

'लेकिन हुज़ूर, हम मालगुज़ारी कहां से अदा करेंगे? ये फिरंगी के प्यादे और अमीन तो बादशाह तक की छीछालेदर करने में दरेग नहीं करते हैं। कल ही आ धमकेंगे ड्योढ़ियों पर, और हुज़ूर की शान में बेअदबी करेंगे तो मैं उन्हें गोली से उड़ा दूंगा। पीछे चाहे जो कुछ हो।'

'लेकिन ऐसा होगा क्यों, मालगुज़ारी दे दी जाएगी।'

'कहां से दे दी जाएगी?'

'चौधरी तो हमारे दोस्त हैं। वे क्या कभी नाहीं कर सकते हैं, वे भी खानदानी ज़मींदार हैं। इज़्ज़त की इज़्ज़त बचाना वे जानते हैं।'

'तो यह भी खूब रही। कर्ज़ा लिए जाइए और दूसरों को बांटे जाइए। ये ही क्यों नहीं जाते चौधरी के पास?'

'बेटा, वे गरीब आदमी हैं, मगर इज़्ज़तदार तो हैं। फिर, यह तो गांव की इज़्ज़त का सवाल है। हमारे गांव का आसामी गैर के सामने हाथ पसारेगा तो हमारी भी इज़्ज़त कहां रही!'

'लेकिन हुज़ूर, सारी रियासत तो रेहन हो गयी। जब कर्ज़ा भी न मिलेगा तब क्या होगा?'

'जो खुदा को मंजूर होगा। जाओ, दे दो बेटे, बहुत देर से बैठे हैं वे, न जाने उनके घर पर क्या बीत रही होगी! पाजी बरकन्दाज़ बड़े बदतमीज़ होते हैं।'

छोटे मियां आहिस्ता से चले गए। मियां ने आराम से मसनद का सहारा लेकर पूरी तस्बीह पर उंगलियां फेरीं। इतने ही में खादिम महमूद और लतीफ़ छिद्दू काछी को धकेलते हुए दीवानखाने में घुस आए। छिद्दू मियां के सामने पहुंचते ही ज़मीन में औंधा लेट गया।

मियां ने हैरत में आकर कहा, 'क्या हुआ, क्या हुआ?'

'हुज़ूर इसने रात-भर में आधा खेत साफ़ कर दिया। दो गट्ठर बांधे हैं। न जाने कब से चोरी करता था। हाथ ही नहीं लगता था। आज रंगे हाथों पकड़ा गया है।'

मियां ने छिद्दू की ओर देखकर आहिस्ता से कहा—

'क्या तूने खेतों में नुकसान किया?'

'हुज़ूर, गलती हो गयी है। कान पकड़ता हूं माई-बाप।'

'जा भाग, अब ऐसा न करना।'

छिद्दू मियां को लम्बी-लम्बी सलामें झुकाते हुए चला गया।

दोनों खिदमतगार इस तरह शिकार को हाथ से बाहर जाते देख खड़े के खड़े रह गए। मियां ने उनके मनोभावों को समझकर कहा, 'अरे म्यां, भूखा गरीब है, नीयत बदल गयी। हमें खुदा और देगा। हज़रत ने कहा है—मेरे बन्दे के लाखों रास्ते हैं।'

दोनों खादिम चुपचाप सलाम कर और सिर झुकाकर चल दिए।

## 3

मियां का बावर्चीखाना क्या था, लंगर था। जहां तीसरे पहर तक अगलम-बगलम जिसका जी चाहे खाना पा सकता था। सौ-पचास आदमी रोज़ ही मियां के बावर्चीखाने से खाना पाते थे। नौकर-चाकर, सिपाही-प्यादे, भिश्ती-मेहतर, कमेरे-टहलुए तो खाना पाते ही थे, फालतू मटरगश्त लोग भी बहुत-से आ जुटते थे। मियां की ओर से तो सभी को खाना लेने की छूट थी। फिर भी छुटभैये लोग नौकर-चाकर, खानसामा, बावर्ची अपनी टांग अड़ाते ही थे।

मियां मसौती पक्के अहदी। अफीम घोलना और पीनक में झूमना, मगर खाना लेने दोनों वक्त बावर्चीखाने पर हाज़िर। बावर्ची का नाम था हुसैनी। मोटा, ठिगना, एकदम सुर्मई रंग, मेहंदी से रंगी हुई दाढ़ी। मोटे-मोटे लटकते हुए होंठ। नंगी कमर में गहरा

उन्नाबी तहमद। मसौती ने बावर्चीखाने में पहुंचकर कहा, 'मियां खाना दो।'

हुसैनी ने ज़रा करारी आवाज़ में कहा, 'क्या काम किया है तुमने आज, जो सुबह-सुबह सबसे पहले चले आए खाना लेने?'

मसौती मियां ने बड़े इत्मीनान से कहा, 'अमां, हमने मियां को लतीफे सुनाए हैं।' हुसैनी ने बड़बड़ाते हुए चार चपातियां और सालन उसकी हथेलियों पर रख दिया। इसी समय जमाल भिश्ती ने आकर कहा, 'म्यां, खाना दो।'

'कुछ काम किया तुमने मियां का आज?'

'हां, हां, हमने मियां की मुर्गियों को पानी पिलाया है।'

कुर्दू मियां आंखें मिचमिचाते आए, और हुसैनी को अस्लाम वालेकुम कहा। मोटे हुसैनी ने गर्दन हिलाकर कहा, 'आ गए खालूजान! कहो, आज क्या काम किया?'

'छोटे मियां की जूतियां सीधी की हैं; लाओ झटपट दो खाना। खुदा की कसम, इस रियासत में सब हराम की खाते हैं, बस हम-तुम कसाला करते हैं। जीते रहो भाई, ज़रा सालन ज़्यादा देना।'

ये हुज्जतें चलती रहतीं, मगर खाना सबको मिलता। ऐसा नहीं कि कभी कदाच, एकाध दिन, नित्य, बारहों मास, तीसों दिन।

## 4

रात को जब मियां पलंग पर दराज़ हुए तो उनका खास खिदमतगार पीरू पलंग के पांयते बैठकर उनके पैर दबाने लगा। हमीद ने पेचवान जंचाकर रख दिया। मियां ने हुक्के में एक-दो कश लिए और हमीद को हुक्म दिया कि छोटे मियां जग रहे हों तो उन्हें ज़रा भेज दो।

बड़े मियां का संदेश पाकर छोटे मियां ने आकर पिता को आदाब किया। बड़े मियां ने हुक्के की नली मुंह से हटाकर कहा, 'अहमद, कल अलस्सुबह ही मुक्तेसर चलना है। तुम भी चले चलना ज़रा।'

'मेरा वहां क्या काम है?'

'काम नहीं, चौधरी बहुत याद करते हैं तुम्हें। जब-जब जाता हूं, तभी पूछते हैं। भई एक ही नेक खसलत रईस हैं।'

'लेकिन अब्बा हुज़ूर, मुझे तो वहां जाते शर्म आती है।'

'शर्म किसलिए बेटे?'

'हम लोग उनके कर्ज़दार हैं, और इस बार भी आप इसी मकसद से जा रहे हैं।'

'तो क्या हुआ! सूद उन्हें बराबर देते हैं और रियासत पर कर्ज़ा लेते हैं। फिर चौधरी ऐसे शरीफ हैं कि आंखें ऊंची कभी करते देखा नहीं। हमेशा "बड़े भाई" कहते हैं। और उनकी साहबज़ादी, अरे हां; अहमद, वे खिलौने जो दिल्ली से आए थे, सब हैं न? उन्हें साथ रखना। देखना, मैं भूल न जाऊं।'

'खिलौने किसलिए?'

'साहबज़ादी के लिए, चौधरी की लाडली पोती है। वाह, बड़ी सूरत और सीरत

पाई है। मुझे वह दादाजी कहती है। और हां, एक टोकरा अमरूद और सफ़ेदा, उम्दा चुनकर रख लेना मियां पीरू, तुम चले जाओ, अभी इसी वक्त बाग में।'

पीरू सिर झुकाकर चला गया। अहमद ने कुछ नाराज़ी के स्वर में कहा, 'आप नौकरों के सामने भी...'

छोटे मियां पूरी बात न कह सके, बीच में ही बड़े मियां ने मीठे लहज़े में कहा, 'पीरू तो नौकर नहीं है। घर का आदमी है। खैर, तो तैयार रहना। और हां, वह गुप्ती भी ले चलना।'

'वह किसलिए?'

'चौधरी को नज़र करूंगा। उम्दा चीज़ है।'

'उम्दा चीज़ें घर में भी तो रहनी चाहिए।'

'मगर दोस्तों को सौगात भी तो उम्दा ही जानी चाहिए।'

'दोस्ती क्या, चौधरी समझेगा मियां कर्ज़ के लिए खुशामद कर रहे हैं।'

'तौबा, तौबा, ऐसा भला कहीं हो सकता है! चौधरी एक ही दाना आदमी है। चलो तो तुम, मिलकर खुश होओगे।'

छोटे मियां जब जाने लगे तो बड़े मियां ने टोककर कहा, 'अमां ज़रा रघुवीर हलवाई के यहां कहला भेजना—मिठाई अभी भेज दे। कल ही मैंने कहला दिया था, तैयार रखी होगी। सुबह तो बहुत देर हो जाएगी।'

'बहुत अच्छा अब्बा,' कहकर छोटे मियां अपने कमरे में चले गए।

बड़े मियां देर तक हुक्का पीते रहे। पीरू मियां आकर फिर पैर दबाने लगे। पैर दबाते-दबाते पीरू ने कहा, 'हुज़ूर बस, अब तो हज को चल ही दीजिए। आपके तुफ़ैल से गुलाम को भी ज़ियारत नसीब हो जाएगी।'

'मियां पीरू, हज़ की मैं दिली तमन्ना रखता हूं। मगर दिल मसोसकर रह जाता हूं। सोचता हूं, साहबज़ादा घर-बार संभाल लें, उनकी शादी हो जाए तो बस मैं चल ही दूं।'

'सरकार, ये सब तो दुनिया के धन्धे हैं। चलते ही रहेंगे। फिर छोटे मियां, अल्लाह उनकी उम्र दराज़ करे, अब नादान नहीं हैं, ज़हीन तो बचपन से ही हैं, अब तो सरकार, आलिम हो गए हैं। अंग्रेज़ों की सोहबत में रह चुके हैं। साहब लोगों से फरफर अंग्रेज़ी बोलते हैं।'

'खुदा के फ़ज़ल से सब काबिल हैं, सब कारोबार संभालकर मुझे छुट्टी दे सकते हैं। मगर अभी नादान हैं। काम में कुछ भी सहारा नहीं लगाते। बस, पढ़ने ही की धुन है।'

'तो पढ़ाई भी तो अब खात्मे पर है।'

'बस, एक साल और है।'

'तो हुज़ूर, कोई एक अच्छी-सी लड़की देखकर शादी कर दीजिए। खुदा की कसम, आंखें तरस गयी हैं। न जाने कब ज़िन्दगी धोखा दे जाए। मियां की दुलहिन का चांद-सा मुखड़ा और देख जाऊं। क्या करूं सरकार, जब से हुज़ूर मालकिन जन्नतनशीन हुईं,

घर काट खाने को आता है। बस अब तो शहनाई बज ही जाए।'

'लेकिन छोटे मियां तो शादी के नाम से ही भड़कते हैं। फिरंगियों के साथ रहकर अब वे भी नयी-नयी आदतें सीख रहे हैं।'

'माशा अल्लाह, अभी उनकी उम्र ही क्या है सरकार! मगर उनकी ज़हनियत बहुत ऊंची है। फिर जब तक हुजूर का साया उनके सर पर है, उन्हें किस बात का गम है! इसी से शायद वे बेफिक्र हैं।'

'लेकिन भई, मैं भी अब पचासी को पार कर चुका। सुबह का चिराग हूं।'

'तौबा, तौबा, यह क्या कल्मा ज़बान पर लाए हुज़ूर! जी चाहता है अपना मुंह पीट लूं। हुज़ूर का दम गनीमत है।'

बड़े मियां हंस दिए। उन्होंने कहा, 'तैयारी कर दो पीरू! ज़रा दिन गर्माए तो बस चल ही दें। तब तक छोटे मियां की तालीम भी खत्म हो जाएगी।'

'बस, तो चैत की ठहरी। ऐसा कौन बड़ा सफ़र है! एक इन फिरंगियों का कलेजा तो देखिए, सरकार, सात समंदर पार से आते हैं, फिर भी चुस्त और चालाक। फिरंगियों के जहाज़ में चलेंगे हुज़ूर। किराया तो कुछ ज़्यादा लगेगा, मुल आराम और हिफाज़त का पूरा इन्तज़ाम होगा। लेकिन उनके जहाज़ तो सूरत से नहीं जाते हुज़ूर?'

'नहीं, बम्बई से जाते हैं। नया बन्दरगाह बसाया है उन्होंने।'

'सुना है, खूब गुलज़ार है।'

'हां, तेज़ी से आबाद हो रहा है। फिरंगियों की कौम ही ऐसी है, जहां-जहां जाती है, बहबूदी और चहल-पहल बढ़ती ही जाती है।'

'तो बस, इन गर्मियों की रही सरकार!'

'हां, हज़रत सलामत बादशाह से भी ज़िक्र करूंगा। उनका पैगाम भी आया था। लालकिले में बुलाया है। कल्यान की लड़की की शादी हो जाए तो जाऊं। कहीं ऐसा न हो जाए कि नक-कटी हो। कल्यान है ज़रा बेफिकरा। तुम भी खयाल रखना पीरू!'

'खुदा की शान है, सरकार। किसकी मजाल है कि बड़े गांव पर उंगली उठाए, जहां आप जैसे दरियादिल मालिक हैं, जो भंगी की लड़की की शादी के लिए बादशाह की मुलाकात को मुल्तवी कर देते हैं। सुभान अल्लाह।'

पीरू ने झुककर मियां के कदमों पर बोसा लिया और आंसू बहाता हुआ चला गया।

बड़े मियां देर तक पेचवान में कश लगाते रहे। फिर सो गए।

## 5

चौधरी बीमार थे। दिल्ली के कोई हकीम उनका इलाज कर रहे थे। उन्हें जब बड़े मियां की आमद की सूचना दी गयी तो उन्होंने अपने पलंग के पास ही बुला लिया। छोटे मियां को देखकर चौधरी खुश हुए। साहब सलामत के बाद चौधरी ने कहा—

'आपको मैं याद ही कर रहा था। शायद आजकल में आदमी भेजकर बुलवाता।'

'तो आपने तो खबर भी नहीं दी, इस कदर तबियत खराब हो गयी है। अब इंशाअल्लाताला जल्द सेहत अच्छी हो जाएगी, मगर एहतियात शर्त है। हकीम साहब क्या फ़र्माते हैं? आदमी तो लायक मालूम देते हैं।'

'जी हां, बीस सालों से मेरे यहां वही इलाज करते हैं। हज़रत बादशाह सलामत के भी ये ही तबीब हैं हकीम नज़ीरअली साहब।'

'जानता हूं। आलिम आदमी हैं। सुना है बड़े नब्बाज़ हैं।'

'लेकिन वे इलाज ही तो कर सकते हैं, ज़िन्दगी में पैबन्द तो लगा नहीं सकते।'

'यह आप क्या फ़र्मा रहे हैं!'

'बस, अब मेरा आखिरी वक्त है। इस गिदोनवा में सिर्फ़ एक आप मेरे हमदर्द हैं। बिटिया सयानी हो गयी है, इसके हाथ पीले हो जाते तो इत्मीनान से मरता। अब भगवान की मर्ज़ी।'

'लेकिन चौधरी, आप इस कदर पस्तहिम्मत क्यों हो रहे हैं? आप जल्द अच्छे हो जाएंगे।'

'खैर, तो आपसे मेरी एक आरज़ू है। आप मेरे बड़े भाई हैं, अब इस घर की देखभाल आप ही पर छोड़ता हूं। नादान बच्चे हैं, आप ही को उनकी सरपरस्ती करनी होगी। सब भाई समझदार और दाना आदमी हैं, उम्मीद है खानदान को दाग न लगने पाएगा, सिर्फ़ आपका साया सर पर रहना चाहिए।'

'उस घर से भी ज़्यादा यही घर मेरा है चौधरी, आप किसी बात की फ़िक्र मत कीजिए। क्या साहबज़ादी की बात कहीं लगी है?'

'अभी नहीं। उसे तो बस पढ़ने की ही धुन लग रही है। बेगम समरू जब से तशरीफ़ लाई हैं, उसका सिर फिर गया है। बेगम ने ही उसे पढ़ाने को एक अंग्रेज़ लेडी रखवा दी है। देखता हूं उसकी सोहबत में वह नयी-नयी बातें सीखती जा रही है। मगर बिना मां की लड़की है। सात भाइयों में अकेली। सभी की आंखों का तारा। इसी से हम लोग कोई उसकी तबियत के खिलाफ़ काम करना नहीं चाहते।'

'यही हाल छोटे मियां का है। हज़रत सलामत के कहने से इसे फिरंगियों के मिशन कॉलेज में दाखिल किया था। अब वह अंग्रेज़ी पढ़कर नयी दुनिया की नयी बातें करता है।'

'भगवान इसकी उम्र बड़ी करे; तो हर्ज क्या है। नयी दुनिया आनेवाली है। नयी दुनिया के आदमी भी नये होंगे। इन फिरंगियों को ही देख लो; हर बात नयी है। अच्छा है, बच्चे नये ज़माने की रोशनी से वाकिफ़ हो जाएं। हमारा क्या, आज मरे, कल दूसरा दिन।'

इसी वक्त मंगला हाथ में दूध का गिलास लेकर कमरे में आ गयी। सत्रह साल की स्वस्थ लड़की। हर अदा में अल्हड़पना, कुछ जवानी और कुछ बचपन का मिला-जुला रंग, सुर्ख नारंगी-से गाल, बड़ी-बड़ी आंखें, चांदी से उज्ज्वल माथे पर खेलती हुई काली घूंघरवाली लटें। तिल के फूल-सी कोमल नाक और कुछ फूले हुए होंठ।

कमरे में बाहरी आदमियों को देख वह ठिठकी, और मुंह फेरकर लौट चली। पर चौधरी ने क्षीण स्वर में कहा, 'चली आओ बेटी; चली आओ; दादा जान हैं, पहचाना नहीं!'

मंगला का मुंह मुस्कान से भर गया। उलटकर उसने बड़े मियां की ओर देखा। पर तभी उसकी नज़र छोटे मियां पर पड़ी। इससे उसका मुंह लाज से झुककर लाल हो गया।

उसने दूध का गिलास चौकी पर रखकर दोनों हाथ जोड़कर बड़े मियां को प्रणाम किया।

चौधरी ने कहा, 'चाचाजान भी हैं बेटी, उन्हें भी नमस्कार करो।'

मंगला ने छोटे मियां को भी उसी तरह हाथ जोड़कर नमस्कार किया। चौधरी ने कहा, 'दो गिलास दूध और ले आ बेटी, दादा और चाचा के लिए।'

मंगला तेज़ी से चली गयी। दोनों हाथों में दो गिलास दूध भरकर ले आई। उसके साथ ही एक खिदमतगार बड़े-से थाल में गुड़ के गिंदौड़े भरकर मियां के सामने रख गया। छोटे मियां और बड़े मियां ने एक-एक गिंदौड़ा उठाया और दूध का गिलास हाथ में ले लिया। बड़े मियां ने फिर हंसकर कहा, 'बिटिया ज़रा देखो तो तुम्हारे लिए तुम्हारे चाचा दिल्ली से कैसे-कैसे खिलौने लाए हैं!' उन्होंने बड़ी फुर्ती से खिलौनों का टोकरा खोला। मंगला ने उत्सुकता से एक बार खिलौनों के टोकरे की ओर और दूसरी बार छोटे मियां की ओर देखा। फिर उसके चेहरे पर मुस्कान फूट पड़ी। उसने बड़े मियां से कहा, 'आपने तो मेरे लिए विलायती कुत्ता लाने का वायदा किया था!'

बड़े मियां हंस दिए, 'किया तो था बेटी, अब इस बार जब अहमद दिल्ली से लौटेगा, तेरे लिए विलायती कुत्ता ज़रूर लाएगा।'

'अन्ना के पास एक कुत्ता है दादाजी, वह अंग्रेज़ी समझता है, मुल बोलता है, कुत्ते की बोली।'

चौधरी और बड़े मियां दोनों हंस पड़े। बड़े मियां ने कहा, 'बेशक, बेशक बिटिया, थोड़े दिनों में ये कुत्ते अंग्रेज़ी बोलने लगेंगे।'

'दादाजी। मैं अन्ना के साथ अंग्रेज़ी बोलती हूं। क्या आप अंग्रेज़ी समझ सकते हैं?'

'नहीं बिटिया, मैं बूढ़ा आदमी भला अंग्रेज़ी क्या जानूं!'

'दद्दा भी अंग्रेज़ी नहीं बोल सकते?'

'कैसे बोल सकते हैं बेटी, वे भी तो मेरी तरह बूढ़े आदमी हैं।'

'अन्ना ठीक कहती हैं, जो अंग्रेज़ी नहीं जानता वह गंवार आदमी है। साहब लोग उसे पसन्द नहीं करते।'

'अन्ना ठीक कहती हैं बेटी, इसी से मैं और तेरे दद्दा, दोनों साहब लोगों से दूर ही दूर रहते हैं।'

'साहब लोग तो बहुत अच्छे होते हैं दादाजी!'

'बेशक, लेकिन हम बूढ़े आदमियों से साहब लोगों का मिलान नहीं खाता।'

'आप भी अंग्रेज़ी पढ़िए दादाजी, अन्ना आपको पढ़ा देंगी।'

'अच्छी बात है बिटिया, मैं और तुम्हारे दादाजी तुम्हारी अन्ना से पढ़ा करेंगे।'

'आपने मेरी किताबें देखी हैं दादाजी?'

''नहीं देखीं बेटी।'

'मैं अभी दिखाती हूं।'

वह तेज़ी से चली गयी। चौधरी ने आंखों की कोर में आए आंसू पीकर कहा, 'बस, दिन भर ऐसी ही बातें करती है। भले-बुरे का कुछ ज्ञान नहीं, न जाने कैसे घर जाना पड़ेगा। इसी सोच में घुला जाता हूं।'

'सोचा न करो चौधरी, बड़ी समझदार बिटिया है। खुदा ने चाहा तो दोनों खानदानों को रोशन करेगी।'

मंगला अपनी किताबें ले आई। वह बड़ी देर तक बड़े मियां को उसकी तस्वीरें दिखाती रही। अन्त में बड़े मियां ने कहा, 'अहमद इस बार दिल्ली से आएगा तब तेरे लिए अंग्रेज़ी की बहुत-सी किताबें भी लाएगा।' मंगला इस बात से प्रसन्न हो गयी। उसने हंसती हुई आंखों से अहमद की ओर देखा और वह अपनी किताबें समेटकर चल दी।

बड़े मियां ने कहा, 'खुदा उसकी उम्र दराज करे। चौधरी, ठाठ का लड़का ढूंढना, अंग्रेज़ी पढ़ा-लिखा। हमारी साहबजादी को बिना अंग्रेज़ी पढ़ा दूल्हा न जँचेगा। और शादी वह धूम से करना कि चौरासी गांव में धूम मच जाए।'

चौधरी के चेहरे पर उदासी छा गयी। उन्होंने एक ठंडी सांस खींचकर कहा, 'अब इसकी क्या उम्मीद है भाई साहब! जो घड़ी बीतती है, गनीमत है। खैर, यह कहो इस वक्त तकलीफ़ कैसे की?'

'यों ही चला आया। बिटिया को देखने को दिल बेचैन था। छोटे मियां भी आपको सलाम करना चाहते थे।'

इतनी देर तक छोटे मियां की ओर तो दोनों बूढ़ों ने ध्यान ही नहीं दिया था। अब चौधरी ने कहा, 'होनहार हैं, ज़हीन हैं, ईश्वर ने चाहा तो नेकनामी और इज़्ज़त का वह रुतबा हासिल करेंगे कि जिसका नाम...।' उन्होंने प्रेम से छोटे मियां की ओर देखा। उनका हाथ पकड़कर अपने पलंग के पास खींच गोद में बिठा लिया। बड़े मियां ने कहा, 'चौधरी चाचा को मुकर्रर सलाम करो बेटे।'

छोटे मियां ने अदब से खड़े होकर चौधरी को सलाम किया। 'जीते रहो, जीते रहो!' चौधरी ने प्रेम-विभोर होकर कहा। 'हां, तो अब पढ़ाई कितनी बाकी है?'

'बस एक साल की। फिर डिग्री मिल जाएगी।'

'बहुत खुशी की बात है। तो अगले साल कोई अच्छी-सी लड़की देख शादी तय कर डालो बड़े भाई! क्या कहीं से पैगाम आया है?'

'बहुत—मगर मैंने मंजूर नहीं किया। तालीम खत्म हो जाए तो देखा जाएगा। उधर मिर्ज़ा भी ज़ोर लगा रहे हैं कि हज चलो। हीला-हवाला करते चार साल हो गए। अब सोचता हूं कि ज़िन्दगी का क्या भरोसा, नदी किनारे का दरख्त हूं। जाऊं, हज कर आऊं।'

'क्या हर्ज है, सवाब की क्या बात है।'

'लेकिन मियां तो अभी कुछ समझते ही नहीं। बस किताबों में ही ध्यान रखते हैं।'

'क्यों न रखेंगे भला! हमारे बुज़ुर्गों ने कहा है पुस्तकें ही आदमी की सच्ची गुरु हैं।'

'हां, हां, लेकिन आदमी को दुनिया भी तो देखनी चाहिए।'

'सब देखेंगे। सब देखेंगे। लाख हो, पर अभी बच्चे ही तो हैं। फिर जब तक आप हैं, इन्हें क्या फिक्र! ये तो खेलने-खाने के दिन हैं।'

'इसी से दिल कच्चा हो जाता है, सोचता हूं जाऊं या न जाऊं।'

'ज़रूर जाओ बड़े भाई। मेरा भी इरादा है, जो इस चारपाई से उठ खड़ा हुआ तो ज़रूर चार धाम करूंगा।'

'खुदा करे आपकी मुराद बर आए।'

'अच्छा, अब काम की बात करो।'

'काम की बात कुछ नहीं।' बड़े मियां की आंखें झेंप गयीं। पर चौधरी ने ताड़ लिया। उन्होंने पूछा, 'क्या मालगुज़ारी अदा हो गयी?'

'अभी कहां, वह रुपया जो आपके यहां से उस दिन गया था, दूसरे एक ज़रूरी काम में खर्च हो गया। लेकिन चौधरी, आप इस वक्त परेशान न हों। कुछ इन्तज़ाम हो ही जाएगा। अभी तो आप अपनी सेहत पर ध्यान दीजिए।'

लेकिन चौधरी ने इसका कोई जवाब नहीं दिया। थोड़ी देर इधर-उधर की बातें हुईं। बहुत देर तक चौधरी छोटे मियां से दिल्ली और वहां के फिरंगियों के हाल-चाल पूछते रहे।

खाने का वक्त हुआ। दोनों ने खाना खाया।

दीवानखाने में पलंग लग गए और दोनों मियां लेटकर आराम करने लगे।

तीसरे पहर जब वे चौधरी के पलंग के पास रुखसत लेने पहुंचे, तो चौधरी ने एक कागज़ उनके हाथ में थमा दिया। बड़े मियां ने देखा—तमाम कर्ज़े की भरपाई की चुकता रसीद थी। बड़े मियां ने आश्चर्यचकित होकर चौधरी की ओर देखकर कहा, 'यह क्या चौधरी?'

'बस, दुलखो मत बड़े भाई! साहबज़ादे पहली बार मेरी ड्योढ़ी आए हैं। यह उनकी नज़र है।'

'लेकिन यह तो तमाम कर्ज़े की भरपाई की रसीद है!'

'तो क्या हुआ? आपकी सखावत ने तो सारी रियासत को रेहन रख दिया। अब छोटे मियां को मेरी तरफ़ से यह छोटा-सा नज़राना है।'

'यह न हो सकेगा चौधरी, यह भी कोई इन्साफ है! तौबा, तौबा!' उन्होंने कागज़ चौधरी के पलंग पर फेंककर दोनों हाथों से कान पकड़ लिये। चौधरी की आंखों में पानी भर आया। उन्होंने कहा, 'बड़े भाई, मेरे साथ इस कदर सख्ती! ऐसी बेरुखी! आप तो कभी ऐसे न थे। भला सोचो तो, हमारे आपके बीच कोई फ़र्क है। मैंने तो कभी उस घर को अपने घर से अलग नहीं समझा। जैसे मुझे अपने बच्चों का खयाल है, वैसे

ही छोटे मियां का भी है। फिर यह मेरा आखिरी वक्त है। छोटे मियां को मैं कैसे छूंछे हाथ रहने दे सकता हूं।'

'तो ज़मींदारी पर ही क्या मौकूफ़ है। खुदा ने चाहा तो उसे कम्पनी बहादुर की कोई अच्छी-सी नौकरी मिल जाएगी।'

'मिल जाएगी तो अच्छा ही है। मगर बाप-दादों की जायदाद से भी तो मियां को बरतरफ़ नहीं किया जा सकता।'

'कौन बरतरफ़ करता है, चौधरी! तुम्हारा रुपया मय सूद चुकता करके ज़मींदारी छूट जाएगी, तब वही मालिक होगा।'

'अच्छी बात है, रसीद तो आप रख लीजिए। जब रुपया हो उसे मेरी तरफ़ से छोटे मियां की शादी में दुलहिन को दहेज दे दीजिएगा।'

'यह तो वही बात हुई।'

'तो दूसरी बात कहां से हो सकती है!'

'खैर, तो आप जानिए और छोटे मियां, मैं तो मंजूर नहीं कर सकता।'

'तो छोटे मियां को हुक्म दे दीजिए।'

'नहीं, हुक्म भी नहीं दे सकता।'

'अच्छा साहबजादे, यह कागज़ तुम रख लो।'

'चाचाजान, मैं अर्ज़ करता हूं। फिरंगियों ने मुझे एक नया सबक सिखाया है, उम्मीद है आप उसे पसन्द करेंगे।'

'कौन-सा सबक है बेटे?'

'कि अपने पसीने की कमाई खाओ।'

'अच्छा सबक है।'

'इसी से आप इसरार न कीजिए। और यह रसीद अपने पास ही रखिए। अब्बा हुज़ूर जब आपका रुपया ब्याज समेत चुकता कर देंगे, तो यह रसीद ले लेंगे।'

'तो बेटे, तुम अपने इस बूढ़े चाचा की इतनी-सी बात टालते हो।'

'चाचाजान, यह उसूल की बात है।'

'बेटे, तुम जानते हो, मैं बूढ़ा आदमी हूं, कमज़ोर हूं, बीमार हूं; मेरा दिल टूट जाएगा, अगर तुम यह कागज़ न लोगे।'

चौधरी की आंखों से आंसू बह चले। बड़े मियां ने कहा, 'चौधरी, छोटी रकम नहीं है, चालीस हज़ार से ऊपर की रकम होगी। आखिर खुदा के सामने मैं क्या जवाब दूंगा।'

'तो तुमने मेरा दिल तोड़ दिया बड़े भाई,' चौधरी ने कातर कण्ठ से कहा।

बड़े मियां की भी आंखें भीग गयीं, उन्होंने कहा, 'खैर, एक वादा करें तो मैं मियां को रसीद लेने की इजाज़त दे सकता हूं।'

'कैसा वादा?'

'कि जब भी रुपये का बन्दोबस्त हो जाए, रुपया आप ले लेंगे।'

'खैर यही सही। अच्छा संभालिए।'

'यह क्या?'

'यह तो तोड़े हैं, मालगुज़ारी भी अदा कर दीजिए और हज़ भी कर आइए। कम हो तो खबर भेज दीजिए, रुपया और पहुंच जाएगा।'

'लेकिन...'

'लेकिन क्या बड़े भाई!' उन्होंने खिदमतगार को पुकारकर कहा, 'तोड़े रथ में रख आ। और दो सवार साथ जाकर बड़े मियां को पहुंचा आए। लो बेटे, संभालकर रखो।' उन्होंने रसीद छोटे मियां के हाथ में दे दी। तीनों ही आदमियों की आंखें गीली थीं। बड़ी देर सन्नाटा रहा। छोटे मियां ने कहा, 'अब्बा हुज़ूर, वह गुप्ती आप चाचाजान को नज़र करने लाए थे न!'

'बेटे, तुम्हीं दे दो, मुझे तो शर्म लगती है। भला इस फरिश्ते को मैं क्या नज़र कर सकता हूं!' छोटे मियां ने पिता के हाथ से गुप्ती लेकर चौधरी के हाथ में थमा दी और कहा, 'चाचाजान, अब्बा हुज़ूर आप ही के लिए लाए थे।'

चौधरी ने हंसकर कहा, 'बड़ी नायाब चीज़ है बेटे, इसे हर वक्त हाथ में रखूंगा। कहा भी तो है, बूढ़े को लाठी का सहारा।'

वे उसी गुप्ती पर शरीर का ज़ोर डालकर उठ खड़े हुए। छोटे मियां को छाती से लगाकर प्यार किया। फिर बड़े मियां से बगलगीर होकर मिले और विदा किया। चलते-चलते पुकारकर कहा, 'हज़ से मेरे लिए कोई उम्दा सौगात लाना बड़े भाई।'

बड़े मियां के खून की प्रत्येक बूंद आंसू बन रही थी। मुंह से उनके बोली न फूटी। उन्होंने सिर्फ़ ज़रा ठिठककर सिर झुका दिया। और मियां के कन्धे पर सहारा दिए रथ की ओर बढ़े।

## 6

इसी समय सुरेन्द्रपाल ने पीछे से पुकारा, 'यह क्या तायाजी, आप जा रहे हैं, बिना मेरी इजाज़त लिए ही।'

बड़े मियां रथ में चढ़ते-चढ़ते ठिठक गए, उन्होंने कहा, 'बड़ी गलती हुई बेटा! लेकिन इजाज़त दे दो। सूरज छिप रहा है और सर्दी की रात है, पहुंचते-पहुंचते अन्धेरा हो जाएगा।'

'आपको इजाज़त दे सकता हूं, मगर भाई साहब को नहीं।'

'ये फिर आ जाएंगे, अभी तो छुट्टियां हैं।'

'यह नहीं हो सकता। मैं आज इन्हीं के लिए तमाम दिन परेशान रहा हूं।'

'परेशान क्यों रहे बेटे?'

'शिकार के बन्दोबस्त में। कछार में एक नया शेर आया है। कल ही कई आसामियां शिकायत के लिए आई थीं। आदमखोर है। उधर गांवों में उसने बहुत नुकसान किया है। बस, सुबह आप आए तो मैंने तय कर लिया कि भाई साहब और मैं शिकार करेंगे उसका। अब सब बन्दोबस्त हो गया है। और आप खिसक रहे हैं चुपचाप। यह नहीं हो सकेगा।' उसने आगे बढ़कर छोटे मियां का हाथ पकड़ लिया। शेर के शिकार की

बात सुनकर छोटे मियां का कलेजा उछलने लगा। कभी शेर का शिकार नहीं किया था। यों बन्दूक का निशाना अच्छा लगाते थे। कभी-कभी शिकार करते थे। मगर मुर्गाबियों और हिरनियों का। सुनकर खुश हो गए। उन्होंने मुस्कुराकर बड़े मियां की ओर देखा।

बड़े मियां ने कहा, 'तो बेटे, रह जाओ दो दिन भाई के पास।'

बड़े मियां चले गए। छोटे मियां को खींचकर सुरेन्द्रपाल अपने कमरे में ले गए। दोनों की समान आयु थी। रात-भर में दोनों तरुण पक्के दोस्त हो गए। साथ खाया और साथ सोए। दूसरे दिन शिकार की तैयारियां हुईं। शिकारी इकट्ठे हुए। बन्दूक लैस की गयी। हांका बिठाया गया। मचान बांधे गए। और शाम होते-होते दोनों दोस्त मचान पर जा बैठे। सुरेन्द्रपाल कई शेर मार चुका था। उसका हौसला बढ़ा हुआ था। पर छोटे मियां के लिए पहला अवसर था। उत्सुकता और घबराहट दोनों उसके मन में थीं। सुरेन्द्रपाल ने कहा, 'शर्त बदो।'

'कैसी शर्त?'

'शेर अगर तुम्हारी गोली से मरे तो मैं यह अंगूठी तुम्हें नज़र करूंगा। लेकिन यदि मेरी गोली सर हुई तो बोलो तुम मुझे क्या दोगे?' सुरेन्द्र ने हंसकर कहा।

'शर्त की क्या ज़रूरत है। गोली तुम्हीं सर करना। मैं महज़ तमाशा देखूंगा।'

'वाह, यह शिकार का दस्तूर नहीं। तुम मेहमान हो, पहली गोली तुम्हें ही चलानी होगी।'

'लेकिन मेरे पास तो अंगूठी है ही नहीं।'

'तो और कुछ दांव पर लगाओ।'

छोटे मियां ने हंसकर कहा, 'अच्छी बात है। मेरे पास एक चीज़ है, अगर शेर तुम्हारी गोली से मरा तो मैं वह चीज़ तुम्हें नज़र करूंगा।'

'वह क्या चीज़ है दिखाओ पहले।'

'नहीं, दिखाऊंगा नहीं। छोटी-सी चीज़ है। मुमकिन है तुम्हारी अंगूठी के बराबर कीमती न हो। लेकिन तुम्हें वही कबूल करनी होगी।'

'वाह, नज़र की चीज़ की भी कीमत आंकी जाती है भाईजान! तुम एक तिनका ही उठाकर दे देना।'

'तब शर्त पक्की रही। पहले गोली कौन दागेगा?'

'तुम।'

'और यदि गोली शेर को न लगी और शिकार भाग गया, तो बिगड़ोगे तो नहीं!'

'भागकर शिकार कहां जाएगा? देखना, बीच खेत मारेंगे। लो होशियार हो जाओ?'

दोनों दोस्त हरबे-हथियार से लैस हो बैठे। हांका हुआ। शेर की दहाड़ सुनकर छोटे मियां के हाथ-पांव फूल गए, उनसे निशाना नहीं सधा, गोली खता हो गयी। सुरेन्द्रपाल की गोली ने शेर का काम तमाम कर दिया। खुशी-खुशी दोनों दोस्त मंच से उतरे। शिकार की नाप-तोल की। घर आए। जब छोटे मियां चलने लगे तो उन्होंने कहा, 'शर्त का नज़राना हाज़िर करता हूं।'

'अरे, मैं तो भूल ही गया था। अब जाने दो भाईजान। हकीकत में, अपनी यह

अंगूठी तुम्हें अपनी दोस्ती की यादगार के तौर पर देना चाहता था। शिकार की शर्त का महज़ बहाना था।'

'यह न होगा, शर्त पूरी करना फ़र्ज़ है। यह लीजिए।'

उन्होंने जेब के भीतर हाथ डालकर वह रसीद निकाली और सुरेन्द्र के हाथ पर रख दी।

'यह क्या है?'

'वही चीज़, जो मैंने तुम्हें देने का कसद किया था।'

सुरेन्द्रपाल ने कहा, 'यह तो महज़ एक कागज़ का टुकड़ा है।'

'तिनका ही सही। तुम्हीं ने कहा था कि नज़राने की कीमत नहीं आंकी जा सकती।'

सुरेन्द्रपाल को इस रसीद की बाबत कुछ भी पता न था। वह वास्तव में चालीस हज़ार कर्ज़े की भरपाई की वही रसीद थी, जो चौधरी ने छोटे मियां को दे दी थी। सुरेन्द्रपाल ने न उसे देखा, न पढ़ा। न उसने इस बात पर विचार किया कि यह क्या है। उसने सोचा कि इस चिट्ठी में प्यार-मुहब्बत की दो बातें होंगी। उन्होंने हंसकर वह कागज़ ज़ेब में रख लिया। फिर कहा, 'यह अंगूठी हमारी दोस्ती और इस मुलाकात के सिलसिले में तुम्हें रखनी होगी।'

'अंगूठी नहीं। देते ही हो तो वह खाल दे देना। वह मेरे पास तुम्हारी निशानी रहेगी।'

'खाल तैयार कराकर भिजवा दूंगा। लेकिन अंगूठी भी ले लो।'

'बस, इसरार न करो दोस्त। खाल ही लूंगा।'

और वे सुरेन्द्रपाल से बगलगीर होकर मिले और चले गए। उस रसीद की बात सुरेन्द्रपाल एकबारगी ही भूल गए। कई दिन बाद उन्हें ध्यान आया। उन्होंने उसे पढ़ा तो कुछ मतलब समझा, कुछ नहीं समझा। वे बड़े भाई के पास गए और सब माजरा कहकर वह रसीद उनके हाथ में रख दी।

रामपालसिंह को रसीद की बात मालूम हो चुकी थी। यह बात उन्हें अच्छी नहीं लगी थी। पर पिता के सामने बोलने की उनकी ज़ुर्रत न हुई थी। अब अकस्मात् अनायास ही वह रसीद हाथ में आई देख वे हैरान हो गए। उन्हें ऐसा लगा जैसे चालीस हज़ार रुपया पड़ा पा गया हो। उन्होंने रसीद चुपके से अपनी जेब में रख ली। और कहा, 'सुरेन्द्र, दद्दा से इस बात की चर्चा न करना। किसी से भी न कहना।'

सुरेन्द्र ने बड़े भाई की बात गांठ बांध ली। और शीघ्र ही वह तरुण उस महत्त्वपूर्ण कागज़ की बात एकबारगी ही भूल गया।

## 7

कल्यान मेहतर आस-पास के भंगियों का चौधरी और सरपंच था। उसकी बड़ी इज़्ज़त थी। इसलिए उसकी लड़की के ब्याह की धूमधाम भी साधारण न थी।

चालीस गांव के भंगियों को न्योता गया था। बारात आनेवाली थी लखनऊ से। बेटे का बाप भी नवाब साहब का मेहतर था। उसका भी बड़ा रुआब-दबदबा था।

बारात में वह लखनऊ की तवायफ़ें, बनारस के भांड, जौनपुर की आतिशबाज़ी और मिर्ज़ापुर के कव्वाल लाया था। बनारस की मशहूर शहनाई बारात में थी। बारात में चार सौ भंगी आए थे। सब एक से एक वज़ादार, बड़े-बड़े कड़े हाथों में पहने, भारी-भारी कण्ठे गले में और बाले कानों में पहने, बगुले के पर जैसे अंगरखे और मिर्जई डाटे आए थे। बारात बहलियों, घोड़ों और मंझोलियों पर आई थी। गांव के बाहर बारात को जनवासा दिया गया था। जनवासा आम की सघन अमराइयों में था। अम्बारी तम्बाकू और उपलों का ढेर जमा था। दर्जनों हुक्के और नहचे गुड़गुड़ा रहे थे। बड़े-बड़े चौधरी हुक्का गुड़गुड़ाते हुए ज़ोर-ज़ोर से बिरादरी के कज़िए चुका रहे थे। शहनाई बज रही थी, रौशन चौकी की बहार थी। एक ओर लखनऊ की तवायफ़ें अपनी ठुमरियों की ठमक से गांववालों के कलेजे निकाल रही थीं, दूसरी ओर बनारस के भांड हंसाते-हंसाते लोगों को लहालोट कर रहे थे। शहनाईवाले अपनी ही तान में ऐंठे जा रहे थे। इधर कल्यान ने भी हापुड़ की डेरेदार डोमनियां और नटनियां बुलाई थीं; वे पंचम तार पर कजरी और बिरहा अलापतीं, तो गांववालों के कलेजे उछल कर रह जाते थे। इधर यह धूमधाम, उधर घोड़ों की हिनहिनाहट, ऊंटों की बलबलाहट, घसियारनों और कोचवानों का जमघट, सब मिलकर खासी धूम मची हुई थी। आस-पास के गांवों से बहुत लोग इस बारात को देखने आए थे। ब्याह के मंडप के पास जाजम पर बड़े मियां कमर में शाल लपेटे, भारी मंडील सिर पर लगाए, रुपयों से भरी थैली आगे रखे बैठे सब नेग चुका रहे थे। वे प्रत्येक मेहतर से चौधरी, भाई, सरदार कहकर बोल रहे थे। उनका व्यवहार ऐसा था कि मानो इन्हीं की बेटी का ब्याह है।

कल्यान बिफरे शेर की तरह दहाड़ता हुआ आया, और आते ही बड़े मियां के सामने पैर फैलाकर बैठ गया। उसने कहा, 'सरकार चाहे मारें चाहे बख्शें, मगर मैं नखलऊ के नकटे को बेटी नहीं देने का।'

'क्यों, क्या हुआ, इस कदर क्यों बिगड़ रहे हो?'

'बस हुज़ूर, मर्द का कौल है। बस, हुक्म दीजिए बज्जातों को गांव से बाहर किया जाए।'

'आखिर बात क्या है, कुछ कहोगे भी।'

'हुज़ूर, छोटे मुंह बड़ी बात। कहता है, समधी की मिलनी सरकार से करूंगा। सरकार जब यहां बैठे हैं; तो वे ही लड़की के बाप हैं।'

'तो झूठ क्या है, लड़की का बाप मैं ही तो हूं। तुम्हारी ही क्या, गांव भर की लड़कियों का बाप मैं ही हूं।'

'आप तो सरकार हमारे भी माई-बाप हैं, सरकार तो परमेसुर के रूप हैं। मेहतर की जाजम पर आकर आप बैठ गए। पर उस साले भंगी के बच्चे की यह ज़ुर्रत कि सरकार से समधी की मिलनी करेगा!'

'बस, या और कुछ भी?'

'साला, चोट्टा, नखलऊ जाकर सारी बिरादरी से शेखी बघारेगा कि बड़े गांव की बेटी ब्याह लाया हूं, सरकार ने खुद समधी की मिलनी दी है।'

'वह कहां है?'

'वह क्या गुड़गुड़ी मुंह में लगाए बैठा है चोट्टा!'

'तो उसे यहां बुलाओ कल्यान मियां।'

'हुजूर, वह आपके सामने बेअदबी कर बैठेगा तो नाहक खून हो जाएगा। बस हुक्म दीजिए, झाड़ू मारकर गांव से बाहर करूं।'

'उसे यहां बुलाओ।'

'लेकिन सरकार...'

'हमारा हुक्म तुमने सुना नहीं, कल्यान!'

कल्यान का और साहस नहीं हुआ। जाकर समधी को बुला लाया। उसके आते ही बड़े मियां दुशाला छोड़कर खड़े हो गए। दोनों हाथ फैलाकर कहने लगे, 'आओ चौधरी, मिलनी कर लें। यह मैं अपनी बेटी, तुम्हें दे रहा हूं, भूलना नहीं।'

लखनऊ का मेहतर मूंछों में हंसता हुआ आगे बढ़ा। सारे भंगी दंग रह गए। चारों ओर से भीड़ आ जुटी। कल्यान मोटा लट्ठ लेकर मियां और लखनऊ वाले के बीच खड़ा हो गया। उसने ज़ोर से चिल्लाकर कहा, 'नहीं हो सकता, जान से ही मार डालूंगा चौधरी, जो आगे कदम बढ़ाया। अबे भंगी के बच्चे, तेरी यह मजाल कि तू हमारे बादशाह से मिलनी लेगा, जो लालकिले के शहंशाहे हिन्द के रिश्तेदार हैं!' लेकिन लखनऊ का चौधरी शान्त, शिष्ट और दृढ़ खड़ा था, अचल-अडिग, होंठों में मुस्कान भरे हुए। चारों ओर तमाशाइयों की भीड़ जमा होती जा रही थी। भांड-भडेलों के तमाशे बन्द हो गए, रंडियों के मुजरों में सन्नाटा छा गया, जिसने सुना दौड़ पड़ा। कभी न देखा-सुना, दृश्य सामने था, जाजम पर चौरासी बरस के बड़े मियां, जिनकी रियासत और बड़प्पन की धूम दिल्ली के लालकिले तक थी। जो बाईस गांवों का राजा था, शान्त-प्रसन्न मुद्रा से दोनों बांहें पसारे खड़ा था, मेहतर से बगलगीर होने के लिए। उन्होंने प्रसन्न मुद्रा से कहा, 'आओ चौधरी, आगे बढ़ो। और तुम कल्यान, मेरे पास आओ, लाठी फेंक दो।'

कल्यान ने नीचे सिर झुका लिया। वह चुपचाप चौधरी के पीछे आ खड़ा हुआ। सहमते-सहमते लखनऊ का मेहतर आगे बढ़ा—और बड़े मियां ने दोनों बांहों में उसे बांध लिया। अपने हाथ से उसके कंधे पर दुशाला डालते हुए कहा, 'कल्यान, ये दोनों तोड़े अपने हाथ से मिलनी में समधी को दे दो।'

'दुहाई सरकार, ऐसा तो न देखा, न सुना।'

लखनऊ वाला भंगी भी दुशाला कन्धे से उतारकर बड़े मियां के कदमों पर लोट गया। उसने कहा, 'बेशक कल्यान, ऐसा न कभी किसी ने सुना, न देखा, न किसी ने किया। परन्तु याद रखना, यह गरीब-परवरी मैं चौहद्दी में मशहूर कर दूंगा। और यह दुशाला मेरे खानदान में हमेशा पूजा जाएगा। आगे आनेवाली पीढ़ियां इसका साखा गाएंगी।'

'अरे निहाल हो गया नकटे, ले ये तोड़े संभाल।'

'इन्हें लुटा दे गरीबों को, मेरे सरकार के कदमों पर निछावर करके। मैं रुपयों का भूखा नहीं, मुझे मिलनी देकर सात पुश्तों को सरकार ने तार दिया। अब लोग साखे

गाएंगे और कहानियां कहेंगे कि बड़े गांव के बादशाह ने अपने गांव के भंगी की बेटी के ब्याह में भंगी को समधी की मिलनी दी थी। लूट लो यारो, ये रुपये, और यह भी लो।' उसने फेंट से अशर्फियों का तोड़ा निकालकर बखेर दिया, गले का सोने का कण्ठा तोड़कर उसके दाने हवा में उछाल दिए, फिर वह उन्मत्त की भाँति हो-हो करके हंसने और नाचने लगा। देखते-देखते रुपयों-अशर्फियों और सोने की लूट मच गयी। बड़े मियां की सखावत, बड़प्पन और दरिया-दिली की धूम मच गयी, तवायफों ने उसी वक्त कसीदे कहे, भांडों ने नयी नकलें कीं और शायरों ने नये बंधेज गाए।

कल्यान की लड़की का ब्याह हो गया। बड़े मियां धीरे-धीरे लाठी का सहारा लिए अपनी गढ़ी में लौट आए।

# दूसरा खण्ड

1 पिछले परिच्छेदों में जिन घटनाओं का वर्णन है, उनसे कोई पैंतीस बरस पहले विक्रम संवत् 1862 के बैसाख की चतुर्दशी या पूर्णिमा के दिन तीन सरदारों ने मुक्तेसर के सिवानों पर आकर अपने घोड़े रोके। संध्या होने में अब विलम्ब नहीं था, दिन-भर तपकर इस समय सूरज की धूप पीली पड़ गयी थी। तीनों सरदारों में से दो बलिष्ठ प्रौढ़ पुरुष थे। तीसरा तरुण था। तीनों हथियारों से लैस थे। घोड़े उनके पानीदार जानवर थे। पर वे बुरी तरह थक गए थे। सवारों के चेहरे और वस्त्रों पर धूल-गर्द भरी थी।

सरदारों के साथ भारी काफ़िला था। काफ़िले में कोई पचास-साठ वाहन थे। वाहनों में ऊंट, घोड़े, रथ, बहल और छकड़े थे। कुछ लोग पैदल थे। जनानी सवारियां रथों पर और बहलों पर थीं। मर्द घोड़ों पर, ऊंटों और टट्टुओं पर थे। कुछ टट्टुओं और गधों पर सामान लदा था। कुछ सामान छकड़ों पर था। पैदल जन उन्हें घेरकर चल रहे थे। सब मिलाकर काफ़िले में दो सौ के लगभग स्त्री-पुरुष होंगे। सब थक रहे थे। सबके कपड़े-लत्ते धूल से भर गए थे।

तीनों सरदार काफ़िले के आगे-आगे चल रहे थे। काफ़िला उनसे कोई पचास गज़ के फासले पर था। सरदारों के रुकने पर सारा काफ़िला रुक गया।

सरदारों में जो सबसे ऊंची रासवाले घोड़े पर सवार प्रौढ़ पुरुष था, उसकी घनी काली दाढ़ी थी। सतेज आंखें थीं। दाढ़ी को उसने ढाठे से बांधकर सिर पर एक बड़ी-सी सफ़ेद पगड़ी बांध रखी थी। वह लम्बे डील-डौल का बलिष्ठ पुरुष था। उसका वक्ष चौड़ा था और उसकी भाव-भंगिमा में हुकूमत और प्रभुत्व का आभास प्रकट होता था। उसकी अवस्था चालीस के लगभग होगी। रंग उसका तांबे के समान था।

दूसरे पुरुष की आयु भी इतनी ही थी। परन्तु उसकी दाढ़ी मुंडी हुई और मूंछें तराशी हुई थीं। उसने एक सादा बगलबन्दी पहनी थी, जिसमें एक कमरबन्द लपेटा हुआ था। उसके सिर पर भी सफ़ेद पगड़ी थी तथा माथे पर तिलक की छाप थी। यद्यपि यह पुरुष भी शरीर का बलिष्ठ था और उसने कमर में दो-दो तलवारें बांध रखी थीं, फिर भी स्पष्ट था कि वह ब्राह्मण है।

प्रथम पुरुष ने घोड़ा रोकते हुए एक पैनी दृष्टि अपने चारों ओर के वातावरण पर डाली। फिर अपने साथी की ओर देखकर कहा, 'अच्छा स्थान है, यहीं डेरा डाला

जाए।' फिर उसने तरुण को पुकारकर कहा, 'रामपाल, ज़रा देखो तो यहां पास कहीं जल का ठिकाना हो, तो यहीं मुकाम किया जाए। बस्ती के निकट जाने से तो बड़ी दिक्कत होगी। वह सामनेवाला बाग और उसके बगलवाला मैदान कैसा है?' उसने अपने दाहिनी ओर के एक सघन बगीचे की ओर हाथ फैला दिया। बाग बहुत बड़ा, बीघों में फैला हुआ था, और उसके सामने बहुत भारी मैदान था।

जिस तरुण को रामपाल कहकर सम्बोधित किया गया था, उसकी आयु बाईस वर्ष की थी। छरहरा बदन, पानीदार आंखें, चीते-सी कमर, और सुर्ख अज्ञान-सा चेहरा, उस पर भीगती हुई मसें। चुस्त पायजामे पर गुलाबी अंगरखा जिस पर केसरी फेंट में पेशकज और कटार खुसी हुई। हाथ में तोड़ेदार बन्दूक। कमर में दुहरी तलवार।

तरुण घोड़ा बढ़ाकर उधर आया। उसने एक चक्कर बाग का लगाया, फिर उसने मैदान की जांच की, तब लौटकर कहा, 'बहुत अच्छी जगह है, दद्दा। तालाब भी है, कुआं भी है। कुटी के पास शिवाला भी है। जगह साफ़-सुथरी है।'

'तो भाया, तू सवारियों के डेरे का ठौर ठीक कर।'

इतना कहकर उस पुरुष ने अपना घोड़ा आगे बढ़ाया। उसका साथी भी साथ-साथ चला। तरुण पीछे काफ़िले की ओर लौट गया।

दोनों पुरुष घोड़ों से उतर पड़े। एक सघन आम के पेड़ के नीचे पहुंचकर उन्होंने अपने वस्त्रों की धूल झाड़ी। घोड़ों का चारजामा खोलकर उन्हें छोड़ दिया। वे हरी-हरी घास चरने लगे। इतने में काफ़िला भी वहां पहुंच गया।

सबने यथास्थान डेरा डाला। स्त्रियों का पड़ाव बीच में डाला गया।

आम की छाया में जगह साफ़ करके जाजम बिछा दी गयी। दोनों सरदार जाजम पर बैठ गए। खिदमतगार ने हुक्का भरकर आगे ला धरा। सरदार हुक्का पीने और साथ ही धीरे-धीरे बातें करने लगे। तरुण घोड़ा खिदमतगार को सौंप सब काफ़िले को यथास्थान डेरा देने में व्यस्त हो गया। काफ़िले के लोग अपना-अपना ठीया डाल अपने-अपने काम में लग गए। कोई घोड़े की दलाई-मलाई में लगे, कोई खाने-पीने की खटपट में। कोई दिशा मैदान में गए। अंधेरा होते ही मशालें जला ली गयीं और वह स्थान एक छोटे-से गांव का अस्थायी रूप धारण कर गया।

## 2

गढ़मुक्तेश्वर जिला मेरठ में गंगा का प्रसिद्ध घाट और उत्तरी भारत का प्रमुख तीर्थ-स्थल है। प्रति वर्ष कार्तिक की पूर्णिमा पर गंगा-स्नानार्थियों का यहां लक्खी मेला लगता है। गढ़मुक्तेश्वर का यह कस्बा यद्यपि अब बिलकुल खस्ता-हाल और उजाड़ हो गया, परन्तु वह मेला अब भी वहां बड़ी धूमधाम से हर साल होता है। लाखों नर-नारी कार्तिकी पूर्णिमा पर गंगास्नान करते हैं। उस समय यहां आस-पास के देहातों का एक प्रभावशाली सांस्कृतिक प्रदर्शन होता है।

कहते हैं, इस तीर्थ का प्राचीन नाम शिववल्लभपुर था। इस क्षेत्र में एक प्राचीन शिवलिंग भी है, उसका नाम मुक्तेश्वर है। प्राचीनकाल में अनेक ऋषि-मुनियों ने इस

स्थान पर तपश्चर्या की थी, अनेक राजाओं ने यज्ञ-सत्र किए थे। प्रसिद्ध है कि महानृपति नृग यहां ही शापवश गिरगिट की योनि में अंधकूप में रहे थे। आज भी वह कूप, नृग का कुआं, यहां मौजूद है। ऐतिहासिक दृष्टि से भी इस स्थान का बहुत महत्त्व है। प्रबल पराक्रमी हूणों को भारत की सीमा से उस पार खदेड़कर विक्रमादित्य यशोवर्मन ने यहीं छावनी डाली थी। बारहवीं शताब्दी में महमूद गज़नवी ने दिल्ली और मेरठ के साथ ही इस तीर्थ को ध्वस्त कर दिया था। नृगकूप, जिसे आजकल नृग का कुआं कहते हैं, के निकट ही मुक्तेश्वर शंकर का देवालय है; जिसके आस-पास गुसाईंयों के उन दिनों बावन मठ थे। जो बहुत प्रसिद्ध थे। ये गुसाईं हाथीनशीन थे और जब इनकी सवारी निकलती थी, इनके आगे-आगे धौंसा बजता था। बहुत से राजाओं, ज़मींदारों, नवाबों और बादशाहों ने उन्हें बहुत-से इलाके, गांव, ज़मीन माफ़ी में दे रखे थे। इन गुसाईंयों में बहुत से नागा सम्प्रदाय वाले थे। इनके अखाड़ों में हज़ारों मुष्टण्ड अवधूत जटाधारी पड़े धूनी तापा करते और माल-मलीदे खाया करते थे। महमूद गज़नवी ने इन सब गुसाईंयों को तलवार के घाट उतार दिया, एक को भी बचकर भाग निकलने का अवकाश न दिया, तथा उनके स्थान में गंजबरूश का मज़ार और एक मकबरा बना दिया। मठों में संचित सदियों की सम्पदा लूट ली और मठों को जलाकर खाक कर दिया। कस्बा भी तब बहुत सम्पन्न था। उसे लूट-पाटकर नष्ट कर दिया। तब से इस कस्बे में वीरानी छा गयी। और अब तो वह बहुत ही खस्ताहाल है। जिस समय की कथा हम इस उपन्यास में लिख रहे हैं तब भी इसकी दशा शोचनीय ही थी।

## 3

दूसरा मराठा-युद्ध समाप्त हो चुका था, जिसने सिंधिया की सारी ही शक्ति समाप्त कर दी थी। दिल्ली, आगरा और अलीगढ़ के आस-पास के इलाकों की इस समय अत्यन्त अव्यवस्थित और अराजक स्थिति थी। दिल्ली का समस्त शासन-प्रबन्ध इस समय अंग्रेज़ों के हाथ में था। कहने के लिए कम्पनी के अंग्रेज़ अफ़सर बादशाह को भारत का अधिराज मानते थे, परन्तु वास्तव में अब बादशाह की यह उपाधि औपचारिक ही थी। बादशाह और उसके परिवार के खर्च के लिए बादशाह को अंग्रेज़ों ने बारह लाख रुपये सालाना की पेंशन देना स्वीकार किया था। इसके अतिरिक्त बादशाह का अदल लालकिले की दीवारों के भीतर कायम रह गया था। बादशाह शाहआलम बूढ़ा, अन्धा और बेबस था। योग्य आदमियों का उसके पास सर्वथा अभाव था। वह अभी तक सिंधिया के हाथों एक प्रकार से बन्दी था। सिंधिया एक बार लासवाड़ी के मैदान में विफल ज़ोर-अज़माई करके ग्वालियर की अपनी राजधानी में जा बैठा था। ग्वालियर को छोड़कर सिंधिया के सब इलाके कम्पनी के अधिकार में आ गए थे। बादशाह को सिंधिया की अपेक्षा अंग्रेज़ों की दासता से ज़रा राहत मिली थी। परन्तु वह अंग्रेज़ों को पसन्द नहीं करता था, जिन्होंने अपनी समस्त कृपा को एक पेंशन के अन्दर बन्द कर दिया था तथा राजत्व के लक्षण उससे पृथक कर दिए थे, और सल्तनत की सारी वार्षिक आय उससे छीनकर ये विदेशी अपने काम में ला रहे थे। सिवाय खास अपने कुटुम्ब

के और हर तरफ़ से उसके अधिकार परिमित कर दिए थे। वास्तव में सिवाय हिन्दुस्तान के बादशाह की उपाधि के और सब स्वत्व, सत्ता और अधिकार उससे छीन लिए गए थे, केवल बारह लाख सालाना की शानदार पेंशन के बदले।

कर्नल आक्टरलोनी का प्रताप इन दिनों दिल्ली में तप रहा था। यह कम्पनी बहादुर का रेज़ीडेंट और अंग्रेज़ी सेना का प्रधान सेनापति था। उसके अधीन एक पल्टन और चार कम्पनियां देशी पैदल और एक पल्टन मेवातियों की दिल्ली-रक्षा के लिए तैनात थी।

परन्तु दिल्ली के आस-पास और दिल्ली खास में, जहां कम्पनी की अमलदारी थी, भारतीय प्रजा में असन्तोष की लहर फैल रही थी। सिंधिया और भोंसले के साथ युद्ध के समय कम्पनी के अफ़सरों ने भारतीय राजाओं और प्रजा के साथ जो बेईमानी और वादाखिलाफ़ी की थी, तथा जगह-जगह जो अत्याचार प्रजा पर किए थे, और अब जो इलाके कम्पनी की अधीनता में आ चुके थे, वहां जो भीषण अत्याचार हो रहे थे, उससे ही अंग्रेज़ों के विरुद्ध एक रोषाग्नि सर्वसाधारण के मन में सुलग रही थी। जनता में उनके अनेक शत्रु पैदा हो रहे थे। अंग्रेज़ों को अब यह आशा न थी कि भावी युद्ध में भारतीय प्रजा और उसके नेता उनकी उसी भाँति सहायता करेंगे जैसी पिछले युद्धों में की थी। इसके विपरीत उन्हें डर था कि कहीं यदि नया युद्ध हुआ तो ये समस्त शक्तियां हमारे विरुद्ध उठ खड़ी होंगी।

फिर भी इस समय अंग्रेज़ होल्कर से एक करारी टक्कर लेने को बेचैन हो रहे थे। सिंधिया के पतन के बाद अब मराठा-मंडल में वही एक पराक्रमी और बलवान राजा रह गया था, जिसे कुचलना अत्यन्त आवश्यक था। गवर्नर-जनरल वेल्ज़ली जनरल लेक पर बराबर इसके लिए ज़ोर डाल रहा था, और उधर जसवन्तराय होल्कर भी हिन्दू और मुसलमान नरेशों को अंग्रेज़ों के विरुद्ध अपने साथ मिलाने की जी-जान से कोशिश कर रहा था। अंग्रेज़ ऊपर से उसके साथ दोस्ती की बातें करते भीतर ही भीतर जालसाज़ियों, रिश्वतों और झूठे वादों के तूमार बांध रहे थे और सरहद पर फ़ौजें इकट्ठी कर रहे थे। पर अपनी सेना की अपेक्षा अपने गुप्त उपायों पर उन्हें अधिक विश्वास था।

उन दिनों राजनीति का आज के समान विकास न हुआ था, और सेनापति केवल युद्ध ही नहीं करते थे, राजनीति में भी काफ़ी दखल देते थे। आज तो सैनिक का राजनीति में दखल देना भयंकर अपराध माना जाता है, पर उन दिनों ऐसा न था। अतः बहुधा उस काल के सेनानायक गवर्नर-जनरल से सलाह-मशवरा करते रहते थे, और राजाओं से सिंधिया और युद्ध की संपूर्ण योजनाओं पर विचार-विमर्श भी करते रहते थे।

इस समय भी अंग्रेज़ों की बहुत-सी सेना दक्षिण में फंसी पड़ी थी। बम्बई उन दिनों अंग्रेज़ों का सबसे बड़ा सैनिक अड्डा था। आजकल बम्बई के जिस भाग को फोर्ट का इलाका कहा जाता है, वहां तब तक एक बड़ी चहारदीवारी बनी हुई थी, जो मुकम्मिल नहीं थी और उसके बीच में होकर ज्वार के समय समुद्र का पानी गलियों और सड़कों में भर आता था। इतनी दूर से सेना को लाना इस समय कठिन था, क्योंकि अंग्रेज़ जानते थे कि मार्ग में उन्हें रसद और चारा कतई मिलना सम्भव नहीं है। इसके अतिरिक्त

उन्हें यह भी भय था कि अंग्रेज़ी फ़ौजें चांदौर से आगे बढ़ीं तो पेशवा और निज़ाम के इलाकों में पचासों होल्कर खड़े हो जाएंगे तथा नर्मदा और ताप्ती के बीच की पहाड़ियों से निकल सकना उनके लिए दुष्कर हो जाएगा।

जसवन्तराय होल्कर के विरुद्ध इस समय सबसे अधिक दौलतराव सिंधिया और उसकी सबसीडियरी सेना की सहायता पर अंग्रेज़ निर्भर थे। अंग्रेज़ों की कूटनीति से ही इन दोनों प्रबल और समर्थ मराठी सरदारों में मनमुटाव और अविश्वास पैदा हो गया था। अब भी अंग्रेज़ इस भाव को बढ़ाने की ही जुगत में रहते थे। पर इस समय अंग्रेज़ों के पद-पद पर विश्वासघात और वादाखिलाफ़ी से सिंधिया झुंझलाया बैठा था। अंग्रेज़ों ने उसके साथ खुली सीनाज़ोरी की थी। अंग्रेज़ों ने भरतपुर के राजा को भी गांठना चाहा था, पर वह पहले ही से अंग्रेज़ों से जला-भुना बैठा था। इसके अतिरिक्त उसके इलाके के चारों ओर अंग्रेज़ों के अत्याचारों से त्राहि-त्राहि मची हुई थी। यों तो तमाम दोआबे में ही, जहां अंग्रेज़ी कम्पनी की अमलदारी थी, एक ही दशा थी। वहां की प्रजा और ज़मींदारों से खूब निर्दयता से कर वसूला जाता था। भूमि का कर बेहद बढ़ा दिया गया था। नये अंग्रेज़ी बन्दोबस्त के बाद किसान दो-चार साल ही में तबाह हो गए थे। अंग्रेज़ी इलाके में अंग्रेज़ खुलेआम गोवध करते थे। हिन्दुओं के पवित्र तीर्थ मथुरा में खुलेआम गोवध होता था। तभी तो वहां की प्रजा भरतपुर के जाट राजा को अपना नेता और रक्षक समझती थी। इन्हीं कारणों से भरतपुर दरबार की सहानुभूति होल्कर के साथ थी।

इस समय मथुरा से अंग्रेज़ी सेना को खदेड़कर होल्कर सहारनपुर में छावनी डाले पड़ा था। वह सहारनपुर के सरदार दोलचासिंह, नवाब बब्बूखां और बेगम समरू से सहायता की आशा में खटपट कर रहा था। उधर होल्कर के इलाकों पर अंग्रेज़ों के आक्रमण हो रहे थे, जिनकी सूचनाओं ने उसे बेचैन कर रखा था। वह अब भी आशा रखता था कि किसी तरह दिल्ली पर कब्ज़ा हो जाए और बादशाह उसके पक्ष में हो जाए।

## 4

काफ़िले के सरदार का नाम चौधरी प्राणनाथ था। पंजाब जेहलम के किनारे पण्डरावल में उसकी रियासत थी। दूसरे मराठा-युद्ध से पूर्व तक एक प्रकार से समूचा पंजाब ही सिंधिया के अधीन था। महाराजा रणजीतसिंह भी सिंधिया का मातहत था और वर्ष में चार लाख रुपये सिंधिया को मालगुज़ारी देता था। अंग्रेज़ों ने इस युद्ध में रणजीतसिंह को यह कहकर अपनी ओर फोड़ लिया था कि यदि तुम सिंधिया के विरुद्ध हमारी सहायता करोगे तो तुम्हारी मालगुज़ारी माफ़ कर दी जाएगी। इसके अतिरिक्त कुछ और नये इलाके भी तुम्हें दे दिए जाएंगे। अभी सिखों की रियासत का नया ही उदय हुआ था। महाराजा रणजीतसिंह ने और उनके प्रभाव में रहनेवाले दूसरे सिख सरदारों ने दूसरे मराठा-युद्ध में इसी से अंग्रेज़ों का साथ दिया था। युद्ध के बाद इन सबको बड़े-बड़े इलाके दिए गए और रणजीतसिंह का राज्य तो इस युद्ध के बाद काफ़ी विस्तार पा गया।

दुर्भाग्य से प्राणनाथ ने इस युद्ध में अंग्रेज़ों के विरुद्ध सिंधिया के पक्ष में हथियार

उठाया था। क्योंकि उसका इलाका सिंधिया ही की अमलदारी में था। युद्ध के बाद पंजाब के उन इलाकों में, जो सिंधिया के प्रभाव में थे, अराजकता, मार-काट और लूट-पाट का बाज़ार खूब गर्म हुआ। सिंधिया के समर्थक पर दुहरी मार पड़ी। अंग्रेज़ ढूंढ़-ढूंढ़कर सिंधिया के साथियों का कत्लेआम कर रहे थे, और जिन सिख सरदारों ने सिंधिया के विरुद्ध अंग्रेज़ों का पक्ष लिया था, उन्हें अंग्रेज़ों ने ढील दे दी थी कि वे जहां चाहें, जहां अवसर मिले, जितना चाहें सिंधिया के अमल गांवों को अधीन कर लें, सिर्फ़ कम्पनी बहादुर का अमल मानें और अंग्रेज़ों को खिराज दें। इस ढील से छोटे-छोटे सिख सरदारों ने खूब लम्बे-लम्बे हाथ मारे थे। चौधरी प्राणनाथ को सिंधिया ने पटियाला के निकट पण्डरावल का इलाका दिया हुआ था। वे बड़े दबदबे के आदमी थे। पटियाला के आस-पास की सीमाओं पर इस समय धांधलेबाज़ी चल रही थी। सतलुज के इस पार के पैंतालीस गांव चौधरी प्राणनाथ की जागीर में थे। अब उनको सिंधिया का तो सहारा जाता ही रहा था, लाहौर दरबार से भी उन्हें कुछ आशा न थी। अंग्रेज़ों से सन्धि करके रणजीतसिंह अन्धाधुन्ध अपने पैर पसार रहा था। स्वतन्त्र सिख सरदारों की टोलियां, और अंग्रेज़ी सिपाही सतलुज के इस पार के इलाके में बेधड़क घूमते, गांवों में घुस जाते, लूट-मार और बलात्कार के बाद गांवों में आग लगा देते, फ़सलों-खेतों को जला डालते थे। इस सब मार-काट और उपद्रवों से तंग आकर और अंग्रेज़ों से त्रस्त होकर चौधरी प्राणनाथ ने इस इलाके को छोड़कर दोआबे में आ बसने की ठान ली, और इलाका त्याग सपरिवार इधर चले आए।

## 5

चौधरी प्राणनाथ के साथ उनके सात पुत्र और नौ पौत्र-पौत्री थे। ज्येष्ठ पुत्र रामपाल की आयु बाईस बरस की थी। सबसे छोटा पुत्र तीन साल का था। पौत्र-पौत्रियों में कई दूध पीते शिशु थे। परिवार के अन्य व्यक्तियों में चौधराइन, पुत्रवधुएं और रिश्ते के इक्कीस पुरुष और उनके परिवार तथा बाल-बच्चे थे। इनके अतिरिक्त गुरुराम पुरोहित थे, जिनकी आयु चालीस के लगभग थी। वे कथा-पुराणों के बड़े पण्डित और कर्मनिष्ठ ब्राह्मण थे। उनके साथ भी उनकी ब्राह्मणी, वृद्धा माता तथा दो बालक थे। शेष व्यक्तियों में सेवक, खिदमतगार, सिपाही, गुमाश्ते, बरकंदाज़ और उनके परिवार थे। इनमें दो व्यक्ति उल्लेखनीय थे। एक नाई सेवाराम, दूसरा मेहतर देवीसहाय। सेवाराम तीस बरस का कसरती पट्ठा था, और देवीसहाय अधेड़ उम्र का पुरुष था। ये दोनों जन स्वेच्छा से हठपूर्वक घर-बार छोड़कर चौधरी के साथ बाल-बच्चों सहित आए थे। कुछ और लोग भी, जिनका चौधरी से कोई लगाव-सम्बन्ध न था, केवल चौधरी के प्रेम से उनके साथ आए थे। ये न चौधरी के नौकर थे, न परिजन। पर चौधरी के आसामी थे। ये लोग अपना घर-बार, ज़मीन सब कुछ छोड़कर चौधरी की रकाब के साथ आए थे।

चौधरी का व्यवहार सबसे बंधुवत था और सब लोग उन्हें पिता समान मानते थे। चौधरी जैसे तलवार के धनी थे, वैसे ही बात के भी धनी थे। वे जैसे तेजस्वी थे

वैसे ही दाता, उदार और गम्भीर थे। वे धर्म-कर्म के पक्के, शुद्ध और निष्ठावान् हिन्दू थे। उनके ज्येष्ठ पुत्र रामपालसिंह अपने पिता के योग्य पुत्र थे। रामपाल पक्के शहसवार, तीर और भाले के शौकीन थे। दूसरे पुत्र सुखपाल और तीसरे सुरेन्द्रपाल अभी किशोरावस्था में थे, परन्तु हथियार बांधते थे। वह ज़माना ही ऐसा था कि सभी को सिपाही होना पड़ता था। किशोरपाल और विजयपाल बालक ही थे। उन्हें पढ़ने का शौक अधिक था। शेष दो पुत्र नरेन्द्रपाल और यशपाल अभी शिशु ही थे।

प्रातःकाल उठते ही चौधरी ने हाथ में लाठी लेकर एक बार सब डेरों में चक्कर लगाया। प्रत्येक से उन्होंने उसकी आवश्यकताएं पूछीं और यथासम्भव उनकी पूर्ति की। फिर जाजम पर आकर बैठे। सेवाराम हुक्का भरकर ले आया और अदब से एक ओर खड़ा हो गया। गुरुराम पुरोहित अपना तमाखू का बटुआ लेकर आ पहुंचे। मसनद से ज़रा हटकर उन्होंने गुरुराम को पास ही आसन दिया। फिर सेवाराम की ओर देखकर कहा, 'रामपाल कहां गया है?'

'घूमने गए हैं। दो घंटे से भी अधिक हो गया है। बस, अब आते ही होंगे।'

'अकेले ही गए हैं, या कोई साथ भी है?'

'अकेले ही हैं।'

'यह तो ठीक नहीं किया, अनजान जगह है। खैर, तू ज़रा देख दीवान हिकमतराय पूजा से उठे कि नहीं, उठ गए हों तो उन्हें बुला ला।'

सेवाराम चला गया और थोड़ी ही देर में हिकमतराय को साथ ले आया। सांवला रंग, दुबले-पतले और लम्बे, मुंशियाना फ़ैशन, सफ़ेद तराशी हुई खसखसी दाढ़ी, नाक पर चश्मा, पैर में चुस्त पाजामा। आते ही उन्होंने झुककर चौधरी को सलाम किया और बगल में हटकर बैठ गए।

चौधरी ने सहज मुस्कान होंठों पर लाकर कहा, 'किसी को बस्ती में भेजा है या नहीं? रसद तो सब चुक गयी होगी। उसका इन्तज़ाम तो सबसे पहले होना चाहिए।'

'जी, बस्ती में आदमी गए हैं। और आज-भर के लिए तो हमारे पास रसद है, सिर्फ़ दूध का बन्दोबस्त करना है।'

'हां-हां, बच्चों के लिए दूध तो आना ही चाहिए।'

'मैंने आस-पास के गांवों में दो सवार दूध के लिए भेज दिए हैं। बस्ती से भी दूध जितना मिले ले आने को कह दिया है।'

'इससे तो काम चलेगा नहीं, कुछ गाय-भैंस खरीद ही लो।'

'जी, आज डेरा ठीक बैठ जाए तो खाने-पीने से निबटकर मुखिया जी को आस-पास के गांवों में भेज दूंगा। लेकिन जानवर इस ज़मीन में बहुत महंगे हैं।'

'हो सकता है, यह पंजाब की भूमि थोड़े ही है। क्या किसी से पूछा था?'

'जी हां, अभी एक बैलों की जोड़ी जा रही थी। पूछा, तो कहा पचीस रुपये की है। फिर, हमारे पंजाब जैसे बैल थोड़े ही हैं।'

'तो दीवान जी, मुखिया जी से कह देना कि रुपये का मुंह न देखें। अच्छी नसल की दस-बारह दुधारू गाएं और दस-बारह भैंसें खरीद ही लें।'

दीवान हिकमतराय ने गम्भीरता से कहा, 'बहुत अच्छा।' इतना कह वे चले गए। उसी समय चौधरी का बेटा रामपालसिंह आ गया। घोड़ा साईस के हवाले करके वह सीधा जाजम पर पिता के सामने बैठ गया। पिता के उसने पैर छुए और गुरुराम को हाथ जोड़कर प्रणाम किया।

फिर कहा, 'दद्दा, यहां तो मराठे छा रहे हैं।'

चौधरी के माथे पर बल पड़ गए। उन्होंने पूछा, 'कोई बड़ा सरदार है या लुटेरे ही हैं?'

'भाऊ हैं, भाऊ। मुक्तेसर से बेगमाबाद तक मराठे छाए हुए हैं।'

'भाऊ हैं! भाऊ क्या अभी यहीं मुकीम हैं?'

'यहीं हैं। उनके साथ सुना है, बीस हज़ार मराठे हैं। सुना, होल्कर सहारनपुर में बैठे हैं।'

चौधरी कुछ देर मौन बैठे रहे। उनका मुख गम्भीर हो गया। उन्होंने हुक्के में दो-तीन कश लगाए। इतने ही में जो लोग बस्ती में राशन-रसद के लिए गए थे उनको संग लेकर दीवान हिकमतराय फिर आ पहुंचे। उन्होंने चौधरी के पास बैठकर आहिस्ता से कहा, 'बस्ती में तो चिड़िया का पूत भी नहीं है।'

'क्या बात है?'

'मराठों के डर से बस्ती के सब लोग भाग गए हैं। सारा कस्बा सूना पड़ा है। एक भी आदमी बस्ती में नहीं है।'

चौधरी ने साभिप्राय नज़र से गुरुराम की ओर देखा, फिर उन्होंने हुक्के में कश लगाया। कुछ ठहरकर उन्होंने पूछा, 'दूध मिला?'

'जी, दूध भी नहीं मिला।'

'तो दीवान जी, तुम दूध के लिए कुछ आदमी गंगा के उस पार के गांवों में भेज दो। नाव तो घाट पर होंगी ही। इसके अतिरिक्त रसद का भी प्रबन्ध करना ही होगा।'

'मैं अभी बन्दोबस्त करता हूं।' दीवान हिकमतराय ऐनक को नाक पर ठीक करते हुए चले गए। चौधरी ने गुरुराम की ओर देखकर कहा, 'एक बार भाऊ से मिलना होगा।' वे फिर गम्भीर भाव से हुक्का पीने लगे।

गुरुराम ने कहा, 'भाऊ तो आपको ज़ानता है, वह क्या आपकी मदद करेगा?'

'कैसे कहा जा सकता है! पर मिलना तो ज़रूरी है, हमीं पर छापा पड़ गया तो हमारे पास रक्षा का क्या बन्दोबस्त है?'

'पर भाऊ तो आपको अपनी ओर करना ही चाहेगा।'

'पण्डित जी, हमें किसी का तो आसरा लेना ही पड़ेगा। अभी नहीं कहा जा सकता कि हिन्द के राजा अंग्रेज़ हैं या मराठे हैं या बादशाह। मैं तो दिल्ली के बादशाह की शरण आया था। पर यह तो गले पड़ी ढोलकी बजाए ही सिद्ध वाला मामला है। अभी तो उसका रुख देखना है, आगे की बात पीछे सोची जाएगी। जब भाऊ दल-बल सहित यहीं पड़ा है तो हमारा आना उसकी नज़र से छिपेगा थोड़े ही। वह सुनकर न जाने क्या समझे। इससे आगे चलकर मेरा उससे मिलना ही ठीक है।' जो आदमी रसद लेने बस्ती

में गए थे, उनमें से एक को संग लेकर दीवान हिकमतराय फिर आ गए। उन्होंने कहा, 'यह कहता है कि एक बनिया बस्ती में छिपा बैठा है। उसके पास रसद है। पर मराठे लूट न लें, इस भय से उसने छिपा रखी है।'

'क्या तुमने उससे बात की थी?' चौधरी ने उस आदमी से पूछा।

'जी नहीं, उससे मिलना ही मुश्किल है। वह घर में छिपा बैठा है, और घर के द्वार पर झूठ-मूठ को ही ताला लगा है, जिससे लोग समझें कि घर में कोई है ही नहीं।'

'पर वह घर में है और उसके पास रसद है यह तुमसे किसने कहा?'

'उसी के एक आदमी ने, जो मुझे बस्ती से बाहर मिल गया था। उसी ने बताया है कि वह घर के भीतर छुपा बैठा है।'

'उसके नाम का भी कुछ पता लगा?'

'बसेसर साहू नाम है उसका।'

'बसेसर? ओहो, ठीक है, वह मुक्तेसर ही में रहता है। मैं उसे जानता हूं। मैंने उसे लाहौर में देखा था। उसे ज़रूर मेरी याद होगी। बड़े आड़े वक्त में मैंने उसकी मदद की थी।' कुछ देर चौधरी चुपचाप हुक्का पीते रहे, फिर उन्होंने कहा, 'रामपाल, तू जा भाया, ज़रा देख कि उसे मेरी याद है भी या नहीं। और जल्द ही लौटकर आ, तुझे मेरे साथ ही भाऊ के पास चलना होगा।'

उन्होंने सेवाराम की ओर देखकर कहा, 'सेवा, तू मेरे स्नान-पूजा की झटपट व्यवस्था कर।' इतना कहकर चौधरी व्यस्तभाव से उठ खड़े हुए। रामपाल भी तेज़ी से चला गया।

## 6

जिस आदमी ने बसेसर साहू की सूचना दी थी, उसे साथ लेकर रामपालसिंह बस्ती की ओर चले। अभी भी दो पहर दिन नहीं चढ़ा था, पर हवा में गर्मी अभी से भर गयी थी। रामपाल का घोड़ा तो बड़ी रास का था। पर दूसरा आदमी टांघन पर सवार था। दोनों जानवरों की टापों की आवाज़ हवा में गूंज उठती थी, और बीच-बीच में उनकी तलवारें भी म्यान में खनखना उठती थीं। बसेसर की हवेली का पता लगाने में उन्हें कोई दिक्कत नहीं पड़ी। रामपाल के साथ वाला आदमी पहले ही वह घर देख गया था। हवेली पक्की और दुमंज़िली थी। वे शीघ्र ही उसकी आलीशान हवेली के सामने पहुंच गए। परन्तु वहां न तो कोई मनुष्य ही था, न दरवाज़ा ही खुला था। और साफ़ दीख रहा था कि महीनों से किसी ने उसे छुआ ही नहीं है। मकान में कोई आदमी रहता होगा, इसका गुमान भी नहीं होता था। दरवाज़ा बहुत विशाल था, और उस पर मज़बूत फाटक चढ़ा था। कहीं कोई सूराख या रोशनदान तक दीवार में न था। फाटक पर मोटा लोहा जड़ा था। बहुत चीखने-चिल्लाने और दरवाज़ा पीटने से फाटक के ऊपर वाली एक खिड़की खुली और उसमें से एक सिर निकला। उसने कर्कश आवाज़ में कहा, 'जाओ, दूर भागो, नहीं तो अभी लठैत आकर लाठियों से तुम्हारा सिर फोड़ देंगे।' परन्तु रामपाल ने निकट आकर कहा, 'मैं पंडरावल के चौधरी प्राणनाथ का आदमी हूं और साहू से मिलने को मुझे चौधरी ने भेजा है। मेरे पास गुप्त संदेश है,

पर वह मैं केवल साहू से ही कह सकता हूं।'

रामपाल की बात सुनकर वह गायब हो गया और खिड़की बन्द हो गयी। घड़ी-भर बाद फिर सिर निकला। और उसने पूछा–

'तुम अकेले ही हो?'

'नहीं, मेरे साथ एक और आदमी भी है।'

'तो इस आदमी को यहीं रखो, और तुम पिछवाड़े की गली में आओ।' रामपालसिंह अपना घोड़ा साथी को सौंप, तंग और अंधेरी गली में घुसा। गली बिलकुल सूनी थी। पिछवाड़े की खिड़की पर वही आदमी खड़ा था। उसके हाथ में नंगी तलवार थी। उसने तलवार घुमाकर कहा, 'दगा की तो सिर भुट्टे-सा उड़ा दूंगा। चुपचाप भीतर चले आओ।'

रामपाल भीतर घुस गया। उस व्यक्ति ने खिड़की बन्द कर ताला जड़ दिया। एक सूने और अंधेरे दालान में होकर वे एक गलियारे में पहुंचे। और उसको लांघकर वैसे ही दूसरे दालान में। वहां देखा बसेसर साहू गद्दी पर बैठा है। नंगी तलवार उसके आगे गद्दी पर रखी है। वह क्षण-भर गद्दी पर चुपचाप बैठा संदेह भरी नज़र से रामपाल की ओर देखता रहा, फिर कहा, 'बैठ जाओ और अपना मतलब कहो। तुमने कहा था कि तुम चौधरी प्राणनाथ के आदमी हो।'

'मैं चौधरी का बड़ा बेटा हूं।'

साहू ने ध्यान से रामपाल को देखा। फिर पूछा, 'मैं तो तुम्हें जानता नहीं हूं परन्तु चौधरी कहां है?'

'यहीं मुक्तेसर में हैं?'

'मुक्तेसर में?' उसके नेत्रों में आश्चर्य फैल गया।

रामपाल ने कहा, 'उन्होंने मुझे तुम्हारे पास भेजा है।'

'किसलिए?'

'हमें रसद चाहिए। हमारे साथ तीन सौ आदमी और कुछ जानवर हैं। मुक्तेसर में हम अभी कुछ दिन कयाम करेंगे। तब तक के लिए हमें रसद-पानी चाहिए।'

'लेकिन तुम्हें मालूम है कि यहां मराठे छा रहे हैं। रसद तो एक ओर रही, घास का तिनका तो उन्होंने छोड़ा नहीं है।'

'पर साहू, दद्दा ने कहा है कि साहू अपने ही आदमी हैं, वे रसद का प्रबन्ध कर देंगे।'

'चौधरी के मेरे ऊपर बहुत एहसान हैं, और तुम कहते हो कि तुम उनके लड़के हो। देखूंगा यदि कुछ बन्दोबस्त हो सका तो, लेकिन भाव बहुत महंगे हैं तथा दाम अशर्फियों में पेशगी देना होगा। दूसरी बात यह है कि रसद राह में लुट जाए तो मैं इसका ज़िम्मेदार नहीं हूं।'

'साहू, हमारा-तुम्हारा घर दो थोड़े ही हैं। जैसा कहोगे वही बन्दोबस्त हो जाएगा। रसद लुटने की तुम चिन्ता न करो। मैं इसका बन्दोबस्त कर लूंगा।'

'तो तुम अशर्फियां लाए हो?'

'शाम तक आ जाएंगी और रसद रात में पहुंच जाएगी।'

'अच्छी बात है, रुपया लेकर तुम्हीं आओगे?'

'नहीं, हमारे कारिन्दे दीवान हिकमतराय आएंगे। भरोसे के आदमी हैं।'

'चौधरी क्या तीर्थयात्रा को निकले हैं?'

'कुछ ऐसा ही इरादा है।'

'बड़ा खराब वक्त है भाई, तुमने सुना होगा कि अंग्रेज़ कोयल का किला दखल किए पड़े हैं। अब होल्कर के पांव उखड़ें या चाहे जो हो, पर भई इन लुटेरे मराठों से तो ये टोपीवाले अच्छे हैं।'

'काहे बात में अच्छे हैं साहू?'

'नकद रुपया देकर माल लेते हैं। बात जो कहते हैं उसे निभाते हैं।'

'उनसे भी कुछ सौदा-सुलफ करते हो साहू?'

'भइया, हमारा तो यह धंधा ही है। पर इन लुटेरे मराठों के भय से सब मामला बिगड़ा पड़ा है। देखा होगा, बस्ती में चिड़िया का पूत भी नहीं है। सब भाग गए।'

'बस्ती तो उजाड़ पड़ी है।'

'सुना है दिल्ली में अंग्रेज़ों का दखल हो गया है। वहां सब बाज़ार खुले रहते हैं। लोग-बाग बेफिक्र अपना धन्धा चलाते हैं।'

'मैंने तो देखा नहीं साहू! हम लोग सीधे पंजाब से आ रहे हैं।'

'चौधरी से मेरी जुहार कहना। उनसे कहना—उनकी कृपा मैं भूला नहीं हूं। रसद का प्रबन्ध हो जाएगा, पर यह बात फूटनी नहीं चाहिए। नहीं तो मराठे मेरा घर-बार लूटकर उसमें आग लगा देंगे।'

'नहीं, सब बात हमारे-तुम्हारे बीच ही रहेगी साहू!'

'तो मैं तुम्हारे गुमाश्ते की प्रतीक्षा करूंगा। अशर्फियां वही लाएगा न?'

'वही ले आएंगे। तथा जो-जो जिन्स जितनी चाहेंगे बता देंगे।'

'क्या फ़िक्र है! चौधरी के हुक्म से मैं बाहर नहीं हूं, कह देना।'

'तो साहू, अब मैं चला!'

'राह में हुशियार जाना रे भाई!'

रामपाल उठ खड़ा हुआ और चालाक बनिये से विदा होकर उसी पिछवाड़े की खिड़की से बाहर निकला। घोड़े पर सवार हो तेज़ी के साथ डेरे की ओर चला।

## 7

चौधरी स्नान-पूजा से निबटकर पुत्र की प्रतीक्षा में बैठे थे। रामपाल ने उनके पास पहुंचकर कहा—'बन्दोबस्त हो गया है दाऊ, पर साहू पूरा घाघ है। बहुत समझाने-बुझाने से यह रसद देने को राज़ी हुआ है, मगर भाव बहुत महंगे बताता है तथा दाम अशर्फियों में पेशगी मांगता है। एक शर्त उसकी यह भी है कि राह में रसद लुट जाए तो वह ज़िम्मेदार नहीं।'

'क्या भाव बहुत महंगे हैं?'

'जी, गेहूं रुपये का ढाई मन और चना साढ़े तीन मन के हिसाब से देगा।'

'गुड़ और शक्कर?'

'गुड़ सवा मन और शक्कर छत्तीस सेर देता है।'

'धान, बाजरा और माश भी चाहिए।'

'धान रुपये का सवा दो मन, बाजरा साढ़े तीन मन और माश रुपये का पौने दो मन देता है।'

'तो भाई, जितनी जिन्स हो खरीद लो। दाम अशर्फियों में पेशगी दे दो। हां, कड़वा तेल भी चाहिए।'

'कड़वा तेल रुपये का पच्चीस सेर देता है।'

चौधरी ने हंसकर कहा, 'लूट है लूट। लेकिन अपनी गर्ज है। ले लो भाई!'

'लेकिन लूट का भी डर है।'

'उसका भी बन्दोबस्त करूंगा। तू भाया अशर्फियां लेकर अभी दीवान हिकमतराय को साहू के पास भेज दे। सब जिन्स रात को आएंगी। कुछ छकड़े और गधे तो अपने पास हैं, कुछ साहू बन्दोबस्त कर देगा।'

दीवान हिकमतराय को सब आवश्यक बातें समझाकर चौधरी और रामपाल सिंह ने भोजन किया। फिर वस्त्र और शस्त्र धारण किए और पुत्र सहित घोड़े पर सवार हो भाऊ को मुजरा करने चल दिए। सेवाराम नाई भी तलवार बांध टांघन पर सवार हो चौधरी के पीछे-पीछे चला।

## 8

भाऊ की मुलाकात का परिणाम अच्छा हुआ। चौधरी की यशोगाथा और उसके प्रभाव की बात भाऊ सुन चुका था। इस समय पंजाब की अवस्था पर ही भाऊ की सारी आशाएं अवलम्बित थीं। वह चाहता था कि किसी तरह अंग्रेज़ों का सिखों से युद्ध छिड़ जाए। उसमें अंग्रेज़ जीतें या हारें। उनकी शक्ति बिखर जाएगी और मराठों को सांस लेने की फ़ुर्सत मिल जाएगी। उसने बड़े चाव से चौधरी के मुंह से पंजाब की भीतरी दुरवस्था का हाल सुना, सुनकर आश्वस्त हुआ। पर रणजीतसिंह के उत्थान से प्रभावित-सा मालूम हुआ। चौधरी ने अपनी वाक्चातुरी, शालीनता, गम्भीरता और सौजन्य से भाऊ को प्रसन्न कर लिया। यह बात कहकर चौधरी ने कहा, 'अब मैं आधा सेर आटे के लिए पुत्र-सहित आपकी सेवा में आया हूं।' भाऊ ने तुरन्त चौधरी को मुक्तेसर दखल करने की अनुमति दे दी। और कहा, 'चौधरी, आस-पास के जितने गांव तुम चाहो दखल कर लो।' उसने यह भी कहा, 'तुम्हारा यह बेटा आज से मेरा भी बेटा हुआ। इसे मैं पांच-सौ सवारों का नायक बनाता हूं। इन्हीं सवारों को लेकर पहले तुम आस-पास के गांवों में अपनी दुहाई फेर दो और बन्दोबस्त करो। मुक्तेसर में अभी मैं मुकीम हूं, अंग्रेज़ों ने मेरठ और अम्बाला में छावनियां बनाई हैं। इधर कोयल तक उनकी फ़ौजें बढ़ आई हैं। नहीं जानता, दोआबे पर अब अंग्रेज़ों का प्रभाव कायम रहेगा या नहीं। हमें तो अब केवल होल्कर का ही सहारा है। हर हालत में हमें तैयार

रहना है। न जाने कब अंग्रेज़ों से युद्ध छिड़ जाए। इसी से मैं यहां एक किला बनवाना ज़रूरी समझता हूं। यह काम चौधरी मैं तुम्हारे ही सुपुर्द करता हूं। किला छः महीने के भीतर ही तैयार हो जाना चाहिए। इसके अतिरिक्त एक बात और। पंजाब की ओर से बेखबर न रहना। वहां का राई-रत्ती हाल मुझे देते रहो। सब कुछ तुम्हें मालूम होता रहे, ऐसा प्रबन्ध कर लो।'

चौधरी ने भाऊ का जय-जयकार किया और कहा, 'श्रीमन्त, मैंने पैंतालीस गांव पीछे छोड़े हैं। बस, इतने गांव श्रीमन्त अपनी कलम से सेवक को बख्श दें, और बादशाह से उनकी सनद दिला दें।' भाऊ ने चौधरी को इत्मीनान दिलाते हुए कहा, 'तुम गांव दखल करो, चौधरी! और मुल्क में अमन कायम करो। लोग गांवों में बसें, खेती-क्यारी करें, सब कारोबार-व्यवहार जारी हो—ऐसा काम करो। हम मराठों से वे डर गए हैं, और इन टोपीवालों को अपना हितू समझते हैं। सो डर की बात नहीं है। बादशाह का बल हमें कायम रखना है, और इन फिरंगियों को मार भगाना है। यह काम मुल्क में अमन होने से ही ठीक होगा। हमारे लिए पूरी रसद भी अब चौधरी, तुम्हीं को मुहैया करनी होगी। यहां के लोग हमसे कुछ भी तो सहयोग नहीं करते। अब तुम्हारे आने से मैं आश्वस्त हुआ।'

सफल और कृतकृत्य हो, भाऊ की सब बातें स्वीकार कर और जुहार करके चौधरी डेरे पर आए। उन्होंने तुरन्त मुक्तेसर के सूने कस्बे को दखल कर लिया। उनके आदमी यथायोग्य मकानों में बस गए। इसके बाद उन्होंने चालीस गांवों में अपने अदल की दुहाई फेरी : फिर गांव-गांव जाकर वहां के निवासियों को अपने मिष्ट व्यवहार और सौजन्य से भयरहित किया। धीरे-धीरे भयभीत ग्रामवासी अपने-अपने घरों में लौट आए। खेती-बारी होने लगी। मराठों का आतंक कम हुआ। मुक्तेसर का कस्बा भी आबाद हो गया। आस-पास के किसानों को दूनी मज़दूरी का लालच देकर चौधरी ने किला बनाना आरम्भ कर दिया। भाऊ चौधरी से सब तरह सन्तुष्ट हो गया।

## 9

प्राणनाथ चौधरी ने अपने चातुर्य, सौजन्य, मुस्तैदी और प्रमाणिकता से मुक्तेसर और आस-पास के जिन चालीस गांवों पर दखल किया, उन सबकी हालत देखते ही देखते बदल गयी। उजाड़ मैदानों की जगह हरे-भरे खेत लहलहाने लगे। लोग खुशहाल और निर्भय होकर अपने-अपने कामों में लग गए। मुक्तेसर की रियासत खूब सम्पन्न हो गयी। चौधरी का रुआब-दबदबा अच्छी तरह बैठ गया। भागे हुए लोग अपने घरों को लौट आए। भाऊ को भी चौधरी से बड़ी सहायता मिली। चौधरी के प्रयत्न से बसेसर साहू ने भाऊ और होल्कर की रसद से भारी सहायता की। और जब चौधरी ने छः मास से भी कम समय में मुक्तेसर का किला खड़ा कर दिया तो भाऊ प्रसन्न हो गया। उसने होल्कर से चौधरी की भूरि-भूरि प्रशंसा की।

इस समय राजनीति के बड़े-बड़े दांव भारत में लग रहे थे। दौलतराव सिंधिया और भोंसले के युद्ध में भरतपुर के जाट, राजा रणजीतसिंह ने देशवासियों के साथ विश्वासघात

करके अंग्रेज़ों का साथ दिया था, फिर भी अंग्रेज़ भरतपुर को मटियामेट करने पर तुले बैठे थे। अब होल्कर के भरतपुर पहुंचने और मथुरा दखल करने से बौखलाकर अंग्रेज़ों ने भरतपुर पर चढ़ाई कर दी। पर युद्ध बीच में ही रुक गया और सन्धि हो गयी, पर होल्कर का प्रश्न ज्यों का त्यों रह गया। वह जब मथुरा दखल कर रहा था तभी उसने एक बार भरतपुर, सिंधिया और भोंसले से मिलकर एक संयुक्त मोर्चा अंग्रेज़ों के विरुद्ध बनाने का प्रयत्न किया था। परन्तु जनरल लेक के ताबड़तोड़ अलीगढ़ तक पहुंच जाने और कोयल के किले को दखल कर लेने के कारण उसे दिल्ली की ओर भागना पड़ा था। पर दिल्ली पर भी उस समय अंग्रेजों ने कब्ज़ा कर लिया और बादशाह को अपने प्रभाव में गांस लिया। इससे खीझकर होल्कर सहारनपुर में बैठकर अपनी बिखरी शक्ति का संचय कर रहा था। पूर्व से अंग्रेज़ एकाएक न टूट पड़ें, इस भय से उसने भाऊ को मुक्तेसर में मुकीम कर रखा था। वह चाहता था कि पंजाब में उदीयमान सिख सरदार, रणजीतसिंह उससे मिल जाए, और सहारनपुर के नवाब बब्बूखां और समरू बेगम अपनी पूरी सहायता अंग्रेज़ों के विपरीत उसे दें। इनके अतिरिक्त रामपुर के पदच्युत नवाब गुलाम मुहम्मद खां से भी उसे बहुत आशा थी।

इस समय गवर्नर-जनरल वेल्ज़ली के हाथ कम्पनी बहादुर की बागडोर थी। वह चाहता था कि भारत में एक अखण्ड साम्राज्य की स्थापना हो जाए। वह भारत में किसी राजा और नवाब को स्वतन्त्र नहीं देखना चाहता था। परन्तु वह कोई बड़ा युद्ध इस समय छेड़ना नहीं चाहता था। कम्पनी की आर्थिक अवस्था बहुत खराब हो चली थी। इसके अतिरिक्त यह मौसम भी युद्ध के अनुकूल न था। वह युद्ध को टालता और तैयारी करता चला जा रहा था। उसे लगातार देशी नरेशों से युद्ध करने पड़े थे और बेशुमार बड़ी-बड़ी रिश्वतें देनी पड़ी थीं। इससे कम्पनी कर्ज़े से दब रही थी। फिर भी वेल्ज़ली कर्ज़े की परवाह न करके कर्ज़े पर क़र्ज़ा लिए जाता था। वह रुपये के बल पर ही मुश्किल कामों को आसान करता जाता था। उसने आंखें बन्द करके रुपया खर्च किया था। तिस पर भी होल्कर और भरतपुर में अभी उसे पराजय का ही सामना करना पड़ा था। इन दिनों कम्पनी के सिपाहियों की तनख्वाहें कई-कई महीनों की बाकी पड़ी थीं, और वे असन्तुष्ट होते जा रहे थे। दोआबे के सारे इलाके में, जहां-जहां अंग्रेज़ों का दखल हो गया था, अंधेरगर्दी और अव्यवस्था का बाज़ार गर्म था, कर्मचारियों के व्यवहार प्रजा के साथ अच्छे न थे। सर्वसाधारण में असन्तोष बढ़ता जा रहा था। सर्वत्र आर्थिक शोषण हो रहा था। रियाया के सुख-दुख को सुननेवाला कोई न था। सरकारी कर्मचारी जो लूट-मार करते थे, उसकी दाद-फर्याद सुनने वाला कोई न था। अंग्रेज़ी शासन में उस व्यवस्था का सर्वथा अभाव था, जिससे देश में कारोबार चलते हैं और व्यवसाय की वृद्धि होती है। इससे प्रजा दिन पर दिन गरीब होती जा रही थी। कोई हाकिम किसी की सुनता ही न था। इसका परिणाम यह हुआ कि इस समय अंग्रेज़ी इलाकों में लूट-मार, डाकेज़नी के अपराध बढ़ते जा रहे थे, और राज्य की ओर से उसकी कोई रोकथाम ही नहीं होती थी।

इन सब कारणों से कम्पनी के डायरेक्टरों का आसन हिल गया था। उन्होंने वेल्ज़ली

को वापस बुला लिया था, और लॉर्ड कार्नवालिस को गवर्नर-जनरल बनाकर भेजा था। वे चाहते थे कि युद्ध बन्द करके भारत में शासन दृढ़ किया जाए, पर अकस्मात् ही उनकी मृत्यु हो गयी। इन सब कारणों से होल्कर को भी सांस लेने का समय मिल गया था। जनरल लेक होल्कर को अपने फंदे में फांसकर सन्धि करना चाह रहा था, पर होल्कर बिफरे हुए शेर की भाँति अंग्रेज़ों से लोहा लेने पर तुला बैठा था। वह बार-बार संधि की शर्तों को ठुकराता जाता था। अन्त में अंग्रेज़ों ने विश्वासघातियों का सहारा लिया और होल्कर का अन्त करने का निश्चय किया।

इस नाज़ुक अवसर पर चौधरी ने मराठों की बड़ी भारी सेवा की। केवल इतना ही नहीं, कि उसने मुक्तेसर और अपने गांवों में सुव्यवस्था स्थापित की और मराठों को रसद-पानी मिलने का प्रबन्ध कर दिया। यह चौधरी का ही जोड़-तोड़ था कि मुक्तेसर से सहारनपुर तक के इलाके में बिना बाधा के मराठों की शक्ति मज़बूत बनी रही, जिससे होल्कर और भाऊ की सेनाएं परस्पर सम्बद्ध रहीं। इस काम में सबसे बढ़कर सहायता मिली, सरधना की समरू बेगम से, जो मराठों के प्रभाव में रहीं, जिसका श्रेय चौधरी को था।

## 10

समरू बेगम का असल नाम जेबुन्निसा बेगम था। उसने समरू नाम के एक फ्रेंच सैनिक से विवाह कर लिया था और ईसाई हो गयी थी। दुर्भाग्य से समरू मर गया और बेगम विधवा रह गयी। पर वह बड़ी चतुर और वीर रमणी थी। मेरठ के पास सरधना में उसकी जागीर थी। आरम्भ में मराठों का उसे बहुत प्रश्रय रहा। और अन्त में जब दिल्ली के बादशाह शाहआलम सिंधिया के प्रभाव में आए तब बेगम समरू सिंधिया की एक सामंत बन गयी, और उसने अपनी जागीर बहुत बढ़ा ली। सिंधिया की सेना में बेगम की चार पल्टनें थीं तथा दोआबे के सभी जागीरदारों और सरदारों पर उसका प्रभाव था। कहना चाहिए कि बेगम की ही मार्फ़त सिंधिया का सम्पर्क उत्तर की ओर तमाम सामंतों और ज़मींदारों से था। इसके अतिरिक्त उसकी जागीर ऐसे मौके पर थी कि दोआबे और पंजाब को बिना उसके जोड़ा ही नहीं जा सकता था। सिंधिया के पतन के बाद बेगम ने अपनी पल्टनें स्वतन्त्र कर ली थीं। यह काम निश्चय ही अंग्रेज़ों के भारी प्रयत्नों से हुआ था परन्तु इस समय होल्कर सहारनपुर में बैठा बेगम को अपने सम्पर्क में लाने के जोड़-तोड़ लगा रहा था। उधर रणजीतसिंह की बढ़ती हुई सत्ता से अंग्रेज़ बेखबर न थे। इससे पंजाब से सम्पर्क बनाए रखने के लिए अंग्रेज़ बेगम और उसके द्वारा उत्तर के सब ज़मींदारों और सरदारों को फोड़ने के लिए विस्तृत जाल फैला रहे थे और बड़े-बड़े फंदे रच रहे थे। इससे इस समय सहारनपुर में होल्कर का बैठे रहना अंग्रेज़ सहन नहीं कर सकते थे। उन्हें भय था कि मराठों के साथ सिख शक्ति मिल गयी तो अंग्रेज़ों को भारी विपत्तियां सहन करनी पड़ेंगी और हकीकत तो यह थी कि यदि वीर सिख उन दिनों मराठों का साथ देते तो उन्नीसवीं शताब्दी के आरम्भ ही में अंग्रेज़ी साम्राज्य की अधकचरी इमारत ढह गयी होती।

लाहौर में इस समय रणजीतसिंह का सूर्य उदय हो रहा था। वह यद्यपि हैदरअली और शिवाजी के समान अशिक्षित, वीर और युद्धकला में अत्यन्त निपुण था। पर वह न तो शिवाजी के समान दूरदर्शी और राजनीतिज्ञ था, न हैदरअली के समान प्रचंड साहसी। देशप्रेम भी उसका वैसा न था। फिर उसका उदय अंग्रेज़ों के सहयोग से ही हुआ था। और उसे व उसके सभी सिख संगी-साथी सरदारों को यह कहकर अंग्रेज़ों ने फोड़ना जारी रखा था कि अंग्रेज़ सरकार आपकी सरपरस्त है और आपको मराठों को कोई खिराज देने की आवश्यकता नहीं है। इसके साथ ही रिश्वतों और झूठे-सच्चे वादों से सिखों को भरमाया भी गया था तथा डराया भी जाता था कि यदि वे बलवान् अंग्रेज़ सरकार का विरोध करेंगे तो खतरा मोल लेंगे। इसके अतिरिक्त अंग्रेज़ों की दोस्ती से उन्हें क्या-क्या लाभ हो सकते हैं, इसके बढ़े-चढ़े सब्ज़बाग दिखाए जाते थे। फिर मुगल बादशाह का पतन उनके सम्मुख था।

इस समय भारत के अन्य सब नरेश सबसीडियरी सन्धि के जाल में फंस चुके थे, केवल सिखों को जान-बूझकर आज़ाद छोड़ा गया था। इसी में अंग्रेज़ों का हित था। मराठों के दूसरे युद्ध में रणजीतसिंह और सिख सरदारों ने मराठों के विरुद्ध अंग्रेज़ों का साथ देकर ही बेहद लाभ उठाया था।

अंग्रेज़ों ने केवल यही नहीं कि रिश्वतों, धमकियों और प्रलोभनों का जाल सिखों पर फैलाया हो, उन्होंने एक अंग्रेज़ डाकू को, जिसका नाम जार्च टामस था, शह दे रखी थी। वह अकेला पठान सवारों का एक दल लेकर सिख रियासतों में लूटमार करता और उन्हें दिक करता रहता।

अभी तक भी होल्कर का आतंक अंग्रेज़ों पर था। उसने निरन्तर अंग्रेज़ों को हार दी थी। अंग्रेज़ों की अच्छी सेना और अफ़सर जसवन्तराय की तलवार का पानी पी चुके थे। अंग्रेज़ अफ़सरों ने जिन उपायों से सिंधिया और भोंसले को परास्त किया था उनका होल्कर के विरुद्ध अभी प्रयोग नहीं हुआ था। छलकपट और जालसाज़ी को यदि एक ओर रखा जाए तो युद्ध कौशल और वीरता में अभी भी अंग्रेज़ भारतवासियों के सामने टिकने योग्य न थे।

अंग्रेज़ जसवन्तराय के नाम से चौंक पड़ते थे, और चिढ़कर उसे डाकू, हत्यारा और लुटेरा कहते थे। उन्हें अब यह भय दीखने लगा था कि यदि होल्कर को कुचला न गया तो तमाम भारतीय नरेश उनका साथ छोड़ देंगे। इसलिए अंग्रेज़, होल्कर के संगी-साथियों को फोड़ने में जी-जान से लगे हुए थे। दुर्भाग्य था कि उन्हें सफलता मिलती जा रही थी।

इन्हीं सब बातों पर विचार कर भाऊ ने सोच-समझकर चौधरी को समरू बेगम के पास भेजा और हिदायत कर दी कि बेगम से जैसा कुछ समझौता हो, वह सहारनपुर जाकर होल्कर को बता दें। भाऊ ने अपने इस प्रयास की सूचना होल्कर के पास भेज दी थी।

चौधरी ने सरधना जाकर बेगम से मुलाकात की। बेगम की आयु इस समय साठ से ऊपर थी। परन्तु वह सख्त पर्दे में रहती थी। पर्दे में से ही उसने चौधरी से बातचीत

की। चौधरी ने कहा, 'मैं श्रीमन्त होल्कर की आज्ञा से आया हूं। श्रीमन्त ने कहलाया है कि आप हमारे सामंत हैं। सुख-दुख में एक हैं। अब इन फिरंगियों को मुल्क से खदेड़ बाहर करने में आप हमारी मदद कीजिए।'

'श्रीमन्त कैसी मदद चाहते हैं?'

'आपकी चार पल्टनें पहले से ही सिंधिया की सेना में थीं। वही आप अब श्रीमन्त होल्कर की सेना में दे दीजिए।'

'श्रीमन्त मेरे साथ कैसा सलूक करेंगे?'

'जैसा सिंधिया दरबार से आपके साथ होता आया है।'

'लेकिन अंग्रेज़ तो कुछ और ही कहते हैं।'

'वे क्या कहते हैं?'

'खैर, उस बात को जाने दीजिए। आप कहिए कि यदि श्रीमन्त का पासा उल्टा पड़ा और अंग्रेज़ जीत गए तो मेरी कैसे रक्षा होगी!'

'आप अभी से ऐसा क्यों विचारती हैं?'

'क्यों न विचारूं! आप जानते हैं, तमाम सूबा अंग्रेज़ों के ताबे हो गया है। और दिल्ली, आगरा और अलीगढ़ भी उनके हाथ में है। बादशाह भी अब पेंशन पाता है। अंग्रेज़ों का इकबाल बुलन्द है।'

'लेकिन हुज़ूर, आप यह तो सोचें कि जहां-जहां अंग्रेज़ों की हुकूमत है वहां रियाया का कैसा बुरा हाल है। लोग भूखों मरते हैं और चोर, डाकू, लुटेरों ने इलाकों की नाक में दम कर रखा है। किसी की जान-माल और इज़्ज़त की सलामती नहीं है।'

'तो श्रीमन्त ही ने कौन-सा अमन कायम किया है? मराठे जहां-जहां गए, लूट और आग साथ ले गए। फिर उनके साथी, पिण्डारी! अंग्रेज़ों ही ने तो पिंडारियों के हाथ से लोगों की रक्षा का बन्दोबस्त किया है।'

'क्या बन्दोबस्त किया है?'

'सुनती हूं, एक लाख फ़ौज उनके खातों के लिए अंग्रेज़ जुटा रहे हैं।'

'क्या हुज़ूर समझती हैं कि अंग्रेज़ों ने पिण्डारियों के लिए एक लाख फ़ौज जुटाई है—केवल मुल्क में अमन कायम करने के लिए?'

'मैं तो ऐसा ही समझती हूं।'

'तब तो आप यह भी मानेंगी कि अंग्रेज़ हमारे मुल्क और यहां के आदमियों को भी बहुत चाहते हैं!'

'इन बातों से तो यही मालूम होता है।'

'तो वदकार, फिर यह लूट, बदअमनी, ज़ुल्म और अन्धेरगर्दी किसलिए है? यह रिश्वतखोरी का बाज़ार गर्म क्यों है? फिर, आज उनका और कल आपका दिन है। हुज़ूर तो इसी मुल्क की मिट्टी में पैदा हुए हैं। ये अंग्रेज़ तो परदेशी हैं। जब इन्होंने बादशाह तक से वादाखिलाफ़ी की है, तब इस बात का क्या ठिकाना कि वे हुज़ूर जैसी दूसरी हिन्दुस्तानी छोटी-छोटी रियासतों को मटियामेट न कर डालेंगे।'

'लेकिन श्रीमन्त से हम क्या उम्मीद कर सकते हैं! क्या आप नहीं जानते, मराठों

की चौथ देते-देते सारे मुल्क का दिवाला निकल गया।'

'फिर भी सरकार, मराठे अपने ही देश की मिट्टी के बने हैं। ये फिरंगी क्या कम हैं। ये तो सारे देश का खून चूस-चूसकर सात समन्दर पार भेज रहे हैं। सारा देश तबाह हो रहा है हुज़ूर!'

'तो आप क्या समझते हैं कि श्रीमन्त में उन्हें मार भगाने की शक्ति है?'

'शक्ति तो सरकार, एक में नहीं सभी के मेल में होती है। आप अच्छी तरह जानती हैं कि अंग्रेज़ों ने पेशवा, सिंधिया और भोंसले को खत्म कर दिया। मराठा मण्डल भंग हो गया। अब तो मराठा-मण्डल की चार ताकतों में सिर्फ़ होल्कर सरकार ही तो बचे हैं।'

'क्या उनकी ताकत सिंधिया से बढ़कर है?'

'हुज़ूर, आप अगर श्रीमन्त को भरोसा दें, महाराज रणजीतसिंह अपनी तलवार लेकर उनके साथ खड़े हों, तो अभी बिगड़ा क्या है। आप तो जानती ही हैं कि भरतपुर का दरबार श्रीमन्त के साथ है, सिंधिया और भोंसले भी अभी ज़िंदा हैं, सिर्फ़ उन्हें परकैंच कर डाला गया है। आपके एक इशारे से सहारनपुर के नवाब बब्बूखां, रामपुर के नवाब गुलाम मुहम्मद खां, श्रीमन्त को सहारा दें तो अभी श्रीमन्त की रकाब के साथ डेढ़ लाख तलवारें हैं।'

'हज़रत बादशाह सलामत का श्रीमन्त की ओर कैसा रुख है?'

'हुज़ूर, श्रीमन्त की दौड़-धूप का तो सारा दारोमदार ही बादशाह की हस्ती कायम रखने पर है।'

'सिंधिया सरकार भी बादशाह सलामत की छत्रछाया में खड़े थे। आपने तो हज़रत सलामत बादशाह का वह सुखन सुना होगा–

'माधोजी सिंधिया फर्ज़न्द जिगर, बन्देमन
हस्त मसरूफ़ तलाफीए सितमगारिएमा।'

'यह तो नमकहराम सैयद रज़ाखां की सारी करतूत थी, जिसका मुंह अंग्रेज़ों ने चांदी के सिक्कों से भर दिया था।'

'वह तो सिंधिया सरकार के रेज़ीडेंट का एजेण्ट था जो शाही दरबार में रहता था।'

'जी हां, सरकार। उसी ने तो आसमान फाड़ डाला। हज़रत सलामत और सिंधिया सरकार के मन फाड़ दिए। सोचिए तो हुज़ूर, सैयद रज़ा ने झूठी ही आशाओं के सहारे बादशाह सलामत और सिंधिया सरकार में फूट डाल दी। शेरे-दक्कन सुल्तान टीपू के साथ विश्वासघात करने के बदले राजकुल को ज़रा-सा टुकड़ा किसी शर्त पर मिल भी गया, पर सिंधिया के साथ बदसलूकी करने के सिलसिले में हज़रत सलामत बादशाह को क्या मिला? सिर्फ़ विश्वासघात। ये हज़रत सलामत वही शहंशाहे-हिन्द शाहेआलम हैं जिनके सामने खड़े होकर और हाथ पसारकर अंग्रेज़ों ने बंगाल की दीवानी के अख्तियारात हासिल किए थे। आज दुनिया पर रोशन है कि अंग्रेज़ों ने तख्ते मुगलिया को चूर-चूर कर दिया। अब बादशाह सलामत अंग्रेज़ों के महज़ पेंशनयाफ़्ता कैदी हैं, जो अपने ही

बाप-दादों के किले में कैद हैं।'

चौधरी ने दोनों हाथ पसारकर और आंखों में आंसू भरकर गद्गद वाणी में ये शब्द कहे। सुनकर बेगम पर्दे में कुछ देर तक खामोश बैठी रहीं।

बहुत देर सन्नाटा रहा, फिर बेगम ने मन्द स्वर में कहा, 'चौधरी मैं अपनी चार पल्टनें होल्कर सरकार को दूंगी, बशर्ते कि भरतपुर दरबार अपनी बात से न फिर जाए और लाहौर दरबार भी श्रीमन्त का साथ दे।'

चौधरी ने कहा, 'यह काफ़ी नहीं है, सरकार! नवाब बब्बूखां और नवाब गुलाम मुहम्मद खां हुज़ूर की बात नहीं टालेंगे। आप उन पर भी दबाव डालिए।'

'खैर, मैं एक खत नवाब बब्बूखां के नाम आपको दूंगी। लेकिन वह शख्स कमज़र्फ़ है। उसका भरोसा नहीं। हां नवाब गुलाम मुहम्मद कांटे का आदमी है। उसके पास मैं खुद पैगाम भेज दूंगी, लेकिन आप यदि सहारनपुर जा रहे हैं तो इस बात का ध्यान रखिए कि वहां के सभी गूजर सरदार श्रीमन्त का साथ दें। यह बड़ी बात होगी, चौधरी।'

'मैं पूरी कोशिश करूंगा, सरकार और सब बात श्रीमन्त से करूंगा।'

'एक बात और, जब तक वक्त न आए, सब बातें पोशीदा रहें तथा श्रीमन्त इस बात का ध्यान रखें कि मेरे इलाके में मराठे कुछ नुकसान न करने पाएं।'

'ऐसा ही होगा, हुज़ूर।'

'तो खुदा हाफ़िज, अब आप तशरीफ़ ले जा सकते हैं।'

बेगम ने इत्रदान देकर चौधरी को विदा किया। चौधरी प्रसन्न मुद्रा में एक क्षण भी व्यर्थ न खो सहारनपुर की ओर चल दिए।

## 11

सहारनपुर के नवाब बब्बूखां अपने दीवानखाने में मसनद के सहारे लेटे मुश्की तम्बाकू का मज़ा ले रहे थे और पानों की गिलौरियां कचर रहे थे। उनकी बगल में अस्करीजान सहारनपुर की मशहूर रंडी अदा से बैठी थी। उनके सामने मुहासिब छुट्टन मियां रौनक-अफरोज़ थे।

नवाब की उम्र तीस को पहुंच रही होगी। मगर चांद अभी से गंजी हो गयी थी। मूंछों के बाल छीदे, दाढ़ी घुटी हुई, रंग साफ़, पेट बढ़ा हुआ, ठिगने और मोटे। ज़रा हकलाकर बातें करते थे। अस्करी की आयु कोई बीस बरस की होगी। बनाव-सिंगार में चुस्त, चपल। चूड़ीदार पाजामा पहने थी, और जामदानी का शर्बती दुपट्टा लापरवाही से कन्धों पर पड़ा हुआ। सटी कमख्वाब की कुर्ती। रंग निहायत साफ़, बत्तीसी सुढार और आंखें बड़ी-बड़ी।

छुट्टन मियां दुबले-पतले, चेचक के दाग चेहरे पर, ढीला पाजामा और शेरवानी बदन पर, मखमली टोपी सिर पर। बात-बात पर जोड़-तोड़ लगाने में होशियार।

नवाब ने कहा, 'अमा छुट्टन, इस जुमेरात को मेरठ चलकर नौचन्दी का हुजूम देखा जाए। भई ज़रूर बिल ज़रूर चलेंगे। सफ़ेदपोशों का जमाव, परियों का बनाव-चुनाव, ज़न-मर्द का हुजूम, देखना शर्त है।'

छुट्टन मियां ने तड़ाक से जवाब दिया, 'वल्लाह क्या बात सूझी है। हुज़ूर, सातों विलायतों में नौचन्दी की धूम है, लेकिन लुत्फ तब है कि महबूबा साथ हों।'

'बी अस्करी साथ चलेंगी, लाखों में,' नवाब ने कनखियों से अस्करी की ओर देखकर कहा।

लेकिन अस्करीजान ने अदा से दोनों कानों पर हाथ धरके कहा, 'ना साहब, बन्दी ना जाने की। उस दिन दरगाह गए सो कान पकड़, तौबा की।'

नवाब ने त्योरियों में बल चढ़ाकर कहा, 'अमा छुट्टन, सुना तुमने, मैंने कहा—बेवफाई तो इन लोगों की घुट्टी में पड़ी है।'

'तो साहब, कोई अहले-वफा ढूंढ़िए,' अस्करी ने मुंह बनाकर कहा। लेकिन छुट्टन मियां बोले—

'ये तो माशूकों के चोंचले हैं, हुज़ूर! बी अस्करी चलें और लाखों में चलें।'

'बस, चल चुके हम।'

'अजी बीच खेत चलो। लो हंस दो इसी बात पर,' नवाब ने गुदगुदाकर कहा।

अस्करी खिलखिलाकर हंस पड़ी।

छुट्टन मियां बोले, 'खुदा ने यह हुस्न दिया है तो रईस तलुए सहलाते हैं।'

'तो हमारे हुस्न में शक ही क्या है; धूम है आज हमारी भी परीज़ादों में,' अस्करी ने कहकहा लगाकर कहा।

'अजी तो ठस्से से बाहर निकलना भी तो रईसों को ज़ेब देता है, टकचलों को नहीं। दो-चार खिदमतगार पीछे हैं, एक-दो दोस्त-मुसाहिब साथ। मशालची है, महबूबा है, बस और क्या।'

'तो, टमटम पर चलेंगे या चढ़ेदम घोड़े पर?'

'घोड़ों पर बी अस्करी कैसे चलेंगी?'

'लो और हुई, पूछो इस मर्दुए से,' अस्करी ने नाक सिकोड़कर कहा।

'बस तो टमटम ठीक है।'

जिस समय नवाब अपने दीवानखाने में बैठे मज़े में गप्पें उड़ा रहे थे, उसी समय ड्योढ़ियों पर पहुंचकर चौधरी ने एक खिदमतगार से पूछा, 'नवाब साहब भीतर हैं?'

'जी नहीं, टमटम पर सवार हो हवाखोरी को तशरीफ़ ले गए हैं।' इतना कहकर वह तेज़ी से एक ओर को चला गया। चौधरी इधर-उधर देखने लगे। इसी समय भीतर से एक बूढ़ा आदमी निकला, उसे देखकर चौधरी ने पूछा, 'बड़े मियां, नवाब साहब से मुलाकात कब होगी?'

'अभी नहीं, सरकार ख्वाबगाह में हैं।'

चौधरी ने आश्चर्य से बूढ़े की ओर देखा। यह क्या बात है, अभी एक आदमी कहता है कि हवाखोरी को गए हैं, और यह कहता है आरामगाह में हैं। सच बात क्या है?

अब और कोई आदमी आए तो पूछा जाए। चौधरी इसी उधेड़बुन में थे कि एक अंग्रेज़ सवार अहाते में घुस आया। अंग्रेज़ को आता देख वही बूढ़ा दारोगा लपकता हुआ

आया। उसने झुककर सलाम किया और पूछा, 'हुजूर का क्या हुक्म है?'

'अम नवाब से मिलना मांगटा, अबी।'

'हुज़ूर, नवाब तो एक दोस्त के यहां दावत में तशरीफ ले गए हैं। कल जब हुक्म हो वे कचहरी या दफ़्तर में हुज़ूर से मिल लेंगे।'

'कल नेई, अबी। हम ज्वाइंट मजिस्ट्रेट हैं, अबी मिलना मांगटा, यू ब्लडी।'

इसी समय भीतर जनानी ड्योढ़ी से एक महरी निकली। सुर्मई रंग, दांतों में मिस्सी, मेहंदी रंगे बाल, मुंह में पान की गिलौरी। सुथना फड़काती हुई।

साहब ने उसे डांटकर पूछा, 'ए, नवाब अन्दर किया करता? अम टुमकू हवालाट भेजना मांगटा।'

महरी दांतों में उंगली दाबती महल में भाग गयी। उसने बेगम से हांफते-हांफते कहा, 'सरकार दौड़ आई है। कुछ दाल में काला मालूम होता है। अल्लाह खैर करे, एक फिरंगी घोड़े पर सवार फाटक घेरे खड़ा है।'

बेगम ने सुना तो कांप गयी। महरी से कहा, 'तो यहां क्या कर रही है! जाकर नवाब को इत्तला कर, ज़रा देखें तो कौन मुआ फिरंगी सवेरे-सवेरे सिर पर मंडरा रहा है।'

खबर सुनकर नवाब साहब बाहर आए। साथ में छुट्टन मियां, सलामें झुकाते, आदाब कहते।

साहब ने कहा, 'वेल नवाब, हम भौट डिक हुआ। टुमारा नौकर बड़जाट हाय। अमकू जुठ बोला।'

नवाब ने हाथ मलते हुए कहा, 'सख्त अफ़सोस का मुकाम है, हुज़ूर। वल्लाह, इन नालायक नौकरों की वजह से मालिक भी बदनाम होते हैं, आप...'

किन्तु साहब ने बीच में ही बात काटकर कहा, 'टुम जल्दी करो, नवाब, कमिश्नर बहादुर अबी टुमसे बाट करेगा।'

'तो हुज़ूर, मैं अभी चला।' नवाब ने टमटम जुड़वाई और सवार हो साहब के साथ चल दिए।

सब नौकर-चाकर, दारोगा, महरी हक्के-बक्के खड़े के खड़े देखते रह गए। चौधरी भी देखते रहे। किसी से क्या कहें, कुछ समझ में नहीं आया। वे फिर आएंगे, यह निश्चय कर वहां से चल दिए।

## 12

छोटा कद, किन्तु अत्यन्त सुदृढ़ और मज़बूत शरीर, रंग उज्ज्वल, श्यामवर्ण, भव्य मुखाकृति, अचानक किसी बन्दूक के छूट जाने से एक आंख जाती रही थी, फिर भी चेहरे की प्रभावशाली मुद्रा में अन्तर न आया था। होंठों के सम्पुट उसके दृढ़ विश्वास को प्रकट करते थे और उसके सम्मुख उसकी आज्ञा का उल्लंघन करना अशक्य था। यह था वीर जसवन्तराय होल्कर।

अपने सब सरदारों से घिरा नरश्रेष्ठ इस समय अत्यन्त व्यग्र और अशांत मुद्रा में टहल रहा था। उसकी कसी हुई मुट्ठी में तलवार की मूठ थी। और उसकी एकमात्र

आंख से ज्वाला निकल रही थी। सब सरदार, सेनापति और मंत्री नीची नज़र किए चुप खड़े थे। सामने ही उसका घोड़ा कसा हुआ तैयार खड़ा था। उसके मस्तिष्क में विचारों के तूफ़ान आ रहे थे, और वह तेज़ी से कदम उठाए इधर से उधर टहल रहा था।

'तो यह सच है,' उसने सामने खड़े एक मराठा सरदार की ओर देखकर लरजती ज़बान से कहा—'जिस प्रदेश पर मैंने अपने खून-पसीने को एक करके अमन, व्यवस्था और शान्ति स्थापित की थी उसे अब दरोगहलफी, विश्वासघात, बलात्कार, अपहरण, कत्ल, हत्या, लूट, बगावत और आपस की लड़ाइयों ने कलंकित और टुकड़े-टुकड़े कर रखा है?'

सामने खड़े सरदार ने हाथ बांधकर कहा, 'श्रीमन्त, ऐसा ही है।'

'और तुम यह भी कहते हो कि यह सब उस पाजी नमकहराम अमीरखां की करतूत है, जिसे मैंने धूल में से उठाया था। और जिसके भरोसे मैं राजधानी छोड़कर यहां रक्त में स्नान कर रहा हूं।'

'श्रीमन्त, उस गुनहगार ने केवल यही नहीं किया कि तीस लाख रुपया अंग्रेज़ों से घूस में लिया है, उसने ईस्ट इण्डिया कम्पनी से एक सन्धि भी कर ली है और इसी सिलसिले में श्रीमन्त की रियासत का एक बड़ा हिस्सा जागीर में पाया है। यह बात यद्यपि बहुत पोशिदा रखी गयी है, परन्तु मेरे जासूसों ने सही खबर दी है।'

'बस, या इस आततायी डाकू की कुछ और भी कीर्ति बखानने को शेष है?'

'और भी बात है, सरकार। उसने अंग्रेज़ों के इशारे से पिण्डारियों का एक भारी दल संगठित किया है, जो उसी के संकेत से श्रीमन्त के इलाकों तथा अंग्रेज़ी इलाकों में इस कदर लूटमार और बलात्कार तथा आग लगाने की सरगर्मियां कर रहा है कि लोग 'त्राहिमाम्-त्राहिमाम्' कर रहे हैं।'

होल्कर टहलते-टहलते रुक गया। उसने जलती हुई अपनी एक आंख उस सरदार के मुख पर जमाकर पूछा—

'अंग्रेज़ी इलाकों पर क्यों?'

'इसलिए, कि अंग्रेज़ों के दुराचार और लूटमार से अंग्रेज़ी रियाया में बेचैनी फैल रही है, इससे कहीं रियाया बिगड़ न उठे। इसी से उसे निरन्तर मुसीबत में उलझाए रखने के लिए। परन्तु सरकार, बात और भी गम्भीर है।'

'वह भी झटपट कह डालो।'

'अंग्रेज़ों की सलाह से अमीरखां ने जो पिण्डारियों का यह बड़ा दल खड़ा किया है, उसका उद्देश्य यह भी था कि मराठा शक्ति के मुकाबले एक समान दूसरी शक्ति तैयार रहे; जिसे चाहे जब मराठा शक्ति खत्म करने और उसके बाद देश पर दखल करने के काम में लाया जाए।'

'तो यह मैं झूठ ही सुन रहा हूं कि अंग्रेज़, पिण्डारियों के दमन के लिए फ़ौजें इकट्ठी कर रहे हैं?'

'यह भी सच है, श्रीमन्त! अंग्रेज़ों की इस समय एक लाख सेना मराठा-मंडल को घेरे पड़ी है, जिसके पास समर्थ तोपखाना है। कहा तो यही जाता है कि यह पिण्डारियों

के दमन के लिए है, पर हकीकत में यह सब तैयारी मराठा शक्ति को चकनाचूर करने के लिए है।'

'तो अफजलगढ़ की लड़ाई केवल एक तमाशा थी!'

'श्रीमन्त, मैंने अपनी आंखों से देखा कि विश्वासघाती अमीरखां ने अफजलगढ़ के मैदान में जान-बूझकर हमारे मराठा जवानों को दुश्मनों के भालों और गोलियों के हवाले कर दिया।'

'और अब वह अपनी काली करतूत दिखाने को भरतपुर आ रहा है? पर भरतपुर का राजा रणजीतसिंह कांटे का आदमी है।'

'श्रीमन्त, भरतपुर के महाराज अपने वचन पर दृढ़ हैं। परन्तु अंग्रेज़ों के जाल वहां भी फैल रहे हैं।'

'खैर, अब तुम कहो,' उसने एक दूसरे सरदार की ओर देखकर कहा—'लाहौर दरबार की क्या खबर लाए हो?'

'रणजीतसिंह और उनके सिख सरदार सोलहों आना अंग्रेज़ों के हाथों में खेल रहे हैं। रणजीतसिंह ने साफ़ जवाब दिया है कि श्रीमन्त की भलाई इसी में है कि वे अंग्रेज़ों से सुलह कर लें, और मुझसे कुछ भी आशा न रखें।'

सरदार का यह जवाब सुनकर होल्कर क्षण-भर चुप खड़ा रहा।

फिर उसने अपने सेनापति भास्करराव की ओर देखकर कहा, 'वे तीनों अंग्रेज़ अफ़सर कहां हैं, जिन्हें गिरफ्तार किया गया था? उन्हें हाज़िर करो।'

भास्करराव के संकेत से थोड़ी ही देर में रस्सियों से बंधे तीनों अंग्रेज़ अफ़सरों को हाज़िर किया गया। बन्दी नीचा सिर किए चुपचाप खड़े हुए थे। होल्कर ने आज्ञा दी, 'इनके बन्धन खोल दिए जाएं।'

तुरन्त उनके बन्धन खोल दिए गए। होल्कर ने एक के निकट जाकर पूछा, 'तुम्हारा नाम क्या है?'

'कप्तान वीकर्स।'

'और तुम्हारा?' उसने दूसरे से प्रश्न किया।

'कप्तान टाड।'

'और तुम?' उसने तीसरे से प्रश्न किया।

'श्रीमन्त, मैं कप्तान रायन हूं।'

'तुम तीनों हमारी सरकार की सेवा में एक-एक कम्पनी के अफ़सर थे?'

'जी हां श्रीमन्त,' तीनों ने जवाब दिया।

'और अब जब युद्ध शुरू हुआ, तुमने जनरल लेक से पत्र-व्यवहार किया, उन्हें अपनी सेना के भेद बताए?'

'हम श्रीमन्त के इस प्रश्न का उत्तर देने में असमर्थ हैं।'

'जब तक तुमने सेना में नौकरी की, तब तक तुम्हें पूरी तनख्वाह मिलती रही?'

'तनख्वाह के मामले में हमें कोई शिकायत नहीं है।'

'क्या तुम्हें हमारी सरकार से और भी कुछ शिकायत है?'

'नहीं, श्रीमन्त।'

'तुम्हारी कुछ इच्छा है?'

'केवल यही कि हमें अंग्रेज़ी सेना में भेज दिया जाए।'

'बस, या और कुछ?'

'बस।'

'तो,' उसने सेनानायक भास्करराव की ओर देखकर कहा, 'सैनिक नियमों का उल्लंघन करने, विश्वासघात और जासूसी करने, शत्रु से गुप्त सम्बन्ध स्थापित करने के अपराध में तुरन्त इन तीनों अंग्रेज़ों को गोली से उड़ा दिया जाए और इनकी इच्छानुसार इनकी लाशों को अंग्रेज़ जनरल लेक के पास भेज दिया जाए।'

तत्काल बन्दूकें इन तीनों अभागों की ओर तन गयीं। तीनों ने बहुत रोना-पीटना किया, पर तुरन्त ही गोलियों से छलनी होकर तीनों के शरीर धूल में लोट गए।

सारी सेना में सन्नाटा छा रहा था। लाशें तुरन्त वहां से हटा दी गयीं। तब होल्कर ने मीर मुंशी को तलब किया। मुंशी के आने पर उसने हुक्म दिया, 'अंग्रेज़ों के गवर्नर-जनरल को हमने एक खत लिखा था–वह खत तुम मेरे इन सब मित्रों को और सेना को सुना दो।'

मीर मुंशी ने खत पढ़ा, 'मित्रता का सम्बन्ध पत्रों के आने-जाने अथवा एक-दूसरे की ओर रिवाज़ी आदर-सत्कार दिखाने पर निर्भर नहीं है। उचित यही है कि परिणाम को अच्छी तरह सोच-समझकर आप पहले मुझे यह सूचना दीजिए कि आप सब झगड़ों को तय करने, प्रजा की सुख-शान्ति में बाधा न पड़ने देने और मित्रता कायम रखने के लिए किन उपायों की तजवीज़ करते हैं। ताकि उसके बाद मैं आपके पास एक ऐसा विश्वस्त आदमी भेज सकूं, जिसे दोनों पक्ष वाले मंज़ूर कर लें। आपके प्रेम पर हर तरह विचार करते हुए, कम्पनी अथवा उसके सम्बन्धियों की ओर से मेरे दिल में किसी तरह के शत्रुता के विचार नहीं हैं। हमारी इस मित्रता को बढ़ाने के लिए आप भी अपनी ओर से प्रेम-पत्र भेजने की मुझ पर कृपा कीजिए।'

पत्र समाप्त करके मीर मुंशी ने होल्कर की ओर देखा जो इस समय शान्त स्थिर खड़ा था। उसने कहा, 'अब अंग्रेज़ गवर्नर का जवाब भी सुना दो।'

मीर मुंशी ने पढ़ा, 'आपकी मांगें बेबुनियाद हैं। और आपको मालूम होना चाहिए कि अंग्रेज़ सरकार ने हिन्दुस्तान के अथवा दक्षिण की किसी भी रियासत के साथ अपने राजनीतिक सम्बन्ध में इस तरह की मांगें आज तक कभी मंज़ूर नहीं कीं और इस तरह की मांगें सुनना भी अंग्रेज़ सरकार की ताकत और शान के खिलाफ़ है।'

मीर मुंशी जब खत पढ़ चुका, तो एक बार होल्कर ने आंख उठाकर चारों ओर देखा। उस समय सैनिकों के मुंह क्रोध से तमतमा रहे थे। उन्होंने प्रचण्ड स्वर से होल्कर का जयघोष किया।

होल्कर चुपचाप खड़ा होंठ चबाता रहा। फिर उसने मीर मुंशी को आज्ञा दी, 'लाहौर दरबार को एक खत लिखो–

'महाराजा रणजीतसिंह, आपने एक विपत्तिग्रस्त अतिथि और देशवासी की ओर

धर्म-पालन नहीं किया, तो स्मरण रहे, मेरे कुल में राज्य कायम रहेगा, किन्तु आपके कुल की सत्ता का शीघ्र ही अन्त हो जाएगा।'

इस समय होल्कर की वाणी कांप रही थी और भावावेश से उसका चेहरा लाल हो रहा था। उसने ऊंची आवाज़ में कहा, 'कौन बहादुर यह खत लाहौर दरबार में ले जाएगा?'

इस ललकार से सन्नाटा छा गया। चौधरी अब तक चुपचाप खड़े यह सब दृश्य देख रहे थे। अब उन्होंने आगे बढ़कर करबद्ध कहा, 'श्रीमन्त, इस सेवक को यह सेवा बजा लाने की प्रतिष्ठा बख्शी जाए।'

'यह कौन है?' होल्कर ने संदेह से चौधरी की ओर देखकर उंगली उठाकर कहा।

'श्रीमन्त का एक आज्ञाकारी अनुचर,' यह कहकर चौधरी ने आगे बढ़ होल्कर को जुहार किया और भाऊ का पत्र उनके हाथ में थमा दिया।

पत्र पढ़कर होल्कर के मुख पर प्रसन्नता लौट आई। उसने निकटवर्ती सरदार को संकेत से कहा—'इसे मेरे पास ले आओ।'

होल्कर तेज़ी से अपने खेमे में चला गया और वह सरदार चौधरी को साथ ले तत्काल ही होल्कर की पेशी में हाज़िर हुआ।

## 13

चौधरी ने सब बातें ब्योरेवार होल्कर से कह दीं। भाऊ के जवाबी संदेह, बेगम समरू से मुलाकात और नवाब बब्बूखां से मिलने जाकर भी न मिलने की बात चौधरी ने कह दी। सब बातें सुनकर होल्कर ने कहा, 'कह सकते हो बब्बूखां इस वक्त कहां है?'

'मैं निश्चयपूर्वक कह सकता हू–वह दिल्ली गया है। तीन दिन मैं उसके पीछे मारा-मारा फिरा। लेकिन मुलाकात नहीं हुई। इन तीन दिनों में अंग्रेज़ों ने उसे एक क्षण के लिए भी अकेला नहीं छोड़ा। रात शिकरम में सवार होकर वह दिल्ली चला गया है। मैंने स्वयं उसे दिल्ली की शिकरम में बैठते देखा है। उसके साथ एक फिरंगी भी गया है।'

'क्या तुमने यहां के गूजर सरदारों से भी बातचीत की है?'

'की है, श्रीमन्त! मुझे तो यही प्रतीत होता है, वे सब वक्त पर दगा देंगे। इनमें कोई भी तो विश्वासी जीव नहीं है। पैसे का लालच तो है ही, फिरंगियों का आतंक भी उन पर है।'

'तब तो मेरा यहां रहना ही बेकार है। लेकिन चौधरी, तुम क्या सचमुच लाहौर मेरा संदेश ले जाओगे?'

'अवश्य ही, श्रीमन्त। मैं महाराज रणजीतसिंह से बात भी करूंगा।'

'वह क्या तुम्हारी बात सुनेगा?'

'उसका रुख तो मालूम होगा।'

'खैर, तो तुम अभी डाक बैठाकर लाहौर रवाना हो जाओ। अपनी यात्रा गुप्त रखो।

किन्तु लाहौर में अधिक समय नष्ट न करो, और उल्टा-फेर दिल्ली जाओ। समय हो तो बब्बूखां के हालचाल, अंग्रेज़ों की हलचल और बादशाह के दरबारी हालचाल और बादशाह का रुख देख-भालकर जितना शीघ्र सम्भव हो, मुझसे भरतपुर में आ मिलो। मैं आज ही तीन पहर रात बीते यहां से कूच करूंगा।'

'श्रीमन्त की आज्ञा का अक्षरशः पालन होगा।'

'तुम इस वक्त मुझसे कुछ चाहते हो, चौधरी? लेकिन मैं रुपया इस वक्त नहीं दे सकता।'

'सरकार, रुपये की या और किसी वस्तु की इस सेवक को बिलकुल आवश्यकता नहीं है। श्रीमन्त का काम पूरा हो, दिल्ली का तख्त श्रीमन्त के प्रभाव में आ जाए, यही मेरी आरजू है।'

'मैं तुम्हें एक खत दूंगा, दिल्ली पहुंचकर वह तुम बादशाह को देना। बादशाह से मुलाकात न हो सके तो वज़ीर असदखां को देना। इन दोनों तक तुम्हारी पहुंच न हो तो खत नष्ट कर देना। तीसरे के हाथों खत न पड़ने पाए। याद रखोगे?'

'अवश्य, श्रीमन्त।'

'खत अभी दो घंटे में तुम्हें मिल जाएगा। क्या तुम्हारे पास इस कदर रुपया है कि तुम यह सफ़र आराम से कर सको?'

'है, श्रीमन्त।'

'फिर भी यह रख लो।' होल्कर ने गले से पन्नों का बहुमूल्य कण्ठा उतारकर चौधरी के हाथों में थमा दिया।

चौधरी ने हाथ बांधकर कहा, 'श्रीमन्त, मैंने भाऊ साहब से आधा सेर आटा मांगा था, उन्होंने चालीस गांवों में मेरी दुहाई फिरवा दी। यह आपका ही दिया हुआ है, सरकार। अब इस कीमती कण्ठे को श्रीमन्त ही दास का नज़राना समझकर रख लें तो कृपा होगी, टेढ़ा समय है श्रीमन्त।'

होल्कर के नेत्र में एक आंसू झलक आया पर तुरन्त ही उसने कठोर वाणी से कहा, 'कण्ठा रख लो, हुक्मअदूली मत करो, और जल्द हमसे भरतपुर में मिलो।'

'जैसी आज्ञा श्रीमान की।'

चौधरी होल्कर को जुहार-मुजरा कर उठ आए। और उन्होंने तुरन्त ही लाहौर की राह पकड़ी।

## 14

पंजाब में सिख-साम्राज्य का संस्थापक महाराजा रणजीतसिंह सुकरचकिया मिसल के नेता महासिंह का पुत्र था। वह बचपन ही में चेचक से अपनी एक आंख खो चुका था। बारह वर्ष की आयु में अपने पिता की मृत्यु के बाद वह अपनी मिसल का नेता बन गया और सोलह वर्ष की आयु में जब उसका विवाह कन्हैया मिसल में हुआ, तो इन दो मिसलों के मिलान से युवा रणजीतसिंह ने एक नयी शक्ति संगठित कर ली। इन दिनों अहमदशाह अब्दाली का पोता ज़मानशाह

अफगानिस्तान का शासक था। उसने पंजाब के कुछ भाग और लाहौर पर अधिकार कर लिया था। रणजीतसिंह ने उसे प्रसन्न करके लाहौर पर अधिकार कर लिया और उन्नीस वर्ष की आयु में वह लाहौर का राजा बन बैठा। इसके बाद भंगी मिसल से उसने अमृतसर भी दखल कर लिया तथा आस-पास के इलाकों को जीतकर सतलुज नदी तक सारा मध्य पंजाब अपने अधीन कर लिया। इसके बाद सतलुज नदी पार करके सिख रियासतों—नाभा, पटियाला, जींद आदि पर उसने हाथ बढ़ाया तथा लुधियाना पर कब्ज़ा कर लिया। इस पर दुर्बल सिख रियासतों ने अंग्रेज़ों से हस्तक्षेप की मांग की। पर चतुर अंग्रेज़ों ने इस समय फूट-नीति का सहारा लेकर चार्ल्स मेटकाफ को अमृतसर भेज रणजीतसिंह से सन्धि कर ली; जिससे सतलुज नदी रणजीतसिंह के राज्य की सीमा नियत हुई, और सतलुज के इस पार की सारी सिख रियासतें अंग्रेज़ी संरक्षण में आ गयीं। इस सन्धि के हो जाने के कारण रणजीतसिंह अब पूर्व की ओर अपने पैर नहीं बढ़ा सकता था। इसलिए इस समय उत्तर-पश्चिमी सीमा पर उसकी नज़र थी, और वह लड़ाई पर लड़ाई करके अटक, मुलतान, कश्मीर हज़ारा, बन्नू, डेराजात तथा पेशावर आदि जीतता हुआ अपना नया शक्तिशाली सिख साम्राज्य खड़ा कर रहा था। उसकी सेना इस समय अस्सी हज़ार थी, जो पराक्रमी और शक्तिशाली सिखों की संगठित और इटली तथा फ्रांस के अफ़सरों द्वारा यूरोपियन रीति पर युद्धकला में शिक्षित थी। रणजीतसिंह को घोड़ों का बड़ा शौक था, वह स्वयं भी उत्तम शहसवार था। उसका घुड़सवार रिसाला प्रथम श्रेणी का था तथा तोपखाना भी उत्कृष्ट था, जिसमें पांच सौ उम्दा तोपें थीं। इस समय उसकी रकाब के साथ हरीसिंह नलवा जैसे वीर सेनानी थे, जिसके नाम के आतंक ही से पठान स्त्रियों का गर्भपात हो जाता था। वह वीर सेनानी ज़मरुंद के दुर्ग का अधिपति तथा पश्चिमोत्तर सीमा पर सिख-साम्राज्य की आंख था।

रणजीतसिंह साहसी, वीर योद्धा और प्रबन्धक था। अपने धर्म का वह नेता और सब धर्मों के प्रति उदार था। उसकी संगठन शक्ति बड़ी अद्‌भुत थी, इसी के बल पर वह एक के बाद एक राज्य जय किए जा रहा था।

इसी प्रबल प्रतापी सिख सरदार को अपने साथ मिलाने की दुराशा में जसवन्तराय होल्कर सहारनपुर में बैठा था। इसमें संदेह नहीं कि यदि इस समय रणजीतसिंह और होल्कर मिल जाते, तो यह उत्तर और दक्षिण ध्रुवों का एक महान मिलन होता और भारत का नक्शा ही दूसरा हो जाता; परन्तु रणजीतसिंह में शिवाजी जैसी वीरता तो थी—पर दूरदर्शिता न थी। फिर, वह अंग्रेज़ों से सन्धि कर चुका था। और दोआबा तथा दिल्ली में उनके बढ़ते हुए प्रभाव उसकी आंखों के सामने थे, साथ ही वह मराठा मंडल का भंग भी देख चुका था, इसी से उसने होल्कर की ओर आंख नहीं उठाई। और होल्कर निराश हो तथा एक प्रकार से उसे श्राप देकर लौटा, जो आगे अक्षरशः सत्य प्रमाणित हुआ।

लाहौर जाकर चौधरी ने रणजीतसिंह से मुलाकात की, और दरबार में उपस्थित होकर होल्कर का पत्र दिया। पत्र पढ़कर रणजीतसिंह क्रुद्ध हो गया पर चौधरी ने विनयभाव और दृढ़ता के साथ निवेदन किया, 'महाराज, आप इस समय भारत के सूर्य हैं, आपके

जैसा प्रताप दूसरे नरपति का नहीं है। यह सेवक पंजाब का निवासी आप ही का प्रजाजन है, तथा महाराज और उनके साम्राज्य की हितकामना से यहां उपस्थित हुआ है। रही पत्र की बात सो श्रीमन्त होल्कर इस समय संकटग्रस्त हैं, पर आप ही की भाँति तेजस्वी और वीर हैं। आपको अपना समझकर ही वे आपकी शरण आए थे। उनकी कटूक्ति भी आत्मीयता की द्योतक है महाराज! फिर दूत अबध्य होता है। यह दास इसलिए प्रार्थना करता है कि एकान्त में उसका निवेदन सुन लिया जाए। पीछे जैसी मर्ज़ी सरकार की हो।'

रणजीतसिंह का क्रोध ठण्डा हो गया। चौधरी के निवास आदि की उसने व्यवस्था कर दी, फिर उससे एकान्त में मुलाकात की, और कहा, 'होल्कर सरकार को मैं कम महत्त्व नहीं देता, इसी से मैंने तुमसे मुलाकात की है। अब कहो, क्या कहते हो।'

'मैं महाराज की भलाई की ही बात करूंगा।'

'तो मैं भी उस पर पूरा विचार करूंगा, लेकिन तुम्हें होल्कर ने कोई अधिकार-पत्र देकर मेरे साथ बातचीत करने नहीं भेजा है। तुम सिर्फ़ वह वाहियात पत्र लेकर आए हो।'

'महाराज, इतना तो आप समझ ही जाएंगे कि श्रीमन्त का वह गुप्त पत्र लाने वाला उनका विश्वासपात्र है, और सुरक्षा के विचार से ज़बानी ही बातचीत का अधिकार लेकर आया है।'

'खैर, तो अब तुम्हारी बात में क्या सार है? तुम यदि यह कहना चाहते हो कि मैं अंग्रेज़ों की सन्धि भंग करके होल्कर का साथ दूं, तो यह एकदम मूर्खतापूर्ण बात होगी।'

'महाराज, ऐसा क्यों सोचते हैं? क्या महाराज ने नहीं सुना कि होल्कर ने अकेले ही अंग्रेज़ों के दांत खट्टे कर दिए हैं। यदि आपकी शक्ति उनसे मिल जाए तो भारत में नये हिन्दू साम्राज्य का उदय हो सकता है।'

'कैसे हो सकता है? समूचे दोआबे में, दक्खिन में और बंगाल तक अंग्रेज़ों का अमल बैठ चुका है। अब दिल्ली का बादशाह उनकी पेंशन पाने वाला कैदी है जो अपने ही घर लालकिले में कैद है। मराठा-मंडल टूट चुका है! अंग्रेज़ों ने अपने सब प्रबल शत्रुओं को ज़ेर कर लिया है। सब बड़ी-बड़ी रियासतों को सबसीडियरी बंधन में बांध लिया है। हैदराबाद का निज़ाम, अवध के नवाब-बादशाह, पेशवा, गायकवाड़, राजपूत राजाओं ने भी उनसे यह सन्धि की है। टीपू ने सिर उठाया और जान से हाथ धोया। पेशवा ने बसीन-सन्धि पर हस्ताक्षर कर दिया। अन्त में लासवाड़ी में सिंधिया के भाग्य का भी फ़ैसला हो गया, और उसने अहमदनगर, भड़ोंच, दोआबा का इलाका, आगरा और दिल्ली अंग्रेज़ों को दे दी। अब तुम किस आशा से मेरे पास आए हो।'

'महाराज, यह तो राजनीति की चौसर है। अभी श्रीमन्त होल्कर सरकार के हाथ में तलवार है और आपके हाथ में भी तलवार है। इन फिरंगियों के लिए तो यही बहुत है। फिरंगियों ने आपका रुख पश्चिम की ओर फेर दिया है ताकि आप इन पहाड़ों में उलझे रहें और समूचे भारत में यह विदेशी अपनी मनमानी करते रहें।'

'मैं तो इधर भी अपना काम कर रहा हूं।'

'परन्तु महाराज, आपकी तलवार को भारत का उद्धार करना है। इन फिरंगियों ने मथुरा में गो वध किया है। अंग्रेज़ सिपाही जहां चाहे गाय का वध कर डालते हैं। इसे महाराज बर्दाश्त कर सकते हैं? फिर इन फिरंगियों की नज़र देश का धन चूसने की ओर है, देश की जनता की बहाली ये चाहते नहीं। किस तरह बनारस के राजा चेतसिंह से और अवध की बेगमों से खुली लूट करके इन फिरंगियों ने लाखों रुपये लूटे हैं, यह भी तो देखिए।'

'पर लूटपाट में मराठों ने क्या कसर रखी है? सिंधिया के दीवान सखाराम घटके ने पूना में जो निर्दय लूटमार की थी उसे तो अभी बहुत दिन नहीं हुए। बेचारे त्र्यम्बकराव पचुरे को सात लाख रुपया वसूल करने के लिए कैद किया, मारा-पीटा भी गया। फिर उसे पूना से निकाल दिया गया। यही हाल पेशवा के एक वज़ीर का किया गया। अप्पाजी बलवन्त पर सिंधिया ने दस लाख रुपये वसूल करने के लिए इतना ज़ुल्म किया कि उसे आत्मघात करना पड़ा। तभी तो सिंधिया महाग्राह से पिण्ड छुड़ाने के लिए पेशवाओं को अंग्रेज़ों का सहारा लेना पड़ा।'

'महाराज, ये युद्ध की विशेष परिस्थितियां हैं। फिर वे देशवासी भी तो हैं। देश की भलाई-बुराई भी तो सोचते हैं।'

'तो भई, यदि बिल्लियां आपस में न लड़ें तो बन्दर को पंच बनने का अवसर कैसे मिले? इसलिए मैं द्विविधा में रहना ठीक नहीं समझता। जब तक अंग्रेज़ मेरे राज्य में हस्तक्षेप नहीं करते मैं अपना कौल फेर नहीं सकता। मैंने होल्कर सरकार को पहले भी सलाह दी थी, और अब भी कहता हूं, वे अंग्रेज़ों से सुलह कर लें। इसी में उनकी भलाई है। और तुम चौधरी, मुझसे अपने लिए कुछ चाहो तो कहो। क्या तुम मेरे राज्य में बसना चाहते हो?'

चौधरी खिन्न-मन उठ खड़े हुए। उन्होंने हाथ बांधकर कहा, 'महाराज की इस कृपादृष्टि को याद रखूंगा, और जब ऐसी आवश्यकता होगी आपकी शरण में आऊंगा। अभी तो महाराज, मेरा दिल्ली जाना अत्यन्त आवश्यक है।'

रणजीतसिंह ने चौधरी को तलवार और सिरोपा देकर विदा किया। और चौधरी खिन्न मन बिना एक क्षण नष्ट किए दिल्ली की ओर चल दिया।

## 15

लॉर्ड जनरल लेक अपने बंगले के बरांडे में एक सफरी आरामकुर्सी पर लेटे सिगार पी रहे थे। बरांडे में अंग्रेज़ी छावनी का वह भाग दीख रहा था जहां देशी पल्टनें पड़ी थीं। बीच-बीच में सिपाहियों की आवाज़ या घोड़ों की हिनहिनाहट से वहां की शान्ति भंग हो जाती थी। उनके हाथ में गवर्नर जनरल का लम्बा खत था, जो अभी-अभी उन्हें मिला था। खत को वह कई बार पढ़ चुके थे। हर बार पढ़कर आंखें बन्द करके कुछ गम्भीर चिन्तन में निमग्न हो जाते थे और फिर उसे ख़ोलकर पढ़ने लगते थे। हकीकत यह थी कि पत्र अत्यन्त महत्त्वपूर्ण था और वे उससे

सम्बन्धित आगे-पीछे की सब बातों पर विचार कर रहे थे। अंग्रेज़ों का यह प्रसिद्ध सेनानी, जिसके नाम की भारतीय और यूरोपियन सभी शत्रु-मित्र सेनाओं में धाक थी, इस समय शान्त, एकान्त वातावरण में चुपचाप सिगार का धुआं उड़ाता हुआ भूत-भविष्य के तानों-बानों में उलझा हुआ था। उसके शुभ्र चांदी के समान मस्तिष्क पर रेखाएं उभरती जाती थीं। उसकी मुखाकृति भव्य थी, और उससे दृढ़ता टपकती थी। नेत्रों में साहस की दीप्ति प्रज्वलित थी। उसका मस्तक खूब चौड़ा था। नाक उभरी हुई थी। और सब मिलाकर उसकी आकृति भव्य और आकर्षक थी। वह इस समय मेजर जनरल फ्रेज़र की प्रतीक्षा कर रहा था। ज्यों ही मेजर ने कदम रखा लेक ने उठकर और दो कदम आगे बढ़कर उससे हाथ मिलाया और आग्रहपूर्वक स्वागत किया, और कहा, 'मेजर-जनरल, दुर्भाग्य है कि हमें निरन्तर असफलता का सामना करना पड़ रहा है। ज्यों ही मुझे सूचना मिली कि होल्कर सहारनपुर से चलकर शामली में लश्कर डाले पड़ा है, मैंने उस पर कूच बोल दिया। पर वहां मेरे पहुंचने से पूर्व ही वह डाकू भरतपुर की ओर रवाना हो चुका था। वह जल्द से जल्द भरतपुर पहुंचना चाहता है। मैं चाहता था कि बीच मार्ग में ही उसे धर दबोचूं। फर्रुखाबाद में आमना-सामना भी हुआ पर हमला करने का मेरा साहस न हुआ। अब सुना है—वह निर्विघ्न भरतपुर राज्य के अन्दर डीग के किले में जा पहुंचा है। और पहले की अपेक्षा अधिक सुरक्षित है। उधर गवर्नर-जनरल ने मेरी मलामत की है। यह खत पढ़ लो।'

लेक ने वह हाथ का खत मेजर-जनरल फ्रेज़र के हाथों में दे दिया। खत में लिखा था—'दुर्भाग्य की बात है कि होल्कर आपसे बचकर निकल गया। इस बात को आप उतने ही ज़ोर से अनुभव करते होंगे जितना कि मैं। होल्कर को गिरफ्तार कर लेना अथवा उसका नाश कर डालना सर्वथा वांछनीय है। जब तक वह नष्ट न कर दिया जाएगा या कैद न हो जाएगा, तब तक हमें शान्ति नहीं मिल सकती। इसलिए मैं आप पर इस बात के लिए भरोसा करता हूं कि जहां तक भी वह जाए, उसका पीछा करने से किसी हालत में न हटें।'

पत्र को मोड़कर वापस देते हुए फ्रेज़र ने कहा, 'लेकिन जनरल, मैं यकीनन तौर पर कह सकता हूं कि अभी होल्कर डीग के पास नहीं पहुंचा है। बेशक उसकी पैदल सेना और तोपखाना डीग पहुंच चुके हैं। यदि हम फुर्ती करें तो डीग पहुंचने से पहले किले से बाहर ही उसे घेर सकते हैं, और उसे उसकी पैदल सेना, तोपखाना और किले की सुरक्षा से वंचित कर सकते हैं।'

'तो मेजर-जनरल, आप आज ही दो रेज़ीमेंट देशी सवारों की, तोपखाना तथा यथेष्ट पैदल सेना लेकर कूच कर दीजिए। मैं तीन रेज़ीमेंट गोरे सवारों की तथा तीन देशी सवारों की और भारी तोपें लेकर आपके पीछे आ रहा हूं। याद रखिए कि गवर्नर-जनरल की मेरे पास गुप्त ताकीद पहुंच चुकी है। अब भरतपुर के राजा की तमाम ताकत और वसीलों को पूरी तरह कब्ज़े में करना भी अनिवार्य हो गया है। इसलिए मैं आपको अधिकार देता हूं और हुक्म देता हूं कि भरतपुर के राज्य के समस्त किलों, इलाकों और प्रांतों को जिस तरह आप ठीक समझें अंग्रेज़ी राज्य में मिला लेने के लिए सब सम्भव उपाय काम में लें।'

'आपके हुक्म के प्रत्येक अक्षर का पालन होगा। लेकिन जनरल यह हो क्या रहा है?'

'कहां?'

'यहां हिन्दुस्तान में।'

'हम लड़ रहे हैं।'

'लेकिन कौन किससे लड़ रहा है? क्या यह ब्रिटेन और हिन्दुस्तान के बीच लड़ाई हो रही है?'

'नहीं मेजर-जनरल, यह तो नहीं कहा जा सकता। ब्रिटेन का बादशाह हिन्दुस्तान के किसी राजा, नवाब या बादशाह से नहीं लड़ रहा।'

'तो क्या इंग्लैंड और हिन्दुस्तान के बीच लड़ाई नहीं है?'

'सच्चे अर्थों में तो ऐसा ही है, क्योंकि इंग्लैंड के राजा ने मुगल बादशाह या भारत के किसी दूसरे राजा या नवाब के विरुद्ध युद्ध की घोषणा नहीं की है।'

'और यह भी सच नहीं है कि प्लासी की लड़ाई से लेकर अब तक इन लगातार की लड़ाइयों का ब्रिटिश राज्य से कोई सरोकार नहीं है।'

'सिर्फ़ इतनी ही बात सच नहीं है कि इन लड़ाइयों से ब्रिटेन के राज्य का कोई सरोकार नहीं है। हकीकत तो यह है कि हमने न हिन्दुस्तान को फतह किया है न फतह कर ही रहे हैं।'

'लेकिन हिन्दुस्तान का बादशाह अब तो हमारा पेंशनयाफ्ता कैदी है। और अब तो हम ही हिन्दुस्तान के बड़े हिस्से पर काबिज़ हैं और उस पर शासन भी कर रहे हैं। हमारा कानून, हमारा अदल, हमारी अदालतें, हमारे कलक्टर, हमारी पुलिस, ये सब क्या हिन्दुस्तान में अमल नहीं आ रहे? क्या हमने नये सिरे से ज़मीन के बन्दोबस्त नहीं किए? और अब उसका लगान-मालगुज़ारी बादशाह की तरह हम नहीं ले रहे?'

'ज़रूर ले रहे हैं मेजर, और दरहकीकत अब मुल्क में कम्पनी बहादुर की ही अमलदारी है, कम्पनी बहादुर की ही सरकार है और हम कम्पनी बहादुर के ही नौकर हैं।'

'परन्तु ईस्ट इण्डिया कम्पनी ब्रिटिश राज्य का प्रतिनिधित्व नहीं करती।'

'अवश्य ही नहीं करती। उसने अपने निजी धन-जन से ही हिन्दुस्तान को जीता है।'

'परन्तु वह चार्टर्ड कम्पनी है, जिसे भारत और चीन में व्यापार करने का इजारा मिला हुआ था। इसलिए यह स्वाभाविक है कि ब्रिटेन पार्लियामेंट का उससे अनुराग है। इसके अतिरिक्त एक बात यह भी है कि कम्पनी के द्वारा युद्धों का आरम्भ किसी भारतीय राज्य के साथ नहीं हुआ, फ्रेंचों के विरोध-स्वरूप हुआ।'

'यह कैसे?'

'अंग्रेज़ों की पहली सैनिक कार्यवाही फ्रेंच आक्रमण से अपनी रक्षा करने के लिए उस समय हुई जब हैदराबाद के निज़ामुलमुल्क आसफजाह की मृत्यु के बाद उत्तराधिकारियों में जंग छिड़ी और फ्रेंच डूप्ले ने उसमें दिलचस्पी दिखाई। यह घटना सन् 1758 में हुई। तब से अब तक पचास वर्षों में निरन्तर भारत में जो भी युद्ध हो रहे हैं, उनमें थोड़ा-बहुत

फ्रांस के विरुद्ध आत्मरक्षा का ही भाग है। इसी से यद्यपि ये युद्ध ब्रिटिश राज्य के नाम पर या खर्च से नहीं किए जा रहे, पर इनमें राष्ट्रीय तत्त्वों का समावेश अवश्य है। इसी से कम्पनी की सेना को ब्रिटेन की राजकीय सेना की सहायता मिलती रही है।'

'तब तो हिन्दुस्तान के अतिरिक्त ब्रिटेन ने जो उपनिवेश स्थापित किए हैं, उनमें और भारत पर अधिकार करने में बहुत अन्तर है।'

'बेशक! उपनिवेश बसाने के लिए निस्सन्देह विस्तृत भूमि पर अधिकार किया गया था, परन्तु भारत की तुलना में वह खाली भूमि ही थी, वहां ब्रिटेन को जिन कठिनाइयों का सामना करना पड़ा, वहां के निवासियों के कारण नहीं अन्य यूरोपियन राष्ट्रों की प्रतिद्वन्द्विता के कारण।'

'तो हिन्दुस्तान की हालत इससे बिलकुल जुदा है, आप यह कहना चाहते हैं?'

'हकीकत भी यही है, मेजर फ्रेज़र। यहां की आबादी घनी है, सभ्यता प्राचीन है, वह यूरोप के प्राचीनतम इतिहास से भी अधिक प्राचीन और गौरवयुक्त है। भारतीय जनता को जीतना, जिसकी भाषा और धर्म हम आक्रमणकारियों से भिन्न है, क्या अनोखी-सी बात नहीं है?'

'अनोखी तो है ही। मैं जानता हूं कि स्पेन की समूची शक्ति अल्पसंख्यक निवासियों के डच प्रदेशों को नहीं जीत सकी थी।'

'इसके अतिरिक्त यह भी तो सोचिए कि जिस समय हिन्दुस्तान पर क्लाइव ने फतह हासिल की थी, उस समय हमने अपनी जाति के तीस लाख आदमियों को अमेरिका में अपने वश में रखने के अयोग्य प्रमाणित कर दिया था।'

'बेशक, अमेरिका की लड़ाई में ब्रिटेन ने जिस भारी अयोग्यता का परिचय दिया था, वैसी उसकी अयोग्यता कभी प्रकट नहीं हुई थी। इससे तो यही प्रकट होने लगा था कि हमारी तेजस्विता का युग ही बीत चुका।'

'परन्तु ठीक इसी समय हम भारत में दुर्दमनीय विजेता बनकर विजय-वैजयंती फहरा रहे थे। प्लासी में, असाई में और दूसरे युद्ध क्षेत्र में अंग्रेज़ी सेनाएं अपने से बहुत बड़ी सेनाओं के विरुद्ध विजयी होती रही हैं। क्या यह आश्चर्यजनक नहीं है?'

'अवश्य ही आश्चर्यजनक है' जनरल महोदय! खासकर इसलिए कि जिस समय भारत की विजय का आरम्भ हुआ था, उस समय कुल ब्रिटेन के निवासियों की संख्या सवा करोड़ भी न थी। फिर ब्रिटेन यूरोप ही में उस समय भी आज की भाँति युद्धों में फंसा हुआ था। खासकर क्लाइव ने जब प्लासी का युद्ध जय किया उस समय यूरोप में हम सप्तवर्षीय युद्ध में फंसे हुए थे।'

'और अब, जब लॉर्ड वेल्ज़ली देशी रियासतों को उखाड़कर अंग्रेज़ी साम्राज्य का विस्तार कर रहे हैं, क्या हम यूरोप में जगज्जयी नेपोलियन से कठिन लोहा नहीं ले रहे हैं?'

'यह एक शानदार स्थिति है, जनरल महोदय।'

'आश्चर्यजनक भी मेजर फ्रेज़र, खासकर इसलिए कि ब्रिटेन कभी भी स्थल-युद्ध में अगुआ नहीं रहा। न हमारा ब्रिटेन का राज्य ही कभी सैनिक राज्य रहा।'

'मैं भली-भाँति जानता हूं कि यूरोप की लड़ाइयों में हमने अपने समुद्री बेड़े पर ही अपनी शक्ति का संतुलन किया। और जब कभी स्थल-युद्ध का अवसर आया तो किसी मित्र सैनिक राज्य को भारी रकम देकर उससे सैनिक मदद लेते रहे हैं–कभी प्रशिया से और कभी आस्ट्रिया से।'

'फिर भी हमने भारत के ऐसे बड़े भाग पर अपना अधिकार कर लिया है, जहां का क्षेत्रफल दस लाख वर्गमील और जनसंख्या बीस करोड़ है। जिस पर तुर्रा यह है कि जहां ब्रिटेन आज यूरोप के युद्धों के कारण इस कदर कर्ज़दार हो गया है कि वह कभी अपना कर्ज़ा चुका ही नहीं सकता, वहां भारतीय युद्धों ने न तो ब्रिटेन का राष्ट्रीय ऋण बढ़ाया है, न हानि का कोई चिह्न पीछे छोड़ा है।'

'यह तो एक ऐसी ही चमत्कारिक बात है, महोदय, कि विश्व के इतिहास में अद्वितीय है; परन्तु क्या आप इसके कारणों पर भी प्रकाश डालेंगे!'

'इसमें एक भेद है मेजर, पोशीदा भेद।'

'क्या बहुत ही पोशीदा?'

'हां, उसे दुनिया के बहुत कम आदमी जान पाएंगे।'

'क्या मैं उसे जान सकता हूं?'

'क्यों नहीं, वह भेद यह है कि भारत को हमने नहीं हराया है। भारत ने स्वयं ही अपने को हराया है।'

'वाह, यह कैसी बात है?'

'ध्यान से सुनिए यह बात, मेजर फ्रेज़र, बड़ी गम्भीर बात है। भारत के पराजित होने का कारण यह है कि 'भारत' केवल एक भौगोलिक नाम है–वह राजनीतिक ज्ञानपूर्ण कोई राष्ट्र नहीं है। देखिए, नेपोलियन ने किस आसानी से इटली और जर्मनी को अपना शिकार बना डाला। क्योंकि अभी तक भी इन देशों में राष्ट्रीय भावना नहीं है। इसी से बोनापार्ट एक जर्मन राज्य को दूसरे जर्मन राज्य के विरुद्ध खड़ा कर सका। इसी से प्रशिया और आस्ट्रिया से लड़ने के लिए बवेरिया और बर्टेमवर्ग उसके साथी हो गए।'

'यह बात तो वास्तव में महत्त्वपूर्ण है।'

'जिस तरह नेपोलियन ने देखा कि मध्य यूरोप में विजय प्राप्त करने का यह साधन तैयार है, उसी तरह फ्रेंच डुप्ले ने अपनी पैनी बुद्धि से अंग्रेज़ों से पहले ही यह देख लिया था कि भारत में भी साम्राज्य स्थापित करने के लिए यह मार्ग किसी भी यूरोपियन राष्ट्र के लिए खुला पड़ा है। उसके समझ लेने में देर न लगी कि भारत की अवस्था ही ऐसी है। यहां एक भारतीय राज्य दूसरे से लड़ता रहता है। इसलिए उसने यह नीति अपनाई कि उनके झगड़े के बीच में पड़कर तुल्यभारता कायम करें। जब अठारहवीं शताब्दी के मध्य भाग में पहले-पहल फ्रेंचों ने निज़ामुलमुल्क के मामलों में हस्तक्षेप किया, उस समय भारत में नितांत राजनीतिक मृत अवस्था थी, जो अब पचास वर्ष बीत जाने पर भी कायम है। इसी से यह चमत्कार सम्भव हुआ कि हम भारत को उन सेवाओं द्वारा जीत रहे हैं जिनमें एक अंग्रेज़ सैनिक है और पांच देशी सैनिक।'

'बेशक ऐसा ही है।'

'फिर आप यह देखते हैं कि विदेशियों के प्रति भारत में कोई खास घृणा के भाव नहीं रहे। और हकीकत तो यह है कि अंग्रेज़ों ने भारत में पहली ही बार विदेशी राज्य की स्थापना नहीं की है। वह तो पहले से ही यहां मौजूद था। केवल यही बात नहीं कि ग्यारहवीं शताब्दी से मुसलमानों के आक्रमण हुए हैं। इससे बहुत पहले ही यहां अनेक जातियों का मिश्रण हो चुका है। आर्यों में जातीय एकता ज़रूर थी। परन्तु भारत को ऐक्य तो आर्य लोग भी नहीं दे सके। क्योंकि आर्येतर जातियां उनसे अन्ततः पृथक रहीं। और इस समय तो हिन्दुओं की स्थिति ऐसी है कि समूचा हिन्दू-धर्म मिथ्या विश्वासों को एकता का रूप दे रहा है। इसलिए भारत में वह वातावरण नहीं है, न था, जिस पर पश्चिम का राजनीति-शास्त्र अवलम्बित है। मुगलों के उत्थान से बहुत पहले ही भारत में अनेक मुस्लिम राज्य स्थापित हो चुके थे, जिन्होंने भारतीय राज्यों के राष्ट्रीयता के बन्धन तोड़ दिए थे। और कोई राज्य देशभक्ति के नाम पर अपील कर सकने योग्य न था। इसलिए अंग्रेज़ों के हाथ में भारतीय जन-शासन का अधिकार आना भारतीय जनता का एक विदेशी दासता से निकलकर दूसरी विदेशी दासता में फंसना मात्र है।'

'तो इसका मूल कारण यह है कि भारत में राष्ट्रीय ऐक्य का उदय ही नहीं हुआ?'

'नहीं तो क्या! आप देख ही रहे हैं कि सारे भारत में ऐसी बहुत-सी सैनिक पेशेवर टुकड़ियां हैं, जो केवल तनख्वाह के लालच से किसी भी राज्य के विरुद्ध, किसी भी राज्य के पक्ष में लड़ सकती हैं। भले ही उन्हें तनख्वाह देने वाला देशी हो या विदेशी। जिससे वे तनख्वाह लेते हैं, उसके लिए वीरतापूर्वक प्राणान्त-युद्ध करना वे अपना धर्म समझते हैं। वे इसे नमकहलाली के नाम से पुकारते हैं। नमकहलाली की यह भावना उनके मन में इस प्रकार दृढ़बद्ध हो चुकी है कि यहां भारत में नमकहराम होना सबसे बड़ी गाली समझी जाती है।'

इतना कहकर लॉर्ड लेक खिलखिलाकर हंस पड़े। मेजर फ्रेज़र भी देर तक हंसते रहे। फिर उन्होंने कहा, 'निस्सन्देह यह एक निराला अहमकपन है।'

'इसी से हम भारतीयों को, भारतीयों के द्वारा जीतते ही चले जाते हैं। तिस पर तुर्रा यह कि न तो इस काम में अंग्रेज़ों का खून बहता है, न ब्रिटेन को कुछ खर्च करना पड़ता है, न कोई हानि सहनी पड़ती है, जैसे नेपोलियन को यूरोप में कोई आर्थिक कठिनाई नहीं उपस्थित होती, क्योंकि वह जिन्हें हराता है उन्हीं के मत्थे उसे हराने का खर्चा डालता है। इसी प्रकार हम भारत में कर रहे हैं। अपनी विजयों का सारा खर्चा भारत ही से वसूल कर रहे हैं। इसमें हमें सख्ती करनी पड़ती है, परन्तु लाचारी है। रुपये के बिना काम नहीं चल सकता।'

'खैर, तो अंग्रेज़ों के द्वारा भारत की भूमि पर अधिकार कर लेना वास्तव में मुगलों के बाद की एक राज्यक्रान्ति है।'

'वही बात है। और यह राज्यक्रान्ति मुगल-साम्राज्य के पतन के कारण औरंगज़ेब की मृत्यु के बाद ही से आरम्भ हुई थी। इतने बड़े देश पर से साम्राज्य का अधिकार उठ गया तो छोटी-छोटी शक्तियों ने अपने सिर उठाए, जिनमें बहुत-सी वैतनिक सैनिकों

के दलों के रूप में थीं। जिनका नायक या तो पतनशील साम्राज्य का कोई प्रादेशिक शासक होता था, या कोई दूसरा ही साहसिक व्यक्ति उनका नायक बन बैठता था। इन सबकी शक्ति वेतनभोगी सैनिकों के बल पर थी। और वे सब आपस में लड़ते रहते थे। नये राज्य की स्थापना के लिए यह शक्ति बहुत अनुकूल थी।'

'और उसी अवसर पर जिन विदेशी व्यापारियों ने लाभ उठाया, उनमें हमारी ईस्ट इण्डिया कम्पनी अधिक भाग्यशाली प्रमाणित हुई, और उसने भारत में अंग्रेज़ी साम्राज्य की नींव डाली।'

'बेशक! क्योंकि उसके पास ऐसे साधन उपस्थित थे। उसके पास धन था, दो-तीन किले उसके हाथ में थे, समुद्र पर उसका अधिकार था। फिर भी भारत में ईस्ट इण्डिया कम्पनी के हाथों ब्रिटिश साम्राज्य की स्थापना एक असाधारण घटना है। पर इससे भी अधिक आश्चर्यजनक घटना यह है कि कोर्सिका के एक गरीब परिवार का छोटा-सा लड़का यह बोनापार्ट एकतन्त्र स्वतन्त्र हो सम्राट का मुकुट धारण कर, यूरोप पर बिना मित्रों और बिना जेब में एक पाई रखे अधिकार किए जा रहा है। भारत में भी, हैदरअली, सिंधिया और होल्कर का उत्थान वैसा ही आकस्मिक और आश्चर्यजनक है। पर इनके पास हमारे बराबर साधन नहीं थे।'

'तो हम कह सकते हैं कि भारत पर हमारी विजय, एक राज्य से दूसरे राज्य की विजय नहीं है; न इस घटना से भारतीय राज्य का ब्रिटिश राज्य से प्रत्यक्ष सम्बन्ध है। यह एक आकस्मिक भारतीय क्रान्ति है, जिससे हमने लाभ उठाया है।'

'हां, मेजर फ्रेज़र यही बात है। और मैं तो यहां तक कहना चाहता हूं कि मुगल साम्राज्य के नाश के कारण भारत में उसके शासन का अन्त हो गया था। और मुगल साम्राज्य ज़मीन पर पड़ा हुआ था कि कोई आए और उसे उठा ले। इस समय न भारत में कोई साहसी जन-साम्राज्य की स्थापना कर रहा था, न किसी में राजनीतिक दम था। इसी से हमें यह सुयोग मिल गया, और हम वेतन-लोलुप और नमकहलाली के पेशेवर देशी सिपाहियों की बदौलत अन्य साहसिकों से प्रतिद्वन्द्विता करके भारत में ब्रिटिश राज्य की स्थापना कर रहे हैं। हमें तो मुगल-साम्राज्य ज़मीन में पड़ा हुआ मिला है।'

'धन्यवाद लॉर्ड महोदय, हम लोगों में खूब बातें हुईं। अब मैं आपकी आज्ञा-पालन के लिए इसी रात कूच करता हूं।'

'कृपा कर 'सपर' यहीं ले लीजिए, मेजर फ्रेज़र! सौभाग्य आपका साथ दे। हम संसार में एक भारी सभ्य क्रान्ति कर रहे हैं, यदि भारत में ब्रिटिश साम्राज्य स्थापित कर रहे हैं। यह हमारे लिए भी और उनके लिए भी महत्त्वपूर्ण है। हमारे लिए तो इसलिए कि हम पूर्व में अब गहरी दिलचस्पी लेंगे, और उसका फल समूचे यूरोप की राजनीति और अर्थनीति पर होगा। और भारतीय राष्ट्र ब्रिटिश छत्रछाया में आकर नवीन जीवन धारण करेगा। आश्चर्य नहीं अपने लम्बे दीर्घकालीन इतिहास में अब वह राष्ट्रीय रूप धारण कर ले।'

जनरल लेक एक झटके के साथ कुर्सी से उठ खड़े हुए और उन्होंने अपने खानसामा को 'सपर' चुनने का ऑर्डर दिया।

16 अठारहवीं शताब्दी के अन्तिम चरण में सभ्यता ने एक करवट बदली और उसके प्रभाव से जो हवा पश्चिम में बही, उसने भारत को भी छू लिया। 'स्वतन्त्रता', 'समता' और 'मनुष्य-मात्र के बन्धुत्व' की एक धीमी हल्की आवाज़ सभ्य संसार में उठी। और दुनिया ने देखा कि अमेरिका ने बिना राजा का राज्य कायम कर लिया और फ्रांस ने अपने राजा का सिर काटकर प्रजातन्त्र की स्थापना कर ली। इसने आधे यूरोप के कान खड़े कर दिए और लोग नये दृष्टिकोण से मनुष्य के अधिकार, स्वतन्त्रता और समता के भावों को देखने लगे। राजनीतिक क्षेत्र में इस क्रान्ति ने मानव-उन्नति के एक युग को पूरा करके दूसरे युग की सीमा में धकेल दिया।

परन्तु जब फ्रांस में स्वतन्त्रता व समता और जनतन्त्र की हवा बह रही थी, तब उसका पड़ोसी ब्रिटेन उसे चारों ओर से रोकने की जी-जान से कोशिश कर रहा था। और चाहता था कि फ्रांस की हवा इंग्लैंड में न घुसने पाए, जहां इस समय पूंजीवाद जन्म ले रहा था।

इस चरण में संसार की जो बड़ी-बड़ी क्रान्तिकारिणी घटनाएं हुईं उनमें दो मुख्य थीं। एक, अमेरिका ने इंग्लैंड की दासता से मुक्त होकर प्रजातन्त्र की स्थापना की। दूसरी, फ्रांस ने बादशाह को मारकर प्रजातन्त्र स्थापित किया। इस समय पिट इंग्लैंड का प्रधानमन्त्री था। वह पूरी तरह साम्राज्यवादी और फ्रांस का शत्रु था। उसी के संकेत से लॉर्ड वेल्ज़ली को ईस्ट इण्डिया कम्पनी के डायरेक्टरों ने गवर्नर-जनरल बनाकर भारत में भेजा। चलती बार वह यह प्रतिज्ञा करके आया था, 'मैं बादशाहतों के ढेर लगा दूंगा और विजय पर विजय तथा मालगुज़ारी में इतनी मालगुज़ारी लाद दूंगा, मैं इतनी शान, इतना धन और सत्ता एकत्र कर दूंगा कि एक बार मेरे महत्वाकांक्षी और धनलोलुप मालिक भी अशअश कह उठेंगे।'

भारत पहुंचने से पूर्व ही उसने अपनी नयी चाल सोच ली थी। उसमें एक खास तजवीज़ यह की गयी थी कि भारतीय राजाओं के पास जहां जितनी स्वतन्त्र सेनाएं मौजूद थीं, उन सेनाओं को एक-एक कर किसी तरह बर्खास्त करा दें, और उन राजाओं और उनकी रियासतों की रक्षा का भार कम्पनी की सरकार के ऊपर लेकर पुरानी रियासती सेनाओं की जगह कम्पनी की सेनाएं अंग्रेज़ अफ़सरों के अधीन, रियासतों के खर्चे पर, सब रियासतों में कायम कर दें। इस नयी प्रणाली का नाम सबसीडियरी एलाएन्स रखा गया। सबसीडियरी का अर्थ था आर्थिक सहायता और एलाएन्स का अर्थ था मित्रता। अभिप्राय यह कि प्रत्येक देशी नरेश कम्पनी को निश्चित आर्थिक सहायता देकर, कम्पनी की सैनिक मित्रता प्राप्त कर ले। वास्तव में यह देशी नरेशों को उन्हीं के खर्च से उन्हीं की रियासतों में कैद कर रखने की सुन्दर योजना थी। यह प्रणाली एक धोखे की टट्टी थी। उसका उद्देश्य इंग्लैंड की जनता की आंखों में धूल झोंकना था। इस तरह ये रियासतें विजय नहीं की जाती थीं। वहां के राजाओं को छत्र-चवर आदि राजचिह्नों सहित गद्दी पर रहने दिया जाता था, परन्तु असली ताकत उनके हाथों से लेकर पॉलीटिकल एजेंट के हाथों में दे दी जाती थी। इस राजनीतिक चाल से वेल्ज़ली ने जिस प्रकार भारत के मुसलमानों, राजपूतों और मराठों को वश में किया, निज़ाम और पेशवा को फंसाकर

उन्हें कम्पनी का कैदी बनाया, कर्नाटक के नवाब, तंजौर के राजा, अवध के नवाब-वज़ीर और सूरत और फर्रुखाबाद के नवाबों के इलाके छीने तथा टीपू, सिंधिया, होल्कर और भोंसले को बर्बाद किया, उन सब काले कारनामों को आप इतिहास के पृष्ठों में पढ़ सकते हैं। लॉर्ड वेल्ज़ली ईस्वी सन् 1798 से 1805 तक सात वर्ष गवर्नर-जनरल रहा। जब वह गवर्नर-जनरल बनकर आया था तब भारत में ईस्ट इण्डिया कम्पनी का केवल एक राज्य था। पर जब वह लौटा तो भारत में केवल ईस्ट इण्डिया कम्पनी का ही एकछत्र साम्राज्य था। और अब ईस्ट इण्डिया कम्पनी एक व्यापारी संस्था न थी, एक राजनीतिक शक्ति थी।

जिस समय वेल्ज़ली गवर्नर-जनरल बनकर आया था तब भारतीय राजनीति के तीन केन्द्र-बिन्दु थे, पूना, दिल्ली और कलकत्ता। पूना मराठाशाही का केन्द्र था, दिल्ली में मुगल सम्राट थे और कलकत्ता में कम्पनी के गवर्नर-जनरल। परन्तु सात वर्ष बाद जब वह लौटा तो कलकत्ता ही भारत का मुख्य केन्द्र बन चुका था।

पानीपत के खण्डप्रलय में मराठों की अजेयता का जादू टूट चुका था। तिस पर स्वार्थ, कलह और विश्वासघात ने वहां पैर जमा लिए थे। अंग्रेज़ों के लिए यही स्थिति अनुकूल थी। परन्तु दक्षिण में इस समय दो उद्‌भट पुरुष जीवित थे—एक हैदरअली, दूसरा नाना फड़नवीस। किन्तु देश के दुर्भाग्य से दोनों ही परस्पर शत्रु थे। अंग्रेज़ों ने मराठों और निज़ाम को संधि में बांधकर हैदरअली को खत्म कर दिया, फिर निज़ाम को खस्सी करके मराठों को अकेला कर दिया। इसके बाद एक के बाद एक दो-तीन युद्ध करके पूना का छत्र भंग कर दिया।

पानीपत की पराजय के बाद मराठा-शासन ने एक संघराज्य का रूप धारण कर लिया था। ग्वालियर में सिंधिया, बड़ौदा में गायकवाड़, और इन्दौर में होल्कर, जो वास्तव में पूना दरबार के सेवक और सेनानायक थे, स्वतन्त्र शासक बन बैठे थे। फिर भी वे पूना की प्रभुता स्वीकार करते रहे। पर देर तक यह व्यवस्था चली नहीं। सबसे पहले गायकवाड़ को अंग्रेज़ों ने पूना दरबार से तोड़ लिया। अब पूना दरबार का एकमात्र सहारा सिंधिया माधोजी था।

अठारहवीं शताब्दी के भारतीय राजनीतिक जीवन में माधोजी सिंधिया एक ऐसी प्रबल शक्ति थी, जिसकी प्रतिक्रिया दिल्ली से कलकत्ता और पूना तक एकसमान प्रभाव रखती थी। वह एक प्रबल कूटनीतिज्ञ, योद्धा और अपने समय का एक प्रतिनिधि व्यक्ति था।

माधोजी का पिता रानोजी सिंधिया पेशवा बालाजी राव का एक सेवक था। जिसका काम पेशवा के जूते संभालना था। पेशवा ने प्रसन्न होकर उसे सेना में एक ऊंचे पद पर प्रतिष्ठित कर दिया था और जब पेशवा ने मालवा जीतकर उसे दो भागों में विभक्त कर दिया तो उसने रानोजी को ग्वालियर का सूबेदार बना दिया। यही सिंधिया वंश का प्रथम पुरुष था।

माधोजी रानोजी का जारज पुत्र था। रानोजी की मृत्यु पर अपने साहस और कूटनीति से उसे ही सूबेदारी मिली, बाद में उसने पानीपत की लड़ाई में ग्वालियर की सेना के

असाधारण सेनापतित्व का परिचय दिया। उस काल में पानीपत का वह संग्राम एक खण्डप्रलय था, जिसमें दो लाख मराठे खेत रहे। माधोजी सिंधिया उन भाग्यशाली मराठा सरदारों में से थे जो जीवित बचकर लौटे पर लंगड़े हो गए। परन्तु इसके बाद कूटनीति और युद्धनीति में वे अद्वितीय योद्धा का स्थान ग्रहण करते रहे।

मराठा-संघ एवं पूना का सिंहासन जिन चार स्तम्भों पर आधारित था वे सिंधिया, होल्कर, गायकवाड़ और भोंसले थे। पेशवा मराठा शक्ति का केन्द्र था। अंग्रेज़ों की कूटनीति की सारी चालें इन स्तम्भों को हिलाने में खर्च हो रही थीं। गायकवाड़ अंग्रेज़ों के जाल में फंस चुका था। भोंसले किंकर्तव्यविमूढ़ बने थे। होल्कर पर फंदा फेंका जा रहा था। केवल सिंधिया माधोराव ने अपने समर्थ हाथ उन दिनों दक्षिण से उत्तर तक फैला रखे थे। अब्दाली के लौट जाने के बाद मुगल साम्राज्य औंधे मुंह गिर गया था। दिल्ली पर अब्दाली के नायब नजीबुल्ला का अदल था। और मुगल सम्राट शाहआलम प्राणों के भार को लिए कभी अवध के नवाब की शरण जाता और कभी इलाहाबाद में अंग्रेज़ों के चरणों में गिरता फिर रहा था।

ऐसे ही वे दिन थे जब मराठा सरदारों ने पानीपत की पराजय का प्रतिशोध लेने के इरादे से एक महती सेना ले, उत्तर विजय के मंसूबों के साथ चम्बल को पार किया। यद्यपि इस महती सेना के सेनापति विसाजीकृष्ण विमोवाला थे, पर नेता माधोजी सिंधिया थे।

जब यह प्रबल वाहिनी राजपूतों और जाटों के विरोध का दमन करती हुई दिल्ली पहुंची तो नजीबुद्दौला ने तत्क्षण घुटने टेक दिए। उससे सुलह कर मराठा सेनापति तो पूना लौट गया, पर रुहिल्ला सरदारों को पानीपत में अब्दाली का साथ देने का दण्ड देने के लिए होल्कर और महादजी सिंधिया को छोड़ गया। और इन दोनों लौहपुरुषों ने किस तरह निर्दयता से उन पठानों और रुहेलों से बदला लिया, वह इतिहास के पृष्ठों में सुरक्षित है। दोनों सरदार प्रान्तों पर विजय पाते हुए इटावा तक पहुंच गए। और सिंधिया का दबदबा दिल्ली और आस-पास के समूचे इलाके में फैल गया।

अब सिंधिया ने बादशाह शाहआलम को अंग्रेज़ों के पंजे से निकालकर दिल्ली के तख्त पर बिठाया और आप उसका संरक्षक बन बैठा। डा. वियना नामक एक फ्रेंच सेनापति के नेतृत्व में अपनी सेना को उसने यूरोपियन पद्धति पर शिक्षित किया। उसने बादशाह की गर्दन दबोचकर पेशवा के लिए वकीलेमुतलक की सनद प्राप्त कर ली, जिसका अभिप्राय यह था कि बादशाह ने पेशवा को दक्षिण का सर्वोच्च अधिकारी स्वीकृत कर लिया। यद्यपि मुगल बादशाह की सत्ता नाममात्र की रह गयी, परन्तु अभी सिक्का देश में उसी के नाम का चलता था। इस समय माधोजी भारतीय राजनीति में सर्वोच्च शिखर पर पहुंच गया था। जब वह शाही सनद पेशवा को भेंट करने गया तब डेरे से दूर ही हाथी से उतर गया और पेशवा के सामने जाकर नाटकीय ढंग से बगल से एक कीमती जूते का जोड़ा निकालकर पेशवा के पांव में पहनाते हुए बोला—मेरा पिता, श्रीमन्त के दरबार में स्वर्गवासी श्रीमन्त पेशवा को जूते पहनाने की नौकरी करता था, यही काम मेरा भी होगा। पेशवा इससे प्रसन्न हो गया और माधोजी ने पूना के शासन पर अपनी

सत्ता कायम करने के लिए वहीं डेरा जमा लिया। परन्तु उसकी आयु ने साथ नहीं दिया, शीघ्र ही रहस्यपूर्ण रीति से वह मरण-शरण हुआ।

उसके बाद उसके उत्तराधिकारी दौलतराव सिंधिया ने बाजीराव पेशवा से सांठ-गांठ कर पेशवा के योग्य मन्त्री नाना फड़नवीस को कैद करा दिया और पेशवा राज्य की सारी शक्ति हाथ में ले पूना में अंधेरगर्दी मचा दी; जिससे इस महाग्रह से पिण्ड छुड़ाने को बाजीराव भी व्यग्र हो गया। उधर अवसर पाकर अंग्रेज़ों ने पेशवा को मायाजाल में फांस लिया। मराठा-मंडल में फूट डाल दी। होल्कर को सिंधिया-प्रदेश में लूटमार करने को प्रोत्साहित किया। होल्कर के आक्रमण से पेशवा बाजीराव और सिंधिया दोनों थर्रा उठे। पेशवा अंग्रेज़ों का शरणापन्न हुआ जिसकी वेल्ज़ली राह देख रहा था। उसने पेशवा को अंग्रेज़ी जहाज़ में बिठाकर सीन के बन्दरगाह में ला उतारा, जहां उसने वह स्वतन्त्रता अंग्रेज़ों के हवाले कर दी, जो दो सौ वर्ष पूर्व शिवाजी ने अर्जित की थी। अंग्रेज़ों ने उसे फिर पूना की गद्दी पर बिठाया। पर अब उसके चारों ओर मुसीबतों का जाल बिछा हुआ था। अंग्रेज़ पेशवा को ही शतरंज का मोहरा बनाकर मराठाशाही को मात देना चाह रहे थे। और अन्त में लासवाड़ी के मैदान में उनकी इच्छा पूरी हुई। मराठा सरदारों के हौसले भंग हो गए। सिंधिया परकैंच हो गया और देश के बड़े भाग में ऑनरेबुल ईस्ट इण्डिया कम्पनी का अमल बैठ गया।

पानीपत के खण्डप्रलय ने, जिसमें दो लाख मराठे खेत रहे, मराठा संघ की उत्तर की ओर की दीवार ढाह दी थी। उस समय पानीपत के रणक्षेत्र को जाते समय मराठों के प्रधान सेनापति सदाशिवराव भाऊ ने घोषणा की थी कि वह पानीपत से लौटकर अपने पुत्र विश्वनाथराव भाऊ को दिल्ली के सिंहासन पर बिठाएगा। पर सदाशिवराव की यह आशा पानीपत की रुधिर-सरिता में डूब गयी। सदाशिव पानीपत से लौटे ही नहीं। वहीं उन्होंने अनन्त विश्राम किया।

दिल्ली का निस्तेज बादशाह अब सिंधिया की तलवारों की छाया में फिर लालकिले में घुसा और पैंतीस बरस तक कठपुतली की भाँति नाचता रहा; कभी मराठों के इशारों पर, कभी वज़ीरों के, और कभी अंग्रेज़ों के। कैसा भयानक और दारुण नाच नाचना पड़ा इस अभागे बादशाह को!

जब तक अवध का नवाब नज़ीर शुजाउद्दौला जीवित रहा, तब तक दिल्ली और आगरा में मुगल राज्य का कुछ प्रभाव रहा, पर उसके मर जाने पर नये सरदार रंगमंच पर आए। पठानों और राजपूतों ने मिलकर लालसोठ की लड़ाई में माधोजी सिंधिया को परास्त कर उसके जीवन-काल ही में बादशाह पर से उसका प्रभाव समाप्त कर दिया था। इसके बाद गुलामकादिर पठान, दिल्ली में सत्तारूढ़ हुआ। कभी यह शाहआलम का दास रह चुका था और बादशाह से अपमानित होकर किले से निकाल दिया गया था। सत्तारूढ़ होते ही उसने बादशाह और उसके परिवार को महलों से निकालकर नौबतखाने में रहने को विवश किया और स्वयं महलों में ठाठ से रहने, और तख्त पर बैठकर दरबार करने लगा। इस समय खज़ाना खाली था। उसने बादशाह पर गुप्त खज़ाना और दफीना देने के लिए अत्याचार आरम्भ किए। और एक दिन भरे दरबार में उसने बादशाह से

गुप्त खज़ाने की चाबियां मांगीं। और जब बादशाह ने अपनी असमर्थता प्रकट की तो उसने वहीं बादशाह को भूमि पर गिराकर छुरी से उसकी आंखें निकाल लीं। इसके बाद शाही बेगमात और शहजादियों को बेइज़्ज़त किया गया। उन्हें नंगा किया गया। किले के तहखानों और फ़र्शों को खोदकर तालाब कर दिया गया। उस समय उसने शाही खानदान पर जो अत्याचार किए उनसे सारी दिल्ली में आतंक छा गया। अन्ततः दौलतराव सिंधिया ने आकर इस आततायी से बूढ़े और अन्धे बादशाह का उद्धार किया। फिर से उसे तख्त पर बिठाया। पर सारी सत्ता अपने हाथों में रखी तथा बादशाह की साठ हज़ार रुपया माहवार पेंशन नियत कर दी गयी। अभागे बादशाह को जीवन में कभी अंग्रेज़ों के आश्रित रहना पड़ता था, कभी मराठों के। पर सिंधिया और अंग्रेज़ों के दृष्टिकोणों में बहुत अन्तर था। सिंधिया मुगल गौरव की आड़ में अपनी सत्ता को स्थिर करना चाहता था, पर अंग्रेज़ मुगल सत्ता के खण्डहरों पर अपना साम्राज्य स्थापित करना चाहते थे। परन्तु लॉर्ड वेल्ज़ली की दिग्विजयी नीति ने इस द्वैध शासन को सदा के लिए समाप्त कर दिया और लॉर्ड लेक ने दिल्ली दखल करके दिल्ली शहर, लालकिला और शाहआलम तीनों को अपने अधीन कर लिया।

अब अंग्रेज़ यह नहीं मानते थे कि हिन्दुस्तान का असली बादशाह शाहआलम है। यद्यपि उसे गद्दी से उतारने का समय अभी नहीं आया था, पर वे उसे कठपुतली से अधिक महत्त्व नहीं देना चाहते थे। वे धीरे-धीरे सब दरबारी अदब-कायदे भंग करते जाते। पेंशन घटाते चले जाते थे। इस तरह बादशाह के सभी शाही अधिकारों की कतरब्योंत जारी थी।

## 17

अब उन्नीसवीं शताब्दी के आरम्भिक दिन थे। संसार में जीवन का नया दौर चल रहा था। भारत और यूरोप में सर्वत्र उन दिनों खून-खराबी का बाज़ार गर्म था। मुद्दे की बात यह थी कि इन दिनों ब्रिटेन विश्व का राजनैतिक नेता बन रहा था। नयी दुनिया प्रकट हो रही थी और ब्रिटेन अन्य उद्ग्रीव जातियों को पीछे धकेलकर उस पर अपना राजनीतिक प्रभुत्व स्थापित करने की प्राणपण से चेष्टा कर रहा था।

रानी एलिज़ाबेथ के राज्यकाल से यह नया दौर आरम्भ हुआ। स्पेन के अजेय जहाज़ी बेड़ों को ड्रेक और हाकिन्स समुद्र-गर्भ में लीन कर चुके थे, वालट्रोम्प और रूटिपर के निर्णायक युद्ध हो चुके थे। अंग्रेज़ी जल-सैन्य अजेय घोषित हो चुकी थी। लांग पार्लियामेंट और दूसरे चार्ल्स की इंग्लैंड से लड़ाइयां हो चुकी थीं। क्रामवेल स्पेन को कुचल चुका था, और ब्रिटेन ने अथाह स्वर्ण भंडार एकत्र कर चौदहवें लुई को ठोकर मारकर उसे नीचा दिखाया था। और अब भू-सम्पत्ति के मुकाबले इंग्लैंड में बड़ी-बड़ी औद्योगिक संस्थाएं स्थापित हो चुकी थीं, जिसने राज्य-शासन का समूचा ढांचा ही बदल दिया था। और रानी ऐन के शासनकाल में इंग्लैंड सब राष्ट्रों का सिरमौर बन चुका था। ये सब महाकार्य अठारहवीं शताब्दी के समाप्त होते-होते हो चुके थे। और अब अंग्रेज़ रानी एलिज़ाबेथ

के काल के साधारण इंग्लैंड के निवासी न रह गए थे, अब वे ब्रिटिश साम्राज्य की रचना करने में संलग्न थे। इस नये दौर में उन्होंने दो महाकर्म किए थे—कनाडा और आस्ट्रेलिया के सीमारहित विस्तार पर आधिपत्य स्थापित किया था। और उनकी केवल एक व्यापारिक कम्पनी ने बीस करोड़ भारतीयों पर विजय प्राप्त कर ली थी। संसार इन दोनों ही कामों को आश्चर्यचकित हो देख रहा था।

उस समय अंग्रेज़ों ने यह नहीं सोचा कि क्लाइव और हेस्टिंग्ज़ ने यह सृष्टिक्रम के विरुद्ध घोर कर्म किया है, जो एक शताब्दी की प्रत्यक्ष सफलता के बाद में निष्फल हो जाएगा। उस समय वे समझते थे कि हम भारत में पूर्व और पश्चिम के मेल का सूत्रपात कर रहे हैं।

परन्तु आश्चर्यजनक बात यह थी कि उस काल में एक ओर जहां ब्रिटिश राष्ट्र का एक हाथ भूमण्डल के भविष्य की ओर फैल रहा था, और यूरोप तथा नयी दुनिया के बीच मध्यस्थ का पद ग्रहण कर रहा था—वहां उसका दूसरा हाथ अत्यन्त प्राचीनकाल की ओर फैलता हुआ एशिया का विजेता और महान मुगल साम्राज्य का उत्तराधिकारी बन रहा था। इसी प्रकार वह एक ही काल में एशिया में स्वेच्छाचारी और आट्टोलाचा में प्रजासत्ता-परायण; पूर्व में संसार की सबसे बड़ी शक्ति इस्लाम और हिन्दुओं के मन्दिरों की सम्पत्ति का संरक्षक और पश्चिम में स्वतन्त्र विचारों और आध्यात्मिक मत का सबसे बड़ा समर्थक; मध्य एशिया में रूस के बढ़ते हुए कदम को रोकने के लिए शक्तिशाली साम्राज्य का संगठनकर्ता, और क्वीन्सलैंड तथा मनीटोबा में स्वतन्त्र उपनिवेशों का प्रस्थापक बन रहा था। संक्षेप में कहा जा सकता है कि सृष्टि के आरम्भ से कभी किसी राष्ट्र ने इतना भारी दायित्व अपने ऊपर नहीं लिया था, न कभी किसी एक देश की जनता के निर्णय के ऊपर भूमण्डल के सभी भागों के इतने भारी प्रश्नों का—जिनके लिए सभी प्रकार के ज्ञान और शक्ति की आवश्यकता होती है—दायित्व का भार पड़ा था, जितना इस काल में ब्रिटेन के क्षुद्र टापू के मुट्ठीभर निवासियों पर था।

## 18

दिल्ली के रेज़ीडेंट कर्नल आक्टरलोनी के बंगले पर उस दिन बड़ी बहार थी। उस दिन उसे दिल्ली की सेनाओं का प्रधान नियुक्त किया गया था। अब वह गोरों की एक पल्टन और चार कम्पनियां देशी पल्टन और एक पल्टन मेवातियों का अध्यक्ष था, जो खासतौर पर दिल्ली की रक्षा के लिए छोड़ी जाने वाली थीं। यह अंग्रेज़ कर्नल बड़ा मौजी जीव था। वह दिल्ली में ठेठ मुसलमान रईस की भाँति रहता, मुसलमानी पोशाक पहनता और मुसलमान रण्डियों से आशनाई रखता था। दिल्ली की मशहूर रण्डियां उसकी नौकर थीं। इसके अतिरिक्त उर्दू बाज़ार की उस्तानियां, मुगलानियां और महरियां भी उसके यहां आती-जाती रहती थीं। वह सभी को दिल खोलकर इनाम-इकराम देता—और बहुत फसीह उर्दू में बातचीत करता था। पर असल हकीकत यह थी कि वह उनके ज़रिये शहर और लालकिले के राई-रत्ती हाल-चाल जानता रहता था। वास्तव में दिल्ली में उसकी स्थिति बहुत ही नाज़ुक थी। सारी दिल्ली और बादशाह

तथा बादशाह से सम्बन्ध रखने वाले रईसों और आम आदमियों पर उसे नज़र रखनी पड़ती थी। वास्तव में उसके ऊपर इस समय ईस्ट इण्डिया कम्पनी का सबसे भारी ज़िम्मेदारी का काम आ पड़ा था।

आज का जलसा खासतौर पर फ़ील्डमार्शल जनरल लॉर्ड लेक के गुप्त हुक्म से किया जा रहा था। इस जल्से में उसे सहारनपुर के पदच्युत नवाब बब्बूखां को खुश करने का हुक्म मिला था, जो सिंधिया का एक जागीरदार था। दिल्ली से सिंधिया का प्रभाव हटते ही नवाब को पदच्युत करके उसकी पेंशन तय कर दी गयी थी। उसी पदच्युत नवाब को अपने अधीन करने के लिए होल्कर सहारनपुर में जोड़-तोड़ लगा रहा था। क्योंकि इसके साथ रूहेलखण्ड की समूची रुहेलों की शक्ति उसके साथ आ लगती थी। परन्तु वह आवारा, मूर्ख और दब्बू नवाब न अपनी कुछ ज़िम्मेदारी समझता था और न उसे राजनीति का ही कुछ ज्ञान था। शराब पीना, पतंगें उड़ाना या तीतर-बटेर लड़ाना या नालायक मुसाहिबों के साथ खुशगप्पियां उड़ाना उसका धन्धा था। ज़ो पेंशन वह पाता था, उसी में खुश था, क्योंकि उसे उसके लिए कुछ भी न करना पड़ता। उन दिनों अमीर लोग पेंशनों और जागीरों की आमदनी पर ही सब प्रकार की लन्तरानियां किया करते थे। अंग्रेज़ भी इस बेवकूफ़ नवाब के प्रभाव को जानते थे। वे नहीं चाहते थे कि वह होल्कर जैसे दुश्मन के हाथ लगे—इसी से वे उसे सहारनपुर से दिल्ली उड़ा लाए थे, और इसी की गंध सूंघते हुए चौधरी दिल्ली की गलियों में खाक छानते फिर रहे थे। सही अर्थों में इसी को कहते हैं—गधे को बाप बनाना। उन दिनों अंग्रेज़ खासतौर पर इस काम में खूब होशियार थे।

कर्नल आक्टरलोनी का रंग एकदम सफ़ेद, कद लम्बा, आंखें नीली, बाल सुर्ख और मूंछें बहुत छोटी और कटी हुई थीं। वह इस समय आबेरवां का अंगरखा पहने, चिकन का नीमस्तीन डाटे, चूड़ीदार चुस्त पायजामा, और सुर्ख रेशमी कमरबन्द कमर में कसे और सिर पर लखनवी दुपल्लू लैसदार टोपी पहने अच्छा-खासा नवाब जंच रहा था। स्वास्थ्य उसका बहुत अच्छा था, और यह देशी लिबास उस पर फबता था। वह इत्मीनान से मसनद पर शरीर का बोझ डाले, हुक्के की सटक हाथ में लिये पदच्युत नवाब बब्बूखां से धीरे-धीरे बात कर रहा था। शराब के जाम आते-जाते थे और वह स्वयं पीने की अपेक्षा अपने इस लायक दोस्त को पिलाना ज़्यादा ज़रूरी समझ रहा था।

नवाब बब्बूखां भी इस वक्त अपने को सवारों में समझ रहे थे। अपनी हैसियत वे भूल गए थे और सचमुच नवाब की भाँति बैठे मुश्की तम्बाकू का मज़ा ले रहे थे। कीमती विलायती शराब उनके हलक में ज्यों-ज्यों उतरती जाती थी, वह चहकते जाते थे।

रंडियों का मुजरा सामने चल रहा था और थोड़े फ़ासले पर तीन-चार अंग्रेज़ अफ़सर और दो-तीन देशी रईस भी इस जलसे की शोभा बढ़ा रहे थे, जिनकी खातिरदारी का काम कर्नल का खास अर्दली कल्लूखां निहायत खूबी से कर रहा था। उसकी एक आंख अपने मालिक पर थी, और वह उसकी हरकत को गहराई से देख रहा था तथा प्रत्येक बात का मतलब समझता था। और दूसरी आंख मेहमानों पर थी—जिनमें से अनेकों

की वहां हाज़िरी किसी खास मतलब से ही थी। यही हाल रंडियों का भी था। वे खूब ठाठ से सजी-धजी बारी-बारी से मुजरा कर रही थीं। रंडियों की खाला खानम अपना भारी-भरकम शरीर लिए बैठी सरौता चला रही थी और अपनी नौचियों को कर्नल या उसके अर्दली के इशारे पर मुजरे के लिए खड़ा कर रही थी।

कर्नल का ध्यान तमाम महफ़िल पर था। पर वह खूब धीरे-धीरे इत्मीनान से नवाब से बात कर रहा था। वह कह रहा था–

'नवाब, हम आप जैसे खानदानी रईसों से मिलकर बहुत खुश हैं। हमें सख्त अफ़सोस है कि इन मराठों ने आप जैसे खानदानी रईसों को तबाह कर दिया, और बादशाह सलामत को भी अपना गुलाम बना लिया।'

'हुजूर, हम सात पुश्त से रईस हैं। मेरे दादाजान, अल्लाह उन्हें जन्नत बख्शे, मुहम्मदशाह अब्दाली के सिपहसालार थे और जब अब्दाली लौटे और मराठों का खात्मा हो गया, तो उन्होंने मेरे दादाजान को यह सहारनपुर की जागीर इनायत की थी, और उन्हें तमाम रुहेले सरदारों का सदर मुकर्रिर किया था। मुद्दत तक वे शाही दरबार में रुहेले सरदारों के वकील-मुतलक रहे। लेकिन इस मर्दूद महादजी सिंधिया ने न दिल्ली दरबार का अदब रखा, न हम रईसों का। खुदा गारत करे उसे। उसने बादशाह को तो ऐसा बांधकर रखा हुज़ूर, कि तौबा ही भली। फिर हम रईसों की औकात क्या!'

'तो उन डाकुओं से तो आपका पिण्ड छूट गया। बादशाह सलामत भी आज़ाद हो गए। अब तो आपको खुश होना चाहिए।'

'अल्लाह जानता है हुजूर, कि मैं आप फिरंगियों की सोहबत में कितना खुश रहता हूं, हमेशा फिरंगियों की शराब पीता हूं। पोशाक भी वही पसन्द करता हूं। सिरफ गुफ्तगू का लुफ्त नहीं ले सकता हुजूर, ज़बान आप लोगों की माशाअल्लाह ज़री सख्त है। कम्बख्त ज़ुबान पर चढ़ती ही नहीं।

कर्नल से हंसकर कहा, 'लेकिन नवाब, हमें तो आप ही की ज़बान और आप ही का लिबास पसन्द है, आपके यहां की औरतें भी उम्दा होती हैं।'

'आक्खा, तो यह राज़ तो अब खुला, बन्दानेवाज़, आपको शौक है तो बखुदा ज़रा सहारनपुर लौटने दीजिए, वह ताज़ा कमसिन चूज़ें खिदमत में पेश करूं कि हुज़ूर भी अश-अश करने लगें।'

'खैर, तो इस मामले पर फिर गौर किया जाएगा। फिलहाल तो मैं आपको यह बताना चाहता हूं कि मैं कम्पनी बहादुर की सरकार से सिफारिश करूं कि आपको आपकी रियासत वापस मिल जाए, आपके भाई-बन्द रुहेले सरदारों पर भी आपका वही रुतबा कायम रहे जो आपके मरहूम दादाजान का था।'

'निहायत ही पाकीज़ा और मुबारक खयालात हैं हुज़ूर, ज़रूर ऐसा ही कीजिए।'

'तो इसके लिए नवाब साहब, आपको भी एक दस्तावेज़ पर दस्तखत करना होगा। आप भी कम्पनी बहादुर सरकार के नमकखार रहेंगे, और इन डाकू मराठों से कोई ताल्लुक नहीं रखेंगे।'

'लाहौल विलाकुवत, हमें भला उन डाकुओं से क्या सरोकार होगा! हम तो हमेशा

के लिए कम्पनी बहादुर के खैरख्वाह, नमकखार और खादिम रहेंगे।'

'तो यह दस्तावेज़ है, दस्तखत कीजिए।' कर्नल ने दस्तावेज़ नवाब के आगे रख दिया। उसे पढ़ने-समझने की भी नवाब ने आवश्यकता नहीं समझी। उस पर अपने हस्ताक्षर कर दिए।

कर्नल ने कागज़ अपने अर्दली कल्लू की ओर बढ़ाते हुए कहा, 'तो नवाब, अब आप अपने डेरे पर आराम फ़र्माइए। कल मैं आपकी सिफ़ारिश कम्पनी बहादुर गवर्नर-जनरल साहब बहादुर की खिदमत में भेज दूंगा।'

इतना कहकर कर्नल उठ खड़ा हुआ। उसके संकेत से दो अंग्रेज़ अफ़सर नवाब के पीछे आ खड़े हुए। नवाब ने उठते हुए कहा, 'लेकिन हुज़ूर, उस गन्दी जगह में मुझे कब तक कैद रखा जाएगा? जब आप इस कदर मेहरबान हैं तो मुझे कैद क्यों रखा गया है? खासकर अब तो मैं कम्पनी बहादुर का दोस्त और खादिम हो गया हूं।'

'तो बस, अब इस कैद का भी खात्मा समझिए। इत्मीनान रखिए, बहुत जल्द आपको अपने घर जाने की इजाज़त मिल जाएगी।'

'लेकिन आखिर कब तक?'

'बस कलकत्ता से जवाब आने तक की देर है।'

'तब तक क्या मुझे उस दोज़खी हुसैनी की गन्दी कोठरी में कैद रहना पड़ेगा? हुज़ूर, मैं एक खानदानी नवाब हूं, यह भी तो देखिए।'

'मेरा खयाल है विलायती शराब आपको वहां भी मिल जाती है!'

'खैर, शराब की तो मुझे शिकायत नहीं।'

'फिर शिकायत किस बात की है?'

'वह पाजी, मक्कार आदमी है। रईसों से किस तरह सलूक करना चाहिए यह वह नहीं जानता। वह बेअदबी करता है—कि जी चाहता है उसका खून पी जाऊं।'

कर्नल ने हंसकर कहा, 'तो नवाब उसे यह बात थोड़े ही मालूम है कि आप खानदानी रईस और नवाब हैं। यह बात तो कसदन पोशीदा रखी गयी है। मसलहतन, समझ गए?'

'लेकिन इसका मतलब क्या है?'

'यह, कि जब तक कलकत्ता से हुक्म आपकी जागीर की बहाली का न आ जाए तब तक सब बातें पोशीदा रहना ही मसलहतन ठीक है। भेद खुलने से खेल बिगड़ सकता है।'

'खैर, ऐसा है तो कुछ हर्ज़ नहीं। हुज़ूर से मैं बहुत खुश हूं। बस, सहारनपुर जाने की देर है। वह तोहफ़ा नज़र करूं, बस समझिए कच्ची अम्बियां! खुदा की कसम हुज़ूर!'

कर्नल हंसा। हंसकर बोला, 'अम्बियां तो खट्टी होती हैं, नवाब। खैर, तो खुदा हाफिज़।' कर्नल ने हाथ बढ़ाया। नवाब ने पीछे खड़े अंग्रेज़ अफ़सरों की ओर कनखियों से देखा। उसकी आंखों में भय व्याप गया। वह कहना चाहता था कि ये दोनों सफ़ेद भेड़िए उसे एक कुत्ते से ज़्यादा नहीं समझते। पर उसके मुंह से बात नहीं निकली। नवाब दोनों अंग्रेज़ों के साथ बाहर चला गया।

कर्नल के चेहरे का कोमल भाव तत्काल लुप्त हो गया। उसने रूखे स्वर में

कहा—महफ़िल बर्खास्त। तुरन्त साज़िन्दे, रंडियां, दरबारी रुखसत हो गए। क्षणभर में सन्नाटा हो गया। इसी समय कल्लू ने आकर कान में कहा, 'हुज़ूर, बड़े जनरल साहब आए हैं। उन्होंने सलाम दिया है।'

कर्नल झपटता हुआ दूसरे कमरे में गया, जो अंग्रेज़ी ढंग से सजा था। वहां एक कुर्सी पर हाथ की छड़ी टेके लॉर्ड लेक बड़े गौर से दीवार पर टंगे हुए भारतवर्ष के नये नक्शे को देख रहे थे।

## 19

कर्नल के आने की आहट सुनकर लॉर्ड लेक ने घूमकर कर्नल का हाथ पकड़कर कहा, 'गुड ईवनिंग, कर्नल! क्या मैंने तुम्हारी तफ़रीह में खलल डाला?'

'ज़रा भी नहीं माई लॉर्ड, मैं तो बस अब फ़ारिग होकर आपका इन्तज़ार ही कर रहा था। आपका हुक्म मुझे पहले ही मिल चुका था।'

'यह नक्शा कब बनकर आया है कर्नल?'

'इसी हफ़्ते, क्या अभी आपने इसे नहीं देखा?'

'पहले ही पहल देख रहा हूं।'

'इसकी नकल तो मैं कल के खरीते में आपकी खिदमत में भेज चुका हूं।'

'कल का तुम्हारा खरीता तो मैंने अभी खोला ही नहीं, कर्नल। कल दिन-भर मैं गवर्नर-जनरल को खत लिखने में मशगूल रहा। इसके अलावा मेजर फ्रेज़र को उस डाकू होल्कर के पीछे भरतपुर रवाना करना था। बस, इसी काम में मुझे बिलकुल फ़ुर्सत नहीं मिली। लेकिन यह नक्शा तो कर्नल टाड ने भेजा है न?'

'जी हां, मुझे याद आता है कि आप कई बार इसके मुतल्लिक ज़िक्र भी कर चुके हैं। उस दिन आप ही के हुक्म से मैंने कर्नल टाड को याद दिहानी की थी, इस पर उसने ये दो कॉपियां भेजी थीं। एक यह है, दूसरी मैं आपकी खिदमत में कल भेज चुका हूं। क्या यह बहुत ही काम की चीज़ है, माई लॉर्ड?'

'ओह, बहुत ही काम की। बल्कि कहना चाहिए इसी के ऊपर हम अंग्रेज़ों की मौत और ज़िन्दगी निर्भर है।'

'ऐसी बात?'

'बेशक! मराठों से हम दो बड़ी लड़ाइयां हार चुके। इनमें हमें कितनी ज़हमत उठानी पड़ी, धन-जन की कितनी बर्बादी और परेशानी हुई!'

'लेकिन ये लड़ाइयां हमने हारीं यह तो कहा नहीं जा सकता जनरल महोदय, सालवई की सन्धि कुछ हमारे हक में बुरी नहीं हुई, इससे हमें बीस साल सांस लेने को मिले। इसके अतिरिक्त बसीन की सन्धि में पेशवा को हमने परकैंच कर दिया। वह तो सबसे शानदार सन्धिपत्र था। इस प्रकार से सारे ही मराठा सरदारों की स्वतन्त्रता उनसे छिन गयी है।'

'परन्तु मराठा शक्ति का खात्मा तो हुआ नहीं। बसीन की सन्धि से ही तो चिढ़कर और उसे मराठों का अपमान समझकर उन्होंने हमसे दूसरा युद्ध छेड़ दिया।'

'परन्तु उसका परिणाम भी क्या बुरा रहा। इससे कम्पनी के अधिकृत प्रदेशों की संख्या बढ़ गयी। मराठों की शक्ति घटी और भोंसले और सिंधिया ने सबसीडियरी सिस्टम अख्तियार कर लिया।'

'हां...आ, वह सब तो हुआ। लेकिन होल्कर उस युद्ध से अछूता बच गया, और अब हमारे गले का पत्थर बना हुआ है, देखते नहीं, वह कम्पनी के राज्य की ज़रा भी शान न मानकर अपनी ओर से अंग्रेज़ों की रक्षा में आई हुई राजपूत रियासतों को नष्ट-भ्रष्ट कर रहा है, और उनसे चौथ उगाह रहा है। कर्नल मानसन को उसने देखो कैसी करारी हार दी! और फिर वह पाजी भरतपुर का राजा भी उससे मिल गया है। और दिल्ली घेर ली।'

'पर शुक्र है खुदा का कि आपकी बहादुरी और तलवार ने दिल्ली पर फतह हासिल कर ली है।'

'लेकिन इससे क्या? जब तक होल्कर पूरी तरह नहीं कुचल दिया जाता, हमारी मुहिम पूरी नहीं होती। मराठा मंडल का वही तो आखिरी कांटा रह गया है। उधर पेशवा बाजीराव भी उकस-मुकस कर रहा है। बसीन की सन्धि उसे चुभ रही है। मराठा सरदार उसे उकसा रहे हैं। और सच बात तो यह है कि मराठे अब भी समूचे भारत में मराठा-साम्राज्य स्थापित करने की चेष्टा कर रहे हैं।'

'तो देखा जाएगा, किसके बाजुओं में ताकत है! हिन्दुस्तान पर अंग्रेज़ों का साम्राज्य कायम होगा या मराठों का!'

'अभी मुझे कुछ गम्भीर खबरें मिली हैं कर्नल, पेशवा ने पूना की रेज़ीडेंसी पर आक्रमण किया है, उसे जला दिया है। और रेज़ीडेंट जनरल एलफिंस्टन को कत्ल करने की कोशिश भी की गयी। यह बहुत ज़रूरी है कि पेशवा की मसनद को बिलकुल उलट दिया जाए और मराठों की ताकत का खात्मा हो जाए। इसके लिए हमारी एक लाख तलवारें इकट्ठी हो रही हैं कर्नल, बस हमें एक चीज़ की इन्तज़ारी थी।'

'किस चीज़ की, माई लॉर्ड?'

'इसी नक्शे की।'

'यह नक्शा इस कदर कीमती है?'

'ओफ़, कर्नल! पिछली दोनों मराठा-लड़ाइयों में हमारी नाकामियों और कमज़ोरियों का असल कारण यह था कि हमारे पास राजपूताना और मध्य हिन्दुस्तान के सही नक्शे ही न थे। जो नक्शे हमारे दफ़्तरों में थे, वे बिलकुल गलत और अधूरे थे। और लड़ाई के वक्त हम ठीक-ठीक यह अंदाज़ा न लगा सके कि कहां कौन नदी, नाला, पहाड़, दर्रा और मैदान है। कहां हमारी और दुश्मन की फ़ौजें छिप सकती हैं। कहां हमारे तोपखाने जमाए जा सकते हैं। कभी-कभी तो हम बिलकुल ही धोखे में रह गए। और हमें गहरे नुकसान उठाने पड़े।'

'वाकई यह बड़ी खामी थी।'

'इसी से मैंने कर्नल टाड को चुना कि वह अंग्रेज़ कौम की यह भारी खिदमत करे। वह बड़ा विद्वान, समझदार और कुशल कूटनीतिज्ञ है। मैंने उसे दो कामों का भार

देकर राजपूताने का रेज़ीडेंट बनाकर भेजा। एक तो यह कि राजस्थान और मध्य हिन्दुस्तान का खूब बारीकी से सर्वे करके सही नक्शा तैयार करे, जिसमें मध्यभारत और राजस्थान की सही भौगोलिक स्थिति का संकेत हो। दूसरे, वह एक ऐसी किताब लिखे, जिसमें राजपूतों की तारीफ हो और मराठों की खूब बुराई की जाए। मेरी सिफारिश से गवर्नर-जनरल ने उसे मेवाड़, मारवाड़, जयपुर, कोटा और बूंदी इन पांच रियासतों के लिए कम्पनी का एजेंट नियुक्त किया है। मैं समझता हूं कि मैंने गलत आदमी नहीं चुना। उसकी किताब का एक भाग मुझे मिल चुका है। उसमें वह अपनी तेज़ बुद्धि और कूटनीति को काम में ला रहा है। वह इस होशियारी और चालाकी से यह किताब लिख रहा है कि उसे पढ़कर राजपूतों का मन मुसलमानों और मराठों से फिर जाए। इस बात की इस वक्त हमें सख्त ज़रूरत है कर्नल; और वह अच्छे अंग्रेज़ की तरह यह काम निहायत होशियारी से कर रहा है।'

'बेशक, बेशक, हमारी वही मंशा है, कर्नल। पर ये गधे हिन्दुस्तानी इस बात को नहीं समझते। अपनी तारीफें पढ़-पढ़कर राजपूत राजा और जागीरदार सरदार उसे जी भर-भरकर नज़रें और रिश्वतें दे रहे हैं। मैंने उसे लिख दिया है कि उनका मन रखने को वह ये रिश्वतें और नज़राने ले सकता है। कम्पनी की सरकार को इसमें कोई उज्र नहीं है।'

'उसे तो कम्पनी की सरकार से भी दाद मिलनी चाहिए, जनरल महोदय!'

'ज़रूर, मैंने गवर्नर-जनरल को सब बातें लिखी हैं। सच तो यह है कि उसकी कलम और बुद्धि पर हम सब अंग्रेज़ों का भाग्य बंधा हुआ है। अब दो बातें हैं। एक तो यह है कि हमें मध्य हिन्दुस्तान का सही नक्शा मिल जाए, जिसकी मदद से हम आने वाली मराठों की तीसरी लड़ाई को इस तरह जीत लें कि पेशवा की गद्दी का खात्मा ही हो जाए। दूसरे, वह अपनी किताब लिखकर राजपूतों का मन मराठों से फेर दे, जिसमें हम राजपूत राजाओं के साथ सिंधिया सरकार से ऊपर ही ऊपर पृथक् संधि कर लें और उनका सम्बन्ध सिंधिया सरकार से विच्छिन्न करके उन्हें भी कम्पनी के साथ सबसीडियरी संधि के जाल में लपेट लें।'

'अब तक जयपुर, जोधपुर आदि रियासतें सिंधिया की सामंत थीं, और दूसरे मराठा-युद्ध के बाद सिंधिया और अंग्रेज़ों की जो संधि हुई थी, उसमें कंपनी ने सिंधिया और राजपूतों के इस सम्बन्ध को स्वीकार किया था। अब इस संधि के भंग होने पर सम्पूर्ण राजपूत रियासतें अंग्रेज़ सरकार की सामंत बन गयी हैं। राजपूतों की परस्पर की फूट ने हमें बहुत मदद पहुंचाई है। और सबसे बड़ा काम टाड की वह पुस्तक कर रही है जो वह 'टाड राजस्थान' के नाम से लिख रहा है।'

'जनरल महोदय, तब तो टाड अंग्रेज़ कौम की भारी सेवा कर रहा है। मैं चाहता हूं कि खत लिखकर उसका अभिनन्दन करूं।'

'ज़रूर करो, और मेरी ओर से भी उसे मुबारकबाद दो। और लिख दो कि नक्शे को फिर से संशोधित करके भेजे। किताब को भी जल्दी खत्म करे। अब हमारी आखिरी फतह का दारोमदार उसके इन दोनों कामों पर ही है। कल बादशाह का दरबार है।

और अब वक्त आ गया है कि हम उस पर साफ़-साफ़ प्रकट कर दें कि वह कम्पनी सरकार का पेंशनयाफ़्ता है, शहंशाहे-हिन्द नहीं। इसलिए अब हम सब ऊपरी आदाब-अलकाब और दरबारी कायदे हटा देना चाहते हैं। कल के दरबार में बादशाह को न नज़र पेश की जाएगी, न खरीते में अब गवर्नर-जनरल अपने को उनका 'फिदपीए-खास' लिखेगा, न कहेगा। इसके अलावा मैं दरबार में कुर्सी पर बैठकर बादशाह से मुलाकात करूंगा। यह सब तुम खुद बादशाह से मिलकर दरबार से पेशतर तय कर लेना, कर्नल!'

'लेकिन जनरल महोदय, यह क्या वक्त से पहले हमारा कदम न होगा? आप तो जानते ही हैं कि बादशाह कम से कम हमको पसन्द करता है। क्योंकि वह जानता है कि अब हमारे चंगुल में फंसकर उसकी सल्तनत कभी उसके हाथों से नहीं जा सकती।'

'यह ठीक है। पर हमने बहुत दिनों से बादशाह के अधिकारों को नहीं माना है। जब तक हमें फ़ायदा दीखा ऊपरी तौर पर हम बादशाह का अदब-कायदा दिखाते रहे। अब हमें बादशाह नाम तक की ज़रूरत नहीं रही है। फिर हम उसे अब एक माकूल रकम पेंशन में दे रहे हैं, तो यह ज़रूरी है कि अब उसके राजत्व के लक्षण अलग कर दिए जाएं, और सल्तनत की बकाया सालाना आमदनी कंपनी के अधिकार में रहे। सिवाय अपने खास कुटुम्ब के और हर तरफ़ से उसके अधिकार परिमित कर दिए जाएं।'

'तो इसका मतलब यह कि सिवाय बादशाह की उपाधि के और सब स्वत्व सत्ता और अधिकार बादशाह से छीन लिए जाएं।'

'बेशक, कम्पनी सरकार की यही मंशा है। उस बूढ़े, अंधे और निकम्मे, निर्बल नामधारी बादशाह के लिए क्या यही काफ़ी नहीं है कि उसे मराठों के पंजे से मुक्त करके हमने दया करके उसके पुश्तैनी लालकिले में उसे आज़ाद छोड़ दिया है, कि वह जब तक चाहे ज़िन्दा रहे। और जब तक ज़िन्दा रहे बारह लाख रुपयों की शानदार पेंशन बैठे-बिठाए पाता रहे—बस, खत्म।'

'क्या अब सिंधिया से कोई खतरा नहीं है?'

'खतरा अब और क्या हो सकता है? लासवाड़ी के मैदान में उसका सब दम-खम चूर कर डाला गया। लेकिन कर्नल, लासवाड़ी में वे लोग शैतान की तरह लड़े, कहना चाहिए बहादुरों की तरह लड़े। अगर हमने हमले का ढंग बहुत सोच-विचार कर इस रीति पर न किया होता, जो कि ज़बरदस्त सेना के लिए भी, जो हमारे मुकाबले आ सकती थी, करना चाहिए, तो मुझे पूरा यकीन है कि दुश्मन की जो स्थिति थी—उससे हमारी करारी हार होती।'

'गज़ब हो जाता, जनरल महोदय!'

'इसमें क्या शक है! मैं कह सकता हूं कि मैं अपनी ज़िन्दगी-भर कभी इतनी बड़ी विपत्ति में नहीं फंसा था। मैं ईश्वर से प्रार्थना करता हूं कि फिर कभी ऐसी मुसीबत में न पड़ूं।'

'लेकिन जनरल महोदय, यदि फ्रांसीसी अफ़सर कैम्प का नेतृत्व करते तो कदाचित् कुछ और ही परिणाम होता।'

'यकीनन हमें मुंह की खानी पड़ती, कर्नल! मुझे तो पराजय सामने खड़ी ही दिखाई दे रही थी कि इतने ही में मराठी सेना के नेता हमसे आ मिले। हमारे बहुत से अफ़सर और सिपाही अवश्य खेत रहे, पर अन्त में फतह हमारी ही रही। यह फतह मामूली नहीं थी कर्नल, भारत की निर्णायक लड़ाइयों में एक थी, क्योंकि लासवाड़ी की सेना उत्तरी भारत में मराठों की अन्तिम सेना थी। उसकी तोपें जो हमारे हाथ लगी हैं हमारी तोपों से कहीं उम्दा हैं।'

'आपको मुबारकबाद देता हूं, माई लॉर्ड!'

'बस, अब तो सिंधिया को खत्म करने में दो ही बातें हैं। एक, ग्वालियर को दखल करना, जो सिंधिया की राजधानी है। दूसरे, सिंधिया और उसके साथ वाली सेना को परास्त करना। ग्वालियर की रक्षा अम्बाजी के सुपुर्द थी, जो संदिग्ध चरित्र का मनुष्य था। अभी हम उसे पटा ही रहे थे कि सिंधिया स्वयं वहां जा बैठा। लासवाड़ी की लड़ाई से जयपुर के राजा और उसके सब बदमाश, दगाबाज़ सलाहकारों की अक्ल ठिकाने लग गयी थी। वे सब हमारे ताबे हो गए। और बरहानपुर में सिंधिया ने भी कम्पनी के साथ उसी तरह सबसीडियरी संधि स्वीकार कर ली, जिस तरह कि पेशवा स्वीकार कर चुका था।'

'तब तो यह एक मार्के की फतह थी।'

'इसमें क्या शक है। इससे कम्पनी का भारतीय साम्राज्य इतना बढ़ गया है, जितना शायद किसी भी दूसरे युद्ध में नहीं बढ़ा था।'

'यह गवर्नर-जनरल महोदय की आशा से अधिक है, जिसका श्रेय माई लॉर्ड, अकेले आपको है। मैं आपका अभिनन्दन करता हूं, जनरल महोदय!'

'धन्यवाद कर्नल, परन्तु जब तक यह चोर होल्कर ज़िन्दा है, हम सुरक्षित नहीं हैं। होल्कर की पराक्रमशीलता, उसका युद्ध-कौशल और महत्वाकांक्षा देखते हुए हिन्दुस्तान में पूरी तरह शान्ति कायम रखने के लिए आवश्यक है कि उसकी शक्ति को एकदम तोड़ दिया जाए।'

'बेशक, बेशक! और इसके लिए अब हमें जी-जान से कोशिश करनी है।'

'यही बात है कर्नल, खैर, तो तुम बादशाह से सुबह ही मिलकर कल दरबार की बाबत सब मामला साफ़-साफ़ तय कर डालो।'

'बहुत अच्छा जनरल महोदय, और कुछ हुक्म है?'

'हां, उस बदनसीब नवाब बब्बूखां का क्या हुआ?'

'वह तो बिलकुल दब्बू और पोच आदमी है। उसने बिना पढ़े या सोचे-समझे हमारी शर्तें मान ली हैं। यह इकरारनामा है, लीजिए।'

लॉर्ड लेक ने इकरारनामा पढ़ा। कहा, 'ठीक है, मैं गवर्नर-जनरल को इसे भेज दूंगा। लेकिन उसको दिल्ली में कैद रखना ज़रूरी है।'

'ऐसा ही होगा, महोदय!'

'तो गुड नाइट, कर्नल!'

'गुड नाइट, सर!'

## 20

दरियागंज का फैज़ बाज़ार आज तो दिल्ली की नाक बना हुआ है। शानदार इमारतें, चौड़ी सड़कें, नये ढंग की जगमग रोशनी और बढ़िया दुकानों ने तो फैज़ बाज़ार को दिल्ली का प्रमुख बाज़ार बना ही दिया है, वह नयी और पुरानी दिल्ली की कड़ी बन गया है। इसलिए सारा दिन मोटर, बस, रिक्शा और आने-जाने वाले आदमियों का तांता लगा रहता है। पर हम जिन दिनों की बात कर रहे हैं उन दिनों को तो अब सौ बरस से अधिक बीत चुके हैं। उन दिनों फैज़ बाज़ार एक तंग और गन्दा बाज़ार था। उसमें ज़्यादातर हलवाइयों, नानबाइयों और हज्जामों की दुकानें थीं। सड़क कच्ची, गलियां तंग और अंधेरी थीं। इस समय जहां सब्ज़ी मार्केट है वहां एक कच्ची सराय थी, जहां ऊंट, घोड़े, खच्चर, गधे और उनके सवार मुसाफ़िर भरे रहते थे। सरेबाज़ार भटियारिनें रोटियां पकातीं और सौदे पटाती थीं। दुकानों के कोनों पर या तो सस्ती टकियाही रंडियां बैठती थीं या हिजड़े। सड़कों पर न रोशनी का इन्तज़ाम था, न गन्दे पानी के निकलने का। वास्तव में वह लालकिले में रहनेवालों का बाज़ार था, जिसमें किले वाले सिपाहियों और दूसरे लोगों को उनकी ज़रूरत की सभी चीज़ें मिल जाती थीं।

फैज़ बाज़ार के सामने दरिया की ओर घना जंगल था। जमुना का पानी बरसात में फैज़ बाज़ार की सड़कों पर चढ़ आता था और दुकानें उसमें डूब जाती थीं। इस समय जहां फैज़ बाज़ार का थाना है, वहां अंग्रेज़ों की रेज़ीडेंसी थी। अंग्रेज़ी रेज़ीडेंट उसमें रहता था। रेज़ीडेंसी अच्छी-खासी किलेनुमा इमारत थी, जिसकी दीवारें बहुत पुख्ता थीं। उसकी फसीलों पर हर वक्त तोपें चढ़ी रहती थीं और हर वक्त लाल मुंह के फिरंगी सारजेण्ट पहरे पर मुस्तैद रहते थे। रेज़ीडेंसी के चारों ओर अंग्रेज़ों के बंगले थे। पर अभी वह मुहल्ला काफ़ी आबाद न था। रात में तो वह पूरा जंगल दीख पड़ता था। आज जहां एक से बढ़कर एक बंगले और बाज़ार बन गए हैं, जो आधी रात तक गुलज़ार रहते हैं, उन दिनों वहां दिन छिपते ही सन्नाटा हो जाता था। घर से बाहर निकलना जान खतरे में डालना था, क्योंकि चोर, डाकू, गलेकट, गिरहकट वहां घूमते रहते थे। दिल्ली दरवाज़े के बाहर जाना तो एकदम खतरे का काम था—खासकर रात के वक्त में। दिल्ली दरवाज़े की फसीलों के बाहर न कोई पक्की सड़क थी, न रास्ता। केवल एक सड़क महरौली को जाती थी, जो घूमकर मथुरा की सड़क से मिल गयी थी।

इसी फैज़ बाज़ार में एक छोटी-सी बिसाती की दुकान थी। दुकान में पुराने सामान, तस्वीरें, पुराने कपड़े, बर्तन, सुई-धागा, मिट्टी के बर्तन, पुराने हथियार और ऐसी ही अगलम-बगलम चीज़ें बिकती थीं। बाहर से देखने में दुकान बड़ी गन्दी दीख पड़ती थी, जहां सब सामान बेतरतीबी से पड़ा रहता था। लोग इस दुकान से मछली और अण्डे से लेकर जूते और नमक-मसाले तक खरीद सकते थे। दुकान भीतर बड़ी गहरी चली गयी थी। वहां दिन में भी अंधेरा रहता था। दुकान में दो-चार हुक्के हर वक्त ताज़ा दनादन तैयार रहते थे, ग्राहक हुक्का गुड़गुड़ाते और सौदा खरीदते थे। दुकान के बाईं ओर एक पतली गली मछली वाले बाज़ार तक चली गयी थी। रात को इसी गली में

घुप अंधेरा रहता था। दुकान के पिछवाड़े का दरवाज़ा इसी गली में था। यहीं पिछवाड़े की तरफ़ दुकान में एक अंधेरी कोठरी थी, जिसका द्वार भी उधर ही था। यहां बैठकर ग्राहक चण्डू और मदक के दम लगाते या विलायती शराब पीते, जो कि इस दुकान पर खासतौर पर बेची जाती थी।

दुकान के स्वामी का नाम हुसैनी था। देखने में यह आदमी अच्छा-खासा मसखरा लगता था। गला काटने और ज़हर खिलाने से लेकर कुर्रमगिरी करने तक कोई काम न था जो मियां हुसैनी न कर सकते हों। सारे कुकर्म इसी पिछली कोठरी में होते थे, जिसकी कानोंकान किसी को खबर भी नहीं लगती थी।

रात के नौ बज चुके थे। दुकान का सदर दरवाज़ा बन्द हो चुका था। पर पिछवाड़े वाली कोठरी में इस समय हुसैनी आराम से बैठा हुक्का पी रहा था। उसे कई मुलाकातियों के आने की उम्मीद थी। मुलाकाती उसके लिए हमेशा लाभदायक होते थे। निठल्ले मुलाकातियों से वह वास्ता नहीं रखता था। इसी समय चौधरी ने आकर कहा, 'मज़े से हुक्का गुड़गुड़ा रहे हो, दोस्त।'

'आ वई चौधरी, भीतर आ जा, फिक्र न कर। आजकल काम मंदा हो रिया है। आज के दिना तो बौतई सर्दी है कि तौबा ही शुक्र है। बस, मैं ज़रा ज़मा मैजिद तोड़ी सैल करके अबी आया हूं।'

चौधरी भीतर आकर बैठ गए। इधर-उधर देखकर उन्होंने कहा, 'साहब लोग आएंगे भी?'

'सूर ही मरे जो झूठ बोले। कसम रजक वई चौधरी, साब लाखों में आवेंगे। साब लोग में ये बात लाख रुपये की है। बात के धनी होते हैं। बस अब बखत हो ही रिया है। फिर फैज़ बाज़ार में मेरी दुकान में जो शराब मिलती है, वह रेज़ीडेंट के बंगले पर भी नी मिलती। मैं सीधा बम्बई से चालान मंगाता हूं। लेकिन मेरा बकाया नज़राना?'

'कौल के मुताबिक ज़रूर मिल जाएगा। पहले वादा तो पूरा हो।'

'बेफिक्र रहो। तुम मेरे देहाती रिश्तेदार बन जाना, और मज़े में एक ठौर पड़े खुर्राटे भरना।'

'ऐसा ही होगा। खातिर जमा रखो।'

'बई चौधरी, रिजक कसम, दगा की तो छुरा कलेजे के पार कर दूंगा।'

'दगा करके तो अपना ही काम बिगाड़ूंगा। यह भी समझते हो?'

'वो साब लोग आ रहे हैं। देखो, विनकी आवाज़ है। अब चुपचाप पड़ रहो।'

इसी समय दो अंग्रेज़ दुकान में घुसे। उनके साथ एक हिन्दुस्तानी मुसलमान था। चौधरी ने पहचान लिया, वह बब्बूखां नवाब है। नशे में धुत्त। भय से आंखें फैली हुईं।

साहब लोगों ने मोढ़े पर बैठते हुए इधर-उधर देखकर चौधरी की ओर संकेत करके पूछा, 'यह कौन है?'

'मेरा जिग्री यार कल्लू है साब, जूजा घर में नयी थी, बैठे-बैठे कुछ ऐसी घबराई हुई तुम जानो एकला आदमी। दिल में केया, चल वई ज़रा जुमा मैजिद तोड़ी सैल कर आवें। घर से निकला तो मेरा यार अपने मकान के दरवज्जे पर खड़ा वा था। मैं भपक

के अगाड़ूं बढ़ा और केया, क्यों बई कल्लू, सैल को चल रिया है नई। ये बोला—हां। बस हम खरामा-खरामा सैल करके आरिए हैं। आते ही अंटाढार हो गया। अब सुबू उट्ठेगा। साब, सूर ही मरे जो जूठ बोले।'

'वैल, यह बख्शीश लो। और इस आदमी को अपने घर में अभी बन्द रखो। भागेगा टो, टुमकू साब लोग गोली से उड़ा देगा। समझा, बड़ा साब का हुक्म है।'

'क्या मजाल साब, मुर्दे की टांग तोड़ दूं, निसा खातिर रहो।'

इसी बीच बब्बूखां ज़रा होश में आया। मालूम होता था, उसे बेहद शराब पिलाई गयी थी और बहुत डराया गया था। उसने भयभीत नेत्रों से साहब लोगों की ओर देखकर कहा, 'साहब हमको घर जाने दीजिए। खुदा गवाह है, हम दगा नहीं करेंगे। मैं इज़्ज़तदार रईस हूं।'

'टुम बड़जात हाय। बड़ा साहेब बोला है, अभी टुमको कैड में रहना होगा। भागेगा तो टुम्मारा घर का सब औरट-मर्ड टोप से उड़ा दिया जाएगा।'

'लेकिन हम भाग के कहां जाएगा साहब, हमको छोड़ दीजिए।'

'अबी नई। जब टक वह डाकू होल्कर सहारनपुर में है, टुम कैड रहेगा।'

साहब लोगों ने अपने हाथों से नवाब को उस कोठरी में बन्द कर ताला जड़ दिया और हुसैनी को सख्त ताकीद करके चले गए।

थोड़ी देर तक चौधरी उसी तरह चुपचाप औंधे मुंह पड़े रहे। फिर उठकर उन्होंने कहा, 'हुसैनी मियां, यह अपना बकाया नज़राना लो, और मुझे ज़रा अकेले में मियां से बातें करने दो।' उन्होंने एक छोटी-सी अशर्फियों की थैली हुसैनी की गोद में फेंक दी।

'लेकिन चौधरी बई, ऐसा न हो कि तुम कैदी को ले भागो। और ये साले बन्दर मेरी दुकान को आग लगा दें।'

'खातिर जमा रखो मियां, तुम्हारा कुछ नहीं बिगड़ेगा। बस, मैं ज़रा मियां से बातें करूंगा।'

हुसैनी बाहर से ताला बन्द करके चला गया। चौधरी ने नवाब की ओर मुखातिब होकर कहा, 'मिज़ाज अच्छे हैं, नवाब साहब!'

'तुम कौन हो भई, दोस्त या दुश्मन? खुदा दोनों से बचाए।'

'आपको इस वक्त दोस्त की ज़रूरत है या दुश्मन की?'

'खुदा जानता है भई, ज़रूरत तो दोस्त की है।'

'किसलिए?'

'इस दोज़ख से जो निकाल ले जाए।'

'तो सुना नहीं, आपका घर-बार तोप से उड़ा दिया जाएगा।'

'खुदा की मार इन फिरंगियों पर, आखिर ये क्या चाहते हैं?'

'यह तो आप ही बताइए। यहां आपको क्यों बन्द किया गया है?'

'वे कहते हैं कि तुम होल्कर के पिट्ठू हो। मैं कहता हूं, गलत बात है।'

'आप तो श्रीमन्त होल्कर से बिलकुल वास्ता नहीं रखते?'

'लाहौल पढ़ो म्यां, क्यों मेरी गर्दन फिरंगियों के हाथ में फंसाते हो।'

'मैं तो आपको आज़ाद करना चाहता हूं।'

'वह किस तरह?'

'एक शर्त पर।'

'कौन-सी शर्त?'

'कि आप श्रीमन्त होल्कर की मदद करें।'

'होल्कर मुझे क्या देंगे?'

'आपका जानोमाल, इज़्ज़त और खानदान की सलामती का वादा।'

'किस तरह?'

'जिस तरह आप चाहें। श्रीमन्त जानते हैं कि इधर के रुहेले सरदार आपके रिश्तेदार हैं। वे इस समय असंगठित हैं। इसी से फिरंगियों ने एक-एक करके आप सबको परकैंच किया हुआ है। आप यदि सब मिलकर श्रीमन्त होल्कर सरकार की मदद करें, तो फिरंगियों का मुल्क से मुंह काला किया जा सकता है। वरना सब रईसों की यही दशा होगी जो आपकी हो रही है।'

'आखिर होल्कर चाहते क्या हैं?'

'पांच हज़ार सवार, जिनका पूरा खर्च आप ही को उठाना होगा।'

'लाहौल पढ़ो म्यां, मैं इतने सवार कहां से लाऊंगा! इससे तो फिरंगियों की अमलदारी अच्छी है।'

'तभी तो आप यहां कैदी बने हैं।'

'बस, कलकत्ता से हुक्म आया कि खत्म।'

'कैसा हुक्म?'

'कि हम रुहेले अंग्रेज़ों के ज़ेर-साये रहेंगे। मराठों से नहीं मिलेंगे। सब रुहेलों के सरदार बब्बूखां, बस, ऊधो का लेना न माधो का देना।'

'अंग्रेज़ इसके बदले में क्या देंगे?'

'वही, जो आप देने का वादा करते हैं। फ़र्क इतना ही है कि आप पांच हज़ार फ़ौज चाहते हैं, अंग्रेज़ कुछ नहीं चाहते।'

'लेकिन मराठे आपके मुल्क के बाशिन्दे हैं।'

'हमें इससे क्या। हमारे लिए तो अंग्रेज़ी अमल ही ठीक है। बादशाह सलामत ने भी अपना तख्तोताज उन्हें नज़र कर दिया है।'

'नवाब साहब, कुछ तो चेतो, आप कौम और वतन से गद्दारी कर रहे हैं।'

'जाओ, जाओ, अपना काम देखो। वरना सिर धड़ पर नहीं रहेगा। अपना नफ़ा-नुकसान नवाब बब्बूखां समझते हैं।'

चौधरी ने और बात नहीं की, वह निराश भाव से उठकर कोठरी से बाहर हो एक अंधेरी गली में घुस गए।

21 बादशाह की शारीरिक और मानसिक दशा ऐसी न थी कि वह इस दरबार की ज़हमत को बर्दाश्त कर सके। खासकर जब कर्नल आक्टरलोनी रेज़ीडेंट ने सुबह ही हाज़िर होकर बादशाह से लॉर्ड लेक के सब मंसूबे बताए तो बादशाह तिलमिला उठा। उसने कहा, 'साहब, इस अंधे और बूढ़े कैदी अपाहिज को अब क्यों उनके नौकरों के सामने ज़लील किया जाता है। किसलिए अब ये झूठ-मूठ के तमाशे आंखवालों को दिखाए जाते हैं। शुक्र है खुदा का, मेरी आंखें न रहीं, और मैं बेअदबियां अपनी आंखों से न देख सकूंगा, जो आज तक शहंशाहे हिन्द के सामने नहीं हुईं, और तैमूरी खानदान जिन्हें देखने का आदी नहीं है।'

'लेकिन जहांपनाह ऐसा क्यों सोचते हैं! लॉर्ड महोदय का यह इरादा मुतलक नहीं है कि आपकी तौहीन हो। वे तो उन सब वादों को दुहराने और हुज़ूर को इस बात का यकीन दिलाने के लिए यह दरबार कर रहे हैं कि कम्पनी सरकार के साथ हुज़ूर का जो इकरार हुआ है, उसकी वे सब शर्तें जिन पर हुज़ूर को शक है, ज़रूर पूरी हो जाएंगी—बशर्ते कि आपकी तरफ़ से कोई वादा-खिलाफ़ी की बात न पैदा हो जाए। जनरल महोदय यही घोषणा तो इस दरबार में सरेआम करना चाहते हैं।'

'वे जो चाहें करें, मगर यह समझ लें कि मैं बेबस हूं। यदि मुझसे धोखा हुआ तो मैं कहीं का न रहूंगा। इसके अलावा मुसलमान यह बर्दाश्त भी न करेंगे।'

'यह तो हुज़ूर, धमकी की बात है। आपको इस बात का भी खयाल रखना चाहिए कि कम्पनी सरकार ने आपको बारह लाख रुपया साल की पेंशन दी है।'

'दी है या देने का वादा किया है, यह साफ़-साफ़ नहीं कहा जा सकता। फिर यह रकम तो मेरी ही सल्तनत की आमदनी का छोटा-सा हिस्सा है।'

'जब हुज़ूरे-आला इस कदर शक्की हैं, तो मुझे कहना ही पड़ेगा कि जहांपनाह इस बात को भूल गए हैं कि अंग्रेज़ों ने आपको और आपकी सल्तनत को मराठों के पंजों से छुड़ाया है।'

'लेकिन अपने पंजों में गंस लिया है। मैं नहीं जानता कि पुराने कैद करने वाले मराठे ज़्यादा अच्छे थे कि ये फिरंगी।'

'तो हुज़ूर, अब भी यदि मराठों को पसन्द फरमाते हैं, तो आपको बखैर उनके पास पहुंचाया जा सकता है।'

'और मेरी सल्तनत।'

'वह तो हमने तलवार के ज़ोर पर फतह की है। न आपसे, न मराठों से हमें भीख में मिली। आप उनसे मिलकर खुशी से तलवार उठाइए और ज़ोर आज़माइश कीजिए।'

'यह आप शहंशाहे-हिन्द को चुनौती दे रहे हैं?'

'नहीं हुज़ूर, जो बात सच है वही अर्ज़ कर रहा हूं। मराठों के इस्तकबाल के लिए हमारी एक लाख तलवारें तैयार हैं। यदि हुज़ूर को अंग्रेज़ों पर भरोसा नहीं है तो हम खुशी से आपका भी शाही इस्तकबाल उसी तरह करते हैं जैसा मराठों का करना चाहते हैं।'

'लेकिन मैंने तो मराठों को दिल्ली से निकाल बाहर करने में अंग्रेज़ों को मदद दी है।'

'तो अंग्रेज़ों मे भी हुजूर की जानोमाल की हिफ़ाज़त का ज़िम्मा लिया है और एक माकूल रकम की पेंशन बैठे-बिठाए देना मंजूर किया है।'

'खैर, तो मैं यह चाहता हूं कि मेरे साथ जो वादे किए गए हैं वे पूरे हों।'

'इसीलिए लॉर्ड लेक यह दरबार कर रहे हैं कि फिर खास-आम के सामने वे वादे दुहरा दिए जाएं।'

'लेकिन दरबारी अदब?'

'हुज़ूर, हर मुल्क के अलग-अलग अदब-कायदे होते हैं। हम फिरंगी जिस तरह अपने मुल्क में अपने बादशाह से मुलाकात करते हैं, इत्मीनान रखिए कि उसी तरह हुज़ूर से मुलाकात करेंगे।'

'खैर, तो मैं यह सब आप पर छोड़ता हूं, बस मुझे धोखा न हो।'

'हुज़ूर, इत्मीनान करें। अंग्रेज़ अपने वादों की पाबन्दी करेंगे।'

'लेकिन इतना कीजिए कि दरबार की कार्रवाई जल्द से जल्द खत्म हो जाए। क्योंकि मेरी सेहत ज़्यादा बर्दाश्त करने लायक नहीं।'

'ऐसा ही होगा हुज़ूर।'

## 22

दीवाने-खास में शाही दरबार की तैयारी हो रही थी। तख्ते शाही के सामने सात जड़ाऊ सुनहरी कुर्सियां बिछाई गयी थीं, जिन पर लॉर्ड लेक और दूसरे अंग्रेज़ अफ़सर बैठने वाले थे। लॉर्ड लेक और कर्नल आक्टरलोनी कुछ अफ़सरों के साथ फ़ौजी वर्दी में लैस दरबार हाल में हाज़िर थे। इतने में ही 'अदब, कायदा, निगह रूबरू' की पुकार हुई, और बादशाह सलामत की सवारी हवादान पर सवार होकर दीवाने-खास में आई। सभी दरबारी सिर झुकाए खड़े थे, सिर्फ़ अंग्रेज़ अफ़सर तने हुए अपनी-अपनी तलवारों की मूंठ पर हाथ रखे चुस्त खड़े थे।

बादशाह ने तख्त पर बैठकर धीमी आवाज़ में कहा, 'हम शाही दरबार में कम्पनी बहादुर के गवर्नर-जनरल के एलची लॉर्ड लेक का इस्तकबाल करते हैं।'

'मैं गवर्नर-जनरल महोदय की ओर से और अपनी ओर से भी बादशाह सलामत को धन्यवाद देता हूं और उनकी सलामती चाहता हूं। मसरूफियत के कारण जनाब गवर्नर-जनरल बहादुर खुद तशरीफ नहीं ला सके, इसी से मुझे उन्होंने अपने सब इख्तियारात देकर शाही खिदमत में भेजा है।'

'तो मतलब बयान हो।'

'सबसे पहले मैं ऑनरेबुल कम्पनी बहादुर की सरकार की ओर से आपको यकीन दिलाता हूं कि कम्पनी बहादुर की सरकार ने जो-जो वादे किए हैं, वे सब पूरे किए जाएंगे। और इस बात का पूरा ध्यान रखा जाएगा कि बादशाह सलामत और उनके खानदान के किसी आदमी को कोई तकलीफ़ न हो। इसके अलावा लालकिले की चहारदीवारी के भीतर इन्तज़ाम में कोई फिरंगी दखल नहीं देगा।'

'मम्नून हुआ, लेकिन मेरी बकाया पेंशन।'

'उसके मुतल्लिक मैं गवर्नर-जनरल को लिखूंगा। उम्मीद है कि वह आपको मिल जाएगी। खातिर जमा रहे।'

'तसल्ली हुई। तो अब दरबार बर्खास्त, शुक्रिया।'

इतना कहकर बादशाह ने एक दस्तक दी, और तख्त से उठ खड़े हुए। हवादान आया और बादशाह महलों में चले गए। इस प्रकार चन्द मिनटों में ही यह दरबार खत्म हो गया। महल में पहुंचते ही बादशाह बेहोश हो गए और शाही हकीम को बुलाने की दौड़-धूप होने लगी। लॉर्ड लेक ने ये दशा देखी तो वे तेज़ी से टमटम पर सवार होकर अपने बंगले पर पहुंचे और एक निहायत ज़रूरी खत ताबड़तोड़ गवर्नर-जनरल को कलकत्ता रवाना कर दिया।

## 23

चौधरी की दौड़-धूप कारगर नहीं हुई। दिल्ली में रहते उन्हें दो बरस बीत चुके थे। बादशाह सलामत से मिलने के भी उन्होंने बहुत जोड़-तोड़ मिलाए, पर बादशाह शाहआलम बीमार थे। मुलाकात न हो सकी। इसी बीच बादशाह शाहआलम का देहान्त हो गया और तख्त पर अहमदशाह रौनकअफरोज़ हुए। कुछ दिन लालकिले में जश्न होते रहे। ये सब उलट-फेर दिल्ली में हो ही रहे थे कि तुरन्त सुना गया कि भरतपुर अंग्रेज़ों ने सर कर लिया। यह भी सुना कि होल्कर सरकार भरतपुर के इस पतन से इस कदर निराश हो गए कि वे पागल हो गए और कुछ दिन बाद उनका इन्तकाल हो गया।

इस प्रकार देखते-ही-देखते मराठा-मंडल का खात्मा हो गया। दिल्ली का तख्त उलट गया। अब तो भारत में अंग्रेज़ ही अंग्रेज़ थे। अब अंग्रेज़ों की ही कृपा-दृष्टि प्राप्त करना चौधरी ने आवश्यक समझा। वे अवसर पाकर वज़ीरेआज़म से मिले और होल्कर का खत उन्हें दिया। होल्कर ने उसमें चौधरी की बहुत सिफारिश की थी। वज़ीर चौधरी से बहुत मेहरबानी से पेश आया, और उसने शाही तौर पर चौधरी के चालीस गांवों का पक्का पट्टा नये सिरे से लिखाकर बादशाह सलामत की मुहर करा दी। इसके बाद उसने चौधरी को सलाह दी कि वे अंग्रेज़ रेज़ीडेंट आक्टरलोनी से किसी तरह मुलाकात करके अंग्रेज़ों की कम्पनी बहादुर से भी अपनी रियासत का पक्का पट्टा करा लें।

वज़ीर ने ही चौधरी की दिल्ली की मशहूर रण्डी जुबेदा खातून से मुलाकात करा दी, जो आक्टरलोनी की नाक का बाल बनी हुई थी। चौधरी ने बहुत सा रुपया चटाकर खातून को अपनी सिफारिश के लिए तैयार कर लिया और उसकी सिफारिश से चौधरी का मतलब सध गया। उसकी तमाम ज़मींदारी का कबूली पट्टा कम्पनी बहादुर की सरकार से मंज़ूर हो गया और चौधरी ने लिख दिया कि वह बाकायदा कम्पनी बहादुर को खिराज़-लगान देता रहेगा तथा फ़ौज नहीं रखेगा। इस प्रकार कृतकृत्य होकर तथा दो बरस दिल्ली में रहकर चौधरी मुक्तेसर लौटा।

चौधरी का घराना देखते ही देखते मुक्तेसर में अपनी जड़ पकड़ गया, और आस-पास

के सब ज़मींदारों से पद-प्रतिष्ठा और धन में अग्रगण्य हो गया।

मुक्तेसर के आस-पास इस समय अनेक छोटी-छोटी मुस्लिम ज़मींदारियां थीं। इनमें से कुछ तो रुहेले थे, जो अहमदशाह दुर्रानी के साथ आए थे, और अब यहीं बस गए थे। कुछ मुगल थे। उस अन्धेरगर्दी में जिसने जो इलाका हथिया लिया वही उसका स्वामी बन बैठा था। बादशाह तो सिर्फ़ यही चाहता था कि उसे ठीक वक्त पर खिराज मिल जाए। शुरू में ये ज़मींदार बादशाह को खिराज ठीक-ठीक देते रहे, पर जब मराठों और अंग्रेज़ों ने बादशाह की शक्ति को छिन्न-भिन्न कर दिया, तो अब इन ज़मींदारों ने भी खिराज देना बन्द कर दिया। बादशाह में शक्ति न थी कि इनसे खिराज वसूल करे। इसी से जब कम्पनी बहादुर का अधिकार हुआ और बादशाह केवल पेंशन पाने के अधिकारी रह गए तो अंग्रेज़ों ने बेरहमी से खिराज और लगान उगाहना आरम्भ किया। अब ये ज़मींदार अंग्रेज़ों को खिराज देते और ठसक से रहते थे।

मुक्तेसर के पास बड़ा गांव के मियां का दबदबा सबसे बढ़-चढ़कर था। ये बीस गांवों के मालिक थे। उनके सौजन्य, उदारता तथा धर्मवृत्ति से प्रभावित होकर चौधरी का आरम्भ ही में उनसे प्रेम हो गया। बड़ा गांव के मियां ने ही चौधरी की आरम्भ में बहुत मदद की थी। चौधरी इस एहसान को भूले नहीं। दुर्भाग्य से इस वक्त का बड़ा गांव का इलाका सम्पन्न नहीं रहा। बड़े मियां पर चौधरियों ही का बड़ा कर्ज़ा लद गया था। पर चौधरी और बड़े मियां के बीच जो प्रेम और मैत्रीभाव था वह ज्यों का त्यों ही रहा। दोनों ही सरदार, जिनमें एक शरीफ़ मुसलमान और दूसरे धर्मनिष्ठ हिन्दू थे, परस्पर पड़ोसी ज़मींदार थे। और उनका अपना रहन-सहन और आपसी व्यवहार कैसा था, इसकी यत्किंचित् झलक उपन्यास के प्रारम्भ में हमने दिखाने की चेष्टा की है। यह काल यद्यपि राजनीतिक अन्धेरगर्दी का था, परन्तु हिन्दू-मुसलमान आपस में प्रेम से रहते थे। उनके भाईचारे के सम्बन्ध अटूट थे। वे परस्पर सच्चे पड़ोसी और सच्चे मित्र थे, जिसका दिग्दर्शन आरम्भिक परिच्छेदों में है।

## तीसरा खण्ड

1 रणजीतसिंह का मुंह पश्चिम की ओर फेरकर, और सतलुज के इस पार के सब इलाकों पर अपना अधिकार कर अब अंग्रेज़ों ने बड़ा दांव लगाया। रणजीतसिंह को उकसाकर उसे अफगानिस्तान पर हमला करने को अकेला छोड़ दिया। शीघ्र ही सिखों और पठानों में वैरभाव बढ़ने लगा। अब ब्रिटिश भारत और उसके भावी आक्रमणों के बीच पंजाब एक दीवार हो गया था। इधर अंग्रेज़ी राज्य के विस्तार के लिए सतलुज का मैदान साफ़ हो गया था।

इस समय मालकम और महदीअलीखां अंग्रेज़ों के एजेंट ईरान में बैठे हुए वहां के बादशाह बाबाखां को अफगानिस्तान के विरुद्ध भड़का रहे थे, और इधर सर मैटकाफ पंजाब में महाराजा रणजीतसिंह के दरबार में एजेंट की हैसियत से बैठे हुए रणजीतसिंह को अफगानिस्तान पर हमला करने को उकसा रहे थे। अब नयी चाल अंग्रेज़ों ने यह खेली कि लॉर्ड एलफिंस्टन को अंग्रेज़ सरकार का विशेष दूत बनाकर अफगानिस्तान भेज दिया, जिसका उद्देश्य यह था कि वह अफगानिस्तान में वहां के बादशाह शाहशुजा को ईरान के खिलाफ़ लड़ाई करने के लिए उकसाए और उसे यह विश्वास दिलाए कि रूस और फ्रांस मिलकर हिन्दुस्तान पर हमला करने वाले हैं, और उस आपत्ति का मुकाबला करने के लिए अंग्रेज़ों और अफगानिस्तान की सरकारों में मित्रता रखनी ज़रूरी है। अंग्रेज़ नहीं चाहते थे कि अंग्रेज़ों की यह चाल रणजीतसिंह को मालूम हो जाए और वह चौकन्ना हो जाए, इसलिए एलफिंस्टन चालाकी से रणजीतसिंह के इलाके से नीचे ही नीचे उससे बचता हुआ बीकानेर, बहावलपुर और मुलतान के रास्ते पेशावर जा पहुंचा। परन्तु इस समय बेचारा शाहशुजा अनेक मुसीबतों में घिरा हुआ था। उस समय अफगानिस्तान में आपस की लड़ाइयां और बगावतें जारी थीं।

इसलिए अफगानिस्तान के बादशाह और वहां के दरबार ने एलफिंस्टन को काबुल में घुसने की इजाज़त नहीं दी, और न बादशाह ने उससे मुलाकात करना मंज़ूर किया। परन्तु एलफिंस्टन ने बहुत मीठी-मीठी बातें कीं, और उन्हें विश्वास दिलाया कि मेरा उद्देश्य आपकी मदद करना और अंग्रेज़ों के साथ दोस्ती के सम्बन्ध पैदा करना है। आखिर शाहशुजा ने एलफिंस्टन से पेशावर में आकर मुलाकात की और पूछा–

'आपका यहां मेरे मुल्क में आने और मुझसे मुलाकात करने का मकसद क्या है?'

'मैं ऑनरेबुल कम्पनी की सरकार की ओर से आपको यह सूचित करने आया हूं कि अफगानिस्तान को रूस, फ्रांस और ईरान तीनों से खतरा है। इसलिए मेरी प्रार्थना है कि आप फ्रांसीसियों और ईरानियों को अपने राज्य में न घुसने दें। और यदि ये लोग भारत पर हमला करना चाहें तो आप उन्हें रोकने में अंग्रेज़ों को मदद दें।'

'जब किसी के घर में आग लगी हो तो उसे दूर का डर देखने की फ़ुर्सत नहीं मिल सकती। इस वक्त अफगानिस्तान घरेलू बगावतों की मुसीबतों से घिरा हुआ है। इसलिए यदि अंग्रेज़ हमारी दोस्ती का दम भरना चाहते हैं तो वे पहले अफगानिस्तान की बगावतों को शांत करने में मेरी मदद करें।'

यह एक सीधा सवाल था, जिसका जवाब एलफिंस्टन जैसे चतुर, चालाक अंग्रेज़ के दिमाग में भी हाज़िर न था। उसने कहा, 'मुझे अफ़सोस है कि ऑनरेबुल कम्पनी की सरकार ने मुझे इस मसले पर बातचीत करने का अधिकार नहीं दिया है। और मैं ऐसी किसी मदद का आपसे वादा नहीं कर सकता।'

इस पर अफगानिस्तान के वज़ीर मुल्ला ज़फर ने गुस्सा होकर कहा, 'यह एक अजीब बात है कि अंग्रेज़ अपने दुश्मनों के खिलाफ़ तो शाहे-काबुल की मदद चाहते हैं लेकिन वे काबुल के बादशाह को उनके दुश्मनों के खिलाफ़ मदद देना नहीं चाहते। इसका साफ़ मतलब यह है कि आप जिस तरह का पैगाम लेकर आए हैं, उसका पूरा फ़ायदा अंग्रेज़ों को है और सारा खतरा शाहे-अफगानिस्तान को।'

एलफिंस्टन भी ताव में आ गए। उन्होंने ज़रा तेज़ होकर कहा, 'तो क्या आपके कहने का मतलब यह है कि मैं शाहे-अफगानिस्तान को धोखा दे रहा हूं?'

'जी नहीं, मैं यह नहीं कहता कि आप हमारे बादशाह को धोखा देना चाहते हैं, लेकिन मेरा जाती खयाल है कि आप इतने सीधे नहीं हैं जितना कि आप अपने को ज़ाहिर करते हैं। हकीकत तो यह है कि आपका तौरो-तरीका बड़ी चालबाज़ी का है, और आपके साथ कोई मामला तय करने से पेशतर खूब होशियारी से रहने की ज़रूरत है।'

एलफिंस्टन का मुंह लाल हो गया, और उसके मुंह से शब्द नहीं निकला। यह एक ऐसा करारा तमाचा उसके मुंह पर पड़ा था कि जिसका उसके पास जवाब न था। कारण यह था कि इस समय शाहे-काबुल जिन मुसीबतों में फंसा हुआ था, वे सब अंग्रेज़ों की ही पैदा की हुई थीं। अफगानिस्तान के अन्दर इन्हीं सब उपद्रवों को खड़ा करने के लिए महदीअलीखां और सर मालकम को ईरान भेजा गया था, और ईरान की सरकार को एक नकद रकम भी दी गयी थी।

शाहे महमूद ने इस समय शाहशुजा के खिलाफ़ बगावत खड़ी कर रखी थी, और शाहशुजा तथा शाहे महमूद दोनों को ज़मानशाह के विरुद्ध भड़काकर अंग्रेज़ों ने ईरान से अफगानिस्तान भिजवा दिया था। इसके अतिरिक्त हाल ही में अंग्रेज़ों ने रणजीतसिंह को भी अफगानिस्तान के विरुद्ध भड़का दिया था। ऐसी हालत में एलफिंस्टन के पास शाहे-काबुल के प्रश्न का कोई जवाब ही न था।

जब शाह ने एलफिंस्टन को चुप देखा, तो आहिस्ता से कहा–'खुदा के लिए अब आप अपने इलाके को लौट जाइए। खुदा हाफ़िज़।'

लेकिन एलफिंस्टन जैसा पुरुष निराश होकर नहीं लौट सकता था। खासकर इसलिए भी कि रूस के हमले का डर पूरा-पूरा बना हुआ था। उसने गुस्सा पीकर ठण्डे दिमाग से विचार किया और कहा, 'शाहे-अफगानिस्तान के घरेलू मामलों में अंग्रेज़ सरकार को पड़ना मुनासिब नहीं है, इसलिए मैं मजबूर हूं, लेकिन यदि अफगान सरकार अंग्रेज़ों से दोस्ती की सन्धि करे तो अंग्रेज़ सरकार अफगान सरकार को फिलहाल एक माकूल रकम नकद देने को राज़ी है, और आइन्दा भी जब तक कि अफगानिस्तान के शाह अंग्रेज़ों से दोस्ती का बर्ताव रखेंगे, उन्हें यह रकम बराबर हर साल मिलती रहेगी।'

शाह ने स्वीकार किया और अफगानिस्तान और अंग्रेज़ों की सन्धि हो गयी। और अफगानिस्तान की सैनिक शक्ति और अफगानिस्तान और भारत के मार्गों और मार्ग की कौमों की पूरी जानकारी प्राप्त करके एलफिंस्टन पंजाब की राह हिन्दुस्तान लौटा।

## 2

ईस्ट इण्डिया कम्पनी इंग्लैंड की पार्लियामेंट के कानून द्वारा कायम हुई थी। कम्पनी के अधिकारों को कायम रखने के लिए पार्लियामेंट हर बीस बरस बाद नया कानून पास करती थी, जिसे चार्टर एक्ट कहते थे। सन् 1813 में जो चार्टर एक्ट बनाया गया उसमें इंग्लैंड का बना माल भारत के सिर मढ़ने और भारत के प्राचीन उद्योग-धंधों का नाश करने का विधिवत् प्रयत्न किया गया। यही एक्ट भारत की भारी भयंकर दरिद्रता और असहायता का मूल कारण बना। इस समय तक सूरत से विलायत को जो कपड़ा भेजा जाता था, वह अत्यन्त कड़े और निष्ठुर अत्याचारों द्वारा वसूल किया जाता था। जुलाहों को उनकी इच्छा और हित दोनों के विरुद्ध कम्पनी से काम का ठेका लेने और उस ठेके के अनुसार काम करने को मजबूर किया जाता था। बहुधा जुलाहे इस प्रकार काम करने की अपेक्षा भारी जुर्माने अदा कर देना पसन्द करते थे। उन दिनों अंग्रेज़ बढ़िया माल के लिए जुलाहों को जो दाम देते थे, उससे कहीं अधिक दाम डच, फ्रेंच, पुर्तगीज़ और अरब के सौदागर घटिया माल के लिए देते थे।

कम्पनी के व्यापारी रेज़ीडेंट ने यह बन्दोबस्त किया था कि कम से कम निश्चित दामों पर थान खरीदकर समस्त कपड़े के व्यापार पर अंग्रेज़ी कम्पनी का एकाधिकार स्थापित हो जाए। इस ज़बरदस्ती से तंग आकर जुलाहों ने अपना पेशा छोड़ दिया। अंग्रेज़ों ने इस बात के लिए कि कोई जुलाहा दूसरा पेशा न करने पाए, यह कानून बना दिया कि कोई जुलाहा फ़ौज में भरती न होने पाए, तथा कोई जुलाहा बिना अंग्रेज़ अफ़सर की आज्ञा के शहर के दरवाज़ों से बाहर न निकलने पाए। आस-पास के देशी राज्यों को भी दबाया जाता था कि उनके इलाके का कोई कपड़े का थान कम्पनी के सौदागरों और दलालों के अतिरिक्त किसी दूसरे के हाथों न बेचा जाए। यहां तक कि इन मामलों में अंग्रेज़ी अदालतों का भी उपयोग होता था। बंगाल के जुलाहे तो कानून द्वारा आजीवन गुलाम बना दिए गए थे। वे हवालात में बन्द कर दिए जाते थे और उनका माल ज़ब्त करा दिया जाता था।

सन् 1813 के नये चार्टर के जारी होने से पहले भारत और इंग्लैंड के बीच व्यापार करने का अधिकार ईस्ट इण्डिया कम्पनी को ही प्राप्त था। परन्तु अब इस नये चार्टर की बदौलत कम्पनी से यह अनन्याधिकार छीन लिया गया, और भारत के साथ व्यापार करने का दरवाज़ा प्रत्येक अंग्रेज़ व्यापारी के लिए खोल दिया गया। इसका अर्थ यह था कि अब भारतीय प्रजा पर अत्याचार करने और उसे हर प्रकार से लूटने का अधिकार प्रत्येक अंग्रेज़ को मिल गया था। इसके अतिरिक्त यह भी तय हुआ था कि भारत के उद्योग-धन्धों को नष्ट करके इंग्लैंड के उद्योग-धंधों को बढ़ाया जाए, और इंग्लैंड का बना माल ज़बरदस्ती हिन्दुस्तान में बेचा जाए। अंग्रेज़ों को भारत में रहने और काम करने की अनेक सुविधाएं दी गयी थीं। भारत के खर्चे से अब तक आसाम और कुमायूं क्षेत्र में चाय की खेती के प्रयोग हो रहे थे। अब उनके सफल होने पर वे सब बगीचे अंग्रेज़ सौदागरों को सौंप दिए गए। भारत के खर्चे पर अनेक अंग्रेज़ों को चाय का बीज लाने चीन भेजा गया। वे चीनी काश्तकारों को भारत में लाए, जिन्होंने भारत में चाय के बाग लगाए और अंग्रेज़ों ने चाय बोने की रीतियां उनसे सीखीं। चाय के इन बागों में काम करने के लिए ये गोरे मालिक कुलियों को गुलामी-प्रथा पर ही रखते थे। उनके अत्याचारों की कहानियां बढ़ती जा रही थीं। इसी प्रकार लोहा और नील के कामों के ठेके भी इन अंग्रेज़ों को दिए जाते थे और उन्हें भारत से धन और कानून को सहायता दी जाती थी।

भारतीय कारीगरों के रहस्यों का पता लगाने को अनेक रीतियां और ज़ोर जुल्म काम में लाए जाते थे। भारतीयों को विलायती शराब पीने का चस्का भी इसी समय से लगा। छोटे-बड़े शहरों में विलायती शराब की दुकानें खुल गयी थीं। साथ ही भारतीयों में यूरोप के ऐश-आराम तथा दिखावटी सामान खरीदने की आदत बढ़ती जाती थी।

इस प्रकार भारतीय उद्योग-धन्धे, चरित्र और जीवन-क्रम का तेज़ी से ह्रास होने लगा था।

प्लासी के युद्ध से वाटरलू के युद्ध तक अर्थात् 1757 से 1815 तक, लगभग एक हज़ार मिलियन पाउंड अर्थात् पन्द्रह अरब रुपया शुद्ध लूट का भारत से इंग्लैंड पहुंचा था, जिसके बल पर लंकाशायर और मानचेस्टर के भाप के इंजनों से चलने वाले नये कारखाने धड़ाधड़ उन्नत हो रहे थे। इसका अर्थ यह था कि अट्ठावन वर्ष तक पच्चीस करोड़ रुपया सालाना कम्पनी के नौकर भारतवासियों से लूटकर अपने देश ले जाते रहे। संसार के किसी भी सभ्य देश के इतिहास में भयंकर लूट की इससे बढ़-चढ़कर मिसाल नहीं मिलती। इस लूट के मुकाबले तो महमूद गजनवी और मुहम्मद गौरी के हमले और लूट महज़ खेल थे। यह भी जानना चाहिए कि उस समय के और आज के समय में एक और पचास का अन्तर है।

इस भयंकर लूट ने ही इंग्लैंड की नयी ईज़ादों को फलने और वहां के कारखानों को जन्म देने का अवसर दिया।

इससे दिन-दिन इंग्लैंड की आय बढ़ती चली गयी और उसी औसत से भारत की दरिद्रता बढ़ने लगी, जिसका परिणाम आगे चलकर यह हुआ कि उन्नीसवीं शताब्दी के अन्तिम चरण में भारत के सब उद्योग-धन्धे कहानी-मात्र रह गए, और जो देश सौ

बरस पहले संसार का सबसे अधिक धनी देश था, वह सौ बरस के अंग्रेज़ी राज्य के परिणामस्वरूप संसार का सबसे निर्धन देश हो गया। इसी समय गूढ़ पुरुष लॉर्ड हेस्टिंग्ज़ गवर्नर-जनरल होकर भारत आया।

सन् 1812 में नेपोलियन तबाह होकर रूस से लौटा। उसके छः लाख योद्धाओं में से साठ हज़ार ही जीवित बचे थे, जो अर्धमृत अवस्था में थे। इससे नेपोलियन के सब हौसले पस्त हो गए, और भारत पर आक्रमण करने तथा रूस से सहायता लेने के सब सपने टूट गए। ठीक इसी तरह इंग्लैंड, प्रशिया और रूस उसके विरुद्ध उठ खड़े हुए, और इन संयुक्त शक्तियों ने परास्त करके नेपोलियन को सिंहासनच्युत कर एल्बा में, जो इटली के पश्चिमी तट पर है, नज़रबन्द कर दिया। परन्तु वह महत्वाकांक्षी वहां से अवसर पाकर भाग निकला। इसी समय उसके शत्रु यूरोप के बंटवारे में परस्पर खटक रहे थे। यह अभिसंधि देख वह फिर फ्रांस का बादशाह बन बैठा। परन्तु वह इस बार केवल सौ दिनों तक ही बादशाहत कर सका। उसके विरुद्ध सारा यूरोप आपस के झगड़े भुलाकर संगठित हो गया। अन्त में वाटरलू के संग्राम में पराजित होकर उसे अंग्रेज़ों का बंदी होना पड़ा। उन्होंने उसे सैट हैलेना के टापू में कैद कर लिया, जहां वह छः वर्ष कैद में रहकर मर गया।

सन् 1812 में जब नेपोलियन पर तबाही आई, ठीक उसके एक वर्ष बाद सन् 1813 में हेस्टिंग्ज गवर्नर-जनरल होकर भारत में आया, और इसी साल कम्पनी का चार्टर भी बदला। यह चार्टर बहुत वाद-विवाद और छानबीन के बाद तैयार किया गया था। और इस पर स्पष्ट ही इंग्लैंड की बढ़ती हुई महत्वाकांक्षाओं का प्रभाव था। सन् 1807 में नेपोलियन लगभग सारे यूरोप का अधिपति बन गया था। और 1793 में तो वह भारत-विजय के इरादे से मिस्र तक पहुंच चुका था। पर इंग्लैंड उसके आगे चट्टान की भाँति अड़ गया, जिससे टकराकर वह चकनाचूर हो गया। यूरोप में नेपोलियन के पतन के बाद उसकी लगभग संपूर्ण महत्वाकांक्षाओं को अपने मन में समेटकर हेस्टिंग्ज़ भारत में आया था और उसने भारत में आते ही चौमुखा आक्रमण आरम्भ कर दिया था। सन् 1813 का चार्टर इंग्लैंड की बढ़ती हुई जनक्रांति का प्रतीक था। इस समय इंग्लैंड पर तीसरे जार्ज का शासन था, जो अन्धा, बहरा और पागल था। इसके बाद हेस्टिंग्ज़ के ही काल में वह बादशाह मर गया और जार्ज चतुर्थ बादशाह बना, जो बड़ा शराबी, ऐयाश, जुआरी और नालायक आदमी था। इस समय इंग्लैंड का मंत्रिमंडल उकस रहा था और इंग्लैंड-भर में नयी हवा बहने लगी थी। फ्रांस के साथ बाईस वर्ष लोहा लेकर इंग्लैंड विजयी हुआ था--इसलिए वह गर्व से इतरा रहा था।

## 3

मार्क्विस ऑफ़ हेस्टिंग्ज़ बड़े ही गूढ़ पुरुष थे। इस समय वे ईस्ट इण्डिया कम्पनी के गवर्नर-जनरल थे, पर कम्पनी की तत्कालीन आर्थिक अवस्था बड़ी डांवाडोल थी। बाज़ार में कम्पनी की हुण्डी बारह फीसदी बट्टे पर चल रही थी। मार्क्विस का ध्यान तुरन्त अवध के नवाब-वज़ीर की ओर गया। यह वह समय था जब अंग्रेज़

दिल्ली सम्राट के रहे-सहे प्रभाव का एकदम अन्त कर देने के लिए उत्सुक थे। अब तक अवध का नवाब दिल्ली का एक सूबेदार और मुगल दरबार का एक वज़ीर था। हेस्टिंग्ज़ ने लखनऊ में एक दरबार किया और नवाब वज़ीर गाज़ीउद्दीन हैदर को बाज़ाब्ता बादशाह का खिताब दे दिया। इसका अभिप्राय यह था कि अवध का नवाब अब से दिल्ली के बादशाह के अधीन नहीं रहा। परन्तु इसका यह अर्थ न था कि वास्तव में नवाब की स्वाधीनता बढ़ गयी है। गाज़ीउद्दीन को बादशाह बनाते हुए यह शर्त साफ़-साफ़ तय कर ली गयी थी कि बादशाह होने से कम्पनी के साथ उसके सम्बन्धों में कोई अन्तर नहीं पड़ेगा। इस सिलसिले में लगभग अपना आधा राज्य नवाब वज़ीर ने कम्पनी को दे दिया था। जिस समय गाज़ीउद्दीन सिंहासन पर बैठा था उस समय मृत नवाब का संचित चौदह करोड़ रुपया राजकोष में नकद था, जिस पर अंग्रेज़ों की दृष्टि पड़ी थी। अब वह बड़ी तेज़ी से खाली हो रहा था।

गाज़ीउद्दीन किताबी मुल्ला के नाम से प्रसिद्ध थे। ये दिन-रात कुरान के पन्ने उलटा करते थे। व्यवहार से वे भद्र और शिष्ट थे। फिर अंग्रेज़ों ने तो उन्हें बादशाह बनाया था, इसलिए उनके प्रति कृतज्ञ होना और विनम्र रहना उनके लिए और भी लाज़िमी था। इसी से जब बादशाह को सनद देकर गवर्नर-जनरल बहादुर लखनऊ से विदा होने लगे तब गाज़ीउद्दीन हैदर ने उनसे हाथ मिलाते हुए कहा, 'मेरा जानोमाल आपके लिए हाज़िर है; खुदा हाफिज़।'

निस्सन्देह यह कोरा शिष्टाचार का वाक्य था, परन्तु चतुर गवर्नर-जनरल ने नये बादशाह का वह बहुमूल्य वाक्य अपनी स्मृति पुस्तक में तुरन्त नोट कर लिया और उस पर पॉलीटिकल डिपार्टमेंट के सेक्रेटरी स्विण्टन साहब और कौंसिल के मेम्बर आदम साहब की साक्षी करा ली।

मेजर वेली उन दिनों लखनऊ के रेज़ीडेंट थे। इनकी बेअदबी और बुरे व्यवहार से गाज़ीउद्दीन ज़िन्दगी से बेज़ार हो गए। परन्तु मेजर वेली ऊपर से संकेत पाकर ही उनसे ऐसा व्यवहार करता था। गवर्नर-जनरल ने बादशाह के ऊपर मेजर वेली के प्रभुत्व को रिवट लगाकर और भी अधिक पक्का कर दिया था। मेजर वेली छोटी-छोटी बातों में बादशाह पर हुक्म चलाता था। वह चाहे जब बिना पूर्व सूचना के नवाब के महल में जा धमकता। उसने अपने गुर्गे बड़ी-बड़ी तनख्वाहों पर ज़बरदस्ती महल में लगवा दिए थे, जो महल के राई-रत्ती हाल-चाल उस तक पहुंचाते रहते थे। वह अभागे बादशाह के साथ बड़ी शान से बात करता, और उसके साथ ऐसा व्यवहार करता कि वह अपने कुटुम्बियों और नौकरों तक की नज़र में गिर जाए।

दिल्ली के केन्द्र को भंग करने और भारत के शिक्षा और वाणिज्य को गारत करने के बाद अब अंग्रेज़ों के नये मंसूबे यह थे कि भारत को एक ब्रिटिश उपनिवेश बना दिया जाए, और अधिक से अधिक अंग्रेज़ों को भारत में बसा दिया जाए। इसी से उनके लिए मुक्त वाणिज्य का द्वार खोल दिया गया था। वे अपने साम्राज्य के सपने साकार कर रहे थे। उनकी मुख्य अभिलाषा यह थी कि जैसे आस्ट्रेलिया, अफ्रीका और अमेरिका

में अंग्रेज़ी बस्तियां कायम हो चुकी हैं, वैसी ही भारत में हो जाएं। परन्तु भारत की गर्म जलवायु इस कार्य के उपयुक्त न थी कि अधिक अंग्रेज़ भारत में बसाए जाएं। फिर भी हिमालय की रमणीय घाटियां, देहरादून, कुमायूं, गढ़वाल आदि के इलाके ठण्डे थे। अंग्रेज़ चाहते थे कि भारत के गरम मैदानों की अपेक्षा हिमालय की घाटियों में ही ये अंग्रेज़ी उपनिवेश स्थापित किए जाएं, जहां अंग्रेज़ों की अपनी नैतिक और शारीरिक शक्तियां ज्यों की त्यों कायम रह सकें। परन्तु उस समय वे सब नेपाल साम्राज्य के अधीन थे, जो स्वाधीन राज्य था। इसलिए अब भारत पर पूरा पंजा जमाकर उन्होंने नेपाल की ओर रुख किया। अंग्रेज़ कुछ दिन पूर्व ही लाहौर के महाराज रणजीतसिंह को नेपाल से लड़ा चुके थे। अब युद्ध को उकसाने के लिए, कुछ सरहदी झगड़े खड़े कर लिये और बिना मामले का निपटारा किए विवादग्रस्त ज़मीन पर कब्ज़ा कर लिया। इस प्रकार युद्ध की पृष्ठभूमि तैयार हो गयी। परन्तु अब सबसे बड़ी समस्या रुपये की थी। गवर्नर-जनरल को अब अपने नये बादशाह की याद आई। उसने कहा था कि मेरा जानोमाल आपके लिए हाज़िर है।

उसने अपने सेक्रेटरी रिकेट को लखनऊ भेजा और कहा कि नवाब बादशाह ने दो करोड़ रुपया देने का वादा किया था, वह रुपया वसूल कर लाए।

सेक्रेटरी रिकेट साहब रेज़ीडेंसी पहुंचे और गवर्नर-जनरल का संदेश रेज़ीडेंट को सुनाया। सुनकर मेजर वेली ने कहा–

'मुझे तो याद नहीं, कब गाज़ीउद्दीन हैदर ने मेरे सामने गवर्नर-जनरल को दो करोड़ रुपया देने का वादा किया था।'

'लेकिन गवर्नर महोदय की स्मृतिपुस्तक में साफ़ लिखा हुआ है कि मेरा ज़ानोमाल आपके लिए हाज़िर है। इसका मतलब हुआ, तमाम फ़ौज और पूरा खज़ाना।'

'लेकिन वह तो महज़ शिष्टाचार की बात थी। वे मुसलमान हैं, अपने शिष्टाचार के तौर पर ही उन्होंने वह बात कही थी।'

'तो कोई परवाह नहीं, गवर्नर-जनरल बहादुर यह रुपया दान में नहीं मांगते। बतौर कर्ज़ नवाब दे सकते हैं, उनका खज़ाना अभी तक भरपूर है।'

'और यह कर्ज़ा हमारी कम्पनी की सरकार शायद सौ या हज़ार बरस बाद चुकाएगी?'

'यह तो तब देखा जाएगा, जब चुकाने का वक्त आएगा। अभी तो कर्ज़ लेने भर की बात है।'

'लेकिन मुझे गवर्नर-जनरल का आदेश मिला था। बहुत ज़ोर-ज़ुल्म करने पर नवाब एक करोड़ रुपया देने को राज़ी हुए हैं। यह बात मैंने गवर्नर-जनरल को लिख भी दी थी।'

'इसीलिए तो उन्होंने मुझे भेजा है। आपने बड़ी ही योग्यता से एक करोड़ रुपये की स्वीकृति ली है। इसके लिए गवर्नर-जनरल महोदय आपके उपकृत हैं। परन्तु और एक करोड़ रुपये लिए बिना काम नहीं चलेगा। दो करोड़ रुपया तो होना ही चाहिए।

'मैं नहीं समझता कि नवाब इतना दे भी सकेगा। फिर भी शायद और पचास लाख का प्रबन्ध कर सके।'

'पचास लाख नहीं। पूरे दो करोड़ रुपये चाहिए। मेजर, यह गवर्नर-जनरल साहब बहादुर का हुक्म है, इसकी तामील होनी ही चाहिए।'

और मेजर वेली को कसकर बादशाह की गर्दन दबोचनी पड़ी। जिस तरह भी सम्भव हुआ बादशाह वज़ीर को दो करोड़ रुपया अंग्रेज़ों को देना पड़ा। इसके लिए बादशाह को बहुत सताया गया। बड़ी यातनाएं दी गयीं। यह रुपया नेपाल को ज़ेर करने में खर्च किया गया। नवाब का खज़ाना राई-रत्ती खाली हो गया और नवाब का दिल भी टूट गया। इसी अवस्था में भग्न-हृदय बादशाह ने दम तोड़ा।

# 4

इस समय नेपाल का राज्य कम्पनी के राज्य से बहुत छोटा था। दोनों राज्यों के बीच पंजाब में सतलुज से लेकर बिहार में कोसी नदी तक लगभग छः सौ मील लम्बी सरहद थी। अंग्रेज़ों ने इस सरहद पर पांच मोर्चे बांधे और पांचों स्थानों से आक्रमण करने का प्रबन्ध कर लिया। एक मोर्चा लुधियाना में कर्नल आक्टरलोनी के अधीन था। दूसरा मेजर-जनरल जिलेप्सी के अधीन मेरठ में था। तीसरा मेजर जनरल वुड के अधीन बनारस और गोरखपुर में था। चौथा मुर्शिदाबाद और पांचवां कोसी नदी के उस पार पूर्णिया की सरहद और सिक्किम राज्य के सिर पर था। इन सब मोर्चों पर अंग्रेज़ सरकार की तीन हज़ार सेना मय उत्तम तोपखाने के जमा हो गयी थी, जिसका सामना करने के लिए नेपाल दरबार मुश्किल से बारह हज़ार सेना जुटा सका था। उसके पास न काफ़ी धन था, न उत्तम हथियार। और कूटनीति में तो वे अंग्रेज़ों के मुकाबले बिलकुल ही कोरे थे।

मेजर-जनरल जिलेप्सी ने सबसे पहले नेपाल-सीमा का उल्लंघन कर देहरादून क्षेत्र में प्रवेश किया। नाहन और देहरादून दोनों उस समय नेपाल राज्य के अधीन थे। नाहन का राजा अमरसिंह थापा था, जो नेपाल दरबार का प्रसिद्ध सेनापति था। अमरसिंह ने अपने भतीजे बलभद्रसिंह को केवल छः सौ गोरखा देकर जिलेप्सी के अवरोध को भेजा। बलभद्रसिंह ने बड़ी फुर्ती से देहरादून से साढ़े तीन मील दूर नालापानी की सबसे ऊंची पहाड़ी पर एक छोटा-सा अस्थायी किला खड़ा किया। यह किला बड़े-बड़े अनगढ़ कुदरती पत्थरों और जंगली लकड़ियों की सहायता से रातोरात खड़ा किया गया था। हकीकत में किला क्या था, एक अधूरी अनगढ़ चहारदीवारी थी। परन्तु बलभद्र ने उसे किले का रूप दिया, और उस पर मज़बूत फाटक चढ़वाया। उस पर नेपाली झण्डा फहराकर उसका नाम कलंगा दुर्ग रख दिया।

अभी बलभद्र के वीर गोरखा इन अनगढ़ पत्थरों के ढोकों को एक पर एक रख ही रहे थे कि जिलेप्सी देहरादून पर आ धमका। उसने इस अद्भुत किले की बात सुनी और हंसकर कर्नल मावी की अधीनता में अपनी सेना को किले पर आक्रमण करने की आज्ञा दे दी। जिलेप्सी की सेना में एक हज़ार गोरा पल्टन और अढ़ाई हज़ार देशी पल्टन सेना थी। परन्तु बलभद्र के इस किले में इस समय केवल तीन सौ जवान और इतनी ही स्त्रियां और बच्चे थे। उसने उन सभी को मोर्चे पर तैनात कर दिया।

मावी ने देहरादून पहुंचकर उस अधकचरे दुर्ग को घेर लिया और अपना तोपखाना उसके सामने जमा दिया। फिर उसने रात को बलभद्र के पास दूत के द्वारा संदेश भेजा कि किले को अंग्रेज़ों के हवाले कर दो। बलभद्रसिंह ने दूत के सामने ही पत्र को फाड़कर फेंक दिया और उसी दूत की ज़बानी कहला भेजा कि अंग्रेज़ों के स्वागत के लिए यहां नेपाली गोरखों की खुखरियां तैयार हैं।

संदेश पाकर मावी ने रातोरात अपनी सेना नालापानी की तलहटी में फैला दी और किले के चारों ओर से तोपों की मार आरम्भ कर दी। इसके जवाब में किले के भीतर से गोलियों की बौछारें आने लगीं। तोपों के गोलों का जवाब बन्दूक की गोलियों से देना कोई वास्तविक लड़ाई न थी और अंग्रेज़ उन पर हंस रहे थे। परन्तु शीघ्र ही उन्हें पता लग गया कि नेपालियों के जौहर साधारण नहीं हैं। रात-दिन सात दिन तक गोलाबारी चलती रही, परन्तु कलंगा दुर्ग अजेय खड़ा रहा।

जनरल जिलेप्सी इस समय सहारनपुर में पड़ाव डाले उत्कण्ठा से देहरादून की घाटियों की ओर ताक रहा था। जब उसे अंग्रेज़ी सेना के प्रयत्नों की विफलता के समाचार मिले, वह गुस्से से लाल हो गया और अपनी सुरक्षित सेना को ले नालापानी जा धमका। सारी स्थिति को देखने, समझने और आवश्यक व्यवस्था करने में उसे तीन दिन लग गए। उसने सेना के चार भाग किए। एक ओर की पल्टन कर्नल कारपेण्टर की अधीनता में आगे बढ़ी। दूसरी कप्तान फास्ट की कमान में, तीसरी मेजर कैली की और चौथी कप्तान कैम्पबेल की कमान में। इस प्रकार अंग्रेज़ों ने एकबारगी ही चारों ओर से दुर्ग पर आक्रमण कर दिया। कलंगा दुर्ग पर धड़ाधड़ गोले बरस रहे थे और दुर्ग के भीतर से बन्दूकें तोपों का दनादन जवाब दे रही थीं। अंग्रेज़ी सेना का जो भी योद्धा दुर्ग की दीवार या द्वार के निकट पहुंचने की हिमाकत करता था, वहीं ढेर हो जाता था, वापस न लौटता था। इस समय नेपाली स्त्रियां भी अपने बच्चों को पीठ पर बांधकर बन्दूकें दाग रही थीं। अनेक बार अंग्रेज़ी सेना ने दुर्ग की दीवार तक पहुंचने का प्रयत्न किया, पर हर बार उन्हें निराश होना पड़ा। अनगिनत अंग्रेज़ सिपाहियों और अफ़सरों को गोरखा गोलियों का शिकार होकर वहीं ढेर होना पड़ा।

बार-बार की हार और विफलता से चिढ़कर जनरल जिलेप्सी स्वयं तीन कम्पनियां गोरे सिपाहियों की साथ लेकर दुर्ग के फाटक की ओर बढ़ा। परन्तु दुर्ग के ऊपर से गोलियों और पत्थरों की बौछारें पड़ीं तो गोरी पल्टन भाग खड़ी हुई। गुस्से और खीझ में भरा हुआ जिलेप्सी अपनी नंगी तलवार हवा में घुमाता हुआ दुर्ग के फाटक तक बढ़ता चला गया। जब वह फाटक से केवल तीस गज़ के अन्तर पर था कि एक गोली उसकी छाती को पार कर गयी, और वह वहीं ढेर हो गया।

गोरखों के पास केवल एक ही छोटी-सी तोप थी। वह उन्होंने फाटक पर चढ़ा रखी थी। उसकी आग के मारे शत्रु आगे बढ़ने का साहस न कर सकते थे। इसके अतिरिक्त, तीखे तीर भी गोरखे बरसा रहे थे।

जनरल जिलेप्सी की मृत्यु से अंग्रेज़ी सेना में भय की लहर दौड़ गयी। तुरन्त मावी ने अंग्रेज़ी सेना का नेतृत्व हाथ में लेकर सेना को पीछे लौटने का आदेश दिया।

अंग्रेज़ी सेना बेंत से पिटे हुए कुत्ते की भाँति कैम्पों में लौट आई। मावी अब किले पर आक्रमण का साहस न कर सकता था। वह घेरा डालकर पड़ा रहा। किलेवालों को सांस लेने का अवसर मिला।

मावी ने दिल्ली सेंटर को मदद भेजने को लिखा और वहां से भारी तोपखाना और गोरी पल्टन देहरादून आ पहुंची। इसके बाद नये साज-बाज से किले का मुहासरा किया गया। अब रात-दिन किले पर गोले बरस रहे थे। गोलों के साथ दीवारों में लगे अनगढ़ पत्थर भी टूट-टूटकर करारी मार करते थे। एक-एक करके किले के आदमी कम होते जाते थे। गोला-बारूद की भी कमी होती जाती थी। परन्तु बलभद्रसिंह की मूंछें नीची झुकती नहीं थीं। उसका उत्साह और तेज वैसा ही बना हुआ था। इस प्रकार दिन और सप्ताह बीतते चले गए।

अकस्मात् ही किले में पानी का अकाल पड़ गया। पानी वहां नीचे की पहाड़ियों के कुछ झरनों से जाता था। और अब यह झरने अंग्रेज़ी सेना के कब्ज़े में थे। उन्होंने नाले बन्द करके किले में पानी जाना बन्द कर दिया था। धीरे-धीरे प्यासी स्त्रियों और बच्चों की चीत्कारें करुणा के स्रोत बहाने लगीं। दीवारें अब बिलकुल भंग हो चुकी थीं, उनकी मरम्मत करना सम्भव न था। तोप के गोले निरन्तर अपना काम कर रहे थे। उन तोपों की भीषण गर्जना के साथ जख्मियों की चीखें, पानी की एक बूंद के लिए स्त्रियों और बच्चों का कातर क्रंदन दिल को हिला रहा था। ये सारी तड़पनें, चीत्कारें और गर्जन-तर्जन सब कुछ मिलकर उस छोटे-से अनोखे दुर्ग में एक रौद्ररस का समा उपस्थित कर रहा था और उसकी छलनी हुई भग्न दीवारों के चारों ओर अंग्रेज़ी तोपें आग और मृत्यु का लेन-देन कर रही थीं।

एकाएक ही दुर्ग की बन्दूकें स्तब्ध हो गयीं। कमानें भी बन्द हो गयीं। अंग्रेज़ों ने आश्चर्यचकित होकर देखा—इसी समय दुर्ग का फाटक खुला। अंग्रेज़ सेनापति सोच रहा था कि बलभद्रसिंह आत्मसमर्पण करना चाहता है। उसने तत्काल तोपों को बन्द करने का आदेश दिया। सारी अंग्रेज़ सेना स्तब्ध खड़ी उस भग्न दुर्ग के मुक्त द्वार की ओर उत्सुकता से देखने लगी। बलभद्र ही सबसे पहले निकला। कन्धे पर बन्दूक, हाथ में नंगी तलवार, कमर में खुखरी, सिर पर फौलादी चक्र, गले में लाल गुलूबन्द। और उसके पीछे कुछ घायल, कुछ बेघायल योद्धा, बन्दूकें कन्धों पर और नंगी तलवारें हाथ में लिए हुए, उनके पीछे स्त्रियां, जिनकी पीठ पर बच्चे कसकर बंधे हुए और हाथों में नंगी खुखरियां। कुल सत्तर प्राणी थे। सब प्यास से बेताब।

बलभद्र का शरीर सीधा, चेहरा हंसता हुआ, मूंछे चढ़ी हुईं। सिपाही की नपी-तुली चाल चलता हुआ वह अंग्रेज़ी सेना में धंसता चला गया। उसके पीछे उसके सत्तर साथी स्त्री-पुरुष। किसी का साहस उन्हें रोकने का न हुआ। बलभद्र सिंह अंग्रेज़ी सेना के बीच से रास्ता काटता हुआ साथियों सहित नालापानी के झरनों पर जा पहुंचा। सबने जी भरकर झरने का स्वच्छ, ठण्डा और ताज़ा पानी पिया। फिर उसने अंग्रेज़ जनरल की ओर मुंह मोड़ा। उसी तरह बन्दूक उसके कन्धे पर थी और हाथ में नंगी तलवार। उसने चिल्लाकर कहा, 'कलंगा दुर्ग अजेय है! अब मैं स्वेच्छा से उसे छोड़ता हूं।' और

वे देखते ही देखते अपने साथियों सहित पहाड़ियों में गुम हो गए। अंग्रेज़ जनरल और सेना स्तब्ध खड़ी देखती रह गयी।

जब अंग्रेज़ दुर्ग में पहुंचे, तो वहां मर्दों, औरतों व बच्चों की लाशों के सिवा कुछ न था। ये उन वीरों के अवशेष थे, जिन्होंने एक डिवीज़न अंग्रेज़ी सेना को एक महीने से अधिक काल तक रोके रखा था। और जहां के संग्राम में जनरल जिलेप्सी को मिलाकर अंग्रेज़ों के इकतीस अफ़सर और 718 सिपाही काम आए।

अंग्रेज़ों ने किले पर कब्ज़ा करके उसे ज़मींदोज़ कर दिया। इस काम में केवल कुछ घण्टे लगे।

## 5

कर्नल टाड की कूटनीतिक सहायता से हेस्टिंग्ज़ ने राजपूतों और सिंधिया के सम्बन्धों को तोड़-फोड़ डाला और तमाम राजपूत रियासतों को अपना सामंत बनाकर सबसीडियरी सन्धि के जाल में फांसकर परकैंच कर लिया। अब उसे सिंधिया को अन्तिम शिकस्त देना शेष था। अब भी सिंधिया अन्य सब देशी नरेशों से कहीं अधिक शक्तिशाली था। उसकी सेना अभ्यस्त, तोपखाना व्यवस्थित और उसकी दृष्टि चौकन्नी थी। वह उस समय अपने राज्य के सबसे अधिक धन-सम्पन्न इलाके के बीचोंबीच ग्वालियर में बैठा था। और वह आखिरी बार अपनी किस्मत का फ़ैसला करने को मैदान में उतरा था। लॉर्ड हेस्टिंग्ज़ इस समय सिंधिया पर अपनी शक्ति केन्द्रित कर रहा था और वह स्वयं उसके समक्ष मोर्चे पर आया था।

ग्वालियर से लगभग बीस मील दक्षिण में, छोटी सिंधु नदी से लेकर चम्बल तक अत्यन्त ढालू पहाड़ियों की एक पंक्ति थी, जो घने जंगलों से ढकी हुई थी। उसमें केवल दो मार्ग थे, जिनसे गाड़ियां और सवार पहाड़ी को पार कर सकते थे। एक छोटी सिंधु नदी के बराबर से, दूसरा चम्बल के पास से। हेस्टिंग्ज़ ने इस महत्त्वपूर्ण सामरिक महत्त्व के स्थान को कर्नल टाड के नये नक्शे की सहायता से खूब बारीकी से जांचा और अपनी सेना के बीच के डिवीज़न द्वारा एक ऐसी जगह घेर ली जिससे कि छोटी सिंधु नदी के बराबर के रास्ते से सिंधिया का आ सकना असम्भव हो गया। और दूसरे रास्ते के पीछे मेजर जनरल डनकिन की डिवीज़न को खड़ा कर दिया।

दुर्भाग्य की बात थी कि महाराज सिंधिया ने सैनिक दृष्टि से इस महत्त्वपूर्ण स्थान की सुरक्षा का कोई विचार ही नहीं किया, जो उसकी राजधानी से केवल बीस मील के अन्तर पर था। ज्यों ही सिंधिया अपने शानदार तोपखाने को लेकर, जिनमें सौ से ऊपर पीतल की बड़ी तोपें थीं, घाटी पर पहुंचा तो सामने अंग्रेज़ों की छातियां तनी देख सिर पीटकर रह गया। अब युद्ध का कोई प्रश्न ही न था।

अब सिंधिया के सामने सिवा इसके कोई चारा न था कि या तो जो सन्धिपत्र अंग्रेज़ उसके सामने रखें, उस पर वह चुपचाप दस्तखत कर दे, या अपने शानदार विशाल तोपखाने को मय सब सामान और गोला-बारूद के और अपने सबसे अधिक कीमती इलाकों को अंग्रेज़ों के हाथ छोड़कर अपने थोड़े-से साथियों के साथ जो उसके साथ जा

सकें, पगडण्डियों के रास्ते उन पहाड़ियों के पार निकल जाए।

सिंधिया ने सिर धुन लिया, और अंग्रेज़ों के सन्धिपत्र पर हस्ताक्षर कर दिए। इस सन्धि से अंग्रेज़ों का उस पर पूरा अधिकार हो गया और सिंधिया ने पूरी अधीनता स्वीकार कर ली। इस प्रकार बिना युद्ध के मराठों का यह सबसे बड़ा स्तंभ ढह गया।

## 6

दूसरे मराठा-युद्ध के बाद बाजीराव को कम्पनी ने अपने ही हित के लिए पूना की मसनद पर बिठाया था। क्रियात्मक दृष्टि से इस समय बाजीराव अंग्रेज़ों का कैदी था। इस पर कम्पनी बहादुर के कर्मचारी उसकी बेड़ियों को निरन्तर कसते ही रहते थे। इस समय पूना दरबार में रिश्वतखोरों और विश्वासघातियों का बाज़ार गर्म हो रहा था। बाजीराव के मन्त्रियों से लेकर घरेलू सेवकों तक, सब पैसा पाकर अंग्रेज़ों की जासूसी कर रहे थे। अब हेस्टिंग्ज़ ने एलफिंस्टन को पूना दरबार का रेज़ीडेंट बनाकर भेजा। उनकी गिद्धदृष्टि बाजीराव के उर्वर प्रान्तों पर पड़ी, जिनकी आय इस समय भी डेढ़ करोड़ रुपया वार्षिक थी। एलफिंस्टन चलतापुर्जा, कूटपुरुष और चालाक आदमी था ही। इस समय तक भी काठियावाड़, नवानगर, जूनागढ़ का अधिराज पेशवा बाजीराव ही था, परन्तु अंग्रेज़ों ने बिना ही पेशवा से पूछे इन नरेशों से युद्ध कर उनसे बड़ी-बड़ी रकमें जुर्माने में वसूल कर लीं। इसके अतिरिक्त निज़ाम और गायकवाड़ के साथ पेशवा का कुछ पुराना झगड़ा था। ये दोनों राज्य इस समय अंग्रेज़ों के संरक्षण में आ गए थे और वे पेशवा की अब कुछ आन न मानते थे। गायकवाड़ की रियासत तो अंग्रेज़ों के हाथ का खिलौना ही थी। इन रियासतों के एजेंटों से मिलकर अंग्रेज़ रेज़ीडेंट एलफिंस्टन निरन्तर नित नये षड्यंत्र पेशवा के विरुद्ध कर रहा था। यहां तक कि पेशवा के हितैषी जनों तक को मरवा डाला गया। उन दिनों इस प्रकार की हत्याएं आम बात थीं। बड़े-बड़े महत्त्व के लोग भी आसानी से मरवा डाले जाते थे और हत्या पेशवा के सिर थोप दी जाती थी।

इस समय बहुत-से विश्वासघाती अंग्रेज़ों के टुकड़ों पर पल रहे थे। इन विश्वासघातियों में एक बालाजी पन्तनालू था। यह आदमी शुरू में सतारा में किसी घराने में पांच-छः रुपये माहवार का नौकर था। पूना आकर वह रेज़ीडेंट के यहां नौकर हो गया। शीघ्र ही वह अपनी चालाकी और कारगुज़ारी के कारण एलफिंस्टन की नज़र पर चढ़ गया और पक्का जासूस बन गया। वह पेशवा की राई-रत्ती बातों की खबर अंग्रेज़ों को देता था। दूसरा ऐसा ही आदमी यशवन्तराव घोरपाड़े था, जो पेशवा के विरुद्ध झूठी-सच्ची बातें बनाने और मुकदमे तैयार करने में एक ही था।

अन्ततः अंग्रेज़ों ने बाजीराव के मन्त्री त्रयम्बकजी को उस पर हत्याओं और षड्यंत्रों के आरोप लगाकर चुनार में कैद कर लिया, जहां वह घुल-घुलकर मर गया। वास्तव में त्रयम्बकजी अंग्रेज़ों के मार्ग का एक कांटा था। वह एक योग्य जागरूक मराठा राजनीतिज्ञ था। वह सदा ही पेशवा को अंग्रेज़ों के विरुद्ध सावधान करता रहता था। इसलिए उस कांटे को दूर कर अब अंग्रेज़ तीसरे मराठा-युद्ध की विशाल तैयारी में लग गए।

सिंहगढ़, पुरन्दर और रायगढ़ के किले कम्पनी को मिल ही चुके थे। पर कम्पनी की सरकार तो अब असहाय बाजीराव से भेड़िये और मेमने की कहानी के समान क्षण-क्षण पर बदला ले रही थी। अंग्रेज़ संगीनों, जासूसों और कूटनीति से बाजीराव को दबोचते उससे हत्या तक के अपराध की स्वीकृति कराते जा रहे थे। बाजीराव अब बेहद घबरा गया। जासूसों, संगीनों और कूटनीति से भयभीत होकर वह पंढरपुर चला गया। वहां से वह सतारा के निकट माहूली तीर्थ जा पहुंचा, जहां कि कृष्णा और पन्ना नदी का संगम है।

वहां उसने सर जान मेलकम को बुलाया और कहा, 'संगीनों के बल पर मुझसे सन्धि पर दस्तखत कराए गए हैं। और एलफिंस्टन ने मेरे ऊपर जासूसों का ऐसा जाल बिछाया है कि मैंने किस दिन क्या खाया, यह भी उन्हें पता लगता रहता है। मैं तो अब भी अंग्रेज़ों से सच्ची मित्रता चाहता हूं।'

सर जान मेलकम ने उसे सलाह दी, 'अंग्रेज़ इस समय पिण्डारियों के दमन के लिए सैन्य-संग्रह कर रहे हैं। आप भी एक सैन्य-संग्रह करके उनकी सहायता कीजिए। उससे आपके और अंग्रेज़ों के सम्बन्ध ठीक हो जाएंगे।'

भोले बाजीराव ने यह बात गांठ बांध ली, और मेलकम की सलाह के अनुसार अंग्रेज़ों की मदद के लिए सेना जमा करना आरम्भ कर दिया। यहीं वह अंग्रेज़ कूटनीति से मात खा गया, जिसके कारण उसे पदच्युत हो आगे तीस बरस अंग्रेज़ों के कैदी की भाँति काटने पड़े।

## 7

अभी सूर्योदय हुआ ही था कि एक ब्रिटिश जहाज़ बम्बई के बन्दरगाह पर आकर लगा। इस जहाज़ की प्रतीक्षा बड़ी देर से की जा रही थी, क्योंकि इसमें कुछ अंग्रेज़ सैनिकों की टुकड़ियां, सैनिक अफ़सर और नये ढंग की बन्दूकें और तोपें आनेवाली थीं।

सूर्य की शरत्कालीन धूप में हारबर के उस छोर पर पहाड़ियां चमक रही थीं, जिन पर दूर कहीं-कहीं मराठों के पहाड़ी किले चुपचाप आकाश में सिर ऊंचा किए खड़े थे। आजकल बम्बई का जो सबसे गुलज़ार इलाका फोर्ट के नाम से प्रसिद्ध है, उन दिनों यहां अंग्रेज़ों का किला और उसके चारों ओर कुछ पुख्ता इमारतें थीं, जो सब यूरोपियनों की थीं और जहां यूरोपियन सौदागरों ने अपनी कोठियां तथा व्यापारिक अड्डे बनाए हुए थे। उस समय नगर के इस भाग में कोई सुरक्षा की दीवार भी न थी। सड़कें भी अपूर्ण थीं, यद्यपि इस बन्दरगाह को बसे अब पचास बरस बीत चुके थे। किले की फसीलें भी ऐसी न थीं जो किसी अच्छे आक्रमण का मुकाबला कर सकें।

जहां जहाज़ ने लंगर डाला था, वहां से सैंट थामस कैथेड्रल का टावर दीख रहा था—जो अभी हाल में ही बनकर तैयार हुआ था। जहाज़ से अनेक अंग्रेज़ और डच यात्री किनारे पर उतरकर अपने-अपने माल-असबाब की देखभाल कर रहे थे। दुभाषिये लोग और गाइड उस समय अपने-अपने सर्टिफिकेट लिए यात्रियों का ध्यान अपनी ओर

आकर्षित कर रहे थे और टूटी-फूटी हिन्दुस्तानी-अंग्रेज़ी में बता रहे थे कि बिना उनकी सहायता के उन्हें इस अपरिचित भूमि में बहुत तकलीफ़ होगी। वे लुट जाएंगे। परन्तु यदि वे उनकी सहायता लेंगे तो लाभ में रहेंगे और सुरक्षित भी।

इन आगत यात्रियों में एक तरुण अंग्रेज़ आतुरता से ऊंची गर्दन उठाए किसी को उस भीड़-भाड़ में खोज रहा था। जब उसे कोई परिचित चेहरा न दिखाई दिया तो उसने हताश होकर एक गाइड को संकेत से अपने पास बुलाया और कहा, 'क्या तुम मुझे कैप्टन मूर के बंगले पर पहुंचा सकते हो?'

'यैस साब, मैं मूर साब को बखूबी जानता हूं। आप मेरे साथ आइए, असबाब की चिन्ता मत कीजिए, मेरा आदमी पहुंचा देगा। मैं इ़ज़्ज़तदार गाइड हूं, सर! यह मेरे पास मेकलिन साब का सर्टिफिकेट है, जो बम्बई के मशहूर सौदागर हैं।'

तरुण ने एक उड़ती नज़र कागज़ पर डाली और उसके साथ हो लिया।

अभी वे दोनों थोड़ी ही दूर गए थे कि सामने से एक अफ़सर सैनिक वर्दी डाले और एक हाथ में चांदी की मूठ की छड़ी लिए धीरे-धीरे आता दीख पड़ा। गाइड ने युवक के कान में कहा, 'वे कप्तान मूर आ रहे हैं, सर, कप्तान मूर।'

युवक ने आगे बढ़कर अपना परिचय दिया। कैप्टन ने अपनी हाथ की छड़ी पीछे आने वाले खिदमतगार को दी और हाथ मिलाते हुए तरुण का स्वागत किया।

उसने कहा, 'जहाज़ तीन दिन देर से आया है। हम घबरा रहे थे कि क्या कारण हो सकता है। एलिस का खत मुझे ठीक समय पर मिल गया था। मैं आशा करता हूं कि तुम शीघ्र ही अपने मिशन में सफल होगे, और सामने पहाड़ियों पर चारों ओर जो किले देख रहे हो उनमें से किसी न किसी पर कब्ज़ा करके बहादुरी और नेकनामी हासिल करोगे। खैर, अभी तुम मेरे घर चलकर आराम करो, और बातें फिर होंगी।'

## 8

उन दिनों मझगांव में अमीर और अफ़सर अंग्रेज़ों की कोठियां बसी थीं। यहां पर कर्नल मूर एक उम्दा फ़्लैट में शान से रहता था। वह अकेला था और उसकी सेवा में अनेक हिन्दुस्तानी नौकर थे। वह एक शानदार अफ़सर था और शान से रहता था। उसने घर का सबसे बढ़िया सजा हुआ कमरा अपने मेहमान को दिया और शीघ्र ही ब्रेकफ़ास्ट चुनने का आर्डर बैरा को दिया।

ब्रेकफ़ास्ट की टेबल पर शाही भोजन तैयार था। रैड एण्ड व्हाइट की शराब, जो उस समय अमीर ही पी सकते थे, टेबल पर सजी थी। इसके अतिरिक्त अनेक जाति की स्वादिष्ट मछलियां थीं। एक प्लेट में पम्फ्रेट मछली थी जिसे ऊंचे तबके के खाने के शौकीन अंग्रेज़ बहुत ही पसन्द करते थे। स्वाच सालमन की प्लेटें भी थीं जो यहां बम्बई में काफ़ी महंगी मछली थी। प्रान मछली की स्वादिष्ट करी की उम्दा डिशें तैयार की गयी थीं। दोनों दोस्त प्रसन्न होकर ब्रेकफ़ास्ट का आनन्द ले रहे थे। आगन्तुक तरुण को लम्बे जहाज़ी सफ़र के बाद, जहां सूखा मांस और मछलियां सीमित मात्रा में मिलती थीं, यह स्वादिष्ट और ताज़ा भोजन बहुत ही प्रिय और आनन्ददायक प्रतीत हो रहा था।

ब्रेकफ़ास्ट से फ़ारिग होकर दोनों दोस्त गप्पें लड़ाने बैठ गए। कर्नल मूर ने आज की छुट्टी ली हुई थी। वह खुशमिज़ाज और अच्छे विचार का तरुण था। अपनी मुस्तैदी और अच्छे स्वभाव के कारण ही वह थोड़े ही समय में ऊंचे पद पर पहुंच चुका था।

खिदमतगार हुक्का रख गया। आगन्तुक तरुण ने पूछा–

'यह क्या बला है?'

'यह हबल-बबल है, हिन्दुस्तानी लोग इसे हुक्का कहते हैं। यह वास्तव में स्मोकिंग मशीन है। मज़ा आता है इसमें तम्बाखू पीने में। देखो पीकर।'

कप्तान मूर ने खुद कश लगाया। जब पानी में गुड़गुड़ाहट उठी तो आगन्तुक तरुण हंसने लगा। मूर ने कहा, 'धुआं पानी में से होकर आता है। तुम्हें शायद पसन्द न हो, इसलिए मैंने तुम्हारे लिए साउथ इण्डिया से चुरुट मंगा लिए हैं।' उसने मेज़ की दराज़ से चुरुट निकालकर टेबल पर रख दिए।

नवागन्तुक तरुण ने कहा, 'धन्यवाद, कैप्टन मूर, मैं हबल-बबल को ही पसन्द करूंगा।'

'तो शौक से पीओ दोस्त, यह मज़ेदार चीज़ है।'

'लेकिन कैप्टन, मैंने हारबर पर एक अजीब बात देखी। यह क्या बात है?'

'क्या देखा?'

'बहुत लोग खून थूक रहे थे। क्या यह इन नेटिव लोगों की आम बीमारी है?'

'नहीं मेरे दोस्त, वे पान चबाते हैं। पान का एक पत्ता होता है, उसमें वे कुछ मसाला डालते हैं। यहां पान चबाने का आम रिवाज़ है।'

'क्या यूरोपीय भी पान चबाते हैं?'

'नहीं। मैंने एक बार चबाया तो सिर चकरा गया। तौबा-तौबा। शौक हो तो मंगा दूं?'

'खुदा बचाए। हां, यहां के कुछ हाल-चाल तो बताइए। इस मुल्क में क्या रंग है?'

'ओह, बम्बई के आस-पास का समूचा इलाका और मध्यभारत तक अराजकता से भरा है। गोया चौतरफ़ा सिविल वार छिड़ी है। मुल्क के इस छोर से उस छोर तक पिण्डारी छाए हुए हैं। जो सालहा-साल से मुल्क में बदअमनी फैला रहे हैं। मुल्क के अमीर-गरीब सभी उनके नाम से कांपते हैं। वे न किसी राजा की आन मानते हैं न अदल। झुंड-झुंड हथियारबन्द गिरोह बनाकर घूमते रहते हैं। गांवों को जलाते हैं। अमीरों को घरों से उठा ले जाते हैं, और बड़ी-बड़ी रकम लेकर छोड़ते हैं। रकम न मिलने पर जान से मार डालते हैं। अब ऑनरेबुल कम्पनी के गवर्नर-जनरल लॉर्ड हेस्टिंग्ज़ ने इनका सफ़ाया करने का बीड़ा उठाया है, और इसके लिए उन्होंने एक लाख सेना तैयार की है। प्रकट में पेशवा और मराठे भी इस अभियान में अंग्रेज़ों का साथ दे रहे हैं, पर हकीकत यह है कि वे स्वयं परस्पर भी लड़ रहे हैं और ब्रिटिश लोगों से भी लड़ने को तैयार बैठे हैं। इसके अतिरिक्त पेशवा बाजीराव मन से अंग्रेज़ों का दुश्मन है, वह सन्धि भंग करने पर तुला बैठा है। अब सुना है कि वह पिण्डारियों का दमन करने के बहाने अंग्रेज़ों

के विरुद्ध सेना-संग्रह कर रहा है। खैर, अब अपनी कहो—क्या इरादा है?'

'क्या कहूं, आज ही मैं यहां आया हूं और अभी से मेरी तबियत ऊब रही है।'

'इसमें आश्चर्य की क्या बात है। हकीकत में बम्बई किसी भी फ़ैशनेबल यूरोपियन के लिए एकदम नीरस जगह है। कोई अंग्रेज़ यहां देर तक नहीं रह सकता। न यहां जीवन की रंगीनी है, एकदम मुर्दा जगह है। इसके अतिरिक्त यहां की आबोहवा भी एकदम आदमी की एनर्जी और शक्ति को खत्म कर रही है।'

'लेकिन कैप्टन, तुम तो अच्छे तगड़े बने हुए हो। बम्बई की खराब आबोहवा का तुम पर कुछ भी असर नहीं दीख रहा।'

'मैं बहुत सावधानी से रहता हूं। मुझे यहां रहना पड़ता है। पर यह भी कोई ज़िन्दगी है कि मौज़-मज़ा से दूर एक ब्राह्मण की तरह रूखी-सूखी ज़िन्दगी काट दी जाए।'

तरुण हंस दिया। उसने कहा, 'फिर भी मेरे सामने कैप्टन मूर और सर एलफिंस्टन के अनुकूल उदाहरण हैं, जिन्होंने भारत में आकर अपने जीवन का ध्येय पूरा किया है। क्यों न मेरे जैसा तरुण उनके उदाहरण से साहस और उत्साह ग्रहण करे। ज्यों ही मैंने भारत आने का इरादा किया, तभी मैंने सुना कि भारत में भेजे जाने के लिए अच्छे तरुणों की आवश्यकता है। बस, शीघ्र ही डायरेक्टरों के कोर्ट के सम्मुख पेश हुआ, और वहां से अनुमति पत्र पाकर जब मैं इण्डिया आफ़िस गया तो मेरा नाम तुरन्त यूरोपियन रेज़ीमेंट के केडेटशिप में दर्ज कर लिया गया। मैंने नियमानुसार शपथ ग्रहण की, और चूंकि लंदन में भी निकट भविष्य में होने वाली लड़ाई की चर्चा गर्म है इसलिए सर्वप्रथम जहाज़ से जो यूरोपियन इन्फेन्ट्री की रेज़ीमेंट आ रही थी, उसी में मुझे भी कैप्टन डिक्सन की कमांड में भेज दिया गया।'

'तो तुम ठीक वक्त पर आए हो, मेरे दोस्त। यहां तुम्हें ज़्यादा देर सुस्त बैठे रहकर ऊबना न पड़ेगा। क्योंकि आज सुबह ही माउण्ट स्टुअर्ट एलफिंस्टन का पूना से डिस्पैच आया है, जिसमें ताकीद की गयी है कि तुम्हारी कम्पनी ज्यों ही भारत भूमि पर कदम रखे, उसे तुरन्त ही तेज़ी से पूना रवाना कर दिया जाए। मेजर विल्सन की कमांड में तुम जा रहे हो, मेरे दोस्त, जो बड़े मेहरबान अफ़सर हैं। मैं आज रात ही को तुम्हारी उनसे मुलाकात करा दूंगा, क्योंकि कल सुबह ही तुम्हें कूच करना होगा।'

'यद्यपि मैं थका हुआ हूं और मुझे अभी आराम की ज़रूरत है पर मैं तुरन्त ही सफ़र को तैयार हूं। मैं चाहता हूं जब तक हिन्दुस्तान की वाहियात जलवायु मेरी तबियत को सुस्त और निकम्मा कर दे, उससे प्रथम ही मैं अपनी तलवार के जौहर दिखा सकूं।'

'बेशक, बेशक। किन्तु क्या तुम्हें जहाज़ की यात्रा में बहुत तकलीफ़ हुई?'

'आह, बहुत कैप्टन, यद्यपि हम तेज़ चाल से चले, परन्तु राह में रुकना पड़ा। हमने मई के अन्त में लन्दन छोड़ा था, और अब आज अक्तूबर की चौथी तारीख है। हमें चार महीने से अधिक लग गए।'

'तो क्या मौसम ज़्यादा खराब रहा?'

'ओह, बहुत ही खराब! फिर सैनिक अभियान। पीने का पानी बहुत ही खराब। सीले हुए बिस्कुट। बस, समुद्री वायु की ताज़गी नाम लेने-भर को कही जा सकती थी,

पर वह भी खार के कूड़ा-कर्कट की गंध से परिपूर्ण। परन्तु मैंने एक काम बुद्धिमानी का किया।'

'क्या?'

'मैंने जहाज़ पर ही मराठी और दूसरी हिन्दुस्तानी भाषाएं कुछ-कुछ बोलनी सीख ली हैं, जो निस्संदेह यहां बहुत काम आएंगी।'

'ओह, निस्संदेह यह तुमने अच्छा काम किया! तो अब तुम थोड़ा आराम करो, दोस्त। शाम को मैं तुम्हें मेजर विल्सन से मिलाऊंगा और सुबह तुम्हारा कूच होगा।'

## 9

पूना में इन दिनों भारी सरगर्मी थी। मराठों की हथियारबन्द टुकड़ियां जत्थाबन्द बाज़ारों और गली-कूचों में चक्कर काट रही थीं। वे अंग्रेज़ों के विरुद्ध ज़ोर-ज़ोर के नारे लगा रही थीं। दुकानदार अपने आगे नंगी तलवार रखकर सौदा-सुलफ तोल रहे थे। कारीगर एक हाथ में तलवार और एक हाथ में औज़ार लिए काम कर रहे थे। सबसे अधिक भीड़-भाड़ शिवमन्दिर के आगे तालाब के किनारे पर थी, जिसमें बड़े-बड़े कमल खिल रहे थे।

नयी ब्रिटिश सेना के आने से नगर में और भी उत्तेजना फैल गयी थी।

नवागंतुक तरुण का नाम जान हेनरी था। तीसरे पहर वह सातवीं रेज़ीमेंट के देशी इन्फेण्ट्री के एक सिपाही को साथ लेकर नगर घूमने निकला। दोनों घोड़ों पर सवार थे और सीधे बढ़े चले जा रहे थे। उन्होंने देखा, अनेक क्रुद्ध दृष्टियां उन पर पड़ रही हैं, और लोग उन्हें देखकर भाँति-भाँति के कटु शब्द कह रहे हैं। तरुण को अपनी भूल शीघ्र मालूम हो गयी। परन्तु अब लौटने का उपाय नहीं था। वह एक लम्बा चक्कर काटकर बाहर ही बाहर से अंग्रेज़ी छावनी में जाना चाहता था।

दोनों ने अपने घोड़े बढ़ा दिए। पर अब अंधकार तेज़ी से फैलता जा रहा था, और शायद वे रास्ता भूल गए थे। सूरज छिप गया था। कई बार ऐसा हुआ कि कोई मराठा सवार उसे धक्का देता हुआ निकल गया। पर अभी किसी ने उस पर हमला नहीं किया था। उसी समय उसके कान में ये शब्द पड़े, 'यदि साहब, अपनी जानो-माल की खैर चाहता है तो चुपचाप मेरे पीछे चला आए।' तरुण ने चौकन्ना होकर देखा, एक मनुष्य-मूर्ति कपड़े से अपना मुख और शरीर छिपाए तेज़ी से एक गली में मुड़ गयी। किसी अज्ञात प्रेरणा से प्रेरित होकर तरुण ने भी अपना घोड़ा उसके पीछे मोड़ लिया। कुछ देर तक वे तेज़ी से आगे बढ़ते गए, पर ज्यों-ज्यों वे आगे बढ़ते गए, गली तंग और अंधेरी होती गयी। तरुण ने अपने साथी को तुरन्त घोड़ा रोकने और वापस लौटने की आज्ञा दी। पर इस पर वही मूर्ति फिर रुकी। और उसने कहा, 'खबरदार, अगर लौटे तो जान नहीं बचेगी।' इस पर साहस करके तरुण उस अज्ञात पुरुष के पीछे फिर चलने लगा। वह पुरुष पैदल था, पर वह घोड़े से भी तेज़ चला जा रहा था। तरुण यह जानने की चेष्टा ज़रूर कर रहा था कि यह कौन-सा स्थान है। अन्त में एक मकान के द्वार पर वह रुक गया। द्वार छोटा-सा था, पर दीवारें बहुत ऊंची-ऊंची थीं। वह द्वार

खोल ही रहा था कि तरुण ने तलवार नंगी करके उसकी गर्दन पर रखकर कहा, 'तू कौन है, और यहां मुझे किस मतलब से लाया है?'

परन्तु वह व्यक्ति कुछ भी उत्तर न देकर लोमड़ी की भाँति फुर्ती से मकान में घुसकर गायब हो गया।

तरुण क्षण-भर रुका। फिर अपना घोड़ा अपने साथी सिपाही के सुपुर्द कर नंगी तलवार हाथ में लिए द्वार के भीतर घुस गया। उसने देखा, भीतर खुला मैदान है, मैदान में खुशनुमा बाग है। भाँति-भाँति के फूल खिले हैं और उनकी सुगन्ध से भरे हवा के झोंके मस्ती ला रहे हैं। परन्तु उस आदमी का कहीं पता न था। वह सामने के वृक्षों के झुरमुट में जाकर गायब हो गया था। क्षण-भर वह तरुण वहां खड़ा रहा और फिर द्वार की ओर लौटा। पर यह देखकर उसका खून ठंडा हो गया कि वहां दो पुरुष हाथ में नंगी तलवारें लिए राह रोके खड़े थे। उसने पुकारकर अपने साथी सिपाही से कहा कि भागकर अपनी जान बचाए। और फिर उन आदमियों की ओर घूमकर कहा—

'मुझे यहां रोक रखने का तुम्हारा क्या अभिप्राय है?'

'तुम्हीं कहो कि तुम किस इरादे से यहां घुस आए हो?'

'यह मैं खुद नहीं जानता।'

'तो तुम यह भी नहीं जानते होगे कि तुम कौन हो!'

'मैं ब्रिटिश ट्रूप का एक अफ़सर हूं।'

'तब तो पक्के जासूस हो। तुम्हारा सिर अभी काटा जाएगा।'

'क्या मैंने यहां डाका डाला है?'

'तुम श्रीमन्त पेशवा सरकार के विश्रामबाग महल में घुस आए हो। यह इतना बड़ा अपराध है कि तुम्हारा अभी श्रीमन्त की आज्ञा से सिर काट लिया जाएगा।'

बेचारा नवागन्तुक तरुण अंग्रेज़ घबराकर आंखें फाड़-फाड़कर उन दोनों राजपुरुषों को देखने लगा, जिनके हथियार और कीमती वस्त्र अब दूर से आते हुए प्रकाश में चमक रहे थे। उसने मन ही मन कहा—क्या यह पेशवा सरकार का महल है, जिसके संकेत पर ही दक्षिण का संग्राम और सन्धि निर्भर है। फिर वह बोला, 'मुझे इस बात का पता न था।'

उसने सारी बात ब्योरेवार कह दी।

तब उन पुरुषों ने सलाह करके कहा—

'तुम्हें अभी श्रीमन्त पेशवा सरकार के रूबरू चलना पड़ेगा।' वे उसे तलवार की नोक पर उस दिशा की ओर ले गए, जिधर महलात दीख रहे थे और जहां से तेज़ प्रकाश छन-छनकर चारों ओर बिखर रहा था।

पेशवा दरबार हाल के बीचोंबीच मसनद पर बैठा था। सफ़ेद मलमल की गद्दी और मसनद पर चिकन ज़रदोज़ी का निहायत नफीस काम हो रहा था। गद्दी पर रंगीन विलायती साटन का चंदोवा तना था, जो सोने के खम्भों पर टंका था। चंदोवे पर चांदी-सोने के तारों का भव्य कसीदे का काम किया गया था। श्रीमन्त पेशवा एक

महीन ढाके की मलमल की पोशाक धारण किए हुए था। उसके मण्डील पर एक बहुमूल्य हीरे की कलगी धक्-धक् शुक्र नक्षत्र की भाँति चमक रही थी, जिसका मूल्य आंखों से आंकना सम्भव न था। उसके कंठ में बड़े-बड़े मोतियों का एक हार था, जिसके बीच में याकूत और पन्ने का वजनी कण्ठमाल था। पेशवा अत्यन्त सुन्दर और गौरवपूर्ण पुरुष था। पैरों में उसने जूता नहीं पहना हुआ था। उसके पैर छोटे थे। वास्तव में वह एक अत्यन्त सुकुमार पुरुष था, जो किसी प्रकार के कष्ट सहने को नहीं बनाया गया था।

पेशवा के सम्मुख तनिक हटकर पेशवा के प्रधान सेनापति मोरो दीक्षित और बापू गोखले खड़े थे। दोनों शस्त्र-सज्जित और मुस्तैद थे।

तरुण को बापूजी गोखले और मोरो दीक्षित के बीच ले जाकर खड़ा कर दिया गया। जो सरदार उसे गिरफ्तार कर लाए थे, उन्होंने संक्षेप में सब हकीकत बापू गोखले से कह दी।

पेशवा ने मुस्कुराकर कहा, 'यह कौन आदमी है?'

'श्रीमन्त, इसे विश्रामबाग के भीतर पाया गया है।'

'क्या इसके पास कोई संदिग्ध वस्तु भी पाई गयी?'

'नहीं, श्रीमन्त!'

'तो यह कहे कि इसके इस प्रकार विश्रामबाग में अनधिकार प्रवेश का क्या कारण है?'

इस पर तरुण ने शुद्ध अंग्रेज़ी भाषा में कहा–

'योर हाईनेस, भूल से मैं आ गया हूं। मेरा अपराध क्षमा हो।'

'यह तो एक सुशील तरुण है। क्या यह कोई भारतीय भाषा भी जानता है?'

'श्रीमन्त, मैं टूटी-फूटी मराठी बोल सकता हूं।'

'तुम भारत में कितने दिन से हो?'

'आज ही मैं पूना आया हूं श्रीमन्त, नयी ब्रिटिश रेज़ीमेंट के साथ भारत में आए भी मुझे अभी पूरा एक सप्ताह नहीं हुआ।'

'तुम क्या यूरोप की अन्य भाषाएं भी जानते हो?'

'फ्रेंच और स्पेनिश जानता हूं, सरकार।'

'क्या तुम हमारी सरकार में वफादारी से नौकरी करोगे?'

'योर हाईनेस, मैं ऑनरेबुल कम्पनी का अनुगत और वफादार सेवक हूं, इसलिए मैं श्रीमन्त की आज्ञा-पालन करने में असमर्थ हूं।'

पेशवा क्षणभर चुप रहा। फिर उसने बिना तरुण की ओर देखे ही कहा, 'इसे हमारे हुज़ूर से ले जाओ, और एलफिंस्टन के सुपुर्द कर दो। साथ ही सारी हकीकत भी लिख दो।'

तरुण को उन्हीं दोनों अफ़सरों ने अपनी तलवार की छाया में ले लिया और उसे ले चले।

10 पिंडारी दक्षिण भारत की पठान जाति थी।

शिवाजी के समय से लेकर उन्नीसवीं शताब्दी के आरम्भ तक मराठों की सेना में पिंडारियों का एक खास महत्त्व था। ये लोग अधिकतर नर्मदा के किनारे रहते थे, जहां होल्कर और सिंधिया दरबार की ओर से उन्हें ज़मीनें दी हुई थीं। शान्तिकाल में ये खेती-बाड़ी करते या टट्टू और बैलों पर माल लाद कर बेचते फिरते थे। लड़ाई के समय मराठा-सेना में भर्ती होकर लड़ते थे। पिंडारी वीर, ईमानदार और वफादार होते थे। इनके पृथक्-पृथक् जत्थे होते थे, जो 'दुर्रे' या 'लब्बर' कहलाते थे, जो परस्पर संगठित होते थे। ये बड़े शहसवार और कठिन योद्धा होते थे। मराठों और औरंगज़ेब के बीच युद्धों में इन्होंने बड़ी भारी वीरता और फर्माबर्दारी दिखाई थी। नसरू पिंडारी शिवाजी का एक विश्वस्त जमादार था। उन दिनों एक दूसरा पिंडारी सरदार सेनापति पुनापा मराठों का भारी मददगार था। पेशवा बाजीराव प्रथम ने अधिकतर पिंडारियों की मदद से मालवा विजय किया था। इसके बाद भी होल्कर और सिंधिया की सेना में पिंडारियों के अनेक दुर्रे और लब्बर थे। हीराखां पिंडारी और तुरानखां पिंडारी, माधोजी सिंधिया के विश्वस्त सेनापति थे। पिंडारी सरदार चीतू को उसकी सेवाओं के उपलक्ष्य में महाराज दौलतराव सिंधिया ने नवाब की उपाधि दी थी। एक दूसरे पिंडारी, सरदार करीमखां को भी उन्होंने नवाब बनाया था। पानीपत की तीसरी लड़ाई में पिंडारी सरदार हूलसवार ने पन्द्रह हज़ार सवार लेकर मराठों के साथ प्राण त्यागे थे।

मराठों और मुसलमानों के बीच कभी वैमनस्य न रहा था। दोनों ही मराठी बोलते तथा दोनों के रीति-रिवाज़ भी प्रायः एक से ही रहते थे। सिंधिया और अन्य मराठा नरेशों के सेनापति प्रायः मुसलमान होते थे। शान्तिकाल में ये खेती-बाड़ी और वाणिज्य-व्यापार करते थे, युद्ध छिड़ने पर अपने घोड़े और हथियार लेकर मराठा दरबारों की मदद को पहुंच जाते थे। होल्कर राज्य के पिंडारी होल्करशाही और सिंधिया सरकार के सिंधियाशाही कहलाते थे।

जब ईस्ट इण्डिया सरकार ने सबसीडियरी सेना का जाल बिछाकर सिंधिया, होल्कर और पूना दरबार को फांस लिया, तो ये बेचारे पिंडारी असहाय हो गए। अब इनका कोई सैनिक उपयोग मराठा दरबार न कर सकते थे। खेती-क्यारी की आय यथेष्ट न थी। खासकर वे प्रकृत सिपाहीपेशा लोग थे। अब पिंडारियों के दल लावारिस सैनिक टुकड़ियों की भाँति समूचे मध्यभारत में घूमते-फिरते थे। जो चाहे उनकी सेवाएं खरीद सकता था। अंग्रेज़ों की नज़र पहले ही उनकी ओर थी। उन्हीं के कौशल से ये मराठा दरबार से निराश्रय हुए थे। उन्होंने गुप्त रीति से उनकी सेवाओं का उपयोग करना आरम्भ किया और उन्हें धन का लालच और बड़ी-बड़ी रकमें देकर उन्हें जयपुर आदि राजपूत रियासतों में, और बाद में मराठा रियासतों में भी लूटमार करने को आमादा कर दिया। देखते-देखते ही पिंडारियों का आतंक सारे राजस्थान और मध्यभारत में छा गया। अब वे स्वेच्छा से ही दल बनाकर गांवों को लूटने और वहां से लोगों को पकड़ ले जाने लगे—जिन्हें वे बड़ी-बड़ी रकमें लेकर छोड़ते थे। धीरे-धीरे पिंडारियों के ये जत्थे अंग्रेज़ों की शक्ति के बाहर होने लगे। और एक बार मेजर फ्रेज़र ने उनके एक जत्थे पर आक्रमण भी कर दिया, जिससे क्रुद्ध होकर पिंडारियों ने कृष्णा नदी के किनारे-किनारे समस्त अंग्रेज़ी इलाकों में अंधेरगर्दी मचा दी।

इस समय तक भी कम्पनी के इलाकों के अधिकारियों की अपेक्षा देशी राज्यों के अधिवासी अधिक सम्पन्न और खुशहाल थे। चोरी और डकैती के लिए भी वहां कठोर दण्ड दिया जाता था। परन्तु अंग्रेज़ी अमलदारी में डाकुओं को दण्ड देना अथवा उनसे प्रजा की रक्षा करना अंग्रेज़ शासकों की नीति के ही विरुद्ध था। भारतीय प्रजा इस तरह की आपत्तियों में फंसी रहकर पूर्णतः निरीह और निराश्रय बन जाए, इसी में अंग्रेज़ों को अपनी कुशल दीख रही थी। प्रजा की जान-माल की रक्षा करने की उन्हें कुछ आवश्यकता न थी। उनके लिए आवश्यक था कि प्रजा को दबाए रखें, जिससे वह उनके विरुद्ध विद्रोह न कर सके। प्रजा को लगातार आपत्तियों में फंसाए रखना और उसे खुशहाल और निश्चिन्त न होने देना, उस समय अंग्रेज़ों की शासन-नीति थी। लॉर्ड कार्नवालिस ने जो शासन-सुधार किए थे, उनका मुख्य उद्देश्य भी भारतीय प्रजा में निरन्तर आपसी झगड़े कायम रखना ही था। और यही उन सुधारों का परिणाम हुआ भी। इस समय अंग्रेज़ कर्मचारी, कारीगरों और व्यापारियों से मनमाने ढंग पर माल खरीदने और माल तैयार कराने में तो निर्दय अत्याचार करते ही थे; लगान की वसूली और दूसरे कर ग्रहण करने में भी वे ऐसे अत्याचार करते थे, जो रोमांचकारी होते थे। इसके अतिरिक्त सांसिए, हाबूड़ और कंजरों के छोटे-छोटे दल निर्भय गांवों में घुसकर उन्हें लूट लेते, लोगों को कत्ल कर देते और गांवों में आग लगा देते थे। उनकी कोई दादफर्याद सरकारी अमलदार नहीं सुनते थे, इसी से कम्पनी के राज्य की वृद्धि के साथ-साथ इन खानाबदोश डाकुओं के संगठन भी दृढ़ होते जा रहे थे। इस समय दिल्ली, मेरठ, सहारनपुर और उसके आस-पास पचास मील तक का इलाका इन डकैतों की दया पर छोड़ा हुआ था।

## 11

इस समय पचास हज़ार से भी अधिक पिंडारी छोटी-बड़ी टुकड़ियों में अनुशासनविहीन लूटमार करके आतंक फैलाते फिर रहे थे। अंग्रेज़ों के लिए उनका दबाना असह्य था। वे उन्हें दबाने के बहाने अपना सैन्य-संग्रह करते जा रहे थे। पर वास्तव में यह सैन्य-संग्रह दक्षिण से पेशवा के तख्त को उलटने के लिए था। उधर पेशवा भी दबादब सेना संग्रह कर रहा था। कहा जाता था कि पिंडारियों के दमन के लिए वह अंग्रेज़ों की मदद करने के लिए यह सैन्य-संग्रह कर रहा है। वास्तव में दोनों ओर से कूटनीतिक चालें चली जा रही थीं। पेशवा समझ गया था कि अब नहीं तो फिर कभी नहीं। और अंग्रेज़ समझ गया था कि यही अन्तिम दांव है। अब उन्हें यह भय साफ़ दीख रहा था कि यदि ये दुर्दम पिंडारी मराठा-शक्ति से मिल गए तो फिर अंग्रेज़ों का निस्तार नहीं है। मराठों के दलबादल प्रतिहिंसा की आग मन में लिए बैठे थे। पेशवा का अपमान वे किसी भी हालत में नहीं सह सकते थे। पेशवा के साथ छल-कपट का जो व्यवहार किया गया था, उससे वह खीझ गया था और अब वह पूना लौट आया था। तेज़ी से मराठा तलवारें उसकी कमान में एकत्रित होती जा रही थीं, और जब से पेशवा पूना में लौटकर आया था, पूना की समृद्धि बढ़ाने के लिए उसने पूना के आस-पास के प्रदेश के सब प्रकार के टैक्स माफ़ कर दिए थे। उसने कोतवाल का पद तक उड़ा

दिया था, और इस बात की कड़ी नज़र रखी थी कि कोई राजकर्मचारी प्रजा के साथ ज़बरदस्ती न करे। यद्यपि हाल ही में पूना में अंग्रेज़ तबाही ला चुके थे, लूट और अकाल से भी पूना बुरी तरह क्षतिग्रस्त हो चुका था, परन्तु इस समय पूना शहर निहायत खुशहाल दिखाई दे रहा था। तमाम मुख्य-मुख्य गलियों और बाज़ारों में इस तरह के लोग भरे हुए थे, जिनकी पोशाक और सूरतों से प्रतीत होता था कि जितना आराम, सुख और व्यापार या दस्तकारियां वहां थीं, उतनी यूरोप के किसी शहर में भी न थीं। चारों ओर खुशहाली और सम्पन्नता का दृश्य दिखाई देता था।

इस समय तमाम मराठा-साम्राज्य की सीमाओं को घेरकर एक लाख तीस हज़ार अंग्रेज़ सेना सन्नद्ध हो रही थी। स्पष्ट था कि यह विशाल तैयारी केवल पिंडारियों के दमन के लिए न थी।

यदि आप तत्कालीन भारत के नक्शे की ओर ध्यान दें, तो आप देखेंगे कि कृष्णा नदी और गंगा नदी के बीच बहुत लम्बा-चौड़ा भू-भाग है। इसके बाद दक्षिण-पश्चिम में पूना से लेकर उत्तर-पूर्व में कानपुर तक का विशाल भूखंड है। अब आप इन दोनों विशाल भूखंडों तथा इनके बीच की देशी रियासतों पर दृष्टि डालिए। और तब कल्पना कीजिए अंग्रेज़ों की चमू की, जो तीनों बड़े-बड़े प्रांतों में चुनी गयी थी तथा जो उत्तर भारत और दक्षिण पथ को घेरती हुई, पिंडारी जत्थों और देशी रियासतों को अपने में समेटती हुई, इस विस्तृत भू-भाग के ऊपर फैलती आ रही थी। हकीकत ऐसी थी मानो एक ज़बरदस्त शिकारी इस समय भारत के राजा-महाराजाओं का ज़बरदस्त शिकार करता जा रहा है। वास्तव में बहुत दिनों तक विश्राम कर लेने के बाद अब अपनी समस्त विशाल सैनिक शक्तियों को लगाकर अंग्रेज़ देशी रियासतों को पृथ्वी पर से मिटा डालने का एक व्यापक प्रयत्न कर रहे थे और भारत के राजे-महाराजे अभी बेखबर सो रहे थे।

किन्तु मराठे जाग उठे थे। वे बेचैन तो पहले से ही थे, अब सशंक हो गए थे। पेशवा और बरार के राजा ने देखा कि ये ज़बर्दस्त सैनिक तैयारियां केवल पिंडारियों के दमन के लिए नहीं हैं। स्वयं गवर्नर-जनरल जिस युद्ध का संचालन कर रहा है उसका प्रकट उद्देश्य चाहे जो बताया जाए, अन्त में यह युद्ध मराठा सामर्थ्य को चकनाचूर करेगा।

बड़े-बड़े अंग्रेज़ अफ़सर गुप्त पत्र-व्यवहार कर रहे थे। अंग्रेज़ी छावनियों में इसी विषय के विवाद छिड़ रहे थे। राजनीतिक धुरीण पुरुष कौंसिल की बैठकों में इसी विषय पर गम्भीर चर्चाएं चलाते थे, सिपाही लोग अपने हथियार साफ़ करते हुए खुशी-खुशी अपनी अटकलें लगाते और पेशीनगोइयां करते थे। अंग्रेज़ शायद यह सोचते थे कि वे जब अपनी तोपों में गोले भरकर, उनके मुंह पर बारूद रखकर जलता हुआ पलीता हाथ में लिए खड़े होंगे, तो तमाम दुनिया अपनी तोपें उतारकर अलग रख देगी!

सन् 1817 की गर्मी और पतझड़ के दिन थे, जब अंग्रेज़ी सेनाएं अपनी-अपनी जगह जमा हुईं। चौंतीस हज़ार सवारों की एक ज़बर्दस्त सेना स्वयं लॉर्ड हेस्टिंग्ज़ के नेतृत्व में संगठित हुई। इस सेना के तीन डिवीज़न किए गए। कुछ सेना बचाकर रिज़र्व में रखी गयी। तीनों डिवीज़नों में एक आगरा में, दूसरी कालपी के निकट जमना के किनारे सिकन्दरे में और तीसरी कालिंजर बुन्देलखंड में। शेष रिज़र्व पल्टन दिल्ली के

दक्षिण-पश्चिम रिवाड़ी गांव में नियुक्त की गयी।

दक्षिण की सेना में सत्तावन हज़ार स्थायी सैनिक थे। इसकी कमान लेफ्टिनेंट जनरल सर टामस हिसलम के अधीन दी गयी। यह सेना पांच डिवीज़नों और एक रिज़र्व में बांट दी गयी। इस सेना की स्थिति ऐसी रखी गयी कि हिदिया और होशंगाबाद के रास्ते तमाम सेना एक साथ नर्मदा पार कर बरार और खान देश के इलाके पर कब्ज़ा कर सके और आवश्यकतानुसार काम आ सके।

गुजरात से एक डिवीज़न सेना दोहद के रास्ते मालवा में प्रवेश करने के लिए नियुक्त की गयी।

इससे पूर्व इतनी विशाल सैनिक तैयारियां अंग्रेज़ों ने कभी नहीं की थीं। बाज़ाब्ता इस विशाल सेना के अतिरिक्त तेईस हज़ार अस्थायी सवार थे, जिनमें तेरह हज़ार दखन की सेना के साथ थे और दस हज़ार पश्चिम बंगाल की सेना के साथ।

इस भारी सैन्य शक्ति का उद्देश्य समस्त मराठा-मंडल की रियासतों के स्वाधीन अस्तित्व को सदा के लिए उखाड़ फेंकना था।

बस, अब एक चिनगारी गिरने की देर थी।

## 12

अब अंग्रेज़ भारत के एक बहुत बड़े भाग को अधिकृत कर चुके थे। अधिकार का जो अंश शेष था, उसकी पूर्ति में रुकावट करने वाली शक्तियां अब मानो नष्ट हो चुकी थीं या इतनी कमज़ोर हो गयी थीं कि उन्हें शत्रु की श्रेणी में गिना ही नहीं जा सकता था। राजनीतिक दृष्टि से मुगल बादशाह एकदम गया-बीता हो चुका था। उत्तर दिशा से आने वाले संकटों को लॉर्ड मिण्टो ने पंजाब, सिंध और ईरान से सन्धि करके रोक दिया था। दो वर्ष लोहा चलाकर नेपाल को भी अनुगत बना लिया गया था। अब तो अंग्रेज़ों के सामने एक ही दीवार खड़ी रह गयी थी, वह थी मराठों की सन्धि-शक्ति, जो चोट पर चोट खाकर जर्जर हो चुकी थी पर ढही न थी। अंग्रेज़ अब उसे एकदम ढहा देने पर तुले हुए थे। इसलिए अब अंग्रेज़ मराठा-संघ का सर्वनाश करके एकदम भारत के स्वामी होने को उतावले हो रहे थे।

बाजीराव प्रथम के ही काल में मराठा-संघ बिखरने लगा था। पहले पेशवा के घर में फूट पड़ी, फिर वह धीरे-धीरे सामंतों में फैल गयी। मराठा-संघ के चारों स्तंभ सिंधिया, होल्कर, गायकवाड़ और भोंसले लगभग स्वतन्त्र शासक बनकर पेशवा का शिकार करने के लिए आपस में लड़ते रहे। इस गृह-फूट का यह परिणाम हुआ कि संघ के सभी सदस्य एक-एक करके अंग्रेज़ों के चंगुल में फंस गए और अपनी शक्ति और स्वतन्त्रता खो बैठे।

दुर्भाग्य से पेशवा बाजीराव मराठा-संघ की सबसे दुर्बल कड़ी थी, जिसके कारण वह महाराष्ट्र शक्ति के लिए एक अभिशाप बन गया। वह आकृति में भव्य, बातचीत में शिष्ट, पूजा-पाठ में श्रद्धावान और संस्कृत का पंडित था। वह तलवार का धनी भी था, और पक्का शहसवार भी। परन्तु वह वीर न था। न उसमें संकल्प की दृढ़ता थी,

न इतना साहस कि विपरीत परिस्थितियों में अपने अधिकार को बनाए रख सके। उसकी अधिकार-लिप्सा बहुत बढ़ी हुई थी। वह स्वयं किसी का विश्वास नहीं करता था और न उसका विश्वास किया जा सकता था। वह बिना सोचे-समझे वायदे कर लेता था और साधारण कारणों से भी अत्यन्त नृशंस-क्रूर हो बैठता था। बसीन की सन्धि उसकी अयोग्यता और कायरता का जीता-जागता प्रमाण थी।

बसीन की संधि में उसने यह स्वीकार कर लिया था कि कम्पनी की कुछ पैदल और घुड़सवार सेना तोपखाने के साथ पूना के निकट स्थायी रूप से रहेगी, जिसका कुल खर्चा पेशवा देगा। पेशवा ने इसके खर्चे के लिए सूरत का समृद्ध नगर अंग्रेज़ों के हवाले कर दिया था। उसने निज़ाम और गायकवाड़ पर से अपना स्वामित्व हटा लिया था और अन्य यूरोपियन जातियों व राज्यों से भी सम्बन्ध-विच्छेद कर लिया था। और सब महत्त्वपूर्ण मामलों में अंग्रेज़ी सरकार को मध्यस्थ व निर्णायक स्वीकार कर लिया था। इस प्रकार बसीन संधि संधि न थी, एक प्रकार का आत्मसमर्पण था, जिसने मराठा-राज्य-संघ को निष्प्राण कर दिया था और इसका यह परिणाम हुआ कि अंग्रेज़ मराठा शक्तियों को फांसते और उनका संहार करते रहे और पेशवा बाजीराव कम्पनी की सेना की छत्रछाया में पड़ा ऐश करता रहा।

यदि पेशवा बाजीराव में तनिक भी साहस और राजनीतिक बुद्धि होती, तो वह अंग्रेज़ी सहायता से पूना की गद्दी पर बैठकर भी धीरे-धीरे अपने सामंतों की शक्ति का संगठन कर सकता था और इस प्रकार उभर सकता था। परन्तु वह अपनी सारी शक्ति छोटे-बड़े विरोधी सरदारों से क्रूर बदला लेने में खर्च करता रहा। उसने छोटे-छोटे सरदारों पर इतने अत्याचार किए कि वे सब उसके शत्रु बन गए। उसकी कायरता के कारण उसके सेनापति उससे सन्तुष्ट न थे, न उस पर विश्वास रखते थे। उसके कोष की हालत भी अच्छी न थी। आमदनी के साधन सीमित थे, परन्तु वह अपना सब धन मौज-मज़े में और दान-पुण्य में खर्च कर देता था। जब पूना दरबार की यह हालत थी तो अंग्रेज़ सरकार को इससे अच्छा सुअवसर महाराष्ट्र-संघ को नष्ट करने का और कौन-सा मिल सकता था। इसीलिए उसने अपनी सेना की विराट व्यूह-रचना की, जिसका संकेत हमने पिछले परिच्छेद में किया है।

बाजीराव एक सुखार्थी पुरुष था और वह नहीं चाहता था कि अंग्रेज़ों से कोई झगड़ा हो। क्योंकि वह जानता था कि उसकी गद्दी की रक्षा तो अंग्रेज़ी संगीनें ही कर रही हैं और उन्हीं की छत्रछाया में वह बेफिक्री से मौज-मज़ा कर रहा था। परन्तु अंग्रेज़ों की योजना बिलकुल दृढ़ थी और उन्होंने निश्चय कर लिया था कि पेशवा की गद्दी का समूल नाश कर देना चाहिए।

उन्हें सबसे अधिक पिंडारियों से भय था, जिनकी शक्ति और संगठन अब दुर्दम्य हो चुके थे। उन्हें भय था कि यदि पिंडारियों की समूची शक्ति का मराठा-संघ से सम्बन्ध हो गया, तो फिर अंग्रेज़ों को हिन्दुस्तान में सांस लेने को जगह न मिलेगी। ये पिंडारी भयंकर छापामार थे। वे हवा की तरह एक ही झोंके में विनाश और संहार करके गायब हो जाते और किसी का आन नहीं मानते थे।

दौलतराव सिंधिया एक धूर्त सरदार था। वह एक अवसरवादी और वीर पुरुष था। वह समय पर लड़ता भी था और तरह भी देता था। उसने मराठा सरदारों से अलग होकर अंग्रेज़ों से संधि कर ली, जिसने मराठाशाही के पतन का द्वार खोल दिया। इसके बाद बड़ौदा के आनन्दराव ने अपने को अंग्रेज़ों के हाथ बेच दिया। इस समय माउंट स्टुअर्ट एलफिंस्टन पेशवा के दरबार में अंग्रेज़ों का प्रतिनिधि था जो मार्क्विस ऑफ़ हेस्टिंग्ज़ का दाहिना हाथ था। उसने पेशवा को इस तरह अपने शिकंजे में कसा और उसकी गर्दन दबाकर ज़बरदस्ती सिंहगढ़, पुरन्दर और रायगढ़ के प्रसिद्ध किले हथिया लिए, जिससे मराठा-संघ में उदासी छा गयी और अंग्रेज़ी सरकार के घी के चिराग जल उठे। और उन्हें आशा हुई कि अब मराठा-संघ कुछ ही दिनों का मेहमान है।

अब बाजीराव के चारों ओर एलफिंस्टन के जासूसों का जाल पुरा हुआ था। इस सबसे घबराकर पेशवा एक बार पूना से भाग भी गया, परन्तु सर जान मालकम की सलाह से वह फिर पूना में आकर सेना भर्ती करने लगा। अब वह सावधान हो गया था, परन्तु चूंकि वह दृढ़निश्चयी पुरुष न था, इसलिए उसके प्रत्येक काम ढीले और संदिग्ध रहते थे।

## 13

19 अक्तूबर, सन् 1818 का दिन अत्यन्त महत्त्वपूर्ण था। इस दिन विजयादशमी थी। बहुत दिन बाद बसीन संधि के अवसाद की समाप्ति के चिह्न इस दिन पूना में प्रकट हो रहे थे। पेशवा की आज्ञा से इस बार पूना में विजयादशमी का त्यौहार बड़ी धूमधाम से मनाया गया था। पेशवा ने अपनी सारी सेना की परेड देखने की आज्ञा दी थी। और इस समय सूर्य की प्रातःकालीन धूप में पेशवा के पचास हज़ार योद्धा नया उत्साह और नयी उमंगें लिये अपने-अपने शस्त्र चमकाते हुए और घोड़ों का करतब दिखाते हुए पूना के बाहर मैदान में एकत्रित थे। इस अवसर पर पेशवा ने अपने सब सेनापतियों को चारों ओर से बुला भेजा था।

सेना की पूरी परेड देखने के बाद पेशवा ने बापू गोखले को समूची सेना का अधिपति बना दिया। बापू गोखले का शरीर विशाल, आकृति सुन्दर, रंग गोरा और उठान वीरतापूर्ण थी। वह एक साहसी और दृढ़निश्चयी पुरुष था। इसके साथ ही पेशवा का फर्माबर्दार सेवक और निर्भय योद्धा था। दुर्भाग्य यह था कि उसका स्वामी बाजीराव पेशवा न वीर था, न दूरदर्शी, न बात का धनी।

इस परेड के समय अंग्रेज़ रेज़ीडेंट को नहीं बुलाया गया था। इस समय अंग्रेज़ी सेनाएं चारों ओर से पूना में चली आ रही थीं। मामला संगीन होता जा रहा था। एलफिंस्टन ने गवर्नर-जनरल को एक खरीता भेजा कि पेशवा अंग्रेज़ों के विरुद्ध फ़ौजकशी कर रहा है, तुरन्त अधिक से अधिक अंग्रेज़ी सेना पूना भेज दी जाए।

30 अक्टूबर को बम्बई की आखिरी रेज़ीमेंट अंग्रेज़ों की छावनी में पहुंच गयी और उस दिन शाम को अंग्रेज़ी सेनाओं को जनरल स्मिथ और कर्नल बर्थ की कमांड में शहर से चार मील की दूरी पर खिड़की में युद्ध-सज्जा से तैनात कर दिया गया और

उपयुक्त स्थानों पर छोटी-बड़ी तोपें लगा दी गयीं। पहले जनरल स्मिथ की सेना मैदान में पहुंची और उसके बाद कर्नल बर्थ की सेना उससे आ मिली। उधर सेनापति बापू गोखले अपनी सेनाएं सन्नद्ध कर रहा था, किन्तु दूसरी ओर बाजीराव कभी एलफिंस्टन को और कभी उसके भेजे हुए दूतों को यह विश्वास दिला रहा था कि मैं अंग्रेज़ों से लड़ना नहीं चाहता हूं और मैं उन्हें अपना परम हितैषी समझता हूं।

तीन नवम्बर को एलफिंस्टन ने अपनी लाइट बटैलियन को आज्ञा दी कि वह पूना की ओर आगे बढ़े। जब पेशवा ने यह देखा तो उसने अपनी सेना को सुसज्जित होने की आज्ञा दी। ब्रिटिश रेज़ीमेंट के पास बिठोजी नायक को दूत बनाकर यह संदेश भेजा कि पूना के पास अंग्रेज़ी सेना का जमाव बढ़ता जा रहा है। यह शंकनीय है, और परस्पर समझौते के विरुद्ध भी। इसलिए उचित है कि अंग्रेज़ी बटैलियन की बढ़ी हुई संख्या को कम किया जाए और छावनी का स्थान पेशवा की इच्छानुसार बदल दिया जाए, अन्यथा हमारी दोस्ती समाप्त हो जाएगी।

इस अल्टीमेटम का जवाब अंग्रेज़ी रेज़ीडेंट ने दिया कि अंग्रेज़ी सरकार छावनी में जितनी चाहे सेना रख सकती है, पेशवा को उस पर एतराज करने का कोई हक नहीं। हम लड़ना नहीं चाहते, परन्तु यदि पेशवा की सेनाएं आगे बढ़ेंगी, तो हम जवाबी आक्रमण करने के लिए मज़बूर होंगे।

यह खुली युद्ध-घोषणा थी। इस पर बापू गोखले ने घुड़सवारों का एक बड़ा दल लेकर अंग्रेज़ों की छावनी पर आक्रमण कर दिया। यह देखकर अंग्रेज़ रेज़ीडेंट छावनी छोड़कर पीछे हट गया, और मराठों ने अंग्रेज़ों की छावनी में आग लगा दी। अब खिड़की के मैदान में अंग्रेज़ों की सेना और मराठे आमने-सामने खड़े थे। पेशवा की सेना में बापू गोखले की कमान में अठारह हज़ार घुड़सवार, इतने ही पैदल और चौदह तोपें थीं। अंग्रेज़ों की सेना में पांच हज़ार हिन्दुस्तानी सिपाही और एक हज़ार यूरोपियन सिपाही थे। अब मराठा-राज्य के भाग्य का फ़ैसला इसी क्षेत्र में होने वाला था।

## 14

संगम के पास पूना नगर पर दृष्टि डालनेवाले को इस सुन्दर प्रदेश में सबसे आकर्षक पार्वती पर्वत-शिखर प्रतीत होगा, जहां एक मन्दिर पार्वती का बना हुआ है। सम्भवतः पार्वती के इस प्राचीन मन्दिर के ही कारण इस शिखर को पार्वती का नाम दिया गया हो। पूना नगर की सीमा से कोई छः सौ गज़ के अन्तर पर पूर्व-दक्षिण दिशा में यह पहाड़ी है। इसकी ऊंचाई भी दो सौ फुट से अधिक नहीं है। इसी के नीचे से सिंहगढ़ को एक पथरीली सड़क टेढ़ी-मेढ़ी बल खाती हुई चली गयी है। पहाड़ी के इस शिखर पर से पूना नगर और उसके आस-पास का भव्य दृश्य बड़ा आकर्षक प्रतीत होता है। सामने सिंहगढ़ और तोरन के दुर्ग भी स्पष्ट दीख पड़ते हैं, जिनके साथ पिछले तीन सौ वर्षों का मराठों के उत्थान-पतन का इतिहास भी है। इसके अतिरिक्त दूर तक के मैदान का भाग भी दीख पड़ता है, जिसका मराठा इतिहास से गहरा सम्बन्ध है।

सूर्य धीरे-धीरे ढल रहा था। नवंबर की पांचवीं तारीख थी, जो मराठों की भाग्यरेखा अंकित करने वाली थी। पेशवा बाजीराव पहाड़ी के उत्तरी क्षेत्र पर खड़ा खिड़की के संग्रामस्थल की ओर उत्सुकतापूर्वक देख रहा था, जहां बापूजी गोखले की कमान में उसके पचास हज़ार मराठे उसके संकेत की प्रतीक्षा में तोपों को बत्ती दिखाने खड़े थे। इस समय उसका मुख चिंता और उद्वेग से भरा था। अनेक मराठे सरदार उसके आस-पास चारों ओर उसी भाँति उत्सुक और अस्थिर खड़े थे। पेशवा कभी अपने चरणों में पड़े पूना नगर को, कभी अंग्रेज़ों की विपुल वाहिनी को और कभी अपनी मराठा सेना को देख रहा था, जो धीरे-धीरे खिड़की की ओर अग्रसर हो रही थी। नीचे का सारा विस्तृत मैदान सैनिकों से भर रहा था। यह एक कठिन परीक्षा का क्षण था। यदि खिड़की के संग्राम में मराठों की सेना विजयी होती है तो वह एक बार फिर अपने बिखरे हुए मराठा-संघ को सुगठित कर सकता है। उसमें विवेक था, पर साहस नहीं। वह आरामतलब था, परन्तु यह क्षण उसके कर्मठ होने की परीक्षा का था। वह अभी भी कुछ निर्णय नहीं कर पा रहा था। अनेक बड़े-बड़े सरदार और सैनिक अफ़सर उसे घेरकर चारों ओर खड़े उसकी आज्ञा की प्रतीक्षा कर रहे थे। वातावरण गम्भीर और वर्षोन्मुख बादलों जैसा हो रहा था। वह एक बार दूर तक फैले हुए पूना नगर पर दृष्टि डालता, जहां सुख-समृद्धि और जाहोजलाली के भंडार भरे पड़े थे, जहां उसके बाप-दादों की गद्दी थी। दूसरी ओर वे पहाड़ियां थीं, जहां सिंहगढ़ और तोरन के अजेय दुर्ग खड़े शिवाजी की कीर्ति का मौन संदेश दे रहे थे। सामने अंग्रेज़ों की छावनी थी, जिसे मराठों ने हाल ही में जलाकर राख कर दिया था। जहां से अभी भी धुआं उठ रहा था, और उसी के पार उत्तर-पूर्व में खिड़की की वह युद्धस्थली दीख रही थी, जहां जगह-जगह पर अंग्रेज़ों की तोपें मराठा-सत्ता का संहार करने की प्रतीक्षा में तैयार मुंह बाए सज्जित थीं। जिनके पीछे चालीस हज़ार अंग्रेज़ी सुसज्जित सेना खून की होली खेलने को सन्नद्ध खड़ी थी। वह सोच रहा था—क्या मुट्ठी-भर अंग्रेज़ों का मुंह हम मराठे मोड़कर समुद्र की ओर नहीं कर सकते? क्या हम इन विदेशियों को समुद्र-पार इनके देश में नहीं खदेड़ सकते? क्या यह मराठा-मंडल का पुराना स्वप्न अब चरितार्थ नहीं हो सकेगा कि हिमालय से केप कोमोरिन तक भगवा झंडा फहरा दिया जाएगा? परन्तु क्या आज ही हमारी भाग्य-परीक्षा नहीं है? क्या आज ही हमारे भाग्य का फ़ैसला होने वाला नहीं है? तब मैं यहीं खड़ा क्या कर रहा हूं? क्यों नहीं मैं शिवाजी की भाँति हाथ में तलवार लेकर मैदान में अपने मराठा वीरों के आगे खड़ा होता!

उसने तेज़ नज़र से अपने शरीर-रक्षक पांच सहस्र मराठों की ओर देखा, जो इसी पहाड़ी पर उसकी पीठ पर शान्त भाव से खड़े थे। उसकी दृष्टि सब ओर से घूमकर शरीर-रक्षक सेना के कप्तान गोविंदराव गोखले के मुंह पर जम गयी। जो एक लोहे के समान ठोस कठोर मुद्रा का तरुण था।

उसने अपना ज़री के काम का पटका हवा में लहराया। फिर कहा, 'गोखले हो, हमारी तलवार हमें दे और हमारा घोड़ा मंगा। हम यहां क्या कर रहे हैं! हमें अपनी सेना के अग्रभाग में जाकर उसका नेतृत्व करना चाहिए।'

तरुण मराठा अफ़सर आगे बढ़ा। उसने पेशवा की रत्नजटित तलवार दोनों हाथों

में उठाकर नम्रता और उत्साह से कहा, 'श्रीमन्त सरकार की जय हो! यह श्रीमन्त की यशस्वी तलवार है।'

तलवार नाज़ुक और लाखों रुपयों के मूल्य की थी। उसकी मूठ पर बहुमूल्य रत्न जड़े थे। उसे हथियार की अपेक्षा एक ज़ेवर कहा जाना अधिक उचित था। पेशवा ने तलवार उठाकर म्यान से निकाल ली। पांच हज़ार मराठों ने ज़ोर से जयनाद किया। अभी पेशवा के मुंह से एक शब्द भी न निकलने पाया था कि अंग्रेज़ों का गुप्तचर यशवन्तराव घोरपाड़े हाथ जोड़े घुटनों के बल पेशवा के पैरों में गिर गया। उसने गद्गद कंठ से कहा, 'श्रीमन्त सरकार, यह क्या आज्ञा दे रहे हैं! आपके पुण्य शरीर को यदि बन्दूक की एक गोली ने स्पर्श भी कर लिया तो हम कहीं के न रहेंगे। सारे मराठे बिना सिर के शरीर-मात्र रह जाएंगे। जब तक एक भी मराठे के शरीर में एक बूंद खून है, आप श्रीमन्त को अपना जीवन खतरे में डालने की कोई आवश्यकता नहीं है।'

पेशवा सोच में पड़ गया। उसने अपनी तलवार इसी विश्वासघाती सरदार के हाथों में दे दी और उसने उसे मखमली कोष में सावधानी से बन्द कर पेशवा के चरणों में रख दिया।

पेशवा ने दीर्घ श्वास लिया, फिर उसने धीमी आवाज़ में कहा, 'गोखले, दौड़ जा और अपने पिता सेनापति से कहो कि चाहे जो हो, वह लड़ाई में पहल न करे। आरंभ अंग्रेज़ों ही की ओर से हो।'

तरुण अफ़सर ने घोड़े पर सवार हो तुरन्त खिड़की की ओर प्रस्थान किया। पर उसने पेशवा की इस आज्ञा को पसन्द नहीं किया। वह पहाड़ी से उतरकर धीरे-धीरे चलने लगा। वह इस कायर आज्ञा को ले जाना अपमानजनक समझ रहा था। पर ज्यों ही उसने काठ का पुल पार किया, एक विचार तेज़ी के साथ उसके दिमाग में दौड़ गया। उसने घोड़े को एड़ लगाई और पानीदार जानवर की तरह हवा में उछलकर सरपट दौड़ चला।

इस समय सूर्य की तेज़ी कम होती चली जा रही थी। धूप पीली पड़ गयी थी। उसने तय किया था कि वह झूठ बोलेगा और अपने पिता को पेशवा का यह सन्देश देगा कि वह तुरन्त अंग्रेज़ों पर आक्रमण कर दे, ताकि अंग्रेज़ों को रात के अंधेरे में भागने की राह न मिले। उसके तरुण हृदय ने सोचा कि इस छोटे-से झूठ को बोलकर वह पेशवा और मराठों की प्रतिष्ठा को सदा के लिए बचा लेगा। वह स्वयं या तो आज इस युद्ध में जूझ मरेगा या युद्ध जय करके मराठा-मंडल की स्थापना में सुनाम कमाएगा। वह और भी उत्साह से हवा में नंगी तलवार घुमाता हुआ तेज़ी से मराठा सेना के हेडक्वार्टर की ओर दौड़ा जा रहा था।

उस समय पच्चीस सहस्र मराठे खिड़की समरांगण में सन्नद्ध खड़े थे। अनेक टुकड़ियां अग्रसर होती जा रही थीं और गनेशखंड तथा मूला नदी के बीच का सारा मैदान सैनिकों से भरा हुआ था। मराठों की यह सेना ज्वारकाल में समुद्री तूफ़ान की भाँति गर्जन-तर्जन करती चली आ रही थी। घोड़ों की हिनहिनाहट, तोपों को खींचनेवाली गाड़ी के पहियों की घरघराहट, सैनिकों का शोर और उत्साहवर्धक नारों के अनमेल शब्द वायुमंडल में भर रहे थे।

कर्नल वर्र सातवीं देशी रेज़ीमेंट को लेकर आगे बढ़ा। उसके साथ गोरी बॉम्बे रेज़ीमेंट भी थी। गोरी बॉम्बे रेज़ीमेंट के सवारों ने आगे बढ़कर गनेशखंड फ्रंट के मोर्चे पर अपनी स्थिति ठीक की।

इस सेना के दाहिने पार्श्व में मेजर फोर्ड अपनी बटैलियन के साथ, और वाम पार्श्व में सर एलफिंस्टन अपनी रिज़र्व सेना के साथ होल्कर पुल के ठीक सम्मुख मोर्चा जमाकर खड़े हुए।

## 15

अभी एक पहर दिन शेष था कि गोविन्दराव गोखले घोड़ा फेंकता हुआ मराठा सेना के सेनापति अपने पिता बापू गोखले के सम्मुख जा पहुंचा। उसने घोड़े से कूदकर सेनापति का सैनिक अभिवादन किया और पेशवा की यह आज्ञा सुना दी कि तुरन्त आक्रमण कर दिया जाए, जिससे अंग्रेज़ों को अंधेरे में भागने का अवसर न मिले। बापू गोखले अधीर हो गया था। उसे पेशवा से ऐसी आज्ञा की आशा न थी, क्योंकि वह पेशवा की कमज़ोर तबियत को जानता था। अब इस आदेश से वह तनकर खड़ा हो गया। सब मराठे अफ़सर उसकी आज्ञा सुनने को उसके निकट आ जुटे। गोविन्द गोखले ने कहा, 'बापू, पहला गोला मैं ही सर करना चाहता हूं।' बापू ने तुरन्त उसे मराठा-तोपों का अध्यक्ष बना दिया और क्षण-भर बाद अकस्मात् ही नौ मराठा तोपें गरज उठीं। ये तोपें पूना की दिशा में खिड़की से दो मील के अन्तर पर जमाई हुई थीं और सब बड़ी तोपें थीं।

अभी तोपों की पहली बाढ़ दगी ही थी, और अंग्रेज़ी सेना अपनी स्थिति स्थिर न करने पाई थी कि मराठा सवारों की टुकड़ियों ने दाएं-बाएं से एक साथ धावा बोल दिया। क्षण-भर के लिए अंग्रेज़ी सेना में आतंक छा गया। परन्तु अंग्रेज़ों के सौभाग्य से शीघ्रता से धावा करने के कारण मराठों की पंक्ति का अनुशासन भंग हो गया और वे बिखर गए। इस समय केवल मराठों की एक सुदृढ़ बटालियन स्थिर व्यवस्थित थी, जो एक पुर्तगीज़ सेनानी उ पिण्टो की कमान में थी। मराठा योद्धा सूर्य की अस्तंगत धूप में अपनी तलवारें चमकाते और हर-हर महादेव का नारा बुलंद करते दबादब अंग्रेज़ी सेना को दबोचते बढ़ते जा रहे थे। और अंग्रेज़ी सेना सावधानी से पीछे हट रही थी। निश्चय ही इस समय उन पर रण-रंग चढ़ा था, और वे जूझ मरने की भावना से ओतप्रोत थे। इस समय वे घरबार की चिन्ता से मुक्त थे।

पहली मार्के की मुठभेड़ उ पिण्टो की पैदल बटालियन से हुई, जो अंग्रेज़ी सेना के वाम पार्श्व में सातवीं देशी रेज़ीमेंट को धकेलती हुई दबादब बढ़ती जा रही थी। शीघ्र ही अंग्रेज़ी सेना के सिपाहियों ने अपनी पंक्तियां दृढ़ कर लीं और स्थिति को संभाला। अब वे दृढ़तापूर्वक मराठा-सेना का प्रतिरोध करने लगे। उनकी यह दृढ़ता देख चालाक उ पिण्टो ने उन्हें धोखा देने के लिए अपनी बटैलियन को तीव्रता से पीछे हटने का आदेश दिया। उन्हें पीछे हटते देख, अंग्रेज़ी सेना ने उन पर धावा बोल दिया, जिससे

वे अपने पीछे वाली गोरी रेज़ीमेंट से बहुत अन्तर पर आगे बढ़ आए। अब उनके और गोरी पल्टन के बीच एक खतरनाक अन्तर था। गोरी पल्टन केन्द्र में जमी थी। अंग्रेज़ों की वह खराब स्थिति तुरन्त ही उ पिण्टो ने भांप ली। और उसने तुरन्त बापू गोखले का ध्यान इस ओर आकर्षित किया, जो उस समय अंग्रेज़ों के वाम पार्श्व में अपने चुने हुए घुड़सवारों के साथ सुनहरी ध्वजा फहराता हुआ युद्ध की गतिविधि देख रहा था। उसके हाथ में नंगी तलवार थी। उसने तुरन्त नंगी तलवार को हवा में घुमाकर सिंह की भाँति दहाड़कर अपने सैनिकों को ललकारा कि वे शत्रु पंक्ति को भंग करके उन्हें दो भागों में काट दें और उनके तथा गोरी पल्टनों के बीच के खाली स्थान को अधिकृत कर लें।

अभी वाक्य पूरा नहीं हुआ था कि उसी समय एक गोली उसके घोड़े को लगी, वह उछला और सेनापति को भूमि पर पटक दिया। परन्तु उसके मराठा नायकों और उसके पुत्र ने उसका आदेश समझ लिया था और वे बिजली की भाँति लपककर शत्रु की सेना को चीरते हुए उनमें घुस गए। सम्पूर्ण अंग्रेज़ी सेना में आतंक छा गया था। यह एक आकस्मिक निर्णायक क्षण इतना शीघ्र आ उपस्थित हुआ था कि अंग्रेज़ हक्का-बक्का हो गए। इस समय यदि मराठे सातवीं देशी रेज़ीमेंट और यूरोपियन रेज़ीमेंट के मध्यवर्ती स्थान को अधिकृत कर लेते तो अंग्रेज़ी सेना को बच निकलने का ठिकाना ही न था। परन्तु इस समय कर्नल वर ने असाधारण धैर्य का परिचय दिया, और उसकी देशी रेज़ीमेंट ने भी असीम वीरत्व और नमकहलाली का हक अदा किया। मराठों के दुर्भाग्य से भूमि भी वहां सम न थी। इसके अतिरिक्त वाम पार्श्व में एक बड़ा दलदली मैदान था जिसका पता न मराठों को था, न अंग्रेज़ों को। आक्रमणकारी मराठे इस दलदल में फंस गए। वे आते गए और फंसते गए। इस बीच अंग्रेज़ी सेना को सुरक्षा और जवाबी आक्रमण का सुअवसर मिल गया। पीछे आनेवाले मराठी सैनिकों को इस दैवी दुर्भाग्य का कुछ भी पता न था। वे बराबर तेज़ी से आगे बढ़े चले आ रहे थे, बस ज्यों ही वे अंग्रेज़ी तोपों की मार में पहुंचे, अंग्रेज़ी तोपों ने उन पर आग उगलनी आरम्भ कर दी। उधर कर्नल वर्र को अपनी अंग्रेज़ी बटैलियन को आगे बुला लेने का अवसर मिल गया, उसने बड़ी तत्परता और धैर्य से काम लिया। उसकी बटालियन उ पिण्टो की सेना से जमकर लोहा ले रही थी। इसमें सुशिक्षित और उत्कृष्ट सैनिक थे। इसके अतिरिक्त अंग्रेज़ी रिज़र्व सैन्य के सुशिक्षित माने हुए घुड़सवार उनकी पृष्ठरक्षा के लिए दबादब आगे बढ़ते चले आ रहे थे। इस परिस्थिति में वह कठिन क्षण टल गया और मराठों का घसारा अवरुद्ध हो गया। एक-दो प्रभावशाली चार्ज होने के बाद, जिनमें अंग्रेज़ी तोपों ने उन्हें बहुत हानि पहुंचा दी थी, उन्होंने हिम्मत हार दी और वे पीछे मुड़े। जाते हुओं की सबसे पिछली पंक्ति में तरुण गोविन्द राव गोखले था, जो शीघ्र ही इस भागती हुई सेना से पृथक् हो गया और खिन्न भाव से अपने पिता के पार्श्व में जा खड़ा हुआ जो इस क्षणिक युद्ध में पासा पलट जाने से दुःखित और क्रुद्ध खड़ा था। मराठा सैनिक अब अव्यवस्थित होकर भाग रहे थे और अंग्रेज़ी सेनाएं व्यवस्थित रूप से युद्धस्थली के महत्त्वपूर्ण स्थलों में दखल करती जा रही थीं। आश्चर्य की बात तो यह थी कि यह

महत्त्वपूर्ण ऐतिहासिक संग्राम एक घंटे से भी कम समय में समाप्त हो गया। कठिनाई से इस युद्ध में पांच सौ मराठा वीर खेत रहे। अंग्रेज़ों की हानि तो इससे भी बहुत कम हुई। हम मराठा वीरों को 'युद्ध में खेत रहे' यह सही अर्थों में नहीं कह सकते, क्योंकि उनमें अधिकांश दलदल में जा फंसे थे, जो जीवित नहीं निकल सके।

आश्चर्य की बात यह थी कि मराठों ने फिर दुबारा आक्रमण का साहस ही नहीं किया। बापू गोखले के पास अभी भी काफ़ी सेना थी। परन्तु एलफिंस्टन की सेना का साहस और नियंत्रण ऊंचे दर्जे का था। अंग्रेज़ तोपची अत्यन्त कुशल और तेज़ थे। इस युद्ध की महत्त्वपूर्ण बात यह थी कि किसी भी स्थान पर दस मिनट से अधिक जमकर लड़ाई नहीं हुई। आगे बढ़ने, पीछे हटने और तोपों के गोले फेंकने ही में रात हो गयी। और सूर्यास्त होते-होते उस दिन का युद्ध समाप्त हो गया।

16 खिड़की-संग्राम के बाद कुछ दिन दोनों सेनाएं चुपचाप पड़ी रहीं। युद्ध की दृष्टि से यह चुप्पी अंग्रेज़ों के लिए लाभदायक और मराठों के लिए हानिकर थी। अंग्रेज़ों को इससे दूर-दूर से कुमुक मंगाने का अवसर मिल गया। 16 नवम्बर को अंग्रेज़ी सेना ने नदी पार करके पूना की ओर कदम बढ़ाया। मराठा सेना ने उनका अवरोध किया, पर सफलता नहीं मिली। जब बाजीराव को यह सूचना मिली तो वह अपना शिविर छोड़कर दक्षिण की ओर भाग निकला। बापू गोखले और दूसरे सरदारों ने दूसरे प्रातःकाल तक प्रतीक्षा की। परन्तु पेशवा के भाग जाने पर उन्हें पूना में रहना व्यर्थ प्रतीत हो रहा था। इसलिए वे भी पूना का रणक्षेत्र अंग्रेज़ों के लिए छोड़कर पीछे हट गए। अंग्रेज़ों ने बिना खून-खराबी के पूना अधिकृत कर लिया। और इस समय विश्वासघाती बालाजी पन्तनालू दो सौ अंग्रेज़ी घुड़सवारों को लेकर पूना में प्रविष्ट हुआ और उसने सबसे आगे बढ़कर अपने हाथ से पेशवा के महलों पर ब्रिटिश झंडा फहरा दिया।

अब कायर बाजीराव ऐसे भाग रहा था जैसे हिरण शिकारी के आगे भागता है। और अंग्रेज़ उसके पीछे शिकारी की तरह भाग रहे थे, उसे लथेड़ते हुए। बाजीराव अकेला नहीं भाग रहा था। बापू गोखले और उसकी सारी सेना भी उसके साथ ही भाग रही थी। पहले वह कर्नाटक की ओर भागा, पर आगे उसे अंग्रेज़ी सेनाओं द्वारा रास्ता बन्द मिला। वह लौटकर शोलापुर की ओर चला, परन्तु शोलापुर पहुंचने से पूर्व ही अंग्रेज़ सेनापति स्मिथ ने अष्टगांव में उसे जा घेरा। एक बार फिर लड़ाई हुई। पर जो मराठे खिड़की से पांव उखाड़ चुके थे; वे यहां क्या यश कमाते! वे शीघ्र ही भाग खड़े हुए। भागने वालों में सर्वप्रथम पेशवा था, जो पालकी में सवार होकर भाग रहा था। उसकी स्त्रियां मर्दाना वेश धारण करके निकल भागीं। तब तक वीर बापू गोखले अपनी घुड़सवार सेनाओं से अंग्रेज़ों की राह रोकने की चेष्टा करता रहा। उसने डटकर लोहा लिया और जनरल स्मिथ को युद्ध में घायल कर दिया। परन्तु इसी समय नयी अंग्रेज़ी सेना पहुंच गयी। एक बार खूब घमासान युद्ध हुआ, जिसमें

मराठों का अन्तिम सेनानी बापू गोखले खेत रहा। उसके मरते ही मराठा सेना के जिधर सींग समाए उधर भाग निकली।

अब पेशवा भागा-भागा फिर रहा था और अंग्रेज़ उसका पीछा करते तथा देश दखल करते जाते थे। जो मराठे सह्याद्रि से अटक तक भगवा झंडे की स्थापना का स्वप्न देखते रहे थे, वे अब पूना का छत्र भंग होने पर टूटे नक्षत्र की भाँति बिखरते जा रहे थे।

अप्रैल में सीपीनी स्थान में एक और मुठभेड़ पेशवा के सैनिकों और अंग्रेज़ों में हुई पर यह युद्ध न था। युद्ध आरम्भ होते ही पेशवा घोड़े पर सवार होकर भाग निकला। इसके बाद मराठे भी भाग खड़े हुए।

अब पेशवा की भागने की हिम्मत भी जवाब दे गयी और दस मई को उसने अंग्रेज़ी कैम्प में अपना दूत भेजकर प्रार्थना की कि अंग्रेज़ उसे एक बार फिर पूना की गद्दी पर बिठा दें तो वह जन्म-जन्मांतर तक अंग्रेज़ों का परम मित्र बना रहेगा। परन्तु अंग्रेज़ों के जनरल ने स्पष्ट कह दिया कि अब पेशवा को गद्दी की आशा त्याग देनी चाहिए और शीघ्र से शीघ्र अंग्रेज़ी कैम्प में आकर आत्मसमर्पण कर देना चाहिए और बन्दी हो जाना चाहिए। बाजीराव ने और कुछ दिन हाथ-पैर मारे, पर अन्त में उसने अंग्रेज़ी सेना के कैम्प में जाकर बन्दी होना स्वीकार कर लिया और सर जान मालकम को आत्मसमर्पण कर दिया। अंग्रेज़ी सरकार ने उसे कानपुर के निकट बिठूर में रहने की आज्ञा दे दी और आठ लाख रुपया वार्षिक पेंशन नियत कर दी।

आगे उसने अपने जीवन के तीस वर्ष बिठूर में ही काटे। यह बिठूर का बन्दी यहां कुछ तकलीफ़ में न था। उसे आठ लाख रुपया वार्षिक पेंशन मिलती थी। वह ऐश से जीवन व्यतीत करता था। यहां आने से पूर्व वह छः विवाह कर चुका था, अब यहां आने पर उसने पांच विवाह और किए। रंगरेलियों का शौकीन था। उसकी पेंशन में हिस्सा बांटने को बहुत-से खुशामदी चरित्रहीन लोग उसके पास आ जुटे थे, और उनकी सोहबत में वह अपने दिन काट रहा था।

## 17

सिंधिया से राजपूताना छीना जा चुका था और पेशवा की गद्दी का भी खात्मा हो चुका था। गायकवाड़ अंग्रेज़ों की अधीनता स्वीकार कर चुका था। अब केवल दो मराठा-राज्य शेष रह गए थे—भोंसले और होल्कर। इस समय केवल नागपुर शहर ही भोंसले की अधीनता में था। वहां भी विश्वासघातियों और रिश्वतखोरों का बाज़ार गर्म था। राधोजी भोंसले जब तक रहे अंग्रेज़ों की दाल न गली। पर उनके उत्तराधिकारी अप्पाजी सबसीडियरी सन्धि के जाल में फंस गए। उन्हें अंग्रेज़ हर तरह कसते ही गए। अन्त में भोंसले के ही खर्च पर रखी सबसीडियरी सेना से ही भोंसले का राज्य हड़प लिया गया। विश्वासघातकों और रिश्वतखोरों ने सेना की अपेक्षा अधिक महत्त्व का काम किया। भोंसले का राज्य एक प्रकार से अंग्रेज़ी राज्य में मिला लिया गया, और अप्पा साहब एक नज़रबन्द की भाँति अपने महल में रहने लगा। अभी अप्पा

साहब की आयु केवल बाईस वर्ष की ही थी। वह हेस्टिंग्ज़ को अपना बाप और रेज़ीडेंट जेनकिन्स को अपना बड़ा भाई कहा करता था। अप्पा साहब ने अपने बचे-खुचे अधिकार भी कम्पनी को देकर कुछ पेंशन लेने की इच्छा प्रकट की, परन्तु अंग्रेज़ों ने यह स्वीकार नहीं किया और उस पर बालाजी की हत्या का इल्ज़ाम लगाकर उसे गिरफ्तार करके कैद कर लिया। उसे कैद करके इलाहाबाद के किले में भेज दिया गया और नागपुर की गद्दी पर राघोजी भोंसले का एक दुधमुंहा नाती बिठा दिया गया और राज्य का सारा प्रबन्ध एक अंग्रेज़ी रेज़ीडेंट के हाथों सौंप दिया गया।

अप्पा साहब इलाहाबाद जाते हुए रास्ते से भाग निकला और अनेक झगड़े-टंटे करता हुआ जोधपुर के एक मन्दिर में शरणापन्न हुआ—वहीं उसका प्राणान्त भी हुआ।

होल्कर का राजवंश वेल्ज़ली की चोट से बच निकला था। इस समय वहां का प्रबन्ध मन्त्री गणपतराव कर रहा था, जो मृत राजा की रखैल तुलसीबाई के प्रभाव में था। गद्दी का अधिकारी मल्हारराव अभी बालक था। नमकहराम अमीरखां पिंडारी होल्कर राज्य पर पंजा रखे हुए था। बाजीराव के पतन के एक वर्ष पूर्व ही होल्कर राज्य सही अर्थों में अंग्रेज़ों की दासता में बंध चुका था। यही हाल कोल्हापुर राजवंश का था। सिंधिया तो इससे बहुत पहले परकैंच हो चुका था। इस प्रकार इस समय सम्पूर्ण मराठा-मंडल अंग्रेज़ों की दासता में बंध चुका था। अब अंग्रेज़ों ने मराठा-मंडल तथा पेशवा के सब दुर्ग अधिकृत कर लिए। इनमें अनेक अभेद्य थे, खासकर त्र्यम्बक का दुर्ग तो उस काल में संसार-भर में अद्वितीय था। सन् 1819 में जब असीरगढ़ के दुर्ग का पतन हुआ, जिसने शताब्दियों तक मुस्लिम आक्रान्ताओं के दांत खट्टे किए थे, तब समझा गया मराठों की अजेय और विश्व-विश्रुत दुर्गावालि अंग्रेज़ों के हाथ में चली गयी।

इसके पूर्व दो बार मराठा-संघ संकट में पड़ चुका था। पहली बार उस समय, जब शिवाजी का अयोग्य पुत्र सम्भाजी शिवाजी के क्रोध का शिकार बना। सम्भाजी चाहे जैसा भी अयोग्य सरदार था पर उसके बिना मराठा-शक्ति सिररहित धड़ के समान हो गयी थी, फिर भी वह इतनी प्रबल थी कि औरंगज़ेब को उसका दमन करने में और उस परिस्थिति से लाभ उठाने में अपनी समूची सैन्यशक्ति दक्षिण में झोंक देनी पड़ी थी। परन्तु शिवाजी ने जो सुन्दर राज्य-संगठन किया था, उसके कारण मराठा राज्य-संघ उस संकट को पार कर गया था।

इसके बाद जब पानीपत के खण्डप्रलय ने मराठा-शक्ति को तोड़ डाला, उस समय दिल्ली की गद्दी पर या कहीं भी कोई एक भी महत्वाकांक्षी हिन्दू या मुसलमान शासक होता तो मराठों का उस विपदा से निस्तार हो जाता। परन्तु उस समय दिल्ली का सिंहासन वीर-विहीन हो चुका था, इसी से मराठा-संघ बच गया। अब यह तीसरी टक्कर थी जो मराठा-शक्ति की इंग्लैंड की बढ़ती हुई सामर्थ्य से लगी थी। दो टक्करें उसने अपनी सामर्थ्य से सहीं, पर तीसरी ने उसे चकनाचूर कर दिया, जिससे शिवाजी को भारत-भर में हिन्दू पदपादशाही स्थापित करने का और पेशवा बाजीराव प्रथम का अटक से कटक तक भगवा ध्वज फहराने का स्वप्न भंग हो गया।

शिवाजी ने अष्टप्रधानों के रूप में मराठा-संघ का संगठन किया था, जो आगे मराठा-संघ के रूप में परिवर्तित हो गया। ये मराठा-संघ के अधिपति आपस में किसी ऐसे वैधानिक सूत्र में गुंथे न थे जिनसे उनका अन्ततः संगठन कायम रहता। वे कहने को तो मराठा-संघ के सदस्य थे, पर सब प्रकार संधि-विग्रह करने में स्वतन्त्र थे। पानीपत के खण्डप्रलय से पहले तक पेशवा का उन पर हाथ रहा, पर पानीपत के बाद वे बिखर गए और अन्ततः वे स्वतन्त्र शासक हो गए। मराठों का संघर्ष जब तक मुसलमानों से हुआ, उन्हें कोई हानि नहीं पहुंची क्योंकि मुसलमानों की सामर्थ्य भी सशक्त न थी। परन्तु ज्यों ही उन्हें अंग्रेज़ों की बढ़ती हुई शक्ति से टकराना पड़ा, ढह गए। अंग्रेज़ों की प्रबल शक्ति से वे टक्कर न ले सके।

एक बात और। शिवाजी और उनके बाद बालाजी बाजीराव आदि नेताओं ने मराठाशाही को हिन्दुत्व के रक्षक का रूप दिया था, इससे उसे हिन्दू राज्यों से गहरा सम्पर्क-समर्थन प्राप्त हुआ था। परन्तु वह देर तक टिका नहीं। खासकर पानीपत के युद्ध के बाद तो राजपूत और जाट राजाओं के मन में मराठों के प्रति विद्वेष की भावना भर गयी। वे क्रुद्ध होकर लौटे। बाजीराव यदि इस देश के अन्य हिन्दू शासकों के साथ सक्रिय सहयोग उत्पन्न कर लेता, तो निश्चय ही उसके ऊपर वह संकट न आया होता, जो खिड़की संग्राम के बाद उस पर आया, और वह ऐसा असहाय भी न रह जाता कि उसकी सहायता के लिए किसी राजा ने हाथ न बढ़ाया होता। इसके अतिरिक्त यदि उसकी राजनीतिक आंखें होतीं तो वह यह देख पाता कि ज़बरदस्त तोपखाने और नियन्त्रित सेना के बिना अंग्रेज़ों से जीतना सम्भव नहीं है। उसने राज्य की सम्पूर्ण शक्ति तोपखाने और शिक्षित सेना की तैयारी में लगा दी होती। परन्तु उसने अपनी सारी शक्ति आपसी घरेलू झगड़ों में नष्ट कर दी।

और भी दो बातें थीं, जिन्होंने मराठा-शक्ति को जर्जर कर दिया था। एक तो हिन्दुओं के धार्मिक भेदभावों ने लोगों के मनों को छिन्न-भिन्न और एक-दूसरे का विरोधी बना दिया था, जिससे भीतर ही भीतर हिन्दू-शक्ति बिखर चुकी थी। बाजीराव जैसा कायर, आरामतलब और अदूरदर्शी आदमी इस त्रुटि को कैसे दूर कर सकता था।

दूसरी बात थी आर्थिक सम्पन्नता की। महाराष्ट्र की पहाड़ियां कष्ट-सहिष्णु मराठा योद्धाओं के लिए तो उपयुक्त थीं, पर साम्राज्य का मूलाधार धनागार वहां सम्पन्न नहीं हो सकता था। इसी से शिवाजी आदि छापे मारकर पड़ोसी राज्यों से धन अपहरण करते तथा पेशवा चौथ वसूल करते थे। लूट, सरदेशमुखी और चौथ का असल कारण ही यह था कि मराठा-शक्ति का आर्थिक ढांचा उन्हीं पर चल रहा था। अब अंग्रेज़ी सत्ता के प्रताप से यह सब असम्भव हो गया। अब लूटमार, सरदेशमुखी, चौथ वसूल करने का स्रोत सूख गया। उधर बड़ी-बड़ी सेनाओं को रखने, उन्हें सुशिक्षित करने, उन्हें उत्तम शस्त्रों से सज्जित करने के लिए जितने धन की आवश्यकता थी उतना धन पेशवा के पास न था, न वैसी आय का साधन ही था। इसी से पेशवा के पांव डगमगा गए, और अब अन्तिम नाममात्र के धक्के से वह ढह गया।

18 सन् 1813 में जो चार्टर एक्ट ब्रिटिश पार्लियामेंट ने भारत के अन्दर ईस्ट इण्डिया कम्पनी के अधिकारों को कायम रखने के लिए पास किया था, उसके द्वारा भारत के प्राचीन व्यापार और उद्योगों को किस तरह तहस-नहस कर डाला गया, इसका यत्किंचित् उल्लेख हमने पिछले किसी परिच्छेद में किया है। इसके बाद सन् 1833 में जब कि लॉर्ड विलियम बैंटिंक का शासन-चक्र घूम रहा था, नया चार्टर पास किया गया। इन बीस वर्षों के बीच में जो परिवर्तन भारत और इंग्लिस्तान में हुए, वे ऐसे महत्त्वपूर्ण थे, जिनका आर्थिक, राजनीतिक और सांस्कृतिक प्रभाव समूचे विश्व पर पड़ा। इन बीस वर्षों में खासतौर पर ग्रेट ब्रिटेन विश्व का आर्थिक स्वामी और संसार के सबसे बड़े भारी साम्राज्य का प्रतीक बन गया। और भारत ने अपनी शताब्दियों से संचित सम्पदा, राज्य और उद्योग तथा संस्कारों और उसके सांस्कृतिक प्रभावों को खो दिया। भारतीय साम्राज्य, भारत की लूट और भारत के उद्योग-धंधों के नाश के प्रतिक्रियास्वरूप इंग्लैंड के उद्योग-धन्धे और व्यापार ने ऐसी उन्नति कर ली कि वह भारत का सम्राट बनने से पहले ही संसार का अर्थ-सम्राट बन गया। देखते ही देखते इन बीस बरसों में इंग्लैंड में बड़े-बड़े समृद्ध नगर आबाद हो गए, और धन की ऐसी बाढ़ इंग्लिस्तान में आई कि लोगों के हौसले बढ़ गए, परन्तु ज्यों-ज्यों इंग्लैंड की समृद्धि बढ़ी और प्रजा के अधिकारों की वृद्धि हुई, भारत की दरिद्रता और पराधीनता उतनी ही अधिक बढ़ गयी। और यह एक निश्चित बात हो गयी कि भारत की दरिद्रता में इंग्लिस्तान की समृद्धि है और भारत की समृद्धि से इंग्लैंड को खतरा है। ठीक ऐसे ही समय में सन् 1833 का नया चार्टर एक्ट बना, जिसके द्वारा भारत के ऊपर अंग्रेज़ी शासन का आर्थिक भार बहुत अधिक बढ़ गया। अंग्रेज़ों ने भारत से धन बटोरने के लिए कर बेहद बढ़ा दिए। ये बीस बरस और उसके बाद के भी बीस बरस भारत की अंग्रेज़ी सरकार को निरन्तर युद्धों में व्यतीत करने पड़े। यद्यपि ये युद्ध न तो भारतवासियों की रक्षा के लिए थे, न उनकी भारत को आवश्यकता थी। वास्तव में ये युद्ध उस शासन-पद्धति के अनिवार्य परिणाम थे, जो सन् 1833 के चार्टर एक्ट में कायम की गयी थी। इन युद्धों से इतना ही नहीं कि भारतीय जीवन का विकास रुक गया, अपितु भारत की सुख-शान्ति में भी बेहद बाधा पड़ी। इस बीच अंग्रेज़ी सरकार की कुल आमदनी का आधे से अधिक भाग युद्ध और सेना पर खर्च होता रहा, जबकि इस काल में अंग्रेज़ी सरकार ने सार्वजनिक हित के कामों पर केवल दो प्रतिशत खर्चा किया।

इस समय समूचे ब्रिटिश भारत में साधारण प्रजा की अवस्था अत्यन्त दयनीय हो गयी थी। किसानों का लगभग सर्वनाश हो गया और पुराने खानदान गारत हो गए। बड़े-बड़े और महंगे कानून प्रचलित किए गए, अदालतों की कार्यवाही पेचीदा कर दी गयी और खर्च बढ़ाकर असह्य कर दिए गए। कम्पनी की उस समय की समस्त भारतीय प्रजा के लिए, जो न्याय के लिए सरकार को टैक्स नहीं दे सकती थी, अदालतों के दरवाज़े बन्द थे। उनके लिए न कानून था, न इन्साफ़। उस काल की पुलिस अत्याचार का एक नमूना थी। गांव की पंचायतों का नाश कर डाला गया था, और वहां के स्कूल तोड़ डाले गए थे। उनकी जगह कोई नये स्कूल कायम नहीं किए गए थे। तत्कालीन कम्पनी की सरकार दो करोड़, बीस लाख की आबादी में सिर्फ़ डेढ़ सौ विद्यार्थियों को

ही शिक्षा देती थी, जबकि भारत की टैक्सों की वसूली में से कम्पनी के डायरेक्टर इन दिनों में पचास हज़ार पौंड से भी अधिक रकम केवल दावतों पर खर्च कर देते थे। सब बड़ी-बड़ी नौकरियां अब अंग्रेज़ों के लिए सुरक्षित रख ली गयी थीं और शासन में विश्वास और ज़िम्मेदारी के काम पर किसी हिन्दुस्तानी को नहीं रखा जाता था। हकीकत तो यह थी कि भारतीय जो उस समय सुसभ्य जीवन के सब धन्धों में कुशल थे, अयोग्य, असहाय और नालायक कहकर सदा के लिए उसी देश में नीच बना दिए गए थे। उन्हें ज़बरदस्ती शराबी और दुराचारी बनाया जा रहा था। सन् 1833 के इस चार्टर एक्ट के पास होने के बाद अंग्रेज़ बड़ी तेज़ी से रही-सही देशी रियासतों को अंग्रेज़ी राज्य में मिलाने में व्यस्त थे।

मराठा-संघ टूट चुका था। उसका केन्द्र पूना अंग्रेज़ों के अधिकार में आ गया था। पूना के महलों पर अंग्रेज़ों का झंडा फहरा रहा था। पेशवा बिठूर में कैद था। सिंधिया और होल्कर के दमखम खत्म हो चुके थे। राजपूत राजा अंग्रेज़ों की छत्रछाया में आ चुके थे। इस प्रकार भारत की प्रायः सब राजनीतिक शक्तियां या तो अंग्रेज़ों की प्रभुता को मान चुकी थीं। या उनकी मित्र हो चुकी थीं। रामेश्वरम् से लेकर दिल्ली तक के सभी मुख्य केन्द्रों में अंग्रेज़ी सेना की छावनियां छाई हुई थीं। और अब ब्रिटिश हुकूमत को हिलाना आसान न था। राजपूताने पर आंख जमाए रखने के लिए अजमेर अलग प्रदेश बना दिया गया था, जिस पर सीधा अंग्रेज़ अफ़सर शासन करता था। लॉर्ड हेस्टिंग्ज़ की विजय-वैजयन्ती अब भी भारत के इस छोर से उस छोर तक फहरा रही थी। पूना का छत्र भंग करने के उपलक्ष्य में उसे कम्पनी के डायरेक्टरों ने साठ लाख पौंड नकद इनाम दिया था। सौभाग्य से हेस्टिंग्ज़ को स्टुअर्ट एलफिंस्टन जैसे कूटनीतिज्ञ और इतिहासमर्मज्ञ, सर चार्ल्स मैटकाफ जैसे राजनीतिज्ञ और व्यवस्थाशास्त्र के आचार्य, सर जान मालकम और सर टामस मनरो जैसे योग्य सहायक मिले थे; जिनकी सहायता से हेस्टिंग्ज़ ने बंगाल, मद्रास और दिल्ली में अपना शासन और दबदबा कायम कर लिया था।

पूना का छत्र भंग होते ही पिंडारी अपने आप ही तितर-बितर हो गए। कुछ घेरकर मार डाले गए। अमीर खां को अंग्रेज़ों ने टोंक का नवाब बना दिया। अमीर खां ने भी अंग्रेज़ों की अधीनता स्वीकार कर ली। चीतू जंगल में मारा गया, जहां उसे कोई बाघ खा गया। शेष पिंडारी जहां जिसे जगह मिली चुपचाप बस गए और शान्त-शिष्ट कृषक बन गए। इस प्रकार शक्ति का संतुलन करके प्रत्यक्ष रूप में अंग्रेज़ शान्ति की चोटी पर ब्रिटिश झंडा फहराकर अपनी विजय पर गर्व कर रहे थे, परन्तु अभी कम्पनी के राज्य की भीतरी दशा अत्यन्त शोचनीय थी। भारतवासियों की उस समय की नैतिक निर्बलता और अंग्रेज़ों की धूर्तता-मिश्रित संगठन-शक्ति के परस्पर सम्पर्क से जो परिस्थिति उत्पन्न हो गयी थी, वह इतनी अस्वाभाविक थी कि उस पर कुछ भी भरोसा नहीं किया जा सकता था। अंग्रेज़ों की संख्या भारत में बहुत कम थी। उसकी पूर्ति अंग्रेज़ पड़ोसियों की उस मैत्री-भावना से पूरी कर सकते थे, जो उनकी न्याय-बुद्धि और नर्म व्यवहार से प्राप्त होती। परन्तु वह मैत्री-भावना भारत में अंग्रेज़ों के प्रति कहीं थी ही नहीं। युद्धों

से चाहे जिस तरह भी उन्होंने सफलताएं प्राप्त की थीं परन्तु पराजित लोगों के दिल शत्रुता से भरे हुए थे और षड्यन्त्र और विरोध का वातावरण उनके विरुद्ध चाहे जब उठ खड़ा हो सकता था।

परन्तु अंग्रेज़ों को इसकी परवाह न थी। वे अपनी शक्ति का संतुलन करते जा रहे थे, भूत-भविष्य की ओर उनकी दृष्टि न थी। पूना का छत्र भंग करके, रणजीतसिंह और काबुल से सांठ-गांठ करके, दिल्ली के तख्त की जड़ें खोखली करके, नेपाल को दूर धकेलकर जब उन्होंने होशियारी से अपने चारों ओर देखा कि अब यह हमारा मारा हुआ शिकार हिन्दुस्तान हमारे खाने के लिए सुरक्षित है भी, कहीं से कोई खटका तो नहीं है, तो उन्हें एक दरार दिखाई दी।

जिस समय अंग्रेज़ पूना में उलझ रहे थे, बर्मा के तरुण राजा ने उकसकर मनीपुर और आसाम को जीतकर अपने राज्य में मिला लिया था, जिससे बर्मा राज्य की सीमाएं अब बंगाल को छू रही थीं। बर्मा का राजा, जो अंग्रेज़ों के शक्ति-संतुलन से बेखबर था, बंगाल पर ललचाई नज़र डाल रहा था। बंगाल अधिकृत करने के बाद से ही अंग्रेज़ आसाम और मनीपुर पर नज़र रख रहे थे। और अब बर्मा के राजा ने मानो उनके मुंह का ग्रास छीन लिया था। परन्तु अभी वे दक्खिन में उलझ रहे थे। फिर भी उन्होंने कुछ बदमाश पेशेवर डाकुओं को इस काम पर नियत कर दिया था कि वे बर्मा की सीमाओं में घुसकर लूटमार करके अंग्रेज़ी राज्य में आश्रय लें। इस पर बर्मा के राजा ने अंग्रेज़ों को विरोध-पत्र लिखा, अपराधियों को मांगा, और जब अंग्रेज़ों ने कोई सन्तोषजनक जवाब नहीं दिया तो बर्मा के राजा ने कहा, 'चूंकि अंग्रेज़ सरकार बंगाल की सीमा से बर्मा पर आक्रमण करने वाले अपराधियों को नहीं रोक सकती, तो वह चटगांव, ढाका, मुर्शिदाबाद और कासिम बाज़ार बर्मा सरकार को दे दे।'

बस, यही लड़ाई का बहाना हो गया। दक्षिण में अंग्रेज़ निबट चुके थे, अब उन्होंने बर्मा से लोहा लेने की ठान ली। बहुत संघर्ष हुआ। अन्त में सन् 1826 में बर्मा सरकार ने घुटने टेक दिए। आसाम और मनीपुर अंग्रेज़ों को दे दिए गए तथा अराकान पर भी अंग्रेज़ों का अधिकार हो गया। इस प्रकार अंग्रेज़ों ने बर्मा के राजा को बर्मा की सीमा में परिमित करके सांस ली। परन्तु इस युद्ध में अंग्रेज़ों को अपरिमित धन खर्च करना पड़ा।

इसी समय अंग्रेज़ों ने भरतपुर का किला दखल करके अपना आखिरी कांटा भी निकाल डाला।

## 19

कलकत्ता के कौंसिल-भवन में दो बड़े आदमी आराम से बैठे हुए गप्पें मार रहे थे। मौसम बहुत अच्छा था। आषाढ़ का पहला मेह बरस चुका था। हवा में गीली मिट्टी की सोंधी महक आम की अमराइयों में होकर तबियत खुश कर रही थी। बंगाल के मौसम का यह वातावरण बड़ा ही लुभावना होता है। ठंडी हवा चल रही थी, और आम के सघन पत्तों में गिरते हुए सूरज की सुनहरी धूप छनकर समूचे वातावरण को रंगीन बना रही थी।

दोनों आदमी अंग्रेज़-कुल-शिरोमणि, लॉर्ड खानदान के बड़े आदमी थे। इस समय वे सब कामों से फारिग होकर शाम को चाय पीने के बाद बंगले के बाहर लॉन में आरामकुर्सियों पर बैठे हुए इत्मीनान और बेफिक्री से दिल खोलकर बातें कर रहे थे। दोनों के हाथों में कीमती विलायती चुरुट थीं और वे बातें करते हुए उनका आनन्द ले रहे थे। इनमें से एक का नाम सर चार्ल्स मैटकाफ था जो गवर्नर जनरल की कौंसिल का अण्डर-सेक्रेटरी भी था। यह चालीस साल की उम्र का एक लम्बा, तगड़ा और मज़बूत शरीर का आदमी था। इसकी खोपड़ी गंजी थी और लाल रंग की मूंछें बारीक कटी हुई थीं। इसकी नीली आंखों में तेज़ चमक थी, और यह स्पष्ट प्रतीत होता था कि वह एक निर्भीक और स्पष्टवक्ता पुरुष है। हरेक बात को तोलकर विचारपूर्वक बोलता था। दूसरा आदमी लॉर्ड मैकाले था, जो कि गवर्नर-जनरल की कौंसिल का नया लॉ मेम्बर था। यह पद कौंसिल में इसी साल बढ़ाया गया था और इस तरुण अंग्रेज़ को कम्पनी के डायरेक्टरों ने खासतौर से इस पद पर नियुक्त करके भेजा था। इसके सम्बन्ध में प्रसिद्ध था कि वह एक विद्वान और कानून का प्रसिद्ध पंडित है। इसके सुपुर्द यह काम किया गया था कि वह भारतीय दण्ड-विधान की रचना करे। यह एक निर्धन घराने का व्यक्ति था, जो अपनी योग्यता से लॉर्ड के पद तक पहुंचा था। यद्यपि अभी उसकी आयु केवल बत्तीस वर्ष की ही थी, परन्तु वह मुस्तैद, विचारशील, उत्साही और बुद्धिमान पुरुष था। उसके बोलने का ढंग बहुत आकर्षक और प्रभावशाली था और इंग्लैंड में वह इसी उमर में अच्छा लेखक प्रसिद्ध हो गया था।

चार्ल्स मैटकाफ ने कहा, 'कहिए, यहां का जलवायु आपको कैसा लगा? यहां के आदमी और रस्मोरिवाज़ आपको पसन्द आए कि नहीं?'

'अभी तो मैं नया ही हिन्दुस्तान में आया हूं। न तो मैं यहां के लोगों की बोली समझता हूं, न भाषा जानता हूं, और न भारतवासियों के रीति-रिवाज़ों से परिचित हूं। फिर भी इतना तो कह सकता हूं कि यहां की धूलि-धूसरित संध्याएं एकदम बेहूदा हैं। और यहां के निवासियों की धार्मिक और सामाजिक मान्यताएं, उनके रहन-सहन अत्यन्त घृणास्पद और गन्दे हैं। परन्तु सबसे अधिक तो मैं यहां की गर्मी से परेशान हूं।'

सर चार्ल्स मैटकाफ ने हंसकर कहा, 'लेकिन यहां की गर्मी अभी आपने देखी कहां? आप तो उस वक्त आए हैं, जबकि गर्मियां बीत चुकीं, मौसम बदल गया और यह तो बंगाल का सबसे बढ़िया मौसम है। हां, आगे आपको मक्खी और मच्छरों का आनन्द ज़रूर प्राप्त होगा।'

'हां, मैंने सुना है कि हिन्दुस्तान मलेरिया का दुनिया-भर में सबसे बड़ा घर है।'

'और हिन्दुस्तान-भर में बंगाल इस मामले में सबसे आगे है।'

'तौबा, तौबा। देखता हूं कि सही-सलामत अपनी तन्दुरुस्ती और ज़िन्दगी को लेकर इंग्लिस्तान लौट भी सकूंगा कि नहीं।'

'इसमें क्या दिक्कत है, फिर हम लोग तो भारत में धन कमाने के लिए आए हैं। कुछ-न-कुछ खतरा तो उठाना ही पड़ेगा। मैं समझता हूं कि यहां जो अति उच्चपद और मान आपको अनायास ही प्राप्त हो गया, इंग्लैंड में शायद ज़िन्दगी भर में प्राप्त न होता।'

'आपकी इस बात को मैं कुबूल करता हूं। मैं आपसे यह छिपाना नहीं चाहता कि अपनी कलम से इंग्लिस्तान में मैं केवल दो सौ पौंड सालाना कमा सकता था। वह भी बहुत रो-पीटकर और बहुत मेहनत के बाद।'

'लेकिन लॉर्ड महोदय, यहां तो मज़ा-ही-मज़ा है। तनख्वाह दस हज़ार पौंड सालाना कुछ छोटी रकम नहीं है। इसके अलावा अत्यन्त मान और आमदनी का ठीया है। यहां कलकत्ता से जो लोग अच्छी तरह परिचित हैं, वे जानते हैं कि ऊंचे-से-ऊंचे लोगों की श्रेणी में रहने के लिए आप पांच हज़ार पौंड सालाना खर्च करके बड़ी शान से रह सकते हैं। और अपनी बाकी तनख्वाह मय सूद के बचा सकते हैं। फिर इसके अलावा आपको गवर्नर-जनरल बहादुर ने लॉ कमिश्नर भी तो बना दिया है, जिसके लिए पांच हज़ार पौंड सालाना मुफ़्त ही में आपकी जेब में पड़ जाएंगे और इसके लिए वास्तव में आपको एक मक्खी भी न मारनी पड़ेगी।'

लॉर्ड मैकाले ज़ोर से ही-ही करके हंस पड़े और बोले, 'सर मैटकाफ, आप ठीक कहते हैं कि यह लॉ कमिश्नर का पद ऐसा है कि जिसके लिए एक आदमी को इतनी बड़ी तनख्वाह देना मुनासिब नहीं था। क्योंकि मैं भी यह देखता हूं कि कोई कार्य तो इस पद का है ही नहीं।'

'तो इससे आपको क्या? रुपये आपको काटते थोड़े हैं? निखर्चे दस हज़ार पौंड सालाना बचाते चले जाइए।'

'निस्संदेह, मैं आशा करता हूं कि केवल उन्तालीस साल की उम्र में जबकि मेरे जीवन की शक्तियां अपने शिखर पर होंगी, तीस हज़ार पौंड की रकम लेकर इंग्लिस्तान वापस जा सकूंगा। सच तो यह है कि इससे अधिक धन कमाने की मैंने कभी कामना भी नहीं की थी।'

'मेरे प्यारे लॉर्ड, मैं तो यह समझता हूं कि आप कम-से-कम पचास-साठ हज़ार पौंड की रकम लेकर स्वदेश को लौटेंगे।'

'धन्यवाद सर मैटकाफ, लेकिन इन काले, घिनौने और अन्धविश्वासी भारतीयों के बीच में रहना तो अत्यन्त ही असह्य है।'

'बेशक, खासकर उस हालत में जबकि आप न तो उनके देश की कोई भाषा जानते हैं, न रीति-रस्म जानते हैं, न उनसे कोई सहानुभूति रखते हैं।'

'राइट यू आर सर; हकीकत तो यही है। लेकिन मुझे दो काम करने हैं—पहला यह कि मैं उनके लिए जो कानून बनाऊं, उसमें मुझे एक ही बात को नज़र में रखना पड़ेगा कि उसके द्वारा अंग्रेज़ी सरकार के हाथ मज़बूत हों और सर्व-साधारण असहाय रह जाएं।'

'तो माई लॉर्ड, शायद यह उसी ढंग का कानून आप बनाने जा रहे हैं, जैसा कि हमारा बनाया हुआ आयरिश पिन कोड है, जिसके बाबत बर्क ने कहा था कि वह एक ऐसा पेचीदा यन्त्र है जो किसी कौम पर अत्याचार करने, उसे दरिद्र बनाने और उसे आचार-भ्रष्ट करने और उसके अन्दर से मनुष्यत्व तक का नाश करने में अद्वितीय है।'

'आप बड़ी सख्त राय रखते हैं सर मैटकाफ; परन्तु हम जानते हैं कि भारतवर्ष को कभी स्वतन्त्र नहीं किया जा सकता। लेकिन कभी-न-कभी एक मज़बूत और निष्पक्ष स्वेच्छा-शासन उसे मिल सकता है।'

'माई लॉर्ड, मैं अच्छी तरह जानता हूं कि लॉ मेम्बर का काम है हिन्दुस्तानियों को क़ानून की सुनहरी ज़ंजीरों में जकड़ देना, और मैं आशा करता हूं कि आप यह काम बड़ी खूबी से पूरा करेंगे। खैर, दूसरा काम भी फ़रमाइए।'

'मेरा दूसरा काम यह होगा कि मैं कम्पनी की सरकार को यह सलाह दूं, और उसके सामने शिक्षा की एक ऐसी योजना उपस्थित करूं जिससे कि भारतवासियों को अंग्रेज़ी सिखाकर उनकी सहायता से अंग्रेज़ हिन्दुस्तान पर हुकूमत करें।'

'मैं समझ गया। आपका उद्देश्य यह है कि हिन्दुस्तानियों में राष्ट्रीय भावना पैदा ही न होने पाए।'

'निस्संदेह, यह एक बड़ा खतरा है। मेरा दृष्टिकोण यह है कि अंग्रेज़ी शासन भारतवर्ष में चिरस्थायी रहे।'

'क्या आपने ऐसी कोई योजना सोची है?'

'मैंने बहुत-कुछ सोच-विचार लिया है सर मैटकाफ! यदि मेरी बताई हुई शिक्षा-योजना को काम में लाया गया तो आज से बीस बरस बाद कम-से-कम बंगाल के इज़्ज़तदार लोगों में एक भी मूर्तिपूजक न रहेगा।'

'माई लॉर्ड, मैं आपकी बात की तह तक पहुंच गया हूं, और मैं कह सकता हूं कि आप भारतवासियों में धार्मिक और सामाजिक जीवन को नष्ट करने का संकल्प कर चुके हैं।'

'यह आपका खयाल है। मैं तो इतना ही कह सकता हूं कि ब्रिटिश सरकार को इस समय अपने विशाल साम्राज्य के लिए अनेक वफादार और कुशल नौकरों की ज़रूरत है, उसकी यह ज़रूरत पूरी हो जाए।'

'किन्तु आपको ज्ञात होना चाहिए कि इस समय भी भारत शिक्षा-प्रचार में यूरोप के सब देशों से आगे है। और प्रतिशत आबादी के हिसाब से पढ़े-लिखों की संख्या यहां अब भी यूरोप से अधिक है। यहां असंख्य ब्राह्मण अध्यापक अपने घरों पर लाखों विद्यार्थियों को मुफ्त शिक्षा देते हैं। इसके अतिरिक्त सभी बड़े-बड़े नगरों में उच्च संस्कृत-साहित्य की शिक्षा के लिए विद्यापीठ कायम हैं, इसी तरह उर्दू और फारसी की शिक्षा के लिए जगह-जगह मकतब व मदरसे हैं। जहां लाखों हिन्दू और मुसलमान बालक शिक्षा पा रहे हैं। फिर छोटे-से-छोटे गांव में भी पाठशालाएं हैं, जिनका संचालन पंचायतों द्वारा होता है। आपको यह जानकर शायद आश्चर्य हो कि इस समय भी अकेले बंगाल में चालीस हज़ार देशी पाठशालाएं हैं। और जहां तक मैं जानता हूं प्रत्येक हिन्दू गांव में आम तौर पर सब बच्चे लिखना-पढ़ना और हिसाब करना जानते हैं। मैं तो यहां तक कहने का साहस कर सकता हूं कि शिक्षा की दृष्टि से संसार के किसी भी अन्य देश में किसानों की अवस्था इतनी ऊंची नहीं है जितनी भारत के अनेक भागों में। आपने प्रसिद्ध मिशनरी डा-वेल का नाम तो सुना होगा, जो कि मद्रास में पादरी रह

चुके हैं, अब उन्होंने इंग्लिस्तान जाकर भारतीय प्रणाली के अनुसार शिक्षा देना प्रारम्भ किया है।'

'लेकिन मैं तो यह देखता हूं कि इस हिन्दुस्तान में करोड़ों नन्हे-नन्हे बच्चे, जिन्हें पाठशालाओं में शिक्षा ग्रहण करनी चाहिए, मां-बाप का पेट भरने के लिए उनके साथ मेहनत-मज़दूरी करते हैं।'

'लेकिन यह सब हमारी ही करतूत से। मुझे कहते हुए दुःख होता है कि सारा हिन्दुस्तान बड़ी तेज़ी से निर्धन होता जा रहा है। खासकर जब से यह इंग्लिस्तान के बने कपड़ों का प्रचार किया गया है। यहां के कारीगरों की जीविका-निर्वाह के साधन खत्म हो गए हैं। देश का धन पुराने देशी दरबारों और देशी कर्मचारियों के हाथ से निकलकर हमारे हाथ में चला आया है और हम उस धन को भारत में खर्च न करके इंग्लिस्तान भेज रहे हैं। सरकारी लगान जिस कड़ाई से वसूल किया जाता है उससे भी प्रजा को कष्ट होता है। इस कारण नीच और मध्य श्रेणी के लोग मजबूर हो गए हैं कि उनके बच्चों के कोमल अंग थोड़ी-बहुत मेहनत कर सकने के योग्य होते ही माता-पिता उन्हें ज़िन्दगी की आवश्यकता के लिए मेहनत-मज़दूरी में धकेल देते हैं। इसी से देश की पुरानी शिक्षा-संस्थाएं कम होती जा रही हैं। ख़ासकर इसलिए भी कि हिन्दुओं के शासन-काल में विद्या-प्रचार की सहायता के लिए बड़ी-बड़ी रकमें राज्य की ओर से बंधी हुई थीं, वे अब बन्द हो गयी हैं, और हमारी अंग्रेज़ी सरकार उन्हें किसी प्रकार की कोई आर्थिक सहायता नहीं देती।'

'लेकिन सबसे अधिक विचारणीय बात तो यह है कि क्या भारतवासियों को शिक्षा देना अंग्रेज़ों के लिए हितकर है अथवा अहितकर। आप अच्छी तरह जानते हैं कि हम लोगों ने अपनी इस मूर्खता के कारण अमेरिका को हाथ से खो दिया, क्योंकि हमने कॉलेज और स्कूल वहां कायम हो जाने दिए। अब भारत के विषय में हम अपनी मूर्खता दोहराना नहीं चाहते।'

'लेकिन हमें अपने सरकारी महकमों और नयी अदालतों के लिए योग्य हिन्दू और मुसलमान कर्मचारी चाहिए, जिनके बिना इन महकमों और अदालतों का चलना सम्भव नहीं है। इसके अतिरिक्त हमें भारतीय जनता के हार्दिक भावों का पता भी लगता रहना चाहिए जिससे जनता के भावों को हम अपनी ओर मोड़ सकें।'

'आप ठीक फर्माते हैं। कलकत्ता का मुसलमानों का मदरसा और बनारस का हिन्दू कॉलेज और पूना का डक्कन कॉलेज इसी दृष्टिकोण से बनाया गया है। और अब मैं सुनता हूं कि कलकत्ता में एक मेडिकल कॉलेज की स्थापना होने वाली है। परन्तु मेरा उद्देश्य तो सर्वथा ही दूसरा है।'

'आपका उद्देश्य क्या है?'

'यह कि उच्च व मध्यम श्रेणी के उन्हीं भारतवासियों की शिक्षा पर ध्यान दिया जाए जिनसे कि हमें अच्छे शासन के लिए देशी एजेंट मिल सकें और जिनका देशवासियों पर भी प्रभाव हो।'

'तो आपका मतलब यह है कि बिना योग्य भारतवासियों की सहायता के ब्रिटिश

राज्य का चल सकना सर्वथा असम्भव है।'

'निस्संदेह मेरा दृष्टिकोण यही है। और इसीलिए मेरा यह दृढ़ निश्चय है कि भारतवासियों को प्राचीन भारतीय साहित्य की शिक्षा से विमुख करके, उन्हें अंग्रेज़ी भाषा, अंग्रेज़ी विज्ञान सिखाया जाए।'

'क्या ऐसा करना भारतीयों के लिए हितकर होगा?'

'इस बात पर विचार करना मेरा काम नहीं है। मेरा दृष्टिकोण यह है कि उच्च श्रेणी के भारतवासियों में राष्ट्रीयता के भावों को उत्पन्न होने से रोका जाए और उन्हें अंग्रेज़ी सत्ता चलाने के लिए उपयोगी यंत्र बनाया जाए। हकीकत यह है कि हमें भारत में इस तरह की एक श्रेणी पैदा करने का भरसक प्रयत्न करना चाहिए, जो हमारे और करोड़ों भारतवासियों के बीच जिन पर हम शासन करते हैं, समझाने-बुझाने का काम करे। ये लोग ऐसे होने चाहिए जो कि केवल रक्त और रंग की दृष्टि से हिन्दुस्तानी हों, किन्तु जो अपनी रुचि, भाषा, भावों और विचारों की दृष्टि से अंग्रेज़ हों।'

'आपकी रिपोर्ट मैंने पढ़ी है और आपको यह जानकर खुशी होगी कि गवर्नर जनरल ने आपका समर्थन किया है, और हुक्म दिया है कि जितना धन शिक्षा के लिए मंजूर किया जाए, उसका सबसे अच्छा उपयोग यही है कि उसे केवल अंग्रेज़ी शिक्षा के ऊपर खर्च किया जाए।'

'इस सूचना के लिए मैं आपको धन्यवाद देता हूं। वास्तव में हमें हिन्दुस्तान में अंग्रेज़ी पढ़े-लिखे ऊंचे दर्जे के हिन्दुस्तानियों की एक ऐसी श्रेणी बना देनी है जिन्हें अपने देशवासियों के साथ या तो बिलकुल ही सहानुभूति न हो, और हो तो बहुत कम।'

'मैं समझ गया और आशा करता हूं कि आप अपने मिशन में सफल होंगे और कल कौंसिल की मीटिंग में जो आपकी रिपोर्ट पर विचार होगा, उसमें बहुमत आप ही का होगा।'

शाम हो चली थी और अंधेरा बढ़ गया था, जबकि बैरे ने लैंप लेकर वहां प्रवेश किया। दोनों लॉर्ड उठ खड़े हुए और हाथ में हाथ दिए, टहलते हुए अपने-अपने बंगलों की ओर रवाना हुए।

## 20

सन् 1827 में अवध के प्रथम बादशाह गाज़ीउद्दीन हैदर ने अपना तख्तोताज सूना छोड़कर इस असार संसार से कूच किया। वे जब पिता के सिंहासन पर बैठे थे तब चौदह करोड़ रुपया शाही खज़ाने में जमा था, और अवध का राज्य जाहो-जलाली से भरपूर था। परन्तु इनके मरते समय अवध का शाही खज़ाना खाली था। राज्य में अंधेरगर्दी मच रही थी। अंग्रेज़ों ने ज़ोरोज़ुल्म करके बादशाह से खूब रुपया ऐंठा था और बादशाह के कर्मचारियों ने प्रजा को लूटने में सितम ढाया था। इससे बहुत लोग खेती-बाड़ी, घर-बार छोड़ भाग गए थे। खेत सूखे-उजाड़ पड़े थे, गांव वीरान थे, भले घर के समर्थ साहसी लोग ज़मींदार डाकू बन गए थे। बुद्धिमान और चरित्रहीन जन ठग बन गए थे। बाकी सब चोर हो गए थे। अतः राज्य-भर में चोरों, ठगों, उठाईगीरों

का बोलबाला था। कहीं किसी की सुनवाई न थी।

पिता गाज़ीउद्दीन के मरने पर उनके तथाकथित पुत्र नसीरुद्दीन हैदर गद्दी पर बैठे। गाज़ीउद्दीन नसीर को अपना औरस पुत्र नहीं मानते थे। न उन्हें उत्तराधिकारी बनाना चाहते थे। कहा तो जाता है कि उन्होंने नसीर को मरवा डालने की भी चेष्टा की थी। परन्तु इसी बीच उनकी मृत्यु हो गयी। तब नसीर ने दो करोड़ रुपये अंग्रेज़ों की नज़र करके अपने लिए हिज़ मैजेस्टी का गौरवयुक्त पद क्रय किया। कहने की आवश्यकता नहीं कि ये दो करोड़ रुपये राज्यकोष से नहीं, प्रजा से लूट-खसोट करके दिए गए थे, क्योंकि इस समय राजकोष में फूटी कौड़ी भी न थी।

अपनी प्रजा पर और परिवार के लोगों पर नसीर मनमाना अत्याचार कर सकते थे, इसकी उन्हें छूट थी। अंग्रेज़ी रेज़ीडेंट उनके किसी काम में दखल नहीं दे सकता था। वह केवल अवध राज्य में अंग्रेज़ों का हित देखता तथा अंग्रेज़ी प्रभुत्व का ध्यान रखता था।

नसीरुद्दीन हैदर ने दो करोड़ रुपये खर्च करके जो अंग्रेज़ों से हिज़ मैजेस्टी की उपाधि खरीदी थी, उसका भली-भाँति उपयोग करने के लिए वे सिर से पैर तक अंग्रेज़ी लिबास में रहते थे। उनके पिता गाज़ीउद्दीन सच्चे मुसलमान थे। हमेशा तस्बीह हाथ में रखते और *कुरान शरीफ* की आयतें पढ़ते रहते थे। परन्तु नसीरुद्दीन को अंग्रेज़ों की सोहबत और अंग्रेज़ी लिबास ही पसन्द था। जब कोई अंग्रेज़ उन्हें 'योर मैजेस्टी' कहकर सम्बोधित करता था तो नसीर आनन्द के साथ बहुत-सा गर्व भी अनुभव करते थे। इस आनन्द की अभिवृद्धि के लिए उन्होंने पांच अंग्रेज़ मुसाहिब रखे हुए थे। इनमें एक हज्जाम था, जो एक आंख से काना था। पर वह इस समय बादशाह की मूंछ का बाल हो रहा था। वह एक जारज़ और आवारा लड़का था, जिसने बचपन ही से हज्जाम का काम सीखकर लन्दन में एक सैलून खोला था। पीछे वह धन कमाने की लालसा से भारत चला आया था। लन्दन में ही उसने सुना था कि ईस्ट इण्डिया कम्पनी की राजधानी कलकत्ता में कोई अंग्रेज़ नाई नहीं है। बस, वह इस सुयोग से लाभ उठाने भारत चला आया। जहाज़ पर उसने केबिन ब्वॉय की हैसियत से यात्रा की। कलकत्ता पहुंच हज्जाम का काम करके कुछ रुपया जोड़ा, फिर वह काम छोड़ कुछ विलायती सामान खरीद उत्तर-पश्चिम में गांव-गांव, कस्बे-कस्बे फेरी लगाता, कन्धे पर बुकची रखे माल बेचता लखनऊ पहुंचा। लखनऊ पहुंचकर उसने रेज़ीडेंट मेजर वेली के बाल बनाकर उन्हें खुश कर दिया। हिज़ मैजेस्टी नसीर के बाल सूअर के समान कड़े और खड़े थे। एक दिन रेज़ीडेंट ने इस काने नाई को उनकी सेवा में ला उपस्थित किया। उसने उसके बाल घुंघराले बना दिए। बादशाह बहुत खुश हुए। हज्जाम को पहले नौकर रखा, फिर उसकी वाक्चातुरी और मज़ाकिया प्रकृति से प्रसन्न हो उसे अपना मुसाहिब बना लिया। अब वह बादशाह की नाक का बाल बना हुआ था। ठाठ से शाही दस्तरखान पर खाना खाता और बढ़िया शराब पीता था।

दूसरा मुसाहिब एक दर्ज़ी था, जो इटली का निवासी था। वह विलायती गाना गाने में उस्ताद था। तीसरा एक मास्टर था, जिससे बादशाह ने शुरू में ए-बी-सी-डी

पढ़ी थी, पर अब उसे पढ़ने की फ़ुर्सत ही नहीं मिलती थी। चौथा आदमी एक लाइब्रेरियन था। उसके द्वारा भाँति-भाँति की पुस्तकें मंगाकर इकट्‌ठा करने का नसीर को शौक था। पांचवां एक थोड़ी ही आयु का कर्नल था जो आयरलैंड का निवासी था।

हज्जाम को बादशाह ने सरफराज़ खां का खिताब दिया था। हज्जाम उसे हिज़ मैजेस्टी कहकर पुकारता था और बादशाह उसे खां साहब कहकर संबोधित करता था। शाही खज़ाने से इन पांचों मुसाहिबों को हर महीने पन्द्रह सौ रुपया मुशाहरा मिलता था। इसके अतिरिक्त दरबार के दिनों में या ईद, मुहर्रम पर चार-छः हज़ार रुपया तथा और भी इनाम-इकराम मिल जाता था। ये सब मुसाहिब बादशाह के साथ शाही दस्तरखान पर खाना खाते और बढ़िया शराब पीते थे।

हिज़ मैजेस्टी नसीरुद्दीन हैदर के महल में बहुत-सी बेगमात और ग्यारह सौ आसामियां, जलसेवालियां और डोलेवालियां थीं। प्रधान बेगम दिल्ली के बादशाह अहमदशाह की पुत्री थी। इसका विवाह नसीर से बहुत पहले हुआ था। हिज़ मैजेस्टी होने के पहले से ही उसका इस बेगम के पास आना-जाना लगभग बन्द हो गया था। रंगमहल में वह बादशाह-बेगम के नाम से प्रसिद्ध थी। उसका रुआब-दबदबा बहुत था, तथा वह पृथक् महल में रहती थी। उसकी सेवा में सैकड़ों दास-दासियां, लौंडी-बांदियां रहती थीं। महल की प्रत्येक बेगम या स्त्री को, चाहे वह बादशाह की कितनी ही चहेती हो, बादशाह-बेगम के प्रति सम्मान प्रकट करना पड़ता था।

नसीरुद्दीन औरतों का खास तौर पर शौकीन था। उसके महल में अनेक नीच जाति की स्त्रियां भी थीं, जिन्हें उसने उपपत्नी या रखैल बनाकर रखा हुआ था। एक बेगम अत्तारमहल थी, जिसकी इस समय तूती बोलती थी। दूसरी ताजमहल और तीसरी नूरमहल, जो बहुत दिन तक रखैल की भाँति रही थीं। और अब नवाब ने निकाह पढ़ाकर उसे बेगम बना लिया था। किसी मुसलमान अमीर-गरीब की सुन्दरी कन्या पर बादशाह की नज़र पड़ते ही वह उसे अपनी रखैल बना लेने को तैयार हो जाता था। बहुत-से अमीर मुसलमान इस ताक में रहते थे कि उनकी लड़कियों पर बादशाह की नज़र पड़े और बादशाह उसे रखैल बनाकर रख ले। ऐसे अनुरोध बादशाह तुरन्त मान लेते थे, परन्तु उनमें से बहुतों को बादशाह के सामने जाने का भी अवसर नहीं मिलता था। किन्तु हां, यदि ऐसी कोई स्त्री गर्भवती हो जाती तो उसे अलग रखा जाता था और उसे मासिक वृत्ति दी जाती थी। ये स्त्रियां एक बारक जैसे मकान में एक-एक कोठरी में रहती थीं। उनमें से बहुतों को बादशाह पहचानते भी न थे।

नसीरुद्दीन हैदर की माता रंगमहल में जनाबे-आलिया बेगम के नाम से प्रसिद्ध थीं। नसीर का इनसे भी मनमुटाव था और वह अपनी माता के महल में नहीं आता-जाता था। प्रसिद्ध था कि जनाबे-आलिया बेगम कोई बड़े खानदान की लड़की न थीं, तथा नसीरुद्दीन की उत्पत्ति पर गाज़ीउद्दीन जब नसीर को मरवा डालना चाहता था, तब आलिया बेगम ने ही उसकी प्राण-रक्षा की थी, परन्तु अब नसीर अपनी मां से कभी मिलता तक न था।

रंगमहल की हिफ़ाजत के लिए एक अच्छी-खासी स्त्री-सैन्य रहती थी। इस सेना में बहुधा नीच जाति की स्त्रियां भरती होती थीं, जो शराब पीतीं और दुराचारिणी भी होती थीं। ये स्त्रियां सिपाहियों का पहनावा पहनतीं, हथियार बांधतीं तथा सिर पर पगड़ी बांधती थीं। इनके दर्जे भी सेना के अफ़सरों की भाँति होते थे। सभी बेगमात के महल में स्त्री-सिपाही रक्षा पर तैनात रहती थीं। बादशाह बेगम के महल पर पचास स्त्री-सैनिक रहते थे, परन्तु जनाबे-आलिया के महल पर डेढ़ सौ स्त्री-सैनिकों का पहरा रहता था।

हिज़ मैजेस्टी बनने के बाद नसीरुद्दीन हैदर को दिल्ली के बादशाह ने बुलाया था और नसीरुद्दीन ठाठ-बाट से दिल्ली के लालकिले में मेहमान होकर गए थे।

# 21

दिल्ली के हज़रत निजामुद्दीन के मज़ार पर उस दिन बड़ी भीड़भाड़ थी। बेशुमार हिन्दू और मुसलमान स्त्री-पुरुष वहां आए थे। बहुत आ रहे थे, बहुत जा रहे थे। मज़ार का विस्तृत सहन स्त्री-पुरुषों से भरा था। हाजतमंद लोग मज़ार पर आकर दुआ-मुरादें मांग रहे थे। प्रसिद्ध था कि कोई ज़रूरतमंद इस औलिया की दरगाह से बिना मुराद पूरी किए वापस नहीं लौटता। उर्स का जुलूस था। बहलियों, रथों, पालकियों और सवारियों का तांता लग रहा था। शानदार मजलिस दरगाह पर जम रही थी। शागिर्द लोग और दूर-दूर के कव्वाल आए थे। दिल्ली के आस-पास के अकीदेवाले लोग हाज़िर थे। बहुत लोग फातिहा और दूसरे पवित्र पाठों का मन्द स्वर से उच्चारण कर रहे थे।

दो स्त्रियां बुर्का ओढ़े डोली से उतरकर धीरे-धीरे मज़ार की तरफ़ को चलीं। दरगाह की ड्योढ़ियों पर पहुंचकर दोनों ने बुर्का उठा दिया। उनमें एक अधेड़ उम्र की मोटी-ताज़ी औरत थी। दूसरी असाधारण रूप-लावण्यमयी बाला थी। अभी उसकी आयु चौदह बरस की ही होगी। वह फिरोज़ी रंग की ओढ़नी और ज़री के काम का सुथना पहने थी। उसकी बड़ी-बड़ी कटोरी-सी आंखें मोती-सा रंग और ताज़ा सेब के समान चेहरा ऐसा लुभावना और अद्भुत था कि उसे देखकर उस पर से आंखें वापस खींच लेना असम्भव था।

दोनों ने दरगाह की ड्योढ़ियों पर जाकर घुटने टेक दिए। फूल और मिठाई चढ़ाई। मुजाविर ने दो फूल मज़ार से उठाकर बालिका को दिए। बालिका ने उन्हें आंखों से लगाया। वृद्धा ने कहा, 'या हज़रत, मेरी बेटी को फरहत बख्शना।'

दोनों स्त्रियां वापस लौट चलीं। इन्हें इस बात का कुछ भी भान न था कि कोई उन्हें छिपी हुई नज़रों से देख रहा है।

परन्तु दो आदमी चुपचाप उन्हें देख रहे थे। एक की आयु पच्चीस वर्ष के लगभग थी। रंग गोरा, बड़े-बड़े नेत्र, विशाल छाती और नोकदार नाक। स्पष्ट था कि कोई बड़ा आदमी छद्म वेश में है। इस व्यक्ति के शरीर पर साधारण वस्त्र थे। और वह खूब चौकन्ना होकर दरगाह में घूम रहा था। उसके पीछे उससे सटा हुआ दूसरा पुरुष था।

यह पुरुष प्रौढ़ और कद्दावर था। वह परछाईं की भाँति उसके साथ था और उसकी प्रत्येक बात अदब से सुनता और जवाब देता था।

आगे वाले पुरुष ने कहा–

'ज़मीर, देखा तूने उस गुलरू को?'

ज़मीर ने दबी ज़बान से कहा, 'खुदाबन्द, हुक्म हो तो पता लगाऊं?'

'जा, डोली वाले कहारों से पूछ।'

ज़मीर ने एक चमचमाती अशर्फी कहार की हथेली पर रख दी। कहार आंखें फाड़-फाड़कर ज़मीर के मुंह की ओर देखने लगा। उसने कहा, 'हुज़ूर क्या चाहते हैं?'

'खामोश,' ज़मीर ने होंठों पर उंगली रखकर कहा, 'यह कहो, सवारियां कहां से लाए हो?'

कहार ने झुककर ज़मीर के कान में कुछ कहा। ज़मीर सिर हिलाता हुआ लौटकर अपने स्वामी के पास आया। उसने हाथ बांधकर कहा, 'सब मालूम हो गया हुज़ूर।'

'उसे हासिल करना होगा।'

'जो हुक्म खुदाबन्द।'

'चाहे जिस भी कीमत पर।'

'जो हुक्म।'

दोनों भीड़ में मिल गए। डोली आंखों से ओझल हो गयी।

उसी रात दोनों आदमी एक अंधेरी गली में खड़े थे। सर्दी कड़ाके की और रात अंधेरी थी। गली में सन्नाटा था। ज़मीर ने कहा, 'आलीजाह, कोठा तो यही है।'

'लेकिन खबरदार, मेरा नाम ज़ाहिर न हो।'

दोनों ऊपर चढ़ गए।

वेश्या का कोठा था। वही अधेड़ औरत रज़ाई लपेट छालियां कतर रही थी। नवागन्तुकों को उसने अपनी सांप की-सी आंखों से घूरकर देखा। एक ने आंख ही आंख में संकेत किया। वृद्धा गम्भीर हो गयी। दूसरे आगन्तुक ने कहा–

'बड़ी बी, सलाम।'

बुढ़िया ने खड़ी होकर अदब से उस पुरुष को मसनद पर बिठाया। इत्र और पान पेश किया। आगन्तुक ने कहा, 'बड़ी बी, हम लोगों के आने से आपको कुछ तरद्दुद तो नहीं हुआ?'

'नहीं मेरे सरकार, यह तो आप ही की लौंडी का घर है। आराम से तशरीफ़ रखिए। और कहिए, बन्दी आपकी क्या खिदमत बजा लाए?'

इसी बीच दूसरे व्यक्ति ने कहा, 'बड़ी बी, हुक्म हो तो ज़ीने की कुंडी बन्द कर दूं।' और उसने वृद्धा का संकेत पाकर द्वार बन्द कर दिया। अब वापस वृद्धा के निकट बैठकर उसने कहा, 'बड़ी बी, हमारे सरकार तुम्हारी लड़की पर जी-जान से फ़िदा हैं। अगर तुम नाराज़ न हो तो इस बाबत कुछ बात करूं?'

बुढ़िया ने तन्त की बात उठती देखकर ज़रा तुनुकमिज़ाजी से कहा, 'यह तो सरकार

की इनायत है, मगर आप जानते हैं, ये गंडेरियां नहीं हैं कि चार पैसे की खरीदीं और चूस लीं।'

वह व्यक्ति भी पूरा घाघ था। उसने कहा, 'गंडेरियों की बात क्या है बड़ी बी, हर चीज़ के दाम हैं। और हर एक आदमी के बात करने का ढंग जुदा है, अगर तुम्हें नागवार गुज़रा हो तो हम लोग चले जाएं।'

बुढ़िया नर्म पड़ गयी। उसने ज़रा दबकर कहा, 'आप इतने ही में नाराज़ हो गए, मैंने यही तो कहा था कि सरकार को हम जानते नहीं हैं। कौन हैं, क्या रुतबा है। सारा शहर जानता है यह ठिकाने का घराना है। मैं कुछ ऐसी रज़ील नहीं हूं, आपके तुफैल से बड़े-बड़े रईसों, नवाबों और रईसज़ादों ने बंदी की जूतियां सीधी की हैं।'

उस आदमी ने कड़े होकर कहा—

'खैर, तो तुम्हारा क्या जवाब है?'

'बंदी को क्या उज्र है। पर यह भी तो मालूम हो कि हुज़ूरेआली का इरादा क्या है।'

'वे चाहते हैं कि तुम्हारी लड़की को बेगम बनाएं, वह खूब आराम से रहेगी। सरकार एक आला रईस हैं।'

बुढ़िया ने तपाक से कहा, 'क्यों नहीं। बड़े-बड़े रईस यहां आए और यही सवाल किया। मगर मैंने अभी मंज़ूर नहीं किया। क्योंकि मेरा बेअन्दाज़ रुपया इसकी तालीम और परवरिश में खर्च हुआ है।'

अब अधीर होकर दूसरे पुरुष ने मुंह खोला। उसने कहा, 'आखिर कितना कुछ कहोगी भी?'

वेश्या ने चुंधी आंखें उस प्रभावशाली पुरुष के मुख पर डालकर कहा, 'आलीजाह पचास हज़ार रुपया तो मेरा उसकी तालीम और परवरिश पर खर्च हो चुका है।'

दूसरे व्यक्ति ने कहा, 'बड़ी बी, इतना अंधेर क्यों करती हो!'

परन्तु बड़ी बी को बीच ही में जवाब देने से रोककर प्रथम पुरुष ने कहा, 'सौदे की ज़रूरत नहीं, यह लो।' उसने अपने वस्त्रों में छिपी हुई एक माला गले से उतारकर बुढ़िया के ऊपर फेंक दी। वह उठ खड़ा हुआ और बोला, 'ज़भीर, उस परी पैकर को अपने हमराह ले आओ।'

वह चल दिया। बुढ़िया ने आश्चर्यचकित होकर माला उठा ली। वह आंखें फाड़-फाड़कर उसके अंगूर के बराबर बड़े-बड़े मोतियों को मोमबत्ती के धुंधले प्रकाश में देखने लगी।'

ज़मीर ने कहा, 'देखती क्या हो, दो लाख का माल है। अब तो पांचों उँगलियां घी में और सिर कड़ाही में। लखनऊ के बादशाह नसीरुद्दीन हैदर हैं। सफ़ाई से चंडूल को फांस लाया हूं। अब इसमें से पचास हज़ार बन्दे को इनायत करो।'

बूढ़ी ने माला को चोली में छिपा लिया। वह आनन्द से विह्वल होकर, 'बेटी, बेटी' पुकारने लगी। लड़की के आते ही वह उसके गले से लिपट गयी। उसने कहा, 'मेरी बेटी, मलिका, अब तेरा इस बुढ़िया से बिछुड़ने का समय आ गया। जा, गरीब मां को भूल मत जाना।' दोनों गले मिलकर रोईं। सलाह-मशविरे किए। पट्टियां पढ़ाई गयीं। ज़मीर उसे डोली में बिठाकर वहां से चल दिया।

22 बादशाह ने उसका नाम रखा कुदसिया बेगम। उसे नवाब का खिताब दिया, जो किसी दूसरी बेगम को प्राप्त न था। और उसे ताज पहनने का भी अधिकार दे दिया। अपने सौंदर्य, प्रतिभा और खुशअखलाक के कारण वह उस विशाल महलसरा में सब बेगमों की सरताज बन गयी। नसीरुद्दीन हैदर उसके गुलाम बने हुए थे। सम्पत्ति उसकी ठोकरों में थी। वह खुले हाथों खर्च करती थी। रुपये-अशर्फियां उसके लिए कंकड़-पत्थर का ढेर थीं। उसका केवल पानों का खर्च रोज़ाना आठ सौ रुपया था। सेरों मोती चूने के लिए रोज़ पीसे जाते थे। रोज़ सौ रुपये के फूलों के हार उसके लिए मोल लिए जाते थे। सात सौ रुपये माहवार उसकी चूड़ियों का खर्च था, जो उसकी दासियां पहनती थीं। उसके बावर्चीखाने में छः सौ रुपया रोज़ खर्च होता था। सोने के थाल में सब प्रकार के रत्नों का सतनजा प्रति संध्या को अपने सिरहाने रखकर सोती थी। और प्रातःकाल होते ही वह गरीबों को खैरात कर दिया जाता था। उसकी पोशाक के लिए हज़ार रुपये रोज़ खर्च किए जाते थे, जिसे वह सिर्फ़ एक बार पहनकर शैदानियों को दे देती थी।

गर्मियों में जो खस की टट्टियां उसके लिए लगाई जाती थीं, वह केवड़ा और गुलाब से छिड़की जाती थीं। सर्दियों में ऊनी कपड़ों के गट्ठे के गट्ठे उसके अमलों में बांटे जाते थे। दस-दस हज़ार रुपयों की लागत की उसकी रज़ाइयां बनती थीं। और एक बार ओढ़ लेने के बाद जिसके भाग्य में होती थीं, उसे बख्श दी जाती थीं। वह एक-एक लाख रुपये जलसेवालियों को दे डालती थी। उसे नवाब का खिताब दिया गया था और वह रत्नजटित ताज सिर पर पहनती थी।

बसन्त की ऋतु थी। बेगममहल में हर कोई बसन्ती बाना पहने था। बादशाह का खास बाग सजाया गया था। मैदान में अपने-अपने डेरे-तम्बू डालकर दरबारी अमीर-उमरा और राजकर्मचारी जश्न मना रहे थे।

बादशाह को बड़ी लालसा थी कि इस बेगम के गर्भ से पुत्र उत्पन्न हो और उसे वह अपना वारिस बनाए। इस काम के लिए बड़े-बड़े उपचार किए गए थे। बड़े-बड़े हकीम, तबीब, वैद्य, स्याने-दिवाने बुलाए गए थे। बड़े-बड़े पीर, फकीर, शाह और औलिया वहां पहुंचे थे। उनकी अच्छी बन पड़ी थी। सबने अच्छी लूट मचाई थी। बहुत से निर्धन धनी हो गए। राज्य-भर में फकीरों को निमन्त्रण दिया गया। क्योंकि बेगम को गर्भ रह गया था। रियाया में जश्न मनाने का हुक्म जारी हो गया था।

चारों तरफ़ फव्वारे चल रहे थे। खवासनियां दौड़-धूप कर रही थीं। बादशाह एक मसनद पर अधलेटे पड़े थे। कुदसिया बेगम उनके पहलू में थीं। खवासें शराब के प्याले बादशाह को देतीं और बादशाह उन्हें कुदसिया बेगम के होंठों से लगाकर और आंखें बन्द करके पी जाते थे। नाचनेवालियां नाच रही थीं। एक नाचनेवाली की अदा पर फिदा होकर बेगम ने अपने गले का जड़ाऊ हार उसकी ओर फेंककर सबको वहां से भाग जाने का संकेत किया। सबके चले जाने पर हंसकर उसने बादशाह के गले में हाथ डाल दिया और कहा, 'मेरे मालिक, तुम्हारी इनायत से मैं नाचीज़ क्या से क्या

हो गयी। तुमने मुझको इस कदर निहाल कर दिया कि अब मैं दुनिया को आनन-फानन निहाल कर सकती हूं।'

बादशाह ने उसका मधुर चुम्बन लिया। एक आह भरी और कहा, 'प्यारी बेगम, तुमसे मुझे जो राहत मिली है, उसके सामने यह बादशाहत भी हेच है। लाओ, अपने हाथ से एक प्याला दो। अपने होंठों से छूकर, उसमें अमृत डालकर।'

बेगम ने हंसकर दो प्याले शराब लबालब भरे और बादशाह को दिए। बादशाह उन्हें पीकर बेगम की गोद में झुककर दीनो-दुनिया को भूल गए।

## 23

गोमती के उस पार एक बड़ा मैदान है। इस मैदान में खेती नहीं होती, न कोई बस्ती ही नज़दीक है। यह मैदान चराई के लिए छोड़ दिया गया है। कुछ फ़ासले पर कंजरों की बस्ती थी। मैदान के बीचोंबीच एक टेकरी थी। टेकरी पर कच्ची दीवार का अहाता बनाकर शहनशाह कासिमअलीशाह कलंदर रहते थे। तकिये में नीम का एक पुराना पेड़ था जिस पर कुछ फूल-पौधे लगा दिए गए थे। एक चबूतरा था, जिसके एक कोने में एक मृगछाला पर कासिमअलीशाह कलंदर बैठते थे। दो-चार चटाइयां वहां पड़ी रहती थीं, उन पर आने-जाने वाले विश्वासीजन और शागिर्द लोग बैठते थे। कासिमअलीशाह का रंग एकदम स्याह आबनूस के समान था। दाढ़ी उनकी घनी काली थी। अभी उनकी उम्र चालीस के भीतर ही थी, एकाध बाल पक गया था। बहुत अधिक पान खाने से उनके दांत और होंठ काले पड़ गए थे। उनके हाथ में हज़ार दानों की जैतून की माला हर वक्त रहती थी। हर वक्त उनके होंठ फड़कते और माला सरकती रहती थी। हाथ के नीचे लकड़ी का एक तकिया रहता था। उनकी सूरत डरावनी थी। होंठ मोटे थे। मुख से तम्बाकू की तेज़ बू आती तथा बोलते तो थूक की बौछार पड़ती थी। बीच-बीच में अनलहक के नारे लगाते थे। बहुधा ध्यानस्थ बैठे रहते थे। कभी किसी ने उन्हें खाते-पीते न देखा था।

गर्ज़मंद दुनियादार लोग उनके सामने चटाई पर अदब से बैठे रहते। शाह साहब वज़ीफा पढ़ते रहते, जब कभी गर्ज़मंदों की तरफ़ मुतवज्जह होते, तब वे हाथ बांधकर उनका हुक्म सुनते थे।

मशहूर था कि शाहे-जिन आपके दोस्त हैं और उनकी बदौलत वे बड़ी-बड़ी करामात दुनिया को दिखा सकते हैं। यह भी प्रसिद्ध था कि नवाब कुदसिया बेगम को लड़का उन्हीं की बदौलत हुआ था।

तकिये में दो आदमी बैठे धीरे-धीरे बातें कर रहे थे। एक ने कहा, 'इन्हीं की दया से बादशाह की मुरादें बर आईं।'

'फिर भी किस कदर सादगी और सफ़ाई से रहते हैं!'

'खुदापरस्त बेलौस फ़कीर हैं।'

'आदमी पहुंचे हुए मालूम देते हैं।'

'इसमें क्या शक है, एकदम बेलौस, निर्लोभ।'

'किसी से कौड़ी नहीं लेते।'

'लंगोट के भी सच्चे मालूम देते हैं।'

'बारह वर्ष तो यहीं बैठे हो गए। शहर के हिन्दू-मुसलमान सभी आकर ज़ियारत करते हैं। सुबह दरबार लगता है। कितनी बेऔलाद औरतों को इनके हुक्म से बेटा हुआ है। कभी किसी से पैसा नहीं लेते। (धीरे से) कीमिया बनाते हैं।'

'अच्छा! यह भेद तो अब खुला।'

'अमा, छुपकर गरीबों को सोना बांटते हैं। आधी रात को दरिया में नहाकर खुदा की इबादत में बैठते हैं, सो सुबह तक बैठे रहते हैं।'

'भूत, प्रेत, जिन, सब काबू में हैं।'

'तभी तो यह करामात है।'

'अजी अक्सीर और तस्खीर खुदा के राज़ हैं। सीने-ब-सीने चलते हैं। जिसकी तकदीर में होता है, उस पर मेहरबान होते हैं तो उसे इल्म-गैब बता भी देते हैं।'

## 24

बांदी ने दस्तबस्ता अर्ज़ की, 'आलीजाह, हुज़ूर शहनशाह कासिमअलीशाह तशरीफ ला रहे हैं। वे कहते हैं, हम खुद बादशाह और बेगम को दुआ देंगे।'

बादशाह और बेगम हड़बड़ाकर खड़े हो गए। चांदी के हवादान पर सवार जिनों के बादशाह शहनशाह कासिमअलीशाह कलंदर आए। हवादान फ़र्श पर रखा गया। बादशाह और कुदसिया बेगम ने झुककर पल्ला चूमा। जड़ाऊ कुर्सी पर बिठाया। उन्होंने हाथ उठाकर होंठों ही में बड़बड़ाकर आशीर्वाद दिया, फिर वे एकदम उठ खड़े हुए। उन्होंने कहा, 'बेगम, अपने हाथ से खैरात करें।'

वे चल दिए।

बेगम ने हंसकर बादशाह से कहा, 'सुना आपने, शाह साहब का हुक्म?'

'सुना, खैरात करो।'

'फिर?'

'कितना?'

'एक करोड़ तो करो।'

बादशाह ने हुक्म दिया, 'अभी एक करोड़ रुपये का चबूतरा रूबरू चुना जाए। देखते ही देखते एक करोड़ का चबूतरा चुना गया। बादशाह बेगम ने पास जाकर देखा और कहा, 'बस, एक करोड़ इतना ही होता है?'

उसने एक नाज़ुक ठोकर चबूतरे पर लगाई और हुक्म दिया, 'लूट लो।'

देखते ही देखते वह एक करोड़ रुपया आज़ादों, मज्जूबों और साकियों को लुटा दिया गया।

इसके बाद चौदह दिन जश्न मनाने का हुक्म हुआ, जिसमें असंख्य धनरत्न स्वाहा हो गया।

# 25

आज लखनऊ के बाज़ार में बड़ी उत्तेजना फैली हुई थी। पहर दिन चढ़ गया, परन्तु अभी तक आधी से अधिक दूकानें बन्द थीं। बकरू नानबाई ने दुकान में तंदूर को गरमाने के बाद पाव-रोटी सजाते हुए पड़ोस के लाला मटरूमल से कहा–

'चाचा मटरू, अभी तक दुकान नहीं खोली, इस तरह गुमसुम कैसे बैठे हो! दोपहर दिन चढ़ गया।'

मटरू लाला सिकुड़े हुए दुकान के आगे हाथ में चाबियों का गुच्छा लिये बैठे थे। उन्होंने नाक-भौं सिकोड़कर कहा, 'क्या करूं दुकान खोलकर, अभी सरकारी हाथी आएंगे और सब जिन्स चबा जाएंगे। कौन लड़ेगा भला इन काली बलाओं से!'

'सचमुच चचा यह तो बड़ा अंधेर है। कल ही की लो, पांच सेर आटा गूंदकर रखा था, एक ही चपेट में सफ़ा कर गया। तंदूर तोड़ गया घाते में। खुदा गारत करे। नवाब आसफुद्दौला के ज़माने से दूकानदारी करता हूं, पर ऐसा अंधेर तो देखा नहीं।'

'तुम अपने तंदूर और पांच सेर आटे की गाते हो म्यां! मेरी तो मन-भर मक्का साफ़ कर गया। महावत साथ था। महावत को मैंने डांटा तो वह शेर हो गया। और उलटा मुझी को आंख दिखाने लगा। कहने लगा, 'मैं क्या करूं? सरकार से फीलखाने के खर्च का रुपया मिलता ही नहीं; इसलिए एक-एक महावत अपने हाथी के साथ तीसरे दिन बाज़ार आता है। जो हाथ लगा उससे पेट भरता है।'

इतने में नसीबन कुंजड़िन वहां आ गयी। उसने कहा–

'अधेले की रोटी और अधेले का सालन दो म्यां बकरू, ज़रा बोटियां ज़्यादा डालना।'

'अधेले में क्या तुम्हें सारी देग उलट दूं?'

'तो मरे क्यों जाते हो, सालन के नाम तो नीला पानी ही है?'

'लखनऊ-भर में कोई साला मेरे जैसा सालन बना तो दे, टांगों तले निकल जाऊं। ला, प्याला दे। कल हाथी ने तेरा भी तो नुकसान किया था।'

'ए खुदा की मार इस हाथी पर, मुआ टोकरे-भर खरबूजे खा गया।' धेले तक की बोहनी न हुई थी, बस लाकर रखे ही थे। मैंने डराया तो मुआ सूंड उठाकर झपटा मेरे ऊपर। मैं भागी गिरती-पड़ती। पर किससे कहें, यहां लखनऊ में तो बस इन दाढ़ीज़ार फिरंगियों की चलती है। और किसी की दाद-फरियाद कोई नहीं सुनता।'

इसी समय मियां नियामतहुसैन चकलादार हाथ में ऐनक लिए आ बरामद हुए। फटा पायजामा, फिडक जूतियां और पुरानी शेरवानी, दुबले-पतले, फूंस से आदमी। आते ही बोले, 'म्यां बकरू, झपाके से दमड़ी का रोगनजोश, दमड़ी की रोटी और अधेले की कलेजी दे दो।'

'खूब हैं आप, पैसे के तीन अधेले भुनाते हैं। लाइए पैसा नगद।'

'म्यां अजब अहमक हो, चकलेदार हैं हम, कोई उठाईगीर नहीं।'

'माना आप चकलेदार हैं, इज़्ज़तवाले हैं; मगर सुबह-सुबह उधार के क्या मानी? फिर पिछला भी बकाया है। अब आपको उधार भी दें और अहमक भी बनें।'

'अगले-पिछले सभी देंगे, तनख्वाह मिलने पर।'

'यह तो मैं साल-भर से सुनता आ रहा हूं।'

'तो भई, मैं क्या करूं, तीन बरस से तलब नहीं मिली।'

'तो छोड़ दो नौकरी।'

'नौकरी छोड़कर क्या करूं?'

'घास खोदो।'

'कमज़र्फ आदमी, हमें घास छीलने को कहता है! हम चकलादार हैं, नहीं जानता!'

'तो हज़रत, पैसा नकद दीजिए और सौदा लीजिए। क्या ज़रूरी है कि हम अपना माल दें और गालियां खाएं?'

'अजब ज़माना आ गया है, रज़ील लोग शरीफों का मुंह फेरते हैं, सरकारी अफ़सरों को आंखें दिखाते हैं।'

'तो साहब, हम तो अपना पैसा मांगते हैं। उधार बेचें तो खाएं क्या?'

'तुफ है उस पर जो इस बार तनख्वाह मिलने पर तुम्हारा चुकता न करे। लो, लोगों हम चलें।'

'खैर, तो इस वक्त तो लेते जाइए चकलादार साहब, हम रज़ील लोग हैं, मुल दुकान के आगे खाली नहीं गाहक भेज सकते।'

चकलादार साहब नर्म हुए। कहने लगे, 'भई, हम क्या करें, मुल्केज़मानिया साहब लोगों को लाखों रुपये रोज़ देते हैं, पर नौकरों को तलब नहीं मिलती। हाथी आवारा बाज़ारों में फिरते हैं, उन्हें राशन नहीं दिया जाता।'

इसी वक्त मौलाबक्स खानसामा आ गया। पिछली बात सुनकर कहा, 'भई, अब तो दो साल और तलब नहीं मिलेगी। नवाब कुदसिया बेगम को लड़का हुआ है। उसके जश्न का हुक्म है। करोड़ों रुपया खर्च होगा। सुना नहीं तुमने, बेगम ने करोड़ रुपये का चबूतरा लुटवा दिया।'

'हां भाई, बादशाह हैं। पर रियाया का भी तो खयाल रखना लाज़िम है।'

सामने की दुकान पर करीमा फुल्कियांवाला गर्मागर्म फुल्कियां उतार रहा था। मियां अमजद तहमद कड़काते आए—एक पैसा झन्नाटे से थाल में फेंककर कहा, 'म्यां दे तो एक पैसे की गर्मागर्म।'

'एक पैसे की क्या लेते हो, कल्ला भी गर्म न होगा। दो पैसे की तो लो।'

'दो ही पैसे की दे दो यार, मगर चटनी ज़रा ज़्यादा देना।'

फुल्कीवाले ने बीस फुल्कियां दोने में भरकर अमजद के हाथ में दीं और चटनी की हांडी आगे सरकाकर कहा, 'ले लो, जितनी जी चाहे।'

अमजद ने चटनी दोने में भरी और कहा, 'यार, चटनी तो बासी मालूम पड़ती है।'

'लो और हुई। म्यां, अभी तो पाव-भर खटाई की चटनी बनाई है। आप पहचानने में खूब मश्शाक हैं।'

'तो तेज़ क्यों होते हो म्यां। मैंने बात ही तो कही।'

'और मैंने क्या तमाचा मारा? क्या ज़माना आ गया! लखनऊ शहर में अब तमीज़दारों की गुज़र नहीं।'

'आक्खाह, तो आप तमीज़दार हैं!'

ये बातें हो ही रही थीं कि हुसेनखां जमादार रकाबी लिए लपकते आए। बोले, 'म्यां करीम, ज़रा दो पैसे की फुल्कियां तो देना, यार, घान ज़रा खरा करके निकालो, खूब फुल्कियां बनाते हो, यार। इस कदर मुंह लग गयी हैं कि खुदा की पनाह। नखास से आना पड़ता है तुम्हारी दुकान पर।'

'तो पैसे निकालिए, साहब।'

'इसके क्या माने? शरीफों से ऐसी बात!'

'तो हुज़ूर, मैं उधार कहां से दूं। गरीब दुकानदार हूं। पेट भरने को सुबह-सुबह यहां पर खून जलाता हूं। आप हैं कि सुबह-सुबह हाज़िर। एक दिन, दो दिन, तीन दिन, आखिर कब तक? पूरे नौ आने उधार हो गए हैं।'

'इसे कहते हैं कमीनापना। न किसी की इज़्ज़त का खयाल, न रुतबे का। मुंह में आया, बक गए। अबे, हम सरकारी जमादार हैं, चरकटे नहीं।'

'तो जमादार साहब, पैसे नकद दीजिए, उधार की सनद नहीं।'

जमादार ने दो पैसे टेंट से निकालकर फेंक दिए। तैश में आकर बोले, 'अबे, कौन तुमसे मुंह लगे। अब से जो तुम्हारी दुकान पर आए उस पर सात हर्फ।'

दुकानदार ने पैसे उठाए और ज़रा नर्म होकर कहा, 'नाराज़ न हों। हम टके के आदमी, इतनी गुंजाइश कहां कि उधार सौदा दें, जमादार साहब! लीजिए, चटनी चखिए, क्या नफीस बनाई है। ये मियां कहते हैं—बासी है।'

उसने रकाबी में गर्मागर्म फुल्कियां और चटनी रख दी। जमादार साहब ने खुश होकर कहा, 'ये फुल्कियां-चटनी तो तुम लखनऊ-भर में बनाने वाले एक ही हो।'

'हुज़ूर, यह आंच का खेल है, निगाह चूकी कि बिगड़ा।'

'भाई बड़ी कारीगरी का काम है, बस तुम्हारा ही दम है। पैसों का खयाल न करना, हां, बस तनख्वाह मिली कि तुम्हारे पैसे खरे। अजी बरसों से हम तुम्हारी दुकान से फुल्कियां लेते हैं। अब चलता हूं। हसनू की दुकान से धेले का तम्बाकू और रज्जब कुंजड़े से धेले की अरवियां लेनी हैं। मगर यार हसनू का ज़ंगी हुक्का हर वक्त तैयार रहता है। उधर से जानेवाले पर लाजिम है एक कश ज़रूर लगाए। सौदा ले या न ले। ओफ्फो, दो पैसे की अफीम की पुड़िया भी लेनी है। लो भई, अब तो सदर तक दौड़ना पड़ा।' जमादार तेज़ी से चल दिए।

## 26

गर्मी की सुबह। अभी सूरज उगा नहीं था और हवा ठंडी चल रही थी। लोग रातभर गर्मी के मारे करवट बदलते रहे और तड़पते रहे। उनकी आंखों में नींद का खुमार भरा था। मगर बिस्तर छोड़कर उठ बैठे थे। कोई हुक्का भरने की फिक्र में, और कोई हाथ-मुंह धोने की जुगत में। कोई कपड़े पहन रहा था। परन्तु कुछ लोग इस वक्त भी ठंडी हवा के झोंकों में मीठी नींद के मज़े ले रहे थे। मीर आगा अपने छोटे-से कमरे के आगे चबूतरे पर मोढ़े पर बैठे हुक्का पी रहे थे। अभी एक दो

कश लिए होंगे कि पड़ोस के मिर्ज़ा डेढ़खुम्मा हुक्का खूब सुलगा हुआ, हाथ में लिए बराबर में मोढ़े पर आ बैठे। मीर साहब ने कहा, 'मिर्ज़ा साहब, वल्लाह, आपका हुक्का तो इस वक्त कयामत कर रहा है।'

मिर्ज़ा ने हुक्का मीर साहब के आगे रखकर कहा, 'लीजिए, शौक कीजिए। मुलाहिज़ा फरमाइए।'

'खुदा जाने, करीमखाँ किस तरह हुक्का भरता है। पहर-भर हो गया सुलगने का नाम नहीं।'

'उसे मुझे इनायत कीजिए।'

करीमखाँ से बदनामी चुपचाप बर्दाश्त नहीं हुई। उसने कहा—'हुजूर, भारी तवा है, सुलगते-सुलगते ही सुलगेगा। लाइए, फूंक दूं।' उसने चिलम की ओर हाथ बढ़ाया। मिर्ज़ा ने हुक्का अपनी ओर खींचते हुए कहा, 'अमां क्या हुक्के को गारत करोगे, ठहरो मैं दुरुस्त किए लेता हूं।'

मीर साहब ने मिर्ज़ा के हुक्के पर दखल करके मुस्कुराते हुए कहा, 'भई मिर्ज़ा, वाकई आप हुक्के की नब्ज़ पहचानते हैं। बस मसीहा हैं आप हुक्के के। लीजिए, पान शौक फरमाइए,' उन्होंने पानदान मिर्ज़ा के आगे सरका दिया।

मिर्ज़ा साहब ने दो गिलौरियां मुंह में ठूंसते हुए कहा, 'कहिए साहब, शहर के क्या हाल-चाल हैं? आज तो बाज़ार में कुछ रौनक ही नज़र नहीं आ रही।'

'जी हां, ज़माना टेढ़ा है। शरीफज़ादों की मुसीबत है,' मीर साहब ने एक गहरी सांस ली।

धूप काफ़ी चढ़ आई थी। मीर आगा और मिर्ज़ा जी भरा हुआ हुक्का पीकर ताज़ादम हो गए थे। मीर आगा मार्के के आदमी थे। छोटे-बड़े सभी के काम आते थे। रहते थे ठस्से से। करीमखाँ उनका पुराना खिदमतगार था। सब तरह का काम वह करता था। मगर सौदा-सुलफ लेने जाता तो सुबह का गया शाम ही को लौटता था। मीर साहब के मकान के आगे कहारों का अड्डा था। लोग समझते थे, ये मीर साहब के नौकर हैं। फीनस आपके दरवाज़े पर रहती थी, जब ज़रूरत हुई सवार हो लिए। कहार हाज़िर। आप रईसों के बड़े-बड़े मुकदमे-कजिये सुलझाते। उनकी पैरवी करते। लखनऊ-भर के जालिए, मुकदमेबाज़, झूठी गवाही देनेवाले, जाली दस्तावेज़ बनानेवाले आपको घेरे रहते थे। उनकी आमदरफ्त रेज़ीडेंसी तक भी थी। और वे अंग्रेज़ों के खुफियानवीस थे। पर मुंह पर कोई नहीं कहता था।

दो आदमी मीर आगा के हत्थे चढ़े थे, एक मियां करीम खां, जो शाही महल के खास ड्योढ़ीदार थे; दूसरी बी इमामन, जो शाही महलसरा की महरी थी।

दोनों से मीर आगा के बहुत काम निकलते थे। महल का राई-रत्ती हाल उन्हें मिलता रहता था। मियां करीमखां सूखे मिज़ाज के आदमी थे। किसी से ज़्यादा दोस्ताना नहीं रखते थे। पर बी इमामन से उनकी आशनाई थी। रात को दोनों साथ खाना खाते। आठ बजे उनकी ड्योढ़ी से छुट्टी हो जाती। वे हाथ-मुंह धो, बनकर तैयार बैठे, इमामन का इन्तज़ार करते। बस नौ की तोप छूटी कि बी इमामन की छुट्टी हुई। शाही दस्तरखान

से कोई सेर भर चपातियां और दो-चार मीठे टुकड़े, प्याली में सालन लिया, इसके अलावा बेगमे-आलिया के दस्तरखान का बचा हुआ खाना! सफ़ेद रूमाल में बांधा, दीनू हलवाई से तीन पैसे की पाव-भर मलाई ली, धेले की शक्कर, पैसे की अफीम, धेले का तमाखू लिया और पहुंच गयी। मज़े से खाना खाया, घुल-घुलकर बातें कीं, और मिल-जुलकर रात काटी। बस, इसी तरह उनके दिन-रात कटते जाते थे।

जिस दिन की सुबह का हम ज़िक्रे-खैर कर रहे हैं, उससे पहली शाम को मीर आगा के हाथों पांच रुपये नकद करीमखां की मुट्ठी में पहुंचे थे और करीमखां इस वक्त अपने को रईस समझ रहे थे। उन्होंने बी इमामन के लिए नौ आने का साढ़े तीन गज़ चिकन और डेढ़ गज़ जाली विजनवेग के कटरे से खरीदी थी। कपड़ा देखकर इमामन ने तुनककर पूछा—

'कहां से रुपया मार लाए?'

'कहीं से मार लाए, तुम्हें आम खाने या पेड़ गिनने...?'

'ज़रूर कहीं मूंठ चलाई है, लो हम कहे देते हैं।'

'तुम्हारे सिर की कसम है जो हमने यह काम किया हो।'

'तो फिर?'

'मिल गयी एक आसामी, अब तुम चाहो तो पौ-बारह हो जाएं।'

'कुछ कहोगे भी या पहेलियां बुझाओगे?'

'लो कहे देते हैं, बस मीर आगा वाली बात है?'

'अए हए, मुआ आगा हमें तोप से उड़वाना चाहता है।'

'अजब बेतुकी हो। तोप से उड़ाने की क्या बात है?'

'खैर, तो कहो, क्या चाहता है वह?'

'वह नहीं, छोटा फिरंगी। रेज़ीडेंसी वाला।'

'हां हां, वही मुआ बन्दर, वह क्या चाहता है?'

'बस इतना ही कि बादशाह-बेगम और बादशाह सलामत के रब्त-जब्त के हालचाल और बेगम के हालात उन्हें मालूम होते रहें।'

'तो यह तो सातों विलायत में रोशन है कि नयी बेगम के जो लड़का हुआ है वही तख्त का वारिस होगा।'

'लेकिन यह कौन जानता है कि बादशाह-बेगम इस बात को पसन्द करेंगी भी या नहीं।'

'उई रे, यह बात ये फिरंगी जानकर क्या करेंगे? बादशाह-बेगम भी इस फिक्र में हैं कि जादू-टोना करके बादशाह को काबू करें, वह उनके महल में आएं और उनके पेट से भी बच्चा हो जो लखनऊ की गद्दी का सच्चा वारिस हो।'

'मुल्के-ज़मानिया तो नयी बेगम के लड़के को वारिस मानते नहीं?'

'कैसे बनाएंगे, कोई हंसी-ठट्ठा है। बेस्वा का लड़का अवध का बादशाह बनेगा, तो बादशाह-बेगम का लड़का क्या भिश्ती का काम करेगा।'

'तो पहले उनके लड़का हो भी तो ले।'

'उन्होंने हज़रत अब्बास की दरगाह की ज़ियारत की है और मानता मानी है। उनके लड़का होगा। मैं कहे देती हूं। हज़रत अब्बास भी जागती जोत हैं।'

'और नयी बेगम जो कासिमअलीशाह की मुरीद हैं?'

'कौन कासिमअलीशाह?'

'कोई शाह साहब हैं, पहुंचे हुए।'

'शाह साहब हैं या कोई जालिए हैं।'

'कासिमअलीशाह को नहीं जानतीं, सातों विलायत में उनकी धूम है। बड़े करामाती हैं।'

'अल्ला रे अल्ला, ये कौन औलिया लखनऊ में पैदा हुए, कहीं छथन का लौंडा कासिम तो नहीं, जो मिर्ज़ा के यहां चार आना माहवार और खाने पर नौकर था?'

'हां, हां, वही है। अब तो गैबी ताकतें और जिन्नात उसके बस में हैं। चाहे तो फूंक से पहाड़ को उड़ा दे।'

'मुंह झोंस दूं उस मुए चोट्टे का। जिसे उसकी असलियत न मालूम हो उसे कहो। मैं तो उसकी सात पुश्तों को जानती हूं।'

'लेकिन लखनऊ में उसके बहुत मौतकिद हैं। सबकी मुरादें वह पूरी करता है।'

'खाक-पत्थर करता है, कोई उनसे यह नहीं कहता कि यह मुआ उठाईगीर है।'

'तौबा कहो बी इमामन। वह अब जब शाही महल में आता है तो मुल्के-ज़मानिया उसके जूते सीधे करते हैं। और नयी बेगम खड़ी होकर आदाब बजाती हैं।'

'खूब, तो तुम अब यही खबरें बेचने का धंधा करते हो! जड़ो एक-एक की दो-दो इन फिरंगियों से और वसूलो रुपये मुट्ठी भरकर। पर इन मुए बन्दर-मुंहों को पराये फटे में पैर डालने से क्या मिलता है? शाही महल में कहां क्या होता है, इससे उन्हें क्या लेना-देना है!'

'हमें इससे क्या, सिर्फ़ इधर की खबर उधर देने से हमारी मुट्ठी गर्म हो तो हमारा क्या बिगड़ता है! अपना-अपना शौक ही तो है। ज़रा तुम भी बेगममहल के हालचाल देती रहो।'

'तो आधी रकम मैं लूंगी।'

'सब तुम्हारा ही है बीबीजान, इस कदर खुदगर्ज़ न बनो।'

'खैर, अब सो रहो खैरसल्ला से। अच्छा सीगा निकाला तुमने आमदनी का। मगर ज़रा हाथ-पैर बचाकर काम करना।'

'बेफिक्र रहो। मैं कच्ची गोली नहीं खेलने का।'

इसके बाद दोनों दोस्त इत्मीनान से चारपाई पर सो रहे।

## 27

प्रत्येक मास के हर प्रथम जुमे को बादशाह-बेगम हज़रत शाह अब्बास की दरगाह में जाकर नमाज पढ़तीं और पुत्र उत्पन्न होने की दुआ मांगती थीं।

उनकी नेक खसलत, पतिव्रत धर्म, पवित्र विचार, दयालुता और धर्म की लखनऊ में धूम मची थी। बादशाह-बेगम पुत्र-कामना से प्रत्येक मास के हर प्रथम जुमे को दरगाह

में नमाज पढ़ने आती हैं और वहां से लौटने के साथ कंगालों और फकीरों को दस हज़ार रुपया खैरात बांटती हैं, यह बात प्रसिद्ध हो गयी थी। उस दिन दूर-दूर के कंगले, भिखारी, दरवेश, फकीर दरगाह और बेगममहल की राह के दोनों ओर खड़े होकर दान ग्रहण करते और बेगम को पुत्र होने की दुआ देते थे।

जिस सुबह की बात हम पिछले अध्याय में कह आए हैं, उसी सुबह बादशाह-बेगम की सवारी दरगाह आ रही थी। सबसे आगे जंगी विलायती बाजा बज रहा था। इसके बाद गंगा-जमनी काम की पालकी में बादशाह-बेगम बैठी थीं। पालकी पर ज़रबफ्त और ज़रदोजी काम के पर्दे पड़े हुए थे तथा पालकी पर रत्नजड़ित छत्र था। यह छत्र बादशाह-बेगम के अतिरिक्त कोई दूसरा नहीं धारण कर सकता था। यह पालकी असाधारण दोतल्ला थी। ज़र्क-बर्क पोशाकें पहने बीस कहार पालकी को कन्धों पर उठाए थे। पालकी के पीछे स्त्री-सेना की पचास हज़ार स्त्रियां सैनिक वर्दी डाटे, कन्धे पर धनुष-बाण और नंगी तलवार लिए चल रही थीं। स्त्रियों के पीछे असाबर्दार और चोबदार निशान लिए चल रहे थे। सबके पीछे सिर से पैर तक सुनहरी पोशाक से लदा हुआ सोने के हौदे में रत्नजड़ित मुकुट रखे बेगममहल का प्रधान खोजा अकड़कर बैठा हुआ था।

बादशाह-बेगम की सवारी धीरे-धीरे आगे बढ़ रही थी, पर बाज़ार में उदासी और सन्नाटा था। लोगों के कारोबार बन्द थे। सरकारी आदमियों के अत्याचारों और लूट-खसोट से तंग आकर लोगों ने हड़ताल की हुई थी पर इन बातों की ओर किसका ध्यान था!

दरगाह में जाकर बेगम ने नमाज पढ़ी, दुआ मांगी और बड़ी देर तक बैठी रहीं। बदनसीब बेगम नहीं जानती थी कि पुत्र की प्राप्ति न दरगाह में मानता मानने से होती है, न दान-पुण्य से, न रोज़ा-नमाज से। उसका आवारागर्द पति—जो अपने को बादशाह कहता था—आवारा स्त्री-पुरुषों में गन्दी ज़िन्दगी व्यतीत कर रहा था। और बेचारी बेगम इस प्रकार पुत्र की भीख मांगती फिर रही थी। प्रजा भूखी, नंगी, बेबस, पीड़ित थी। महल में रुपया पानी की तरह बहाया जा रहा था और सारी रियाया लूट, अकाल, बदइन्तज़ामी और अंधेरगर्दी के फन्दे में फंसी थी। ऐसे ही दिन लखनऊ में बीत रहे थे।

## 28

इशरत-मंज़िल में बड़ी बहार थी। बादशाह की चहेती बेगम नवाब कुदसिया बेगम ने पुत्र को जन्म दिया था। बादशाह नसीरुद्दीन हैदर अपने अंग्रेज़ मुसाहिबों के साथ अंग्रेज़ी लिबास पहने विलायती शराब के प्याले-पर-प्याले उड़ा रहे थे। इस वक्त लखनऊ में हिन्दुस्तान-भर की तवायफें, भांड, नक्काल, गवैये तथा कलावन्त इकट्ठे हो गए थे। वे सब बादशाह को अपने करतब दिखाकर उन्हें प्रसन्न करना चाहते थे। पर बादशाह की बोलती उस काने हज्जाम के हाथ में थी।

खाने का वक्त हो गया था। खवास और बावर्ची शाही दस्तरखान चुन रहे थे, जिस पर ये लफंगे बढ़-बढ़कर हाथ साफ़ करनेवाले थे। भाँति-भाँति के देशी और विलायती

पकवान और भुने मांस परोसे जा रहे थे, जिनकी सुगन्ध से कमरा महक रहा था। फ्रांसीसी बावर्ची ने धीरे-से हज्जाम के कान में कहा कि शाही दस्तरखान तैयार है।

हज्जाम ने ज़मीन तक झुककर बादशाह से कहा, 'योर मैजेस्टी, खाना आपका इन्तज़ार कर रहा है।'

बादशाह खिलखिलाकर हंस पड़े। उन्होंने कहा, 'क्या खूब, खूब फिकरा निकाला। खाना हमारा इन्तज़ार कर रहा है। जैसे कि हम उसका इन्तज़ार कर रहे थे।'

बादशाह उठकर अपने मुसाहिबों के साथ दस्तरखान पर जा बैठे। बादशाह ने सुगन्धित पुलाव पर हाथ बढ़ाते हुए कहा, 'हां, मिस्टर विलियम, तुम्हारे यहां क्या पुलाव इसी किस्म का बनता है? मेरा यह फ्रांसीसी खानसामा तो इसे वैसा अच्छा नहीं बना सकता, जैसा मज़हरअली बनाता है, क्यों मिस्टर सफदरजंग?'

बादशाह दर्ज़ी को मज़ाक में सफदरजंग कहते थे। उसने कुर्सी पर खड़े होकर और अदब से झुककर कहा, 'यस योर मैजेस्टी, आप सही फर्मा रहे हैं।' इस समय नाई ने बात काटकर कहा, 'मगर नहीं खुदा की कसम, अगर मज़हरअली जैसा बेवकूफ़ खानसामा इंग्लैंड में पहुंच जाए तो वहां से खड़ा-खड़ा निकाल दिया जाए।'

'सच? यह क्यों? क्या वह दुनिया में सबसे ज़्यादा बेहतर पुलाव बनाना नहीं जानता?' बादशाह ने एक निवाला मुंह में डालते हुए कहा।

'यह मैं नहीं कहता योर मैजेस्टी, लेकिन वहां एक-से-एक बढ़कर खानसामा हैं।'

बादशाह की त्योरियों में बल पड़ गए। वे नाखुश होकर खाना खाने लगे। इसी समय बादशाह के चाचा मुर्तिज़ाबेग आकर बादशाह से कोई बीस कदम के फ़ासले पर खड़े होकर आदाब बजाने लगे।

नवाब मुर्तिज़ाबेग बूढ़े आदमी थे। उनकी उम्र अस्सी को पार कर गयी थी। इनकी गोल गुच्छेदार दाढ़ी, छोटी-छोटी आंखें, झुकी हुई कमर, बदन पर आबेरवां का अंगरखा, ढीला लखनवी पायजामा। बूढ़े नवाब की गर्दन रह-रहकर हिल रही थी।

उसे खड़े-खड़े कोर्निश करते देख हज्जाम ने कहा, 'योर मैजेस्टी, देखिए यह बूढ़ा खूसट किस तरह गर्दन हिला-हिलाकर हुज़ूरवाला की तौहीन कर रहा है।'

बादशाह का इस वक्त मिज़ाज गर्म हो रहा था। उस पर विलायती शराब का रंग भी चढ़ा था। उनकी आंखें लाल हो रही थीं, उन्होंने अधपिया पैग होंठों से हटाकर गुर्राकर कहा, 'क्या कहा, तौहीन? खुदा की कसम, तौहीन? कैसी?'

'योर मैजेस्टी, यह बूढ़ा बार-बार गर्दन हिलाकर कह रहा है कि आप बादशाह नहीं हैं।'

बादशाह को याद आ गया। तख्तनशीनी के वक्त बादशाह के इस चचा ने नसीर का विरोध किया था और अपना हक ज़ाहिर किया था। उसी बात की याद कर बादशाह गुस्से से उछलकर कुर्सी से उठ खड़ा हुआ।

बदनसीब बूढ़ा नवाब बहरा भी था और उसे आंखों से भी कम दीखता था। वह बादशाह और नाई की कुछ भी बात नहीं समझ सका। उसकी गर्दन उसी तरह हिल रही थी।

नाई ने कहा, 'योर मैजेस्टी, देखते रहें, मैं अभी इसे ठीक कर देता हूं।' इतना कहकर नाई अपनी जगह से उठा। उसने एक पतली-सी डोरी जेब से निकाली। उसमें एक फंदा लगाकर कांटा फांस लिया। फिर उसने बूढ़े नवाब के पीछे जाकर वह कांटा उसके गलमुच्छों में फंसा दिया। उसके बाद वह उसे एक झटका देकर हंसने लगा। झटके के साथ बूढ़े नवाब की गर्दन भी डगमग हिलने लगी, परन्तु वह बार-बार झुककर बादशाह को सलाम करता रहा। यह देख नवाब और उसके अंग्रेज़ मुसाहिब खिलखिलाकर हंस पड़े।

बूढ़े नवाब किसी तरह नाई के झमेले से जान बचाकर भागे। नाई फिर बादशाह की बगल में बैठकर मुर्ग-मुसल्लम पर हाथ साफ़ करने लगा।

इस वक्त बादशाह खूब गहरे उतरे हुए थे। नाई ने उन्हें अंधाधुंध शराब पिलाई थी। इस समय चार खवास बादशाह सलामत की खिदमत में हाज़िर थीं। दो बादशाह पर मोर्छल झल रही थीं, तीसरी पानदान और चौथी हुक्का लिए खड़ी थी। चारों खवास कमसिन, सुन्दर और बहुमूल्य वस्त्राभूषण से सज्जित थीं। कायदे के मुताबिक मुसाहिबों को इनकी ओर आंख उठाकर देखने का नियम न था। क्योंकि इस बात का कुछ ठीक-ठिकाना न था कि उनमें से कोई एक कब बादशाह की बेगम बन जाए। परन्तु ये अंग्रेज़ शैतान यह बात भी भली-भाँति जानते थे कि जहां दो-चार पैग क्लेरेट बादशाह के पेट में गए कि फिर किसी सावधानी की आवश्यकता नहीं है। इस समय तो बादशाह खूब गड़गप हो रहे थे। अतः काना नाई एक खवास से बड़ी देर से आंख लड़ा रहा था। और अब अवसर देखकर खवास से बातें भी करनी शुरू कर दी थीं। बातें बहुत धीरे-धीरे हो रही थीं, पर बादशाह ने एक शब्द सुन लिया—बेगम। उन्होंने चौंककर कहा, 'क्या कहा? तुम लोग बेगम की बाबत गुफ्तगू कर रहे हो?'

खवास की रूह फना हो गयी। पर हज्जाम ने कुर्सी से उठकर कहा, 'नहीं, योर मैजेस्टी, कोई बात नहीं थी।'

'झूठ बोलते हो खां साहब, हमने अपने कानों से सुना—तुमने बेगम का नाम लिया था।'

हकीकत यह थी कि हज्जाम ने बेगम के लिए कई लाख का विलायती माल मंगाया था, जिसमें उसने खूब लूट-खसोट की थी। खवास उसमें ... मांग रही थी और बेगम से कह देने की धमकी दे रही थी।

बादशाह कुर्सी से उछलकर खड़े हो गए। उन्होंने आपे से ... होकर कहा, 'बोल, क्या बात है?'

नाई बड़ा प्रत्युत्पन्नमति था। उसने कहा, 'आलीज... खाकर आरामगाह में तशरीफ ले चलें, वह बात दरहकीकत बहुत बुरी है ...लेये में कहने योग्य है। मैं हिज़ मैजेस्टी की सेवा में अर्ज़ कर दूंगा।'

बादशाह ने कसी हुई मुट्ठी से हज्जाम क... लिया। उसने कहा, 'अभी चल।'

एकान्त में पहुंचकर धूर्त हज्जाम ... मैजेस्टी, रहम, रहम।'

'लेकिन वह बात कह।'

'योर मैजेस्टी, खवास को कई बार बेगम महल में किसी मर्द के आने का खटका हुआ है। इस वक्त भी वह कुछ ऐसा ही इशारा कर रही थी। वह आलीजाह से अर्ज़ करना चाहती थी, पर मैंने कहा, जब तक हिज़ मैजेस्टी खाना खा रहे हैं, वह चुप रहे।'

'उफ फाइशा!' बादशाह आग बबूला हो गए। फिर बोले, 'याद रखना खां, अगर बात कुछ झूठ साबित हुई तो तुझे और उस औरत को ज़मीन में गड़वाकर कुत्तों से नुचवा डालूंगा।'

नाई ने सिर झुका लिया। उसने कहा, 'योर मैजेस्टी, यह खादिम हुज़ूर का जांनिसार गुलाम है।'

बादशाह का अंग-प्रत्यंग कांप रहा था। बड़े-बड़े डग भरते हुए वह बेगममहल की ओर चल दिए।

## 29

कुदसिया बेगम एक महीन ओढ़नी ओढ़े मसनद पर लुढ़की पड़ी थी। कोई बांदी उसका दिल बहलाने को दिलरुबा के तार छेड़ रही थी। अभी उसके चेहरे पर पीलापन छाया हुआ था—प्रसव की दुर्बलता से वह अभी मुर्झाई कली के समान हो रही थी। उसका नन्हा-सा बालक सुनहरी पालने में पड़ा अंगूठा चूस रहा था। कुदसिया बेगम देख रही थी, उसकी आंखें हंस रही थीं, आज उसके बराबर भाग्यवती स्त्री कौन थी!

एकाएक महल में हड़बड़ी मच गयी। बादशाह बिना इत्तला गैरदस्तूर महल में धंसे चले आए। बांदियां, मुगलानियां, पासबानें हड़बड़ाकर भाग खड़ी हुईं। बेगम ने खड़े होकर हंसकर बादशाह की कोर्निश की।

परन्तु नसीरुद्दीन क्रोध से लाल हो रहे थे। क्रोध और शराब ने उनकी बुद्धि पर परदा डाल दिया था। उन्होंने बेगम और बच्चे की तरफ़ आंख उठाकर भी नहीं देखा। वे बारीक न...ों से इधर-उधर देखते पर्दों, मसनदों, मसहरियों को उलट-पुलट करने लगे।

बेगम ... मुंह सूख गया। अपमान का घूंट पीकर उसने अपने होंठ काटकर कहा, 'जहांपनाह, ...किसे ढूंढ रहे हैं! और इस बेवक्त हुज़ूर के बिना इत्तला आने की वजह क्या है?'

'मैं तुम्हारे ... को ढूंढ रहा हूं, जिसे तुम महल में बुलाती और मेरी आंखों में धूल झोंकती रही ... ...के अलावा मुझे अपने ही महल में आने के लिए किसी के हुक्म की ज़रूरत ...

बेगम ने जवा... दिया। कलेजा थामकर वह भीतर चली गयी। बादशाह देख-भालकर उलटे पैर ... अभी आरामगाह में आकर वे चुपचाप बैठ गए। उनके अंग्रेज़ मुसाहिब और हज... ...क्त वहां से खिसक चुके थे। खवास ने मुश्की तमाखू भरकर रख दिया, बादशा... ...कश खींचने लगे।

इसी वक्त प्रधान ख... ...स दौड़ा हुआ आया और बादशाह के कदमों में

नाई ने कहा, 'योर मैजेस्टी, देखते रहें, मैं अभी इसे ठीक कर देता हूं।' इतना कहकर नाई अपनी जगह से उठा। उसने एक पतली-सी डोरी जेब से निकाली। उसमें एक फंदा लगाकर कांटा फांस लिया। फिर उसने बूढ़े नवाब के पीछे जाकर वह कांटा उसके गलमुच्छों में फंसा दिया। उसके बाद वह उसे एक झटका देकर हंसने लगा। झटके के साथ बूढ़े नवाब की गर्दन भी डगमग हिलने लगी, परन्तु वह बार-बार झुककर बादशाह को सलाम करता रहा। यह देख नवाब और उसके अंग्रेज़ मुसाहिब खिलखिलाकर हंस पड़े।

बूढ़े नवाब किसी तरह नाई के झमेले से जान बचाकर भागे। नाई फिर बादशाह की बगल में बैठकर मुर्ग-मुसल्लम पर हाथ साफ़ करने लगा।

इस वक्त बादशाह खूब गहरे उतरे हुए थे। नाई ने उन्हें अंधाधुंध शराब पिलाई थी। इस समय चार खवास बादशाह सलामत की खिदमत में हाज़िर थीं। दो बादशाह पर मोर्छल झल रही थीं, तीसरी पानदान और चौथी हुक्का लिए खड़ी थी। चारों खवास कमसिन, सुन्दर और बहुमूल्य वस्त्राभूषण से सज्जित थीं। कायदे के मुताबिक मुसाहिबों को इनकी ओर आंख उठाकर देखने का नियम न था। क्योंकि इस बात का कुछ ठीक-ठिकाना न था कि उनमें से कोई एक कब बादशाह की बेगम बन जाए। परन्तु ये अंग्रेज़ शैतान यह बात भी भली-भाँति जानते थे कि जहां दो-चार पैग क्लेरेट बादशाह के पेट में गए कि फिर किसी सावधानी की आवश्यकता नहीं है। इस समय तो बादशाह खूब गड़गप हो रहे थे। अतः काना नाई एक खवास से बड़ी देर से आंख लड़ा रहा था। और अब अवसर देखकर खवास से बातें भी करनी शुरू कर दी थीं। बातें बहुत धीरे-धीरे हो रही थीं, पर बादशाह ने एक शब्द सुन लिया—बेगम। उन्होंने चौंककर कहा, 'क्या कहा? तुम लोग बेगम की बाबत गुप्तगू कर रहे हो?'

खवास की रूह फना हो गयी। पर हज्जाम ने कुर्सी से उठकर कहा, 'नहीं, योर मैजेस्टी, कोई बात नहीं थी।'

'झूठ बोलते हो खां साहब, हमने अपने कानों से सुना—तुमने बेगम का नाम लिया था।'

हकीकत यह थी कि हज्जाम ने बेगम के लिए कई लाख का विलायती माल मंगाया था, जिसमें उसने खूब लूट-खसोट की थी। खवास उसमें हिस्सा मांग रही थी और बेगम से कह देने की धमकी दे रही थी।

बादशाह कुर्सी से उछलकर खड़े हो गए। उन्होंने आपे से बाहर होकर कहा, 'बोल, क्या बात है?'

नाई बड़ा प्रत्युत्पन्नमति था। उसने कहा, 'आलीजाह खाना खाकर आरामगाह में तशरीफ ले चलें, वह बात दरहकीकत बहुत बुरी है और तखलिये में कहने योग्य है। मैं हिज़ मैजेस्टी की सेवा में अर्ज़ कर दूंगा।'

बादशाह ने कसी हुई मुट्ठी से हज्जाम का हाथ पकड़ लिया। उसने कहा, 'अभी चल।'

एकान्त में पहुंचकर धूर्त हज्जाम ने कहा, 'योर मैजेस्टी, रहम, रहम।'

'लेकिन वह बात कह।'

'योर मैजेस्टी, खवास को कई बार बेगम महल में किसी मर्द के आने का खटका हुआ है। इस वक्त भी वह कुछ ऐसा ही इशारा कर रही थी। वह आलीजाह से अर्ज़ करना चाहती थी, पर मैंने कहा, जब तक हिज़ मैजेस्टी खाना खा रहे हैं, वह चुप रहे।'

'उफ फाइशा!' बादशाह आग बबूला हो गए। फिर बोले, 'याद रखना खां, अगर बात कुछ झूठ साबित हुई तो तुझे और उस औरत को ज़मीन में गड़वाकर कुत्तों से नुचवा डालूंगा।'

नाई ने सिर झुका लिया। उसने कहा, 'योर मैजेस्टी, यह खादिम हुज़ूर का जांनिसार गुलाम है।'

बादशाह का अंग-प्रत्यंग कांप रहा था। बड़े-बड़े डग भरते हुए वह बेगममहल की ओर चल दिए।

## 29

कुदसिया बेगम एक महीन ओढ़नी ओढ़े मसनद पर लुढ़की पड़ी थी। कोई बांदी उसका दिल बहलाने को दिलरुबा के तार छेड़ रही थी। अभी उसके चेहरे पर पीलापन छाया हुआ था—प्रसव की दुर्बलता से वह अभी मुर्झाई कली के समान हो रही थी। उसका नन्हा-सा बालक सुनहरी पालने में पड़ा अंगूठा चूस रहा था। कुदसिया बेगम देख रही थी, उसकी आंखें हंस रही थीं, आज उसके बराबर भाग्यवती स्त्री कौन थी!

एकाएक महल में हड़बड़ी मच गयी। बादशाह बिना इत्तला गैरदस्तूर महल में धंसे चले आए। बांदियां, मुगलानियां, पासबानें हड़बड़ाकर भाग खड़ी हुईं। बेगम ने खड़े होकर हंसकर बादशाह की कोर्निश की।

परन्तु नसीरुद्दीन क्रोध से लाल हो रहे थे। क्रोध और शराब ने उनकी बुद्धि पर परदा डाल दिया था। उन्होंने बेगम और बच्चे की तरफ़ आंख उठाकर भी नहीं देखा। वे बारीक नज़रों से इधर-उधर देखते पर्दों, मसनदों, मसहरियों को उलट-पुलट करने लगे।

बेगम का मुंह सूख गया। अपमान का घूंट पीकर उसने अपने होंठ काटकर कहा, 'जहांपनाह, यहां किसे ढूंढ रहे हैं! और इस बेवक्त हुज़ूर के बिना इत्तला आने की वजह क्या है?'

'मैं तुम्हारे यार को ढूंढ रहा हूं, जिसे तुम महल में बुलाती और मेरी आंखों में धूल झोंकती रही हो। इसके अलावा मुझे अपने ही महल में आने के लिए किसी के हुक्म की ज़रूरत नहीं है।'

बेगम ने जवाब नहीं दिया। कलेजा थामकर वह भीतर चली गयी। बादशाह देख-भालकर उलटे पैर लौट आए। अभी आरामगाह में आकर वे चुपचाप बैठ गए। उनके अंग्रेज़ मुसाहिब और हज्जाम इस वक्त वहां से खिसक चुके थे। खवास ने मुश्की तमाखू भरकर रख दिया, बादशाह चुपचाप कश खींचने लगे।

इसी वक्त प्रधान खोजा बदहवास दौड़ा हुआ आया और बादशाह के कदमों में

मार भगाया। पर इस स्त्री-सेना के युद्ध में काफ़ी मारकाट हुई। अनेक स्त्री सिपाही मारी गयीं। वजीरे-आज़म ने तुरन्त इस घटना की खबर रेज़ीडेंट को दे दी। रेज़ीडेंट ने आकर बादशाह की बहुत लानत-मलामत की, डराया-धमकाया और जनाबे-आलिया बेगम को अपने संरक्षण में ले लिया।

बादशाह इन सब बातों से बहुत झल्लाया। वह अर्धविक्षिप्त की भाँति रहने लगा। बादशाह के अंग्रेज़ मुसाहिबों को बड़ी चिन्ता हुई। खासकर हज्जाम बहुत डर गया था? क्योंकि इतनी बड़ी दुर्घटना की उसने आशा नहीं की थी। उसका लाभ इसी में था कि बादशाह का मिज़ाज ठीक रहे। अतः उसने बादशाह के मनोरंजन के अनेक उपाय किए, पर बादशाह का मन किसी में न लगा। तब तय किया कि बादशाह को लखनऊ से बाहर ले जाकर शिकार खिलाया जाए। बादशाह ने इस बात को पसन्द कर लिया। लखनऊ से दस कोस के अन्तर पर शिकार का बन्दोबस्त हुआ। बहुत-से खेमे और छोलदारियां लगाई गयीं। एक छोटा-सा बाज़ार भी वहां लगाया गया। बादशाह अपने दरबारियों और वज़ीरों के अतिरिक्त दो-तीन बेगमों, बीस-पच्चीस रखैलियों, सैकड़ों दासियों और सैकड़ों नौकरों को साथ ले गया। एक छोटी-सी फ़ौज भी बादशाह की रक्षा के लिए गयी। शिकार की योजना पर बीस हज़ार रुपया खर्च किया गया।

बादशाह ने डेरे में पहुंचकर तीन दिन आराम किया। इन तीन दिनों तक वह विलायती शराब पीता और उम्दा विलायती खाने खाता और अपने विलायती मुसाहिबों से विलायती शिकारों के झूठे-सच्चे किस्से सुनता रहा।

चौथे दिन बादशाह का मूड ठीक हुआ तो शिकार को निकला। उसके फिरंगी मुसाहिबों ने चिड़ियों का शिकार किया। बादशाह को भी बन्दूक दी गयी। उसने आंखें बन्द करके बन्दूक चला दी। थोड़ी ही देर बाद अहमद ख्वाज़ा दस-पन्द्रह पक्षियों को लिए हंसते हुए आया और बोला, 'सुभान अल्लाह, मुल्के-ज़मानिया की बन्दूक से इतने जानवर मरे हैं।'

एक ही बन्दूक से इतने जानवरों को मरा देख बादशाह खुश हो गया। उस दिन बस और शिकार नहीं हुआ। आंधी रात तक बादशाह के तम्बू में नाच-गाना, मुजरा होता रहा। बादशाह की प्रसन्न मुद्रा देख हज्जाम खुश हो गया।

आधी रात के बाद मजलिस बर्खास्त हुई। बादशाह सलामत अपनी ख्वाबगाह में सोने चले गए। पर इसी समय बड़ा ही हल्ला मचा। वहां क्या हो रहा है, तथा शोर का कारण क्या है, यह कोई न जान सका। रात अंधेरी थी, अतः कौन किस पर गोली चला रहा है इस बात का पता बादशाह को बिलकुल न लगा।

आधे घंटे के बाद गोली चलना बन्द हो गया और जनाने डेरों से रोने-पीटने की आवाज़ें आने लगीं। बांदियों ने आकर अर्ज़ की, 'जहांपनाह, सारा ज़नाना लुट गया। डाकुओं ने धाड़ मारी और सब ज़ेवर, नकदी, मालमत्ता छीन ले गए। साथ में एक बेगम और तीन कमसिन लौंडियों को भी चोर ले गए।'

बादशाह ने बौखलाकर उसी समय पालकियों और हाथियों को तलब किया और तत्काल ही वहां से कूच बोल दिया। अपनी-अपनी सवारियों पर बैठकर बांदियां, बेगमें,

रखैलियां, दासियां लखनऊ को लौट चलीं। बादशाह हाथी पर बैठकर चले। शिकार का मज़ा किरकिरा हो गया।

## 31

लखनऊ में धूम मच गयी। घर-घर चर्चा होने लगी कि नये हुज़ूर गवर्नर-जनरल बहादुर अवध के बादशाह को सलामी देने लखनऊ तशरीफ ला रहे हैं। हज़ारों आदमी घाट, बगीचे, महलात, सड़कें सजाने और सफ़ाई के काम पर रात-दिन लग रहे थे। फरीदबख्शमहल, शाहेनजफ का इमामबाड़ा, मोतीमहल खास तौर पर सजाए जा रहे थे तथा वहां रोशनी का इन्तज़ाम बड़े ठाठ का हो रहा था। हज़ारों फानूस और लाखों कापूरी मोमबत्तियां दीवारों और कंगूरों पर लगाई जा रही थीं। बादशाहे-अवध ने अपने शाही मेहमान की तवाज़ा के लिए तीस लाख रुपया खर्च करने की मंजूरी दी थी। नायब दीवान साहब को शहर सजाने का भार दिया गया था। उनके सलाहकार तीन अंग्रेज़ इंजीनियर थे। राजभवन की सजावट तथा शाही दस्तरखान का सारा भार बादशाह के अंग्रेज़ हज्जाम और मुंह लगे मुसाहिब सरफराज़ खां को दिया गया था। हुज़ूर गवर्नर-जनरल बहादुर के लिए खाने-पीने की उम्दा चीज़ें और तरह-तरह की शराब मंगाने की फ़ेहरिस्त सरफराज़ खां ने तैयार की थी।

बादशाह अपने अंग्रेज़ मुसाहिबों के साथ छोटी हाज़री खाकर अपने खास कमरे में बैठे मज़े में क्लेरेट पी रहे थे। चारों अंग्रेज़ मुसाहिब शाही टेबल पर खाया हुआ गरिष्ठ भोजन पचाने घोड़ों पर सवार हो हवा खाने चले गए थे। सुबह का मनोरम समय था। फूलों की महक लिए ठंडी हवा चारों ओर मस्ती बिखेर रही थी। बादशाह नवाब बहुत खुश थे।

इसी समय बादशाह का खास खोजा यूसुफ आ हाज़िर हुआ। उसने दस्तबस्ता अर्ज़ की कि खुदावन्द रेज़ीडेंट साहब बहादुर मुलाकात के लिए हाज़िर आए हैं। उनके साथ उनकी औरत भी है।

'औरत?'

'जी हां, उनकी जोरू।'

'तो उनकी जोरू का यहां मेरे पास आने का क्या काम है?'

'कह नहीं सकता, शायद उनका इरादा हुज़ूर के हाथ उस औरत को बेचने का हो।'

'क्या वह कमसिन और खूबसूरत है?'

'बुड्ढी-ठुड्ढी है। हां, गोरी-चिट्टी खूब है।'

'तो मैं उसे क्यों खरीदने लगा!'

'मुल्के-ज़मानिया, उसकी उम्र का सही पता लगाना मुश्किल है। विलायती मेम लोग चालीस की होने पर भी पचीस की लगती हैं। दांत झड़ जाने पर बनावटी दांत लगा लेती हैं। गाल पिचक जाने पर कपड़े की पोटली मुंह में ठूंस लेती हैं।'

इसी समय अंग्रेज़ नाई ने कमरे में प्रवेश किया। उसे देखते ही बादशाह ने कहा,

'तुम कुछ कह सकते हो, खां, कि रेज़ीडेंट साहब अपनी औरत को मेरे पास किस मकसद से लेकर आए हैं? क्या उनका इरादा उसे बेचने का है?'

'शायद नहीं योर मैजेस्टी, मेम साहब को महज़ आपसे मुलाकात कराने के लिए एजेंट साहब बहादुर ले आए हैं। वे अभी इंग्लैंड से आई हैं।'

'मगर किसलिए?'

'योर मैजेस्टी, ऐसा तो हमारे इंग्लिस्तान के बादशाह भी करते हैं।'

'लोग अपनी औरतों को उनसे मिलाने लाते हैं?'

'जी हां, योर मैजेस्टी, यह तो एक रिवाज़ है।'

'तो इंग्लिस्तान के बादशाह उनके साथ कैसा सलूक करते हैं?'

'दस्तूर तो यह है, योर मैजेस्टी, कि जब कोई लेडी बादशाह के रूबरू पहुंचती है, तब वह अदब से झुककर अपना हाथ बादशाह के आगे बढ़ाती है, और बादशाह झुककर उसे चूम लेता है।' इतना कहकर नाई ने बड़ी अदा से झुककर अपना हाथ बादशाह की ओर बढ़ाया और बादशाह ने उसकी बताई हुई रीति पर कोमल पंजों से उसका हाथ उठाकर झुककर चूम लिया। इसके बाद खिलखिलाकर कहा, 'क्या यह सचमुच मज़ाक नहीं।'

'नहीं, योर मैजेस्टी, यह एटीकेट है।'

'और तुम कहते हो कि मुझे रेज़ीडेंट की इस औरत के साथ ऐसा ही करना चाहिए?'

'यकीनन, योर मैजेस्टी।'

'बड़ा बददिमाग है मेजर वेली, कहीं वह पिस्तौल लेकर मुझसे भिड़ न जाए।'

'ऐसा नहीं हो सकता, योर मैजेस्टी, वे यकीनन खुश होंगे।'

'तो शर्त बदते हो, खां?'

'पांच सौ अशर्फियों की, योर मैजेस्टी।'

'खैर, बुलाओ, अलसुबह अच्छी बोहनी हुई, खुदा खैर करे।'

मिसेज़ वेली की उम्र पचास को छू रही थी। चेहरे पर उसके झुर्रियां थीं और बदन दुबला-पतला और लम्बा था। दांत नकली थे। उन्हीं दांतों की बहार दिखाते हुए उन्होंने बड़ी नज़ाकत से अपना हाथ बादशाह की ओर बढ़ा दिया। बादशाह ने कनखियों से मेजर और नाई को देखा और नाई की बताई विधि से हाथ चूम लिया।

मेम साहब ने बड़े अन्दाज़ और नखरे से ज़रा झुककर अपनी नकली बत्तीसी की बहार दिखाते हुए कहा, 'हिज मैजेस्टी से मिलकर हमें खुशी हुई है। मुझे आप बहुत पसन्द हैं, योर मैजेस्टी।' मेजर वेली ने मेम साहब का अभिप्राय बादशाह को समझा दिया। बादशाह ने विरक्त होकर हज्जाम की ओर देखा और आहिस्ता से उसके कान में कहा, 'बहुत हुआ, हटाओ इस औरत को।'

लेकिन अंग्रेज़ नाई पूरा घाघ था। बादशाह का मतलब वह समझ गया और ज़मीन तक सिर झुकाकर बोला, 'मेजर वेली शायद किसी खास मसले पर हिज़ मैजेस्टी से गुफ्तगू करने आए हैं। हुक्म हो तो ज़रा देखूं कि उस पाजी फ्रेंच खानसामा ने शाही दस्तरखान चुनने में इतनी देर कैसे कर दी।'

उसने एक बार और बादशाह के आगे सिर झुकाया और बाहर चला गया।

बादशाह ने मेजर वेली की ओर रुख किया और पूछा, 'इस बेवक्त आपके आने का मकसद क्या है?'

मेजर वेली ने टेढ़ी नज़रों से जाते हुए नाई की ओर देखा, फिर बादशाह की ओर देखकर ज़रा रूखे स्वर में कहा, 'योर मैजेस्टी, यह जानकर खुश होंगे कि अब जनाब गवर्नर-जनरल बहादुर के तशरीफ़ लाने में सिर्फ़ एक माह का अर्सा रह गया है। मुझे उम्मीद है कि ऐसी कोई कार्रवाई न होने पाएगी जिससे हिज़ एक्सेलेन्सी नाराज़ होकर लौटें। यदि ऐसा हुआ तो यकीनन वह आपके हक में अच्छा न होगा। और मैं भी, जो आपका सच्चा दोस्त और खैरख्वाह हूं, आपकी कोई मदद न कर सकूंगा। यही कहने के लिए मैं हाज़िर हुआ हूं।'

'मैंने तीस लाख रुपया गवर्नर-जनरल बहादुर के इस्तकबाल और तवाज़ा में खर्च करने का फ़ैसला किया है। आप चाहें तो इसमें इजाफा कर सकते हैं। यकीन कीजिए कि दूर-दूर के कलावन्त, गाने और नाचनेवालियां नट, बाज़ीगर, भांड और जंगली जानवर गवर्नर-जनरल बहादुर के मनोरंजन को मुहैया किए जा रहे हैं। दावत के सामान का सब इन्तज़ाम सरफराज खां खुद कर रहे हैं।'

रेज़ीडेंट ने कहा, 'इसके सम्बन्ध में मैं कुछ अर्ज़ नहीं करता, योर मैजेस्टी। हिज़ एक्सेलेन्सी के पास शिकायतें पहुंची हैं कि आपकी रियासत में अंधेरगर्दी मची हुई है। मालगुज़ारी ठीक-ठीक अदा नहीं की जाती, मुल्क में ठगों, डाकुओं और चोरों की भरमार है। किसी रियाया की जानोमाल की खैरियत नहीं है।'

'कहां? मुझे तो कुछ भी नहीं मालूम। अभी मैं आगा मीर से कैफियत तलब करता हूं।'

'खैर, तो इतना तो मैं भी कह सकता हूं कि शिकायतें झूठी नहीं हैं। और हिज़ एक्सेलेन्सी ने मुझसे रिपोर्ट भी की है कि वजह बताई जाए कि क्यों नहीं अवध का राज्य कम्पनी बहादुर के अमल में ले आया जाए और आपको पेंशन दे दी जाए।'

'खुदा की कसम, यह तो सरासर जुल्म होगा, मैं तो हर तरह अंग्रेज़ों से दोस्ती का दम भरता हूं।'

'तो मेरी दोस्ताना राय यह है कि आप रियासत के हाल-चाल संभाल लें, ऐसा न हो कि यहां आकर गवर्नर-जनरल बहादुर को ऐसी खबरें मिलें कि उनकी राय आपके खिलाफ़ हो जाए।'

'इन्शाअल्लाताला, मैं हर तरह गवर्नर-जनरल बहादुर को खुश करूंगा। लेकिन मुझे भरोसा महज़ आपकी ही दोस्ती का है।'

मेजर वेली ने कहा, 'मैं हिज़ मैजेस्टी की सेवा में हर तरह उपस्थित हूं। और हिज़ मैजेस्टी ने मेरी पत्नी का जो सम्मान किया है उसके लिए आभार मानता हूं। उम्मीद है आपने मेरा संदेश गांठ बांध लिया होगा। अब रुखसत अर्ज़।' उसने बादशाह की ओर मिलाने को हाथ बढ़ाया।

खुदा हाफिज़ कहकर बादशाह ने मेजर वेली से हाथ मिलाया। लेकिन जब लेडी वेली ने हंसकर बादशाह की ओर हाथ बढ़ाया तो बादशाह ने नाई की बताई विधि से फिर उसे चूम लिया। इसके बाद गले से पन्ने का कीमती कंठा निकालकर मेम साहब

को देते हुए कहा, 'यह हकीर कंठा कबूल कीजिए।' मेम साहब ने हंसकर कंठा गले में पहन लिया, और नकली बत्तीसी की बहार दिखाते हुए कहा, 'धन्यवाद योर मैजेस्टी,' और चल दी। वेली भी चले गए।

बादशाह कुर्सी पर गिरकर हांफने लगे। इसी समय काने हज्जाम ने फिर कमरे में प्रवेश किया। बादशाह ने कहा, 'उफ, कोफ्त कर दिया, तौबा-तौबा।'

'तो योर मैजेस्टी, उसका यह इलाज है।' उसने क्लेरेट का एक गिलास लबालब भरकर बादशाह के होंठों से लगा दिया। बादशाह गटागट पी गए। शराब पीकर होंठ चाटते हुए बादशाह ने कहा, 'चलो, बला टली। बुड्ढी-ठुड्ढी पचास हज़ार के कंठे पर हाथ मार ले गयी। लाओ, और एक गिलास शराब दो, गला सूखकर कांटा हो गया।'

'अभी लीजिए, योर मैजेस्टी।' नाई ने दूसरा पैग बादशाह के हाथ में थमा दिया और एक कागज़ का बड़ा-सा मुट्ठा जेब से निकाला। बादशाह ने कहा, 'यह क्या है?'

'योर मैजेस्टी, हिज़ एक्सेलेन्सी गवर्नर-जनरल बहादुर की दावत के लिए जो शराब और दीगर सामान कलकत्ता से मंगाया गया है उसी का हिसाब है।' इतना कहकर कागज़ का मुट्ठा खोलकर उसने मेज़ पर फैला दिया। मेज़ पर फैल कर कागज़ ज़मीन पर आ गिरे।

सारा हिसाब अंग्रेज़ी में लिखा हुआ था। बादशाह का मिज़ाज जाम पीकर तर हो गया था। उन्होंने मुस्कुराकर कहा, 'ज़रा नापो तो कै हाथ है?'

नाई ने नापकर कहा, 'योर मैजेस्टी, आठ हाथ है।'

'कुल कितने रुपये हुए?'

'सिर्फ़ एक लाख, चालीस हज़ार, योर मैजेस्टी।'

'बहुत हुए।'

'योर मैजेस्टी, मेहमान क्या मामूली हस्ती है। नये गवर्नर-जनरल बहादुर शाही खानदान के रईस हैं। वे इंग्लिस्तान के बादशाह के साथ बैठकर उनके दस्तरखान पर खाना खाते हैं।'

'तो खां साहब, हमारा दस्तरखान किसी हालत में इंग्लिस्तान के बादशाह के दस्तरखान से कम न हो।'

'ऐसा ही होगा, योर मैजेस्टी, मैंने पूरा इन्तज़ाम किया है।'

'ठीक है, नवाब आगा से रुपये ले लो।' बादशाह ने कागज़ पर दस्तखत कर दिए।

नाई कागज़ समेटता हुआ बादशाह को लम्बी सलाम कर वहां से चला गया। बादशाह फिर क्लेरेट पीने लगे। शाही लंच में अभी देर थी।

## 32

आगा मीर हिसाब देखते ही जल गए। उन्होंने कागज़ दूर फेंककर कहा, 'लूट है लूट, इतना रुपया नहीं दिया जा सकता।'

'लेकिन बादशाह के दस्तखत हैं। रुपया अभी, इसी वक्त देना होगा।'

'कहां से देना होगा? खज़ाने में एक पाई भी नहीं है।'

'तो क्या तुम बादशाह की हुक्म उदूली करते हो?'

नसीर के वज़ीर आज़म का नाम मोतमिद्उद्दौला था। पर वे सर्वसाधारण में आगा मीर के नाम से प्रसिद्ध थे। अयोध्या के राजा रामदयाल दीवान थे। पिछले साल जो कम्पनी बहादुर को दो करोड़ रुपया कर्ज़ दिया गया था और दूसरे शाही खर्चे पूरे किए गए थे, उससे शाही खज़ाने का सब रुपया खर्च हो चुका था। रियासत के दूसरे ज़रूरी खर्चे पूरे करने के लिए प्रजा पर घोर अत्याचार करके आगा मीर और रामदयाल को राज-कर वसूल करना पड़ा था, पर साल खत्म होने से पहले ही वह रुपया भी खत्म हो गया था। अत्याचार से तंग आकर बहुत-सी प्रजा अपने गांव-खेत छोड़ नेपाल की तराई में जा बसी थी। सैकड़ों सद्गृहस्थ और किसान अपना काम-धंधा छोड़कर ठगी और चोरी या डाके की वृत्ति धारण कर चुके थे।

फागुन का महीना था। साल खत्म हो रहा था। दुकानदार, ठेकेदार, राजकर्मचारी अपना-अपना पावना लेने के लिए राजा रामदयाल के यहां दरबार लगा रहे थे। राजा रामदयाल उनके हिसाब की जांच-पड़ताल करके आगा मीर के पास भेज रहे थे। आगा मीर बड़े जोड़-तोड़ और हौसले के आदमी थे, पर इस समय उनके हौसले पस्त हो रहे थे। खज़ाने में तो एक पाई भी न थी, फिर सब रुपया कहां से चुकाया जा सकता था! कैसे और कहां से रुपया इकट्ठा करें, वे इसी उधेड़-बुन में थे। बादशाह तो सिर्फ़ खर्च करने का हुक्म देते थे। रुपया कहां से आए, सोचने का काम आगा मीर का था। इस वक्त उनका मिज़ाज भी गर्म हो रहा था। इस अंग्रेज़ नाई को वे एक आंख नहीं देख सकते थे; यह नाई भी भरे दरबार बादशाह के सामने उनकी हिजो कर बैठता था। इसके अतिरिक्त निरर्थक लान-तान में वह हर माह पचास-साठ हज़ार रुपया मार ले जाता था। बादशाह को उसका हिसाब-किताब देखने की आवश्यकता ही नहीं रहती थी। फ़ुर्सत भी नहीं रहती थी। इसी से आगा मीर उससे जलते थे। उन्होंने क्रुद्ध होकर कहा, 'हुक्म-उदूली नहीं, इन्तज़ाम की बात है, रुपया तहबील में होगा तभी मिलेगा।'

'मुझे इस बात से कुछ मतलब नहीं। मुझे रुपया अभी मिलना चाहिए।'

'अभी हमें और काम हैं।'

नाई फिर अपना लम्बा चिट्ठा हाथ में लटकाए बादशाह के हुज़ूर में पहुंचा। क्लेरेट पीने से बादशाह का मिज़ाज और भी गर्मा रहा था। बार-बार अपने आराम में खलल पड़ने से उन्होंने त्योरियों में बल डालकर कहा, 'अब यह क्या है?'

'आगा मीर रुपये नहीं देता, योर मैजेस्टी।'

बादशाह ने गुस्सा होकर कहा, 'इसका क्या मतलब?'

'मैंने कहा था कि हिज़ मैजेस्टी का हुक्म है। लेकिन उसे दीवान रामदयाल ने बरगला रखा है, योर मैजेस्टी। ये दोनों गद्दार हमेशा ही शाही अहकाम की तौहीन करते हैं और हमेशा ही रुपया देने में आनाकानी करते रहते हैं। पता नहीं लगता कि शाही खज़ाने का सब रुपया कहां जाता है।'

बादशाह एकदम आपे से बाहर हो गए। उन्होंने इधर-उधर देखा, नवाब रौशनुद्दौला आते नज़र पड़े। उन्हें देखते ही बादशाह ने हुक्म दिया, 'इन दोनों गद्दारों को गिरफ्तार करके अभी कैद कर लो, रौशन।'

रौशनुद्दौला हक्का-बक्का होकर बादशाह का और नाई का मुंह देखने लगे। बादशाह ने किन दोनों आदमियों को गिरफ्तार करने का हुक्म दिया है, यह उनकी समझ में ही न आया।

नाई ने कहा, 'हिज़ मैजेस्टी का हुक्म है कि वज़ीर आगा मीर और दीवान रामदयाल को गिरफ्तार करके कैद कर लो।'

रौशनुद्दौला नीची गर्दन करके चले गए। दोनों व्यक्ति असाधारण पद मर्यादा वाले थे। वे इस समय भी अपनी-अपनी कचहरियों में राज-काज कर रहे थे। वहीं उन्हें गिरफ्तार कर लिया गया और हथकड़ी-बेड़ी पहनाकर कैदखाने में डाल दिया गया।

बादशाह के हुक्म से उनका घरबार और धन-सम्पत्ति भी कुर्क कर ली गयी और उनका पूरा कुटुम्ब कैदखाने में डाल दिया गया। सारे शहर में यह खबर आग की तरह फैल गयी और शहर में तहलका मच गया।

इसके बाद फर्रुखाबाद से नवाब मुन्तज़िमुद्दौला को बुलाकर वज़ीरेआज़म बनाया गया। आगे ये हकीम महदीअलीखां के नाम से प्रसिद्ध हुए। विलायती नाई से इनकी पटरी बैठ गयी। दोनों मज़े से अपनी गठरी सीधी करने लगे।

## 33

हकीम महदीअलीखां ने अवध की सल्तनत का इन्तज़ाम अपने हाथ में लिया। सबसे पहला काम गवर्नर-जनरल महोदय के स्वागत-खर्च में तीस लाख रुपये जुटाने का था, फिर बादशाह के व्यक्तिगत और भी खर्च थे। बादशाह ने एक नयी औरत को रखैली बनाकर रखा था। यह एक नाचनेवाली औरत थी। उसका भाई एक सितारिया था, जो अब एक उमराव का पद पा चुका था। और अब उसका नाम अमीरुद्दौला था। बादशाह ने उसे चौबीस हज़ार रुपये साल की जागीर दे दी थी। उधर सरफराज़ खां का भी खर्चा अस्सी-नब्बे हज़ार रुपये प्रतिमास था। इसके अतिरिक्त और भी अखराजात थे। इसलिए महदीअली ने सब चकलादारों को यह सख्त ताकीद कर दी कि यदि चैत्र की तीस तारीख तक तमाम लगान और भूमि-कर न अदा कर लिया गया तो सबको नौकरी से बर्खास्त कर जेल में डाल दिया जाएगा। इसलिए चकलादार लोगों के घरों में घुस-घुसकर एक-एक गांव की सफ़ाई करने लगे। ज़मींदार और प्रजा में कोई भेद न रहा। पुरुष घर-बार छोड़कर भाग गए तो उन्होंने स्त्रियों को पकड़कर कैद कर लिया, उन्हें भाँति-भाँति से बेइज़्ज़त किया। छिपा धन बताने के लिए उन्हें बड़ी-बड़ी यातनाएं दी जाने लगीं। जिन ज़मींदारों के घर मज़बूत गढ़ी के रूप में थे, वे अपने आदमी एकत्र कर चकलेदारों और उनके सिर्कीवाले बरकन्दाज़ों से लड़ बैठे। कहीं-कहीं खासा हंगामा उठ खड़ा हुआ। इस पर चकलेदारों के अफ़सर फ़ौजदार साहब ने गांवों में आग लगा दी। फ़ौजदार बादशाह के मुंहलगे राजा दर्शनसिंह थे, अब तक

उनका काम इधर-उधर से स्त्रियां बटोरकर बादशाह की सेवा में उपस्थित करना था। उनके भय से किसी भी भले घर की बहू-बेटी की इज़्ज़त सुरक्षित न थी। अभी वे एक लाख रुपया कश्मीर से एक लड़की लाने के लिए वसूल कर चुके थे। अब इस काम में भी वे पूरी बहादुरी दिखाने लगे। बहुत-से परिवार उनके अत्याचार से बचने को नेपाल राज्य की सरहद में जा बसे। खेत सूखने लगे, गांव उजड़ गए, पर महदीअलीखां की नज़र तो रुपया एकत्र करने पर थी। उसके कड़े आदेश जाते थे, और रुपया भेजो, और रुपया भेजो। इस पर राजा दर्शनसिंह को और भी ज़ुल्म करने पड़ते थे, फिर भी रुपया पूरा जमा नहीं हुआ। महदीअली ने राजा दर्शनसिंह को अपनी कचहरी में बुलाकर उससे जवाब-तलब किया।

'राजा साहब, मुल्के-ज़मानिया आपसे सख्त नाराज़ हैं, फरमाइए, क्यों न आपको बर्खास्त कर दिया जाए!'

'मुल्के-ज़मानिया की बात छोड़िए, आप खुद यदि नाराज़ हैं, तो मुझे बर्खास्त कर दीजिए।'

'यह आपसे किसने कहा? मैं तो नाराज़ नहीं हूं।'

'तो मुल्के-ज़मानिया के नाराज़ होने का क्या वाइस है?'

'उनके पास मुकदमात पहुंचे हैं, बड़े संगीन मुकदमे हैं।'

'आखिर कैसे?'

'यह कि लगान-कर वसूल करने के लिए आपने सब ज़मींदारों और तालुकेदारों की औरतों तक को अपनी माल कचहरी में नंगा करके रखा। आप तो जानते ही हैं कि औरतों को नंगा करना और उनसे मारपीट करना ये फिरंगी बिलकुल नहीं पसन्द करते। इसलिए जब रेज़ीडेंट मेजर वेली के पास ये शिकायतें पहुंचीं तो उन्होंने मुल्के-ज़मानिया को डांट-फटकार की। वह बदमाश अंग्रेज़ वैसे भी बिगड़े-दिल हैं। मुल्के-ज़मानिया उससे बहुत डरते हैं। उस दिन उसने अपनी औरत को बादशाह से ला भिड़ाया और पचास हज़ार का कंठा वह बुड्ढी मार ले गयी। फिर भी मेजर ने बादशाह की ज़रा भी मुरव्वत नहीं की और उसके तथा दूसरे नौकरों के सामने उसने मुल्के-ज़मानिया को लानत-मलामत दी। मुल्के-ज़मानिया तभी से सख्त नाराज़ हो रहे हैं। आप जानते ही हैं, उन्होंने नवाब आगा मीर और दीवान राजा रामदयाल को कैद कर लिया है।'

'तो अब मेरी बारी है? लेकिन आप अच्छी तरह जानते हैं कि मेरा इसमें कुछ भी कुसूर नहीं है।'

'तो क्या ये सब मुकदमात गलत हैं?'

'जनाबे आली, इन साले ज़मींदारों और तालुकेदारों की औरतों को पकड़कर लाए बिना मालगुज़ारी का एक धेला भी वसूल न होता। पहले आगा मीर के और अब आपके दबादब हुक्म मेरे पास पहुंचते रहे कि रुपया भेजो। मालगुज़ारी पूरी वसूल करो। पर कैसे करूं? यह भी सोचिए। पिछली बार की वसूली से सब गांव-खेत उजाड़ हो गए। लोग घरबार छोड़ नेपाली इलाकों में भाग गए। इस साल खेती हुई ही नहीं। फिर अकाल पड़ गया। तालुकेदारों व ज़मींदारों का भी क्या कसूर भला? रियाया से उन्हें एक पैसा

भी वसूल नहीं हो रहा। और लोग दें कहां से, उनके पास खाने तक को नहीं है। उधर आपके तकाज़े। मैं क्या करता! मुझे सख्तियां करनी पड़ीं। टेंटुआ कसकर दबाने से ही ज़मींदार और तालुकेदारों ने औरतों के ज़ेवर बेचकर या कर्ज़ा लेकर, मालगुज़ारी अदा की है। बिना औरतों की बेइज़्ज़ती किए वे ऐसा करते भला?'

'लेकिन राजा साहब, इलाके पर इलाके उजड़ गए। सब गांव सूने पड़े हैं। अवध इस वक्त एकदम वीरान हो गया है, जो हिन्दुस्तान का सबसे फलाफूला राज्य था।'

'तो मैं क्या करूं? मैंने किसी की जानोमाल पर डाका नहीं डाला। कुछ आला खानदान के तालुकेदारों की औरतों को माल कचहरी में पकड़ बुलाया था। इसी से शरम के मारे वे लोग देश छोड़कर भाग गए। मानता हूं मारपीट भी करनी पड़ी। पर इसमें भी मेरा दोष नहीं है। ये लोग बिना मार पड़े मालगुज़ारी देते ही न थे।'

'लेकिन कुछ लोग मरे भी तो हैं।'

'बहुत कम। सौ-दो सौ, बस।'

'खैर, तो अब इन बीती बातों पर बहस करना फ़िजूल है। रुपया तो पूरा अभी नहीं आया है।'

'जी-जान से कोशिश कर रहा हूं, नवाब साहब, फिर आपका नज़राना तो पेशगी ही भेज चुका हूं।'

'शुक्रगुज़ार हूं, लेकिन मालगुज़ारी पूरी अदा होनी चाहिए। चैत की तीसरी तारीख तक खज़ाने में पचास लाख रुपया पहुंचे बिना काम नहीं चलेगा।'

'तो वायदा करता हूं—यह रकम पूरी कर दूंगा। लेकिन आप भी वादा कीजिए कि आप कभी मेरी कोई हानि न करेंगे।'

'आप मुतमइन रहें, राजा साहब, जब आप हमेशा ही मेरा नज़राना पेशगी भरते रहे हैं, और उम्मीद है आगे भी ऐसा ही करते रहेंगे, तो मेरे नाराज़ होने का कोई सवाल नहीं उठता है। लेकिन दोस्तमन मेजर वेली से होशियार रहना। वह हमेशा मुल्के-ज़मानिया के कान मलता रहता है। और अब तो उसने नया जाल फैलाया है।'

'अपनी बीवी का सौदा न?'

'जी हां, वह पट्ठा उस बुड्ढी ठुड्डी को मुल्के-ज़मानिया के हाथों बेचकर एक बड़ी रकम वसूल कर विलायत में दूसरी शादी करने की फिक्र में है।'

'खुदा की पनाह, सुना है कि इस खालाजान का मुल्के-ज़मानिया ने सरेआम बोसा लिया।'

'लाहौल बिलाकू...तो शायद उसी की कीमत पचास हज़ार का पन्ने का कंठा उसे इनायत किया गया है?'

'उस कंठे ही पर क्या मुनहसर है।'

'राजा साहब, इसी माह में मेजर वेली ने पचहत्तर लाख का कम्पनी का कागज़ खरीदा है। यह रुपया क्या उस दोज़खी ने कीमिया से बनाया है। सब लूट ही का माल है।'

'तो हज़रत आप हमें नाहक गुनहगार बनाते हैं। मुल्क को तो ये सफ़ेद डाकू

लूट रहे हैं। उस हरामजादे हज्जाम ही को लो, पचास लाख रुपया नकद उसके पास है।'

'और अब वह इन सबका सरताज आ रहा है। खुदा खैर करे।'

'तो नवाब साहब अच्छे और बुरे में हम एक हैं।'

'यकीनन, खुदा हाफ़िज़।' दोनों ने हाथ मिलाए, आंखें मिलाईं और राजा साहब विदा होकर चल दिए।

## 34

लॉर्ड विलियम बैंटिंग लखनऊ की रेज़ीडेंसी में एक ईज़ी चेअर पर शाम की हल्की पोशाक पहने आराम फर्मा रहे थे। उनके हाथ में फ्रांस का कीमती चुरुट था, जिसकी सुगन्ध बहुत ही खुशगवार थी। अभी उनका कोई प्रोग्राम नहीं बना था; लखनऊ आए यद्यपि तीन दिन बीत चुके थे, परन्तु उन्होंने अभी न तो किसी रईस से मुलाकात की थी, न किसी सार्वजनिक जलसे में शरीक हुए थे। बादशाह तक से उन्होंने मुलाकात नहीं की थी, यद्यपि बादशाह और उसके अमीर-उमरा मुलाकात के इन्तज़ाम में ज़मीन-आसमान एक कर रहे थे। खुद बादशाह मुल्के-ज़मानिया हुक्म पर हुक्म दे रहे थे, किन्तु जनाब गवर्नर-जनरल बहादुर अभी रेज़ीडेंट से सलाह-मश्विरे में संलग्न थे। इस वक्त भी मेजर वेली उनके सामने बैठे थे। गवर्नर-जनरल ने कहा—

'मेजर वेली, अब दुनिया का नया दौर शुरू हुआ है। इंग्लैंड में नयी शक्तियां काम कर रही हैं। अब मैं चाहता हूं कि ऑनरेबुल ईस्ट इण्डिया कम्पनी हिन्दुस्तान की सर्वोच्च शासन-सत्ता बन जाए। और व्याप़ार के अधिकार आम अंग्रेज़ों के लिए खुले छोड़ दिए जाएं। इसीलिए अब मैं यही नीति अमल में लाना चाहता हूं कि हम भारत में अंग्रेज़ों की एक सार्वभौम सत्ता की स्थापना कर सकें।'

'क्या इसमें इंग्लिस्तान की सरकार का भी कुछ हिस्सा रहेगा?'

'यही कि वह हमारी ब्रिटिश भारत सरकार की संरक्षक रहेगी। अब हमारे सामने तीन बड़ी बाधाएं हैं, जो हमारे बाज़ू कमज़ोर करती हैं। मध्य-भारत में सिंधिया, मैं चाहता हूं कि इस बाधा को दूर करके बम्बई प्रान्त को आगरा के साथ जोड़ दूं। मैं अच्छी तरह जानता हूं कि अपनी राजधानी में महाराज जंकोजी सिंधिया को उन आपत्तियों ने घेर रखा है जो हमने उसके चारों ओर खड़ी की हैं। अब देखना यह है कि इस निर्बल किन्तु अत्यन्त वफादार नौजवान राजा की मुसीबतों से क्या फ़ायदा उठाया जा सकता है। इसी से मेरा चीफ़ सेक्रेटरी वहां के रेज़ीडेंट से इस मामले में पत्र-व्यवहार कर रहा है कि सिंधिया महाराज उन गम्भीर आपत्तियों से घिरा हुआ होने के कारण पदत्याग करना पसन्द करेगा या नहीं। यदि वह मंज़ूर कर ले तो एक सुन्दर पेंशन कम्पनी की सरकार उसे देगी, जो उसी की रियासत की आमदनी में से अदा की जाएगी।'

'यह तो बहुत अच्छी योजना है, योर एक्सेलेन्सी, आपकी नीति से मैं सहमत हूं।'

'इधर देखो, मेजर,' गवर्नर-जनरल ने ज़रा मज़ाक के टोन में कहा, और अपनी

गर्दन कुर्सी पर से पीछे लटका दी। मुंह खोल दिया और अंगूठा और एक उंगली इसी प्रकार मुंह में देकर, जिस प्रकार कोई लड़का मिठाई मुंह में डालने लगता है, हंसा।

मेजर वेली ने आश्चर्यचकित होकर गवर्नर-जनरल की ओर देखा—गवर्नर कह रहा था, 'यदि कोई रियासत इस तरह आपके मुंह में आकर गिरने लगे तो यकीनन मुनासिब यह होगा कि आप उसे बिना झिझक निगल जाएं। बस, यही मेरी नीति है।'

मेजर वेली ज़ोर से खिलखिलाकर हंस पड़े। लॉर्ड बैटिंग ने कहा, 'और मेजर, हमने सिंधिया के चारों ओर जो मुसीबतें खड़ी कर दी हैं, उनसे मुझे पूरी उम्मीद है कि वह घबराकर चुपचाप अपना राज्य हमारे हवाले कर देगा।'

'लेकिन यहां के राजा-रईस ला-औलाद मरने पर एक फर्जी बेटा गोद लेते हैं, और चाहते हैं कि ब्रिटिश सरकार उसे उनका उत्तराधिकारी माने और उनके सब हकूक उन्हें दे दे। इस सम्बन्ध में योर एक्सेलेन्सी क्या सोचते हैं?'

'नानसेन्स मेजर, यह एक ऐसी दकियानूसी और बेहूदा बात है कि जिससे मुझे सख्त नफ़रत है और मैं जिसका तहेदिल से विरोधी हूं। ये हिन्दू जो मरते दम तक अपनी गद्दी के अख्तियारात छोड़ना नहीं चाहते, यदि वे ला-औलाद मरने लगते हैं तो एक चूहे के बच्चे को कहीं से पकड़ लाते हैं और चाहते हैं कि वही चूहे का बच्चा उनकी जगह, उनके मरने के बाद, उनका वारिस बनकर, राजा बने और इसे वे अपने धर्मशास्त्र की दृष्टि से जायज़ कहते हैं। लेकिन मेजर, मेरी समझ में यह बात नहीं आती कि इस तरह एक गैर, नाबालिग और बेसमझ बच्चे को राजा बनाना, राज्य और प्रजा इन दोनों ही के हित के लिए कहां तक ठीक हो सकता है। मैं हिन्दुओं के इन नकली बेटों को कोई कानूनी अधिकार देना नहीं चाहता, और मैं जानता हूं कि ऐसा करके मैं कोई अन्याय नहीं करूंगा। अब हम यही तो कर रहे हैं, मरे हुए राजाओं के फर्ज़ी और नाबालिग बच्चों को गद्दी का वारिस न बनाकर उन्हीं के खानदान के एक ऐसे होशियार आदमी को राजा बनाते हैं जो कि अंग्रेज़ों का सच्चा वफ़ादार दोस्त हो।'

'लेकिन माई लॉर्ड, हिन्दू अपनी इस पुरानी रस्म को तोड़ना नहीं चाहते, ऐसे मौकों पर वे बहुत बावेला मचाएंगे।'

'दिस आल फुलिशनेस, मेजर, मैंने अपना पक्का इरादा कर लिया है, उसको मैं नहीं बदलूंगा।'

'लेकिन योर एक्सेलेन्सी, इन्दौर में तो बिलकुल इसके विपरीत हो गया। वहां तो मृत मल्हारराव होल्कर के गोद लिए गए लड़के की ही तख्तनशीनी हो गयी।'

'मैं तो नहीं चाहता था कि ऐसा हो, इसलिए मैंने इन्दौर के रेज़ीडेंट को सख्त ताकीद कर दी थी कि वह नये राजा के राजतिलक के समय दरबार में हाज़िर न रहे। हकीकत तो यह है कि इस मामले में कुछ राजनीतिक पेचीदगियां आ खड़ी हुई थीं जिनकी वजह से मुझे उधर से आंखें चुरा लेनी पड़ीं। वास्तव में इन छोटी-छोटी बातों पर मैं ज़ोर डालना भी नहीं चाहता। अब तो मेरे सामने दो ही सबसे बड़े अहम मसले हैं, एक सिंध और पंजाब का और दूसरा अवध का।'

'मैंने सुना है कि इंग्लिस्तान के शहनशाह विलियम चतुर्थ की ओर से पंजाब

के महाराज रणजीतसिंह की खिदमत में एक घोड़ागाड़ी उपहार में दी गयी है, जिसे आपने सिंध नदी के रास्ते जलमार्ग से भेजा है। मैं समझता हूं कि इसमें ऑनरेबुल कम्पनी की कोई गहरी चाल है। क्योंकि मुझे कलकत्ता में ही सर चार्ल्स मैटकाफ महोदय ने यह बतलाया था कि यह गाड़ी सिंध जलमार्ग द्वारा भेजने के लिए खास तौर पर ईस्ट इण्डिया कम्पनी के डायरेक्टरों ने हिज़ एक्सेलेन्सी से अनुरोध किया था।'

लॉर्ड बैंटिंग यह फ़िकरा सुनते ही उछलकर कुर्सी पर बैठ गए और भेड़िये की तरह गुर्राकर बोले, 'मैटकाफ ने यदि तुमसे ऐसा कहा है तो बहुत असावधानी का काम किया है। लेकिन जब तुम पर यह राज़ ज़ाहिर हो चुका, तब मैं तुम्हें बतलाता हूं कि इस बात की हमें सख्त ज़रूरत है कि सिंधु नदी की थाह ली जाए, और यह बात ठीक-ठीक जांच ली जाए कि यदि कभी हमारे जहाज़ सिंधु नदी में से गुज़रे तो उन्हें कहां-कहां किस मुसीबत का सामना करना पड़ेगा। क्योंकि सिंधु, पंजाब और अफगानिस्तान इन तीनों पर ही हमारी नज़र है। पंजाब और अफगानिस्तान पर हमला करने में सिंधु नदी का उपयोग बहुत महत्त्वपूर्ण होगा। इसी से इस उपहार को भेजने के बहाने मैंने सिंधु का पूरा सर्वे कर डाला है। और अब हम चाहे जब उसका उसी तरह इस्तेमाल कर सकते हैं, जैसे इंग्लैंड में टेम्स का।'

'लेकिन माई लॉर्ड, सिंध तो स्वाधीन देश है, सिंधु के अमीर क्या इस बात को पसन्द करेंगे?'

'नहीं करेंगे, इसीलिए तो यह उपहार का कपट-प्रपंच रचा गया। इसके अतिरिक्त अमीर यदि राज़ी न भी हों तो हमें उसकी परवाह नहीं है। याद रखो मेजर, एक दिन अफगानिस्तान और सिंधु नदी दोनों पर अंग्रेज़ सरकार का कब्ज़ा होना चाहिए। तुमने सुना होगा कि हमने काबुल में एक व्यापारिक एजेन्सी कायम की है!'

'मैं समझ गया, योर एक्सेलेन्सी, सिन्धु नदी का सर्वे और काबुल में व्यापारिक कम्पनी की स्थापना ये दोनों ही भावी अफगान-युद्ध की भूमिका हैं।'

'राइट यू आर मेजर, दैट्स आल वी वांट।'

'आई कांग्रेचुलेट, योर एक्सेलेन्सी, मैं आशा करता हूं कि अफगानिस्तान के मोर्चे पर आप मुझ अनुगत सेवक को भेजना नहीं भूलेंगे।'

'ज़रूर, ज़रूर, तुमको यह जानकर खुशी होगी मेजर, कि इसी सफ़र में मैं रणजीतसिंह से भी मुलाकात कर रहा हूं। मुलाकात के वक्त मैं काफ़ी फ़ौज साथ ले जाना चाहता हूं। इस वक्त रणजीतसिंह की ताकतें बहुत बढ़ी हुई हैं। कहना चाहिए कि उसकी विशाल सेना हमारी सेना से वीर और व्यवस्थित है। उसने कश्मीर, पेशावर और मुलतान के इलाकों को विजय कर लिया है। और उसकी नज़र अब सिंध पर है। इस नज़र को हटाना ही मेरी मुलाकात का उद्देश्य है। हमारा कैदी, काबुल का शाहशुजा, इस समय लुधियाना में बन्द है। उसे ही सामने करके और रणजीतसिंह के पल्ले उसे बांधकर मैं इन दोनों को अफगानिस्तान पर हमला करने के लिए धकेल देना चाहता हूं। और यह बात भी तय कर लेना चाहता हूं कि सिंधु नदी के निचले हिस्सों पर अंग्रेज़ों का कब्ज़ा

हो जाए और हमें सिंधु के किनारे-किनारे छावनियां बनाने में कोई बाधा न हो।'

'बहुत अच्छी योजना है, माई लॉर्ड, इससे निस्सन्देह उत्तर भारत में हमारे राजनीतिक अधिकार अटल हो जाएंगे और इधर का हमारा साम्राज्य निष्कंटक हो जाएगा। लेकिन अवध के इस बदनसीब और खब्ती बादशाह के साथ आप कैसा सलूक करना चाहते हैं?'

'सीधी बात है कि जितनी जल्द हो अवध को अंग्रेज़ी झंडे के नीचे लाना हमारा फ़र्ज़ है। मेरा खयाल है कि अवध के बादशाह को अब और सांस लेने का मौका नहीं देना चाहिए और बादशाह को अपने सब अख्तियार कम्पनी बहादुर को देकर पेंशन लेने पर राज़ी कर लेना चाहिए।'

'माई लॉर्ड, यह कार्यवाही शायद समय से पहले होगी, और इस पर हमें अच्छी तरह विचार कर लेना चाहिए।'

'तुम क्या कहना चाहते हो मेजर, क्या यही वह ठीक मौका नहीं है, जबकि तमाम रियासत में चोरी, डाकेजनी, लूट की आम वारदातें हो रही हैं। सारा देश ठगों से भरा पड़ा है, किसी की जानोमाल की खैरियत नहीं है, खेत सूखे पड़े हैं और गांव उजड़े पड़े हैं, आबादी का नाम-निशान नहीं रह गया। अकाल और अराजकता चारों ओर फैली हुई है। क्या बादशाह के अयोग्य होने के ये कारण काफ़ी नहीं हैं।'

'योर एक्सेलेन्सी, यदि इजाज़त दें तो निवेदन करूं कि इस अराजकता, लूट, ठगी और अकाल की पूरी ज़िम्मेदारी हम अंग्रेज़ों ही पर है। क्योंकि हमने बेअन्दाज़ रुपया ज़बरदस्ती अवध के नवाबों से वसूल किया, जिससे कि शाही खज़ाना खाली हो गया और उन्हें रियाया पर ज़ुल्म करके रुपया इकट्ठा करना पड़ा, जिससे तंग आकर रियाया अपने घर-बार और खेतों को छोड़कर भाग गयी। आप क्या विश्वास करेंगे कि ये सब चोर, डाकू और ठग पेशेवर बदमाश नहीं हैं बल्कि खानदानी ज़मींदार और शरीफज़ादे लोग हैं, जो हमारे ज़ोरो-जुल्म से बेज़ार होकर मजबूर हालत में बदमाशी पेशे हथिया बैठे हैं।'

'पर इससे क्या? अवध के मालिक अभी तक नवाब बादशाह हैं, अंग्रेज़ नहीं। इसलिए मैं अवध के बादशाह से जवाब-तलब करूंगा। मुल्क में जो बदअमनी फैली है, इसका कारण यह है कि उसमें बादशाहत करने की योग्यता नहीं। वह कारण बताए कि वह क्यों न गद्दी से उतार दिया जाए और सारा प्रबन्ध ऑनरेबुल कम्पनी बहादुर के हाथों में ले लिया जाए।'

'मैं आशा करता हूं, योर एक्सेलेन्सी, कि इस बदनसीब और खब्ती बादशाह के पास—जो अपना सारा वक्त लोफर अंग्रेज़ मुसाहिबों के साथ बेहूदा हंसी-मज़ाक करने और शराबखोरी में गुज़ारता है, जो छंटे हुए शोहदे और उठाईगीर हैं—आपके सवाल का जवाब नहीं है।'

'बस, तो अब मैं सीधा नवाब से मुलाकात करके मुंह-दर-मुंह दो-दो बात करने पर आमादा हूं। मेजर तुम्हारा क्या खयाल है?'

'योर एक्सेलेन्सी, आप बिलकुल ठीक निर्णय पर पहुंचे हैं। मैं आपसे सहमत

हूं। लेकिन नवाब बादशाह ने हिज़ एक्सेलेन्सी के स्वागत-समारोह में जो बड़े-बड़े लवाज़मे और धूमधाम के इन्तज़ामात किए हैं, उनका क्या होगा?' मेजर वेली ने हंसकर कहा।

'क्या-क्या इन्तज़ामात हैं?'

'मसलन हाथियों की लड़ाई, तीतरों की लड़ाई, मुर्गों की लड़ाई, बटेरों की लड़ाई, रंडियों के मुजरे, भांडों के तमाशे, शिकार, दावत, रोशनी, गाजे-बाजे और बहुत-से ऐसे ही आइटम जो उसके लायक दोस्त हज्जाम ने उसको सुझा दिए हैं।'

'कौन है यह हज्जाम?'

'एक आवारागर्द और गुंडा अंग्रेज़ है, जो एक जहाज़ में प्लेटें धोने का काम करता हुआ हिन्दुस्तान चला आया और कलकत्ता में हज्जाम की दुकान खोली और फिर उसकी किस्मत उसे लखनऊ ले आई, जहां उसने बादशाह को खुश कर लिया।'

'यह कैसे? आखिर बादशाह तक उसकी पहुंच कैसे हुई?' लॉर्ड बैंटिंग ने आश्चर्य से पूछा।

मेजर वेली ने हंसकर जवाब दिया, 'किस्मत की ही बात समझिए कि मैंने ही उसे बादशाह के सामने पेश किया।'

'तुमने मेजर, एक आवारागर्द अंग्रेज़ को।'

'हुआ यह कि वह पहले मेरे पास ही आया और उसने पहले मेरे बाल बनाए। इस फन में वह पूरा उस्ताद था और अपने काम से उसने मुझे खुश कर लिया। दुर्भाग्य से या सौभाग्य से, जैसा कहिए, बादशाह के बाल सूअर के बाल जैसे सख्त और रूखे थे। मैंने उसे बादशाह के सामने पेश किया, और उसने बादशाह के बालों को नर्म और घुंघराला बना दिया। बस, उसकी तकदीर का सितारा बुलन्द हो गया। वह बड़ा बातूनी, खुशामदी और धूर्त आदमी है। और इन गुणों की बदौलत अब वह बादशाह की नाक का बाल बन बैठा है और शाही दस्तरखान पर बादशाह के साथ खाना खाता है।'

'क्या, शाही दस्तरखान पर! तब तो मैं बादशाह के साथ खाना पसन्द नहीं करूंगा।'

'बट, हिज़ एक्सेलेन्सी की शाही दावत में एक लाख रुपया खर्च किया जा रहा है।'

'एक लाख?'

'और तीस लाख रुपया दूसरे समारोहों में।'

'लेकिन मेजर, तुम तो कहते हो कि शाही खज़ाना बिलकुल खाली है, फिर इस कदर फ़िज़ूलखर्ची?'

'योर एक्सेलेन्सी, इन बदनसीब हिन्दुस्तानी नवाबों और बादशाहों की तबाही और मौत का मूल कारण आपके इस प्रश्न का जवाब है।'

'तो मेजर, तुम बादशाह को आगाह कर दो कि मैं इन सब लानतान और खेल-तमाशों में कोई हिस्सा न लूंगा। सिर्फ़ कल दरबार करूंगा, जहां बादशाह से मुंह-दर-मुंह बातचीत करूंगा। तुम अभी बादशाह से मिलकर इन्तज़ाम ठीक कर लो।'

'बहुत अच्छा योर एक्सेलेन्सी, मैं आपकी आज्ञा का अभी पालन करता हूं।'

35 गवर्नर-जनरल के स्वागत-समारोह के लिए नसीरुद्दीन हैदर ने बड़ी धूमधाम की तैयारी की थी। उसमें चालीस लाख रुपये खर्च हुए थे। डेढ़ लाख से ऊपर रुपया तो दावत ही के मद्दे खर्च किया गया था, जिसका प्रबन्ध अंग्रेज़ नाई सरफराज़ खां के सुपुर्द था—एक लाख रुपया नाच-मुजरे और रंडियों पर खर्च किया गया था, और कश्मीर तक से रंडियां बुलाई गयी थीं। हाथी, ऊंट, सिंह, तीतर-बटेर, मुर्ग, गैंडे आदि पशु-पक्षियों की लड़ाई के लिए भारी खर्च करके अनेक पशु मंगाकर शिक्षित किए गए थे। एक सौ हाथी, चार सिंह, चौदह बाघ, दस गैंडे, तीस जंगली भैंसे, सात ऊंट, दस भालू तथा अनगिनत अन्य पशु-पक्षी एकत्र किए गए थे। गवर्नर-जनरल महोदय के आने से महीनों पूर्व से बादशाह और उनके अंग्रेज़ पार्षद सब काम छोड़ इन्हीं पशुओं के युद्धों, शिकारों और नाच मुजरों में रात-दिन संलग्न रहते थे। परन्तु लॉर्ड बैंटिंग ने इन सब मनोरंजन-समारोहों में सम्मिलित होना अस्वीकार कर दिया। उसने शाही दावत भी मंज़ूर नहीं की। प्रथम तो वह बादशाह की चाण्डाल-चौकड़ी और छिछोरी सोहबत से चिढ़ गया। जो बादशाह एक बदमाश हज्जाम के दस्तरखान पर बैठकर खाना खाता है उसके साथ इस तेजस्वी अंग्रेज़ ने खाना खाना अपनी शान के खिलाफ़ समझा। इसके अतिरिक्त उसकी मुलाकात सोलह आना राजनीतिक थी। उसके बंधे हुए मंसूबे थे और दृढ़-अडिग धारणाएं थीं। अतः नगर सजाने में जो लाखों रुपया खर्च किया गया था उसकी भी उसने परवाह नहीं की। उसने रेज़ीडेंट की मार्फ़त साफ़ कहला दिया था कि ये सब ऊल-जलूल और फालतू बातें उसे पसन्द नहीं हैं और वह केवल दरबार में एक बार बादशाह से खुली मुलाकात करेगा। यह सुनकर नसीर का दिल बुझ गया। वह खीझ गया और अपने मुसाहिबों में बैठकर भाँति-भाँति की अटकलबाजियां लगाने लगा।

लॉर्ड विलियम बैंटिंग ने कुल छः दिन लखनऊ में मुकाम किया, जिसमें पूरे चार दिन वह रेज़ीडेंट से तमाम राज-काज के कागज़-पत्रों, मामलों, संधियों, दस्तावेज़ों और राज्य की वर्तमान दशा पर विचार-विमर्श करता रहा। इन चार दिनों में वह न रेज़ीडेंसी से बाहर निकला, न उसने किसी रईस-अमीर या नवाब-बादशाह से मुलाकात की। पाँचवें दिन उसने अकस्मात् ही दरबार की घोषणा कर दी। नज़ीर के हाथ-पांव फूल गए; पर जैसे बना, जल्दी-जल्दी दरबार का प्रबन्ध किया गया।

दरबार बहुत ही संक्षिप्त और अनपेक्षित रीति से हुआ। बादशाह पूरे शाही लिबास में ताज पहनकर तख्त पर बैठे, उनके दाहिनी ओर गवर्नर-जनरल और बाईं ओर रेज़ीडेंट मेजर वेली सुनहरी कुर्सियों पर बैठे। उनके पीछे शरीर-रक्षक नंगी तलवारें लिए तैनात खड़े हुए। हकीम महदीअली खाँ, वज़ीरे-आज़म बादशाह की बगल में खड़े हुए। बादशाह के मुसाहिबों का इस दरबार में कोई स्थान न था।

साधारण शिष्टाचार और औपचारिक बातों के बाद लॉर्ड बैंटिंग ने एक शाही खरीता पढ़ा जो कि ऑनरेबुल ईस्ट इण्डिया कम्पनी के ऑनरेबुल कोर्ट ऑफ़ डायरेक्टर की ओर से आया था। उसमें उन बातों के लिए बादशाह को धन्यवाद दिया गया जिनमें उसकी आर्थिक सहायताओं का संकेत था। बदले में ऑनरेबुल कम्पनी की ओर से दोस्ती का पैगाम पढ़ा गया। इसके बाद गवर्नर-जनरल ने कहा, 'योर मैजेस्टी को ज्ञात हो कि आपकी

इसी शर्त पर ऑनरेबुल कम्पनी ने अवध का तख्त इनायत किया है कि आप ठीक-ठीक रियासत का इन्तज़ाम करेंगे। मगर मैं सुनता हूं कि आपका खज़ाना खाली है, मुल्क में बदअमनी फैली है और आप राज-काज में दिलचस्पी नहीं ले रहे। ऐसी हालत में मैं यदि ऑनरेबुल बोर्ड ऑफ़ डायरेक्टर को यह सलाह दूं कि आपको अवध की बादशाहत से उतार दिया जाए और एक माकूल पेंशन आपके लिए नियत की जाए, तो आपको इसमें कुछ उज्र है?'

गवर्नर-जनरल की ऐसी दो टूक बात सुनकर बादशाह की बोलती बन्द हो गयी, उसने हकीम महदीअली की ओर देखा।

महदीअली एक सुलझा हुआ वज़ीर और पुराना रईस था। उसने कहा, 'हिज़ एक्सेलेन्सी गवर्नर-जनरल यदि मुझे कहने की इजाज़त दें तो अर्ज़ करूं कि ऑनरेबुल कम्पनी के प्रथम गवर्नर-जनरल वारेन हेस्टिंग्ज़ के ज़माने में लखनऊ के जन्नतनशीन नवाब वज़ीर आफसुद्दौला ने बहुत-सा रुपया दूसरों से कर्ज़ा लेकर गवर्नर-जनरल बहादुर को दिया था उसके बाद जब नवाब वज़ीर सआदतअली खां गद्दी पर बैठे तो उन सब पावनेदारों ने उनसे वह कर्ज़ का रुपया मांगा। परन्तु नवाब-वज़ीर वह रुपया नहीं चुका सके। तब कर्ज़दाताओं ने गवर्नर-जनरल बहादुर से फ़रियाद की। गवर्नर-जनरल बहादुर ने कोर्ट ऑफ़ डायरेक्टर को लिखा। पर उन्होंने इस पर कोई ध्यान नहीं दिया। इस पर ऋणदाताओं ने इंग्लैंड के बैरिस्टरों की मार्फ़त लन्दन की कोर्ट ऑफ़ किंग्स बेंच में ऑनरेबुल ईस्ट इण्डिया कंपनी के विरुद्ध नालिश कर दी। कोर्ट ऑफ़ किंग्स बेंच से ईस्ट इण्डिया कम्पनी के ऊपर अनुज्ञा हुई कि ईस्ट इण्डिया कम्पनी अवध के बादशाह को ऋण का रुपया अदा करे, तब वह अवध के बादशाह ऋणदाताओं को ऋण अदा कर दें। वह ऋण अवध के राजकोष से अदा कर दिया गया था, पर ऑनरेबुल ईस्ट इण्डिया कम्पनी ने वह रकम अदा नहीं की है। इसके अतिरिक्त अवध के राजकोष से और भी ऋण ऑनरेबुल कम्पनी की सरकार को भेंट किया गया है। वह सब, या उसका एक जुज़ यदि ऑनरेबुल कम्पनी अवध को अदा करके हमारी सहायता करे तो हम रियाया की बहबूदी के लिए उसे काम में लाएं।'

लॉर्ड बैंटिंग का चेहरा क्रोध से तमतमा गया। उसने कहा, 'वज़ीरे-अवध को मालूम हो कि ऑनरेबुल ईस्ट इण्डिया कम्पनी अवध के राज्य की अधिराज है। और यह ज़्यादा ठीक होगा कि वह तमाम अख्तियारात मय पूरे खज़ाने के अपने हाथ में ले ले और देखे कि कौन-सा कर्ज़ा किस तरह चुकाया जा सकता है। इसके अलावा हिज़ मैजेस्टी के लानतान और फ़िज़ूलखर्चियां भी ऐसी हैं, जिनसे रियासत की बेहतरी का कोई ताल्लुक नहीं है। चूंकि ऑनरेबुल कम्पनी ने हिज़ मैजेस्टी को बादशाह बनाया है, उसे यह पूरा हक है कि वह उन्हें उससे बरतरफ़ भी कर दे। फ़िलहाल जो शिकायतें हमारे पास पहुंची हैं, उनसे साफ़ प्रकट होता है कि हिज़ मैजेस्टी सल्तनत का बोझ उठाने योग्य नहीं हैं, इसलिए क्यों न सल्तनत को ब्रिटिश अधिकार में ले लिया जाए।'

हकीम महदीअली खां निरुत्तर हुए। बादशाह ने आंखों में आंसू भरकर कहा, 'आप मेरे ऊपर इस कदर सख्ती करेंगे, यह मैंने उम्मीद नहीं की थी। अब तो मैं आपके रहम

पर ही उम्मीद कर सकता हूं। मैं बादशाह हूं और मैं अब अपने शाही फर्ज़ से गाफिल नहीं रहूंगा।'

'तो ज़्यादा बेहतर होगा कि एक अंग्रेज़ कमिश्नर वज़ीर हकीम महदीअली के सलाह-मशवरे को मुकर्रिर कर दिया जाए और वज़ीरे-अवध उसकी राय से सब इन्तज़ाम करें। साथ ही हिज़ मैजेस्टी वादा करें कि वे ठीक तौर से रियासत का इन्तज़ाम देखेंगे और मुल्क की बदअमनी दूर करेंगे, तो मैं उन्हें दो साल का समय दे सकता हूं। दो साल के अन्दर रियाया की हालत सुधार लें। वरना अवश्य ही अवध का राज्य ब्रिटिश राज्य में मिला लिया जाएगा।'

इतना कहकर गवर्नर-जनरल एकदम उठ खड़े हुए। बादशाह ने उन्हें कांपते हाथों रत्नजड़ित सुनहरी हार पहनाया, जिसका मूल्य एक लाख रुपये था। गवर्नर जनरल ने बादशाह से हाथ मिलाया और चल दिए। दरबार बर्खास्त हो गया।

## 36

लॉर्ड बैंटिंग के लखनऊ से जाने के बाद बादशाह नसीरुद्दीन अर्धविक्षिप्त की भाँति रहने लगा। बड़े-बड़े प्रतिष्ठित अधिकारियों को उसने पदच्युत करना और उन्हें जेल भेजना आरम्भ कर दिया। हज्जाम के साथ बादशाह खाना खाते हैं, यह कारण बताकर जब गवर्नर-जनरल ने बादशाह के साथ खाना अस्वीकार कर दिया, तब बादशाह के अन्य अंग्रेज़ मुसाहिबों ने भी हज्जाम के साथ खाना खाने से इनकार कर दिया। इस पर बादशाह ने खीझकर सबको मौकूप कर दिया। अब उसकी नज़र हज्जाम से भी फिर गयी। वह बात-बात पर उसे डांटने-फटकारने और अपमानित करने लगा। अब हज्जाम भी समझ गया कि उसकी उतरती जीत है। वह बड़ा चालाक था, उसने अपना सारा संचित धन, सत्तर-अस्सी लाख, एकत्र किया और उसे लेकर कलकत्ता भाग गया। और वहां से वह जहाज़ में सवार होकर विलायत चला गया। वहां कुछ दिन ठाठ-बाट से रहा। उसने चाहा कि रुपया खर्च करके वह बैरन बन जाए, वह बड़े-बड़े आदमियों को भारी-भारी भोज देता रहा। लन्दन में वह 'इंडियन नवाब' के नाम से मशहूर हो गया। परन्तु वह बैरन न बन सका। जिस-जिस कारोबार में उसने रुपया फंसाया, उसी का दिवाला निकल गया। धीरे-धीरे उसका सब धन नष्ट हो गया। और वह चार-पांच वर्षों में ही छूंछ हो गया। एक बार उसने फिर लन्दन में नाई का धन्धा चलाना चाहा, पर वह भी न चला और अन्त में बुरी तरह उसकी मौत हुई।

नाई के लखनऊ से चले जाने पर नसीरुद्दीन की दिल्लगी का सारा सामान खत्म हो गया और वह बीमार हो गया। उसे यह भय हो गया कि उसे सब लोग ज़हर देकर मार डालना चाहते हैं। खाना सामने लाने पर वह उसे गुस्सा करके फेंक देता था और बड़ी देर तक बड़बड़ाया करता था। उसे किसी पर विश्वास न था। बहुधा वह साधारण सिपाहियों को बुलाकर उनसे बाज़ार से चना-चबेना मंगाकर खाता। उनसे कसमें लेता कि कहीं उन्होंने ज़हर तो नहीं मिला दिया है।

रंगमहल में इन दिनों अनेक दल बन गए थे, सब एक-दूसरे से षड्यन्त्र रच

रहे थे। महदीअली ने अपना दल अलग बना लिया था। बादशाह-बेगम और बेगम-आलिया का दल अलग था। जनाब बेगम आलिया को लड़-झगड़ कर उसने फैज़ाबाद भेज दिया था। मन्नाजान अब बादशाह-बेगम के पास था। उन्होंने उसे अपना दत्तक पुत्र घोषित किया था। परन्तु बादशाह ने घोषणा द्वारा प्रचारित कर दिया था कि मन्नाजान मेरा बेटा नहीं है। उसे मैं गद्दी का वारिस बनाना नहीं चाहता।

इस वक्त एक बांदी अशरफ़ उसकी खिदमत में रहती थी। अब वह बहुत कम बाहर निकलता था।

1837 की जुलाई में एक दिन गर्मी से घबराकर बादशाह ने शर्बत मांगा, अशरफ ने शर्बत ला दिया। शर्बत पीने के आधा घंटे बाद बादशाह छटपटाने लगा। बांदियां, लौंड़ियां शोर मचाने लगीं। तुरन्त हकीम मिर्ज़ा अली की तलबी हुई। मिर्ज़ा अली ने देखकर कहा, 'बादशाह ने ज़हर खा लिया है।'

थोड़ी देर में बादशाह की मृत्यु हो गयी। मृत्यु की खबर रेज़ीडेंसी पहुंची, नये रेज़ीडेंट, कर्नल लॉ तत्काल अपने दोनों सहयोगियों, पाटन और शेक्सपियर के साथ महल में आए। पाटन को महल के द्वार पर बिठाकर रेज़ीडेंट ने बादशाह के कमरे में प्रवेश किया। बांदी अशरफ लापता थी।

इसके बाद नसीर के वृद्ध चचा नवाब मुहम्मदअली को तलब किया और उनसे कहा, 'हम आपको बादशाह बनाने की कोशिश करेंगे।'

वृद्ध नवाब ने तीन बार झुककर कर्नल लॉ को सलाम किया और कहा, 'खुदा कम्पनी बहादुर को सलामत रखे।' उसके बाद वे नमाज़ पढ़ने चले गए।

रेज़ीडेंट रेज़ीडेंसी में लौट आए। महल पर उनके सहयोगी पाटन की निगरानी रही।

रात के दो बजे बादशाह-बेगम अपनी स्त्री-सैन्य लेकर पालकी पर चढ़ मन्नाजान को हाथी पर बिठा महल के द्वार पर आई। पाटन साहब ने द्वार बन्द कर दिया, पर बेगम ने हाथी से द्वार तुड़वा डाला। इस समय बेगम के सम्पर्क के पन्द्रह सौ सिपाही आ जुटे। वे सब हथियार लेकर मरने-मारने को तैयार हो गए। बेगम ने महल में प्रवेश किया। पाटन साहब ने पालकी पकड़ ली। बेगम के सिपाही तलवार लेकर उस पर टूट पड़े। पाटन साहब घोड़े पर चढ़कर रेज़ीडेंसी भाग गए।

बेगम ने मन्नाजान को दरबार में जाकर तख्त पर बिठा दिया। तत्काल ही महल में जश्न होने लगे।

परन्तु सूर्योदय के साथ ही अंग्रेज़ी सेना ने महल को घेर लिया और हुक्म दिया कि यदि बादशाह-बेगम पांच मिनट में महल से बाहर न निकलीं तो अंग्रेज़ी सेना महल पर गोली बरसाएगी। बेगम ने कुछ ध्यान नहीं दिया। अब महल पर गोले बरसने लगे। देखते-ही-देखते बेगम के पांच सौ सिपाही मारे गए। जो बचे वे भाग खड़े हुए।

अंग्रेज़ी सेना के कमांडर ने भीतर घुसकर मन्नाजान को रस्सियों से बांध लिया। एक मेहतरानी बादशाह-बेगम को पकड़कर रेज़ीडेंसी ले चली।

सारा लखनऊ देख रहा था। बेगम और मन्नाजान चार दिन रेज़ीडेंसी में कैदी रहे। फिर उन्हें कैदी की ही हालत में कानपुर भेज दिया गया।

इसके बाद अंग्रेज़ों ने वृद्ध नवाब मुहम्मदअली को सिंहासन पर बिठाकर उन्हें अवध का बादशाह घोषित किया। बादशाह बनकर उन्होंने सब पुराने राज-कर्मचारियों को पदच्युत कर दिया। केवल हकीम महदीअलीखां प्रधानमंत्री बने रहे।

37 उस समय मुगल बादशाहों और दूसरे हिन्दू राजा-रईसों की ओर से हज़ारों घरानों को और हज़ारों धार्मिक और शिक्षा-सम्बन्धी या समाज-सुधार सम्बन्धी संस्थाओं और व्यक्तियों को माफ़ी की ज़मीन, जागीरें मिली हुई थीं, जिन्हें लाखिराज कहते थे। अभी तक इन माफ़ीदारों पर अंग्रेज़ों की नज़र नहीं गयी थी, न उन्होंने इनमें हस्तक्षेप किया था। परन्तु लॉर्ड बैंटिंग ने सब जिलों के कलक्टरों को यह अधिकार दे दिया कि वे अपने ज़िले की जिस लाखिराज ज़मीन को उचित समझें कम्पनी के नाम ज़ब्त कर लें। इस आदेश के कारण अनेक पुराने खुशहाल घराने बरबाद हो गए और उन्हें उनके घर-बार से निकाल बाहर कर दिया गया।

अब उसने जागीरदारों, ज़मींदारों और जायदादवालों की ओर रुख किया। वह नहीं चाहता था कि कोई पुराना घराना सम्मानित रहे। अतः जो ज़मींदार या जागीरदार अपुत्र मर जाते, उनकी ज़मीन-जायदाद छीनकर ज़ब्त कर ली जाती थी। पिछले मालिकों के दत्तक पुत्रों, भाई-भतीजों के सब अधिकारों को रद्द कर दिया गया। इसके अतिरिक्त सब ज़मींदारियों को उसने सबसे ऊंची बोली बोलने वालों को नीलाम कर तीस वर्षों के लिए सेटिलमेंट का विधान किया, जिसने सभी प्राचीन ज़मींदारों को उखाड़-पछाड़ डाला। सब पुराने घराने उलट-पुलट हो गए। किसानों, व्यापारियों और दुकानदारों से टैक्स और चुंगी के नये नियमों के अनुसार टैक्स लिया जाने लगा, जिसके कारण व्यापार-वाणिज्य और कारोबार में गड़बड़ी फैल गयी। ये सब टैक्स बड़ी कठोरता से वसूल किए जाते थे। सड़क के ऊपर की दुकानों और सायबानों पर भी टैक्स लिया जाता था। लोगों के धन्धों और औज़ारों पर भी टैक्स लिया जाता था। यहां तक कि चाकुओं पर भी टैक्स लगा दिया गया था। जो कभी-कभी चाकू की कीमत से छः गुना तक होता था।

इन सब कानूनों से उस समाज के सब छोटे-बड़ों का ढांचा ही उलट-पुलट हो गया।

38 सन् 1809 में पंजाब के महाराजा रणजीतसिंह और अंग्रेज़ों के बीच यह संधि हुई थी कि सतलुज के इस पार का इलाका कम्पनी के लिए छोड़ दिया जाए और सतलुज के दूसरी ओर रणजीतसिंह अपना साम्राज्य जितना चाहें बढ़ा लें, अंग्रेज़ बाधक नहीं होंगे। रणजीतसिंह ने ईमानदारी से इस शर्त का पालन किया था, और उसने कश्मीर, मुलतान और पेशावर के इलाकों को अपने साम्राज्य में मिला लिया था। इन बीस वर्षों में उसने बड़ी भारी शक्ति और प्रबल सेना सुगठित कर ली थी। इस समय उसकी सेना भारत की सबसे अधिक संगठित और वीर सेना थी। उसका

साम्राज्य विशाल, समृद्ध और उर्वर था। अब वह सिन्ध-विजय के सपने देख रहा था। परन्तु अंग्रेज़ों की नज़र उससे बड़ी थी, उसे सिंधु नदी और सिंध प्रांत को ईरान, रूस और अफगानिस्तान पर अपनी नज़र रखने के लिए अपने हाथ में रखना आवश्यक था।

इसी प्रयत्न के सिलसिले में उन्होंने रणजीतसिंह के पास उपहार भेजे थे। और इसके बाद बैंटिंग ने उससे मिलने की प्रार्थना की थी। बादशाह विलियम द्वारा भेजी हुई घोड़ागाड़ी से प्रसन्न होकर उसने बैंटिंग से मिलना स्वीकार कर लिया था। अब लखनऊ से फारिग होते ही लॉर्ड बैंटिंग सीधा पंजाब पहुंचा और रोपड़ में जाकर महाराज रणजीतसिंह से मुलाकात की। यह मुलाकात खूब शानदार रही। इस समय दोनों ओर से भरपूर शान का दिखावा रहा। बैंटिंग इस समय काफ़ी सेना साथ ले गया था। इस समय अफगानिस्तान का शाहशुजा लुधियाना में कैद था। इस मुलाकात में यह तय हुआ कि शाहशुजा को सामने रखकर अफगानिस्तान पर हमला बोल दिया जाए। शाहशुजा को तीस हज़ार सेना दी गयी, जिसे लेकर वह पहले सिंध की ओर बढ़ा, और वहां से वह कंधार होता हुआ काबुल पर जा धमका। पर काबुल के तत्कालीन शाह दोस्तमुहम्मद ने उससे करारी टक्कर ली और उसे काबुल से मार भगाया। बेंतों से पीटे हुए कुत्ते की भाँति शाहशुजा दोस्तमुहम्मद से मार खाकर फिर लुधियाना में आकर अंग्रेज़ों का बन्दी हो गया।

इस चाल में मात खाकर अंग्रेज़ों ने सिंधु नदी के निचले हिस्सों पर कब्ज़ा करना और सिंधु के किनारे पर अपनी छावनियां बनाना आरम्भ किया। रणजीतसिंह ने इसका विरोध तो किया, पर वह अंग्रेज़ों से बिगाड़ने की हिम्मत न कर सका। और इस प्रकार सिंध-विजय के उसके मंसूबे मन ही में रह गए। वह अब बहुत वृद्ध हो चुका था तथा अपनी खालसा सेना को काबू में रखना उसे दूभर हो रहा था। अंग्रेज़ अब वहां चांदी की गोलियां चला रहे थे। इससे रणजीतसिंह के सम्मुख बड़ी-बड़ी उलझनें पैदा हो रही थीं; वह उन्हीं में अपने अन्तिम क्षण तक उलझा रहा। और जब वह सन् 1839 में मरा तो अंग्रेज़ों के फैलाए हुए जाल में फंसकर देखते-ही-देखते उसका विशाल सिख-साम्राज्य विध्वस्त हो गया।

सिंधु नदी का जो सर्वे किया गया था उसके गुल थोड़े दिन बाद खिले जबकि धीरे-धीरे सिंधु, पंजाब, बिलोचिस्तान, चित्तराल और अफगानिस्तान का भी कुछ भाग अंग्रेज़ी राज्य में मिल गया और ब्रिटिश भारतीय साम्राज्य का साइंटिफिक फ्रंटियर स्थापित हो गया।

सिंधु नदी का सर्वे करने और रणजीतसिंह को ब्रिटेन के राजा की सौगात घोड़ागाड़ी भेंट करने एक चतुर अंग्रेज़ लेफ्टिनेंट वर्न्स गया था। लॉर्ड बैंटिंग ने उसे वहां से मध्य एशिया भेज दिया ताकि वह मध्य एशिया और भारत के बीच की ताकतों को कम्पनी की ओर करे। उसके साथ डॉक्टर गैराई, मुंशी मोहनलाल और सर्वेयर मोहम्मदअली थे। ये लोग पहले अफगानिस्तान पहुंचे। उसके बाद भाँति-भाँति के बहाने बनाकर मध्य एशिया में घूमते, वहां का सर्वे करते और नक्शे बनाते रहे। और जब लॉर्ड बैंटिंग अपनी यात्रा सफल करके कलकत्ता लौटा तो ये लोग भी अपनी अफगानिस्तान की पूरी भूमिका तैयार कर बहुत-से नक्शे, मानचित्र और गुप्त कागज़-पत्र लेकर भारत लौट आए।

39 मराठों के जाने के बाद चौधरी ने मुक्तेसर के गढ़ के भीतर की हवेली बनवाई थी। हवेली बहुत भारी थी। उसका विस्तार भी बहुत था। यों तो मुक्तेसर भी बहुत भव्य बना था। गढ़ के चारों ओर चार सिंहद्वार थे। उत्तरी द्वार से ही नया बाज़ार आरम्भ होता था, जो काफ़ी दूर तक चला जाता। इस बाज़ार में आजकल काफ़ी रौनक रहती थी। पश्चिम की ओर मुक्तेसर महादेव का देवाधिष्ठान था। उसी के निकट गंगा का मन्दिर भी था। मन्दिर के पास ही पुराने ढंग का कुआं था, जिसके सम्बन्ध में बहुत-सी किंवदंतियां प्रसिद्ध थीं। वहीं कुछ वैरागियों के उजड़े हुए मठ थे। कभी इन मठों में हाथी झूमते थे, पर इस समय दस-पांच वैरागी यहां रहते और हरिभजन करते थे। दक्षिण की ओर नौकरों और प्रजाजनों की बस्ती थी, जो अब काफ़ी बढ़ गयी थी। अब मुक्तेसर ने एक अच्छे कस्बे का रूप धारण कर लिया था, गढ़ के पूर्वी द्वार के बाहर मराठों की सेना की छावनी थी, जहां के घर अब उजड़ चुके थे और उनमें अब चौधरी के कुछ सिपाही और पशु रहते थे। यहां पर कुछ कंजर, सांसिए और खानाबदोश कौमें बस गयी थीं जिन्हें चौधरी ने कुछ ज़मीन देकर कृषक बना दिया था।

गढ़ के मध्य में चौधरी की दुमंज़िली हवेली थी। हवेली का फाटक बहुत विशाल था। फाटक से घुसते ही विशाल मैदान था, जिसके चारों ओर बारकें बनी थीं। बारकों में चौधरी के हाथी, घोड़े, रथ, बहल और नित्य काम आनेवाले पशु और साईस, कोचवान, घसियारे, बरकन्दाज़, सिपाही, पहरेदार रहते थे। इसके बाद फिर एक भीतरी चहारदीवारी थी, जिसे एक फाटक से पार किया जाता था। चहारदीवारी के भीतर उम्दा बगीचा था, जिसमें सदा फूल खिले रहते थे। चौधरी को फूलों से बड़ा प्रेम था। इस पुष्पोद्यान के बीचोंबीच ही एक रास्ता पश्चिम की ओर जाता था, जहां चौधरी की कचहरी, बैठकखाना और दरबारघर था। इसी के एक छोर पर जनानखाना था, जिसके बीच बड़ा-सा आंगन था। उसके पिछवाड़े घरेलू नौकरों, दाइयों और महरियों के रहने का स्थान था।

नया बाज़ार उन दिनों खूब गुलज़ार रहता था। गुड़ और गल्ले की अच्छी मण्डी थी। उस दिन बाज़ार का खास दिन था। बाहर के व्यापारी और ग्राहक भी आस-पास के ग्रामों से आए थे। इन व्यापारियों के जिन्सों के ढेर सड़कों पर पेड़ों की छाया में लग रहे थे, लोग झुंड के झुंड जहां-तहां खड़े अपनी आवश्यकता की वस्तुएं खरीद रहे थे। तीसरे पहर का समय था कुछ लोग बदहवासी की हालत में भागते हुए बाज़ार में आए और कहने लगे, 'भागो, भागो कम्पनी बहादुर का चकलादार बहुत-से बरकन्दाज़ों और अंग्रेज़ी फौज़ सहित इधर ही आ रहा है। वह सबसे टैक्स वसूल कर रहा है। नया गांव लूट लिया गया है। और बड़े मियां गिरफ्तार हो गए हैं। अब वे मुक्तेसर आ रहे हैं। जो पाते हैं। वही समेट लेते हैं। अपना-अपना सामान लेकर भागो, भागो।'

बाज़ार में भगदड़ मच गयी। जिसका जिधर मुंह उठा भाग निकला। पर जिनका सामान फैला हुआ था, वे हक्का-बक्का एक-दूसरे का मुंह देखने लगे। कुछ ने कहा, भागकर कहां जाएं, जिन्स-सामान कहां ले जाएं। यह तो बड़ी मुसीबत की बात हुई।

परन्तु अभी ये बातें हो ही रही थीं कि कम्पनी का चकलादार मुहम्मद इकरामखां और हापुड़ का तहसीलदार हाथी पर सवार आ बरामद हुए। इनके अलावा मेजर फास्टर

के साथ एक हथियारबन्द फौज़ भी थी। इसके अतिरिक्त बहुत-से सिपाही और बरकन्दाज़ थे। इस फ़ौज ने देखते-देखते ही बाज़ार को चारों ओर से घेर लिया। तहसीलदार ने हाथी ही पर से हुक्म दिया, 'चकलादार, तुम सबसे सरकारी टैक्स वसूल करो।'

चकलादार मुहम्मद इकरामखां इस काम में बहुत होशियार और मुस्तैद आदमी था। हाथी से उतरकर उसने अपने आदमियों को इशारा किया और वे एक सिरे से बाज़ार को लूटने लगे।

लूट-खसोट होने पर कुछ लोग अपना जमा-जथा संभालकर भागने लगे। कुछ ने दबादब अपनी दुकानें बन्द कर दीं, कुछ रोने-गिड़गिड़ाने और चीखने-चिल्लाने लगे, कुछ सिपाहियों से मार-पीट पर आमादा हो गए। एक नवयुवक एक गाड़ी गेहूं लाया था। उसका उसने एक आढ़ती से सौदा किया था। जिन्स तौल वह रुपया गिन रहा था। खरीदार के आदमी गेहूं बोरों में भर रहे थे कि बरकन्दाज़ों ने बोरों पर कब्ज़ा कर लिया। चकलादार ने आकर रुपयों की न्योली युवक की कमर से खींचकर कहा, 'साला बदजात, बिना सरकारी टैक्स अदा किए ही सब रकम कमर में बांधे लिए जा रहा है।' लड़का चिल्लाने लगा, 'ताऊ दौड़ना, दौड़ना, इन्होंने सब रुपये छीन लिए, ये गेहूं के बोरे के लिए जा रहे हैं।' लड़के के रिश्तेदार और आढ़ती के आदमियों ने आकर, बोरे रोक दिए और चकलेदार से रुपया तलब किया, तो चकलादार ने तहसीलदार से कहा, 'दुहाई सरकार, ये सब बदमाश डाकू सरकारी काम में दखल देते हैं, सरकारी कुर्क माल को छीनना चाहते हैं।' इस पर तहसीलदार ने सबको गिरफ़्तार करने का हुक्म दिया। तुरन्त सबकी मुश्कें कस ली गयीं। इस पर बहुत भीड़ इकट्ठी हो गयी और मारपीट होने लगी।

## 40

जिस समय मुक्तेसर के बाज़ार में यह सब घटना, लूट-खसोट हो रही थी, उसी समय बड़ा गांव के छोटे मियां अहमद बदहवास उनके पास पहुंचे। उन्होंने कहा, 'चाचाजी, गज़ब हो गया कम्पनी सरकार के आदमी अब्बा हुज़ूर को गिरफ्तार करके ले गए हैं। उन्होंने उन्हें मेरठ जेल में ठूंस दिया। इसके अलावा घर का सारा असबाब कुर्क करके घर में सरकारी ताले जड़ दिए हैं।'

चौधरी अभी मरण-शय्या पर थे। हड़बड़ा कर उठ बैठे। उन्होंने छोटे मियां को ढाढस दी और कहा, 'घबराओ मत, खुलासा हाल कहो, मामला क्या है?'

छोटे मियां रो उठे। रोते-रोते उन्होंने कहा, 'क्या कहूं, सखावत अब्बा को खा गयी। मालगुज़ारी अदा नहीं हुई, वह रुपया भी जो दुबारा आपसे लिया था एक और आसामी को दे दिया। मालगुज़ारी अदा करने के बन्दोबस्त में अब्बा परेशान थे ही कि यह कयामत बर्पा हो गयी। लाचार मैं आपकी खिदमत में हाज़िर आया हूं। आप ही हमारी इज़्ज़त बचा सकते हैं, चाचाजान।'

छोटे मियां रोते-रोते चौधरी के पैरों में लोट गए। चौधरी ने ढाढस देते हुए कहा, 'हौसला रखो बेटे, बड़े भाई ने कोई जुर्म नहीं किया। वे मालगुज़ारी ही लेंगे या किसी की जान लेंगे। तुम घबराओ मत। अभी मालगुज़ारी अदा करके अपने अब्बा को जेल

से छुड़ा लाओ। रुपये की फिक्र मत करो।'

उन्होंने सुरेन्द्रपाल को बुलाकर कहा, 'बेटे, अभी तुम भाई के साथ मेरठ चले जाओ। तीन तोड़े रुपया नकद रख लो, दो सिपाही साथ ले लो। यहां से ताबड़तोड़ रथ में जाओ। मैं ही चलता, पर लाचार हूं। मेरठ में हमारे दोस्त ठाकुर रघुराजसिंह हैं, उनके घर चले जाना। वे सब काम आनन-फानन में करा देंगे। बड़ा दबदबा है उनका कम्पनी के नौकरों पर। कलक्टर के चीफ़ रीडर हैं। अपने ही आदमी हैं।'

सुरेन्द्रपाल और छोटे मियां तोड़े लेकर अभी रथ पर सवार हुए ही थे कि बहुत-से लोग गढ़ी में घुस आए। उन्होंने कहा, 'चौधरी सरकार की दुहाई, मुक्तेसर का बाज़ार लुट रहा है। सारा बाज़ार फ़ौज ने घेर रखा है।'

इसी समय रामपालसिंह और चौधरी के दूसरे लड़के भी वहां आ जुटे। सभी के चेहरों पर घबराहट छाई हुई थी। पर चौधरी ने धैर्य से काम लिया और रामपाल से कहा, 'बेटा, तू जाकर देख, कौन अफ़सर है और झगड़े का कारण क्या है, फिर जैसे बन सके झगड़े को रफ़ा-दफ़ा कर। लोग घबराए हुए हैं और समय खराब है।'

रामपालसिंह घोड़े पर चढ़कर बाज़ार की ओर चल दिए। फरियाद करने जो लोग आए थे, वे भी साथ हो लिए। राह में भागते हुए लोगों को रामपालसिंह ने तसल्ली दी तो वे साथ हो लिए। बाज़ार में पहुंचते-पहुंचते सौ-पचास आदमियों का हुज़ूम रामपाल के आगे-पीछे हो गया। रामपालसिंह ने दूर ही से देखा कि बाज़ार में लाठियां खिंची हुई हैं। उसी समय उसे बन्दूक की आवाज़ सुनाई दी।

रामपाल के कुछ साथी ठिठक गए। कुछ और तेज़ी से आगे बढ़े। इसी समय दो-चार आदमी भागते आए, वे कह रहे थे—वहां तो लाशें फड़क रही हैं, चौधरी वहां मत जाओ। पर रामपाल ने तीर की भाँति अपना घोड़ा छोड़ दिया। कम्पनी की फ़ौज के अफ़सर फास्टर ने ज्यों ही रामपालसिंह को एक भारी गिरोह के साथ आते देखा, पिस्तौल दाग दी। गोली रामपालसिंह की कनपटी को फोड़कर पार हो गयी। रामपालसिंह वहीं मरकर ढेर हो गए।

बड़ी भारी दुर्घटना हो गयी। बाज़ार में भगदड़ मच गयी। बड़ा हो-हल्ला मचा। क्षण-भर में ही यह खबर गढ़ी में पहुंच गयी। गढ़ी और हवेली में हाहाकार मच गया। सुखपाल, किशोरपाल, विजयपाल, नरेन्द्रपाल और यशपाल बन्दूकें उठा, लोगों को ललकारते हुए नंगी पीठ घोड़े पर चढ़ दौड़े। बूढ़े चौधरी रोकते ही रहे। सेवाराम ने पीछे से हांक लगाई और अपनी तलवार सूत ली। उसने कहा, 'चलो आज इन फिरंगियों का खून पिएं। अरे, मालिक ठौर हो गए, सेवक के जीवन को धिक्कार है।' देखते ही देखते चार-पांच सौ आदमी गंडासे, भाले, सुर्खी, लाठी-तलवार ले-लेकर दौड़ पड़े।

बाज़ार में इस समय लाशें फड़क रही थीं। लोग चारों तरफ़ भाग रहे थे। अब चौधरियों को धावा करते देख, हर-हर महादेव करते सब लोग लौट चले। चौधरियों के सिर पर खून सवार था। वे हवा में उड़े जा रहे थे। सेवाराम लोगों को ललकारता, बढ़ावा देता, उनके पीछे-पीछे तलवार घुमाता दौड़ रहा था। चारों ओर से सिमट-सिमटकर लोग उनके पीछे हो लिए। उन्होंने तहसीलदार और चकलेदार को घेर लिया। मेजर फास्टर

घोड़े पर एक ऊंचे स्थान पर खड़ा अभी अपने सिपाहियों को पंक्तिबद्ध कर ही रहा था कि विजयपाल की गोली उसके सीने में पार हो गयी। वह घोड़े से गिर पड़ा। यह देखकर चकलेदार और तहसीलदार हाथी पर चढ़कर भाग चले। पर सैकड़ों आदमियों की भीड़ ने उन्हें घेर लिया। अंग्रेज़ अफ़सर के मरने पर सिपाही मैदान को छोड़कर भाग खड़े हुए। चौधरी ने घेरकर तहसीलदार और चकलेदार को हाथी से खींचकर ठौर मार डाला। और भी सरकारी सिपाही मारे गए। शेष भाग गए। मुर्दों को घसीटकर बीच चौक में डाल उन्हें फूंक दिया गया। हाथी को पीटकर भगा दिया गया। मरे हुए सिपाहियों की बन्दूकें और हथियार लूट लिए गए।

बड़े चौधरी ने सुना तो वे सकते की हालत में देर तक पड़े रहे। फिर उन्होंने छहों बेटों को बुलाकर कहा, 'काम बहुत बुरा हुआ। अब जो कुछ इसका परिणाम होगा मैं देखूंगा। पर तुम लोग स्त्रियों को लेकर पंजाब की ओर भाग जाओ। महाराज रणजीतसिंह हमारी मदद करेंगे।' पर किसी ने भी भागना स्वीकार नहीं किया। सबने कहा, 'जो भोगना होगा सभी भोगेंगे।' चौधरी हताश भाव से पलंग पर गिए गए। चौधरी बड़े दीर्घदर्शी थे। उन्होंने बड़ी दुनिया देखी थी। कत्ल और लूट के संगीन जुर्म उनकी आंखों में थे। कम्पनी के राज्य की अंधेरगर्दी वे जानते थे। इस बुढ़ापे और रुग्णावस्था में वे अपने पुत्र का ज़ख्म तो खा ही गए, भावी विपत्ति जैसे मुंह बाकर उनके समूचे सौभाग्य को ग्रसने को तैयार हो गयी थी। रामपाल बहुत सुयोग्य पुरुष था। इस समय वही घरबार का स्वामी और कर्त्ता-धर्ता था। सब भाई उसे मानते थे। वह धीर, वीर, गम्भीर था। उसका अन्यायपूर्वक ही वध हो गया। यद्यपि काफ़ी बदला लिया जा चुका था, पर चौधरी के सब लड़के बिफरे शेर की भाँति दहाड़ते फिर रहे थे, वे अब भी मरने-मारने पर तुले हुए थे।

फास्टर पर गोली विजयपाल ने चलाई थी। उसे बहुत लोगों ने देखा था। इसलिए चौधरी ने बहुत अनुनय-विनय की कि वह औरतों को तथा धन-सम्पत्ति को लेकर पंजाब भाग जाए। महाराज रणजीतसिंह उसे मदद देंगे। पर उसने एक न सुनी; उसने कहा, 'मैं भागूंगा नहीं। इन फिरंगियों से निबटूंगा अच्छी तरह।' अब चौधरी को असल विपत्ति स्पष्ट दीखने लगी। उसे स्त्रियों की चिंता हुई। उसने छोटे बेटे सुखपाल से कहा, 'बेटा, तू ही मेरी सुन, सब स्त्रियों और बच्चों को यहां से हटा ले जा, तू मेरठ जा और ठाकुर रघुराजसिंह के यहां सबको छोड़ आ। जा; देर न कर।' स्त्रियां किसी तरह जाने को राज़ी न होती थीं। परन्तु चौधरी ने किसी तरह सबको बहली में बिठाकर मेरठ रवाना कर दिया। साथ में जितनी नकदी और ज़ेवर-जवाहरात थे वे भी रख लिए सुखपाल को समझा दिया, 'तू वहां हमारी प्रतीक्षा करना, हम भी मेरठ आ रहे हैं। मेरठ में सुरेन्द्रपाल है, ठाकुर हैं, उनकी सलाह से काम करना। जल्दी न करना।'

इन सब बातों में दिन बीत गया। दिन ढल गया था, जब सुखपाल बहलियों में सब स्त्रियों को लेकर मुक्तेसर से निकला। स्त्रियां ज़ोर-ज़ोर से रो रही थीं। सब लोग लहू का घूंट पिए बैठे थे। क्षण-क्षण का वातावरण भारी होता जा रहा था। बहली के साथ दस-बारह हथियारबन्द सिपाही भी सुरक्षा के विचार से थे। सुखपाल बन्दूक

लिए घोड़े पर सवार था। मंगला किसी तरह दादा को छोड़कर नहीं गयी। पिता के आघात से वह क्रुद्ध सिंहनी की भाँति अंग्रेज़ों के खून की प्यासी थी।

वह दिन भी यों ही बीत गया। शायद मुक्तेसर में उस दिन किसी के घर चूल्हा न जला था। बहुत लोग रातोरात घरबार छोड़कर भाग गए थे। जो रह गए थे, वे सब गढ़ी में एकत्र हो रहे थे। वे सब मरने-मारने पर तुले हुए थे।

अभी दिन पूरे तौर पर नहीं निकला था कि अंग्रेज़ी सेना ने गढ़ी और हवेली को घेर लिया। सेना के साथ मेरठ का कलक्टर, ज़िले का मजिस्ट्रेट और दूसरे अफ़सर भी थे। मजिस्ट्रेट ने हुक्म दिया कि गढ़ी और हवेली में जितने स्त्री-पुरुष हैं सब गिरफ्तार हो जाएं।

परन्तु इसके जवाब में वहां दूसरा इन्तज़ाम हो रहा था। अंग्रेज़ी फ़ौज को आते देख चौधरी लोग छतों पर बन्दूकें ले-लेकर चढ़ गए। सेवाराम एक बन्दूक लेकर गढ़ी के द्वार पर आ डटा। दूसरे लोग भाले, सुर्खी, गंडासे, लाठियां ले-लेकर मुस्तैद खड़े हो गए। मजिस्ट्रेट के मुंह से अभी शब्द निकले ही थे कि तुरन्त उन पर गोलियों की बौछार होने लगी। जवाब में सेना ने भी बाढ़ दागी। बड़ा भारी शोर और हो-हल्ला मच गया। लोगों ने झरोखों में पत्थर रखकर करारी मार मारनी आरम्भ की, बहुत लोग लाठियां, सुर्खी, भाले, गंडासे लेकर भिड़ गए। नमक के नाम पर लड़ने वाले सिपाही भाग खड़े हुए। जिले के मजिस्ट्रेट की आंख में एक पत्थर आ लगा, उसकी आंख फूट गयी।

अब तो यह विग्रह मुक्तेसर के विद्रोह का रूप धारण कर गया। कलक्टर ने ताबड़तोड़ मेरठ से गोरी पल्टन और तोप मंगाई। तीसरा पहर होते-होते तोप और नयी फ़ौज आ गयी। तोप को हवेली के सिंहद्वार के आगे रखकर अंग्रेज़ कप्तान ने कहा, 'दस मिनट का समय है कि गढ़ी और हवेली के सब लोग और चौधरी हथियार रखकर ताबे हो जाएं वरना सबको तोप से उड़ा दिया जाएगा।'

एक बार चौधरी ने फिर लड़कों से कहा कि वे चुपचाप गिरफ़्तार हो जाएं। पीछे देखा जाएगा। पर लड़के अभी आत्मसमर्पण करने को तैयार न थे।

इसी समय गोला तोप से छूटा और हवेली के फाटक की धज्जियां हवा में उड़ गयीं। साथ में जो आदमी फाटक पर थे, उनके हाथ, पैर, धड़ छिन्न-भिन्न होकर हवा में उछल गए। इसके बाद बन्दूकों की बाढ़ दगी। फिर तोप का धड़ाका। हवेली का सामने का भाग तहस-नहस हो गया। कुछ लोग मलबे में दब गए और मर गए। बहुत लोग घायल होकर चीखने-चिल्लाने और हाय-हाय करने लगे। इसी समय एक और गोला गिरा जिसने हवेली के भीतरी हिस्से में आग लगा दी।

अब चौधरी कांपता हुआ उठा। वह लाठी टेकता हुआ बाहर आया। उसने हवा में सफ़ेद रूमाल फहराया। बन्दूकों की बाढ़ रुक गयी। उसने आगे बढ़कर कहा, 'आप हमें गिरफ्तार कर सकते हैं। ज़्यादा खून-खराबी की आवश्यकता नहीं है।'

पिता को गिरफ़्तार होता देख सब चौधरियों ने हथियार रख दिए। एक-एक करके सब चौधरी गिरफ्तार कर लिए गए। परन्तु मंगला ने गिरफ़्तार होने से इनकार कर दिया। उसने पिस्तौल हाथ में लेकर शुद्ध अंग्रेज़ी भाषा में कहा, 'जो मेरे ऊपर हाथ डालेगा,

उसे मैं गोली मारूंगी।' मजिस्ट्रेट ने उसे बहुत समझाया। पर उसने एक न सुनी, वह जलती हुई हवेली के आगे आ खड़ी हुई। उसी समय तोप का गोला उस पर पड़ा और उसके अंग-प्रत्यंग टुकड़े-टुकड़े होकर हवा में उछल गए। भीड़ में हाहाकार मच गया। चौधरी प्राणनाथ मूर्छित होकर भूमि पर गिर पड़े। चौधरी ने हथकड़ियों से जकड़े हुए हाथों पर सिर दे मारा परन्तु कम्पनी के सिपाहियों ने सबको बांधकर घेर लिया। साथ में और भी डेढ़-सौ आदमी थे, जिनमें बहुत-से घायल भी थे। उनके ज़ख्मों से खून निकल रहा था। सबको हथकड़ियों से जकड़ दिया गया। इसके बाद सेना के कप्तान ने गढ़ी और हवेली को तोप से बिस्मार करने का हुक्म दिया।

हवेली इस समय धांय-धांय जल रही थी। अब गढ़ी पर गोले बरसने लगे। इसके बाद अंग्रेज़ी सेना मुक्तेसर के बाज़ार पर टूट पड़ी। उसे लूटकर उसमें आग लगा दी। जो जहां मिला गिरफ्तार कर लिया गया।

इस प्रकार मुक्तेसर और उसके स्वामी चौधरी प्राणनाथ का घराना तबाह हो गया।

फरार आसामियों की गिरफ्तारी वारंट निकाले गए। मुक्तेसर में फ़ौजी अमल बैठ गया। मुक्तेसर के विद्रोह और कत्ल के जुर्म में बहुत-से बेगुनाहों को पकड़कर साथ ले लिया गया।

## 41

सुरेन्द्रपाल सिंह और अहमद मियां का रथ अभी हापुड़ के सिवानों से निकला ही था कि हाबूड़ों ने उस पर धाड़ मारी। पचास-साठ हाबूड़ों की सिरकियां हापुड़ के ढाके में पड़ी थीं। चौधरी सुरेन्द्रपाल का उधर ध्यान न था। सिपाहियों ने उधर से एक गिरोह को रथ की ओर जाते देखा तो सुरेन्द्रपाल ने समझा, नटों का टांडा है। वे बेफिक्री से छोटे मियां से धीरे-धीरे बातें करते तकिए के सहारे लेटे चल रहे थे। रथ की जोड़ी नागौरी बैलों की थी। वह पचास कोस का धावा मारती थी। दोनों बर्द हाथी के बच्चे थे। वे भी झूमते हुए ठंडी हवा के झोंकों में मस्त चल रहे थे। रथवान रघुवीर अहीर था। उम्र पचास साल की थी। मंजा हुआ लठैत और प्रसिद्ध आल्हा का गवैया। पहलवानी का भी शौक रखता था और मुक्तेसर में उसके बहुत शागिर्द थे।

एकाएक हाबूड़ों ने हांक लगाई, 'रोक दे राजा रथ।'

सिपाहियों ने कहा, 'सरकार हाबूड़े हैं।' उन्होंने अपनी तलवारें सूत लीं। चौधरी और मियां भी सावधान हो बैठे। उन्होंने बन्दूकें हाथ में ले लीं।

परन्तु इसी बीच हाबूड़ों ने चारों ओर से रथ घेर लिया। दो-चार ने बैलों की नाथ पकड़ ली। दस-पांच दोनों ओर पहियों के आगे खड़े हो गए। रथ रुक गया।

हाबूड़ों में से एक ने कहा, 'कहां का रथ है?'

'मुक्तेसर का,' रथवान ने जवाब दिया।

'रथ में कौन है?'

'छोटे चौधरी सरकार हैं, बड़े गांव के छोटे मियां हैं।'

'रकम रथ में कितनी है।'

'तुम्हें इससे क्या मतलब?'

'बस, रकम सब रख दो और चलते बनो।'

चौधरी और मियां ने बन्दूकों में गज़ डाले। बन्दूकों की नाल पर्दे के बाहर की।

रघुवीर ने भीतर मुंह करके कहा, 'राजा, ठोकर पर आ जाओ, तोड़े बीच में कर लो। और ज़रा जमकर बैठो। बन्दूक अभी मत दागना।'

सुरेन्द्रपाल रघुवीर को उस्ताद मानता था। रघुवीर का अभिप्राय समझकर वह सरककर ठोकर पर आ रहा। मियां को भी ठोकर पर खींचकर कहा, 'जमे रहना भाईजान।'

दोनों ने ठोकर के चमड़े के तस्मे कसकर पकड़ लिए। इस समय रघुवीर ने ठोकर रथ से काट दी और बैलों को चुमकारा, बैल हवा में उछले और सामने के आदमियों को कुचलते हुए उड़ चले।

अब ठोकर उड़ी चली जा रही थी। रथ वहीं रह गया था। हाबूड़े हक्का-बक्का हो गए। उन्होंने सिपाहियों को घेर लिया और मार-मार करते ठोकर के पीछे भागे। इसी समय चौधरी ने बन्दूक की एक बाढ़ दागी। हाबूड़े रुक गए। अब ठोकर उनकी पहुंच से बाहर थी।

दो-तीन मील का सफ़र तय करने के बाद रघुवीर ने बैलों को धीमा किया। बैल फेन उगल रहे थे, उसने उन्हें थपथपाया। फिर कहा, 'तोड़े हैं कि गए।'

'हैं।'

रघुवीर आश्वस्त हुआ। उसने कहा, 'मैं लौटकर देखूंगा। इन हाबूड़ों की सिरकियों में दो बार मैं आग लगा चुका हूं। लेकिन फिर ये इस जंगल में आ पड़े।'

बेचारे रघुवीर को और सुरेन्द्रपाल को क्या पता था कि उनके पीछे मुक्तेसर पर तबाही आ चुकी है। और अब उनमें से कोई भी वापस मुक्तेसर नहीं लौट सकता।

अभी पहर दिन शेष था कि सुरेन्द्रपाल मेरठ जा पहुंचा। यहां उसने उड़ती हुई खबर सुनी कि मुक्तेसर में हंगामा हो गया है और सरकारी आदमियों का कत्ल हो गया है, परन्तु अभी यह अफ़वाह ही थी। फिर भी ठाकुर रघुराजसिंह ने उन्हें अपने घर में न रखकर एक दूसरे स्थान पर डेरा दिया और समझाया कि अभी जब तक मुक्तेसर की पूरी खबर न आ जाए वे चुपचाप बैठें।

## 42

मेरठ की जेल में बड़े मियां और चौधरी मिले। पर चौधरी उस समय विक्षिप्तावस्था में थे। उन्होंने बड़े मियां को नहीं पहचाना। छोटे चौधरी ने रोते-रोते सारा किस्सा बड़े मियां को सुनाया। सुनकर बड़े मियां ने अपनी दाढ़ी के बाल नोच लिए। उन्हें अभी यह ज्ञात न था कि छोटे मियां पर कैसी बीती तथा वे कहां हैं। पर इस समय तो वे चौधरी की हालत देखकर अधीर हो गए। उनकी आंखों से चौधारे आंसू बहने लगे। वे चौधरी को गोद में लेकर या 'खुदा-या खुदा' नारे लगाने लगे। मेरठ की जेल में भी हलचल मच गयी। मुक्तेसर के गदर और कत्ल तथा चौधरियों की गिरफ्तारी से ऊपर मंगला के बलिदान के किस्से भाँति-भाँति का रूप धारण करके लोगों की ज़बान

पर चढ़ गए। लोग भाँति-भाँति की बातें करने लगे। अंग्रेज़ों को गालियां देने और उन्हें क्रोधभरी नज़र से देखने लगे।

चौधरी और उनके बेटों ने अपनी प्यारी लाड़ली बेटी मंगला के कोमल अंगों को तोप से उड़ते हुए अपनी आंखों से देखा था। छोटे चौधरी अभी तरल आंखों में खून भरे मरने-मारने पर तुले बैठे थे। वे चाहते थे, सामने दो-दो हाथ करके जवाब दें। बूढ़े चौधरी बदहवास थे। वे आंखें फाड़-फाड़कर चारों तरफ़ देख लेते। कभी हंस पड़ते। कभी मंगला का नाम उनके मुंह से निकल जाता। कभी वे अस्पष्ट शब्द बड़बड़ाने लगते। कभी एकदम मुर्दे की तरह गिर जाते।

उनकी चिकित्सा और देख-भाल का कोई प्रबंध कम्पनी सरकार की ओर से नहीं किया गया था। परन्तु मेरठ जेल का जेलर सहृदय था। उसने उन्हें बड़े मियां की देख-रेख में छोड़ दिया। बड़े मियां के ऊपर कोई संगीन जुर्म न था। बाकायदा लगान न देने ही से वे जेल भेजे गए थे, इसके अतिरिक्त उनकी बुज़ुर्गी, गम्भीरता, व्यक्तित्व भी ऐसा था कि जिससे अंग्रेज़ जेलर प्रभावित हुआ था। उसने उन्हें जेल में सम्भव सुविधाएं दे रखी थीं। इसी से जहां सब चौधरी अलग-अलग कोठरियों में हथकड़ी-बेड़ी से जकड़कर बन्द कर दिए गए, वहां प्राणनाथ चौधरी की हथकड़ियां खोल दी गयीं और उन्हें बड़े मियां की देख-रेख में खुला छोड़ दिया गया।

बड़े मियां प्राणपण से चौधरी प्राणनाथ की प्राण-रक्षा की चेष्टा में लग गए।

ठाकुर रघुराजसिंह के प्रभाव और दौड़-धूप से मियां और चौधरी प्राणनाथ जेल से छूट गए। बड़े मियां की मालगुज़ारी अदा कर दी गयी। पर उनकी ज़मींदारी नीलाम कर दी गयी थी; अतः अब बड़ा गांव उनके तहत में न रह गया था। सुखपाल और सुरेन्द्रपाल को भी गिरफ्तार कर लिया गया। हां, जो धन-रत्न मुक्तेसर से निकल आया था, उसमें से जो कुछ इस छुटकारे में खर्च हुआ उसे देकर शेष बच रहा था।

बड़े मियां को अब अपनी ज़मींदारी की चिन्ता न थी। वे मेरठ में रहकर अब चौधरी प्राणनाथ की सेवा-शुश्रूषा करने में लग गए।

सब अभियुक्तों का चालान कलकत्ता कर दिया गया, जहां सुप्रीम कोर्ट में उन पर मुकदमा चलने वाला था।

## 43

बड़े मियां की अथक सेवा-शुश्रूषा और दौड़-धूप कुछ भी कारगर न हुई, चौधरी प्राणनाथ की प्राण-रक्षा न हो सकी। अनेक चिकित्सकों को बुलाया गया, पर व्यर्थ। वे कभी-कभी कुछ होश में आते तो अस्फुट स्वर में मंगला का नाम लेते। पहचानते किसी को नहीं। बड़े मियां कहते, 'भाईजान, मुझे नहीं पहचाना?' तो वे कांपती हुई उंगलियां उठाकर अस्फुट वाणी में कहते, 'तुम फिरंगी हो, लेकिन मेरी बेटी को मत मारो, मुझे बांध लो।' फिर वे बेहोश हो जाते। रोते-रोते बड़े मियां की दाढ़ी भीग जाती। खाना, पीना, सोना उन्होंने सभी तर्क कर दिया। अपने इकलौते बेटे तक से न बोलते। छोटे मियां उन्हें राहत पहुंचाने की अथक चेष्टा करते, पर ऐसा प्रतीत

होता था कि मस्तिष्क उनका भी आहत हो चुका था।

तीन महीने प्राणनाथ जीवित रहे। और अन्त में बड़े मियां की गोद में सर रखकर उन्होंने प्राण त्यागे। मरने से कुछ पहले उनके होश-हवास ठीक हो गए। उन्होंने बड़े मियां को पहचाना, मुस्कुराए। फिर क्षीण स्वर में कहा, 'अब जाऊंगा बड़े भाई! मंगला वहां मेरी बाट जोह रही है।' और वह मुस्कान उनके होठों पर फैली ही रह गयी। उनकी आंखें पलट गयीं।

बड़े मियां ने अब एक क्षण भी खोना ठीक नहीं समझा। उन्होंने छोटे मियां को बुलाकर समझाया, 'बेटे, तुम्हारे लिए कुछ भी नहीं छोड़ जा रहा हूं। बड़ा गांव गया, पर क्या गम। हमने कभी किसी पर ज़ुल्म नहीं किया, किसी का दिल नहीं दुखाया। खुदा की मर्ज़ी, बेहतर हो कि तुम दिल्ली चले जाओ और कोई अच्छी नौकरी कर लो। मैं अभी कलकत्ता जाऊंगा। चौधरियों को बचाने की जो भी बन पड़ेगी कोशिश करूंगा। यदि फिर ज़िन्दा वापस आ सका तो देखूंगा कि तुम्हारे लिए क्या कर सकता हूं। नहीं तो बस खुदा हाफिज़।'

छोटे मियां बहुत रोए। कलकत्ता चलने का बहुत इसरार किया, पर बड़े मियां ने मंजूर नहीं किया। जिस कदर ज़र, जवाहरात, रुपया चौधरी का बचा था, सब लेकर वे डाक पर डाक बैठाकर कलकत्ता चल दिए। कलकत्ता पहुंचने में उन्हें दो महीने लग गए। वहां पहुंचकर उन्होंने बड़े-बड़े अंग्रेज़ बैरिस्टर खड़े किए, पर परिणाम कुछ न हुआ। मुकदमा बहुत दिन तक चलता रहा, अन्त में चौधरी के सब बेटों को और उनके साथ और पचास-साठ आदमियों को फांसी की सज़ा सुना दी गयी। अपील में भी कुछ न हुआ। यथासमय उन्हें फांसी दे दी गयी। अन्य सैकड़ों अपराधी-निरपराधी आजन्म कालापानी भेज दिए गए। बड़े मियां फिर लौटकर न आए। लोग कहते-सुने गए कि एक बूढ़ा मुसलमान फ़कीर कलकत्ता की गलियों-बाज़ारों में अर्धविक्षिप्त अवस्था में बहुत दिन तक भटकता फिरता रहा। वह न किसी से कुछ मांगता था, न बोलता था। न उसे शरीर की सुध थी, न वस्त्रों की। और एक दिन उसे कलकत्ता में एक सड़क के किनारे मरा पड़ा पाया गया और कुछ मुसलमान फ़कीरों ने उसे ले जाकर दफ़ना दिया।

# चौथा खण्ड

1 चौधरियों का नामी घराना अब बरबाद हो चुका था। इस खानदान में अब केवल एक तरुण बचा था, जिसका नाम सांवलसिंह था। यह चौधरी के सबसे छोटे बेटे सुखपाल का बेटा था। बरसों तक इधर-उधर भटकते रहने के बाद अब यह मुक्तेसर में आ बसा था। मुक्तेसर का गढ़ ढहा पड़ा था, बस्ती भी उजाड़ हो गयी थी। चौधरियों की पुरानी हवेली का कहीं नामोनिशान न रह गया था। पर चौधरी की यशोगाथा बड़े-बूढ़ों की ज़बान पर थी। इस समय उसकी उम्र पैंतीस बरस थी। वह लम्बा-तगड़ा और ग्रांडील धज का आदमी था। रंग उसका गोरा, चेहरा सुर्ख, आंखें बड़ी-बड़ी जो सदा लाल रहती थीं, नाक लम्बी और मुंह सुडौल था। उस पर घनी काली मूंछें उसे और भी रुआबदार बना रही थीं। गहरी घनी काली मूंछों के बीच झांकते हुए उसके सफ़ेद दांतों की बत्तीसी बड़ी शानदार थी। बाल उसके काले थे और सदा कटे, छोटे रहते थे। इधर-उधर एकाध बाल पक भी गया था। देखने में उसका चेहरा भारी था। वह जब बोलता था तो उसकी बोली में एक गूंज निकलती थी, जो दूसरों पर दहशत का असर पैदा करती थी। वह जब क्रोध में आता तो उसका सारा शरीर कांपने लगता था। मुक्तेसर में उसने काफ़ी ज़मीन हथिया ली थी। परन्तु वह ज़मींदार को न लगान देता था, न ज़मींदार की यह शक्ति थी कि उससे लगान वसूल करे। वह कभी खेतों पर स्वयं काम नहीं करता था। गढ़ के खंडहरों के बीच जहां कभी चौधरी की हवेली थी और जहां वीरांगना मंगला ने फिरंगियों की तोप के आगे आकर प्राण दिए थे, उस स्थान पर उसने एक स्थान बनाया, जो शीघ्र ही सती का चबूतरा नाम से प्रसिद्ध हो गया था। वहीं उसने अपनी चौपाल बनाई थी। वहां वह दिन-भर चारपाई पर बैठा हुक्का गुड़गुड़ाता और रात को वहीं एक नीम की छांह में सो जाता।

कहते हैं कि उसकी बीवी बड़े घर की बेटी थी, पर वह, बहुत अरसा हुआ, एक बच्ची मालती को प्रसव करके जचगी में ही मर गयी थी। तब से सांवलसिंह का जीवन पूरा आवारागर्दी का जीवन बना हुआ था। गर्मी-सर्दी सदैव वह कमर में धोती, अंग पर खद्दर की मिरजई और पैरों में चमरौधा जूता पहनता था। बहुत कम वह बोलता था। चुपचाप घंटों वह हुक्का पीया करता या सोता रहता। उसकी खानदानी मर्यादा की धाक तो थी ही, उसके व्यक्तित्व का भी बड़ा दबदबा था। आस-पास के गांवों में वह चौधरी के नाम से ही विख्यात था। केवल बड़े-बड़े ज़मींदार ही नहीं, नामी-गिरामी चोर-डाकू भी उसके नाम से कांपते थे। वह पढ़ा-लिखा कतई न था। वास्तव में वह चोरों-डाकुओं

का सरदार और गुनहगारों का आश्रयदाता था। आस-पास के चोर-डाकू उसे सरदार कहते थे। कानून के शिकंजे से बचने के लिए अपराधी चाहे खूनी हो, चाहे अन्य अपराध का मुजरिम हो, जो उसकी शरण आ गया, उसे किसी बात का भय न था। दस-बीस लठैत हमेशा उसके साथ रहते थे। उसके इशारे से कोई भी गांव आनन-फानन लूटा या किसी भी ज़मींदार को पेड़ पर लटकाया जा सकता था। कम्पनी बहादुर के पुलिस थानेदार और बरकन्दाज़ों की क्या मज़ाल कि उसकी अमलदारी में दखल दें।

उसकी आमदनी भी बहुत थी। वह चाहे जिस ज़मींदार या महाजन पर रुक्का भेजकर, जब जितना चाहे, रुपया मांग लेता था। किसकी मज़ाल थी कि उसके हुक्म में दरेग करे। ऐसा करने पर या तो सांवलसिंह के लठियल उसका सिर फोड़ देते या गांव को लूटकर उसमें आग लगा देते। इसे सब जानते थे और उसके हुक्म की उदूली कोई नहीं कर सकता था। परन्तु बात केवल इतनी ही न थी सांवलसिंह आड़े वक्त पर उनके काम भी आता था। उसके लठियल जवान जब चाहे तभी ठीक मूल्य पाकर किसी भी ज़मींदार के दुश्मन को पामाल कर सकते थे।

चौपाल में उसका लंगर सबके लिए खुला था। वहां कौन आता है, कौन खाता है, इसकी देख-भाल सांवलसिंह नहीं करता था। न उसे इस बात से सरोकार था कि सब सामान खाने-पीने का कहां से आता है। यह सब काम तो चेले-चांटे करते थे। वह तो केवल उनके कामों पर सही करता था। परन्तु एक बात थी—कोई किसी गरीब, अनाथ, बेकसूर स्त्री-पुरुष, बालक पर अत्याचार नहीं कर सकता था। बहू-बेटियों को पर्दे में रखने और उनके शील-आचरण का वह बड़ा पक्षपाती था। उसका खर्च अंधाधुंध था पर हाथ रोकना और हिसाब-किताब देखने की जहमत उठाना उसे पसन्द न था।

## 2

पुतली एक नटनी थी। मुक्तेसर के सिवानों ही में नटों का टांडा था। पुतली वहीं अपने भाई-बिरादरों के साथ रहती थी। पुतली बड़े ठाट की नटनी थी। नाच-गाने, कलाबाज़ी में तो वह कमाल रखती ही थी। उसका छरहरा लम्बा शरीर, चपल भाव-भंगिमा, चुलबुली अदाएं और कटीली आंखें ऐसी थीं कि देखने वाला उसे देखता ही रह जाता था। वह मगरूर भी बहुत थी। आदमी की वह कोई हस्ती न समझती थी। उन दिनों नटनियों से वास्ता-नाता रखना रईसी शान समझा जाता था। सांवलसिंह से उसने कौल हारे थे और अब वह उसके ताबे में रहती थी। इससे उसका न केवल ठाट-बाट, मिज़ाज, रुआब ही बढ़ गया था बल्कि वह आस-पास के रईसों की, ज़मींदारों और चोर-डाकुओं, गुनहगारों की ढाल बन गयी थी। जिसे सांवलसिंह को प्रसन्न करना होता, उससे कोई काम कराना होता, वह पुतली की शरण में आता था। और पुतली ने जिसे अभयदान दे दिया, उसकी जैसे भगवान ने बांह थाम ली। पुतली जैसी सुन्दरी, चपल और आकर्षक थी, वैसी बात की धनी, ईमानदार और मन की दृढ़ थी। कहने को वह नटनी थी, जो उन दिनों सस्ती वेश्यावृत्ति किया करती थीं, पर पुतली का पतिव्रत धर्म आस-पास के गांवों में विख्यात हो गया था। वह तन-मन से सांवलसिंह

की एकनिष्ठ सेविका थी। बड़े-बड़े प्रलोभन और भय उसे दिए गए। ऐसे भी क्षण आए जब सांवलसिंह विपत्ति में पड़ा, तब भी पुतली का मन नहीं डिगा। उसने गाढ़े समय में और भी दृढ़ता से सांवलसिंह का नेह निभाया। इतना ही नहीं, वह वीरांगना भी थी। एक बार सांवलसिंह को पुलिस के बरकन्दाज़ पकड़ ले गए। कोई कत्ल का मामला था। सांवलसिंह को हवालात में बन्द कर दिया गया। तब पुतली अकेले ही घोड़े पर सवार हो, बन्दूक कंधे पर रख, सिपाहियों के पहरे से सांवलसिंह को निकाल लाई और अपने जेवर बेचकर उसे बेदाग छुड़ा लिया। ऐसी ही थी वह नटनी।

उसके दांत बड़े सुन्दर थे, उनसे भी सुन्दर था उसका हास्य। वह सवारी ही में बाहर निकलती थी। बहुधा पालकी में, और कभी घोड़े पर। जब घोड़े पर निकलती तो बन्दूक उसके हाथ में होती।

सांवलसिंह पर उसका पूर्ण अधिकार था। सांवलसिंह जब भारी गुस्से में होता, उस समय केवल पुतली ही उसके निकट जा सकती और उसके मिज़ाज को ठीक रख सकती थी।

सांवलसिंह का पुतली से नित्य मिलना नहीं होता था। वह न तो उसे गांव में चौपाल पर बुलाता था, न वह उसके घर नटों के टांडे में जाता था। जब वह उसे बुलाता तो बाग में डेरे-कनात खड़े किए जाते। बाकायदा पहरे-चौकी का इन्तज़ाम होता—दो-चार दिन नाच-रंग होता, शराब के दौर चलते। चुने हुए सांवलसिंह के दोस्त ही तब इन जलसों में सम्मिलित हो पाते थे। सांवलसिंह कभी-कभी बड़े-बड़े ज़मींदारों को, कभी-कभी कम्पनी बहादुर के अफ़सरों को भी इन जलसों की रौनक बढ़ाने बुला भेजता था। पर यह सब सांझ-शिरकत, नाच-रंग, खाने-पीने तक ही रहती। उसके बाद पुतली उसकी थी, केवल उसकी।

बहुत-से चोर-लफंगे, अफ़सर, थानेदार उसके चाबुक का सड़ाका सह चुके थे। चाबुक वह बहुधा अपने हाथ में रखती थी। दीन-दुखियों पर वह रानी की भाँति कृपा करती थी। पता लगने की देर थी कि उसे क्या दुःख है, सहायता उसके घर पहुंच जाती थी। कितने ही अनाथ, विधवाएं, ब्राह्मण, ब्राह्मणी, दरिद्र उसके द्वारा पलते थे। यों वह बड़ी खुशमिज़ाज और मिलनसार थी, पर गुस्सा आने पर वह बाघिन की भाँति भयंकर हो जाती थी। प्रसिद्ध था कि उसका बन्दूक का निशाना अचूक होता था। बहुधा जब वह सांवलसिंह के डेरों में होती, दिन-दिन भर दोनों शिकार करते रहते। इससे वह अच्छी शहसवार भी हो गयी थी।

## 3

मालती की उम्र इस वक्त चौहद साल की थी। पर सांवलसिंह को उससे कोई लगाव ही नहीं था। मां उसकी जवानी में ही मर गयी थी। एक दूर के रिश्ते की औरत ने उसे अपना दूध पिलाकर पाला था। पर वह जब सयानी हुई तब मीर साहब की गोद उसे मिल गयी। मीर साहब फकतदम थे; दुनिया में कहीं कोई उनका सगा न था। बीवी उनकी बहुत दिन हुए मर चुकी थी। एक लड़का उसने छोड़ा

था, वह दस-ग्यारह साल का होकर मर गया। बहुत सदमा हुआ मीर साहब को। दो-तीन साल तक दुनिया से किनाराकशी कर तस्बीह हाथ में लिए बैठे रहे। इसी बीच सांवलसिंह ने उन्हें रख लिया। उस वक्त मालती तीन-चार साल की थी। उस वक्त भी सांवलसिंह का उसकी ओर कोई लगाव न था। जब-तब उसे देख आता था। पर मीर साहब ने उसे अपनी छाती से लगाकर पाला। उसके लिए धाय लगाई। खुद मां की तरह उसको लाड़-प्यार किया। उनका सबसे प्रिय काम था मालती के साथ मीठी-मीठी बात करना, उसे पेट पर सुलाकर थपकियां देना। देखते-देखते ही मीर साहब की गोद में मालती बड़ी होने लगी। वह जब अपनी सुनहरी उंगलियों से उनकी गंगा-जमनी दाढ़ी के बाल गिनती और खींचती तो मीर साहब वही बहिश्त का-सा आनन्द पाते। मालती उन्हें शुरू से ताऊ कहती थी, तथा पिता को कक्का कहती थी। मीर साहब ने बड़ी होने पर उसे स्वयं पढ़ना-लिखना, सलीका सिखाया। फिर उन्होंने एक अंग्रेज़ मेम को उसे पढ़ाने पर नौकर रख दिया। एक देशी आया भी रख दी। उनके हाथों वह अब सब तरह की शिक्षा पा रही थी, जो उस ज़माने में सर्वथा नयी बात थी। यह सब हो रहा था पर सांवलसिंह को इन सब बातों से कोई सरोकार न था। जब मालती उसके सामने आती, तो वह उसे भगा देता। कभी हंसकर बात भी न करता। मालती भी पिता से डरती थी। उसके सामने, उससे बात करने में घबराती थी। ज्यों-ज्यों वह सयानी होती गयी वह और भी अपने पिता से भयभीत होती गयी।

## 4

जात के शेख थे। नाम था अल्ताफहुसेन। पर सब लोग उन्हें मीर साहब कहते थे। उम्र साठ को पहुंच चुकी थी परन्तु चुस्ती और फुर्ती कमाल की थी। अरबी-फारसी के आलिम मशहूर थे—कम-से-कम उस देहाती इलाके में शे'र भी कह लेते थे। यों सैकड़ों कलाम उनकी ज़बान पर थे, जिन्हें वे बात-बात में जड़ते थे। बातचीत में शाइस्ता। व्यवहार में मुरौवत रखनेवाले। मिज़ाज के ठंडे। लेकिन दिमाग तेज़। ये थे सांवलसिंह के कारिन्दे या प्राइवेट सेक्रेटरी, या जो कुछ आप कहिए, समझिए।

कदीमी वाशिन्दे लखनऊ के थे। प्रसिद्ध था, बड़े गांव के बड़े मियां इनके दादाजान को लखनऊ से लाए थे। बड़े गांव में उन्होंने उनके लिए हवेली बनवाई थी और उन्हें छोटे मियां का उस्ताद करके रखा था। अब दिनों की गर्दिश में मीर साहब का खानदान सिफर रह गया। अकेले फकतदम। मिज़ाज के फक्कड़। बचपन से ही सांवलसिंह से प्रेम हो गया। और तभी से ये सांवलसिंह के साथ रहते थे। उन्हें सांवलसिंह की ओर से सब स्याह-सफ़ेद करने का अख्तियार था। कहना चाहिए, वे सांवलसिंह के दिमाग थे। मुंशी आदमी तो थे ही, जहांदीदा भी थे। दिल्ली भी रह चुके थे। लालकिले के दरबार में भी हाज़िरी दे चुके थे। लिखते बहुत खुशकत थे। इबारत भी माशाअल्लाह चुस्त होती थी। बड़े-बड़े ज़मींदार उन्हीं से दस्तावेज़, रुक्के लिखाते थे। कम्पनी बहादुर की खिदमत में अर्ज़ी दर्खास्त भेजनी होती तो उन्हीं को लिखनी पड़ती थी।

अदालत-कचहरी के काम में भी मीर साहब चाक-चौबन्द थे। उलटे-सीधे सभी

काम साध लेना उनके बाएं हाथ का खेल था। कचहरी में जब वे लतीफा या चुटकुला सुनाते तो सारा अमला बाग-बाग हो जाता। दूसरों का जो काम अमले की मुट्ठी गरम करने से होता था, मीर साहब एक चुटकी बजाते, बात की बात में करा लाते थे। अदालती अमलों के साथ ठसक से बात करते। किसी को 'बरखुरदार', किसी को 'भतीजा', किसी को 'बेटा' कहते। घर-गिरस्ती का हालचाल पूछते। हंसी-मज़ाक करते। जिसका जो शौक देखते उससे वैसी ही बातें करते। और इस तरह बातों ही बातों में अपना मतलब साध लाते थे। सांवलसिंह उन्हें चचा कहता था और उसी तरह उनकी इज़्ज़त करता था। मीर साहब के खिलाफ़ कोई शिकायत वह नहीं सुनता था।

तनख्वाह मीर साहब को मिलती थी दस रुपया माहवार। परन्तु सांवलसिंह की हज़ारों रुपये की आमदनी का जमा-खर्च मीर साहब के हाथ था, जिसका सांवलसिंह कभी हिसाब-किताब नहीं मांगता था। बस इतनी बात ज़रूर थी कि सांवलसिंह को जब, जिस कदर रुपया दरकार हो, मीर साहब फ़ौरन उसके सामने ला रखते। कहां से? इस बात से उसे कोई सरोकार न था। दूसरी बात यह कि सांवलसिंह अच्छा बुरा, उलटा-सीधा जो कुछ करे, मीर साहब सबका समर्थन करते थे। जैसा कि हम कह चुके हैं कि सांवलसिंह के हुक्म में चोरों, डकैतों, गुनहगारों का एक अच्छा गिरोह रहता था। दस-बीस लठैत हमेशा उसकी खिदमत में रहते थे। किसी गांव को लूट लेना या डाका डलवा देना, या फ़ौजदारी कर डालना, यहां तक कि कत्ल भी कर डालना सांवलसिंह के लिए मामूली बात थी। मीर साहब शरीफ-मिज़ाज, खुदापरस्त, रोजा-नमाज के पाबन्द, पढ़े-लिखे, सभाशिष्ट सब कुछ थे। परन्तु सांवलसिंह के हर काम के समर्थक और आड़े वक्त में उसके सिर की ढाल थे। जान देकर भी सांवलसिंह पर आंच नहीं आने देते थे। यही उनमें अद्भुत गुण था। सबसे बड़ी बात यह कि वे कभी सांवलसिंह को नसीहत नहीं करते थे। न उसके सामने अपना मुंशीपन बघारते थे। हां, व्यवहार उनका बुज़ुर्गों जैसा था। पूछने पर वे अवश्य उसे नेक सलाह देते थे। और बहुधा सांवलसिंह उनकी बात रखता था। अब कभी-कदाच लोग मालती के सयानी होने और उसके ब्याह की याद उसे दिलाते थे। वह सुनकर कभी नाराज़ होकर उन्हें झिड़क देता था, कुछ बड़बड़ाने लगता था। एक दिन न जाने वह किस मूड में था, उसने मीर साहब से बातें छेड़ दीं।

'सुनते हो चचा, लोग मालती के ब्याह की चर्चा करते हैं।'

'सुनता रहता हूं।'

'तो कर क्यों नहीं देते उसका ब्याह?'

'अभी उसकी तालीम के दिन हैं, ब्याह के नहीं।'

'कहीं लड़कियों की भी तालीम होती है?'

'क्यों नहीं होती! क्या लड़कियां इन्सान नहीं हैं?'

'हमारे बाप-दादे लड़कियों को नहीं पढ़ाते थे।'

'वह ज़माना और था, यह ज़माना और है। फिरंगियों की मेमों को नहीं देखते। कितनी पढ़ी-लिखी होती हैं। वह डॉक्टर जो मेरठ में आई है, बिना पढ़े ही उस रुतबे पर पहुंच गयी?'

'वे फिरंगी हैं, हम हिन्दुस्तानी।'

'तो इससे क्या? हैं तो सभी इन्सान, फिर हमारी बिटिया क्या मामूली लड़की है! शहजादी है। मैं उसको वैसी ही तालीम दूंगा जैसी शहजादियों को दी जाती है। और तुम खबरदार रहो, मेरे काम में दखल न देना।'

'तो ये सुअर लोग क्यों मेरे पास आकर शादी की बात करते हैं?'

'यह तो तुम्हीं जानो।'

'उनसे कह दो चाचा कि अब किसी ने मेरे सामने लड़की की शादी की चर्चा की तो उसका मैं सिर फोड़ दूंगा।'

'कहने की क्या ज़रूरत है। एकाध का सिर फोड़ ही दो, जिससे उन सबको नसीहत हो जाए जो दूसरों के फटे में पैर डालते हैं।'

इस पर गुस्से से लाल होकर सांवलसिंह ने अपने लठियलों को ललकारा। 'शंभू, रोशन, फकीरा!' तीन-चार लठियन जवान सामने आ खड़े हुए। हाथों में कान तक लठ। एक ने कहा, 'सरकार का क्या हुक्म है?'

'देखो जी, जो बदमाश हमसे लड़की की शादी की बात कहे उसका सिर फोड़ दो।'

लठियल एक-दूसरे का मुंह ताकने लगे। दबी आंखों से उन्होंने मीर साहब की ओर देखा। मीर साहब ने मुस्कुराकर कुछ इशारा किया। तब लठियन जवानों ने कहा, 'बहुत अच्छा सरकार।'

## 5

फाल्कन साहब मेरठ के नये कलक्टर होकर आए थे। उम्र मुश्किल से बाईस बरस की थी। देखने में एक नाज़ुक-बदन लौंडे लगते थे। रंग सफ़ेद, सिर के बाल सुर्ख जो छोटे-छोटे छंटे रहते थे। नाक-नक्शा उम्दा। दांत सुन्दर, आंखें नीली, जिनसे शरारत टपकती थी। मिज़ाज के सख्त और जिद्दी। खालिस अंग्रेज़। टूटी-फूटी हिन्दुस्तानी मुश्किल से बोल सकते थे। हां समझ लेते थे। ऐसे ज़्यादा पढ़े-लिखे न थे। पहले फ़ौज में सार्जेंट होकर आए थे, पीछे कलकत्ता में इम्तिहान पास कर कलक्टर होकर आ गए। कलकत्ता में ही फ़ौज की नौकरी छोड़ दी थी। और रानी बाज़ार की कम्पनी बहादुर की चुंगी के अफ़सर बन गए थे। कर वसूल करने में सख्त थे तथा घुड़सवारी उम्दा जानते थे, इन्हीं दो गुणों से उन्हें यहां कलक्टरी का ओहदा मिल गया था।

फाल्कन साहब दौरे पर चले तो मुकाम हुआ मुक्तेसर। बाग में छोलदारियां तन गयीं। मदी, कसाई, हज्जाम, चमार, भंगी गांव के तलब किए गए। साहब के लिए खस्सी, मुर्गी, अंडा, दूध, तरकारी, अगलम-बगलम सब बेगार में जुटाया जाने लगा। एक आता है, दूसरा जाता है। तहसीलदार की छोलदारी बगल में पड़ी। अचकन और चुस्त चूड़ीदार पायजामा पहने तहसीलदार आठ पहर चौंसठ घड़ी हाज़िर। मिडिल पास थे, उम्र कोई बीस-बाईस बरस की, घर के रईसज़ादे, दुबले-पतले, कोई ढाई माशे के आदमी। इर्द-गिर्द बहुत-से आदमी, ज़िलेदार, वासिल, वाकियानवीस, खजांची, सियाहनवीस, मुख्तार, मुहर्रिर, चोबदार, मशालची, सिपाही, बरकन्दाज़ और अमले मुस्तैदी से दौड़-धूप करते रहे। शाम

हुई। दौड़-धूप कम हुई। साहब बहादुर अपनी छोलदारी के बाहर, सफ़री आरामकुर्सी पर पैर फैलाकर बैठे। बैरा ने टिफन लगाया तो तहसीलदार अर्दली में हाज़िर। साहब ने व्हिस्की के जाम पीना आरम्भ किया।

'वैल टैसीलडार, लाओ।'

'हुजूर, हाज़िर करता हूं।'

'फ्रैश, एकदम फ्रैश। ओल्ड स्टफ नेई।'

'हुजूर अर्ज़ करता हूं।'

'टुम क्या बोलना मांगटा, टैसीलडार। अम टुमकू डिसमिस करना मांगटा।'

'सरकार, माई-बाप, एकदम फ्रैश, बहुत बढ़िया।'

'लाओ, लाओ, टैसीलडार, अम टुमकू डिप्टी-कलक्टर बनाएगा।'

'हुजूर का बोलबाला। हुजूर माई-बाप।'

'जल्डी-जल्डी, टैसीलडार, लाओ, लाओ।'

'हुजूर को ज़रा चलना होगा।'

'यू ब्लडी टैसीलडार, अम नयी जाएगा।'

'हुजूर दूर नहीं है, एकदम फ्रैश, न्यू माल सर!'

'कां?'

'उस बाग में सर, पुतली, एकदम फ्रैश, हज़ारों में एक। ह्वाइट सर यंग। बहुत बढ़िया माल।'

'लाओ, लाओ, टैसीलडार, टुम अरामज़ादा अबी लाओ!'

'सरकार, सांवलसिंह के कब्ज़े में है।'

'ह्वाट सांवलसिंह? अम उसकू शूट करेगा।'

'बस हुजूर, ज़रा चले चलें, सांवलसिंह सरकश आदमी है सर, एकदम डाकू।'

'उसे गिरफ़्तार करो, साला लोग। अम उसकू हैंग करेगा। एकडम फांसी।'

'हुजूर, पुतलीजान बहुत बढ़िया, यंग सर, पास ही में। सांवलसिंह बदमाश है सर!'

'लाओ, लाओ, वैल टैसीलडार, यू ब्लडी।'

'सरकार सांवलसिंह से मैं खौफ़ खाता हूं।'

'ओ कितना डूर?'

'वो सामने बाग में हुजूर।'

'वैल अर्दली, अमारा घोरा लाओ। अम जाना मांगटा।'

साहब ने आखिरी जाम चढ़ाया। घोड़े पर सवार हुए और चले। लगाम पकड़े हुए तहसीलदार रौनकहुसैन।

6 बाग में कनातें लगी थीं। भीतर छोलदारियों में हरे कमल रोशन, चांदनी बिछी, सांवलसिंह मसनद पर उढ़के हुए। पुतली उनके दोनों पैर गोद में लिए धीरे-धीरे दबा रही थी। सांवलसिंह की आंखों में नशे की खुमारी थी। दो लठियल छोलदारी के बाहर ऊंघ रहे थे। सन्नाटा था। यह सांवलसिंह का एकांत आरामगाह था। महीन

तन्ज़ेब का कुर्ता, चूड़ीदार पायजामा, सिर पर दुपल्ल टोपी। पुतली भी सादा हल्के लिबास में। मलमल का कपासी रंगा हुआ दुपट्टा, मलमल ही की गुलाबी कुर्ती, बसंती पायजामा। ज़ेवर बहुत कम। फूलों से लदी हुई।

साफ़-सुथरी जगह, सूरज डूब चुका था। झिलमिलाते तारे यों ही छुट-पुट आसमान पर नज़र आते थे। बादल के लक्के, कोई सफ़ेद, कोई आवी, कोई नीलगू, ज़रा-ज़रा से, मगर एक-दूसरे से मिले हुए फैल रहे थे। जिनमें ग्यारस के चांद की अठखेलियां। आम, पीपल, बरगद के पत्ते जब हवा ज़ोर से चलती खड़खड़ा उठते थे। हवा में ज़रा-ज़रा खुनकी थी। सांवलसिंह अमल-पानी कर चुके थे। पुतली ने कहा, 'इस बार मेला खूब रहा, मुल सरकार ने हमें न नहलाया।'

'सिड़िन हो, भला गांव-देहात की जाटनियों के साथ क्या नहाना!'

'वाह, गंगा अस्नान। पर्व का दिन। पुण्य का काम। लाखों आदमी स्नान कर गए,' पुतली ने पैरों पर मुक्कियां चलाते हुए कहा।

'खैर, तू अब कर लेना। मीर साहब से कहना। परदा करा देंगे। ला, पान दे।'

पुतली ने पान देकर कहा, 'सरकार भी साथ रहें तो सर्त है।'

'मैं पुन्न नहीं लूटता। ठंडा पानी दे।'

पुतली ने सुराही से पानी उंडेलकर ज़रा-सा केवड़ा मिलाकर दिया। पानी पीकर सांवलसिंह का मिज़ाज तर हो गया। पुतली का हाथ पकड़कर कहा, 'ज़रा पास आकर बैठ। मोगरे और बेले का यह दस्तबन्द तो खूब महक रहा है।'

'ज़रा बाहर निकलिए सरकार! कैसी निखरी हुई चांदनी रात है! बहार की रात है। चम्पे की खुशबू अलग मस्त कर रही है। फिर सरकार के चरनों की खिदमत। निहाल हो गयी हूं सरकार।'

'तेरी तनख्वाह तो महीनों से नहीं मिली।'

'ऐ है तो क्या हुआ! सरकार इस वक्त मेरे पास हैं तो हमको लाख-करोड़ रुपये मिल गए।'

सांवलसिंह का दिल बाग-बाग हो गया। खुश होकर कहा, 'ला पान दे।' पान खाकर उन्होंने पुतली की कमर में हाथ डालकर पास खींच लिया।

इसी समय कुछ खटका सुन पुतली की नज़र गयी दरवाज़े की ओर। देखती क्या है, बन्दर-सा लाल-लाल मुंह उसके बाद सफ़ेद-सी गर्दन। लाल-लाल सिर पर बाल।

पुतली की चीख निकल गयी, 'ए मुआ, यह हूश कौन आ घुसा!'

सांवलसिंह ने उधर मुंह फेरा। फाल्कन साहब सशरीर तम्बू में घुस आए। घुसते ही बोले, 'आई लव यू फ़ेयर लेडी।'

और आगे बढ़कर पुतली का हाथ पकड़ लिया। पुतली ने हाथ झटककर कहा, 'मर मुए हूश।' उसने इधर-उधर अपने चाबुक को देखा।

इसी बीच फाल्कन साहब ने दोनों हाथों में पुतली को लपेटते हुए कहा, 'कम ऑन, वाइल्ड हनी, कम ऑन।'

और अब सांवलसिंह तड़पकर उठ बैठे। एक लात कसकर उन्होंने साहब की पीठ पर जमाई। लात खाकर साहब औंधे मुंह गिरे और चिल्लाने लगे, 'हेल्प, हेल्प, मर्डर, मर्डर।'

पुतली ने कहा, 'ज़रा ठहरिए सरकार, इस मुए हुश्शू को मैं ही ठीक करती हूं।' उसने अपनी चमड़े की चाबुक संभाली और सपासप साहब की चमड़ी उधेड़नी शुरू की। साहब बहादुर हैं कि बचाव के लिए हाथ-पैर मार रहे हैं और पुतली सपासप चाबुक जमा रही है। सांवलसिंह डेरे का दरवाज़ा रोके खड़े हैं। शोर-शप्पा सुनकर दोनों लठैत भीतर घुस आए। सांवलसिंह ने कहा, 'ज़रूरत नहीं है, बाहर ही रहो।'

जब पुतली मारते-मारते थक गयी, हांफने लगी : सांवलसिंह ने कहा, 'बस, या और कुछ?'

'अभी ठहरिए सरकार, ज़रा सुस्ता लूं। मुए फिरंगी होते हैं सख्त जान। इतनी मार खाई, मुल मरे बैल के-से दीदे दिखा रहा है।'

पुतली ने फिर चाबुक संभाला। फाल्कन साहब बोले, 'माफ़ करो फ़ेयर लेडी, अमकू जान बख्श देना मांगो बाबा। अम भोट मारा।'

'अभी कहां, अभी तो नाक-कान भी काटूंगी, मूडी-काटे, यहां आया कैसे?' पुतली ने कसकर ठोकर जमाई। फाल्कन ने सांवलसिंह से कहा, 'बाबू अम टूमारा पनाह मांगटा। अम फाल्कन साहब, मेरठ का कलक्टर है। अमकू माफ़ करो।'

फाल्कन का नाम सुनते ही सांवलसिंह ने हंसी रोकते हुए कहा, 'यहां किसलिए आए थे, साहब बहादुर?'

'बडज़ात टैसीलडार लाया। अम उसकू डिसमिस करेगा।'

पुतली ने फिर चाबुक संभाला, उसे सहारे से रोककर सांवलसिंह ने कहा, 'साहब आप ज़िले के हाकिम हैं, आपको शर्म आनी चाहिए।'

'अमकू माफ़ करो बाबा।'

'उस औरत से माफ़ी मांगो साहब बहादुर।'

'फ़ेयर लेडी, एक्सयूज मी प्लीज़, प्लीज़।

'बन्दर मुंहा कैसा सीधा बन गया अब!' पुतली ने हंसकर कहा।

इसके बाद सांवलसिंह ने हाथ के सहारे से साहब को उठाया और एक लठैत को बुलाकर कहा, 'गुमानसिंह, साहब बहादुर को जाकर उनके डेरे पर छोड़ आओ।'

तहसीलदार तो यहां साहब की पूजा आरम्भ होते ही हवा हो गए थे। साहब का घोड़ा अलबत्ता खड़ा था। लेकिन साहब के अंजर-पंजर इस कदर ढीले हो रहे थे कि वे घोड़े पर सवार न हो सके। दोनों लठैतों ने किसी तरह उन्हें घोड़े पर लादा।

डेरे पर आकर साहब ने गुमानसिंह से कहा, 'वैल मैन, टुमने क्या डेका?'

'हुज़ूर की खूब पिटाई हुई, पुतलीजान ने हुज़ूर की चाबुक से अच्छी तरह खाल उधेड़ी।'

'ओ, नो, नो बाबा। टुमने कुच बी नहीं डेका। यह बकसीस लो,' साहब ने दस

रुपये निकालकर लठियल की हथेली पर रखे। गुमानसिंह ने सलाम करके कहा, 'जी हां, हुज़ूर हमने कुछ भी नहीं देखा।'

'अच्छा, अब टुम जाव। टैसीलडार हरामज़ादा हाय। अम उसकू डिसमिस करेगा।'

'उधर अब कब आइएगा साहब?'

'ओ, नो, नो, नो, ह्वाट ए टैरिबल बिच।'

गुमानसिंह हंसता हुआ सलाम करके लौटा। साहब बहादुर गुस्से से बकते-झकते बैरा को पुकारने लगे, 'व्हिस्की, व्हिस्की। यू सूअर, व्हिस्की।'

और बैरा, 'जी हुज़ूर, अभी लाया खुदाबन्द,' कहकर जल्दी-जल्दी व्हिस्की गिलास में डालने लगा।

## 7

नवाब ज़बर्दस्तखां एक फ़ितरती ज़ालिम था। यह हापुड़ का नवाब था। जात का रुहेला पठान। ग्रांडील शक्ल-सूरत, स्याह रंग, चेचकरू, उम्र चालीस के लगभग। बहुत कम पढ़ा-लिखा था। हिन्दुओं का कट्टर विरोधी, पक्षपाती मुसलमान था। आए दिन फसादी मुल्ला और उलेमा उसके यहां जमातें करते और उसके कारिन्दे-गुमाश्ते हिन्दू रियाया पर मनमाने अत्याचार करते, जिनकी कहीं कोई सुनवाई न होती थी। कम्पनी बहादुर की सरकार केवल अपनी मालगुज़ारी लेने में चाक-चौबंद थी। इस काम में वह ऐसे शोरे-पुश्त नवाबों के भी कड़ाई से कान खींचती थी। पर जो ज़मींदार मालगुज़ारी ठीक समय पर अदा कर देते थे, उनके चरित्र और ज़ोर-जुल्म की ओर से वह आंख मींच लेती थी। कम्पनी बहादुर की सरकार के पास न इतने बरकंदाज़ थे, न थानेदार न तहसीलदार, कि वह मुल्क में अमन कायम करने की सिरदर्दी उठाए। उन्हें तो ऊपर से केवल यही हुक्म आता था, मालगुज़ारी ठीक समय पर वसूल करके रुपया भेजो। और यहीं पर उनका काम समाप्त हो जाता था। यदि कभी कोई शिकायत रियाया पर जुल्म की पहुंची भी तो ज़मींदार चट से जवाब देते थे कि हुज़ूर, बड़े शोरे-पुश्त आसामी हैं। लगान न निचोड़ा जाएगा तो हम मालगुज़ारी कहां से अदा करेंगे। इस बात का जवाब न थानेदार पर था, न तहसीलदार पर, न मजिस्ट्रेट-कलक्टर साहब बहादुर पर।

बस, नवाब ज़बर्दस्तखां जैसे ज़ालिम रईस दिनदहाड़े रियाया पर जुल्म करते और कभी-कभी तो कत्ल भी कर डालते थे।

एक नटनी गुलाबज़ान इनकी भी आशना थी। नटनी रखना उस ज़माने में रईसी शान तो था ही। नवाब ने उसे गुलावठी गांव दे दिया था, जहां उसका पूरा टांडा बस गया था। यों तो नट-कंजर खानाबदोश जात के लोग हैं, मंगते कहाते हैं, समाज में उनकी कोई इ़ज़्ज़त नहीं है, पर नवाब ने जब गांव नटनी के नाम लिखकर उसे वहां का ज़मींदार बना दिया तो गांव के सभी निवासी उसकी रैयत हो गए। गांव में ठाकुर भी थे, ब्राह्मण भी थे, जाट भी थे। वे नटनी को ज़मींदार मानने में अपनी हतक समझते थे। हरामज़ादी नटनी पतुरिया बन गयी हमारी ज़मींदार; अब हम सरकार, माई-बाप करके करेंगे उसे सलाम। सब लोग खुल्लमखुल्ला यही कहते थे। भाग्य की बात यह कि वह

भी नवाब की भाँति सख़्त-दिल और बदमिज़ाज थी।

नटनी जैसी कमीनी और मुंहफट कौम दूसरी नहीं होती। गुलाब भी बड़ी मुंहफट और बिगड़ैल थी। अच्छों-अच्छों का वह पानी उतार देती थी। मज़ाक कभी-कभी उसका भोंडा हो जाता था, पर नवाब से उसका मेल सोने और सुहागे का मेल था।

नवाब से एक गांव की रियासत पाकर गुलाबजान अपने को एक रईस समझने लगी थी और डेरेदार रंडी की भाँति बहुधा हापुड़ में ही रहती थी। नवाब ने अपने यहां उसके लिए एक आरास्ता कोठा दे रखा था, जहां वह बड़ी शान से रहती थी। दो महरियां खिदमतगार नवाब ने उसे दे रखी थीं।

नवाब का यह दस्तूर था कि चन्द दोस्तों के साथ गुलाबजान के कोठे पर आते; वहां खुशगप्पियां लड़तीं, तबले पर थाप पड़ती और दुनिया-भर की लनतरानियां होतीं।

गुलाब थी तो नवाब ज़बर्दस्तखां की ही पाबन्द, पर आशना उसके और भी थे। इनमें एक था खुर्शीद। डोमनी का छोकरा। देखने में अच्छा। उम्र उसकी थी गुलाब के बराबर। आवाज़ अच्छी थी, गाने में लयदार। आंखों में पानी और जवानी का जोश। पूरा मसखरा। बोटी-बोटी फड़कती थी। कसरत करता था। मछलियां भुजदंडों पर उछलती थीं। गले में उस्तादी तावीज़। जब गुलाब गाने बैठती, वह बजाने लगता। कभी-कभी आवाज़ फेंकता तो सुननेवाले फड़क उठते। खुशामदी भी परले सिरे का था, और बेगैरत भी। गुलाब से कभी-कभी उनकी लप्पड़बाज़ी भी हो जाती थी। हर जलसे में वह मौजूद रहता। यों गुलाबजान के मिज़ाज में भी तमनकत थी। ठाठ भी माशाअल्ला उसके निराले थे। जब मसनद पर बैठती, एक मसहरी गुड़गुड़ी लिए हाज़िर, दूसरी पंखा झलती हुई। और मियां खुर्शीद हैं कि कभी पंखा दबा रहे हैं, कभी लतीफे सुना रहे हैं। डोमनी का यह छोकरा था बड़े ठाठ का। रंग तो सांवला था, पर नाक-नक्शा सुडौल, उस पर नमक, जामा-पोशी, शोखी-शरारत और बेहयाई। यही सब वे गुण हैं, जिनकी बदौलत उन दिनों नटनियों और डेरेदार रंडियों के डेरे ऐसे लोगों से आबाद थे।

डोमनियां गालियां गाने में बड़ी मश्शाक होती थीं। रईसों की महफ़िलों में नटनियां नाचतीं और डेरेदार वेश्याएं गातीं, मुज़रा करती थीं। पर ब्याह-शादी और दूसरे मौकों पर गालियां गाने को डोमनियां बुलाई जाती थीं। यह खुर्शीद का बच्चा भी गालियां गाने में एक ही था। यह गुण उसे विरासत में मां से मिला था। ब्याह-शादियों के मौके पर अक्सर औरतों में डोमनियां गाने को बुलाई जाती थीं और तब अच्छे-अच्छे शरीफ मर्द आदमी औरतों में घुसकर शौकिया गालियां सुनते थे। गालियां अक्सर फौशगंदी होतीं, उनमें मां-बहनें नापी जातीं और लोग सुन-सुनकर दांत निकालकर हंसते थे। बहुधा नवाब अपने चार दोस्तों के साथ जब आते, खुर्शीद से गालियां गवाकर बड़े शौक से सुनते थे। यह बेहया लौंडा खूब बता-बता करके गंदी गालियां गाता। इन्हीं सब बातों से खुर्शीद उस घर में गुड़ का चिंउटा हो रहा था।

परन्तु हकीकत यह थी कि ऐसे एक आदमी से इन खानगियों को बहुत लाभ रहता है। इसलिए वे एक न एक को बनाए रखती हैं। ये लोग सौदा सुलझाते हैं, गाहक पटाते हैं। यार के मिज़ाज को नापते-तौलते रहते हैं। बीमार पड़ने पर तीमारदारी करते

हैं, पैर दबाते हैं। और जब कोई दूसरा पास नहीं होता तो दिल बहलाते हैं। तबियत में मनहूसियत और सूनापन नहीं आने देते। चुरकुट फंसाते हैं। ब्याह-शादी के मुजरे में इन्तज़ाम करते हैं, महफ़िल में बैठकर हावभाव जताकर मुजरेवाली को वाहवाही दिलाते हैं। कसबी के खाने-पीने का, डेरे का उम्दा इन्तज़ाम करते हैं। दो रईसों को भिड़ाकर लुत्फे-रकाबत हासिल करते हैं, तमाशबीन इनसे दबते हैं, मुट्ठियां गर्म रखते हैं। झगड़ा-टंटा उठ खड़ा हुआ तो यह तकरार को मुस्तैद रहते हैं। शहर के लुच्चे-गुण्डों को जमाकर आफ़त खड़ी कर देते हैं। अच्छे रईसों की बेहुर्मती कर डालना उनके बायें हाथ का खेल होता है।

कभी-कभी तो वेश्याएं इन लोगों की मुहब्बत में मर ही मिटती हैं। मगर मियां खुर्शीद इतने खुशकिस्मत न थे। फिर गुलाबजान बड़ी चलतीपुर्जी नटनी थी। मतलब से मतलब रखती थी। वक्त पर तेवर बदल जाना और मुस्कुराकर तिरछी चितवनों से देखना कोई उससे सीख ले। इन्हीं सब कारणों से गुलाबजान की हापुड़ में धूम थी।

गुलाबजान के और भी आशना थे। एक थे लाला मुसद्दीलाल। गुड़ और गल्ले की आढ़त करते थे। उन दिनों भी आज की भाँति हापुड़ गुड़ और गल्ले की भारी मण्डी थी। खण्डसार भी पड़ती थी। लेन-देन भी होता था। रंग था आबनूस के कुन्दे के समान और उम्र थी पैंतालीस-पचास के बीच। कोई पौने तीन मन की लाश थी। मूंछें रोज़ कतरवाते और दाढ़ी भी रोज़ घुटवाते थे। अरसे तक गुलाबजान पर डोरे डालते रहे। खुर्शीद ने खूब सुलगाया। बढ़-बढ़कर गुलाबजान के हुस्न की चर्चा की। पर जब-जब लाला ने मिलना चाहा, दांतों में ज़बान दबाकर कहा, 'ना बाबा, ना। नवाब सुनेगा तो तलवार से दो टुकड़े कर डालेगा या दन से पिस्तौल दाग देगा। कभी कहता, 'गुलाबजान भी तुमसे मुहब्बत करती है लाला। मुल लाचार हैं। नवाब का डर है।' लेकिन एक दिन वह कोठे पर ले ही गया। मुद्दत तक वियोगाग्नि में सुलग-सुलगकर लाला कबाब बन चुके थे। कोठे पर पहुंचे तो निहाल हो गए। टुकुर-टुकुर देर तक गुलाबजान की ओर देखते रहे। गुलाबजान ने पान पेश किया तो कानों पर हाथ धरकर कहा, 'हिन्दू धरम है हमारा। हर पूरनमासी गंगा-स्नान करते हैं। पान नहीं खा सकते।'

गुलाब ने तिनककर कहा, 'ऐ हैं, फिर मुई कसबी के घर क्यों आए साहब?'

'बस दो गाल हंस-बोल लेंगे।'

'बस इतना ही कि और कुछ?'

'अब जो कुछ तुम्हारी इनायत हो जाए। तुम्हारी सूरत पर लट्टू हूं। बड़ी खूबसूरत हो, तुम पर हमारा दिल आ गया है।'

'लेकिन साहब, मैं तो नवाब साहब की पाबन्द हूं, आपसे क्योंकर मिल सकती हूं। अब उनके आने का वक्त हो गया है। बस, आप रुखसत हूजिए।'

'तो फिर कल फिर आएंगे, इसी वक्त। अभी ये पांच रुपये तुम्हारी नज़र करते हैं। पान खाना। कल फिर खुश करेंगे।' इतना कहकर पांच रुपये टेंट से निकालकर लाला ने नटनी की हथेली में थमा दिए। रुपयों पर हिकारत की नज़र डालकर उन्हें लौटाते हुए गुलाबजान ने नखरे से कहा, 'इन रुपयों के गेहूं पिसाना लाला, साढ़े सात

मन आएंगे। पन्द्रह दिन का घर खर्च चलेगा।'

रुपये टेंट में ठूंसते हुए लाला ने कहा, 'कोई बात नहीं बीबीजान हमारी-तुम्हारी मुहब्बत है तो जो कहो दे दें।'

'खैर, तो एक थान गुलबदन भेज देना। अरे हां, वे रुपये तो तुमने टेंट ही में रख लिए। बड़े कंजूस हो लाला!'

लाला ने वे पांच रुपये फिर निकालकर गुलाबजान के हाथों में रख दिए।

गुलाब ने तिनककर कहा, 'ऐ है, फिर वही पांच रुपल्ली।'

'अजी, एक थान गुलबदन और पांच रुपयों पर क्या मुनहसिर है, तुम्हारे लिए जान हाज़िर है। मुल आज तो पहला ही दिन है।'

'तो पहल की बोहनी तो करो। देखूं वह अंगूठी, उसका नग तो खूब चमकता है।'

इतना कहकर उसने फुर्ती से अंगूठी लाला की उंगली से खींच ली और कहा 'अच्छा तो कल इसी वक्त आइए। बस, अब तो ठहर नहीं सकती।' इतना कहकर वह छमाछम करती कमरे से चल दी।

'लेकिन वह अंगूठी तो देती जाओ। सुनो, सुनो यह बात अच्छी नहीं।'

'तो मरे क्यों जाते हो लाला, अंगूठी कोई मैं कुछ खा न जाऊंगी।'

'दो सौ की है।'

'तो क्या चोरों से व्यौहार है, कल ले लेना। ज़रा मैं भी उंगली में डाल लूं।'

'पर अंगूठी मेरी नहीं है, रेहन का माल है। नहीं तो कुछ बात नहीं थी, तुम पर सौ अंगूठियां न्यौछावर।'

'लो और सुनो, लाला रंडी के कोठे पर आए हैं पराई अंगूठी पहनकर। शर्म नहीं आती।'

'तो कोई ज़बर्दस्ती है। लाओ, अंगूठी दो।'

अब तक मियां खुर्शीद मज़े से इस बातचीत का मज़ा ले रहे थे। अब गुलाबजान का इशारा पाकर उठे और लाला को गर्दनियां कर बोले, 'हां, हां, ज़बर्दस्ती है। चले लाला रंडी के कोठे पर। मर्दूद मक्खीचूस! ले, अब चुपके से खिसक जाइए, ठंडे-ठंडे। और सुबह एक थान गुलबदन दुकान पर मंगा रखिए, मैं ले आऊंगा।'

उसने धकेलकर लालाजी को ज़ीने में दो-तीन सीढ़ी उतारकर सांकल भीतर से चढ़ा ली।

## 8

गुलाबजान के एक और चाहनेवाले थे, नवाब मुज़फ़्फ़रबेग, जो नवाब बल्लभगढ़ के नाम से मशहूर थे। बल्लभगढ़ मुक्तेसर की पूर्वी दिशा में अब एक छोटा-सा वीरान गांव है। उस ज़माने में यहां बड़ी रौनक थी, जिसका सबूत नवाब की विशाल गढ़ी, हवेली और बारहदरी तथा कचहरी के खंडहर हैं, जिन पर अडूसे और धतूरे के पेड़ उग आए हैं। उन दिनों यहां धूम-धड़ाका रहता था। नवाब मुज़फ़्फ़रबेग ठस्से

के रईस थे। रुपया नकद इनके पास बहुत था। इलाका भी छोटा न था। असल बात यह थी, उन दिनों आज के जैसे न तो बम्बई, कलकत्ता और दिल्ली जैसे विशाल नगर थे, जहां देश भर के पढ़े-लिखे लोग पेट के धंधे के फेर में फंसकर खटमल और मच्छरों की भाँति छोटे-छोटे दरबों में रहते हैं। जिन्हें सुबह नौ से दस बजे तक और शाम को पांच से छः बजे तक टिड्डीदल की भाँति दफ़्तर से आते-जाते आप देख सकते हैं। और न बड़े-बड़े मिल-कारखाने खुले थे, जहां लाखों मज़दूर एकसाथ मज़दूरी करके पेट पालते और मुर्गे-मुर्गियों की भाँति गंदे दरबों में रहते हैं। पापी पेट के लिए लाखों-करोड़ों स्त्री-पुरुष, गांव-देहात छोड़ अब इन शहरों में आ बसे हैं। उन दिनों ये सब देश में समान भाव से फैले हुए देहातों में रहते थे। खेती करते या घर पर अपने-अपने हज़ारों धंधे करते थे। शहर और कस्बे की बात तो दूर, छोटा-मोटा गांव भी उन दिनों अपनी हर ज़रूरत के लिए आत्मनिर्भर था। और हर एक आदमी बहुत कम खर्च में सीधे-सादे ढंग से मज़े में रहता था। अपना मालिक आप। तब न इतनी पुलिस थी, न इन्तज़ाम। ज़मींदारों की स्वेच्छाचारिता थी। कम्पनी बहादुर के अहलकारों की आपाधापी थी। चोरों, ठगों, सांखियों, कंजरों, डाकुओं का भय था। अराजकता थी। पर फिर भी लोग खुश थे। अपने में संपूर्ण, आत्मनिर्भर। परिश्रम, सादा जीवन और आत्मनिर्भरता उनके स्वभाव का अंग बन गए थे क्योंकि उनके बिना एक क्षण भी चलता न था। वह ज़माना ही ऐसा था।

लोग खुश थे, मस्त थे और उसका यह नतीजा था कि आमतौर पर रियाया में ऐयाशी एक हद तक फैली थी। आप इसे चरित्रहीनता कह सकते हैं। बाल-बच्चेदार रईस, नवाब रंडियां, नटनियां रखते, खुल्लमखुल्ला घरों पर नाच-मुजरे होते, छोटे-बड़े सभी उनमें भाग लेते, नशा-पानी होता। होली-दीवाली का हुरदंग होता। नटनियां, वेश्याएं, जो ताबे होतीं, रईसों के घरों पर आती-जातीं। घर के बच्चे उनसे वही रिश्ता रखते जो घर की स्त्रियों से होता है। कोई शर्म-झिझक न थी। चाची, मामी का रिश्ता और वही सुलूक। बड़े घर की अमीरजादियां खातिरख्वाह इन कसबियों को भीतर जनाने में बुलातीं, खातिर करतीं, इनाम देतीं, पास बिठातीं। इस प्रकार ये नटनियां, कंजरियां, पतुरियां, डेरेवालियां, डोमनियां भी सभ्य समाज का एक अंग थीं। उनके बिना समाज सूना था, उदास था।

नवाब साहब की उम्र सत्तर के करीब थी। मुंह में एक दांत न था। कमर झुककर दुहरी हो गयी थी। सिर के और दाढ़ी के बाल रुई के गोले के समान सफ़ेद। मगर रहते थे नौरतन, बने-ठने। कैंचुली का अंगरखा, गुलबदन का पायजामा, जिसमें लाल रेशम का जालीदार नेफा। मसालेदार टोपी, बालों में कीमती चमेली का तेल। कपड़े इत्र-हिना या गुलाब से तर। अब कहिए इस उम्र में भी रंडी से आशनाई।

मुंहलगे यार-दोस्त पूछते, 'हुज़ूर, अब इस उम्र में तो खुदा की बन्दगी और तस्बीह की सोहबत मुनासिब है।' तो तड़ाक से कहते, 'बेहूदा बकते हो। खुदा की बन्दगी और तस्बीह की क्या कोई खास उम्र होती है। हम तो पैदाइशी बन्देखुदा हैं। हर वक्त वज्द में रहते हैं। तुम दो दिन के लौंडे क्या जानो। मगर हमारी सरकार में जहां शानशौकत के और सब सामान व फज़्ले-खुदा मुहैया हैं, वहां हमारी जानोमाल की सलामती बनाने

के लिए जलूसियों में एक रंडी भी चाहिए।'

सौ रुपये मुशाहरा गुलाबजान को इस सरकार से मिलता था। इस पर नवाब ज़बर्दस्तखां को भी ऐतराज़ न था। बूढ़े की सनक पर वे भी हंसते थे, बल्कि अपनी महफिल में ब-ज़िद बुलाकर बिठा लेते और उनके चुटकुलों का और ज़िन्दादिली का मज़ा लेते थे। गाने और सितारसाज़ी में उस्ताद थे। दमखम और आवाज़ अब नहीं रही थी, मगर जब आलाप लेते तो तबलची-सारंगियों को पसीना आ जाता था। ध्रुपद-धमार के धनी थे। बड़े-बड़े उस्तादों की आंखें देखे हुए। बड़ी-बड़ी नामी-गिरामी रंडियां और गवैये उनके सामने जूतियां सीधी करते और उन्हें औलिया कहते थे। आवाज़ में वह सोज़-लचक थी कि दिल तड़प जाता था।

ताज़ियादारी इनकी ठाठ की होती थी। दूर-दूर की रंडियां मर्सिये गाने आतीं। लखनऊ, दिल्ली और बनारस के कलावन्त अपना करतब दिखाते। अशरा मुहर्रम में दस दिन रोज़ मज़लिस होती थी। चेहलम तक हर जुमेरात को खास धूमधाम रहती थी। सैकड़ों मुहताज मोमिनीन लंगर खाते थे।

यही मामला होली पर होता था। पूरे हफ़्ते-भर होली का हुरदंग रहता। वे भूल जाते कि मुसलमान हैं। रंग, अबीर, गुलाल में सराबोर। शराब, भंग की माजूम, बर्फियां और बादाम; केसर मलाई डाली हुई दूधिया छनती—शहर-भर की पहुनाई होती। नवाब घर-घर जाते, रंग डालते, अबीर लगवाते लोगों से गले मिलते थे, इस मौके पर बनारस और लखनऊ से मशहूर भांड बुलाए जाते थे, जो तरह-तरह की नकलें करते, लोगों के हंसते-हंसते पेट में बल पड़ जाते थे। क्या बहार थी, बस बल्लभगढ़ उन दिनों इन्द्र का अखाड़ा बन जाता था। ज़िन्दगी उमड़ी पड़ती थी।

नवाब की बेगम साहिबा कायम थीं। उम्र उनकी भी नवाब से कम न थी। दोनों में मुहब्बत ऐसी कि जवान भी लज्जित हों। नवाब साहब का बंधा दस्तूर था कि रात के नौ बजे और जनानखाने में दाखिल। लाख काम हो, बाहर नहीं आते थे। असल बात यह है कि नवाब बूढ़े ज़रूर थे पर थे प्यार करने के काबिल।

हापुड़ में नवाब साहब की पुख्ता हवेली थी। जब आते वहीं मुकाम करते थे। जितने दिन मुकाम रहता, रंग, बहार, मजलिस, महफ़िल, दावत, शिकार, अगलम-बगलम, हंसी-मज़ाक और सब कुछ। मगर निहायत सलीके से। शे'र भी कह लेते थे। सुनने के पक्के शौकीन, बस मुशायरों की भी एक-दो वारदातें हो जातीं। लुत्फ़ रहता।

दीवाली बीत चुकी थी। गुलाबी सर्दी पड़ने लगी थी। लोग लिहाफ़-रज़ाइयों से मुंह निकालकर सोने लगे थे—मौसम पुरलुत्फ था। आसमान में चांदनी चटखती तो रात जैसे खुलकर हंसती थी। मुक्तेसर में गंगा-स्नान में मेले की चढ़ाई थी। लखा आदमियों का हुजूम मुक्तेसर पर उमड़ा पड़ता था। आस-पास के देहातों से अमीर-गरीब, अपनी हैसियत के अनुसार बहलों, गाड़ियों, रथों, मंझोलियों में, घोड़ों पर, हाथी पर, पालकियों में आ रहे थे। सवारियों का तांता बंधा था। हापुड़ में भी आदमियों का भारी हुजूम था। एक मेला लगा था। दूर-दूर के बिसाती, दुकानदार दुकानें सजाए तरह-तरह की जिन्सें बेच रहे थे। हलवाइयों और मोदियों की चांदी थी।

नवाब का आम दस्तूर था कि इन दिनों वे हापुड़ में आ मुकीम होते थे। गंगा-स्नान के हफ़्ते-भर बाद तक डटे रहते। यात्रियों के लिए पौसाला लगाते थे। शर्बत पिलाते थे। मगर असल बात यह थी—जाटनियों के गीत सुनने का उन्हें शौक था, जो आस-पास के देहातों से सिमटकर झुंड के झुंड पैदल या बैलगाड़ियों में राह चलते गला मिलाकर गाती थीं। बस वह गाना बेमिसाल था। क्या गातीं खाक-धूल समझ नहीं पड़ता, परन्तु उनकी मिली-जुली हो-हो पर नवाब लट्टू थे। हवेली उनकी आम रास्ते पर थी। कोठी में आरामकुर्सी पर बैठे अम्बरी तमाखू खुशबू की मस्त महक का मज़ा लेते हुए चटख चांदनी रात में सामने सड़क पर गुज़रती हुई बैलगाड़ियों में हिचकोले खाती हुई जाटनियों के अजीब लहरी गानों का लुत्फ लेते रहते थे।

## 9

मेले की भीड़भाड़ जब घट गयी तो गुलाबजान ने एक ठाठ के जलसे की नवाब साहब को दावत दी। कोठे पर महफ़िल सजाई। कीमती शीशे आलात की रोशनी, साफ़ दूध-सी सफ़ेद चांदनी का फ़र्श, ईरानी कीमती कालीन, उस पर ज़रबफ्त की मसनदें और गुलगुले गावतकिए, रंग-बिरंगे मिरदंगे, हांड़ियां रोशन, इत्र-फुलेल, गुलाब, केवड़ा, हिना, चम्पा, जुही, मालती की गहगही खुशगवार खुशबू के साथ मिली-जुली लखनऊ के कीमती मुश्की अम्बरी खसीरी तमाखू की महक। तमाम कस्बे में महफ़िल की धूम मच गयी। मगर क्या मजाल कि पंछी पर मार जाए। सिर्फ़ चुनिंदा सोहबत। कस्बे की सब मशहूर नौचियां, कंचनी, डोमनी, डेरेदार, नटनियां एक से एक खूबसूरत, सब गहनों से गोदनी की तरह लदी हुई, इठलाती, बनी-ठनी तोलवां जोड़े पहने। गोरी, सांवली, ठिगनी, मझोली, लम्बी—सभी किस्म की बला। कोई मखमली धानी दुपट्टे से फूटी पड़ती है। किसी का ऊदी गिरंट का पायजामा संभाले नहीं संभलता। किसी की फंसी-फंसी कुर्ती गज़ब ढा रही है। किसी के हाथ-गले में हल्का ज़ेवर, किसी की नाक में हीरे की कील, कानों में सोने की आंतियों की बहार, किसी के हाथों में भारी-भारी सोने के कड़े, गले में मोतियों का कण्ठा, कोई चंचल, कोई तुनकमिज़ाज, कोई गोरी-चिट्टी, किसी का खुलता हुआ सांवला रंग, किताबी चेहरा, सतुवां नाक, बड़ी-बड़ी आंखें, स्याह पुतली, उस पर काजल की लकीर, किसी का काही दुपट्टा करेब का, बनात टंकी हुई, ज़र्द गिरंट का पायजामा। कोई गहनों से लदी-फदी, कोई फूलों के गजरों से आरास्ता, जैसे चौथी की दुलहिन। बात-बात में शोखी-शरारत। कोई आंखें लड़ा रही है, कोई मुंह बना रही है, गर्ज़ हुस्न का बाज़ार लगा था। चांदी की तश्तरी में गुलाब-केवड़े में बसी पानी की गिलौरियां, बसे हुए हुक्के। जल्से का वह रंग कि जिसका नाम।

नवाब मुज़फ़्फ़रबेग कारचोबी काम की मसनद पर उठंगे हुए गिलौरियां कचर रहे हैं। तनज़ेब का अंगरखा, ऊदी सदरी, नुक्केदार टोपी, चुस्त घुटन्ना, बगल में नवाब ज़बर्दस्तखां, कीमती भारी अरकाट दुशाला, कोई दो हज़ार की कीमत का, कमर में लपेटे, दूसरा सर में बांधे, हाथ में हुक्के की नली, छत की ओर ताकते मुश्की धुएं का अम्बार बना रहे हैं।

दीवान परसादीलाल, सत्तर से भी ढले हुए। दुबले-पतले कोई साढ़े चार माशे के आदमी, ऐनक आंखों पर चढ़ाए। माथे पर बल, कान में कलम, मलमल का अंगा और ढीले पायचों का पायजामा। चांदनी का कोना दबाए सिकुड़े बैठे, कभी-कभी परी-पैकरों को देखते, कभी अपने मालिक नवाब ज़बर्दस्तखां के तेवरों को।

एक वकील, सादा घुटा सिर, सदली मंडील सिर पर, तराशी हुई मूंछें। पूरे खुर्राट। हरएक को घूरते और मुस्कुराते हुए।

दो चोबदार अदब से दीवारों में चिपके हुए। दरवाज़े के पास एक मशालची खड़ा था। एक मुख़्तार साहब और दो शरीफ़ज़ादे कालीन पर बैठे थे।

बी गुलाबजान के ठस्से का क्या कहना, चांदी की गुड़गुड़ी मुंह से लगी है, सामने पानदान खुला हुआ है, एक-एक को पान लगाकर देती जाती हैं। नौचियां लपक-झपककर पानों की तश्तरी रईसों को पेश करती हैं, रईस हैं कि कलाबत्तू हुए जा रहे हैं। पान की गिलौरियां कचरते हैं, गंगा-जमनी काम के पेचवन में कश लेते हैं। दीदारबाज़ी और फिकरेबाज़ी चल रही है। कहकहे उड़ रहे हैं। चुहलें हो रही हैं। उधर वह उठी, इधर आवाज़ आई—ज़रा संभल के। ये चली हैं छमाछम, तो किसी की परवाह नहीं। यहां रईस हैं कि आंखें बिछा रहे हैं नज़रों के तीर-तमंचे चल रहे हैं, बिना मांगे लोग कलेजा निकालकर दे रहे हैं। कोई दिल हथेली पर रखे हुए है। मगर वे हैं कि कोई बात नज़र में ही नहीं समाती। गरूर का यह हाल कि बादशाह भी इनकी ठोकर पर हैं। नाज़ और अंदाज़ पर मरनेवाले मर रहे हैं, जो ज़िन्दा हैं, ठंडी सांसें भर रहे हैं। एक हैं कि रूठी बैठी हैं, लोग मना रहे हैं।

खिदमतगार सुनहरी काम का हुक्का तैयार करके हाज़िर हुआ। बी गुलाबजान ने इशारा किया, बड़े नवाब के सामने लगा दो। नवाब साहब ने गुड़गुड़ी नवाब ज़बर्दस्तखां के आगे सरकाकर कहा, 'शौक कीजिए।' नवाब ज़बर्दस्तखां ने तपाक से, ज़रा-सा मसनद से उकसकर तसलीम बजाई और कहा, 'किब्ला पहले आप।'

बूढ़े नवाब ने मुनाल मुंह लगाई। मज़े ले-लेकर हुक्का पीने लगे। बी गुलाबजान ने पानदान सरकाया। पान पर कत्था-चूना लगा, डलियों का चूरा चुटकीभर डाला, इलायची के दाने पानदान के ढकने पर कुचलकर गिलौरी बनाई और खुद उठकर बड़े नवाब को पेश की।

नवाब ने कहा, 'दांत कहां से लाऊं जो पान खाऊं?'

'हुज़ूर, खाइए तो, आप ही के लायक मैंने बनाया है।'

नवाब ज़बर्दस्तखां ने मुस्कुराकर कहा, 'वल्लाह, बनाने में तो तुम एक ही हो।'

गुलाबजान ने तड़ाक से जवाब दिया, 'लेकिन हुज़ूर बनाती ही हूं, बिगाड़ती किसी को नहीं।'

बूढ़े नवाब ने धुएं के बादल बनाते हुए एक ठंडी सांस भरी और कहा, 'शुक्र है खुदा का।'

इस पर एक गहरा कहकहा पड़ा।

दीवान परसादीलाल ने दस्तबस्ता अर्ज़ की, 'हुज़ूर, यह क्या बात है; जिस पर

सरकार की नज़र पड़ती है; उस पर लाखों नज़रें पड़ती हैं; रश्क के मारे लोग जले जाते हैं।'

नवाब ने संजीदगी से कहा, 'ये जान-बूझकर जलाती हैं।'

ज़बर्दस्तखां ने हंसकर कहा, 'साहब, पहले तो वही खुद मरती हैं।'

गुलाबजान ने झट दूसरा बीड़ा नवाब ज़बर्दस्तखां के मुंह में ठूंसते हुए कहा, 'अय हुज़ूर, यह नया कलमा कहा। मरें हमारे दुश्मन।'

'मरें इनके दुश्मन, ठीक तो है। न जाने कितने मर चुके। उनके घर में रोना-पीटना मचा है, ये बैठी यारों के साथ कहकहे लगा रही हैं। ज़रा उगालदान दीजिए।'

एक नौची ने आगे बढ़कर उगालदान नवाब के आगे किया। नौची नवेली, कमसिन, अल्हड़, पर रंग ऐसा कि उलटा तवा। चेचक के दाग, छोटी-छोटी आंखें, भद्दी-सी नाक, नीचे को बैठी हुई, बड़े-बड़े नथने। कद ठिगना, मोटे-मोटे होंठ। गले में सोने की चम्पाकली, नाक में पीतल का बुलाक। देहाती धज। नवाब भांप गए, मज़ाक का मसाला मिला। आहिस्ता से बोले–

'क्या नाम है तुम्हारा बीबीजान?'

'हुज़ूर, मुझे धनिया कहते हैं।'

'वाह, क्या मुफ़ीद नाम है!' दीवान साहब की तरफ़ मुखातिब होकर, 'दीवान साहब, धनिये की क्या तासीर है?'

दीवान साहब पूरे घाघ। खट से हाथ बांधे बोले, 'सरकार, दिल को ठंडक पहुंचाता है।'

कहकहा फ़र्माइशी पड़ा। धनिया झेंप गयी। उठकर जाने लगी तो बड़े नवाब ने कहा, 'ठहरो तो बीबी, यह बुलाक तुमने कहां बनवाया?'

नौची ने झेंपते हुए कहा, 'नखलऊ से मोल लिया था सरकार।'

'नखलऊ भी बड़ा गुलज़ार शहर है। दीवान साहब की ओर मुखातिब होकर बोले, 'क्या खयाल है दीवान साहब?'

दीवान साहब छाती पर हाथ धरकर बोले–

'क्या कहने हैं हुज़ूर नखलऊ के, एक से बढ़कर एक कारीगर बाकमाल आदमी बसते हैं वहां। मगर कुछ लोग उस शहर को लखनऊ कहते हैं।'

'कहते होंगे, हमें तो नखलऊ ही प्यारा लगता है।' नवाब ने एक बार नौची की ओर देखा। फिर कहा, 'ज़रा देख सकता हूं मैं तुम्हारा यह ज़ेवर?'

अब नौची गरीब क्या करे। दबी नज़र इधर-उधर देखा। मुआ पीतल का बुलाक, दो पैसे का। खूब फंसी। नीचा मुंह किया, नाक से निकाला, रूमाल से साफ़ किया और बड़े नवाब की हथेली पर रख दिया।

नवाब साहब बड़े गौर से देखते रहे। फिर गुड़गुड़ी में, एक कश खींचकर बोले, 'निहायत नफ़ीस चीज़ है, इसे तुम बीबी, हमें दे सकती हो? कीमत जो चाहे ले लो।'

गुलाब मज़ाक को समझ न रही थी, नौची शर्म से ज़मीन में धंसी जा रही थी, मगर पुराने खुसट दीवान मज़ा ले रहे थे। आहिस्ता से बोले, 'इस अदद को खरीदकर क्या करेंगे हुज़ूर?'

नवाब ने निहायत संजीदा होकर कहा, 'क्या कहूं दीवानजी, हमारी एक कुतिया है, कुत्ते हरामज़ादे उसे बहुत दिक करते हैं सोचता हूं यह बुलाक...'

बात पूरी न हो पाई कि नौची भागी पत्तातोड़। सारी रंडियां मुंह पर दुपट्टा डालकर हंसने लगीं। कहकहा पड़ा कि खुदा की पनाह।

लेकिन नवाब हैं कि संजीदा बने बैठे हैं, हैरान हैं कि आखिर यह कहकहे किसलिए? 'मालूम होता है, आप लोग बहुत खुश हैं?'

नवाब ज़बर्दस्तखां ने कहा, 'जी हां, ये लोग हुज़ूर को मुबारकबाद देना चाहते हैं।'

'आखिर किस सिलसिले में?'

'हुज़ूर की कद्रदानी और गैहरशिनासी के सिले में। वाह, क्या दाना बीना है। बस बी धनिया की तो तकदीर खुल गयी।'

'तो बी धनिया पर ही क्या मौसूफ है। हमारी तो तबियत ही ऐसी है, सुना गुलाबजान, ज़रा ध्यान रखना। कोई हसीन नया चेहरा नज़र आए, तो मैं ज़िन्दा होऊं तो उम्मीदवारों में मेरा नाम लिख लेना, और जो मर जाऊं तो कहना मेरे नाम पर फातिहा पढ़ ले।'

दीवान साहब खुशामदी लहज़े में बोल उठे, 'खुदा न करे।'

मगर गुलाबजान ने तड़ाक से कहा, 'और अगर कोई हसीन मर्द नज़र आए?'

'तब तो तुम उसकी उम्मीदवार बनोगी ही, मेरा नाम उसकी बहन के उम्मीदवारों में लिख लेना।'

इस हाज़िरजवाबी पर फिर एक फर्माइशी कहकहा मचा। आखिर दीवान साहब ने कहा, 'हुज़ूर, ये खुशगप्पियां तो होती ही रहेंगी, अब ज़रा तानारीरी का भी लुत्फ़ उठाया जाए। उधर देखिए चौथ का चांद बादलों में क्या अठखेलियां कर रहा है! हवा कैसी मीठी बह रही है! तिलस्मात का आलम है, बस केदारे की एक चीज़ हो जाए हुज़ूर।'

बड़े नवाब मसनद पर लुढ़क गए। हुक्के की नाल मुंह से लगाते हुए बोले, 'क्या मुज़ायका है, बशर्ते गुलाबजान को कोई एतराज न हो।'

गुलाबजान ने कहा, 'तो हुज़ूर हुक्म हो तो पहल धनिया करे।'

नवाब न जानते थे कि धनिया फने-मौसीकी में माहिर है। गला कयामत का कुदरत से पाया था, मालूमात बहुत अच्छी थी। रियाज़ कमाल का था। नवाब के होठों पर मुस्कान फैल गयी।

धनिया ने आकर नवाब को सलाम किया। करीने से बैठी, उस्ताद सारंगिए ने सफ बांधी। एक नौची ने तानपूरा संभाला।

धनिया ने नवाब से पूछा—

'हुज़ूर, क्या गाऊं?'

'गाना गाओ बीबी!'

'कौन राग?'

'राग? खैर, केदार ही सही।'

'क्या? अस्थायी ध्रुपद, तराना?'

नवाब मसनद पर से उठकर सीधे बैठे। नौची की आंख में आंख डालकर कहा, 'ध्रुपद गाओ।'

धनिया ने स्वर बांधा, धीरे-धीरे आलाप लेना शुरू किया। पर जब मूर्छना उसके गले से निकलने लगी तो तबलची बेहाल हो गया। नवाब ने झपटकर तबला अपनी रानों में दबाया। फिर तो उनकी पुरानी उंगलियां कमाल का जौहर दिखाने लगीं। घड़ी-भर ही में बेखुदी का आलम तारी हो गया। न किसी के मुंह से वाह निकलती है न आह। सब बुत बने बैठे हैं। और सुर हैं जो हवा में तैरते हुए धरती-आसमान को ज़र्रा-ज़र्रा कर रहे हैं। दून की बाढ़ आई और फिर तीन ग्राम में उंगलियां थर्राने लगीं। इसी बेखुदी के आलम में गुलाबजान नाचने उठ खड़ी हुई, फिर तो वह समा बंधा कि वाह! चार घड़ी सुर तड़पते रहे। राग, मूर्छना, स्वर, ताल, लय, आलाप उच्चार, सब कुछ ऐसा जो बड़े-बड़े कलावन्तों का भी न सुना था।

गाना बन्द कर धनिया ने नवाब को आदाब झुकाया। नवाब ने हाथों की अंगूठियां, जेब की घड़ी, गले का लॉकेट, जेब के रुपए, पैसे, अशरफी जो कुछ था धनिया के ऊपर बखेर दिया। कद्रदान आदमी थे, आंखों में आंसू भर लाए। उसके दोनों हाथों को आंखों से लगाकर बोले, 'जीती रहो, शर्मिन्दा हूं बीबी, मैंने तुम्हारे साथ मज़ाक किया। अब से तुम जहां रहो, वहीं पचास रुपया माहवार मुशाहरा तुम्हें जब तक मैं ज़िन्दा हूं, मिलता रहेगा। और तुम पर कोई पाबन्दी नहीं है।'

धनिया बार-बार सलामें झुकाती हट गयी। गुलाबजान ने कहा, 'अब?'

'अब तो धनिया से बेहतरीन कोई गा सके गाए, वरना जलसा बर्खास्त।'

देर तक सन्नाटा रहा। आखिर नवाब हुक्के की नली छोड़ उठ खड़े हुए। उन्होंने आहिस्ता से कहा :

'जलसा बर्खास्त।'

## 10

यह आदमी अंग्रेज़ था। इसका असल नाम कर्नल स्किनर था। पहले यह फ़ौज में कर्नल था। भरतपुर की लड़ाई में इसने बड़ी बहादुरी दिखाई। उसी में एक गोली लगने से इसकी एक टांग लंग खा गयी थी। फ़ौज की नौकरी छोड़कर कम्पनी बहादुर के हुक्म से यह अफ़सर-बन्दोबस्त होकर इधर आया था। बहुत दिन वह इस नौकरी पर बहाल रहा और खूब रुपया कमाया। बाद में नौकरी छोड़ कलकत्ता की एक अंग्रेज़ कम्पनी की शराकत में उसने डासना, पिलखुआ और बिलासपुर में नील की कोठी बना नील की खेती आरम्भ कर दी थी। पहले उसने पिलखुआ में, जो मुक्तेसर के निकट है, अपनी रियासत बनाई। बाद में सांवलसिंह के झगड़े-टंटों से आजिज़ आकर बिलासपुर में आ बसा। यहां उसने एक अमीर मुसलमान विधवा से शादी कर ली। एक बड़ा भारी बाग लगाया और कायम-मुकाम तरीके से बिलासपुर में ही बस गया। कोठी रही पिलखुआ में भी।

इस समय उसकी उम्र चालीस के लगभग होगी। शरीर का वह बहुत मज़बूत था, कद मझोला था। आंखें नीली और बाल लाल थे। भारतवर्ष की धूप और गर्मी में चालीस साल रहकर उसका रंग तांबे के समान हो गया था। उसकी पैदाइश बंगाल की थी। वहीं उसने बंगला और उर्दू सीखी थी। वह अच्छी उर्दू बोल लेता था। उसका बाप विलायत से फ़ौज में भर्ती होकर आया था और मरने तक फ़ौज में अफ़सर रहा। हुगली की लड़ाई में उसने बड़ी बहादुरी दिखाई थी। उसने एक अराकानी क्रिस्तान औरत से शादी की थी। उसी से यह स्किनर साहब उत्पन्न हुआ था। अब जब वह यहां बिलासपुर में बस गया और आस-पास छः-सात नीलगोदामों का स्वामी हो गया तथा मुसलमान औरत से शादी कर ली, तब वह सिकन्दर साहब के नाम से प्रसिद्ध हो गया। पर उसका एक दूसरा नाम कड़ी साहब भी बहुत प्रसिद्ध था।

आदमी वह बड़ा मिठबोला और मिलनसार था। पर अपने मतलब का चाक-चौबन्द था। उन दिनों बहुत-से अंग्रेज़ फ़ौजी अफ़सर नौकरी छोड़-छोड़कर या पेंशन लेकर हिन्दुस्तान के गांव-देहातों में बसकर खेती, साहूकारा या कोई व्यापार करते और खूब मुनाफ़ा कमाते थे। रुआब उनका रियाया पर कम्पनी बहादुर के नौकरों जैसा ही रहता था। व्यापार-सम्बन्धी उन्हें बहुत सुविधाएं मिली थीं। उन्हें चुंगी बहुत कम देनी पड़ती थी। ज़िले के ऊंचे अंग्रेज़ अफ़सरों से उनका मेलजोल, खान-पान, दोस्ताना रहता था। इससे छोटे हिन्दुस्तानी अफ़सर उन्हें भी हुज़ूर ही कहकर पुकारते, मानते थे। यद्यपि उन दिनों रिश्वतों का बोलबाला था, रिश्वत दूधधोई कमाई समझी जाती थी, परन्तु उन अंग्रेज़ व्यापारियों से भारतीय अफ़सर रिश्वत लेते डरते थे कि कहीं उनकी ऊपर शिकायत न हो जाए।

इन अंग्रेज़ व्यापारियों का इन सब कारणों से काफ़ी रुआब-दबदबा रहता था। पर ये कम्पनी बहादुर के अफ़सरों और अंग्रेज़ हाकिमों की तरह रियाया से दूर अकड़कर नहीं रहते थे। उन दिनों ज़िले के हाकिम कलक्टर का इतना रुआब दबदबा था कि उसके तनिक खांस उठने से तहसीलदारों और थानेदारों को तथा ज़मींदारों को कंपकंपी आ जाती थी। वे खुदाबन्द कहाते थे। ये अंग्रेज़ व्यापारी और किसान यद्यपि उनके साथ खाते-पीते और क्लबों में बराबरी के ढंग पर रहते थे, पर वे प्रायः रियाया में मिलजुलकर रहते, मीठा बोलते। इससे इनके बहुत काम निकलते थे और ये खूब रुपया खींचते थे। रुपया खींचने में सिकन्दर साहब बड़े तीसमारखां थे। मुस्तैद भी अपने काम पर खूब थे। आलस्य का नाम भी न था। आसामी से रुपया वसूल करने में वे बड़े तेज़ थे। नवाब और तहसीलदारों को मिलाए रहते थे। आसामी के कन्धे पर हाथ धरकर मुलायमी से कहते, 'देव, बाबा देव।'

उन दिनों सिकन्दराबाद कस्बा खूब आबाद था। वहां एक हज़ार जुलाहे पगड़ी का धन्धा करते थे, जिससे वे सब मालामाल हो गए थे। दूर-दूर तक सिकन्दराबाद की पगड़ियां मशहूर थीं। सिकन्दर साहब इन जुलाहों को पेशगी रुपया बांट देते थे और तमस्सुक लिखा लेते थे। फिर मनमाने भाव पर पगड़ियां बनवाते थे, जिसमें मुनाफे का बड़ा भाग उनके हिस्से में पड़ता था। नील की खेती उन दिनों बहुत अंग्रेज़ करते थे, जगह-जगह उनके नील के खेत थे। यह नील कलकत्ता की अंग्रेज़ कम्पनी को जाता

था जो उसे विलायत भेजती थी।

सिकन्दर साहब नील के अलावा गन्ने की खेती भी करते तथा खण्डसार डालते थे। उनके सात गोदाम नील के और तीन खांड के थे तथा सिकन्दराबाद में पगड़ियों का डिपो था। इस प्रकार सिकन्दर साहब के ऊपर चारों ओर से रुपयों की बौछार होती थी।

घुड़सवारी और शिकार का उन्हें बेहद शौक था। उनके पास कई उम्दा घोड़े थे। नये अंग्रेज़ अफ़सरों और हाकिमों को वे अक्सर घुड़सवारी का शौक बढ़ाने तथा शिकार खिलाने का अवसर नहीं चूकते थे। इससे अफ़सर उनके झट दोस्त बन जाते थे।

इन सिकन्दर साहब की सारी दुनिया दोस्त थी, एक सांवलसिंह इनका दुश्मन था। सांवलसिंह की भाँति इन्हें भी लठियल जवान नौकर रखने पड़ते थे। आए दिन बात-बात में और बिना बात के भी दोनों ओर के लठियलों में बहुधा सिर-फुटव्वल हो जाती थी। और उस ज़माने के ज़मींदारों की इसके बिना चलती ही न थी।

## 11

नवाब मुज़फ़्फ़रबेग के भतीजे नवाब खुदादादखां हैदराबाद की सेना के बड़े अफ़सर थे। हैदराबाद की रियासत में उनका बड़ा नाम और दबदबा था। उन्होंने बहुत बार नवाब मुज़फ़्फ़रबेग को हैदराबाद आने की दावत दी थी। परन्तु नवाब मुज़फ़्फ़रबेग जईफ़ी का बहाना करके टाल जाते थे। इस बार नवाब खुदादादखां के लड़के की शादी थी। उन्होंने बहुत-बहुत इसरार करके उन्हें बुलाया था। इसलिए इस बार नवाब मुज़फ़्फ़रबेग सपरिवार हैदराबाद गए थे और वहां तीन महीने रहकर अब लौट रहे थे। इन दिनों हैदराबाद से दिल्ली चार महीने की राह थी। फिर रास्ते में डाकुओं और ठगों का बहुत डर रहता था। इससे इक्का-दुक्का आदमी यात्रा नहीं करते थे। नवाब के पास पचास घुड़सवार और बहुत-से नौकर-चाकर, बांदियां थीं। जनानखाना भी साथ था। उस ज़माने में बिना रक्षा का पूरा प्रबन्ध किए यात्रा निरापद न थी। नवाब के साथ बहुत-सा रुपया-पैसा और ज़र-जवाहरात था। इसलिए वे पूरे प्रबन्ध के साथ ही सावधानी से यात्रा कर रहे थे।

उन दिनों दिल्ली और हैदराबाद का मार्ग भारत में सबसे सम्पन्न और प्रसिद्ध मार्ग था। औरंगज़ेब ही के काल से यह मार्ग प्रशस्त हुआ था, जबकि पच्चीस वर्ष इस बादशाह ने दक्षिण में घोड़े की पीठ पर व्यतीत किए थे। इसके बाद अंग्रेज़ों ने भी उत्तर भारत और दक्षिण के सम्बन्ध घनिष्ठ कर दिए थे। वे तो अब समूचे भारत पर एक साम्राज्य ही रच रहे थे, इसी से इस राह पर यात्रियों की भरमार रहती थी। इसी से ठगों के बड़े-बड़े गिरोह भी इस मार्ग पर चलते और अपनी साहसिक रोमांचकारी कार्रवाइयां करते थे। यों तो कन्या-कुमारी से कश्मीर तक इस समय ठगों का व्यापक जाल फैला हुआ था। इनके दल में कहीं सौ, कहीं अस्सी-नब्बे, कहीं पचास और कहीं-कहीं दस-पांच व्यक्ति होते थे। इनमें हिन्दू-मुसलमान दोनों ही होते तथा स्त्रियां भी इनके दलों में रहती थीं। आवश्यकता होने पर दो-चार दल यात्रियों पर हाथ साफ़ करते थे। इनके ढंग व्यवस्थित,

भाषा सांकेतिक और संगठन प्रबल होता था।

उनका धर्म-विश्वास कुछ तांत्रिक ढंग पर था। सम्भवतः इनका आरम्भ ही तांत्रिकों से हुआ। वे काली को अपना इष्टदेव मानते थे और बिना ही रक्तपात के हत्या करते थे। हत्या करने का इनका ढंग निराला था। इनका शस्त्र एक रेशमी रूमाल होता था, जिसके एक छोर पर एक मंसूरी पैसा बंधा रहता था। उसे ये एक क्षण में ही ऐसी सफ़ाई से अपने शिकार के गले में डालते थे कि वह पैसा शिकार के टेंटुए में कस जाता था। और क्षण-भर ही में बलवान् से बलवान् आदमी की मृत्यु हो जाती थी। इनकी व्यवस्था ऐसी व्यवस्थित होती थी कि शिकार चाहे सौ-दो सौ की संख्या में हों, सबको संकेत होने पर एक ही क्षण में फांसी लग जाती थी।

ठगों के दल सैनिक पद्धति पर संगठित होते थे। उसमें भिन्न-भिन्न पदाधिकारी होते थे। उनके अधीन भिन्न-भिन्न दल होते थे, जिसके काम भी भिन्न-भिन्न होते थे। एक दल का 'सोथा' होता था। इसमें दस-बीस या पच्चीस व्यक्ति अत्यन्त भद्र वेश में भद्रपुरुष की भाँति यात्रा करते थे। इनका काम मुसाफिरों से हेल-मेल करके उन्हें फंसाने का होता था।

जो लोग गले में फांसी देते थे, वे 'भटोट' कहाते थे। नये रंगरूटों को 'कबूला' कहते थे। इनका काम मुर्दों को रफ़ादफ़ा करना होता था। फांसी डालते समय जो व्यक्ति 'भटोट' की सहायता के लिए हाज़िर रहता था, उसे 'समासिया' कहते थे। एक दल का नाम 'लगाई' होता था। इनका काम था कि ज्यों ही कोई स्थान शिकारों को फांसी लगाने का ठीक कर लिया जाए, ये लोग नदी किनारे या किसी आड़ की जगह में गड्ढे खोदकर तैयार रखें, जिससे फांसी पड़ते ही शिकार को तुरन्त दफ़न कर दिया जाए।

ठगों के समुदाय भी अनेक थे। एक प्रकार के ठग 'मेघपूना' कहाते थे, जो केवल बच्चों का अपहरण करते थे। ठगों के ये भिन्न-भिन्न दल पृथक-पृथक वेश और राह से आकर यात्रियों के दल में मिल जाते थे। यह नहीं ज्ञात होने पाता था कि ये सब मिले हुए ठग हैं। यात्रा में ठगों का सरदार हाथ में फरसा लेकर दल के आगे चलता था।

ठगों के दल में हिन्दू-मुसलमान दोनों ही होते थे। कभी-कभी तो पढ़े-लिखे और उच्च कुल के व्यक्ति भी इन दलों में मिले होते थे। ये लोग संन्यासी, व्यापारी, बंजारे, वैद्य, हकीम या दरवेश के वेश में घूमते रहते और अपना शिकार मारते थे।

मुज़फ़्फ़रबेग के दल के साथ बन्दूकें तथा दूसरे हथियार भी थे। ठगों ने हैदराबाद से ही उन्हें भांप लिया था तथा अवसर पाते ही उनका शिकार कर डालने का बन्दोबस्त कर लिया था।

ज्यों ही नवाब ने भुसोवल से दो पड़ाव आगे कालाडीह के जंगल में डेरा डाला, घोड़ों के सौदागरों का एक दल भी ठीक उसी समय उस स्थान पर आ पहुंचा। सौदागरों का सरदार बहुत-सी सौगात लेकर नवाब की सेवा में हाज़िर हुआ। उसने बताया कि हम लोग घोड़ों के सौदागर हैं। बुखारा के रहनेवाले हैं। हैदराबाद से लौट रहे हैं। चार सौ घोड़े लेकर हम आए थे। बहुत सस्ते दामों बिक्री करनी पड़ी। घाटे में ही रहे। क्या

करें, वक्त खराब है। रास्ते में खतरा है। रकम हमारे पास है और सिर्फ़ बीस आदमी हैं। सौदागर लोग हैं। लड़ना-भिड़ना नहीं जानते। यहां आपसे मिलकर तसल्ली हुई। सुना है कि इस रास्ते डाकुओं और ठगों का बहुत खतरा है। आपके साथ हथियारबन्द सिपाही हैं, हर्बा-हथियार हैं। यदि आप हमें साथ-ही-साथ रहकर सफ़र करने की इजाज़त बख्शें तो बड़ी इनायत हो।

नवाब मुज़फ़्फ़रबेग खां उनकी मिलनसारी, शराफ़त, बातचीत, नज़रभेंट से प्रसन्न हो गए। उन्हें साथ-साथ सफ़र करने की इजाज़त दे दी।

एक ही दिन में घोड़ों के व्यापारी ने नवाब को दोस्त बना लिया। बहुत-से ताज़ा फल, उम्दा शीराज़ी शराब और कुछ उम्दा जानवर गोश्त के लिए नज़र किए। नवाब ने अगले पड़ाव में इन सौदागरों को एक दावत दी।

अभी यह खाना-पानी, हंसी-मज़ाक, गपशप हो ही रहा था कि साधुओं का एक दल उनसे आ मिला। दल में पचास-साठ आदमी थे। उन्होंने कहा, 'हम उदासी अखाड़े के साधु हैं। कंदौड़ के गुरुद्वारे से लौट रहे हैं। पंजाब जाना होगा। सौदागर उनसे मिलकर बहुत खुश हुए। उन्होंने कहा, बाबा, खूब साथ रहेगा। हमारे साथ ही चलो। नवाब भी साधु-सन्तों की सोहबत पसन्द करते थे। वे भी उन्हें साथ रखने में राज़ी हो गए।

तीसरे दिन दल भयानक सघन जंगल में पहुंचा। ठगों ने यही स्थान अपने काम के लिए उपयुक्त समझा। 'सोथा' प्रधान घोड़े पर नवाब के साथ चल रहा था। उसने कहा, 'नदी का किनारा है। आगे बीहड़ जंगल है, यहीं पड़ाव डाला जाए तो अच्छा।' नवाब ने स्वीकार किया और वहीं पड़ाव डाल दिया। 'लगाई' लोगों ने लकड़ी काटने के बहाने जाकर गड्ढे खोदकर तैयार कर लिए। तय हुआ कि हींगू सरदार झिलूम देगा। झिलूम का अर्थ था—संकेत।

संकेत शब्द निर्णय हुआ, 'पान लाओ।'

पड़ाव बाग में पड़ाव डाल दिया गया। पुरुषों से तनिक हटकर पेड़ों की आड़ में स्त्रियों के डेरे पड़े। नवाब ने बांदी को भंग लाने का हुक्म दिया। बांदी तैयार करने चली गयी। नवाब जाजम पर बैठकर सौदागर सरदार के साथ हुक्का पीने और बातें करने लगे। सिपाही-सेवक सब खाने-पीने और दूसरे कामों में जुट गए। कुछ लोग आराम करने लगे। बधे हुए संकेत से ठगों के दो-दो आदमी नवाब के एक-एक आदमी के साथ बैठकर गप्पें हांकने लगे। अभी पहर दिन बाकी था। उसी समय ठगों के सरदार ने झिलूम दिया, 'पान लाओ।'

यह शब्द कहना था कि नवाब के साठ आदमियों के गले में रूमाल पड़ गए। भटोट फुर्ती से अपने शिकार की पीठ पर चढ़ गया। घुटनों में उसकी गर्दन दबोच ली और रूमाल में बंधा पैसा टेंटुए में फंसाकर फांसी कस दी। दूसरे आदमी ने शिकार के हाथ-पैर जकड़ लिए। एक-दो मिनट हाथ-पैर मारकर सब शिकार ठंडे हो गए। एक शब्द भी किसी के मुंह से नहीं निकला।

इसी समय बांदी पान लेकर वहां आई। उसने देखा नवाब औंधे मुंह पड़े हैं। उनकी जीभ बाहर निकल आई है। पहले तो वह कुछ भी नहीं समझी, फिर उसने देखा—नवाब

के सभी साथी मरे पड़े हैं। बांदी की चीख निकल गयी। वह तश्तरी फेंक रोती हुई भागी। यह देख एक ठग ने तलवार से उसका सिर काट लिया। उसके बाद उन्होंने रोती-कलपती सब स्त्रियों को तलवार के घाट उतार दिया। सब लाशों को गड्ढे में डालकर मिट्टी दे दी गयी। ठगों की कार्रवाई का वहां कुछ भी नामोनिशान न रह गया। बच्चों को बांधकर उन्होंने साथ रख लिया और चल खड़े हुए।

## 12

अपनी जान में सबको मार-मारकर, सब निशान रफ़ादफ़ा करके तथा नवाब का सब माल-मता लूट-पाटकर ठगों का यह गिरोह आगे बढ़ा। इस समय इस दल में डेढ़ सौ से अधिक आदमी थे। सबने छद्म वेश बदल डाले थे और प्रतिष्ठित व्यापारी की भाँति ठाठ से यात्रा कर रहे थे। उन्हें इस बात का गुमान भी न था कि एक चपल बालक उनकी नज़र बचाकर निकल भागा है। उसने उनके सब कृत्य देख लिए थे और वह छिपकर उनके साथ ही यात्रा कर रहा था। यह बालक नवाब का दौहित्र सखावतबेग था।

रास्ते में मुकाम करता हुआ यात्रियों का यह दल नागपुर की ओर मुड़ा और नगर के निकट डेरा डाला। वहां से उन्होंने राशन खरीदा। यहां उनके गुप्त एजेंट थे। उन्होंने बच्चे एजेंटों के सुपुर्द कर दिए। जिन्होंने पांच रुपये से लेकर दो रुपये तक उन्हें बेच डाला! अब उन्होंने अपना लूट का माल भी इन एजेंटों द्वारा बेच डाला। बड़े-बड़े लखपति साहूकार-व्यापारी बड़े-बड़े शहरों में उन दिनों केवल ठगों ही के माल की खरीद-फ़रोख्त का धंधा करते थे। अब वे अगले शिकार की तलाश में कूच करने ही वाले थे कि उन पर गाज टूट पड़ी। वह बालक छिपता हुआ थाने में जा पहुंचा। थानेदार सब हाल सुनकर उसे ज़िले के हाकिम के पास ले गया। इस समय कम्पनी सरकार की ओर से कर्नल स्लीमैन की अध्यक्षता में ठगों का उन्मूलन करने को एक कमीशन बैठा था। स्लीमैन दैवयोग से यहीं दौरा कर रहे थे। ज़िले का हाकिम बालक को उनके पास ले गया। कर्नल स्लीमैन ने सब बातें सुनकर सेना और पुलिस की सहायता से सब ठगों और उनके एजेंटों को धर पकड़ा। तमाम माल और लाशें बरामद की गयीं और सबका चालान नागपुर की बड़ी अदालत में किया गया। अदालत में ठगों ने बड़े रोमांचकारी बयान दिए।

एक ने कहा, 'मैं जात का ब्राह्मण हूं। अवध का एक माफीदार था। मेरी ज़मीन-जायदाद कम्पनी सरकार ने छीन ली। लगान-वसूली के लिए मेरे दोनों बेटों को जेल में ठूंस दिया। कम्पनी के सिपाहियों के अत्याचार से बचने और अपनी इज़्ज़त बचाने के लिए मेरी दोनों पुत्रवधुएं कुएं में डूबकर मर गयीं। मेरे बेटों का पता नहीं कहां हैं, मरे हैं या जीते हैं। पहले मैं ज्योतिष का काम करता था। यजमानी वृत्ति थी। वह सब छोड़ मैंने ठगी का पेशा अख्तियार किया। बुलन्दशहर, मेरठ, अलीगढ़ के आस-पास मैंने पचासों आदमियों का खून किया। अब मुझे किसी को फांसी लगाकर मारने में कोई झिझक नहीं होती। यह हमारा पेशा है। देवी भवानी की आज्ञा से मैंने यह पेशा ग्रहण किया था।'

दूसरे ठग ने बयान दिया, 'पहले मैं लड़के-लड़कियों को उड़ाकर बेचने का धन्धा करता था। अब 'भटोट' का काम करता हूं। यह काम करते मुझे बीस बरस हो गए। जयपुर, जोधपुर, आबू में मेरा दल काम करता था। इस बार हैदराबाद से आ रहा था। मेरे दल में बीस आदमी हैं, जिनमें मेरी पत्नी, दो पुत्र और उनकी वधू भी हैं। हम मैनपुरी के ठाकुर हैं। हमारी ज़मीन कम्पनी की सरकार ने कुर्क कर ली। लाचार होकर हमें यह काम करना पड़ा।'

तीसरे ने कहा—'महाराज, मैं दीनाजपुर ज़िले का जुलाहा हूं। रेशम का वहां हमारा बहुत कारोबार था, कम्पनी के गुमाश्तों के अत्याचार से वह सब चौपट हो गया। एक दिन कचहरी में ले जाकर मेरे बाप को दादनी लेने से मना करने पर इतना पीटा कि वह मर गया। मुझे और मेरे तीन भाइयों को कलकत्ता की जेल में ठूंस दिया गया। मेरा एक भाई बीमार था, वह बिना दवा-पानी जेल में ही मर गया। दूसरे ने दुःख से बेहाल होकर आत्मघात कर लिया। मैं किसी तरह भाग निकला। घर जाकर देखा तो ज्ञात हुआ कि मेरी स्त्री को कम्पनी के आदमी उठा ले गए। मेरी वृद्धा माता और बहन पोखर में डूब मरीं। जंगलों में मैं छिपता-भागता फिरता था कि ठगों से मुलाकात हुई। तब से मैंने यही पेशा स्वीकार कर लिया। अब मैं कब्र खोदने का काम करता हूं।'

चौथे ने कहा—'मैं रुहेला पठान हूं। अमरोहा में मेरे दादा की बहुत बड़ी ज़मींदारी थी। कम्पनी बहादुर ने जब रुहेलों को जलावतन किया तब मेरे दादा भी वहां से निकल आए। दिल्ली में आकर उन्होंने बिसाती की दुकान कर ली। पर वह भी कुछ चली नहीं। बचपन में मेरी कोई तालीम नहीं हुई। मेरा बाप एक कत्ल के मामले में फंस गया और उसे फांसी हुई। मैं घर से भाग कर ठगों की जमात में मिल गया। मैं भटोट का काम करता हूं। मेरी गिरफ़्त में आकर सांड के बराबर की ताकतवाला आदमी भी एक झटके में आंख उलट देता है। अपने दल का मैं सरदार हूं। एक शिकार की जवान लड़की मेरे हाथ आ लगी थी उससे मैंने निकाह पढ़ा लिया। अब उससे मेरे दो बच्चे हैं। बीवी-बच्चों को भी मैंने यही काम सिखाया और मेरा अपना दल है, जिसमें बीस-पच्चीस आदमी हैं। मैं सबका सरदार हूं।'

इस प्रकार और भी बहुत-से बयान हुए। पर इन पुरानी बातों से यहां कुछ लाभ न हुआ। सभी को फांसी पर लटका दिया गया।

## 13

मेरठ नगर की बस्ती से एक मील दूर चण्डी का मन्दिर है। उन दिनों मेरठ और आस-पास के देहातों में चण्डीदेवी की बड़ी मान्यता थी। लोग कहते थे, 'माता चण्डिका ने महिषासुर का वध करके यहीं विश्राम किया था।' चण्डीदेवी की पूजा के लिए नगर और समीपवर्ती ग्रामों से निरन्तर अनगिनत श्रद्धालु स्त्री-पुरुष आते ही रहते थे। होलिका-दहन की समाप्ति पर मन्दिर में एक मेला लगता था। उस दिन आस-पास के देहातों से बहुत स्त्री-पुरुष बहलों में, गाड़ियों में, रथों-फीनसों में आते

थे। मन्दिर और बाहरवाले मैदान में दूर तक इन यात्रियों के डेरे-तम्बू लग जाते थे। रात्रि को ये यात्री विश्राम करते, चण्डी की पूजा करते और सुबह बसौड़ा खाकर अपने-अपने घर लौटते थे।

मुहम्मदशाह बादशाह के ज़माने में यहां मियां का मज़ार बन गया। मियां पहुंचे हुए औलिया थे। बादशाह उन्हें बहुत मानते थे। जब-तब मियां के नियाज़ हासिल करने को आते थे। तब बादशाह के साथ काफ़ी हुजूम इकट्ठा हो जाता था और वह धूम-धड़क्का एक मेले का ही रूप धारण कर लेता। मियां के मर जाने पर जब उनका मज़ार बना, और खुद बादशाह सलामत उसकी ज़ियारत को तशरीफ लाए तो वह मुसलमानों का एक पवित्र स्थल बन गया। बादशाह ने उस पर कुछ गांव जागीर लगा दिए थे। इससे दो-चार, दस-पांच मुजाविर वहां बने ही रहते थे। और कोई-न-कोई फ़कीर, दरवेश भी वहां आते रहते थे। धीरे-धीरे यह मज़ार भी बहुत प्रसिद्ध हो गया और लोग दूर-दूर से मन्नतें मनाने यहां आने लगे। हिन्दू श्रद्धालु तो होते ही हैं। उन दिनों हिन्दू-मुसलमान धर्म-सामंजस्य की भावना बहुत बढ़ गयी थी। अतः होली के बाद चण्डी का जब मेला लगता तो हिन्दू चण्डी-पूजा के साथ ही मियां के मज़ार पर भी शिरनी चढ़ाते। मुसलमान यहां उर्स करते, और धीरे-धीरे अब यह नौचन्दी का मेला हिन्दू-मुसलमानों का संयुक्त मेला बन गया था। आस-पास के दुकानदार यहां आकर बाज़ार लगाते। हलवाइयों और नानबाइयों की दुकानें सजतीं। खजले और तंदूरी रोटियां पकतीं। पंचमेल मिठाइयां दबादब बिकतीं। गाना-बजाना, रोशनी, हंसी-मज़ाक की अच्छी धूम रहती थी।

मालती ने ज़िद पकड़ी कि हम तो नौचन्दी देखेंगे। मीर साहब का पल्ला पकड़कर वह मचल गयी। मीर साहब ने दिलासा दिया और मालिक का रुख देखकर सांवलसिंह से स्वीकृति ले ली। सांवलसिंह ने मीर साहब को चेता दिया था कि फिज़ा अच्छी नहीं है। ज़रा होशियार रहना और जल्दी लौटना। साथ में आदमी काफ़ी ले लेना। मीर साहब ने उन्हें हर तरह इत्मीनान दिला दिया। मंगल को रंग खिला और सनीचर को मुक्तेसर से मालती की सवारी चली। मीर साहब ऊंची रास के कीमती घोड़े पर सवार। मालती और एक खवास रथ पर। रथ पर गंगा-जमनी काम, ऊपर सुर्ख बनात मढ़ी हुई, जिस पर सुनहरी कारचोबी। तीन कलश सोने के सूरज की धूप में चमकते हुए। नागौरी बैलों की जोड़ी, जिनके सींग चांदी के मढ़े हुए; हाथी के-से बच्चे, जिन पर ज़र्द छींट की झूल। भीतर हरी बनात का बनाव। नये पर्दे, दरी, कालीन, चांदनी और मसनद। चांदी की सुराही ठंडे जल से भरी हुई, उस पर चांदी का आबखोरा औंधा ढका हुआ। जालीकट चांदी का पानदान—वारिन गोद में रखे हुए। देसावरी पान गिलौरों में भरे हुए, गुलाब केवड़े में बसा हुआ कत्था, दही के तोर में छना हुआ चूना। कतरी हुई डलियां, इलायची सफ़ेद, लखनऊ का मुश्की ज़रदा, मुश्क की खुशबू से मुअत्तर पानदान में हाज़िर।

मालती कारचोबी का तुलवां जोड़ा पहने, काही करेब का दुपट्टा लापरवाही से कन्धों पर डाले, बनात टंकी हुई ज़र्द गिरंट की इज़ार पहने, कीमती ज़ेवरों से सर से पांव तक लदी, पर्दे के झरोखों से झांकती हुई निहायत खुश।

रथ के साथ चार लठैत, जिनका ग़ज-भर चौड़ा सीना, तनज़ेब का ढीला कुर्ता,

सिर पर भारी अम्मामा, कन्धे पर बड़ा-सा लठ, मरोड़ी हुई मूंछें। उनके पीछे चार पासी–सुर्कियां लिए हुए, मरने-मारने को मुस्तैद। पीछे छकड़ा राशन, छोलदारी और दूसरे सामानों से भरा हुआ। उस पर महरी, नाइन, महाराजिन धचकोले खाती हुई। छकड़े के संग दो महरे, एक नाई। खाने-पीने का सामान बहंगी पर–शकरपारे, नमकपारे, गिंदौड़े, पूरियां, खस्ता, तरकारियां, अचार, चटनी, मुरब्बा, दही।

हवा तेज़ थी। अभी पहर रात बाकी थी कि सवारियां मुक्तेसर से रवाना हो गयी थीं, जिससे दिन रहते मेरठ पहुंच जाएं। मंज़िल पूरी थी। अभी रात का अंधेरा था, इसलिए एक मशालची और दो हथियारबन्द सिपाही सवारी के साथ चले थे। दिन की निकासी पर वे लौट गए। मीर साहब के हाथ में बन्दूक और कन्धे पर बारूद का पलीता लटक रहा था। कमरफैंट में कटार और पेटी में तलवार। गर्ज़े, हर तरह लैस और चाक-चौबन्द। सूरज की धूप चढ़ गयी। मीर साहब घोड़ी बढ़ाकर रथ के निकट ले गए। उन्होंने पूछा–

'बेटी मालती, क्या आराम में है?'

मालती ने पर्दे से झांककर कहा, 'नहीं दद्दा, कै बजे होंगे? धूप तो खूब फैल गयी है। बड़ा अच्छा मैदान है। हम ज़रा इधर का पर्दा उठा लें?'

'क्या हर्ज़ है। लेकिन हवा तेज़ और ठंडी है।'

'मेरा तो पर्दे में दम घुट गया, धूप तो खिल गयी है।'

'खुला मैदान है, जंगल का रास्ता, लेकिन डर कुछ नहीं है। घड़ी-दो के अर्से में तालाब पर पहुंचेंगे। बड़ी अच्छी जगह है। सिवाला भी है। बस्ती का किनारा है। वहीं सवारी रोककर ज़रा हाथ-मुंह धोकर कलेवा कर लेना। लेकिन पान हो तो हमें दो।'

वारिन ने पानदान से दो बीड़ा पान उठाकर मीर साहब को दिए। मालती ने पूछा, 'छकड़ा और बहंगी कहां हैं?'

'सब साथ हैं, फ़िक्र न करो,' मीर साहब आगे बढ़ गए।

मालती ने एक ओर का पर्दा उठा दिया और दूर-दूर तक हरे-हरे खेतों का मज़ा लेने लगी। कहीं किसान पानी दे रहे थे, कहीं हल-बैल ले खेत जोत रहे थे। कहीं किसानों की स्त्रियां घाघरे ऊपर को उठाए खेतों में पानी दे रही थीं।

एकाएक एक गोरा-चिट्टा आदमी फिरंगियों जैसे कपड़े पहने कन्धे पर बन्दूक रखे अकस्मात ही उधर आ निकला। क्षण-भर उसकी मालती से आंखें चार हुईं और मालती ने बिजली की तेज़ी से पर्दा गिरा दिया। वह पीपल के पत्ते की तरह कांपने लगी। उसने वारिन का हाथ पकड़कर कहा, 'कौन था यह हूश?'

'मुआ दाढ़ीज़ार, नज़र तो देखो उसकी, जैसे खा ही जाएगा। मुंह झोंसो उसका।'

इसी बीच मीर साहब ने करारे स्वर में पुकारकर कहा, 'कौन है सवारियों के पास?' और दूसरे क्षण में घोड़ा दौड़ाते वे आ पहुंचे। आगन्तुक से बातचीत होने लगी। आगन्तुक ने कहा–

'कहां की सवारियां हैं?'

'गढ़ मुक्तेसर की। आप कौन हैं?'

'मैं बिलासपुर का सिकन्दर साहब हूं। इधर शिकार के लिए निकला था कि सवारियों

पर नज़र पड़ी। अच्छा, तो चौधरी सांवलसिंह की सवारियां हैं?'

'जी हां।'

'हम नौचन्दी के मेले में जा रहे हैं।'

मीर साहब ने ज़रा सख्ती से कहा। जानते थे कि सिकन्दर साहब हमारा दुश्मन है। उन्होंने कहा, 'यह मुनासिब न था कि आप अकेले जनानी सवारियों के पास चले जाएं। बहू-बेटियां तो आपकी भी हैं!'

'मुझे बहुत अफ़सोस है, मीर साहब!' इतना कहकर मुस्कुराता हुआ सिकन्दर साहब लंबे डग भरता हुआ चला गया।

मीर साहब ने सवारियां आगे बढ़ाने का हुक्म दिया।

मालती ने कांपती आवाज़ से कहा, 'रघुबर, तेज़ चलो।'

रथवान ने बैलों को सनकारा। नागौरी बैल पूंछ उठाकर दौड़ चले।

## 14

थोड़ी ही देर में सवारी तालाब के किनारे पहुंच गयी। बड़ा ही मनोरम स्थान था। बहुत बड़ा तालाब था। उसमें बड़े-बड़े लाल कमल खिले थे। भाँति-भाँति के पक्षी चहक रहे थे। तालाब चारों ओर से वृक्ष के झुरमुट से ढका हुआ था। छाया इतनी घनी थी कि धूप भी नहीं छनती थी। सवारियां उतरीं, जाजम बिछ गयी। खाने की बहंगी जाजम के पास लगा दी गयी। मालती वारिन को लेकर तालाब पर हाथ-मुंह धोने गयी।

पर मीर साहब के मन में चोर बैठ गया था। राह में इस प्रकार अप्रत्याशित ढंग से आये अपने चिर शत्रु सिकन्दर साहब को देखकर मीर साहब अस्थिर हो गए। साथ में सुरक्षा का पूरा बन्दोबस्त था। चार लठैत, चार पासी हर तरह मुस्तैद साथ थे। उनके पास भी दुनाली बन्दूक और तमंचा था। रघुबर रथवान भी पहलवान था। फिर भी मीर साहब का मन चंचल हो गया। उन्हें खयाल ही न रहा था कि यहां पिलखुआ में सिकन्दर साहब की नील की कोठी है। वह कोठी यहां से कोई दो कोस के अन्तर पर ही थी। उन्होंने एक बार नज़र उठाकर चारों ओर देखा। पास कोई बस्ती न थी। खेतों में ज़रूर किसान स्त्री-पुरुष काम कर रहे थे।

वे नहीं चाहते थे कि सवारियां डर जाएं। उन्होंने सिर्फ़ रघुबर से बात की। उन्होंने कहा—

'रघुबर, यहां से जल्द ही टरक चलना ठीक होगा। दुश्मन का इलाका है।'

'तो हुज़ूर, फिक्र क्या है। किसकी मां ने धोंसा खाया है कि नज़र उठाए! खातिर जमा रखिए।'

'यह तो ठीक है, पर ज़नानी सवारी का साथ है। सिकन्दर साहब अच्छा आदमी नहीं है। फिर वह हमारा दुश्मन है। यह उसी का इलाका है। यहां से हम उसे खदेड़ चुके थे। आशा न थी कि वह यहां मिलेगा। अब उसका यहां होना खतरे से खाली नहीं है। मुझे इस बात का खयाल ही न रहा कि यह उसी का इलाका है, वरना यहां ठहरते ही नहीं।'

'तो हुज़ूर, हम भी कोई नर्म निवाले नहीं हैं। एक-एक को ढेर कर देंगे। फिर बिटिया रानी खा-पीकर निपटें तो चलें।'

'बस, जल्दी ही चल दो।'

इतने में मालती भी आ गयी। मन में वह भी डर रही थी। उसने कहा, 'दद्दा, यहां से चल ही दो।'

'बस, तुम लोग खा-पीकर निपट लो तो चलें। जल्दी पहुंचना भी ज़रूरी है।'

जल्दी-जल्दी खा-पीकर सवारियां अभी चली ही थीं कि दस-बारह लठैतों ने उन्हें घेर लिया। एक फिरंगी घोड़े पर आगे था, उसका नाम ग्रे साहब था। उसने कड़ककर कहा, 'रथ मोड़ो!'

उसका यह कहना था कि मीर साहब ने गोली दाग दी। गोली ग्रे के घोड़े को लगी। घोड़ा उछला और उन्हें लेकर गिर पड़ा : मीर साहब ने अपने लठियलों को ललकारा। अब दोनों तरफ़ से लाठियां खिंच गयीं। पटापट बरसने लगीं। मीर साहब शेर की तरह दहाड़ने लगे। घोड़े से गिरने पर ग्रे के बाएं हाथ की हड्डी टूट गयी। पर उसने पड़े ही पड़े मीर साहब पर पिस्तौल चलाई, गोली मीर साहब की पसलियों में घुस गयी और वे चक्कर खाकर धरती पर गिर गए।

मीर साहब के गिरते ही लठैतों की हिम्मत टूट गयी, पर वे लाठियां खटाखट चला रहे थे। इसी समय एक पासी बायें हाथ में ढाल और दाहिने में बर्छा लिए लठियलों के गिरोह से आगे बढ़कर पैंतरा बदलने लगा। यह एक लम्बा-पतला छरहरे बदन का कम उम्र का नौजवान था। क्षण भर बाद वह जोश में आकर उछला और ग्रे साहब के बर्छे वालों ने उसे बर्छे पर उठा लिया। वह देखते ही देखते अपने ही खून में लथपथ छटपटाने लगा। यह भयानक दृश्य देखकर लठैत और पासी भाग खड़े हुए। अब केवल अकेला रघुबर ही लाठी फेंक रहा था। इतने में एक गोली उसकी जांघ में आ लगी। वह हाय कहकर गिर गया। हमलावरों का एक लठैत कूदकर रथ पर चढ़ बैठा। उसने बैलों को हांक दिया। जो पासी बर्छे से घायल हुआ था वह अभी मरा न था, पर ग्रे साहब ने आगे बढ़कर उसका सिर काट लिया। अब वह उस सिर को और मालती के रथ को लेकर चल दिया। मालती बेहोश थी और बेड़िन दहाड़ें मारकर रो रही थी। दिनदहाड़े भयानक मार-काट, खून और अपहरण की संगीन वारदात हो गयी। चारों ओर किसान अपने खेतों में काम कर रहे थे; सभी ने देखा पर किसी ने चूं न की। किसी ने मदद करने का खतरा न उठाया।

## 15

उन दिनों नवाब जहांगीराबाद का बड़ा दबदबा था। जहांगीराबाद बुलन्दशहर के ज़िले में अनूपशहर के पास एक कस्बा है। आजकल तो यह वीरान हो चुका है, उन दिनों यहां काफ़ी रौनक रहती थी। गल्ला, रुई, गुड़ की यहां बड़ी भारी मण्डी थी। यहां की सूती कपड़े की छपाई विलायत तक मशहूर थी। नवाब

जहांगीराबाद पुश्तैनी रईस थे। उनकी बहुत भारी ज़मींदारी थी। बादशाह से उन्हें सनद प्राप्त थी। बाद में उन्होंने आस-पास के कई इलाके कम्पनी की सरकार से खरीद लिए थे। बड़े नवाब मिर्ज़ा अलीबेग अस्सी की उम्र में जब मरे तो उनके साहबजादे मिर्ज़ा अख्तरबेग की उम्र बीस ही बरस की थी। बड़ी मानता-मनौती मानने पर बड़े नवाब को बुढ़ौती में बेटे का मुंह देखना नसीब हुआ था। इसलिए उनकी परवरिश भी लाड़-प्यार में हुई थी। उन दिनों जहांगीराबाद की रियासत में ऐशो-इशरत की कमी न थी। सिर्फ़ इतना ही नहीं कि छोटे नवाब ऐशो-इशरत की गोद में पलकर किसी कदर आवारा हो गए, उनकी तालीम भी बहुत मामूली हुई। इन सब कारणों से ज्यों ही बड़े नवाब मरे और इन्हें हाथ की छूट हुई तो बेहद फ़िज़ूलखर्ची करने लगे। बदइन्तज़ामी इतनी बढ़ी कि आमदनी आधी भी न रही।

इनकी ऐयाशी और फिज़ूलखर्ची बड़े नवाब के ही ज़माने में आरम्भ हो गयी थी। उन्होंने यह सोचकर कि शादी कर देने से वह खानादारी में फंसकर ठीक हो जाएगा, उनकी शादी चौदह साल की उम्र में ही कर दी थी। शुरू-शुरू में तो नये मियां-बीवी खूब मिल-जुलकर रहे। बीवी का मिज़ाज ज़रा तेज़ था। वह भी एक नवाब की बेटी थी। पर मियां की वह बहुत लल्लो-चप्पो करती रहती थी। उनकी हर बात का खयाल रखती। कोई उनके खिलाफ़ बोलता तो लड़ पड़ती थी, इसलिए वह कच्ची ही उम्र में आज़ाद तबियत हो गयी थी। परन्तु धीरे-धीरे यह प्रेम का पौधा सूखने लगा और छोटे नवाब इधर-उधर फिर दिल का सौदा करने लगे। इससे बेगम तिनक गयी। और फिर आए दिन मान-मनौवल, फ़साद-झगड़े उठने लगे। इसी बीच बड़े नवाब का इन्तकाल हो गया और छोटे नवाब की पगड़ी बंधी। इसके एक साल बाद ही नवाब के लड़का पैदा हुआ। लड़का सुन्दर और स्वस्थ था। पहला बच्चा था, इसलिए हवेली में बाजे बजने लगे। बधाइयां गाई जाने लगीं। तवायफ़ों की महफ़िल हुई। लेकिन जब दाई ने छठवीं के दिन लड़के को लाकर नवाब की गोद में डाला और उम्मीद की कि कोई भारी इनाम मिलेगा, तो नवाब ने बिगड़कर कहा, 'इस लड़के की सूरत हमसे नहीं मिलती, चुनांचे यह हमारा लड़का है ही नहीं।'

नवाब साहब की इस बात से तहलका मच गया। हकीकत यह थी कि उनके आवारा दोस्तों ने कुछ ऐसी इशारेबाज़ियां पहले ही से कर रखी थीं, जिनसे नवाब का दिल वहम से भर गया था। वह अनपढ़ और बेवकूफ़ तो था ही, लड़के को देखते ही ऐसी बेहूदा बात कह बैठा।

बेगम ने सुना तो अपना सिर पीट लिया। रो-धोकर उसने सारा घर सिर पर उठा लिया। इस झगड़े से बेटे के पैदा होने की खुशी में मातम छा गया। सब नाच, रंग, जलसे मौकूफ कर दिए गए। अब मियां-बीवी दोनों ने दोनों पर जासूस बैठा दिए और उनकी मार्फत दोनों के चाल-चलन की खुफिया तहकीकात करने लगे। खुफिया लोग झूठी-सच्ची, उल्टी-सीधी बहुत-सी बातें नवाब और बेगम से आकर जड़ने और रकमें झांसने लगे। इसी दौरान बेगम को पता लगा कि नवाब ने तवायफ़ से आशनाई कर ली है। हाल ही में लखनऊ से आई है। उन्हें यह भी पता लगा कि यह आशनाई नवाब

की बवालेजान बन गयी है और नवाब बेहद परेशान है।

तवायफ़ का नाम उमरावजान था। वह बड़ी चुलबुली और बेहद सुन्दरी थी। उम्र भी उसकी कम थी, परन्तु उसकी नायिका सात घाटों का पानी पी चुकी थी। जहांगीराबाद में आने के बाद उसकी पहल मौजा धतौली के ठाकुर मानवीरसिंह से हुई। ठाकुर मानवीरसिंह एक अधेड़ उम्र के बेतुके-से आदमी थे। मगर थे दिल फेंक और पैसेवाले। उन्होंने हज़ार रुपये देकर उसकी नथनी उतारी और अब सौ रुपये माहवार देते थे। परन्तु नवाब के गुर्गों ने उमरावजान की इस कदर तारीफ़ की कि नवाब सुलगने लगे और उन्होंने दो सौ रुपये माहवार पर उसे नौकर रख लिया। इसका नतीजा यह हुआ कि इधर तो नवाब साहब की धतौली के ठाकुरों से ठन गयी, उधर बेगम ने हवेली सिर पर उठा ली। ठाकुर कभी नवाब के खेत जला देते, कभी उनकी तहवील की रकम लूट लेते, कभी उनकी आसामियों की पैरवी कर उन्हें परेशान करते। नवाब बेवकूफ़ और नातजुर्बेकार था, ठाकुर का कुछ भी बिगाड़ न पाता था। आए दिन की दुश्मनी से उसके नाको दम हो गया। उधर बेगम से एक दिन उसकी मुंह-दर-मुंह नोकझोंक हो गयी। नवाब ने कहा—

'बेगम, तुमने यह हक-नाहक का कैसा हंगामा खड़ा कर दिया है? बखुदा इससे बाज़ आओ, वरना हमसे बुरा न होगा।'

'क्या कर लोगे तुम?'

'कसम कलामे-पाक की, मैं तुम्हारी खाल खिंचवाकर भूसा भरवा दूंगा।'

'तो तुफ है तुम पर जो करनी में कसर करो।'

'नाहक एक खूने-नाहक का अजाब मेरे सिर होगा।'

'तुम्हें क्या डर है! करनी कर गुज़रो, ज़्यादा से ज़्यादा फांसी हो जाएगी।'

'फांसी क्यों हो जाएगी?'

'यह कम्पनी बहादुर की अमलदारो है। तुम्हारी खाला का राज नहीं।'

'बखुदा, बड़ी ही मुंहफट हो।'

'मगर अस्मतदार हूं।'

'चे खुश। अस्मतदार हो तो कहो यह लौंडा कहां से पेट में डाल लाईं।'

'शरम नहीं आती यह बेहूदा कलाम जुबान पर लाते!'

'हम तो लाखों में कहेंगे। कुछ डर है।'

'नकटा जिए बुरे हवाल, डर काहे का। डर तो उसे हो जिसे अपनी इज़्ज़त का कुछ खयाल हो।'

'हम खानदानी रईस हैं। हमारी इज़्ज़त को तुम क्या जानो!'

'बड़े इज़्ज़त वाले आए। तभी तो मुई उस वेसवा का थूक चाटते हो।'

'तो इससे तुम्हें क्या! यह हमने कोई नयी बात नहीं की। हमारे हमकौम रईस-नवाब सभी कोई रखैल, रंडी रखते हैं। हमने रख ली तो तुम्हारा क्या नुकसान किया?'

'अच्छा, हमारा कोई नुकसान ही नहीं किया?'

'हमारा जो फ़र्ज़ ब्याहता के साथ करने का है, हर्गिज़ फ़रामोश न करेंगे। और अगर

ज़्यादा बावेला न मचाकर घर में खामोश बैठोगी तो हम तुम्हारी खातिरदारी मिस्ल साबिक बल्कि उससे भी ज़्यादा करेंगे। हालांकि तुम इस सलूक के काबिल नहीं।'

'क्या कहने हैं! मियां होश की दवा करो। मेरा जो हक है मुंह पर झाड़ू मारकर लूंगी। कोई हंसी-ठट्ठा है।'

'तुमने जब बेहयाई पर कमर कस ली है तो लाचारी है।'

'मैं बेहया लोगों के कहने पर बुरा नहीं मानती। अब्बाजान को मैंने सब हकीकत लिख दी है। वे आया ही चाहते हैं। उनसे तुम निबटना। देखूंगी, कैसे तीसमारखां हो!'

'देखूंगा उन्हें, कितनी तोपें लेकर आते हैं!'

यह कहते और गुस्से से कांपते हुए नवाब बाहर चले गए।

## 16

बेटी का खत पाकर नवाब इकरामुल्ला आगबबूला हो गए। वे फौरन हाथी पर बैठकर जहांगीराबाद पहुंचे। दामाद को बहुत लानत-मलामत दी। बेटी से सलाह की और बेटी से एक लाख रुपयों के मेहर का दावा अदालत दीवानी में ठुकवा दिया। अदालत से बेगम को डिग्री मिल गयी, इस पर नवाब ने कलकत्ता के सुप्रीम कोर्ट में अपील की, पर नीचे का हुक्म वहां भी बहाल रहा। परन्तु इस खींचतान में तीन बरस लग गए। इस बीच नवाब और बेगम में खूब फुलझड़ियां छूटीं। बेगम को तंग करने के नवाब और उनके बेफिकरे दोस्तों ने नये-नये नुस्खे ईजाद किए। अब बेगम अलहदा मकान में जहांगीराबाद में ही रहती थीं। नवाब ने उनके पीछे गुंडे लगा दिए, जो उनकी हवेली के नीचे खड़े होकर अश्लील गज़लें गाते और दूसरे प्रकार की बेजा हरकतें करते। कभी नंगी और फॉस तस्वीरें उनके दरवाज़ों पर चिपका देते। कभी डाक से बैरंग लिफ़ाफ़े में गालियां, गज़लें, गंदी तस्वीरें भेजते। बेगम उन्हें ज़रूरी अदालती कागज़ात समझकर महसूल देकर ले लेती, और खोलने पर ये सब चीज़ें पाती। रात को उसके मकान पर ईंट-पत्थर बरसते। आखिर तंग आकर बेगम ने थानेदार की शरण ली। तब तक कांस्टेबल पुलिस का इन्तज़ाम नहीं हुआ था, बरकन्दाज़ी पुलिस थी। सिपाही को पांच रुपये और थानेदार को बीस रुपये तनख्वाह मिलती थी। थानेदार ने बेगम से सब हाल सुनकर उनकी हिफ़ाज़त का ज़िम्मा लिया और एक बरकन्दाज़ उसकी हवेली पर पहरे के लिए बिठा दिया। बेगम उसे सुबह-शाम खाना खिलाती और पांच रुपये माहवार नकद देती थी। यह सिलसिला कई महीने तक चलता रहा। पर कोई चोर नहीं पकड़ा गया। ढेलेबाज़ी और छेड़खानी उसी तरह चलती रही। असल बात यह थी कि बरकन्दाज़ अफीमची था। वह शाम को ही अफीम का गोला गटककर पीनक में अंटागफील हो जाता था। फिर भला उसे दीनो-दुनिया की क्या खबर रह सकती थी।

आखिर थानेदार पर बेगम का तकाज़ा हुआ कि हम खर्च भी करते हैं, मगर हमारा काम कुछ नहीं होता। थानेदार ने बरकन्दाज़ को हुक्म दिया कि यदि आज ही मुलज़िम न पकड़ा गया तो उसकी खैर नहीं है। अब आप ही कहिए कि जब तीन महीने तक मुलज़िम नहीं पकड़ा जा सकता तो भला एक दिन में कैसे पकड़ा जा सकता है। मगर

थानेदार साहब का हुक्म भी बजा लाना ज़रूरी था। फिर बेगम ने भी गुनहगार के पकड़े जाने पर इनाम देने का वादा किया था, बस किसी आसामी की खोज में उसनें चक्कर लगाना शुरू किया। इतने ही में उसने एक आदमी को शराब के नशे में धुत कलवार की दुकान से आते हुए देखा और झट उसे ले जाकर थानेदार के हवाले कर दिया, और एक गहरा सलाम झुकाया। थानेदार ने बेगम को इत्तला दी कि एक आदमी ढेला फेंकता हुआ पकड़ा गया है, उसे छोड़ देने के लिए नवाब मुझे पचास रुपये घूस दे रहे थे, परन्तु मैं इस मर्दूद मूजी को हर्गिज बिना सज़ा दिलाए नहीं छोड़ूंगा, जिसने बेगम साहिबा को तंग करने की हिमाकत की है।

बेगम ने पचास रुपये बांदी के हाथों थानेदार के पास भिजवा दिए और कहा—उसे पूरी सज़ा दिलवाओगे तो और इनाम दूंगी। जंट साहब की कचहरी में उस पर इस आशय का मुकदमा चला दिया कि दो अंग्रेज़ लड़के एक खुली बग्घी में सवार चले जाते थे, यह शराबी नशे में धुत गली से खौफ़नाक तरीके से चीखता-चिल्लाता निकल पड़ा, जिससे बग्घी से टट्टू ऐसे भड़के कि बड़ी मुश्किल से बरकन्दाज़ ने रोके जो मौके पर हाज़िर था। अगर वह बरकन्दाज़ अपनी जान पर खेलकर उन्हें न रोक लेता तो बेशक दोनों लड़कों की जान जाने में ज़रा भी शक न था। लिहाज़ा फिदवी उम्मीदवार है कि इस शराबी को सख्त सज़ा हुज़ूरे वाला से फ़र्माई जाए। अभियुक्त ने जंट साहब के सामने शराब पीने का इकबाल किया और कहा कि उस वक्त मुझे तन-बदन की खबर न थी। इस पर पच्चीस रुपया जुर्माना कर दिया।

इस खुशखबरी को थानेदार ने बेगम के पास स्वयं हाज़िर होकर इस तरह पहुंचाया था कि हाकिम उस कम्बख्त गुनहगार को जेल या कालापानी भेजना चाहता था, मगर आपके हमसायों ने आपकी ओर से गवाही देने से इनकार कर दिया। उधर दुश्मनों ने बहुत ज़ोर बांधा, लाट साहब तक सिफ़ारिश पहुंचाई। अब मैं क्या कर सकता था! हकीकत यह है कि पुलिस के अलावा हर शख्स आपका दुश्मन है। सिर्फ़ पुलिस आपकी दोस्त है। बेगम ने खुश होकर थानेदार को और पचास रुपये नज़राने के दिए और दस रुपये बरकन्दाज़ को इनाम।

इन सब झगड़े-टंटों में नवाब का भी बहुत रुपया खर्च हुआ। उमरावजान ने भी उन्हें अच्छी तरह निचोड़ा। उनके लफ़ंगे यार-दोस्तों के खर्च भी कम न थे। रियासत का प्रबन्ध कुछ था ही नहीं। नतीजा यह निकला कि उनका हाथ तंग होने लगा और उन्होंने कर्ज़ा लेना शुरू कर दिया। कर्ज़े की भी यह हालत थी कि पांच लेते थे और पचास लिख देते थे। उधर बेगम ने डिग्री को जारी कराया। नवाब साहब पर तबाही आ गयी। यार-दोस्त बहुत थे, मगर कोई धेला खर्च करने को राज़ी न था। अब नवाब साहब ने एक और हंगामा शुरू किया। उन्होंने यह शोर मचाया कि अदालत को मेहर दिलाने के मुकदमों में ज़मीन-जायदाद कुर्क करने का मजाज़ नहीं है। लेकिन यह सिर्फ़ ज़बानी जमा-खर्च था। एक दिन शाम को नवाब ने बहुत-से मुसलमानों और उल्माओं को अपने मकान पर इकट्ठा किया और उनसे शरई फतवा मांगा। थानेदार को भी मौका

मिल गया। वे दलबल सहित उन पर टूटे और कहा—रात के वक्त ऐसा जमावड़ा कतई कानून के खिलाफ़ है। हम आप सबका चालान साहब कलक्टर के इजलास में करेंगे। इतना कहकर उन्होंने ललकारकर कहा—तुम लोगों में से एक आदमी भी यहां से टरके नहीं। और उसने उनके नाम की फेहरिस्त बनानी आरम्भ कर दी। वे लोग डर गए और अपने नाम फेहरिस्त में दर्ज न करने को आरजू-मिन्नत करने लगे। जिसने थानेदार की मुट्ठी गर्म की वह खिसका दिया गया। आखिर नवाब ने सौ रुपये देकर थानेदार की बला को टाला। उन दिनों थानेदारों की थानेदारी ऐसे ही चलती थी।

अब नवाब के यहां कोई फटकता भी न था। बेगम ने डिग्री में पूरा इलाका कुर्क करा लिया और बेचारे नवाब अपने एक चाचाज़ाद भाई के यहां जाकर रोटियां तोड़ने लगे?

## 17

मुज़फ़्फ़रनगर के नवाब इकरामुल्लाखां का नाम सुनकर उन दिनों अच्छे-अच्छों की पिंडली कांप जाती थी। नवाब की उम्र अब साठ को पार कर गयी थी, पर उनके दमखम अभी वैसे ही बने थे। वे बड़े डीलडौल के आदमी थे। रियासत-भर में उनकी सवारी के लायक कोई घोड़ा न था। इसलिए वे हाथी पर ही सवार होते थे। उनका चेहरा भी भयानक था और आंखें हमेशा सुर्ख रहती थीं। तन्दुरुस्ती निहायत अच्छी थी। जात के पठान रुहेले थे। हेस्टिंग्ज़ के ज़माने में जब रुहेलों पर तबाही आई तो इनकी सारी जागीर चौपट हो गयी। अब यहां मुज़फ़्फ़रनगर में इनकी छोटी-सी ज़मींदारी थी। मगर रुआब उनका दूर-दूर तक था। हकीकत तो यह थी कि वे अब डाके का धन्धा करते थे। सैकड़ों डाकू अलग-अलग गिरोहों में दूर-दूर तक डाके डालते और माल उनके कदमों पर ला डालते थे। यह ज़माना ही ऐसा था, 'जिसकी लाठी उसकी भैंस' वाली कहावत थी। यही नवाब बेगम के अब्बा थे।

नवाब अपनी कचहरी में बैठे थे। मुसाहिब लोग भी साथ थे। नवाब मोढ़े पर बैठे हुक्का गुड़गुड़ा रहे थे। एक शागिर्द ने आगे बढ़कर कहा, 'सरकार, सुरंग घोड़ी है बहुत नफ़ीस। इस गिर्दनवा में वैसी घोड़ी न होगी।'

'कहां है?'

'हुज़ूर, एक लौंडा उस पर सवार है। वह सहारनपुर जा रहा है।'

'कौन है वह?'

'यह तो मालूम नहीं, सरकार, उसके साथ सिर्फ़ दो प्यादे हैं। बस, इत्तला देने को दौड़ा आ रहा हूं।'

नवाब एकदम गुस्से में गरज उठे। उन्होंने कहा, 'तो बदबख्त, तू सिर्फ़ हमें इत्तला देने को ही आया है, घोड़ी अभी तक गैर के ही ताबे में है?'

'हुज़ूर।'

नवाब फिर गरजे। उन्होंने कहा, 'हुज़ूर के बच्चे, आधे घंटे में घोड़ी हमारे हुज़ूर में हाज़िर ला।'

शागिर्द सलामें झुकाता हुआ चला गया और आधे घंटे के अन्दर ही घोड़ी नवाब साहब के अहाते में आ गयी।

घोड़ी को देखकर नवाब साहब खुश हो गए। यह उनका शौक था, घोड़ा, घोड़ी, बैल, रथ या कोई भी चीज़, जो उम्दा से उम्दा, जहां नज़र पड़े नवाब की होनी ही चाहिए। नवाब के आदमी जो शागिर्द कहाते थे और पेशा डकैती करते थे, नवाब की यह तबियत पहचानते थे। बस, जहां कोई उम्दा चीज़ नज़र आई कि वह नवाब की होकर रही। किसी की मजाल थी कि उनके इस शौक में हारिज हो!

घोड़ी अभी दाना-पानी खा ही रही थी कि उसका मालिक वह लड़का भी नवाब की ड्योढ़ी पर आ हाज़िर हुआ। उम्र उसकी कोई अठारह साल की होगी, सुन्दर और छरहरा बदन। इत्तला पाकर नवाब ने उसे बुलाया। उसने आकर नवाब को सलाम झुकाया।

नवाब ने कहा, 'कौन हो, साहबज़ादे?'

'क्या हुज़ूर ने पहचाना नहीं?'

'अफ़सोस साहबज़ादे, लेकिन आंखें बहुत कमज़ोर हो गयी हैं। ठीक तौर पर देख नहीं पाता। याद नहीं आता कि कहां देखा है तुमको?'

'हुज़ूर ने जन्नतनशीन नवाब मुज़फ़्फ़रबेग का नाम सुना होगा?'

'क्या नवाब बल्लभगढ़? हो-हो अमा वे तो मेरे मुरव्वी थे। वाह, क्या फरिश्ता आदमी थे! मगर हाय-हाय, क्या बेरहम मौत पाई। अल्ला-अल्ला।'

नवाब ने कान पकड़कर अपने मुंह पर दो तमाचे जड़े। फिर एक गहरी सांस लेकर बोले, 'नवाब मुज़फ़्फ़रबेग, हां तो फिर?'

'मैं हुज़ूर, उनका नवासा हूं। मेरा नाम युसूफ़ है।'

'अरे वाह, साहबज़ादे, इतनी देर से क्यों नहीं कहा! मैं भी कैसा अहमक हूं, तुम्हें इतनी देर खड़ा रखा। अल्ला-अल्ला। उन्होंने फिर कान पकड़े और फिर दो तमाचे मुंह पर जड़े। फिर मोढ़े से उठकर युवक को अंक में भर लिया।

'बैठो, बैठो साहबजादे, देखकर आंखें ठंडी हो गयीं। वाह, वही खसलत पाई है। खुदा ने चाहा तो तुम नवाब साहब का नाम रोशन कर लोगे।' इसके बाद उन्होंने पुकारकर कहा, 'कोई है, साहबजादे के लिए नाश्ता लाओ।'

युवक ने कहा, 'एक अर्ज करने को हाज़िर हुआ था।'

'देखो साहबज़ादे, धांधली की सनद नहीं। पहले नाश्ता करो, फिर इत्मीनान से बातें होंगी।'

खिदमतगार एक गिलास दूध और परांठे दे गया। नौजवान ने नाश्ता किया। नवाब ने हुक्के पर नयी चिलम चढ़ाकर कश लिया। फिर बोले, 'क्या करते हो, साहबज़ादे?'

'हुज़ूर, फिरंगियों के स्कूल में पढ़ रहा हूं।'

'अच्छा करते हो। भई, सच तो यह है कि ये अंग्रेज़ हैं औलिया, देख लेना कुछ दिनों में हिन्दुस्तान की काया पलट कर देंगे। खैर, अब कहो, क्या काम है?'

'हुज़ूर, मैं सहारनपुर जा रहा था कि बदमाशों ने मेरा पीछा किया और मेरी घोड़ी छीन ली। मेरे आदमियों को भी जख्मी कर दिया।'

'अरे, कब, कब? बड़ी खराब बात है।'

'हुज़ूर, बस कोई एक घंटा हुआ। मैंने सोचा, आप के ही हुज़ूर में अर्ज करूं। अब और कहां फ़रियाद करता?'

'अच्छा किया, साहबज़ादे, तुम मेरे पास चले आए। आजकल शरीफों का राह-बाट में निकलना ही मुश्किल है। घोड़ी कैसी थी?'

'सुरंग थी, हुज़ूर।'

नवाब ने आवाज़ दी, 'कोई है?'

वही शागिर्द आ हाज़िर हुआ। लड़के ने डाकू को पहचान लिया। उसने आती बार घोड़ी को बंधे दाना खाते भी देख लिया था। पर उसने ऐसा भाव बनाया कि जैसे न वह घोड़ी को पहचानता है, न डाकू को।

नवाब ने शागिर्द से कहा, 'सुना तुमने, साहबज़ादे का किस्सा?'

'क्या हुआ, सरकार?'

'हुआ क्या, दिनदहाड़े डाका पड़ गया। मियां को अकेला जानकर बदमाश घोड़ी लेकर यह जा, वह जा।'

'बड़ी खराब बात है, हुज़ूर।'

'खराब? मैं कहता हूं जब तक दो-चार को गोली से न उड़ाया जाएगा, ये वारदातें बन्द नहीं होंगी। और फिर मेरे ही हलके में! कितनी बदनामी और शर्म की बात, तौबा-तौबा!' उन्होंने फिर दोनों कान पकड़कर गालों पर तमाचे जड़ दिए।

शागिर्द सिर झुकाए खड़ा रहा।

नवाब ने कहा, 'खड़े-खड़े क्या देखते हो, घोड़ी का पता लगाओ।'

'हुज़ूर...'

'बस-बस, मैं एक लफ़्ज़ नहीं सुनना चाहता। चाहे आसमान में उड़ जाओ, या धरती फोड़कर उसमें घुस जाओ। घोड़ी मिलनी ही चाहिए, जाओ।' इतना कहकर नवाब साहब ने यूसुफ़ मियां से कहा—'तब तक साहबज़ादे तुम आराम करो। घोड़ी मिल जाएगी। खातिर जमा रखो।'

'हुज़ूर का इकबाल ही ऐसा है।'

नवाब साहब ने मियां यूसुफ़ के ठहरने, आराम करने और शिकार-तफरीह का पूरा बन्दोबस्त कर दिया। यूसुफ़ मियां मज़े से चोरों के शहनशाह की मेहमाननवाज़ी का लुत्फ़ लेने लगे।

## 18

आपने गांव-देहातों में जहां-तहां नील के टूटे-फूटे हौज़ और उजाड़ गोदाम देखे होंगे। गांव के लोगों को इतनी याद तो अब भी है कि ये नील के गोदाम और हौज़ हैं। ये हौज़ अब तो गांव के ढोरों के बैठने के काम आते हैं और उनके चरवाहे नील-गोदाम की दीवारों पर बैठकर धूप में प्रायः खाना खाया करते हैं।

उन दिनों नील का कारोबार अंग्रेज़ों का बड़े मुनाफ़े का कारोबार था। इसका सम्बन्ध

विदेशी व्यापार से था, इसलिए इस कारोबार को फिरंगी लोगों ने ही उठाया हुआ था। वे लाखों मन नील पैदा करके यूरोप और सुदूर पश्चिम के दूसरे देशों में भेजा करते थे, जहां उसकी बड़ी भारी मांग थी।

सिकन्दर साहब ने भी इस धन्धे में बहुत रुपया कमाया था। रुपये के ज़ोम में और अक्ल की तेज़ी में वह किसी को कुछ समझता ही न था। वह एक तौर पर नवाब ही था, जो आस-पास के इलाकों पर छा रहा था, और इलाके पर इलाके अपने नाम करता और अपनी ज़मींदारी बढ़ाता जा रहा था। वह और भी पैर बढ़ाता, यदि सांवलसिंह उसकी राह का रोड़ा बनकर न खड़ा होता। सिकन्दर साहब के डर से बहुत-से देशी ज़मींदार अपने इलाके छोड़कर भाग खड़े हुए, कइयों ने तो उससे दो-दो बरस तक मालगुज़ारी न वसूल की। पर जब सांवलसिंह ने उससे खुलेआम मोर्चा लिया तो वे सब उससे बदला लेने को इसके झंडे के नीचे खड़े हुए। अब एक तरफ़ सांवलसिंह का यह गिरोह था और दूसरी तरफ़ वह नीलवाला साहब। इन दोनों के बीच आए दिन फ़ौजदारियां होती रहतीं, जो कभी-कभी तो बड़ी संगीन हो जाती थीं। इन हंगामों में बहुधा सिकन्दर का ही पासा ऊंचा पड़ता था। इसके दो कारण थे, एक तो यह कि उसके पास काफ़ी रुपया था और वह खूब रिश्वत दे सकता था। दूसरे बड़े-बड़े हाकिमों-हुक्कामों से उसका मेल-जोल था। बहुधा नौसिखिए अधकचरे अंग्रेज़ लौंडे उन दिनों हाकिम, जंट, कलक्टर, मजिस्ट्रेट बनकर आते थे। उन्हें न तो अपने काम का ही कुछ तजुर्बा था, न मुल्क की बदअमनी का और इन फ़सादों की ही तह तक वे पहुंचते ही नहीं थे। वे तो शानदार ढंग से शराब पीते और थानेदारों और तहसीलदारों पर सब कुछ छोड़ देते थे। सिकन्दर साहब ऐसे छोकरों को बड़ी आसानी से अपने हत्थों पर चढ़ा लेते थे। ज़रा साहब का घोड़ा बीमार हुआ कि झट सिकन्दर साहब आकर उसे दवा पिलाते। साहब के कुत्तों में दिलचस्पी लेते। मुर्गी-मुर्गा, बकरा, फल, शराब, साग-सब्ज़ी उन्हें भेंट-नज़राना भेजते रहते, मेम साहबान को बड़े-बड़े तोहफ़े देते और इन हुक्कामों की बड़ी-बड़ी दावतें करते रहते थे। अपनी शराफ़त, रईसी और मिलनसारी का ऐसा रंग दिखाते कि साहब बहादुर, सिकन्दर साहब पर लट्टू हो जाते थे।

## 19

उन दिनों गढ़मुक्तेसर तक का पूरा इलाका मेरठ के थानेदार के ही मातहत था और अपने अमल में थानेदार का रुआब, दबदबा और अधिकार कलक्टर से कम न था, बल्कि यों कहना चाहिए कि रियाया पर थानेदार का रुआब कलक्टर से भी ज़्यादा था।

इस समय मेरठ की थानेदारी की मसनद पर जो आदमी विराजमान था, उसकी उम्र अभी मुश्किल से बीस ही बरस की थी। उसका नाम नज़ीरअली था। यह आदमी एकदम अनपढ़ था और अपने दस्तखत तक नहीं कर सकता था। जात का भिश्ती था। थानेदारी की मसनद पर इसकी तैनाती में एक राज़ था। अब बिना उस राज़ को आपके सामने खोले काम नहीं चलेगा। हकीकत यह थी कि उसका बहनोई कलक्टर

फाल्कन साहब का अर्दली था। उसका नाम फ़कीरा था। उम्र का वह अधेड़ था, मगर कलक्टर के अर्दली का इज़्ज़तदार ओहदा, उसका एक दबदबे का कारण था कि मियां नज़ीरअली के बूढ़े बाप ने अपनी चौदहसाला लड़की का निकाह उसके साथ कर दिया था। अब इस निकाह को तीन साल हो चुके थे और अब से दो साल पहले नज़ीरअली के बाप ने उसे उसके बहनोई के साथ इस मतलब से भेज दिया था कि वह इसे भी कहीं नौकरी पर लगा दे। यहां आकर उसने देखा कि उसकी बहन नाम के लिए ही फ़कीरा की बीवी है, वास्तव में वह सोलहों आना कलक्टर साहब बहादुर की मेम साहब थी। शुरू-शुरू में उसने इस विषय में दो-चार सवाल अपने बहनोई से किए भी, तो उसने उसे डांट दिया और कहा, 'अपने बाप की तरह बेवकूफ़ न बनो, काम से काम रखो, दुनिया के कज़िये मत चुकाओ।' नज़ीरअली भी समझ गया और उसने बहनोई की तरह अपने कानों को बहरा और आंखों को अंधा कर लिया। शुरू में उसे चार रुपये माहवार पर कचहरी के चपरासी की नौकरी मिल गयी। पर उसका काम कचहरी के इर्द-गिर्द दिन-भर घूमना और जब साहब बहादुर और उसकी बहन मेम साहबा टेबल पर खाने बैठें तो मक्खियां उड़ाना था। साहब उससे बहुत खुश थे और बहन की सिफ़ारिशें लगातार ज़ारी थीं। इसका नतीजा यह हुआ कि वह दो ही साल में थानेदारी की मसनद पर बहाल हो गया। परन्तु केवल यही बात नहीं कि वह कम उम्र छोकरा बिलकुल अनपढ़ था, उसे थानेदारी के काम का भी बिलकुल तजुर्बा न था। परन्तु उसका बहनोई आठों गांठ कुम्मैत और पूरा चलता-पुर्ज़ा था। उसने उसे सब तरह की पट्टी पढ़ाकर पक्का दारोगा बना दिया था और दस्तूर की सब बातें अमल में ला दी थीं, जिनमें अव्वल तो यह कि उसकी पूरी तनख्वाह साहब मजिस्ट्रेट के मुंहलगे अमलों को बांट दी जाती थी। इसके बदले में अमले आला कचहरी में हर वक्त दारोगा की मदद पर रहते थे। इसके अलावा सौ रुपये सालाना साहब के पेशकार, रिश्तेदार और नाज़िर को बतौर नज़राना बांध दिए गए थे ताकि वे उसकी गाड़ी के रोड़े न बनें, और कचहरी में उसके मददगार रहें। इसके अतिरिक्त उसने अपने दो विश्वस्त खुर्राट आदमी इस छोकरे थानेदार की सोहबत में रख दिए थे, जो उसके साथ ही खाते-पीते थे, मगर कमाई अपनी हिमाकत-अमली से करते थे। इनका काम रिश्वतें तय करना, सौदे पटाना और इस बात पर नज़र रखना था कि थानेदार की गैरहाज़िरी में थाने के किसी मातहत आदमी ने रिश्वत तो नहीं ले ली है।

गांव के चौकीदार और थाने के बरकन्दाज़ थानेदार की सारी आवश्यकताओं की पूर्ति करते रहते थे। उन दिनों थानेदार को बीस रुपये, बरकन्दाज़ को पांच रुपये और चौकीदार को तीन रुपये माहवार तनख्वाह मिलती थी। थानेदार जिन पर खुश रहता, उन्हें आमदनी कराता था। इसलिए सभी थानेदार की लल्लो-चप्पो में लगे रहते थे। चौकीदार दूध, दही, मुर्गा, खस्सी, मछली, सब्ज़ी, तरकारी जहां मिलती, थानेदार साहब के लिए उठा लाते थे। उन्हें जिन्सों की कीमत देने की कोई आवश्यकता नहीं थी। यदि कोई रोकता या उज्र करता, तो वे घुड़ककर कहते, 'चुप, क्या तुम कम्पनी बहादुर का हुक्म नहीं मानते हो?' इस पर सभी लोग लाजवाब हो जाते थे।

थानेदार के बाद थाने में दो और महत्त्वपूर्ण आदमी थे—एक जमादार, दूसरा बख्शी। बख्शी एक बूढ़ा आदमी था। जात का कायस्थ था और उर्दू-फारसी पढ़ा था। वह एक चालाक आदमी था। तनख्वाह उसे आठ रुपये माहवार मिलती थी। रपट लिखने में वह उस्ताद था। वह ऐसी पेचीदा फारसीनुमा भाषा लिखता था कि रपट लिखाने वाले को पता ही न चलता था कि रपट उसके विरुद्ध लिखी गयी है या अनुकूल। इसके बाद अपना हक लेकर वह उसकी नकल अपने मुंशी से कराकर फ़रियादी को दे देता था। बख्शी इस थाने में थानेदार से कम न था। वह बतौर मुहर्रिर थाने की तमाम लिखा-पढ़ी का काम किया करता। थानेदार और उसके ये सुयोग्य अमले तरफ़ैन से रिश्वतें लेते और जिससे ज़्यादा मुट्ठी गर्म होती, उसी का साथ देते थे। जमादार को आठ ही रुपया माहवार मिलते थे। वह एक पक्का गजेड़ी और खूंखार आदमी था। आसामियों को सताने और जुर्म कबूल कराने तथा रिश्वतें वसूल करने में बेजोड़ था। नाम उसका शम्भू था। वह किस्से सुनाने और गप्पें हांकने में एक था। वह बड़ा भारी फिजूलखर्च था। जो मिलता, नशे-पानी में खर्च कर देता था। वैसे पक्का बदमाश आदमी था। कोई काम ऐसा न था जिसे वह बिना भले-बुरे का विचार किए कर न डालता हो। अपना काम वह बहुत खूबी से कर लेता था, खासकर जब उसे रिश्वत की अच्छी रकम मिलने की आशा होती थी। उसकी संगदिली का यह हाल था कि जिस कमरे में मुलज़िम पर हद दर्जे का जुल्म हो रहा हो वहाँ वह आराम से गहरी नींद सोता रहता था।

नज़ीरअली जब मेरठ थाने में पहली बार थानेदार बनकर आए, तो उनके ठाठ देखने के काबिल थे। कचहरी में तो वे यों ही मटरगश्ती लगाया करते थे, लेकिन थानेदार होने पर तो उन्हें थानेदारी की शान से ही थाने में आना लाज़िम था। बस्ती में घुसते ही उन्होंने एक पालकी किराये की की और उस पर खुद सवार हुए। उनके दोनों लफंगे दोस्त दो टट्टुओं पर सवार हुए, जो चार-चार आने में शाम तक के लिए किराये पर भटियारे से ले लिए गए थे। इसके अलावा पन्द्रह-बीस सिपाही उसने पहले ही कचहरी में जुटा लिए थे। इस ठाठ से जब वह थाने में दाखिल हुआ तो देखनेवाले हैरत में आकर कहने लगे, 'देखो, देखो, साहब मजिस्ट्रेट जा रहे हैं।' थाने में पहुंचते ही एक बरकन्दाज़ एक कुर्सी उठा लाया, जिसका एक बाजू टूटा हुआ था, और तीन-चार सिपाही उसकी धूल झाड़ने लगे। जब थानेदार साहब कुर्सी पर रौनक-अफरोज़ हो गए तो सबसे पहले थाने के जिस आदमी से उनका वास्ता पड़ा वह शम्भू था। उसने सामने आकर और 'हुज़ूर' कहकर उसे सलाम किया। यह पहला ही अवसर था जब नज़ीरअली ने अपने लिए हुज़ूर का शब्द इस्तेमाल होते हुए सुना था।

थानेदार खुशी से फूल उठे। उन्होंने कहा, 'तुम्हारा नाम क्या है, और तुम यहां किस ओहदे पर हो?'

'नाम तो खुदा का है, खुदाबन्द, मगर लोग मुझे शम्भू कहते हैं। और मैं यहां बीस साल से ज़मादार हूं।'

'तब तो काफ़ी तजुर्बेकार हो। क्या तुम डकैत पकड़ सकते हो?'

'हुज़ूर कहें तो शेर की आंखें निकाल लूं।'

'बहुत काबिल आदमी हो, उम्मीद है कम्पनी बहादुर का काम तुम उम्दा तौर पर अंजाम दोगे।'

'हुज़ूर, मैं उस ज़ालिम बुढ़िया को बखूबी जानता हूं। वह मुझ पर बहुत खुश है।'

'कौन ज़ालिम बुढ़िया?'

'यही कम्पनी, वह मेरी इस लाठी बराबर लम्बी है। ज़ालिम इतनी है जैसी आग। बस, बड़े लाट साहब को हुक्म देती रहती है कि मारो, काटो। उससे बड़े लाट भी कांपते हैं। मगर, हुज़ूर मुझ पर बुढ़िया मेहरबान है।' उसने कपड़ों से निकालकर एक सर्टिफ़िकेट पेश किया जो किसी डकैती का पता लगाने पर बड़े साहब ने उसे दिया था, जिसमें लिखा था कम्पनी की सरकार तुमसे खुश है।

मगर थानेदार साहब न उस सर्टिफ़िकेट को पढ़ सकते थे, न यही जानते थे कि कम्पनी कोई बुढ़िया है या कौन है। परन्तु वे अपनी अयोग्यता भी प्रकट नहीं कर सकते थे। उन्होंने सिर्फ़ इतना कहा, 'तब तो तुम बड़े काम के आदमी हो। क्या तुम ''कानी-हौस'' के जुर्माना की आमदनी खुद ही रख लेते हो?'

'हुज़ूर, यह तो मेरा हक है। जब मैं उन जानवरों का गोश्त खा सकता हूं तो इस आमदनी में क्या हर्ज़ है?'

'खैर, तो मैं तुमसे इस बारे में मशविरा करना चाहता हूं कि नये थानेदार के क्या-क्या हक होते हैं।'

'यह तो हुज़ूर, मामूली बात है कि हर गांव के चौकीदार हुज़ूर के रूबरू पेश हों और एक-एक रुपया नज़र करें?'

'सिर्फ़ एक-एक रुपया?'

'हुज़ूर, इस पेश-आमदनी को हकीर न समझिए। थाना मेरठ में बारह सौ मौज़े हैं। हर मौज़े का एक चौकीदार है। हुज़ूर की यह अव्वलयाफ्त बारह सौ की थैली होगी।'

'खैर, यह तो हुई अव्वलयाफ्त। इसके बाद?'

'इसके बाद हुज़ूर, थाना है और हम-आप हैं। नित नये शिकार आते हैं। नित नये गुल खिलते हैं। बस, आप बिसमिल्लाह तो कीजिए।'

नील की कोठीवाले साहब लोग अपने हलके के थानेदार को पैदावार पर एक रुपया फी मन देते थे, यह बंधा हुआ दस्तूर था। दूसरे ज़मींदार दुर्गापूजा पर, दीवाली पर कोई सौ और कोई पचास रुपये देता था। यह रिश्वत इसलिए थी कि यदि दोनों फरीकों में फ़ौजदारी हो जाए तो, जैसा कि आए दिन होती ही रहती थी, और उसकी तहकीकात थानेदार करे तो उसके लिए उसे अलग रिश्वत न देनी पड़े। इसलिए ऐसे मामलों में थानेदार की कोई दिलचस्पी न होती थी। क्योंकि वहां आमदनी की कोई उम्मीद न होती थी, इसलिए वारदात छोटी हो या बड़ी, थानेदार वहां खुद आने का कष्ट करता ही न था, अपने बख्शी या ज़मादार को तैनात कर देता था, जो अपनी छोटी-मोटी रकमें अलग झाड़ लेते थे।

जमादार शम्भू ने यह बात थानेदार को समझा दी। और साथ ही यह भी कहा, 'इस इलाके में दो आदमी खासतौर पर शोरेपुश्त हैं। एक चौधरी सांवलसिंह और दूसरा सिकन्दर साहब नीलवाला गोरा। ये दोनों एक-दूसरे के जानी दुश्मन हैं और दोनों के लठैत हर वक्त लड़ने-मरने को तैयार रहते हैं तथा दोनों ही थानेदार को खुश रखने में कोई कोर-कसर नहीं रखते। इसलिए इनका खास खयाल रखा जाए। ये दोनों मोटी मुर्गियां हमारी खास आसामी हैं।'

'लेकिन उनसे वसूल भी तो ज़्यादा होना चाहिए।'

'जी हां, सिकन्दर साहब हर साल ढाई सौ देता है और सांवलसिंह भी इतने ही देता है। मगर वक्त पर हम और भी वसूल लेते हैं।'

'लेकिन हम दोनों का फ़ायदा किस तरह कर सकते हैं?'

'बहुत मामूली बात है। दोनों में महीना-बीस दिन में फसाद-फ़ौजदारी होती रहती है। हम लोग अब तक जैसा करते आए हैं वैसा ही अब भी करेंगे।'

'वह क्या?'

'अव्वल तो यह कि जब तरफ़ैन में झगड़ा होता है हमारे साथ पेशतर ही बन्दोबस्त कर लिया जाता है। मगर कभी-कभी ऐसा नहीं भी होता तो हम तरफ़ैन को लपेटते हैं। और साहब मजिस्ट्रेट को इस बात की सही रिपोर्ट भेजते हैं कि तरफ़ैन ने वाहम दंगा किया। बस, दोनों को झक मारकर भारी-भारी रिश्वत देकर अपनी गुलू-खलासी करानी पड़ती है। जब तक मुकदमे की तहकीकात जारी रहती है, हमारा दस्तूर है कि खात्मे की रिपोर्ट हर्गिज़ नहीं देते और हमेशा ऐसी तरकीब लगाए रहते हैं कि जब चाहे जिसे छोड़ दें, और चाहे जिसे फंसा रखें। मुकदमे को हमेशा खुला रखते हैं कि फरीकन से रिश्वतें लेने और रिपोर्ट बनाने की गुंजाइश रहे। जब सब बातें खत्म हो गयीं तो हम नोट लिख देते हैं, और जिस फरीक ने हमारी मुट्ठी गर्म नहीं की होती, उसे मुज़रिम करार देते हैं। अगर तरफ़ैन से हमें खुशगवार भारी रकमें मिल गयीं तो हम लोग तहकीकात को लम्बी करके मुकदमे को अटका देते हैं, जिससे फरीक गवाहों को अच्छी तरह दुरुस्त और पक्का कर ले।'

'बहुत उम्दा तरकीब है, लेकिन देखो भई, हमारे और तुम्हारे बीच रिश्वत के हिस्से का फ़ैसला हो जाना चाहिए।'

'वह तो हुजूर, बंधा दस्तूर है। हमेशा पाँचवाँ हिस्सा हम सब दर्मियानियों को मिलता है।'

'तो यही सही। मैं भी कोई छोटे दिल का थानेदार नहीं हूं।'

'तो हुज़ूर के हाथ-पैर तो हमीं हैं। चैन की बंसी बजाइए और हमारी कारीगरी देखिए।'

'खैर, तो तसल्ली हुई।'

दोनों अफ़सरों ने एक-दूसरे को आंखों से अच्छी तरह टटोला और इस तरह मियां नज़ीरअली की थानेदारी का आरम्भ हुआ।

20 ग्रे साहब सिकन्दर साहब का रिश्तेदार भी था और कारकुन भी। वह बड़ा शोरेपुश्त बदमाश और पक्का बदज़ात आदमी था। वह एक दोगला किरानी था। उसकी बहन से कुछ दिन सिकन्दर साहब की आशनाई रही थी। उसकी बहन तो कहीं भाग गयी, परन्तु ग्रे अभी तक सिकन्दर से नत्थी था। था वह बड़े काम का आदमी। अच्छा-बुरा कोई भी काम वह मज़े में कर सकता था। इसी से सिकन्दर उसे खूब मानता था।

यद्यपि उसने सिकन्दर के कहने से यह भयंकर काम किया था, पर इसका उसे कोई खौफ न था। वह फौरन सिकन्दर के पास जा पहुंचा, जो बेसब्री से उसी का इन्तज़ार कर रहा था। दोनों ने सलाह की और फिर वह घोड़े पर सवार हो सीधा मेरठ के थाने में पहुंचा और यह रपट लिखाई कि मैं सिकन्दर साहब की नील की कोठी के छह-सात खलासियों और अमीन के साथ अपने नील के खेतों की ओर जा रहा था कि एकाएक सांवलसिंह के हथियारबन्द आदमियों ने हम लोगों पर हमला किया और हमारे एक नौकर को मार डाला। कइयों को संगीन चोटें लगी हैं। दुश्मन उसका सिर काट ले गए हैं।

नज़ीरअली के मेरठ थाने पर आने के एक हफ़्ते बाद ही कत्ल की यह संगीन वारदात हुई। उसकी नयी थानेदारी में यह पहली ही संगीन वारदात थी। वह कुछ भी निर्णय न कर सका कि क्या किया जाए। रपट लिखानेवाला अंग्रेज़ साहब बहादुर था। उसका भी रुआब था। नज़ीरअली ने कनखियों से जमादार शम्भू की ओर देखा, जो इस वक्त नीचा सिर किए चुपचाप मुस्कुरा रहा था। उसने जमादार का अभिप्राय भांप लिया और यह हुक्म देकर कि जमादार साहब ज़ाब्ते की कार्रवाई करें, वहां से ज़रूरी कारे-सरकार के लिए उठ गया।

थोड़ी देर बाद उसने शम्भू को अपने पास बुलाकर पूछा, 'अब इस मामले में क्या करना होगा?'

'हुज़ूर, तेल देखिए तेल की धार देखिए।'

'लेकिन कत्ल का मामला है।'

'कत्ल पर ही क्या मौकूफ़ है, डाका भी हो सकता है, और भी कुछ हो सकता है।'

'लेकिन तुमने यह कैसे जाना?'

'अब सब जान लिया जाएगा। दूसरे फरीक को भी तो आने दीजिए।'

'खैर, तो इस फिरंगी को तुम जानते हो?'

'बखूबी जानता हूं। पक्का बज्जात है।'

'क्या इसका मुकदमा सच्चा है?'

'बिलकुल झूठ।'

'तुमने कैसे जाना?'

'सुना नहीं आपने, वह कहता है कि जो आदमी मारा गया है, उसका सिर भी वे काट ले गए हैं।'

'हां, हां, यह तो उसने कहा था।'

'बस, इसी से मैं पूरी हकीकत समझ गया।'

'कैसी हकीकत?'

'कि रपट एकदम झूठ है।'

'मगर इसका सबूत है?'

'सबूत वही सिरकटी लाश। असल बात यह है कि इन लोगों का बंधा दस्तूर है कि जब ऐसी संगीन वारदात होती है और कोई खून हो जाता है, तो ये लोग उसका सिर काटकर गायब कर देते हैं। अब फ़कत धड़ से आदमी की यह शनाख्त होनी मुश्किल होती है कि मरा हुआ आदमी किस तरफ़ का है।'

'लेकिन खून तो हुआ?'

'ज़रूर हुआ?'

'तब?'

'हमारी पांचों घी में। अब दोनों फरीक कस्में खा-खाकर उसे अपना आदमी बताएंगे और हमें दोनों को अच्छी तरह निचोड़ने का मौका मिलेगा। लीजिए, तैयार हो जाइए, पहली बोहनी है।'

'क्या हमें अभी जाए-माज़रा पर जाना होगा?'

'अभी नहीं। फरीक दोयम को आने दीजिए।'

'और अगर वह नहीं आया?'

'ज़रूर आएगा, हुज़ूर, गालिबन आदमी उसी का मरा है।'

'और अगर फिर कोई फ़साद हुआ?'

'तो और भी अच्छा है। हमें और भी गहरा हाथ मारने का अवसर मिलेगा।'

'लेकिन इस मामले की अभी ताबड़तोड़ तफ़तीश की जाए तो कैसा?'

'हुज़ूर, कच्चा फोड़ा चीरने से कोई फ़ायदा नहीं। उलटा नुकसान है।'

'लेकिन फ़साद को रोकना भी तो हमारा फ़र्ज़ है।'

'सरासर बेवकूफ़ी की बात है। अगर हम दंगे-फ़सादों की रोकथाम करें, राहज़नी, डकैतियों और इसी किस्म की बदज़ातियां न होने दें तो हम भूखों न मर जाएं। बस, लड़ाई खत्म होने के बाद ही हम लोगों के जाने और गहरा हाथ मारने का ठीक वक्त होता है। हमारे बड़े साहब बहादुर का भी यही रवैया है। जब उनके पास किसी हंगामे की रपट पहुंचती है तो वे हमेशा यही कहते हैं कि अच्छा, लड़ने दो, हम दोनों को सज़ा देगा।'

'खैर, तो तुम जानो।'

'आप इत्मीनान से आराम फ़र्माइए। अभी मैंने इस मूजी को टरका दिया है और सरसरी रपट दर्ज कर ली है। मैं फरीक दोयम की इन्तज़ारी कर रहा हूं। सुबह तक वह न आया तो हम चलेंगे।'

'अच्छी बात है।'

दारोगा साहब इत्मीनान से आराम फ़र्माने चले गए।

21 मालती के अपहरण की खबर मुक्तेसर पहुंची। सांवलसिंह सुनकर सकते की हालत में रह गया। कुछ देर तक उसके मुंह से बात न फूटी। थोड़ी देर में मीर साहब बेहोशी की हालत में और वह सिरकटी लाश भी मुक्तेसर पहुंच गयी। मीर साहब को अस्पताल भेज दिया गया। सांवलसिंह को इस वक्त मालती का सदमा था। आज से पहले वह नहीं जानता था कि उसे अपनी बेटी से इतना प्रेम है। वह आंखें फाड़-फाड़कर लोगों की उस बड़ी भीड़ को देख रहा था, जो उसके चारों ओर इकट्ठी हो रही थी। इस वक्त सभी का गुस्से और दुःख से बुरा हाल हो रहा था। अभी पहर दिन ही चढ़ा था, और सांवलसिंह बिफरे हुए शेर की तरह इधर से उधर घूमता हुआ ठंडी सांसें ले रहा था कि थानेदार नज़ीरअली और जमादार शम्भू अपने पच्चीस नजीबों को बन्दूकों से लैस लेकर आ पहुंचे। अब तो सारा गांव वहीं उमड़ आया। सांवलसिंह ने भरे कंठ से कहा, 'देखते हैं, दारोगा साहब, सिकन्दर साहब ने क्या गज़ब ढाया है। मेरी लड़की को उड़ा ले गया और मेरे आदमी को जान से मार डाला। मीर साहब को जख्मी किया है। दिनदहाड़े राहजनी और खून हुआ है। जैसे मुल्क में कम्पनी बहादुर का इकबाल ही नहीं रहा।'

थानेदार ने जमादार की ओर देखा। शम्भू ने कहा, 'यह किस्सा तो मैं यहां पहली बार ही सुन रहा हूं। इस वारदात की कोई रपट तक थाने में दर्ज नहीं है। आप यों क्यों नहीं कहते कि आपके लठियलों ने राह चलते नीलवाले साहब के आदमियों पर हमला किया, और उनके एक आदमी को मार डाला।'

'क्या खूब, तो यह आदमी जो मरा है उनका आदमी है?'

'तो क्या इसकी शनाख्त हो गयी कि यह कौन है?'

'यह, साहब, मेरा आदमी है।'

'लेकिन इसका सबूत?'

'मीर साहब गवाह हैं।'

'वाह, मीर साहब तो इस फ़साद की जड़ ही हैं। हमला तो उन्होंने किया है। उनकी क्या गवाही।'

'तो क्या आपके पास कोई सबूत है कि यह उनका आदमी था?'

इतनी देर से जमादार बहस कर रहा था, अब थानेदार को भी साहस हुआ, उसने कहा, 'अजी साहब, इसका सिर कहां है, सिर?'

'यह मैं क्या जानूं?'

'तो लाश जब आपके कब्ज़े से बरामद हुई है, तब सिर भी आप ही ने छिपाया है, जिससे आप दूसरों पर इल्ज़ाम लगा सकें।'

'तो क्या मेरी लड़की पर डाका नहीं पड़ा? मेरी लड़की नीलवाले साहब ने नहीं उड़ाई?'

'कहा तो, इसकी तो कोई रपट पुलिस में नहीं है। यह नयी कहानी तो मैं इसी वक्त पहली बार आपके मुंह से सुन रहा हूं।'

'यह तो अजब अंधेर है!'

'अच्छा, तो आप कम्पनी बहादुर के नमकख्वार अफ़सरों पर तोहमत लगाते हैं, और कारे-सरकार में हारिज़ होते हैं?'

सांवलसिंह इस समय दुःख से दबा जा रहा था। वह थानेदार की इन बातों को पी गया और आंखों में आंसू भरकर बोला, 'थानेदार साहब, मेरा दिल फट गया है। आप मेरी बेटी का पता लगाइए। बदमाशों को पकड़िए। मैं आपको खुश कर दूंगा।'

'लेकिन, साहब, मुक़दमा तो सिर्फ़ कत्ल का और बदअमनी का है, जिसकी रपट थाने में दर्ज है।'

'मैं आपको खुश कर दूंगा, थानेदार साहब।'

'दूसरे फरीकों ने भी मुझसे यही कहा था। पर मैंने इनकार कर दिया।'

'तो आप मेरी मदद न करेंगे?'

'लाश आपके कब्ज़े से बरामद हुई है, यह आपके हक में बुरा हुआ। आपको अपना मुकदमा पक्का बनाना था तो आपको लाज़िम था कि लाश थाने में भेज देते और खातिरख्वाह रपट थाने में दर्ज कराते। लाश को अपने घर लाकर आपने अपने पैरों में कुल्हाड़ी मार ली। अब तो नीलवाले साहब ने आप पर खून का मुकदमा दर्ज किया है।'

'तो अब आप क्या चाहते हैं और यहां किस इरादे से तशरीफ लाए हैं?'

'आपको गिरफ़्तार करने के लिए। बेहतर है कि आप चुपचाप हमारे ताबे हो जाएं और थाने चले चलें। दंगा-फसाद न करें।'

'और मेरी लड़की?'

'अब इस किस्से को छोड़िए।'

'अच्छा, यह बात है?' उसने जलती नज़र से थानेदार को देखा। उसका दुःख-दर्द एकदम गायब हो गया और खून की एक-एक बूंद आग का अंगार बन गयी। उसने अपने पास खड़े लठियलों के सरदार तिलक की ओर देखकर कहा, 'तिलक, डंके पर चोट कर!'

और डंके पर चोट पड़ते ही बादल की-सी गरज दूर-दूर जंगलों, खेतों में गूंज उठी। सांवलसिंह लपककर दुनाली उठा लाया। तिलक ने लठियलों को ललकारा। डंके की आवाज़ सुनकर चारों ओर से लठियल लाठियां ले-लेकर घिर आए। नौजवान थानेदार के होश उड़ गए। पर शम्भू ने अपने बंदूकची नजीबों को ललकारा, पर उनके पास तोड़ेदार बंदूकें थीं। जब तक वे संभलें और बंदूकों में गज़ डालें, लठियलों ने उन्हें ऐसा गांस लिया कि बन्दूक चलाना असम्भव हो गया। उसी वक्त सांवलसिंह ने थानेदार की छाती पर बन्दूक की नाल रखकर कहा, 'अगर एक भी गोली चली तो तेरी जान की खैर नहीं है, थानेदार।'

थानेदार ने कहा, 'जमादार, गोली मत चलाना।' नज़ीर घबरा गए थे। इस वक्त लाठियां उन पर छा रही थीं।

सांवलसिंह ने कहा, 'सबकी बन्दूकें छीन लो और लात मारकर गांव से निकाल बाहर करो इन हरामज़ादों को।'

नवयुवक थानेदार बेंत से पिटे हुए कुत्ते की भाँति चुपचाप बंदूकें छिनवाकर अपने साथियों समेत वहां से भागा। उस पर सांवलसिंह का ऐसा रुआब गालिब हुआ कि उसने पीछे फिरकर भी न देखा। बस थाने में आकर ही सांस ली।

## 22

थानेदार ने थाने में लौटकर साहब कलक्टर के पास विस्तृत रिपोर्ट भेजी। वारदात बहुत संगीन थी। थानेदार और उसके सिपाहियों के हथियार छीन लिए गए थे। साहब कलक्टर ही उन दिनों मजिस्ट्रेट भी थे। ये वही फाल्कन साहब थे जिनकी, पुतली ने चाबुक से मरम्मत की थी। अब अपने पुराने दुश्मन से बदला लेने का सुयोग देख वे कुर्सी से उछल पड़े। वे घोड़े पर सवार हो थाने पर आ धमके और थानेदार को हुक्म दिया—जिस कदर आदमी जमा किए जा सकते हों, जमा किए जाएं। तमाम दिन तैयारियां होती रहीं, और पहर रात गए मुक्तेसर पर कूच बोल दिया गया। मुक्तेसर में भी मोर्चे की पूरी तैयारी थी। सरदार की जवान लड़की का अपहरण साधारण घटना न थी। साथ ही कत्ल और डाकेजनी। तिस पर तुर्रा यह कि उल्टा चोर कोतवाल को डांटे। मुक्तेसर में बड़ा जोश था और आस-पास गांव से कोई पांच सौ लठियल जवान हथियारों से लैस जमा हो गए थे, जिनमें से बहुतों के पास बन्दूकें और सुर्कियां भी थीं। इन लठैतों में ज़िले भर के डाकू, चोर और जेल से भागे हुए शोरेपुश्त बदमाश भी शरीक थे, जिन्होंने सांवलसिंह की शरण ली थी। उनमें से मुजरिम बहुत थे, जो यदि पकड़े जाते तो सात से बारह साल की जेल काटनी पड़ती।

कलक्टर साहब बहादुर को अपनी और दुश्मन की ताकत का सही अन्दाज़ा न था। उन दिनों मजिस्ट्रेट और कलक्टर का बहुत रुआब था। परन्तु इस वक्त लठियल 'रण-मुख' बने हुए थे और वे निहायत खतरनाक नज़र आते थे। इज़्ज़त का सवाल था। लठियलों के बीच उनके सरदार की लड़की भगा ली गयी थी और उनके साथियों को बेइज़्ज़ती के साथ भागना पड़ा था। दुर्भाग्य से साहब बहादुर, जैसे कमसिन और नातजुर्बेकार थे, उससे अधिक थानेदार था; वरना वे ऐसा जोखिम कभी न उठाते।

यहां आकर जब उन्होंने पांच सौ लठियलों का हथियारबन्द गिरोह देखा तो उनका कलेजा दहल गया। उनके साथ भीड़-भाड़ ज़्यादा थी, जो रातोरात इकट्ठी कर ली गयी थी। उनके पास ज़ंग लगी हुई तलवारें थीं, जिनका इस्तेमाल तक वे लोग नहीं जानते थे। पर चूंकि साहब बहादुर उनके साथ थे, थानेदार ने अपनी जवांमर्दी दिखाने का अच्छा मौका समझा, उसने आगे बढ़कर लठियलों को ललकारा और कहा, 'कम्पनी बहादुर के नाम पर खड़े रहो, आगे न बढ़ो।'

लठियलों पर भी कलक्टर साहब का रुआब गालिब था। कुछ उनमें से पीछे को भागे। इस पर जोश में आकर साहब बहादुर ने भी उनके पीछे घोड़ा फेंका। थानेदार और उसके साथी भी दौड़ चले। भागते-भागते लठियल गंगा की धार तक पहुंच गए। यहां घाट भी था तथा नदी में पानी कम था। नदी का पाट दो सौ गज़ से ज़्यादा न था। लठियल नदी में घुस गए और तैरकर पार होने लगे। उसी समय कलक्टर साहब

भी घोड़ा दौड़ाते वहां पहुंच गए। घाट पर सिर्फ़ एक छोटी किश्ती थी। साहब ने घोड़े पर खड़े ही खड़े हुक्म दिया, किश्ती लेकर लठियलों का पीछा करो और उन्हें गिरफ्तार करो। पर यह हुक्म सरासर मूर्खतापूर्ण था, क्योंकि किश्ती में दस-बारह से ज़्यादा आदमी नहीं आ सकते थे। थानेदार दस-बारह बरकन्दाज़ों को लेकर, 'पकड़ो-पकड़ो' करता हुआ किश्ती में बैठकर चला। यह देख लठियल घूम कर खड़े हो गए और 'काट डालो सरऊ को' कहते हुए किश्ती पर टूट पड़े।

कम्पनी बहादुर का इकबाल क्षण-भर में जाता रहा। उन्होंने दारोगा को किश्ती में खींचकर पानी में डाल दिया। बरकन्दाज़ किश्ती लेकर गहरे पानी में ठेल ले गए, और उल्टे पैर भागे। पर लठियल दारोगा को उछाले में ले गए। जब दरोगा ने देखा कि वह अकेला रह गया, उसने पानी में से भागने की कोशिश की, पर डूबने के डर से कमर-कमर पानी में आकर खड़ा हो गया और थरथर कांपने लगा। लठियलों ने उसे चारों ओर से घेरकर बर्छियों से छेद डाला। वह दोनों हाथ उठाकर 'रहम-रहम' चिल्लाया, पर इसी समय एक दुहत्थड़ लठ उसके सिर पर ऐसा पड़ा कि उसका भेजा निकल पड़ा। अब बहुत-से लठियल उसे खींचकर उस पार पानी से बाहर घसीट ले गए। अभी उसकी जान बाकी थी, वह सिसक रहा था। इस पर और दो-चार चोटें उस पर पड़ीं। कलक्टर साहब बहादुर ने जो यह नज़ारा देखा तो पत्तातोड़ भाग खड़े हुए। लठियल दारोगा की लाश को घसीटते हुए खेतों में ले गए। वे सब मारे जोश के उछल-कूद रहे थे और साहब बहादुर को गालियां दे रहे थे। बहुत लोग थानेदार की लाश पर अब भी लात चला रहे थे।

अब उन सबने मिलकर सलाह की। इस गिरोह में बड़े-बड़े डकैत खूनी मुज़रिम थे।

एक ने कहा, 'बड़ा संगीन जुर्म हो गया। साहब बहादुर की आंखों के सामने थानेदार का कत्ल हो गया।'

दूसरे ने कहा, 'तो क्या हुआ। कोई उसके इजलास में तो मुकदमा पेश होगा नहीं।'

'फिर भी ऐसा मुकदमा खड़ा किया जा सकता है, जिसमें साहब बहादुर ही मुद्दालेह हों,' तीसरा बोला।

चौथे ने कहा, 'ये हुज्जत तो पीछे होती रहेगी। पहले लाश को रफ़ादफ़ा किया जाए, क्योंकि अगर लाश पेश हो जाएगी तो नतीजा खराब होगा। लाश का ही पता न लगा तो मुकदमा ही कमज़ोर हो जाएगा।'

'ठीक कहते हो। बस, तहकीकात के वक्त हुक्काम लाश न पेश कर सकें।'

इस पर दो-चार बोले, 'अजी, क्या परवाह है! ऐसी दिलेरी का काम किसी लठियल ने नहीं किया होगा। लाश को थाने में ले जाकर फेंक दो, जिससे पुलिसवालों के भी कान खड़े हो जाएं और वे ज़ोरो-जुल्म से बाज़ आएं।'

गरज, जितने मुंह उतनी ही बातें। आखिर वे लाश को खींचते हुए खेतों और पटरियों पर से ढाई कोस तक ले गए। इस वक्त गांव-देहात के लोग उन्हें देखते ही दूर भाग रहे थे। लठियलों का यह हाल था कि सामने जानदार या बेजान, जो चीज़ आती, बर्छियों से बींधते जाते थे। जंगल में आकर उन्होंने लाश के दो टुकड़े कर डाले।

कुछ हिस्सा कुत्तों को खिला दिया, बाकी जला दिया। और वे सब भागकर इधर-उधर रूहपोश हो गए।

साहब बहादुर ने कई थानों की पुलिस थानेदार की लाश को बरामद करने और पता लगाने भेजी। इस काम में सबसे पहला हाथ मारा शम्भू ज़मादार ने, जो अब मेरठ की थानेदारी पर बहाल हो गया था। उसे थानेदार की लाश को तलाश करने से क्या वास्ता था। वह इस सिरदर्द में काहे को नाहक तकलीफ़ उठाता कि किसने थानेदार को मारा और लाश क्या हुई। उसका दृष्टिकोण तो रुपया वसूल करना था और उसने मुस्तैद आदमियों का एक गिरोह लेकर अपना काम सरगर्मी से करना शुरू किया। वह जानता था कि अब लठैत उसके हाथ में हर्गिज़ नहीं आएंगे, क्योंकि वे सब ज़मींदोज़ हो चुके थे। वह हर ऐसे मकान में जा धमका जहां से कुछ प्राप्त होने की आशा थी, और हर ऐसे आदमी की पकड़-धकड़ की, जिससे कुछ वसूल हो सकता था। उसने किसी शरीफ आदमी को नहीं छोड़ा और जब रुपयों की बारिश होने लगी, तो दोनों हाथों से उसने रुपया बटोरा। जब दूसरे दारोगा लोग पहुंचे तो उन्होंने गांवों को उजड़ा हुआ पाया। गांव में एक भी आदमी न था।

## 23

मेरठ के ज्वाइंट मजिस्ट्रेट मिस्टर पेस्टन आस-पास के हलके में 'जंट साहब' के नाम से प्रसिद्ध थे। अपने स्वीट होम में ये बैरिस्टर थे। बैरिस्टरी वहां चली नहीं तो आप स्वीट होम के बिरादर लोगों पर सख्त नाराज़ हो गए। उनका खयाल था कि वहां कद्रदान आदमी नहीं हैं। प्रायः जज लोग भी उनके खिलाफ़ ही मुकदमे का फ़ैसला किया करते थे, आपके खयाल में उनमें कानूनी ज्ञान की कमी थी। अब आप शौकिया ईस्ट इण्डिया कम्पनी की नौकरी में आ गए थे, और कुछ दिन कलकत्ता में रहकर मेरठ के 'जंट साहब' बन गए थे। हिन्दुस्तान में आए आपको दस बरस हो गए थे। इजलास में जब नेटिव वकील बहस करते थे तो आप आंख बन्द करके बहस सुनते थे। आप साक्षात् न्यायमूर्ति थे और फांसी की सज़ा सुनाने में खास माहिर थे। आप लोगों से बहुत कम मिलते-जुलते थे। हिन्दुस्तान में आपने जितने आदमियों को फांसी की सज़ा दी थी, उनकी ठीक गिनती वे जानते थे और दोस्तों को बड़े फख्र से सुनाया करते थे। स्वीट होम जाने का अब आपका इरादा न था। जब कभी आपकी मेम साहब स्वीट होम की चर्चा करतीं तो आप उसे डांट देते थे, 'चुप रहो, डार्लिंग, उस सर्द मुल्क में रखा ही क्या है। यहां इज़्ज़त कितनी है। सब हमको हुज़ूर कहते हैं, वहां तो कोई पूछता भी न था।'

उन दिनों की अदालतें आज जैसी न थीं। रिश्वतखोरी एक आम बात थी। बिना रिश्वत कोई काम अदालत में होता ही न था। इस काम से मुश्किल से ज्वाइंट मजिस्ट्रेट को बरी किया जा सकता था। आमतौर पर सब लोग जानते थे कि बिना रिश्वत दिए अदालत में वे मुकदमा जीत ही नहीं सकते। उन दिनों मुकदमों के कानूनी तौर पर फ़ैसले नहीं होते थे। क्योंकि उन दिनों तक ताज़ी-रात हिन्द तो बनी ही न थी। बहुधा

दौरे के मुकदमे में एक मौलवी कानूनी अफ़सर की तरह मुजरिम के कसूरवार होने का फतवा दिया करता था, जो हकीकत में खुशामदी, लालची और पक्का रिश्वतखोर होता था। जंट साहब अदालत के काम में बहुत कम दिलचस्पी लेते थे। काम उनके पास बहुत रहता था। मुकदमात में जंट साहब बहादुर की तबियत ही नहीं लगती थी। इसलिए वे उन्हें शुरू से आखिर तक देखते ही न थे।

मजिस्ट्रेट उन दिनों बहुत कम थे। कचहरी का तरीका यह होता था कि मुहर्रिर फरीकैन के इज़हार लिखा करते थे, जो अदालत के एक कोने में बैठे रहते थे। फी इज़हार, एक रुपया उनका हक था। इस रिश्वत को आम तौर पर हक माना जाता था। हक देने वाले को सहूलियत यह थी कि उसके गवाहों का इज़हार बिना किसी झंझट के ठीक उतर जाता और वे अपना झूठा-सच्चा किस्सा बखूबी बयान कर जाते थे। मुहर्रिर पहले ही मुकदमे को समझ लेता था। जब गवाह नाम, सकूनत और उम्र बयान कर जाता तो वह बैठा-बैठा भुनभुनाया करता। उसकी बकझक से मुहर्रिर को सरोकार न था। मुहर्रिर अपना हक पाकर अपने ढंग पर इज़हार पढ़कर सुनाता था। उस फारसी-मिश्रित अगलम-बगलम भाषा में लिखे इज़हार को न मजिस्ट्रेट साहब बहादुर समझते थे, न गवाह। लेकिन जब गवाह से पूछा जाता, यह तुम्हारा इज़हार है, तो वह कहता, हां, हुज़ूर। बस, छुट्टी हुई। उसके सिर हिलाने को स्वीकृति सूचक समझकर साहब बहादुर भी सन्तुष्ट हो जाता। गवाह यदि मुद्दई का हुआ तो मुद्दालेह उसे अदालत में देख भी न पाता था, न उसे जिरह करने का मौका मिलता था। जब पेशकार साहब बहादुर को बताता था कि अमुक मुकदमा सबूत है, तो साहब बहादुर मुद्दालेह के नाम समन या वारंट काट देते थे, जो अपना जवाब-तहरीर लगाकर गवाहों के नाम लिखा जाता था। और वे गवाह भी मुद्दई की गैरहाज़िरी में एक कोने में बैठकर अपने इज़हार लिख जाते थे, जो मुहर्रिर का हक देने के बाद ठीक उनके अनुकूल होते थे। बस इतने पर ही मुकदमा फ़ैसले के लिए तैयार समझा जाता था। अपने-अपने हिस्से का हक अदा करके तरफ़ैन के गवाह अपना-अपना इज़हार अपनी ज़रूरत के अनुसार दे आते थे, जिनसे जिरह होती ही न थी। इसके बाद मुकदमा अर्से तक फ़ैसले के लिए पड़ा रहता था। पर मजिस्ट्रेट न तो यह जानता था कि मुकदमा क्या है, उसकी असलियत क्या है, न वह इज़हार और उसकी भाषा ही समझता था। यह सम्भव ही न था कि सारे इज़हार अनुवाद करके अंग्रेज़ी में उसे समझाए जाएं। इसके अतिरिक्त न मैजिस्ट्रेटों की इधर कुछ तबियत होती थी न दिलचस्पी। बस, पेस्टन साहब ने एक आसान रीति मुकदमात के फ़ैसले की निकाली थी। वह यह कि जिस दिन उन्हें किसी मुकदमे का फ़ैसला करना होता, उस दिन वे बंगले से मिश्री की दो डली कागज़ में अलग-अलग लपेटकर जेब में डालकर इज़लास पर ले आते थे। एक कागज़ पर मुद्दई का नाम लिखा होता था, दूसरे पर मुद्दालेह का। ये दोनों डलियां मेज़ पर रख दी जाती थीं। मुकदमा पेश होता। पेशकार इज़हार पढ़ता, मुख्तार लोग बहस करते, तो साहब बहादुर बड़े गौर से दोनों डलियों पर नज़र रखते थे। बस, जिस डली पर पहले मक्खी बैठ गयी, उसी फरीक की जीत, बहस खत्म होते ही हो जाती थी। इसी तरह उन दिनों कम्पनी बहादुर की

अदालतों में न्याय होता था। फिर भी लोगों को मुकदमेबाज़ी का अज़हद शौक था। अंग्रेज़ों का शौक जुआ, घुड़दौड़ और हिन्दुस्तानियों का शौक मुकदमा, जिसमें वे दिल खोलकर रिश्वतें देते, और जितना अधिक खर्च करते उतनी ही शान समझते थे। कम्पनी बहादुर की सरकार न रिश्वत की छानबीन करती थी और न मजिस्ट्रेटों पर तसबीह करती थी।

यह संगीन कत्ल का मुकदमा भी जंट साहब बहादुर मिस्टर पेस्टन के इजलास में पेश हुआ। इसके साथ दूसरे मुकदमे भी पेश हुए। सिकन्दर साहब ने राहजनी और कत्ल का जुल्म सांवलसिंह और उसके आदमियों पर लगाया। सांवलसिंह ने अपहरण, लूट और कत्ल के संगीन जुर्म सिकन्दर साहब पर लगाए। दोनों ओर से रुपयों की खूब लूट हुई। झूठी-सच्ची गवाहियां हुईं। और अन्त में जंट साहब ने सब मुलज़िमों का कलकत्ता के सुप्रीम कोर्ट में चालान कर दिया। सिकन्दर साहब ने कलकत्ता के मशहूर बैरिस्टर लांगवेलशर्क को मुकर्रिर किया। सांवलसिंह ने दो बैरिस्टर खड़े किए। सिरकटी लाश शिनाख्त नहीं हो सकी। दोनों फरीक उसे अपना-अपना आदमी बयान करते रहे, मगर साबित न कर सके। इस तरह न थानेदार की लाश मिली, न कातिल के नाम का पता चला। सांवलसिंह और सिकन्दर साहब मौके-वारदात पर 'हाज़िर नहीं' साबित हुए। वे बरी हो गए। और सब मुलजिम भी बरी हो गए। किसी के भी खिलाफ़ मुकदमा साबित नहीं हुआ।

## 24

मुकदमे के झंझट में पूरा एक साल लग गया। सांवलसिंह और सिकन्दर साहब पूरा साल उसी में फंसे रहे। परन्तु मीर साहब ने अस्पताल से आते ही मालती के लिए धरती आसमान एक कर दिया। पर मालती का पता नहीं लगना था, नहीं लगा। मीर साहब ने केवल मालती को ही तलाश नहीं किया, उन्होंने दो बार तो सिकन्दर साहब की नील की कोठी में आग लगवा दी, चार बार उसके घर पर डाका डलवाया। तीन आदमियों को कत्ल करवा दिया। फिर भी उनका गुस्सा ठंडा नहीं हुआ। उन्होंने प्रतिज्ञा की कि सिकन्दर के घर की एक-एक औरत को तीन-तीन कौड़ी में बेचूंगा। मालती की तलाश और सिकन्दर की बरबादी की नित नयी योजनाएं बनतीं, परन्तु मालती की तलाश की सारी ही कोशिशें बेकार हुईं। जितनी ही उन्हें असफलता होती थी, उतना ही उनका गुस्सा तेज़ होता जाता था। अब कलकत्ता से निबटकर सिकन्दर साहब भी आ गए और सांवलसिंह भी। सांवलसिंह मुकदमे की नाकामयाबी से भी तिलमिला रहा था। अब उसने सिकन्दर साहब का कत्ल कर देने का ही इरादा पुख्ता कर लिया। परन्तु सिकन्दर भी कच्ची गोली नहीं खेला था। वह भी सब तरह से चाक-चौबंद और हरबे-हथियार से लैस रहता था। मीर साहब का सबसे ज़्यादा गुस्सा ग्रे साहब पर था। पर ग्रे साहब का कहीं पता ही न लगता था। न जाने वह मालती को कहां उड़ा ले गया।

पिलखुआ वाली सिकन्दर की कोठी अब बर्बाद हो चुकी थी, और सिकन्दर यहां

आकर खतरे में पड़ना नहीं चाहता था, क्योंकि वह इलाका सांवलसिंह के लठियलों ने घेर रखा था। हफ़्तों और महीनों तक उधर न तो सिकन्दर की ही सूरत देखी जाती थी, न उसका कोई कारिन्दा ही उधर आता था। कोठी वीरान पड़ी हुई थी। अब सब प्रकार निरुपाय हो मीर साहब ने मालती की तलाश का अन्तिम प्रयास किया। वे फ़कीर का बाना पहनकर घर से निकल खड़े हुए। सांवलसिंह ने बहुत समझाया, पर वे न माने, चल ही दिए।

फ़कीर के वेश में वे सिकन्दराबाद और बिलासपुर के चारों ओर चक्कर लगाने लगे। उनकी हालत एक पागल आदमी के समान हो रही थी और कुछ वे जानबूझकर भी विक्षिप्त बन गए थे। काफ़ी दिन तक वे बिलासपुर के इधर-उधर भटकते रहे। उन्हें इतना मालूम हो गया कि बीच-बीच में सिकन्दर साहब कहीं गायब हो जाता है। वह कहां जाता है, वे इसी जुस्तजू में रहने लगे। इसी समय अकस्मात् सिकन्दराबाद के बाज़ार में उन्होंने ग्रे साहब को देखा। ग्रे, मीर साहब को पहचानता न था और इस समय तो उनकी सूरत ही ऐसी हो रही थी कि सिकन्दर भी न पहचान पाता। ग्रे को देखते ही उनकी आंखों में खून उतर आया। परन्तु उन्होंने अपने मन को काबू किया। उन्हें यह देखकर आश्चर्य हुआ कि गर्मी के दिनों में ग्रे साहब गर्म कपड़े खरीद रहा है। उन्होंने चुपचाप ग्रे साहब का पीछा करने का इरादा कर लिया। ग्रे साहब एक-दो दिन बिलासपुर में ठहरा, फिर वह घोड़े पर सवार होकर रात के समय रवाना हुआ। उसके साथ एक खिदमतगार टट्टू पर था, जिस पर और भी बहुत-सा सामान लदा हुआ था।

इधर कई दिन से सिकन्दर भी नज़र नहीं आ रहा था। मीर साहब ने बहुत छानबीन की कि सिकन्दर कहां है, पर उसका कुछ भी पता न लगा। अन्ततः मीर साहब भी एक टट्टू पर सवार हो ग्रे साहब के पीछे चले। यह छोटा-सा काफ़िला जब मुरादाबाद पहुंचा तो एक ही सराय में दोनों ने मुकाम किया। इस बीच मीर साहब ने ग्रे साहब के नौकर से मेलजोल बढ़ा लिया और उससे इतना पता पाया कि ग्रे साहब पहाड़ पर जा रहे हैं।

पहाड़ के सम्बन्ध में बहुत-सी बातें उन दिनों प्रसिद्ध थीं। नेपाल के जो सिपाही अंग्रेज़ी सेना के साथ मिलकर लड़े थे, वे पहाड़ के सम्बन्ध में बहुत-सी बातें कहा करते थे। उन दिनों बहुत कम आदमी पहाड़ पर जाते थे। अंग्रेज़ों ने अवश्य वहां अपनी बस्तियां बसानी आरम्भ कर दी थीं। ग्रे साहब पहाड़ पर क्यों जा रहा है, इस पर जितना ही मीर साहब विचार करते, वे इसी निर्णय पर पहुंचते कि हो न हो इन लोगों ने मालती को पहाड़ पर ही रख छोड़ा है। मुरादाबाद से उन्होंने दो कम्बल खरीदे। एक उम्दा तमंचा उनके साथ था। अब एक बढ़िया खंजर भी यहां से खरीद लिया। ऐसा प्रतीत होता था कि यहां ग्रे साहब किसी की प्रतीक्षा कर रहा है। परन्तु दो दिन ठहरने पर भी कोई नया आदमी उनके पास आता नज़र नहीं आया। हां, ग्रे साहब प्रतिदिन प्रातःकाल ही घोड़े पर सवार होकर कहीं चला जाता था और शाम को लौटता था। दो दिन बाद उसने

चलने की तैयारी की। उसने दो टट्टू यहां से भाड़े पर लिए। बहुत-सा राशन खरीदा और टट्टुओं पर लादकर पहर रात रहे चल दिए। मीर साहब भी उनके पीछे-पीछे चले। शाम को इन्होंने काशीपुर मुकाम किया और सुबह भोर ही चलकर वे हलद्वानी पहुंचे। यहां से पहाड़ पर चढ़ना आरम्भ हुआ। मीर साहब के लिए वह पहाड़ की चढ़ाई का पहला ही अवसर था। ज्यों-ज्यों ऊपर चढ़ते जाते थे, हवा ठंडी होती जाती थी। चारों ओर पहाड़, बीच में बहती हुई पहाड़ी नदी, बड़े-बड़े चीड़ के दरख़्त और बीच में छोटे-छोटे गांव, जहां सीढ़ीनुमा खेतों पर खुशनुमा हरियाली। यदि मीर साहब को मालती की चिन्ता न होती तो वे बड़ी खुशी से इस पहाड़ी की हवा का आनन्द लेते। पर इधर तो उनका ध्यान ही न था। बीच में और एक मुकाम करने के बाद वे नैनीताल जा पहुंचे। उन दिनों का नैनीताल आज जैसा न था। ताल तो ऐसा ही था, पर उसके चारों ओर की पहाड़ियां सुनसान थीं। आज जहां नैनीताल की बस्ती है, वहां एक छोटी-सी बस्ती थी। बस्ती में किसान लोग रहते थे, जो प्रायः गरीब आदमी थे।

ग्रे साहब बस्ती में रात-भर रहा। फिर वह पहाड़ पर और ऊपर चढ़ गया। मीर साहब ने घोड़ा बस्ती में ही एक चट्टी पर छोड़ा, जहां उन्होंने रात काटी थी और पैदल ग्रे का पीछा किया।

नौकर से कोई खास बात मालूम नहीं हुई, क्योंकि वह पहली बार ही पहाड़ पर आया था। इसके अतिरिक्त वह कुछ मूर्ख भी था। मूर्ख होने से ही वह आगे मीर साहब के लिए कारगर आदमी प्रमाणित हुआ। कई मील निरन्तर चढ़ने के बाद घाटी का उतार आया। अब रास्ता एक पहाड़ी झरने के साथ-साथ चल रहा था। कहीं-कहीं तो रास्ता बहुत तंग और खतरनाक था। परन्तु ज्यों ही घाटी का उतार आया, रास्ता सरल हो गया। बीच में एकाध मैदान भी नज़र आता। नीचे झरने का पानी वेग से पत्थरों पर उछलता हुआ बहा जा रहा था। वह धीरे-धीरे निकट आ रहा था, अन्ततः एक मोड़ के मुड़ने के बाद ही मीर साहब की नज़र उस गांव पर पड़ी, जो इस पहाड़ी की तलहटी में नदी के किनारे बसा हुआ था। गांव छोटा था, कुल जमा पन्द्रह-बीस झोंपड़ियां किसानों की थीं। गांव के एक किनारे पर कुछ हटकर एक ऊंची पहाड़ी टेकरी पर एक छोटा-सा बंगला था। इस टेकरी के तीन ओर गहरा खड्ड था। एक पतली-सी टेढ़ी-मेढ़ी पगडंडी गांव से इस बंगले तक जाती थी। ग्रे साहब का काफ़िला उस बंगले की ओर चला। और मीर साहब गांव के बाहर एक बड़े-से पत्थर के ढोके पर बैठकर उस ओर देखने लगे।

बंगले में पहुंचकर सारा सामान उतारा गया। घोड़े और टट्टू बांधकर उन्हें घास डाली गयी। ग्रे साहब बंगले में घुस गया—फिर वह दिखाई नहीं दिया। नौकर एक पेड़ के नीचे बैठकर चिलम पीने लगा। बंगले में से एक और नौकर उसके पास आ बैठा।

अब दिन ढलने लगा था। धूप पीली पड़ गयी थी। और मीर साहब ने आज का काम यहीं खत्म करने का इरादा किया। वे नैनीताल लौट चले। जब वे अपनी चट्टी में बैठे तो बहुत थक गए थे। रात काफ़ी जा चुकी थी। वे बिना कुछ खाए-पीए वहां सो गए।

25 यों तो अरसे से मीर साहब ने फ़कीर का वेश बनाया हुआ था। पर इस बार उन्होंने अपने रूप को और भी संवारा। अब वे अच्छे-खासे साईं बाबा बन गए थे। यद्यपि वे मुसलमान थे—पर हिन्दू लोग मुस्लिम फ़कीरों को भी उन दिनों बहुत मानते थे। वे भोर ही में चल खड़े हुए। उन्होंने धीरे-धीरे गांव में प्रवेश किया और एक मोदी की दुकान पर बैठकर वे बड़े ध्यान से बंगले की गतिविधि देखने लगे। उन्होंने देखा—वही नौकर सामने से आ रहा है। आते ही उसने हंसकर हाथ उठाकर साईं बाबा को सलाम किया। मीर साहब ने कहा—'सूखा सलाम कैसा करता है—साईं बाबा को खाना भी दे।'

नौकर ने कहा—'चलो साईं, बंगले पर, खाना मिलेगा।'

'वहां खाना कौन देगा?'

'मेम साब हैं, साईं, बहुत अच्छी हैं। तुमको खाना देंगी।'

'साब लोग नहीं देगा?'

'साब लोग बंगले पर नहीं हैं। शिकार को गए हैं। शाम तक आएंगे।'

'शिकार पर कौन-कौन गया है?'

'बड़ा साब और छोटा साब, दोनों।'

'बड़ा साब कौन है?'

'सिकन्दर साब है।'

'कौन सिकन्दर?'

'बिलासपुर वाला बड़ा साब।'

'मेम साब कौन है?'

'साईं, मेम साब हिन्दू हैं। वह बड़े साब का छुआ नहीं खातीं।'

'अच्छा! तो फिर तू मेम साब कैसे कहता है?'

'सब मेम साब कहते हैं। वे अपना खाना अलग पकाती हैं। बड़ा साब उनसे डरता है।'

'डरता क्यों है रे?'

'मेम साब के पास तमंचा है। इससे बड़ा साब दूर-दूर रहता है।'

'तुझसे मेम साब ने बात की?'

'नहीं, मैं तो नया आदमी हूं। मेम साब बहुत कम बोलती हैं। अपनी कोठरी में भीतर से सांकल चढ़ाकर बैठी रहती हैं।'

'कोठरी में सांकल चढ़ाकर बैठती हैं तो खाना कैसे देंगी, बाबा?'

'आज बड़ा साब घर नहीं है। आज मेम साहब बाहर हैं।'

मीर साहब चलने को उठ खड़े हुए। नौकर ने कुछ सामग्री खरीदी, वह बंगले की ओर लौटा तो मीर साहब भी दबे पैर पीछे-पीछे चले। बंगले के पास जाकर वे वृक्ष के नीचे बैठ गए और कहा—'ला बाबा, खाना भेज।'

नौकर भीतर गया और खाना ले आया। मीर साहब ने कहा—'दूर-दूर, हम खाना मेम साब के हाथ से लेंगे। तेरे हाथ से नहीं।'

नौकर वापस चला गया। क्षण-भर बाद मालती भोजन का पात्र लेकर बाहर आई। मीर साहब को देखते ही भोजन का पात्र धम से उसके हाथ से छूट गया, और उसके मुंह से चीख निकल गयी। परन्तु इसी समय मीर साहब ने मुंह पर उंगली रखकर एक संकेत किया। मालती की चीख सुनकर एक दासी और नौकर लोग दौड़ आए। सौभाग्य से वे सभी वहीं के पहाड़ी आदमी थे। इस बीच मालती बहुत संभल चुकी थी। उसने डांटकर नौकर-चाकरों को दूर भगा दिया। और फिर वह स्वयं बंगले के भीतर जाकर दुबारा भोजन लेकर धीरे-धीरे मीर साहब के निकट आई। भोजन उनके सामने रखकर उसने कहा—'इतने दिन में सुध ली, दद्दा?'

मीर साहब की आंखों में आंसुओं की धार बह चली। उन्होंने कहा—'खुदा गवाह है, एक दिन भी चैन नहीं लिया। धरती-आसमान एक कर दिया। शुक्र है, आज मेरी मेहनत कारगर हुई। तू मिल गयी। अब मैं इन हरामज़ादों से निबट लूंगा। तू फ़िक्र न कर।'

'लेकिन आप अकेले हैं, वे तीन हैं। सिकन्दर और ग्रे साहब के अतिरिक्त एक गुर्खा भी है।'

'और ये नौकर-चाकर?'

'इनकी चिंता नहीं।'

'परन्तु गुर्खा कहां है?'

'वह भी उनके साथ ही शिकार पर है।'

'तब तो यही अच्छा अवसर है। हम लोग चल दें। वे लोग शाम से पहले तो लौटेंगे नहीं।'

'और यदि राह में मिल गए?'

'तो मैं देख लूंगा।'

'नहीं, दद्दा वे तीन हैं। पक्के शैतान। हथियारबन्द। आप अकेले हैं, फिर इस समय चल देने से नौकर-चाकर आफत मचा देंगे, शोर करके। नाहक झंझट उठ खड़ा होगा।'

मीर साहब ने आंसू पोंछकर कहा—'मुसीबत ने तुझे इतना समझदार कर दिया, बेटी!'

'मैं अपनी रामकहानी तो आपको फ़ुर्सत में सुनाऊंगी। पर अब मैं इन दुष्टों से बिलकुल भी नहीं डरती। वे मेरा कुछ भी नहीं बिगाड़ सकते।'

'तब तेरी समझ से हमें क्या करना चाहिए?'

'परसों मंगलवार है। मैं हर मंगल को व्रत रखती हूं और नैनादेवी के दर्शन को नैनीताल जाती हूं। मन्दिर तो तुमने देखा होगा?'

'नहीं, मैंने तो नहीं देखा।'

'नैनीताल के किनारे पर ही है। वहां से थोड़ी ही दूर दक्खिन की ओर टेकरी पर दो-तीन झोंपड़ियां हैं, उन झोंपड़ियों में ठाकुर गुमानसिंह पटेल रहते हैं। बूढ़े भले